WIMMER WILKENLOH

Hungergeist

6.1.2018

WIMMER WILKENLOH

Hungergeist

Der sechste Fall für Jan Swensen

GMEINER SPANNUNG

Bisherige Veröffentlichungen im Gmeiner-Verlag:
Spurensuche am Meer (Postkartenkalender, 2012), Donnergrollen (2012), Eidernebel (2011), Poppenspäl (2009), Feuermal (2006), Hätschelkind (2005)

Personen und Handlung sind frei erfunden.
Ähnlichkeiten mit lebenden oder toten Personen sind rein zufällig und nicht beabsichtigt.

Besuchen Sie uns im Internet:
www.gmeiner-verlag.de

Im Ehnried 5, 88605 Meßkirch
Telefon 07575/2095-0
info@gmeiner-verlag.de

1. Auflage 2015

Lektorat: Claudia Senghaas, Kirchardt
Herstellung: Mirjam Hecht
Umschlaggestaltung: U.O.R.G. Lutz Eberle, Stuttgart
unter Verwendung eines Fotos von: © soulstormer / photocase.de
Quellenangabe: © Chögyiam Trungpa:
Weltliche Erleuchtung Arbor Verlag Freiamt 2009; www.arbor-verlag.de
Theodor Storm Sämtliche Werke – Zweiter Band –
Deutsche Buch-Gemeinschaft
Druck: GGP Media GmbH, Pößneck
Printed in Germany
ISBN 978-3-8392-1751-1

In Anbindung an die Vision:

GEBURT LEBEN STERBEN

meiner Wurzellehrerin Ursa Paul

Der »Hungrige Geist« wird symbolisiert durch …

»einen winzigen Mund von der Größe eines Nadelöhrs, einen dünnen Hals und eine dünne Kehle, abgemagerte Arme und Beine und einen riesigen Bauch. Mund und Hals sind zu klein, um genügend Nahrung durchlassen zu können, damit sein gewaltiger Bauch gefüllt werden könnte. Daher ist er immer hungrig. Und das Bemühen, seinen Hunger zu stillen, ist sehr schmerzhaft, weil es so schwer ist, das Essen hinunterzuschlucken. Die Nahrung symbolisiert natürlich alles, was du dir wünschen könntest, wie etwa Freundschaft, Reichtum, Kleidung, Sex und Macht.«

Chögyam Trungpa, Weltliche Erleuchtung

Die meisten der jetzt Lebenden werden von einer solchen Glocke gehört haben, sie selbst gesehen oder ihren Klang vernommen hat wohl niemand. Man meint zu wissen, sie sei den Kirchenglocken gegenüber nur von winziger Größe gewesen, etwa kaum zwei Schuh hoch, und habe ein feines und heftiges Geläute gehabt, womit sie den Verurteilten auf dem Todeswege begleitete, vom Austritt aus dem Gefängnis in die freie Morgenluft bis hin zur Femstätte und bis er sein armes Leben dem Schwerte oder dem Feuer, dem Galgen oder dem Rade hingegeben. Von wo aber jenes jetzt bis zur Vergessenheit verschwundene Glöcklein seinen Klang erschallen ließ, ob von den Kirchtürmen neben den großen Glocken, ob aus einem eigenen Balkengefüge oder von dem Dache eines Gefängnishauses, das wird kaum jemand zu beantworten wissen.

Theodor Storm, Die Armesünderglocke

EIDERLAND

Wie das lautlose, gepanzerte Unterwasserfahrzeug von Kapitän Nemo zieht ein riesengroßer Stör in Augenhöhe an Swensens Kopf vorbei. Einen kurzen Augenblick starrt er gebannt auf die zerklüfteten Knochenplatten des Fischleibs, der nur einen Meter von ihm entfernt seine Kreise zieht. Der Kriminalist registriert die mächtige Panoramascheibe, die den kinogleichen Saal wie ein überdimensionales Schaufenster in die Nordsee ausfüllt, bemerkt noch, dass sie bis zur Decke hinaufreicht, als die Wirklichkeit über ihn hereinbricht. Von rechts flammt gerade eine der aufgestellten Tageslichtlampen der Spurensicherung auf, überstrahlt das verzauberte Licht aus dem Seewasseraquarium und taucht den bis eben unwirklich anmutenden Tatort in eine grelle Helle. Der Hauptkommissar schirmt die Augen mit seiner Hand ab. Er ist lustlos und gereizt. Seit Tagen hängt der Himmel in Nordfriesland den Menschen nur drei Meter über dem Kopf. Es ist tagaus und tagein trübe. Die Luft, dick und bleischwer, drückt aufs Gemüt und scheint den Blickwinkel für jede Aufmunterung einzuengen.

Swensen möchte in diesem Moment am liebsten auch Fisch sein und schwerelos durchs Aquarium schwimmen als hier vor der Scheibe an dem Ort eines Verbrechens zu stehen. Jede Bewegung fordert ihm Anstrengung ab. Er muss sich selbst zur Räson bringen, zwingt sich mit Widerwillen zur anstehenden Routine. Sein Blick schweift über die Vermummten in weißen Overalls und bleibt unwillkürlich an dem männlichen Opfer hängen, das rücklings auf dem

Boden liegt. Das Fett seines massigen Körpers hat sich zu den Seiten verlagert. Die Jacke und das Hemd sind aufgeknöpft, die schwabbelige Brust liegt frei. In der Herzgegend ist eine kleine Wunde zu sehen, vermutlich von einem Einstich mit einem spitzen Gegenstand. Zwei Rettungssanitäter knien neben dem Mann, einer lässt gerade den Verschluss seiner roten Notfalltasche einklicken, während der andere aufsteht und sich an den Hauptkommissar wendet.

»Sie sind sicher einer von der Kriminalpolizei«, stellt er trocken fest, während er beiläufig Swensens Zivil mustert.

Der nickt.

»Der Mann ist tot. Bis eben haben wir alles versucht, konnten aber nichts mehr für ihn tun«, sagt er ohne Emotionen in der Stimme. »Sieht sehr nach Gewaltverbrechen aus. Deshalb haben wir umgehend die Polizei alarmiert.«

»Haben Sie den Mann so liegend vorgefunden?«

»Nein, er lag auf dem Bauch. Wir mussten ihn umdrehen, um ihn zu reanimieren. Dabei haben wir die Messerwunde entdeckt.«

»Und Sie konnten sofort erkennen, dass die Wunde von einem Messer stammt?«

»Was für eine Frage! Hab schon einige Messerwunden in meinem Leben gesehen. Das war eine auffällig dünne Klinge, könnte ein Filetiermesser gewesen sein, würde ich sagen. Das ist nur eine Vermutung, keine verwertbare Auskunft.«

»Das wird unsere Gerichtsmedizin schon herausbekommen. Haben Sie sonst noch irgendetwas bemerkt?«

»Nein! Als wir kamen, stand hier alles voller Neugieriger. Mussten uns förmlich einen Weg hindurchbahnen. Als dann eine Ihrer Kolleginnen eintraf, wurden die nach dort oben gescheucht«, sagt der Sanitäter und zeigt zur höher gelegenen Ebene hinauf. Swensens Blick folgt dem Finger, schweift über die leeren Reihen der Holzbänke in den oberen Rang. Dort entdeckt er einen breiten Durchbruch in der Wand, in der Hauptkommissarin Haman mit einem Zeugen ins Gespräch vertieft ist. Der Kriminalist realisiert, dass es ein zweiter Eingang ist. Er selbst war durch den, der sich auf ebener Erde befindet, in den Raum hereingekommen.

»Können wir jetzt gehen oder werden wir noch gebraucht?«, hört Swensen den Sanitäter in seinem Rücken fragen.

Er dreht den Kopf, sieht, wie mehrere große Seelachse hinter den Köpfen der beiden Rettungsmänner vorbeiziehen und sagt: »Nein, gehen Sie ruhig, wir brauchen Sie im Moment nicht mehr. Hinterlassen Sie aber bitte bei dem Beamten im Eingangsbereich Ihre Telefonnummer, falls sich von unserer Seite noch Fragen ergeben sollten.«

»Geht in Ordnung«, sagt der andere und stapft mit seinem Kollegen aus dem Raum. Obgleich der neue Mordfall dem Hauptkommissar bereits seine Handlungsweise diktiert, erregt einer der mächtigen Aquariumsinsassen seine Aufmerksamkeit. Ein Kabeljau schwimmt auf einem Fleck, klebt mit seinem Maul beinah an der Scheibe und öffnet und schließt ganz langsam seine Schlundknochen wie in Zeitlupe, als wolle er mit ihm sprechen.

Fische sind mitnichten stumm, sagt sich der Kriminalist und erinnert sich vage an einen Meeresbiologen im Seewasseraquarium in Kiel, der in einem Vortrag mit dem provozierenden Titel ›Sprechende Fische‹ über die Kommunikation der Fische referiert hatte. Zu Swensens Verwunderung wurden dann Tonaufnahmen aus der Welt unter Wasser vorgeführt, in der Merkwürdiges zu hören war. Lautes Knarren von Fischen, die ihre Flossen rieben, die mit den Zähnen knirschten oder an gespannten Sehnen wie an einer

Gitarrensaite zupften. Aus einem verrückten Impuls heraus versucht der Kriminalist aus den Kieferbewegungen des Kabeljaus Worte abzulesen.

»Waaass maaachsst duuu dennn hiierr?«

Das frage ich mich auch gerade, antwortet Swensen ihm lautlos, dreht dem gesprächigen Großmaul abrupt den Rücken zu und marschiert die Steigung zu Silvia Haman hinauf. Auf halber Höhe stolpert er über einen der weißverhüllten Spurensicherer, der sich auf den Knien kriechend über Generationen von Fingerabdrücken auf den Holzbänken hermacht.

»Ich sehe den Kollegen Hollmann gar nicht?«, spricht der Hauptkommissar die vermummte Gestalt an. Die dreht ihm den Rücken zu und reagiert nicht. Erst als er ihr mit dem Finger auf die Schulter tippt, schreckt sie herum, und verblüffte Augen schauen unter der Kapuze hervor.

»Ich sehe den Kollegen Hollmann gar nicht«, wiederholt Swensen mit lauter Stimme.

»Der ist nicht hier«, antwortet der Spurensicherer kurz angebunden und wendet sich wieder seiner Arbeit zu. »Ist im Urlaub, soweit ich weiß, irgendwo im Ostblock«, kann Swensen noch vernehmen und nimmt, irritiert über die Auskunft nachsinnend, gemächlich die zweite Hälfte bis zum oberen Rang. Hauptkommissarin Haman dreht den Kopf in seine Richtung, als er die letzte Stufe nimmt.

»Das ist Herr Reck, Jürgen Reck. Er hat den Rettungsdienst informiert«, teilt sie ihm ohne Begrüßung mit. »Und die haben uns gleich informiert, weil der schwer verletzte Mann offensichtlich einem Gewaltverbrechen zum Opfer gefallen ist.«

»Weiß ich bereits, hab grad mit den Sanitätern gesprochen.«

»Herr Reck hat zufällig beobachtet, wie das Opfer dort unten in den Raum gekommen ist. Er hat sich auf die Bank gesetzt und ist dann vornüber zu Boden gestürzt.«

»Das heißt, er hat noch gelebt, als er hereingekommen ist?«, stellt Swensen fest.

»Ist er tot?«, fragt Haman.

Der Kriminalist nickt knapp. »Ein Messerstich, nach Meinung des Sanitäters. Es gibt eine deutliche Wunde in der Herzgegend.«

»Also ermitteln wir jetzt in einem Mord?«

Swensen zuckt mit den Achseln. Der Mann, der neben Haman steht, ist bei ihrem Dialog einen Schritt zurückgewichen.

»Sie haben hier oben gestanden, als der Mann hereingekommen ist?«, wendet sich der Hauptkommissar jetzt an den Zeugen. Als der zaghaft nickt, fragt er weiter: »Ist er allein gewesen oder ist ihm jemand gefolgt?«

»Nein, er ist allein gewesen; wirkte beeinträchtigt, also … er bewegte sich irgendwie ruckartig, das war wenigstens mein Eindruck. Es war ziemlich dunkel hier im Raum, bevor die Lampen aufgebaut wurden, Licht kam ja nur aus dem Aquarium. Außerdem war schon alles vorbei, bis ich das so richtig wahrgenommen habe.«

»Waren noch andere Besucher im Raum?«

»Ja, schon.«

»Wie viele?«

»Einige«, sagt der Mann nachdenklich. »Aber wie viele weiß ich nicht genau, wirklich nicht. Die meisten haben sich gleich verdrückt, als der Mann am Boden lag.«

»Sieben Personen konnten wir noch abfangen, als wir eingetroffen sind«, informiert Haman. »Jacobsen und Mielke befragen sie gerade draußen.«

»Und Sie haben dann sofort den Rettungsdienst gerufen?«, wendet sich Swensen an den Zeugen, der jetzt kurzatmig und mit bleichem Gesicht vor ihm steht. »Geht es Ihnen gut, möchten Sie sich hinsetzen?«

Der Mann atmet mehrmals tief durch. »Es geht schon wieder, aber hinsetzen würde ich mich trotzdem gerne.«

»Natürlich«, beruhigt der Hauptkommissar und führt ihn zur nächsten Sitzbank. »Lassen Sie sich Zeit.«

»Um Gottes willen, der Mann ist wirklich tot?« Die Stimme des Zeugen klingt zittrig. »Ich war doch der Einzige, der zu ihm hin ist, der ihn angesprochen hat. Die anderen haben nur gegafft. Er hat aber nur gestöhnt. Und Blut war … an den Fingern war Blut. Als die Sanitäter gekommen sind, hat er noch gestöhnt, da bin ich sicher. Ich bin dann wieder hier hoch, mehr konnte ich ja nicht tun.«

»Herr Reck hat sich gleich bei mir gemeldet, als ich eingetroffen bin«, ergänzt Silvia Haman. »Die Personalien sind schon aufgenommen.«

»Ich denke, wir brauchen Sie hier nicht mehr«, stellt der Hauptkommissar fest. »Sie müssen aber noch einmal in die Husumer Inspektion kommen, um das Protokoll zu unterschreiben. Erst mal vielen Dank für Ihre Mitarbeit, Herr Reck.«

Der Mann nickt, bleibt aber weiterhin wie angewurzelt sitzen.

»Können Sie aufstehen?«, fragt Swensen.

Der Mann nickt abermals.

»Dann dürfen Sie jetzt gehen!«, sagt Silvia Haman mit betont deutlicher Aussprache.

»Ja, dann … dann geh ich wohl besser«, stammelt der Zeuge, erhebt sich mühevoll und geht mit bedächtigen Schritten in Richtung Ausgang.

Silvia Haman verzieht ungeduldig ihr Gesicht, Swensen ignoriert es beflissentlich. »Wieso seid ihr eigentlich immer die Ersten am Tatort?«, fragt er gereizt.

»Wer ist ihr?«, fragt Silvia zurück.

»Du und Stephan natürlich … und Jacobsen selbstverständlich auch. Euch hab ich jedenfalls schon gesehen«, knurrt der Kriminalist.

»Und was meinst du mit ›immer‹?«, bleibt Silvia hartnäckig.

»Weil mir das irgendwie auffällt! Und ich schlechte Laune habe … und und …«

»Klingt nach Symptomen einer schweren N.F.T.«

»Nach was?«

»Der Nordfriesland-Tristesse! Der Friesenhimmel hängt fast bis auf den Boden. Das ewige Grau schlägt dir aufs Gemüt, oder?«

Swensen dämmert zwar, dass er sich verrannt hat, kann aber trotzdem nicht einfach einlenken. »Ob mit N.F.T. oder weil es grau in grau ist, ihr seid nichtsdestotrotz ziemlich schnell am Tatort, finde ich!«

»Lieber Herr Hauptkommissar«, hebt Silvia Haman betont langsam zu einer Erwiderung an. »Ich wohne seit vier Monaten in Tönning, gleich neben dem Schifferhaus. Das ist nur einen Katzensprung vom Wattforum Multimar entfernt. Und die Kollegen, also Jacobsen und Mielke, die waren bei einer Ermittlung am Hemmerdeich. Auch nicht gerade weit entfernt, oder?«

»Okay, okay! Bei mir kommt gerade unausgegorenes Zeug hoch«, lenkt Swensen ein. »Vergiss es einfach, Silvia! Ich glaube, ich will das, was hier passiert ist, nicht wirklich wahrhaben. An solch einem Ort geschieht doch kein Mord. Hier wimmelt es nur so von Zeugen.«

»Das Dumme ist, viele Zeugen sehen nicht unbedingt mehr.« Haman wirkt nicht weniger genervt. »Ich habe zumindest bis jetzt noch nichts wirklich Aufschlussreiches gehört, egal wen ich hier gefragt habe.«

Sie zieht ihr Handy aus der Jackentasche und hält ihrem Kollegen das Display vor die Nase, auf dem das Gesicht des Opfers zu sehen ist.

»Damit war ich an der Kasse. Wollte wissen, ob der Mann sich schon beeinträchtig bewegt hat, als er reinkam. Die Kassiererin hat mich nur groß angeguckt und wollte wissen, wer das denn sei. Ich habe sie gefragt, ob es, trotz der erhöhten Polizeipräsenz, noch nicht bis zu ihr durchgedrungen ist, was hier im Gebäude los ist? Sie sagt, sie hätte nur einen Krankenwagen kommen und die Sanitäter gesehen, aber sonst nichts gehört. Vor diesem Rettungseinsatz seien alle Besucher völlig normal gewesen, niemand sei ihr merkwürdig vorgekommen.«

»Heißt das, die Identität des Toten ist nicht geklärt?«, fragt Swensen.

»Klar doch!«, verkündet Haman hitzig. »Wenn du gleich mit mir geredet hättest, wüsstest du das bereits. Aber der Herr Hauptkommissar befragt halt lieber erst einmal die Unwissenden.«

»Okay, okay! Asche über mein Haupt.« Der gereizte Unterton in Swensens Stimme ist nicht zu überhören. »Wie heißt der Mann, Kollegin Haman?«

»Es ist ein gewisser Peter Jessen. Den Personalausweis haben die Sanis mir in die Hand gedrückt, als ich ankam. Ich habe die Daten zur Inspektion durchgegeben, und Susan hat recherchiert, dass Jessen in Tetenbüll gemeldet ist, Karkenstraat 11, und von Beruf Koch war.«

»Wir bitten alle Besucher des Multimar unverzüglich

die Ausstellungsräume zu verlassen und sich in Richtung Ausgang zu bewegen«, tönt es aus der Lautsprecheranlage.

»Hört sich nach einer Maßnahme von Stephan an«, stellt Haman süffisant fest. »Ziemlich spät, um noch ein effektives Ergebnis zu erzielen.«

»Silvia Haman auf dem höchsten Level ihrer Extravaganz! Jetzt kann sie schon mit ihrem Kollegen im Clinch liegen, selbst wenn er gar nicht anwesend ist«, kommentiert Swensen trocken.

»Und du? Hast da dafür gar keine buddhistische Weisheit auf Lager?«, kontert die Hauptkommissarin, und ihr hartes Lächeln ist bis an die Zähne bewaffnet.

Swensen spürt Ärger aufsteigen und sucht nach Widerworten, doch bevor er den Mund aufmachen kann, sieht er zwei Männer in dunklen Anzügen auf der unteren Ebene ein längliches Gestell mit vier Rädern in den Raum schieben, auf dem ein grellgelber Kasten liegt. Die gewölbte Form gleicht der Anatomie eines liegenden Menschen.

»Was ist das denn?«, platzt es aus dem Kriminalisten heraus.

»Noch keinen ›Silentsafe‹ gesehen, Kollege? Dann wird es aber Zeit. Die Zeiten des guten alten Zinksargs sind nämlich gezählt.« Hamans Stimme klingt belustigt und besserwisserisch. »Das Ding ist aus Glasfaser, soweit ich richtig informiert bin, ist leicht und deshalb gut für die Wirbelsäule der Bestatter.«

Einer der Spurensicherer redet mit den Männern, die den Kasten vom Gestell heben und neben der Leiche abstellen. Im selben Moment betritt ein Mann in brauner Leinenjacke mit Fischgrätmuster den Raum. An den glatten, schulterlangen Haaren ist er von Weitem unverkennbar.

»Jean-Claude! Hallo! Wir sind hier oben«, ruft Swensen durch den weiten Raum.

Der winkt kurz von unten hinauf und ruft zurück: »Ich komme gleich hoch, will nur noch einen kurzen Blick auf den Toten werfen, bevor er weggebracht wird.«

»Fischgrätmuster«, knurrt Haman, »immer passend gekleidet, unser Superchefermittler.«

Zum Glück hört Hauptkommissar Colditz von der Flensburger Mordkommission ihre Bemerkung nicht. Der beugt sich über den Körper des Toten, während die beiden Bestatter im knitterfreien Anzug ihm die Sicht freimachen. Swensen geht über den abschüssigen schmalen Gang an der linken Wand nach unten und Haman folgt ihm in kurzem Abstand.

»Spurenmäßig ist hier leider einiges im Argen«, klärt der Hauptkommissar den Kollegen vom K1 auf. »Der Mann ist hier an Ort und Stelle verstorben. Die Rettungssanitäter haben versucht ihn zu reanimieren und dabei die eigentliche Situation verändert. Der Mann hat nach seinem Zusammenbruch auf dem Bauch gelegen.«

»Ist schon geklärt, wie er gestorben ist?«, fragt Colditz und schielt zu Swensen hinüber.

»Nur dieser kleine Einstich in Nähe des Herzens, wie du erkennen kannst. Ist offensichtlich einer Messerattacke zum Opfer gefallen.«

»Nur dieser eine Einstich?«

»Ja! Der Mann ist noch aufrecht gegangen, als er hier reingekommen ist. Ich würde meinen, die Tat muss ganz in der Nähe passiert sein, sehr wahrscheinlich innerhalb des Gebäudes. Ich könnte mir sogar den abgedunkelten Bereich als Tatort vorstellen, durch den man in diesen Raum gelangt. Der, durch den du auch gerade reingekommen bist.

Ohne unsere grellen Lampen wäre es dort bestimmt noch schummriger als ohnehin schon.«

»Ist der Bereich spurentechnisch abgecheckt worden?«

»Nein, die Rettungsleute sind eben erst raus. Außerdem sind wir alle noch dabei, uns ein Bild von den einzelnen Gebäudeteilen zu machen.«

Colditz winkt augenblicklich einen der Spurensicherer heran und weist ihn an, sich den Durchgangsbereich sofort vorzunehmen und dafür zu sorgen, dass dort niemand mehr hereinkommt.

»Wenn dort keine Spuren sind, sieht es mies aus«, meint der Flensburger zu Haman und Swensen. »Ich kann mir nicht vorstellen, bei der hohen Besucherzahl und den unzähligen Räumlichkeiten, noch woanders auf brauchbare Spuren zu stoßen. Wo, in Gottes Namen, sollten wir auch anfangen zu suchen?«

»Da gebe ich dir recht«, stimmt Haman zu. »Die gesamte Fläche soll 2.000 Quadratmeter groß sein. Und bei einem kurzen Rundgang ist mir aufgefallen, dass die gesamte Ausstellungsfläche ziemlich verwinkelt ist, überall gibt es kleine Nischen und dunkle Ecken. Das ist spurentechnisch sowieso nicht in Kürze zu bewältigen. Das würde Monate dauern und wahrscheinlich gar nichts bringen.«

»Unser altbewährtes Motto ›Du hast keine Chance, also nutze sie‹ hilft deiner Meinung nach also nicht weiter?«, schmunzelt Colditz, während Haman und Swensen sich fragend angucken.

»Ein tiefsinniger Satz, finde ich persönlich«, fügt Colditz grinsend hinzu. »Ursprünglich stammt er von Herbert Achternbusch, bayrischer Schriftsteller und Filmemacher. Ist doch wie gemacht für jede polizeiliche Ermittlung.«

»Vielleicht gut für Bayern, aber weniger gut für den hohen Norden«, hält Swensen scherzend dagegen. »Wir ermitteln doch eher friesisch herb, nech Silvia? In diesem Sinn fahren wir jetzt rüber nach Tetenbüll. Da ist laut Ausweis nämlich unser Mordopfer zu Hause.«

»Dann seht zu, dass ihr von dort etwas Brauchbares mitbringt«, mahnt Colditz und zieht sein Handy aus der Jackentasche. »Ich übernehme jetzt die Sache hier vor Ort. Morgen in der Frühbesprechung fassen wir unsere bisherigen Ergebnisse zusammen.«

Swensen dreht sich um und will zum Ausgang hinausmarschieren, als Haman ihn an der Schulter zurückhält. »Der Ausgang ist tabu, Herr Hauptkommissar. Wir müssen oben raus!«

Sie stürmt, wie so oft, davon, trabt ohne sich umzublicken die Steigung in den oberen Rang hinauf. Swensen plagt sich, ihr zu folgen, marschiert mit forschen Schritten durch die dunklen Ausstellungsräume mit den vielen Aquarien, die jetzt menschenleer den Weg freigeben. Aus beleuchteten Becken in den Wänden strahlt in rechteckigen Ausschnitten die Weite des Meeres, voll mit ihren bunten Bewohnern, Nordseefischen, Oktopussen, Krebsen und Quallen. Aus dem Augenwinkel fischt er nach kurzen Eindrücken, während Hamans Schritte vor ihm durch die Räume hallen. Am Hauptausgang treffen sie auf Mielke und Jacobsen, die zusammen mit den gerade eingetroffenen Kollegen vom K1 aus Flensburg alle Hände voll zu tun haben, um die Besuchertraube in eine geordnete Reihe zu bringen. Jede Person muss sich ausweisen, bevor sie den Glasbau des Wattforums verlassen darf. Für den Hauptkommissar und seine Kollegin wird die Menschenschlange von einem Beamten kurzfristig geteilt, damit sie möglichst schnell durch das künstlich geschaffene Nadelöhr hinausschlüpfen können.

»Samsara«, murmelt der Kriminalist unhörbar für andere Ohren, tippt sich an die Stirn und denkt: So ist sie, diese Welt. Ein ewiger Zustand der Verwirrung.

Draußen bläst eine steife Brise, sie müssen sich mit ganzer Körperkraft dagegen stemmen, um den Dienstwagen auf dem Parkplatz zu erreichen. Er steht in unmittelbarer Nähe von Swensens altem Polo, mit dem er aus Witzwort gekommen ist. Haman nimmt den Autoschlüssel aus der Tasche und steuert zielstrebig auf die Fahrerseite zu. Der Hauptkommissar nimmt es schweigend zur Kenntnis. Er fährt eigentlich lieber selbst, wenn er mit Silvia unterwegs ist. Die Beifahrertür, die wie ein Segel vom Wind aufgedrückt wird, lässt sich nur mit äußerster Mühe zuziehen. Der Motor heult auf, Haman fährt an, schleicht, sich ans Tempolimit haltend, durch den Hafen in die Innenstadt, als wäre sie auf einer Sonntagnachmittag-Spitztour. Die St.-Laurentius-Kirche mit ihrem mächtigen Barockturm steht vor den dunklen Wolken, die vom Sturm über den Himmel gepeitscht werden. Die Doppelseite einer Zeitung segelt wie eine kranke Möwe über den Marktplatz, stürzt auf die Straße, kommt unter die Reifen ihres Dienstwagens und wird mit kurzem Geräusch zerfleddert.

Swensen sieht den Toten mit offenem Mund vor dem Aquarium liegen, sieht, wie der Schwarm der Fische stumm an ihm vorbeizieht und hat eine Ahnung, dass der neue Fall anders als alle Fälle sein könnte, in denen er bisher ermittelt hat. Noch nie zuvor ist ein Mord, bei dem er zuständig war, an solch einem belebten Ort verübt worden.

Der Tatort spricht nicht für eine Tat, die im Effekt passiert sein könnte. Es muss einen Plan gegeben haben. Oder es war doch ein Zufall, vielleicht sogar ein Unfall? Je mehr der Hauptkommissar über eventuelle Möglichkeiten nachdenkt, desto düsterer und unübersichtlicher werden seine Überlegungen.

Ihm kommt das freie Wochenende in den Kopf, an dem er mit Anna in St. Peter Dorf über den Holzsteg an den Strand marschiert war. Am Himmel braute sich eine furchterregende, tiefschwarze Wolkenwand zusammen. Die Böen trieben den Regen fast senkrecht ans Ufer, und die Kälte biss sich in ihren Gesichtern fest. Er war mit Anna in einen Strandkorb geflüchtet, der gegen die Windrichtung stand. Wenig später waren sie in rabenschwarze Dunkelheit gehüllt gewesen, sodass Swensen der Gedanke gekommen war, jetzt würde die Welt untergehen.

Etwas von dieser unwirklichen Angst kann der Kriminalist augenblicklich in sich spüren. Er rätselt, was das Gefühl mit diesem neuen Mordfall zu tun haben könnte, und bemerkt, dass ihn etwas blockiert. Um dem Stillstand zu entfliehen, spricht er Silvia an.

»Sag mal, mir geht gerade durch den Kopf, dass Heinz gar nicht vor Ort war.«

»Der Chef? Aber der ist doch gar nicht da!«, antwortet Haman.

Die Hauptkommissarin hat in der Zwischenzeit die B 202 erreicht und die Geschwindigkeit zügig erhöht. Gerade zieht der Dienstwagen an Kotzenbüll vorbei. Der Kirchturm von St. Nikolai ist in ein Baugerüst gehüllt. Es soll ein Leck in der bleiernen Spitze gegeben haben, hatte Swensen vor ein paar Tagen in der Husumer Rundschau gelesen, und Kellerschwamm habe sich kurioserweise ganz oben im Dachstuhl eingenistet.

»Heinz ist nicht da?«, fragt er erstaunt, während der

Kirchturm aus seinem Blickfeld verschwindet. »Wo ist er denn? Ich wusste gar nicht, dass er weg ist.«

»Der ist zusammen mit Peter in Sankt Petersburg«, informiert Haman in einem Tonfall, als wäre es das Selbstverständlichste der Welt.

Swensen sieht seine Kollegin ungläubig von der Seite an. »Heinz ist in Russland? Eine Dienstreise nach Petersburg? Und Peter ist auch mit von der Partie?« Er atmet tief durch, während Silvia zu seinen Fragen schweigt. »Die außergewöhnlichen Dinge scheinen an mir vorbeizugehen.« Es klingt verschnupft.

»Die Entscheidung ist hinter den Kulissen gefällt worden, das hat in der ganzen Inspektion kaum jemand mitbekommen«, fühlt Haman sich bemüßigt, auf den verstimmten Tonfall ihres Kollegen zu reagieren.

»Und wieso weißt du das?«

»Ich war nur zufällig beim Chef, als der Anruf vom LKA kam. Im Rahmen der internationalen Zusammenarbeit sind zwei Delegierte für die ›Internationale Tagung für Kriminalitätsbekämpfung‹ in Russland ausgefallen, und in Kiel haben sie in der Kürze keinen Ersatz gefunden.«

»Und da haben die bei Heinz angefragt?«

»Ich nehme mal an, das war ein alter Kumpel vom Chef, der ihn für die Reise empfohlen hat. Du weißt doch, eine Hand wäscht die andere.«

»Und Peter? Wie kommt Peter zu dem Vergnügen, dass man seine Hände wäscht?«

Haman zuckt mit den Achseln. »Höre ich bei dir da so etwas wie Neid, Kollege Swensen? Vielleicht wollten die Russen nur gerne einen Spurensicherer dabeihaben. Das nächste Mal kommst du bestimmt mit auf die Liste.«

»Ein Hauptkommissar sollte doch über jeden Neid erhaben sein, oder? Ich bin jedenfalls ganz zufrieden, mit dir hier auf Eiderstedt herumzukurven. Wir müssen übrigens gleich rechts abbiegen, liebe Kollegin Haman.«

»Ich bin jetzt sechs Jahre bei euch in Husum. Du brauchst mir nicht mehr zu sagen, wann ich abbiegen muss.«

Kurz vor Katharinenheerd kommt das Richtungsschild nach Tetenbüll in Sicht. Haman biegt mit rasantem Tempo in die Katharinenheerder Landstraße ein und lässt dabei demonstrativ die Reifen quietschen. Swensen bleibt gelassen und guckt stoisch geradeaus. Wahrscheinlich hat Silvia sogar nicht ganz unrecht mit dem Neid, gesteht er sich ein.

Vielleicht ärgert es mich insgeheim nur, dass Heinz Püchel mich nicht zumindestens gefragt hat, ob ich nicht auf solch eine interessante Dienstreise mitkommen möchte.

›Alles Leid der Welt entsteht aus falscher Einstellung. Der Hungergeist treibt unser unbewusstes Ich in ein stetes Verlangen. Doch Neid verschwindet nicht dadurch, dass sich unsere Wünsche erfüllen, sondern nur dadurch, dass wir unseren Neid loslassen.‹

Die Worte seines Meisters Rinpoche gehen mahnend durch seinen Kopf, als der Kriminalist und seine Kollegin auf der schnurgeraden Straße auf Tetenbüll zufahren. Der Kirchturm schaut schon von Weitem über alle Bäume und Gebäude. Kurz bevor das Dorf erreicht ist, hinter dem Ehrendenkmal der gefallenen Soldaten, wird die Katharinenheerder Landstraße nach der Rechtskurve zur Karkenstraat. Die Nummer 11 ist ein Ziegelsteingebäude, das mit Sicherheit einmal ein Reetdach besessen hat. Jetzt ist es mit gewellten Bitumplatten gedeckt, dessen verwittertes Grau einiges von der alten Schönheit vermissen lässt. Die Hauptkommissarin steuert den Wagen auf die Auffahrt. Sie steigen aus und gehen auf das Haus zu, dessen renovierte Fenster viel zu groß für die Proportionen der Fassade sind. Ein Hund schlägt an, die Eingangstür öffnet sich und eine Frau schiebt ihren Kopf heraus.

»Wo möchten Sie denn hin?«, ruft sie Haman und Swensen zu.

»Wir wollen zu Herrn Jessen. Der wohnt doch hier, oder?«

»Herr Jessen ist unser Untermieter. Er wohnt in der rechten Seite des Gebäudes. Sie müssen ums Haus herumgehen. Ich glaube aber nicht, dass er zu Hause ist. Sein Wagen steht nicht in der Auffahrt.«

»Wissen Sie zufällig, wann er das Haus verlassen hat?«

»Warum wollen Sie das denn alles wissen?«

»Wir sind von der Kriminalpolizei Husum, Hauptkommissarin Haman und Hauptkommissar Swensen«, stellt Swensen sie vor und zeigt den Dienstausweis.

»Kriminalpolizei? Ist irgendetwas passiert?«, fragt die Frau mit besorgtem Gesicht und öffnet die Tür. Ein Golden Retriever drängt durch ihre Beine hindurch und stürzt schwanzwedelnd auf die Kriminalisten zu.

»Basti! Nein! … Nein! … Nein!« Der Druck in ihrer Stimme ist nicht zu überhören, doch gleichzeitig schwingt etwas Resignatives mit, als wüsste die Frau bereits, dass sich das Tier von ihrem Befehl nicht im Geringsten beeinflussen lässt.

Der Rüde schnüffelt Haman zwischen den Beinen. Sie tätschelt ihm den Kopf, er leckt ihr die Hand, und eine Windbö kämmt dem Tier das goldbraune Fell gegen den Strich.

»Herr Jessen ist tot. Wir gehen von einem Verbrechen aus«, sagt der Hauptkommissar ohne Umschweife.

»Oh, mein Gott«, stößt die Frau hervor, und ihre Hand

schnellt vor den Mund. Sie wirkt versteinert, die Augen bekommen einen glänzenden Schimmer, und eine erneute Bö lässt ihre langen blonden Haare flattern, als wäre sie eine Vogelscheuche.

»Wir müssen uns die Wohnung von Herrn Jessen anschauen.« Swensens Stimme ist zurückhaltend, als wolle er die Frau in ihrer Erstarrung nicht stören. »Könnten Sie uns bitte seine Wohnungstür aufschließen?«

Die Frau reagiert nicht, eine Träne rollt über die Wange und tropft auf ihre Hand.

»Haben Sie mich gehört? Wir müssen in die Wohnung von Herrn Jessen, Frau ... Hallo!«

Die Hauptkommissarin geht auf die Frau zu und legt ihr eine Hand auf die Schulter. Der Golden Retriever springt fröhlich bellend um die beiden Frauen herum.

»Können Sie uns Ihren Namen sagen?«, fragt Haman sanft.

»Ingwersen, Marianne Ingwersen«, haucht die Frau.

»Frau Ingwersen, können Sie uns die Wohnung von Herrn Jessen aufschließen? Sie haben als Vermieterin doch sicherlich einen Schlüssel.«

»Ja doch, ja.« Ihre Stimme ist wieder da, als wäre sie aus einer tiefen Trance erwacht. »Ich hole nur schnell den Schlüssel.«

Kurze Zeit später folgen Haman und Swensen der Frau ums Haus. Auf der anderen Seite des Gebäudes heult der Sturm mit aller Macht. Dem Golden Retriever, der ihnen bis hierhin gefolgt ist, scheint der kalte Westwind nicht zu gefallen. Er macht kehrt und trottet zurück. Starke Böen fegen durch die Obstbäume und reißen kleine Zweige herunter. Als sie vor der Wohnungstür stehen, ist diese offen und wird vom Luftzug hin und her bewegt.

»Herr Jessen hat noch nie die Tür offen gelassen«, stellt die Frau fest. »Der ist doch immer so gewissenhaft.«

»Waren Sie den ganzen Tag im Haus, Frau Ingwersen?«, fragt der Kriminalist.

»Nein, ich arbeite bis zum frühen Nachmittag bei einem Futtermittelhändler in Vollerwiek. Bin gerade erst eineinhalb Stunden daheim.«

»Wir gehen jetzt hinein, Frau Ingwersen. Sie bleiben unter allen Umständen draußen. Am besten gehen Sie in Ihre Wohnung zurück und warten, bis wir hier fertig sind«, befiehlt Swensen, greift unter seine Regenjacke und zieht seine Sig-Sauer aus dem Holster. Während er mit gezogener Waffe einen Schritt ins Innere macht, zieht Haman ebenfalls ihre Waffe. Sein Schatten verschwindet im dunklen Flur. Haman geht hinterher.

»Sauber!«, meldet Swensen wenige Augenblicke später mit lauter Stimme. »Komm rein und schau dir die Sauerei an.«

Der Wind seufzt über das Dach, und die Balken über ihren Köpfen knarren wie die Spanten eines alten Kahns. Das Wohnzimmer sieht aus, als hätte vor Kurzem eine Bombe eingeschlagen. Die Schranktüren sind offen, zerbrochene Gläser liegen am Boden verstreut. Die Schubladen des Schreibtischs sind herausgerissen. Alles scheint von unten nach oben gestülpt worden zu sein. Im Schlafzimmer bietet sich dasselbe Bild. Die Bettbezüge liegen neben dem Bett. Die Türen vom Kleiderschrank stehen sperrangelweit auf. Eine bunte Mischung von T-Shirts, Socken, Unterhosen, Hemden und Pullovern ziert den Teppichboden.

»Da hat einer etwas gesucht«, stellt Haman fest.

»Das sehe ich auch so«, bestätigt Swensen. »Aber was in aller Welt kann Jessen gehabt haben, dass man hier alles in Trümmer gelegt hat?«

PIETER

Das Gesicht der Frau muss mit großer Wucht auf das ausgeprägte Bodenmosaik aufgeschlagen sein. Auf der Stirn schillert ein bläulich-rotes Hämatom. Der Kopf liegt mit der rechten Wange auf dem nackten Oberkörper eines Zentauren, der eine Lanze und Pflanzenschale in den Händen hält. Das den halben Raum ausfüllende Achteck hat acht trapezförmige Bildmotive aus der Mythologie, auf denen sich die verschiedensten Fabelwesen und Krieger tummeln, die, aus Tausenden ockerfarbenen, roten und grünen Steintupfern zusammengesetzt, der makabren Szene eine grellbunte Unterlage bieten. Die Arme der Toten sind ausgebreitet, erwecken den Anschein einer Gekreuzigten. Mit ihren Fingern berührt sie zwei Wasserdrachen, die sich neben dem Mischwesen aus Mensch und Pferd in den Fluten tummeln. Aus dem Zentrum des Mosaiks blickt das Schlangenhaupt der Medusa unheilvoll auf das Geschehen.

Der rechte Fuß der Toten ist offensichtlich beim Sturz an einer der goldenen Stangen des Absperrzauns hängengeblieben, der die Museumsbesucher am Betreten des Kunstwerks hindern soll. Das linke Bein ist in der Totenstarre merkwürdig verdreht. Ihr fülliger Körper steckt in einem schwarzen Faltenrock, der bis über die Oberschenkel hinaufgerutscht ist. Die dunkelblaue Samtbluse sitzt noch korrekt. An beiden Handgelenken schimmern goldene Armreifen. Die Haare sind kurz geschnitten, und in den Ohrläppchen stecken glitzernde Strass-Ohrstecker. Das Gesicht ist auffällig geschminkt, der Lippenstift leicht verwischt.

Der lichtdurchflutete Saal wird von marmornen Säulenbögen flankiert. Ein zentnerschwerer, goldener Kronleuchter hängt über dem Ort des Schreckens. Er verleiht dem Ganzen den morbiden Charme eines Dracula-Films, geht es Heinz Püchel durch den Kopf. Bei all dem Glanz um ihn herum gelingt es ihm nicht, sich längere Zeit ausschließlich auf den Fundort der Frauenleiche zu konzentrieren. Sein Blick schweift zu einer nicht weit entfernten, überdimensionalen Pfauenuhr. Das Prachtkleid des Pfaus, der auf einem goldenen Baumstumpf in seinem Glaskäfig hockt, verzaubert ihn so sehr, dass seine Augen magisch daran kleben bleiben. Pures Gold, nach dem doch alles drängt und an dem doch alles hängt.

Dem Goldvogel zur Seite steht ein genauso goldener Hahn. Das kleine bronzefarbene Eichhörnchen kann er jedoch kaum erkennen, und die silberne Eule mit den dunklen Edelsteinaugen, von der er aus dem Reiseführer weiß, kann er aus der Entfernung gar nicht entdecken.

Das berühmte Prunkstück der kleinen Ermitage hat ein englischer Mechaniker angefertigt, war dort ebenfalls zu lesen gewesen, der sein Wunderwerk bis ins Detail mit vergoldeter Bronze verzieren ließ. Sein Name war James …

James Cook, ist der erste Gedanke des Polizeirats. Quatsch, das ist dieser Seefahrer. James Cox hieß der Kerl, der die Uhr gebaut haben soll. Und der Geliebte Katharina der Großen, Fürst Grigorij Potëmkin, hat sie 1780 gekauft und seiner Angebeteten geschenkt. Allein ein Raum in diesem Palast, erkennt er bewundernd an, lässt das gesamte Husumer Schloss wie den Stall von Bethlehem erscheinen.

Als der deutsche Polizeibeamte gerade darüber nachgrübeln will, was er hier eigentlich macht und wie er überhaupt hierhergekommen ist, holt ihn die Stimme seines russischen

Begleiters in die bittere Realität von Mord und Totschlag zurück.

»Der da, Heinz! Der große Mann dort drüben, der mit der eleganten Uniformmütze, das ist Nikolaj Matwejew, der Chef der Stadtbezirksverwaltung für Inneres.«

Boris Fishenski spricht gedämpft, als wolle er sichergehen, dass niemand seiner Kollegen die Worte mitanhören kann. Außerdem hat er seinen Mund in unmittelbare Nähe von Heinz Püchels Ohrmuschel gebracht. Der Polizeirat wirft einen unauffälligen Blick zu dem Hünen in Uniform hinüber und dreht den Kopf zurück zu seinem Begleiter, der ihn spitzbübisch anstrahlt.

»Wenn die Stadtbezirksverwaltung für Inneres vor Ort ist, dann ist bestimmt etwas Besonderes los.«

Um die Absperrung hat sich mittlerweile eine Handvoll Beamte der Miliz eingefunden, die sich augenscheinlich mehr im Wege steht, als dass sie mit der Ermittlung beginnt. Sie sehen sich ratlos um, als warteten sie auf eine entscheidende Person, die Verantwortung übernimmt. Auch hat Püchel noch keinen Menschen entdeckt, der nach einem Spurensicherer oder Mediziner aussieht. Beim Kriminalrat schleicht sich das merkwürdige Gefühl ein, er würde völlig neben sich stehen, als müsste ihn jetzt jemand nur in den Arm kneifen, damit er aus einem Traum erwacht. Er ist es normalerweise gewöhnt, an einem Tatort immer derjenige zu sein, der alles sofort unter Kontrolle bekommen muss. Hier ist er nur ein Statist, zum Beobachter degradiert; fühlt sich nur als Anhängsel in einer Inszenierung, in die er ohne sein Zutun hineingeraten ist. Die Hauptperson in diesem Stück ist eindeutig Hauptmann Boris Fishenski, sein Begleiter.

Er hatte den russischen Kriminalbeamten von der St. Petersburger Kommission vor zwei Jahren auf einem Kongress in Frankfurt kennengelernt, bei dem es um die internationale polizeiliche Zusammenarbeit in Europa und den baltischen Ländern ging. Für diesen ersten breit angelegten Informationsaustausch war auch eine russische Delegation angereist, die von dem Minister für öffentliche Sicherheit aus Sankt Petersburg begleitet wurde.

»Internationale polizeiliche Zusammenarbeit ist zu etwas Unverzichtbarem geworden«, hatte ein russischer Kollege in perfektem Deutsch bei einer Podiumsdiskussion geäußert und damit den deutschen Polizeirat auf sich aufmerksam gemacht. »Diese Zusammenarbeit genießt in meinem Heimatland einen hohen Stellenwert und wird in Zukunft an Bedeutung gewinnen. Nicht zuletzt die offenen Grenzen ermöglichen es Kriminellen immer schneller in andere Länder zu wechseln.«

Püchel hatte Boris, den sympathischen Redner vom Vormittag, am selben Abend an der Hotelbar wiedergetroffen. Seine Art zu sprechen und sein kleiner Oberlippenbart hatten den Polizeirat an den Grafen Wronskij aus Anna Karenina erinnert, einer der wenigen von ihm gelesenen russischen Romane. Sie waren ins Plaudern geraten, hatten wie die Schlote deutsche und russische Zigaretten geraucht und nebenbei etliche Wodka heruntergespült. Boris' Zunge war immer lockerer geworden. Er vertraute dem deutschen Kollegen seine ganze Lebensgeschichte an. Püchel erfuhr von seiner Wehrpflicht in der damaligen DDR, wie er in den 24 Monaten in der Nähe von Rostock Deutsch gelernt und danach sein Glück in der Petersburger Miliz gesucht hatte. Am Ende des Abends tauschten sie obligatorisch ihre Telefonnummern aus. Doch die Erinnerung an den russischen Kollegen war Heinz Püchel im Berufsalltag verlorengegangen, bis er vor einem Vierteljahr völlig unerwartet einen Anruf von Boris erhielt, der nach einem Mafiosi aus der Stadt Ushghoolij fahndete, der neuerdings Aufträge in Norddeutschland erledigen solle. Trotz vieler Bemühungen und Anrufe bei Kollegen und seinem Kumpel Claus Heitmann im LKA Kiel, konnte Püchel seinem russischen Bekannten jedoch im Fall dieses Georgiers nicht weiterhelfen. Damals ahnte er noch nicht, dass sich ihre Wege bald kreuzen würden.

Vor wenigen Tagen war dem Polizeirat der Kontakt zu Boris auf der ersten Station seiner Delegationsreise wieder eingefallen. Er saß, von motorischer Unruhe geplagt, am späten Nachmittag in seinem Moskauer Hotelzimmer. Sein rechtes Bein ratterte wie die Nadel einer Nähmaschine auf und ab, während er die Rubelscheine in seiner Brieftasche zählte und dabei auf die zerknitterte Visitenkarte des Petersburger Kollegen stieß. Und weil die Stille unerträglich war, hatte er spontan die Nummer auf seinem Handy gewählt. Boris meldete sich sofort, und der Polizeirat berichtete ihm, dass er in zwei Tagen in Petersburg sein würde. Dann fragte er den Kollegen ohne Umschweife, ob dieser ihm nicht unter der Hand einen kleinen Anschauungsunterricht seiner alltäglichen Praxis geben könne. Bei den Kollegen in Moskau, hatte er sich bei Boris beschwert, sei es bis jetzt ziemlich langweilig gewesen.

»Verlassen Sie in der Nacht nicht Ihr Zweibettabteil«, warnte der Leiter der deutschen Delegation, während Püchel und Hollmann mit den anderen Abgeordneten in den Roten Express gestiegen waren. Die Husumer Beamten waren bis zur Dämmerung aus dem Staunen nicht herausgekommen und hatten nur gebannt aus dem Abteilfenster geschaut, während der Zug durch das flache Land gerast war, das wie eine riesige weiße Tischdecke neben den Gleisen lag. Am nächsten Morgen waren sie mit wenig Schlaf und müden Augen auf dem Moskauer Bahnhof in Sankt Petersburg angekommen, dann mit ratternden Rollkoffern und im Gänsemarsch auf den Newski-Prospekt hinausmarschiert und mitten in einer Gruppe zerlumpter Straßenkinder gelandet. Die Bahnhofsuhr zeigte 7.40 Uhr. Es war frostig kalt.

In der Ermitage scharen sich immer mehr Milizionäre um die Leiche auf dem Mosaik. Es herrscht nach wie vor ein undurchschaubares Chaos. Der Polizeirat hat es inzwischen aufgegeben, die Abläufe der praktischen Arbeit seiner russischen Kollegen zu verstehen. Er hängt weiterhin den Tagträumen von seiner Ankunft in der goldenen Stadt nach. Er sieht sich am Ende der deutschen Delegiertenreihe vor dem Bahnhof auf dem Bürgersteig stehen.

»Hallo Heinz!«, ruft eine Stimme.

Als der Polizeirat sich umschaut, springt ihm ein geparkter Lada Shiguli ins Auge. Der große blonde Mann mit dem gepflegten Schnurrbart, der neben dem Wagen steht, trägt Jeans und eine abgestoßene Lederjacke und grinst schelmisch wie ein kleiner Junge.

»Willkommen in der absichtlichsten Stadt der Welt!«, sagt Boris, nimmt gierig noch einen letzten Zug aus der Zigarette, wirft den glühenden Stummel vor sich auf die Straße und tritt ihn aus. Mit kräftigem Griff schüttelt er Püchel ausgiebig die Hand. Dann streckt er ihm ein Päckchen Risk entgegen. »Bei uns in der Miliz hat ein nichtrauchender Kriminalbeamter etwas tragisch Absurdes.«

Der Polizeirat zieht eine Zigarette heraus. Boris gibt ihm Feuer, legt eine Hand auf seine Schulter und verkündet mit humorvoller Stimme: »Steig ein, Heinz, meine Ermittlungslimousine steht für dich bereit. Ich hole dich ab, weil der Zufall es will, dass ich dir gleich etwas Aufregendes zum Willkommen bieten kann. Du sollst dich in Pieter doch nicht so langweilen wie in Moskau!«

»Aber die Delegation, ich muss doch bei den Kollegen bleiben …« Püchel muss husten, der Rauch kratzt im Hals. Schlimmer als eine französische Gauloises, denkt er und blickt über die Schulter zu Hollmann hinüber, der in diesem Moment mit den anderen in einen dunkelgrünen Mannschaftswagen klettert.

»Die haben doch einen Bus für uns.«

»Ich habe natürlich schon mit der Organisation gesprochen, die weiß Bescheid. Es geht alles in Ordnung. Du machst mit mir jetzt eine kriminalistische Spritztour, Genosse Polizeirat!« Boris lacht laut über seinen eigenen Witz und reiht sich im Kreisverkehr um den Newski-Prospekt in die Blechkarawane ein. »Ich fahr dich danach in dein Hotel. Du kannst mir vertrauen, du gehst deinen Leute schon nicht verloren.«

Die breite Straße führt schnurgerade an vier- bis fünfstöckigen Häuserzeilen vorbei. Der Bürgersteig ist vollgestopft mit Ständen, Verkäufern und Touristen in unterschiedlichster Kleidung. Vor ihnen fährt ein klappriger Trolleybus und nimmt die Sicht nach vorn. Püchel staunt aus dem Seitenfenster hinaus, an dem gerade bronzene Pferdeskulpturen auftauchen, die auf einer mächtigen Steinbrücke stehen. Auf der anderen Seite, in der Mitte der Fahrbahn, rattert eine vollbesetzte Straßenbahn in gleicher Höhe nebenher, genauso klapprig wie der Bus.

»Wohin du auch schaust, Heinz! St. Petersburg ist eine materialisierte Wahnvorstellung. Das Produkt der Laune eines Mannes. Es ist auf einem Sumpf erbaut und ist ein Sumpf geblieben. Kannst du dir vorstellen, dass wir hier über 200 bewaffnete Mafiabanden haben? Das organisierte Verbrechen ist die größte Gefahr in unserem Land. Sie kann uns die noch junge Demokratie kosten, wenn wir nicht aufpassen.«

»200? Wirklich? Na, da wundert es mich, dass eure goldenen Dächer alle noch da sind«, scherzt der Polizeirat und lässt sich von den goldenen Kuppeln, Zwiebeltürmen und Brückengeländern in den Bann ziehen, die unentwegt in sein Blickfeld geraten. Wenig später öffnet sich rechts vor seinen Augen ein riesiger Platz, in dessen Mitte eine mächtige Säule aus rotem Stein emporragt. Die Spitze krönt ein Engel. Dahinter das Wahrzeichen der Stadt, der Winterpalast und die Ermitage, ein prachtvoller Gebäudekomplex mit barocker Fassade, weißen Säulen vor grünem Hintergrund und vergoldeten Kapitellen.

»Der Schlossplatz mit der Alexandersäule. Die besteht aus einem einzigen Stück roten Rapakivigranit«, erklärt Boris kurz in Fremdenführermanier. »Jetzt sind wir gleich an Ort und Stelle, an dem du russische Polizeiarbeit live erleben kannst.«

Der Hauptmann chauffiert den Wagen um den Prunkbau herum, ein Stück an der Newa hinauf und unter einen Torbogen zu einem Seiteneingang, der von einer ganzen Einheit Milizpolizisten abgesichert zu sein scheint. Er stellt seinen Wagen an den Rand, legt Püchel nach dem Aussteigen eine Hand auf die Schulter und bugsiert den Deutschen durch die versammelte russische Miliz, indem er seinen Dienstausweis am ausgestreckten Arm in die Höhe hält.

Die Erinnerung des Polizeirats ist wieder dort angekommen, wo er sich gerade befindet. Der russische Ermittlungsapparat im Pavillonsaal der Ermitage agiert vor seinen Augen in Echtzeit. Beim Anblick der Milizionäre, die mittlerweile anscheinend auf Touren gekommen sind, fühlt sich der Polizeirat aber immer noch ausgebremst. Dabei würde er am liebsten sofort bei der Ermittlung mitmischen und alle rumstehenden Russen anweisen, gefälligst in die Hufe zu kommen. Immerhin ist in der Zwischenzeit jemand eingetroffen, der Fotos von der Toten gemacht hat. Boris gibt seinem deutschen Gast ein Zeichen, dass er sich nicht von der Stelle rühren soll, und geht zu einem Untersuchungsführer, der offenkundig die Fäden in der Hand hält und sich am Rande des Bodenmosaiks aufhält.

Ein Untersuchungsführer hat hier den Status eines ermittelnden Kriminalbeamten, glaubt Püchel verstanden zu haben und verfolgt gespannt, wie Boris seinen Kollegen auszuhorchen versucht. Er deutet mit der Hand ein paar Mal zu dem Polizeirat herüber, redet auf den Mann ein und weicht ihm auch nicht von der Seite, als ein vermeintlicher Gerichtsmediziner eintrifft, der die Leichenschau vornimmt. Die Hände in Gummihandschuhen, tastet er methodisch den Kopf der Toten ab, hebt die Lider an und schaut sich die Pupillen an. Boris redet mittlerweile mit der schicken Uniformmütze, dem Mann aus der Stadtbezirksverwaltung für Inneres. Der gibt ihm einige Papiere zu lesen, die er aus einer Mappe gefischt hat. Wenig später ist sein Fremdenführer plötzlich ganz verschwunden. Püchel wartet ungeduldig an seinem Platz, klopft mit seinem Fuß in schnellem Rhythmus auf den Boden und muss sich zusammenreißen, dass er sich in diesen Räumen keine

Zigarette anzündet. Auch die russischen Kollegen scheinen sich das nicht zu trauen, beruhigt er sich, dabei hatte Boris ihm doch versichert, dass ein nichtrauchender Milizionär etwas Absurdes ausstrahlt.

»Es sieht leider so aus, als müsste ich dich enttäuschen«, informiert Boris mit einem reumütigen Blick. »Die brisante Identität unserer Leiche wurde mir nämlich durchgegeben, als ich auf dem Weg zum Bahnhof war, um dich abzuholen. Und ich dachte natürlich sofort, ich könnte dir einen spektakulären Mordfall zum Willkommen bieten. Aber wie es scheint, ist die Frau nur an einem Herzversagen gestorben. Wer konnte vorausahnen, dass jemand im Pavillonsaal der Ermitage an so etwas Profanem sterben könnte.«

»Menschen sterben überall, auf Zeit und Ort haben sie keinen Einfluss«, kommentiert Püchel lakonisch.

»Aber die Tote war eine besondere Frau. Da haben bei mir sofort alle Alarmglocken geläutet.«

»Und wer ist so wichtig, dass die Glocken zu läuten beginnen?«

»Oberkustodin Irina Kotschetowa!«

»Und was macht diese Frau zu einer besonderen Frau?«, fragt Heinz Püchel und schaut seinen Berufskollegen erwartungsvoll an.

»Sie verwaltet die gesamten Bestände der russischen Abteilung der Ermitage. Zu den Exponaten gehören unter anderem Email des 15. bis 19. Jahrhunderts, Einfassungen von vergoldeten Ikonen, altrussische Schöpfkellen und Becher. Das ist heute alles unbezahlbar.«

»Und? Ist durch den Tod der Frau irgendetwas davon abhandengekommen?«

»Das kann niemand beantworten, nicht einmal der Direktor des Museums. Ich habe mit ihm gesprochen. Er hat mir gesagt, dass allein die gezeigte Sammlung aus circa drei Millionen Exponaten besteht und der Rest in den Archiven untergebracht ist.«

»Und wegen dieser Schätze tretet ihr euch hier alle gegenseitig auf die Füße und braucht Stunden, bis ihr bemerkt, dass die Frau eines natürlichen Todes gestorben ist?«

»Genau das ist das Problem, Heinz. Persönlich glaube ich nicht daran, dass das schon gesichert ist. Es gibt keine Fremdeinwirkung, behauptet der Arzt. Aber das ist eben nur eine Behauptung.«

»Wieso, gibt es Zweifel?«

»Nun, unser Doktor wurde direkt von einer Hochzeitsfeier geholt. Und die hat, wenn mich mein Eindruck nicht täuscht, nicht erst heute Morgen begonnen. Wodka macht zwar kaum eine Fahne, aber seinen ausgiebigen Konsum konnte man an seinen Bewegungen ablesen.«

Püchel schüttelt ungläubig den Kopf und schaut dabei Fishenski an. Doch der zuckt ratlos mit den Achseln und grinst: »Vielleicht kommt die Obduktion ja zu einem anderen Ergebnis. Wir werden sehen. Ich schätze, für dich gibt es hier nichts Interessantes mehr zu sehen. Tut mir leid.«

»Geht schon in Ordnung. Zumindest habe ich einen Eindruck von eurer Arbeit bekommen«, beruhigt der Polizeirat und schlägt die Richtung ein, aus der er mit Boris in den Saal gekommen ist.

»Nicht dort hin. Wir machen einen kleinen Rundgang, bevor wir gehen«, stoppt ihn der Russe und deutet zum gegenüberliegenden Ausgang. »Ab jetzt bist du nur noch Tourist und ich führe dich durch die russische Seele.«

Er drängt sich mit seinem Gast im Schlepptau durch die Reihe Milizpolizisten hinein in ein funkelndes Meer aus

Gold und Machtinsignien, vorbei an der Prunkkutsche des Zaren, hinein in Wohn- und Prunkgemächer mit bizarren Barockdekoren, Marmorsäulen, monumentalen Deckenornamenten, silberverzierten Thronstühlen, doppelköpfigen Adlern, Kaiserkronen, bis in die Diamantenschatzkammer mit dem 46-teiligen Service der Zarin Elisabeth aus purem Gold.

»Schau dir diese prächtigen Pferdegeschirre an«, drängt der Russe und zieht den Husumer Polizeirat nah an die Exponate heran. »Das erste ist mit 8.000 Brillanten besetzt, das andere sogar mit 16.000 Diamanten. Was sagst du nun?«

»Ich frage mich, wann eine von euren vielen Mafiabanden jemanden vorbeischickt, um einige der Klunker abzuzweigen?«

»Das wird nicht passieren. Selbst die größten Schurkis wagen es nicht, aus dem Petersburger Desant auszuscheren.«

»Dem was? Dem Petersburger Desant?«

»Du musst wissen, Putin ist Petersburger. Seine Seilschaften stehen für eine ungezügelte Günstlingswirtschaft. Die Kapitalströme, die bisher nach Moskau geflossen sind, werden mit Putins Einverständnis nach Petersburg umgeleitet, er fördert die ihm zugetanen Oligarchen dieser Stadt und schreckt auch vor engen Mafiakontakten nicht zurück. Und die Oligarchen lieben diesen Glanz von Gold und Edelsteinen, der Russlands Macht präsentiert. In diesem Glanz laufen alle ihre Geschäfte besser. Deswegen werden sie sich an diesem Glanz nicht vergreifen.«

»Wenn du dich da mal nicht täuschst, Boris, Gauner bleibt auf jeden Fall Gauner.«

EIDERLAND

Als Swensen erwacht, ist er allein im Bett. Anna ist schon aufgestanden, ohne dass er es mitbekommen hat. Dass die notorische Langschläferin vor ihm aus den Federn kommt, ist etwas, was nur ganz selten passiert. Der Morgen wischt sich gerade erst die Augen, schickt trübes Licht durch den Vorhangschlitz in den Raum. Der Digitalwecker verkündet die Zeit als einen ewigen Schwebezustand in roten Leuchtzahlen: 8.24 Uhr.

Er war erst spät am Abend von den Ermittlungen aus Tönning, wo er auch noch den Wagen abholen musste, nach Hause gekommen, hatte sich in aller Stille ausgezogen, war nackt unter die Bettdecke geschlüpft und hatte sich vorsichtig auf Annas Seite geschoben. Sein rechtes Bein war zu ihrer Hüfte hinaufgekrochen. Sie atmete tief, lag vollkommen still. Ihre Haut fühlte sich glatt und weich an seiner Haut an. Er hatte seinen Arm um ihren Nacken gelegt. Dann muss er eingeschlafen sein.

Der erste Gedanke, nachdem ihm einen Moment lang jegliche Erinnerung fehlt, ist nicht die Leiche vor dem Riesenaquarium in Tönning, und auch nicht die Gewissheit, dass es einen neuen Mordfall für die Husumer Kripo gibt. Nein, er muss an das Skelett des Pottwals denken, das er gestern im Vorbeigehen auf dem Weg zum Tatort wahrgenommen hat und das ihm danach immer wieder in Erinnerung gekommen ist.

Der Hauptkommissar schlägt die Bettdecke zurück und stellt beide Beine auf den Boden. Als er noch unentschlossen auf der Bettkante hockt, hat er plötzlich die Bilder der drei Pottwale vor Augen, die im Dezember 97 an der Küste vor Westerhever gestrandet waren. Ein Skelett der Tiere wurde später ins Multimar geschafft.

Damals war er mit Anna, genau wie eine Unzahl von Anwohnern und Touristen, ins Watt hinausgepilgert, um sich das Ereignis aus nächster Nähe anzusehen. Vom Deich aus wirkten die Tiere in der weiten Landschaft noch ziemlich klein. Doch bei dem langen Fußmarsch nahmen die Körper langsam ihre wahren Dimensionen an, wuchsen auf 15 bis 17 Meter Länge.

Swensen erinnert sich, wie traurig und zugleich staunend er vor dem riesigen Maul stand, das sich schlaff auf den ausgetrockneten Wattboden gepresst hatte. Ein verirrtes Meereswesen, das durch die Gesetze der Schwerkraft von seinem eigenen Gewicht plattgedrückt wurde. Das Drama schien allerdings einige anwesende Säugetiere der Gattung Homo sapiens nicht sonderlich zu erreichen. Erst kletterte ein Jugendlicher von der Schwanzflosse aus auf den Rückenberg eines Wals. Und als der Bann gebrochen war, setzte ein regelrechter Herdentrieb ein. Es machten sich selbst Kleinfamilien mit Kindern auf den Weg, um einen Fußmarsch über die dicken Speckschichten bis zum Kopf zu unternehmen. Der makabre Totentanz hatte etwas unmenschlich Menschliches. Der Hauptkommissar war mit Anna stumm zurück zum Deich geflohen.

In der Menge scheint der Mensch mit einer Art Blindheit seiner Sinne geschlagen zu sein, grübelt Swensen, erhebt sich, schlurft über den Flur zum Bad hinüber und macht sich für den kommenden Tag fertig. Der Gedanke lässt ihn nicht los.

In der Menge verschwindet der Umriss. Wenn genügend Augen da sind, ist ein einzelner Mensch nahezu unsichtbar. Der Mörder, der auf einem einsamen Feldweg mordet, wird wahrscheinlich genauer beschrieben, als der Mörder, der in der Menge verschwindet. Irgendwas in diese Richtung muss gestern im Multimar passiert sein.

Das schmutzige Grau drückt den Himmel herab, lässt nur noch wenig Platz zum Atmen. Auf der Fahrt durch den verdunkelten Morgen plagt sich der Hauptkommissar weiterhin mit den Problemen der menschlichen Kommunikation herum. Wie viel Zeit hatte es gebraucht, um aus Marianne Ingwersen die mageren Informationen über ihren Mieter Peter Jessen herauszubekommen. Sie könne doch nicht einfach irgendwelche Dinge von ihm in die Welt setzen, die sie so genau ja gar nicht wüsste, hatte sie immer wieder betont. Das meiste hätte sie nur von Nachbarn gehört, und das sei mit Vorsicht zu genießen. Silvia hatte mit Engelszungen auf die Frau eingeredet, bis sie endlich mit ein paar Brocken herausgerückt war.

»Herr Jessen fährt … äh … fuhr auf ’nem Kutter, Fischkutter. War als Smutje … als Schiffskoch tätig, in der Kombüse, hat er mir mal erzählt. Früher war er hier im Ort in der Gastronomie, als Chefkoch. Er hat in unserem Kirchspielkrug die Küche geleitet. Aber vor drei Jahren, da … da hat man ihn rausgeschmissen, wurde jedenfalls im Dorf gemunkelt. Aber Genaues weiß man nicht. Ansonsten war er ein ruhiger Mieter, war fast immer allein, keinen Damenbesuch oder so was.«

»War nie jemand hier? Auch in letzter Zeit nicht?«

»Nur mal einer dieser Fischer vom Kutter. Hat Herr Jessen mir wenigstens gesagt, dass der ab und zu vorbeikommt. Ich habe den nie gesehen. Timmann heißt der, glaube ich, Hauke Timmann. Der ist nicht hier aus dem Dorf. Vielleicht wohnt der ja in Tönning. Könnte doch sein, oder? Weil da auch der Kutter im Hafen liegt.«

Swensen hat die Husumer Inspektion erreicht und biegt mit seinem Polo auf den Hinterhof, während er die Aussage der Frau mit dem Wunder der Kommunikation von Walen vergleicht. Die verständigen sich mit ihren Gesängen im Ozean über Hunderte von Kilometern und können die Melodien ihrer Artgenossen exakt bis ins Detail wiedergeben. Der Hauptkommissar pfeift leise lang gezogene Töne vor sich hin, als er die Treppe zum Gruppenraum hinaufsteigt, wo sich das Team gleich zur Frühbesprechung einfinden wird. Es ist schon so spät, dass er es nicht mehr schaffen würde, einen Tee aufzubrühen. Deshalb steuert er direkt auf die offene Tür zu, aus der Stimmengewirr zu hören ist. Haman und Mielke sind in einen Plausch vertieft, als wären sie ein Herz und eine Seele. Jacobsen sitzt allein am anderen Ende und blättert lustlos in der Husumer Rundschau, während drei Flensburger vom K1 mit einem Automagazin an der Fensterbank stehen und über Sinn und Zweck von Radzierblenden streiten.

Mit einem lauten »Moin, Moin!« würgt Swensen den Geräuschpegel ab. Im selben Moment tritt Jean-Claude Colditz mit forschem Schritt herein, legt eine Mappe vor sich auf den Tisch und fingert, nur mit einem Kopfnicken zur Begrüßung, einige Fotos daraus hervor. Mit schwarzen Pinnwandnadeln befestigt er sie nebeneinander auf der Korkplatte.

»Unser Mordopfer Peter Jessen! Was wissen wir? Wir haben seinen Wagen, einen schwarzen Audi S4, auf dem Parkplatz vor dem Wattforum sichergestellt und zur weiteren Spurensicherung in unsere Werkstatt gebracht. Es wird noch etwas dauern, bis wir Ergebnisse bekommen. Ich verspreche mir davon aber keine durchschlagenden Fahndungshinweise. Auf den ersten Blick waren keine Blutspuren auf den Sitzen zu sehen. Weiter zur Leiche! Die Obduktion hat eine eineinhalb Zentimeter lange Stichwunde in der Wand der rechten Herzkammer ergeben. Er ist also innerlich verblutet.«

Die Worte rauschen dahin wie mantrische Verse, bereits tausendmal gesprochen. Swensen ringt mit seiner Konzentration, als würde er lustlos auf seinem Sitzkissen meditieren. Die tägliche Übung, nur praxisnah ausgeführt. Einatmen, ausatmen. Eins sein mit dem Wesen der Natur.

›Wir sind von Natur aus gut‹, verspricht Meister Rinpoche ihm in seinen Gedanken. ›Ohne Ausnahme. Ohne uns analysieren zu müssen haben wir ganz von selbst Buddha in uns. Das ist die Buddha-Natur oder Bodhichitta, das Herz des Buddha.‹

»Der stete Blutverlust hat letztendlich zum Kreislaufstillstand geführt. Einer der Rettungssanitäter gab zu Protokoll, den Patienten kollabiert vorgefunden zu haben. Er war bleich und kaltschweißig und nicht bei Bewusstsein. Wichtig erscheinen mir der ungewöhnliche Ort und die Umstände des Todes. Warum ist das Opfer, nachdem ihm der Messerstich versetzt wurde, ausgerechnet in den großen Aquariumraum geflüchtet? War der Mörder noch hinter dem Mann her? Oder suchte das Opfer nach anderen Menschen, um Hilfe zu bekommen? Die Spurensicherung hat den Eingangsbereich genauestens nach Blutspuren abgesucht und nichts gefunden. Stichwunden bluten allerdings in den meisten Fällen nicht sehr stark. Bleibt die Frage, warum hat der Täter seinem Opfer in den Ausstellungsräumen vom Multimar aufgelauert? Er musste doch befürchten, bei seiner Tat beobachtet zu werden. In den Räumen marschieren ständig irgendwelche Menschen herum.«

Wenn der Chef beginnt, Fragen zu stellen, ist Swensen sofort wieder bei der Sache.

»Ich nehme an, dieselben Fragen sind allen Kollegen auch schon durch den Kopf gegangen«, sagt er und schaut demonstrativ in die Runde. »Da aber keiner von uns kluge Antworten parat zu haben scheint, sollten wir den Stand der Dinge zunächst akzeptieren. Nur durch mehr Nachdenken können wir die Antworten nicht erzwingen. Ich für meinen Teil bin dafür, dass alle Fragen, die sich um den Tatort drehen, erst einmal hintenan gestellt werden. Ich denke, wir sollten uns verstärkt auf das Umfeld des Opfers konzentrieren.«

»Das ist deine Meinung, Jan«, erwidert Colditz und wirft mit einer kurzen Kopfdrehung die langen Haare zur Seite, als wolle er die Ansicht des Kollegen abschütteln, »ich sehe das anders. Das Wie und Warum bleiben immer gleich wichtig. Hast du denn schon etwas aus dem Umfeld des Opfers zu bieten?«

»Jessen ist auf einem Fischkutter gefahren, der ›Rungholt‹. Das wusste seine Vermieterin in Tetenbüll. Und sie wusste auch, dass der Kahn im Tönninger Hafen liegt. Silvia und ich sind gestern auf dem Rückweg dort vorbeigefahren. Wir haben den Kapitän Per Timmann an Bord angetroffen. Der zeigte sich sehr bestürzt über den Tod seines Schiffskochs.«

»Zumindest hat er alle Register gezogen«, ergänzt Haman abfällig. »Ich fand seinen Gefühlsausbruch ziemlich theatralisch, er wirkte wie einstudiert. Für meinen Geschmack allerdings eher schlechtes Schmierentheater, oder hat er dich etwa überzeugt, Jan?«

»Schwer einzuschätzen, finde ich. Ich habe mir abgewöhnt, Menschen, die eine Todesnachricht bekommen, sofort in eine psychologische Schublade zu stecken. Solch schreckliche Mitteilungen machen mit jedem etwas anderes. Das muss nicht gleich was bedeuten.«

»Vielleicht gehören Seemänner für Silvia auch automatisch in die Kategorie Macho?«, wirft Mielke trocken ein.

Silvia holt tief Luft.

»Ich möchte nicht, dass die unqualifizierte Meinung von Kollege Mielke in irgendeiner Form kommentiert wird!«, fährt Colditz dazwischen, bevor Haman zu einer ihrer berüchtigten Attacken ansetzen kann.

Swensen registriert perplex, wie schnell die Vertrautheit, die ihm gerade noch beim Hereinkommen aufgefallen war, zu Bruch gehen kann. Colditz schüttelt nur mit dem Kopf und hält Mielke dabei mit einem strengen Blick in Schach, damit der nicht erneut auf dumme Gedanken kommt.

»Der Kapitän heißt also Per Timmann!«, sagt er dann. »Und wer, außer diesem Jessen, gehört noch zur Crew?«

»Der Decksmann, ein gewisser Henning Bischoff und der Bruder vom Käpt'n, Hauke Timmann. Der ist anscheinend so eine Art Mädchen für alles.«

»Habt ihr die beiden gesprochen?«

»Nein, die waren nicht an Bord und wir haben dann abgebrochen, es war bereits nach zehn. Der Kapitän hat uns Adressen und Telefonnummern der beiden Männer gegeben. Hauke Timmann wohnt in Osterhever, Henning Bischoff in Tönning. Wir wollen sie gleich nach der Besprechung aufsuchen.«

»Ich habe mal ein bisschen recherchiert«, wirft Jacobsen ein. »Jessens Vater ist früh gestorben, und die Mutter hat zwei Jahre später einen gewissen Wolfgang Lütke geheiratet. Der hat einen Sohn aus erster Ehe mit in die Familie gebracht. Jessens Stiefbruder heißt Andreas Lütke und betreibt ein Feinschmeckerrestaurant in St. Peter-Ording, ›Die Eiderente‹. Ziemlich bekannt, kennen vielleicht auch einige von euch. 1972 hat Jessen das Elternhaus verlassen und mehrere Jahre in Lübeck gelebt. Dort heiratete er eine gewisse Enna Kröger und eröffnete mit ihr das Restaurant ›Bethsy‹. Das ist aber kurze Zeit später pleitegegangen, und seine Frau hat 1975 die Scheidung eingereicht. Was allerdings aus ihr geworden ist, habe ich noch nicht rausgefunden.«

»Wir stehen ja erst am Anfang«, beruhigt Colditz, »besten Dank, Rudolf, dass du dich so schnell hinter Jessens Identität geklemmt hast. Ich weiß, dass es gestern ein harter Tag für euch alle war. Swensen, Haman, Mielke und Jacobsen, ihr nehmt euch die Fischercrew und das Umfeld von Jessen vor. Die Flensburger Kollegen nehmen sich die Personen auf der Besucherliste vor, die gestern im Multimar erstellt wurde. Wir brauchen uns jetzt nicht länger mit Reden aufzuhalten. Es gibt Arbeit genug.«

Eine allgemeine Unruhe kommt auf, Stühle werden gerückt und die Beamten drängen aus dem Raum. Swensen steht als Letzter auf. Als er bemerkt, dass Jacobsen seine Zeitung liegengelassen hat, nimmt er sie mit, um sie ihm zu geben. Auf dem Flur ist von dem Kollegen jedoch nichts mehr zu sehen. Er klemmt die Husumer Rundschau unter den Arm, bespricht mit Haman, wann sie zur Ermittlung starten wollen, und geht dann gemächlich in sein Büro. Auch mit der eingeschalteten Schreibtischlampe ist es nicht richtig hell im Raum. Eine gewisse Lustlosigkeit überfällt ihn. Es ist das erste Mal, dass ein neuer Mordfall ihn nicht sonderlich in Schwung bringt. Irgendwie hat er das Gefühl, er kann es diesmal gelassen angehen.

Die Sache wird sich wie von selbst auflösen, denkt er. Vielleicht nur eine banale Streitigkeit, Jessen ist jemandem blöd gekommen und der hat im Affekt zugestochen. Etwas, was in Großstädten tagtäglich passiert. Die Lösung müsste im unmittelbaren Bekanntenkreis liegen, und dazu gehört in erster Linie die Crew der ›Rungholt‹. Der Hauptkommissar setzt sich an den Schreibtisch, legt die Zeitung beiläufig neben den Bildschirm des Computers und wartet, bis dieser hochgefahren ist. Dann klickt er sich in das Polizei Auskunftsystem ›INPOL-Land‹ ein. Er gibt den Namen Henning Bischoff ein. Nach wenigen Sekunden werden mehrere Eintragungen aufgelistet, die aber nichts mit einem Henning Bischoff aus Tönning zu tun haben. Swensen wiederholt seine Aktion mit dem Namen Hauke Timmann. Wieder erscheint eine Reihe von Eintragungen. Swensens Blick verengt sich. Er starrt gebannt auf den Fang seiner digitalen Schleppnetzfahndung.

Es gibt eine Übereinstimmung mit Hauke Timmann aus Osterhever. Der Mann ist vorbestraft, wurde vor drei Jahren wegen Einbruch und Hausfriedensbruch in einer Gastwirtschaft auf Eiderstedt zu einer Freiheitsstrafe von sechs Monaten auf Bewährung verurteilt.

Swensen recherchiert weiter und stößt auf einen Eintrag, dass es sich bei der Gastwirtschaft um den Kirchspielkrug Tetenbüll gehandelt hat. Wahrscheinlich genau der, in dem laut Aussage von Marianne Ingwersen das Mordopfer Jessen als Küchenchef tätig gewesen sein soll.

Das ist kein Zufall, da ist Swensen sich sofort sicher, das kann jetzt kein Zufall sein. Wahrscheinlichkeitsrechnungen bedeuten nichts, wenn es um reale Tatsachen geht.

Der Hauptkommissar ist plötzlich hellwach. Er steht auf, tritt ans Fenster und starrt in das Nichts der schmutzigen Wolken, die aussehen wie mit Mehl bestäubte Auberginenmousse.

Der erste Lichtblick heute, freut er sich und denkt sofort weiter. Die Vermieterin hat gestern angedeutet, dass man Jessen dort vor einiger Zeit entlassen hatte. Könnte das etwas mit dem Einbruch von Hauke Timmann zu tun gehabt haben? Kannten die sich damals schon? Und wenn ja, haben Jessen und Timmann die Sache vielleicht sogar zusammen ausgeheckt? Vielleicht ist das alles damals so abgelaufen: Timmann wurde verurteilt, hat seinen Komplizen Jessen nicht preisgegeben, und jetzt sind sie in Streit geraten.

Der Kriminalist sieht sich in seinen Gedankenspielen darin bestätigt, dass der Mordfall sich schnell aufklären wird. Wir bräuchten nur ein Foto von diesem Timmann. Das zeigen wir allen Besuchern des Wattforums, die wir auf der Liste haben. Irgendeinem von denen wird Timmann doch zur Tatzeit da drin über den Weg gelaufen sein.

Swensen gerät in Hochstimmung, als hätte er gerade den Fall gelöst, da geht die Bürotür auf und Hamans Gesicht schaut durch den Spalt.

»Du wirst es nicht glauben, aber einer der Männer von unserem Fischkutter ist vorbestraft. Der Bruder vom Kapitän, Hauke Timmann, ist wegen …«

»… Einbruch und Hausfriedensbruch in den Kirchspielkrug Tetenbüll zu einer Freiheitsstrafe von sechs Monaten auf Bewährung verurteilt worden.«

»Du weißt das schon?« Auf der Stirn der Hauptkommissarin bilden sich senkrechte Falten. ›INPOL-Land‹?«

»Genau! Und jetzt? Quo vadis?«

»Ich schätze, du willst damit sagen, wir rücken dem Bruder unseres Kapitäns auf die Bude, oder?«

»Völlig richtig!«

PIETER

Das Hotel ›Zagora‹ liegt mitten in der Stadt, nur einen kurzen Fußmarsch vom Newski-Prospekt entfernt. Heinz Püchel war gestern Abend, nachdem Boris ihn hier abgesetzt und ihm beim Einchecken geholfen hatte, noch kurz zu einem kleinen Bummel aufgebrochen. 20 Minuten bei eisiger Temperatur durch Häuserzeilen und menschenleere Straßen. Zurück im ›Zagora‹ verbreitete der Eingangsbereich den Charme einer Bahnhofshalle. Der Polizeirat war in das düstere Foyer gestapft, vorbei an dem dunklen Holztresen, der von zwei Bronzeskulpturen flankiert wird. Nackte Schönheiten, die Lampenkugeln über den Kopf hielten und verführerisch glänzten. Müde hatte er den engen Fahrstuhl genommen. Im fünften Stock war er dann in seinem Zimmer 574 verschwunden und hatte die Eindrücke mit in den Schlaf genommen.

Als er am Morgen aufschreckt, sind die Erinnerungen in der Nacht verschollen. Es hat laut an die Tür geklopft. Der Polizeirat greift noch halb schlafend nach seiner Hose, springt aus dem Bett und zwängt sich hinein. Bis er die Zimmertür erreicht, gelingt es ihm – mehr schlecht als recht – sein Hemd überzustreifen. Er dreht den Schlüssel und reißt sie auf. Hollmann steht auf dem Flur, frisch wie aus dem Ei gepellt, und grinst ihn an.

»Moin, Moin, Heinz! Du warst gestern so urplötzlich verschwunden. Ich dachte schon, Jagoda höchstpersönlich wäre von den Toten auferstanden und hätte dich wegen touristischer Spionage einbuchten lassen«, flachst der Spurensicherer und lacht über seinen eigenen Witz.

»Moin, Moin, Peter!«, knurrt Püchel mit schlaftrunkenen Augen. »Jagoda? Einbuchten? Muss ich das jetzt verstehen?«

»Das war ein Ulk, Heinz! Jagoda war einer von Stalins Schergen. Als ich damals in die Junge Union eingetreten bin, war der ›Archipel GULAG‹ Pflichtlektüre. Argumente sammeln, um den politischen Gegner auflaufen zu lassen.«

»Peter, wie du siehst, bin ich gerade erst aufgestanden, mein Hemd ist noch nicht mal zugeknöpft, und du erzählst mir was von Jagoda. Wir treffen uns in 20 Minuten beim Frühstück. Dann bin ich vielleicht aufnahmefähig!«

Heinz Püchel schlägt die Tür ins Schloss, steht einen Moment kopfschüttelnd davor, geht zum Nachttisch und zündet sich eine Roth-Händle an. Eine Rauchwolke folgt ihm ins Bad.

Trotz heißer Dusche, frischem Hemd und neuer Hose blockiert der Name Jagoda die Denkfähigkeit des Kriminalrats. Erst mit der zweiten Zigarette kehrt die Erinnerung an die Tote auf dem Mosaik zurück. Wenn Püchel etwas aufregen kann, dann sind es gutgelaunte Kollegen im Ausland, die in aller Herrgottsfrühe das ›System Püchel‹ aus dem Gleichgewicht bringen.

Peter Hollmann hat einen Teller randvoll mit Rührei und kleinen Würstchen vor sich stehen, als der Polizeirat mit Brötchen, Wurst und Butter vom Frühstücksbuffet kommt und sich an den Tisch des Kollegen setzt. Die anderen von der Delegation sind noch nicht in Sicht. Heinz Püchel schmiert hastig ein Wurstbrötchen und sagt beiläufig: »So, jetzt will ich wissen, was es mit diesem Jagoda auf sich hat.«

Der Spurensicherer ist sich nicht sicher, ob die Frage wirklich ernst gemeint ist, doch Püchel nickt ihm aufmunternd zu.

»Der war Chef der sowjetischen Geheimpolizei, mitverantwortlich für das Straflagersystem Gulag in den 30ern. »Jagoda uns voran als Lehrer, scharf sein Blick und fest die Hand«, das war das befohlene Lied für die Zwangsarbeiter in den Baugruben. Das hat sich mir eingeprägt, als ich damals den ›Archipel Gulag‹ gelesen habe.«

»Hitler, Stalin! Alles Schnee von gestern«, kommentiert Püchel lapidar. »Heute haben die Russen andere Probleme. Wenn die ihr Auto irgendwo parken, montieren sie vorsichtshalber ihre Wischblätter ab.«

Hollmann starrt perplex auf sein Gegenüber, das seelenruhig vor sich hin kaut. Den Gulag und die Wischblätter von Autos bekommt er irgendwie nicht zusammen. Als der Polizeirat die Ratlosigkeit des Kollegen bemerkt, schiebt er eine Erklärung nach.

»Ich war selbst dabei, ehrlich. Der russische Kollege, der mich gestern vorm Bahnhof abgefangen hat, hat mich abends mit seinem Wagen zum Hotel gebracht. Und bevor er mit hereinkam, hat er die Wischblätter abgemacht. Sonst sind die weg, hat er gesagt.«

»Du willst doch nicht ernsthaft Stalins Regime, das Millionen Menschen ermorden ließ, mit Wischblättern vergleichen?«, entgegnet der Spurensicherer erbost.

»Wie kommst du denn jetzt von Wischblättern auf Stalin?«, fragt Püchel seelenruhig.

»Heinz, lass uns bitte aufhören, das ist mir zu viel am Morgen.«

»Ich wusste gar nicht, dass du so ein Sensibelchen bist. Du hast bei deiner Arbeit doch auch ständig Leichen an den Hacken, oder?«

»Wo warst du denn gestern?«, fragt Hollmann, ohne weiter auf Püchels Sprüche einzugehen.

»Bevor wir aus Moskau los sind, habe ich einen russischen Kollegen angerufen. Boris Fishenski heißt der Mann. Den kenne ich von einer Tagung in Frankfurt. Und der hat mich gestern spontan zu einer Ermittlung mitgenommen. Russische Miliz live bei der Arbeit. Praktischer Anschauungsunterricht sozusagen, hat er gesagt.«

Jetzt ist der Polizeirat voll in seinem Element. Unterstützt von hektischen Gesten und süchtigem Inhalieren der Zigarette, beginnt er, seine gestrigen Erlebnisse, haargenau bis ins Detail, vor Hollmann auszubreiten. Sein Wortschwall stockt nur minimal, wenn einer der anderen Delegationsteilnehmer im Frühstücksraum eintrudelt und die beiden Husumer aus der Ferne grüßt. Der Spurensicherer bekommt einen dramatischen Mordfall auf einem Petersburger Goldtablett serviert, ohne Gelegenheit, eine Zwischenfrage an den Mann zu bringen, nur um am Ende zu erfahren, dass die weibliche Leiche anscheinend an einem Herzinfarkt verstorben ist.

Trotzdem entsteht bei Hollmann ein unterschwelliger Neid auf das Privileg seines Kollegen. Da wäre er auch gerne mit dabei gewesen. Doch bevor sein Unmut sich noch steigern kann, erscheint der russische Delegationsleiter im Raum und verkündet mit lauter Stimme, dass der Mannschaftswagen vor dem Hoteleingang auf die deutschen Gäste wartet.

Es vergeht eine Weile, bis die Kriminalbeamten aus Kiel, Hamburg, Hannover und die beiden Husumer alles Nötige aus ihren Zimmern geholt und im Bus verstaut haben. Dann geht es auf harten Sitzen los ins frostige Sankt Petersburg. Der Wind ist schneidend, die Menschen auf den Straßen sind dick eingepackt, viele haben eine schwarze Russenschapka fest auf dem Kopf. Fröstelnd reibt sich Heinz Püchel die Hände. Die Heizung in dem Miliztransporter ist nicht die Beste.

»Bevor ich Sie heute durch unser Polizeihauptquartier führe – das große Haus, wie es bei uns heißt –, werden wir eine kleine Tour durch unsere prachtvolle Stadt unternehmen«, verkündet der Delegationsleiter. »Sie werden staunen, was Pieter alles zu bieten hat.«

Die Fahrt führt über die Anitschkow-Brücke und den Gribojedow-Kanal, wie der selbsternannte Stadtführer verlauten lässt. An die Pferdeskulpturen kann der Polizeirat sich erinnern, jetzt kennt er auch den Namen der Brücke. Doch seine Orientierung hält nicht lange an, schon schert ihr Gefährt aus dem Strom der Autos aus. Es geht am Kai des Fontanka-Kanals entlang bis zur Ägyptischen Brücke mit Blick auf einen Betonbunker, dem Hotel Sowjetskaja, wie ihnen berichtet wird. An den Seiten der Brücke liegen auf Granitblöcken gusseiserne Sphinxen mit vergoldetem Kopfschmuck. Hollmann erhascht im Vorbeirollen, wie sich zwei Frauen in eleganten Mänteln mit Fuchskragen vor den Skulpturen in Pose stellen und von einem Begleiter fotografieren lassen. Der Kanal dahinter glänzt wie geschmolzenes Zinn.

Es ist keine wirkliche Stadtführung, nur ein fliegender Eindruck durch die Scheibe. Der Polizeirat fühlt sich an Potemkinsche Dörfer erinnert, die fein herausgeputzt die verheerenden Zustände hinter den Fassaden zu verbergen suchen. Er kaut auf der Unterlippe, um seine innere Unruhe zu verbergen, und schaut auf die eingefahrenen Spuren an der Ufermauer. Der Miliztransporter überquert eine eiserne Fußgängerbrücke über den Kanal, auf dessen anderem Ufer die hohen, goldenen Kuppeln einer Kathedrale in den blauen Himmel ragen.

»Die Nikolskij-Kathedrale! Dort drüben hat Dostojewskij geheiratet!«, moderiert der Delegationsführer und schaut demonstrativ auf die Uhr.

Auf dem Rückweg legt sich der Fahrer richtig ins Zeug und rast ohne Gnade an der Newa entlang, wobei er kein Schlagloch auslässt. Sie kommen am Winterpalais und der Ermitage vorbei, und Püchel stößt Hollmann an: »Siehst du, dort drüben? Da drin ist gestern der ganze Schlamassel passiert!«

Auf Höhe des Litejnyj-Projekts, nahe dem südlichen Ufer der Newa, stoppt der Wagen endlich vor gewaltigen, sechsstöckigen Gebäudeblöcken, die sich zwischen Wionowa- und Kalajewastraße ausdehnen; zwei Steinquadrate, gelb und rot, eins aufs andere gelegt.

»Wir sind da! ›Das große Haus‹! Polizeihauptquartier von Sankt Petersburg!«

Die deutsche Delegation kriecht nach und nach durchgefroren und durchgeschüttelt ins Freie und schleicht im Schlepptau des Russen durch die mächtige Eingangstür, die mindestens so erdrückend erscheint wie die vermeintliche Macht, die hinter ihr lauert. Die Milizsoldaten in der Wache zeigen keinerlei Regung, als der Trupp Fremdlinge die überdimensionale Eingangshalle durchquert. Auf Höhe der ersten Treppe lässt der Delegationsleiter die deutschen Beamten stoppen und deutet auf das Bronzerelief eines Kopfes, welches das gesamte Halbgeschoss ausfüllt. Der abgebildete Mann hat einen asketischen Gesichtsausdruck, trägt Schnauzer und Spitzbart und erweckt den Eindruck, als würde er jeden Ankömmling mit seinen stechenden Augen mustern.

»Das ist der berühmte Felix Dserschinski«, erklärt der Delegationsleiter. »Der Mann, dem wir unser heutiges, gut funktionierendes Polizeisystem zu verdanken haben. Für uns Russen noch immer ein Symbol für Recht und Ordnung. Legendär sind seine Eignungsbeschreibungen eines loyalen Polizisten, der in jeder Situation, immer, Zitat: ein heißes Herz, einen kühlen Verstand und saubere Hände haben sollte.«

»Der ›Eiserne Felix‹«, flüstert Hollmann mit süffisantem Unterton in Püchels Ohr. »Der tischt uns, ohne rot zu werden, doch glatt das weichgespülte Bild eines Henkers auf. Eines Mannes, den man zu Lebzeiten nur das ›Schwert der Revolution‹ genannt hat.«

»Kennst du eigentlich nur unangenehme Russen?«, zischt der Polizeirat zurück. »Wer ist der Kerl überhaupt und was hat der mit der Polizei zu tun?«

»Der hat für Lenin die berüchtigte ›Tscheka‹ aufgebaut, die Geheimpolizei, die natürlich nicht nur tatsächliche, sondern auch angebliche Konterrevolutionäre beseitigt hat. Trotzki, den Stalin in Mexiko mit dem Eispickel erschlagen ließ, dürfte dir doch zumindest ein Begriff sein?«

»Okay, okay!«, wehrt Püchel ab. »Lass gut sein, Peter, sonst wird aus dir noch aus Versehen Zar Peter, der Große! Für meinen Geschmack beschäftigst du dich zu viel mit Geschichten aus der Steinzeit. Wir sind schließlich hier, um von unseren russischen Kollegen zu hören, wie wir zusammen Verbrechen bekämpfen können und nicht, wie sie begangen wurden.«

Den kleinen Delegiertentrupp haben die beiden Husumer mittlerweile aus den Augen verloren. Sie müssen sich sputen, um wieder den Anschluss zu bekommen. Peter Hollmann hat jetzt schlechte Laune im Gepäck, deutlich an seinem verkniffenen Gesichtsausdruck abzulesen. Doch ein Husumer Polizeirat, der sich in einer kriminalistischen Hochburg bewegt, nimmt das natürlich nicht wahr, denkt der Spurensicherer erbost. Er schleppt die Ignoranz seines Chefs mit sich herum, sie beschäftigt ihn noch immer, als er schon mit den anderen im Tagungsraum sitzt und Kriminalstatistik und Verbrechensentwicklung über sich ergehen lässt.

»Aus den Verbrechergruppen und kleinen Banden der letzten Jahrzehnte hat sich ein strenges vertikales System transformiert«, referiert eine unscheinbare Person von einem Podium. »Diese organisierten Systeme pflegen mittlerweile nicht nur regionale, sondern auch internationale Verbindungen.«

Manchmal könnte man Heinz echt in den Arsch treten, hadert Hollmann. Die Gedenkplatte für Felix Dserschinski hat ihn völlig kaltgelassen. Dann könnte er auch gleich vorschlagen, im Bundeskriminalamt eine Büste von Heinrich Himmler aufzustellen.

»Diese Systeme sind in unserem Land mittlerweile eine größere Gefahr als Terrorismus, Schattenwirtschaft und Drogenhandel zusammengenommen. Organisierte Kriminalität wird immer unverschämter, dringt krakenhaft in unsere staatlichen Organe ein. Dieses Jahr wurden um die 9.800 Bestechungsfälle bei unseren Beamten festgestellt. Die Höhe der Bestechungsgelder stieg dabei im Schnitt auf ein 6.000-Dollar-Niveau.«

Worte und Zahlen, die in ein Ohr rein- und zum anderen rausgehen. Alles, was man auch in Berichten vom Bundeskriminalamt nachlesen kann, denkt Hollmann gereizt und weiß jetzt schon, dass er den ganzen Kram morgen früh vergessen haben wird.

Als der Redner seinen Vortrag zu Ende gebracht hat und großmundig eine Pause mit kleiner Stärkung angekündigt wird, atmet der Spurensicherer tief durch und sprintet nach dem Startzeichen zum eröffneten Büffet. Nicht gerade aufmerksam hört er, wie der Delegationsleiter den deutschen Gästen die russische ›Nahrungskette‹ erklärt.

Chebureks, kleine fettige Teile mit Käse gefüllt; Blinchiki, gefüllte Pfannkuchen; Pelmeni, Teigtaschen mit Hackfleisch, und die Spezialität Hering im Pelzmantel, ein Petersburger Schichtsalat aus Fisch, Kartoffeln, Möhren, Zwiebeln, Eiern und roter Bete. Hollmann greift zielsicher nach den russischen Eiern mit einem Klacks Remoulade und dem obligatorischen Kaviar obendrauf. Und während er den salzigen Geschmack auf der Zunge spürt, sieht er seinen Chef im Gespräch mit einem mittelgroßen Uniformierten, der Mitte 40 sein dürfte, mit kurzem Igelhaar und einem akkurat gepflegten Schnurrbart. Der Russe redet längere Zeit intensiv auf Püchel ein, bis dieser zu ihm hinüberdeutet und der andere bejahend nickt. Dann winkt er seinem Kollegen hektisch zu, er möge doch herüberkommen, und Hollmann macht sich neugierig auf den Weg.

»Das ist Hauptmann Boris Fishenski, den ich aus Frankfurt kenne. Er spricht ein wirklich exquisites Deutsch, Peter! Und das ist mein Kollege Peter Hollmann, Chef unserer Spurensicherung, über den ich gerade mit dir gesprochen habe!«

Der Russe begrüßt den Deutschen mit einem freundlichen Lächeln und kräftigem Händedruck.

»Boris hat einen Anschlag auf uns vor!«, verkündet Püchel und setzt grinsend hinzu. »Er sprengt uns hier sofort raus, wenn wir wollen. Mit trockener Theorie können wir uns auch morgen weiter langweilen, meint er, und bietet uns eine praktische Weiterbildung an. Es geht um Folgendes …«

Und schon legt der Polizeirat los und lässt den Fall der toten Frau in der Ermitage, den Hollmann schon am Morgen bis in alle Einzelheiten von ihm gehört hat, gnadenlos noch einmal neu auferstehen. Erst als der Russe seine nicht enden wollende Wiederholung stoppt, geht es wenig später durch lange, schwach beleuchtete Flure und über schmale Treppen hinunter in einen finsteren, stickigen Keller. Dort betreten sie einen schummrigen, gekachelten Raum. Auf einem der glänzenden Metalltische liegt eine Frauenleiche, die von einer hellen Deckenlampe angestrahlt wird. Als der Polizeirat sich an einen hüfthohen Schubladenschrank anlehnt, der an der Wand dahinter steht, wirft er eine leere Wodkaflasche um. Die stürzt herunter, knallt scheppernd auf den Fußboden und rollt unter einen Instrumentenschrank.

»Lass einfach liegen, Heinz«, sagt Boris Fishenski völlig unbeeindruckt. Dann zieht er ein Papier aus der Mappe, die er die ganze Zeit bei sich getragen hat, und wendet sich an den deutschen Spurensicherer. »Im Protokoll der Leichenöffnung steht, es gäbe nur eine äußere Verletzung, das Hämatom auf der Stirn. Innere Verletzungen sind nicht festgestellt worden. Deshalb geht unser Gerichtsmediziner von einer natürlichen Todesursache aus. Herzinfarkt. Was meinen Sie dazu?«

»Es sieht so aus, als würden Sie ihm nicht glauben?«

»Richtig! Deswegen wollte ich euch hier haben«, bestätigt der Russe. »Irina Kotschetowa war eine einflussreiche Person. Als Oberkustodin der Ermitage verwaltet sie sozusagen die Schätze Russlands. Wenn an solch einem bedeutungsvollen Ort einer Frau einfach das Herz stehenbleibt, obwohl sie laut Hausarzt keinerlei Herzprobleme hatte, werde ich sehr misstrauisch. Das bringt unser Beruf doch so mit sich.«

»Aber wenn der Experte nichts gefunden hat, was lässt Sie zweifeln?«, fragt Peter Hollmann und lächelt kryptisch.

»Wir befinden uns in Russland. Hier wird jeden Tag etwas vertuscht. Vielleicht ist Bestechungsgeld geflossen, damit unser Gerichtsmediziner den gewünschten Obduktionsbericht abliefert, der von weiter oben angefordert wurde. Vielleicht ist der Kollege auch nicht ganz bei der Sache gewesen, wer weiß das schon«, sinniert der Hauptmann und macht eine Kopfbewegung in Richtung Instrumentenschrank, unter dessen Sockel die Wodkaflasche verschwunden ist.

»Ziemlich harte Anschuldigungen«, stellt Hollmann fest.

»Nicht in unserem Land«, entgegnet Boris Fishenski völlig emotionslos. »Bei uns kostet eine TÜV-Zulassung ohne Prüfung 3.600 Rubel, also 100 Euro. Das gilt auch für Beweismittel, nur sind die teurer. Ist das praktischer Anschauungsunterricht genug für euch?«

»Und wie kann man unter diesen Umständen arbeiten?«, fragt Püchel zurück, steckt sich nervös eine Zigarette an und hält seinem russischen Kollegen die Packung hin.

»Ich nehme meine eigenen, danke«, wehrt der Russe ab. »Sonst gewöhne ich mich noch an den guten Geschmack.«

»Und du wolltest uns das nur zeigen?«, fragt der Polizeirat weiter.

»Nein, ich wollte deinen Kollegen bitten, einen kurzen Blick auf die Leiche zu werfen. Wenn schon zwei neutrale Ermittler vor Ort sind, ist das doch eine gute Gelegenheit.«

»Ich bin Spurensicherer, kein Gerichtsmediziner«, wendet Hollmann ein. »Ich bin kein Experte auf dem Gebiet.«

»Machen Sie sich nicht kleiner, als Sie sind, Herr Hollmann. Sie haben Routine mit Leichen, die an einem Tatort gefunden werden. Worauf würden Sie achten, wenn Ihnen bei einem Herzinfarkt etwas verdächtig vorkommen würde?«

»Ein gewissenhafter Gerichtsmediziner würde nach Injektionseinstichen suchen«, antwortet der Spurensicherer und geht zum Metalltisch. Die Narbe des Y-Schnitts, die von beiden Schlüsselbeinen schräg zum Brustbein und dann gerade hinunter bis zum Schambein führt, ist nur grob zusammengenäht. Hollmann lässt seinen Blick langsam über die Ellenbogenregion streifen, weiter zur Halsvene und danach über den Bauchbereich. Er kann nichts Verdächtiges entdecken, fasst nacheinander die Handgelenke an und dreht sie, um die Handrückenvenen zu untersuchen. Wieder nichts.

»Können Sie mir helfen? Wir müssen die Frau auf die Seite drehen«, sagt Hollmann und schaut zum russischen Kollegen hinüber.

»Das könnte ich mir überlegen, aber nur, wenn wir uns duzen, Herr Kommissar«, grinst Fishenski. »Ich bin Boris!«

»Peter!«, grinst Hollmann zurückhaltend, während sie den Leichnam am Becken und an der Schulter packen und mit einem Ruck auf die Seite wuchten. Der Spurensicherer prüft die Gesäßpartie und entdeckt zum Schluss am Oberschenkel, wonach er gesucht hat.

»Da ist etwas! Hier im Oberschenkel! Siehst du diese kleine punktförmige Blutung in der Haut? Das ist garantiert ein Injektionsmal. Ich würde euren Gerichtsmediziner mal richtig mit der Nase drauf stoßen.«

»Und was heißt das jetzt? Wenn jemand Gift gespritzt hat, müsste es doch nachweisbar sein.«

»Es könnte eine Injektion mit Kaliumchlorid gewesen sein. Das ist kein Gift, ist aber in hoher Konzentration tödlich. Der Herzbeutel beginnt nach wenigen Sekunden zu krampfen, und es kommt zum Herzstillstand. Kaliumchlorid ist schwer nachweisbar, denn es verschwindet, soweit ich das als Laie weiß, durch Diffusion in das umliegende Gewebe. Ich wage zu behaupten, dass dieses Injektionsmal nicht für einen natürlichen Tod spricht.«

RUNGHOLT

Heute werden sie kommen, ganz bestimmt, da ist er sich sicher. Seine Gedanken kreisen um eine nicht fassbare Angst. Die Crew von unserem Kutter werden sie zuerst befragen, sagen sie. Wir alle werden in ihr Blickfeld geraten. Sie werden sich jeden von uns vornehmen, einen nach dem anderen.

Er hatte schon gestern mit ihnen gerechnet. Den verblüfften Blick von Peter Jessen vor Augen und die ganze, schreckliche Zeit danach, auf der nicht enden wollenden Fahrt nach Hause, war er wie in Panik. Hinter jeder Kurve, überall hatte er die Polizei vermutet. Aber sie war nicht erschienen. Ganz verwundert hatte er seinen Wagen neben dem Eingang zu seiner Wohnung geparkt und sich an der Tür noch einmal umgedreht.

Heute werden sie kommen …

Ihm graust vor dieser Begegnung, er kaut auf den Lippen, geht immer wieder zur Schaufensterscheibe des ehemaligen Krämerladens, in dem sich sein Wohnzimmer befindet. Voll dunkler Vorahnung starrt er auf die Straße, wo er bis zum Parkplatz der Osterhever Kirche sehen kann. Nebel hängt bis auf die Baumkronen.

Ich könnte meinen Bruder anrufen, denkt er. Nein, doch lieber nicht. Vielleicht sind sie im Moment gerade bei ihm.

Seine Gedanken treiben ihn durch eine Endlosschleife, versuchen das, was passiert ist, zu leugnen, es zu erklären, zu rechtfertigen, um dann wieder von vorn zu beginnen. Es ist nicht so, als würde er sich mit dem Gefühl von Schuld plagen. Er kann nichts Verwerfliches an seiner Handlung erkennen.

So eine einmalige Chance wird keiner, der auf der ›Rungholt‹ dabei war, in seinem ganzen Leben noch einmal bekommen, beruhigt er sich. Das hätte niemand in den Wind geschlagen. Gut, jetzt ist es nicht so glatt gelaufen, wie sie es geplant hatten. Aber was er getan hat, das war Notwehr, nichts anderes, Notwehr für jeden einzelnen von ihnen. Eine ganz klassische Situation, ganz einfach, entweder er oder alle anderen. Es musste getan werden, für alle getan werden, damit nicht schon bald der Nächste aus der Reihe tanzt und sie uns erwischen.

Sein Atem geht schnell und flach, es fühlt sich an, als würde er hecheln wie ein Hund. Er weiß, er muss sich zusammenreißen. Um aus der Bedrängnis zu kommen, braucht es nur eine kurze Willensanstrengung. Er muss sein Gehirn irgendwie stilllegen, bis sie vor der Tür stehen und wieder gegangen sind. Doch etwas in ihm bleibt gespalten.

Die eine Hälfte seiner Erinnerung steht, auf Jessen wartend, immer noch in der dunklen Nische vor dem Aquarium. Sein Kumpel hatte es abgelehnt, sich in seiner Wohnung zu treffen. Er würde lieber unter Leuten sein, hatte er gesagt. Und er war darauf eingegangen, um Jessen ein letztes Mal mit Worten zu überzeugen; und wenn das nichts nützen würde, ihn mit Drohungen zur Vernunft zu bringen.

Die andere Hälfte versucht, seine Handlung zu begreifen, diese schleichende Bedrohung abzuwehren, die ihn wie eine Giftschlange überfällt, ihm den Rücken hinaufkriecht, um zum tödlichen Biss anzusetzen. In einem Anflug von Furcht meint er, sich von nun ab – für den Rest seines Lebens – so erbärmlich fühlen zu müssen. Alles, egal was er denkt und spürt, wird sich nur noch um diesen einen Augenblick drehen, in dem seine Ohnmacht so groß geworden war, dass er zugestochen hatte.

Die vergilbte Gardine, hinter der er sich verschanzt hat, bedeckt nur die untere Hälfte des Schaufensters, damit mehr Licht ins Wohnzimmer fallen kann. Die Einrichtung ist seit drei Jahren provisorisch geblieben, das Wohnen in einem ehemaligen Verkaufsraum war immer nur als Übergangslösung gedacht gewesen. Das Rotklinkergebäude aus den 50ern ist innen genauso heruntergekommen wie außen. In fast allen Eiderstedter Dörfern gibt es diese leerstehenden Einzelhandelsläden, Bäckereien, Schlachtereien, Lebensmittelgeschäfte, die keine Gewinne mehr abgeworfen haben, geschlossen wurden und daher billig zu mieten sind.

Sein eigenes Leben hat mit diesen vergessenen Tante-Emma-Läden, die überall von den seelenlosen Einkaufsketten an den Rand des Ruins getrieben wurden, einiges gemeinsam. Auch er musste sich immer weit unter Preis verkaufen, ein Leben am Rande des Ruins führen. Er braucht sich nur zu erinnern, dann landet er in seiner frühesten Jugend, in der er der typische Außenseiter gewesen war; Jemand, der nicht in das Puzzle dieser Leistungsgesellschaft eingepasst werden konnte. Und je mehr er das gespürt hatte, desto größer war sein Hunger nach der Anerkennung geworden, die seinem Bruder nie versagt worden war. Und je mehr er sich angestrengt hatte, um den alten Herrn auf sich aufmerksam zu machen, desto mehr Augen hatte der nur für seinen Großen gehabt.

Er weiß noch genau, wie gedemütigt er sich gefühlt hatte, als Per auf dem Kutter des Alten mit hinausfahren durfte. Wie er nach Fisch gestunken hatte, als er am nächsten Morgen im Hafen mit Stolz geschwellter Brust von Bord gegangen war. Den ganzen Tag lang hatte er von dieser blöden versunkenen Stadt erzählt, die mitten im Wattenmeer, zwischen Pellworm und Nordstrand gelegen haben soll. Der Alte war mit dem Kutter extra dort vorbeigefahren und hatte ihm gesagt, nur ihm: »Hier stand einmal die reiche Stadt Rungholt. Sie ist in den Fluten der großen Mandränke 1362, dem großen Ertrinken von tausenden Menschen, von der Landkarte verschwunden.«

»Wir haben bei Ebbe in Dwarsloch gelegen«, hatte Per ihm hochnäsig erzählt, während er – der kleine Bruder – vor Neid beinah geplatzt wäre, »da hat Vater gerufen: Guck mal dort drüben, dort liegt ein Wrack.«

Und der große Bruder hatte schwarze Holzreste gesehen, die aus dem Schlick ragen. Heute weiß er, dass das Unsinn war. Später hatten Leute dort gegraben und festgestellt, das vermeintliche Wrack waren in Wirklichkeit die Reste einer früheren Schleuse. Aber damals wusste er das noch nicht. Er war nur wütend auf den Alten, der ihn an Land gelassen hatte. In der folgenden Nacht hatte er lange wach gelegen und Rotz und Wasser geheult. In der darauffolgenden Zeit redete sein Bruder nur noch über dieses bescheuerte Rungholt, erzählte eine Geschichte nach der anderen, die er aus irgendwelchen Büchern hatte. Eines Tages war er sogar in sein Zimmer gekommen und hatte ihm ein Gedicht vorgetragen, auswendig, ohne es abzulesen, und in voller Inbrunst:

Rungholt ist reich und wird immer reicher,
Kein Korn mehr fasst selbst der größte Speicher.
Wie zur Blütezeit im alten Rom,
staut hier täglich der Menschenstrom.
Die Sänften tragen Syrer und Mohren,

Mit Goldblech und Flitter in Nase und Ohren.
Trutz, Blanke Hans.
Ein einziger Schrei – die Stadt ist versunken.
Und Hunderttausende sind ertrunken.
Wo gestern noch Lärm und lustiger Tisch,
schwamm andern Tags der stumme Fisch.
Heut bin ich über Rungholt gefahren,
Die Stadt ging unter vor fünfhundert Jahren.
Trutz, Blanke Hans?

Die Worte waren so dramatisch gewesen, so mächtig, sie hatten ihn völlig in den Bann geschlagen. Die Warnung, die der Dichter damit ausdrücken wollte, hatte er damals nicht begriffen. Und als ihm Per am Ende seines Vortrags auch noch lauthals verkündet hatte: »Eines Tages, du wirst es noch erleben, eines Tages werde ich dieses versunkene Rungholt finden und alle seine Schätze ausgraben. Und ich werde reich sein, sehr reich«, da war er innerlich überzeugt gewesen, dass es seinem Bruder eines Tages wirklich gelingen würde. Er hatte sich am gleichen Tag geschworen, wenn sein Bruder reich sein würde, wollte er mindestens genauso reich werden.

Glücklicherweise hatte sein großer Bruder sein Vorhaben in den folgenden Jahren nicht in die Tat umgesetzt. Per war nicht ins Watt gezogen, um die sagenhaften Schätze des alten Rungholt auszugraben. Eigentlich hatte er nicht mal versucht, reich zu werden. Das Studium der Archäologie, von dem er immer geredet hatte, blieb zur geheimen Freude des kleinen Bruders ein ewiger Traum. Als erwachsener Mann hatte Per nie wieder ein Sterbenswort über die versunkene Stadt verloren, obwohl er auf dem Fischkutter, den er nach dem Tod des Alten übernommen hatte, sicherlich mehr als einmal über Rungholt gefahren war.

Der kleine Bruder allerdings hatte sich seinen kindlichen Traum bewahrt, hat ihn bis heute nicht aufgegeben. Er will immer noch reich werden!

Anders als der Bruder, den seine Eltern auf die Hochschule in Kiel geschickt hatten, um dort das B3-Patent als Kapitän in Großer Hochseefischerei zu machen, reichte das Geld bei ihm nicht für ein Studium. Es kam, wie er es schon vorausgeahnt hatte, er musste sich mit einer Lehre zum Landmaschinenmechaniker begnügen.

»Da hast du hier auf dem Land immer einen sicheren Arbeitsplatz, mein Junge!«, hatte der Alte ihm mit auf den Weg gegeben.

Doch dieser Beruf zeigte ihm deutlich, welchen Stand er in seiner Familie immer eingenommen hatte. Er durfte mit Bohrer, Lötkolben und Schweißgerät den Kampf mit defekten Mähdreschern, Traktoren und Kühlanlagen aufnehmen und verdiente, wenn es hochkam, 900 DM im Monat. Sein Traum von dem Reichtum, mit dem er seinen Bruder überflügeln würde, versank im Alltag tiefer im Motorenöl als das sagenumwobene Rungholt seiner Jugendzeit im Schlamm.

Ein Autoscheinwerfer stößt seine Gedanken ins Undenkbare zurück. Das diffuse Licht frisst sich durch den Nebel und verfängt sich im Spinnennetz der Gardine. Er duckt sich weg. Seine Lippen zittern.

Sie sind da!

Jetzt nicht die Nerven verlieren!

Sie werden dich nicht kriegen!

Die Straße macht einen kleinen Schlenker an seiner Hausfassade vorbei. Auf Höhe seiner Ladenscheibe gibt der Fahrer Gas, zieht vorbei und verschwindet aus seinem Blickfeld.

Falscher Alarm! Ein Aufschub!

Er atmet durch. Das Handy klingelt, auf dem Tisch zittert es gegen seine Starre an. Er widersteht dem ersten Impuls, lässt das Signal noch zweimal ertönen, bevor er das Gespräch entgegennimmt.

»Per hier!«, meldet sich die Stimme seines Bruders. »Sie sind gerade bei mir losgefahren.«

»Was haben sie schon wieder von dir gewollt?«

»Sie wollen wissen, wann wir zuletzt zu viert draußen waren. Ich hab ihnen gesagt, vor zwei Wochen.«

»Meinst du, sie haben einen Verdacht?«

»Nein, glaube ich nicht. Ich denke, das sind Routinefragen. Was sollten sie denn auch wissen? Aber nach der Sache im Multimar können wir unseren alten Plan nicht mehr so schnell durchziehen, wie wir ihn zusammen besprochen haben. Es muss jetzt erst einmal richtig Gras über die ganze Sache wachsen. Du hast bestimmt auch von dem Frachter in der Zeitung gelesen, der vor Amrum auf Grund gelaufen ist, oder? Wir müssen jetzt in jedem Fall die Ruhe behalten, uns absolut still verhalten. Wenn wir nicht mit Geld um uns schmeißen, werden sie nichts herausbekommen. Hast du verstanden?«

»Natürlich habe ich das verstanden. Ich war nicht derjenige, der unsere Vereinbarung gebrochen hat. Ich habe den Schlamassel nur wieder geradegebogen. Wir stecken alle da mit drin; mitgegangen, mitgehangen. Ich kenn die Bullen, glaub mir. Die werden nicht so schnell lockerlassen. Du musst mir den Rücken freihalten, Bruderherz! Das bist du mir schuldig.«

»Dreh nicht durch, Hauke! Dafür besteht überhaupt kein Grund! Jetzt kommt es auf dich an. Du darfst nicht einmal dran denken, dass du weich werden könntest. Wenn du keinen klaren Kopf behältst, kommen sie uns allen auf die Schliche. Sie waren schon zweimal bei mir. Ich sage dir, die haben nichts. Die stochern nur auf gut Glück im Nebel herum. Wir sind die Ersten, die ihnen ins Auge gefallen sind. Deshalb fangen sie mit uns an. Aber das dauert nicht lange, dann sind sie mit uns durch und ziehen weiter. Verstanden?«

»Ich steh in der Schusslinie, nicht du!«

»Ein Grund mehr, nicht durchzudrehen!«

»Wenn ich ins Gefängnis gehe, werde ich mein Maul nicht halten, diesmal nicht! Dann geht ihr alle mit, das verspreche ich dir!«

»Bist du bescheuert, Hauke? Krieg dich ein, sofort! Noch bevor sie bei dir aufkreuzen! Wenn du jetzt anfängst, wilde Drohungen auszustoßen, dann bist du es, der verloren hat. Du gehst lebenslänglich hinter Gitter, das sollte dir klar sein. Denk daran, mit jedem Tag, der vergeht, sind wir weniger in Gefahr. Wenn sich alles etwas beruhigt hat, werden wir miteinander reden, wir alle. Wir machen einen neuen Plan, wie wir die Sache ohne Risiko zu Ende bringen können.«

Er schaut, das Handy am Ohr, mit leerem Blick über die Gardine und sagt kein Wort. Auch die Stimme im Hörer schweigt, es sind nur leise Atemgeräusche zu hören. Die Zeit rast durch den Stillstand. Die Anstrengung zieht tiefe Falten auf seine Stirn. Er versucht zu ordnen, was sein Bruder ihm alles gesagt hat. Doch es gelingt ihm nicht, es wirklich zu verstehen. Er hat nur das vage Gefühl, dass er recht hat.

»In Ordnung«, sagt er schließlich.

»Was ist in Ordnung?«

»Das, was du gesagt hast! Wir machen das, was du gesagt hast. Das ist in Ordnung. Wir müssen uns treffen und alles neu regeln.«

»Ich wusste doch, dass du vernünftig wirst. Beruhige

dich und bereite dich darauf vor, dass sie gleich kommen. Und lass dir Zeit, bevor du antwortest. Du kannst sagen, dass du viel zu betroffen bist, um einen klaren Gedanken zu fassen.«

»Ich krieg das hin! Verlass dich drauf!«, sagt er mit neu gewonnenem Selbstvertrauen. »Ich quatsche nicht das erste Mal mit den Bullen. Ich lasse sie einfach auflaufen.«

»Gut so! Du machst das! Dann hör ich jetzt auf. Bis dann!«

»Niemand möchte der Tatsache ins Auge blicken, dass der Tod ihn jederzeit ereilen kann. Das Gefühl, das dieser Gedanke in uns erzeugt, ist etwas durch und durch Organisches; etwas in unserem physischen Leib, das uns das wirkliche Leben nahe bringt.«

Die feine, glasklare Stimme spricht aus weiter Ferne, als käme sie von außerhalb seines Kopfes. Der Hauptkommissar bemüht sich, die Konzentration weiterhin auf die Straße gerichtet zu lassen, obwohl die Worte ihn verstören und unterschwellige Angst erzeugen. Angst vor seinem Beruf, der ihn immer wieder auf den Boden einer meist grausamen Realität zurückbringt. Und sein eigener Tod, überlegt er, wird letztendlich ein Ereignis sein, das er allein erleben wird.

»Der Tod wird alle unsere gewohnten Muster über Bord werfen. Er lässt eine neue Kraft entstehen, eine unbeständige Energie wird uns offenbart. Es wird uns nicht gelingen, uns damit anzufreunden. Es wird uns auch nicht gelingen, dieser Energie etwas vorzumachen. Diese Energie wird uns keine Kompromisse erlauben. Es ist wie ein Gang über den Leichenacker, der Anblick von schwankenden Skeletten, wehenden weißen Haaren, den blutigen Mäulern der Kojoten, der reißenden Schnäbel der Aasgeier, der Geruch von verwesenden Körpern. Es ist der Zustand des Ewigen.«

»Vorsicht, pass auf! Da kommt gleich eine scharfe Kurve!«, warnt Silvia Haman und greift in einem Anfall von Panik zum Lenkrad hinüber. Swensen wirft ihr einen bösen Blick zu. Ihre Hände erstarren mitten in der Luft.

»Ich fahre hier!«, sagt er schärfer, als er eigentlich wollte, und erinnert sich daran, dass vor Kurzem die gleiche Situation genau umgekehrt gewesen war.

»Tut mir leid, aber du machtest auf mich gerade einen ziemlich abwesenden Eindruck«, verteidigt sich die Hauptkommissarin, während der Dienstwagen durch die Kurve schwingt. Swensen gibt wieder Gas. Links, am Rand der Weidefläche taucht im Bodennebel die Silhouette der Osterhever Kirche auf. Zwischen den Mutterschafen tollen im milchigen Dunst die ersten Lämmer, springen übermütig mit vier Beinen gleichzeitig in die Luft.

Das pure Leben, denkt er. Was soll der Todesspuk; ich werde 100 Jahre alt.

Die nahen Menschen, speziell Silvia, bekommen zwar ab und an etwas von seiner buddhistischen Weltsicht mit, aber über seine Jahre in einem Schweizer Kloster weiß auch sie nichts. Er ist sich sicher, dass sie ihn für verrückt halten würde, wenn sie wüsste, dass er mal vor einem toten Baum meditiert hat, um seine Begierde zu überwinden.

›Ihr glaubt, dass euch nur angenehme Gegenstände Komfort und Glück bringen können?‹, hört er die Frage seines Meisters. ›Heute gehen wir hinaus in die Natur. Sucht euch einen Ort, an dem ihr Verlust und Mangel spürt. Dort bleibt ihr stehen und meditiert darüber, um all eure Vorstellungen, über alles was ist und was sein könnte, fallen zu lassen.‹

Swensen suchte sich einen sterbenden Baum, der allein auf einer Wiese stand und dessen Stamm bereits geborsten war. Er schloss die Augen, sah das lange Sterben dieses Lebewesens vor sich und verharrte im Mitgefühl. Es war an einem frühen Morgen, die kühle Luft ließ ihn frieren. Doch der unangenehme Zustand dauerte nicht lange, die

Sonne ging auf und er fühlte sanfte Wärme auf seiner Haut. Und plötzlich zwitscherte ein Vogel in unmittelbarer Nähe sein Lied. Er musste in dem Baum sitzen. Ein inbrünstiger Jubelgesang des Lebens von einem der toten Äste.

›Das Gegenstück zum Tod ist Leben‹, spricht eine Stimme. Es ist nicht Meister Rinpoche. Es ist seine innere Stimme. ›Ohne Tod gibt es kein Leben. Beides findet in jedem Augenblick statt. Der Leichenacker ist immer dort, wo die Begierde nur nach dem eigenen Glück sucht.‹

Silvia schweigt. Er ist froh, dass sie seine Gedanken nicht lesen kann. Sie erreichen Osterhever, die roten Klinker der gesuchten Ladenwohnung glänzen in der feuchten Luft. Der Hauptkommissar bremst die Geschwindigkeit langsam herunter und steuert das Fahrzeug neben den hellblauen Opel, der vor der Schaufensterscheibe parkt. Bevor er sich abgeschnallt und die Wagentür geöffnet hat, ist seine Kollegin schon nicht mehr auf ihrem Platz. Sie klingelt bereits an der Haustür, während er die Wagentür verriegelt. Trotzdem dauert es noch ganze zwei Minuten, bis sie endlich Schritte hören und ein unrasiertes, kantiges Gesicht im Türspalt erscheint.

»Hauke Timmann?«, fragt Silvia Haman.

Ihr Gegenüber nickt.

»Kripo Husum! Das ist Hauptkommissar Swensen und ich bin Hauptkommissarin Haman. Dürfen wir kurz hereinkommen?«

»Sie kommen wegen meines Kumpels Peter Jessen?«, fragt das Gesicht, und die Haustür wird ganz geöffnet. »Ich kann Ihnen nichts über seinen Tod sagen.«

»Lassen Sie uns doch erst einmal hereinkommen«, sagt Swensen.

»Ich weiß aber nichts.«

»Sie sagten, Herr Jessen war Ihr Kumpel«, bleibt Swensen stur. »In einem Mordfall müssen wir uns ein Bild von dem Opfer machen, Herr Timmann. Wann haben Sie Ihren Kumpel denn zuletzt gesehen?«

Er lässt den Mann nicht aus den Augen. Hauke Timmann ist ein großer, sehniger Mann mit kräftigen Händen, der sie jetzt widerwillig hereinbittet. Durch die Haustür treten sie direkt ins Wohnzimmer, dem Verkaufsraum des ehemaligen Ladens, in dem sperrmüllreife Möbel, unter anderem ein Sofa und zwei genauso ramponierte Sessel, stehen. Haman und der Hauptkommissar setzen sich ohne Aufforderung und versinken in den alten Polstern. Timmann steht einen Moment verloren herum, entschließt sich aber dann, sich ebenfalls zu setzen. Swensen registriert, dass er die Mitte des Sofas wählt, möglichst weit von ihren beiden Sesseln entfernt.

Er ist misstrauisch, hat Angst, oder beides, meint der Hauptkommissar zu spüren. Bei seiner Vergangenheit wahrscheinlich ziemlich normal.

»Wissen Sie es nicht mehr, Herr Timmann?«

»Was soll ich wissen?«

»Wann Sie Herrn Jessen das letzte Mal gesehen haben?«

»Doch ja, natürlich. Das war … also, vor zwei Wochen sind wir von der letzten Fangfahrt zurück … Danach … da habe ich ihn … ja, drei Tage danach habe ich ihn besucht, in Tetenbüll in seiner Wohnung. Wir haben was getrunken … Also, das war das letzte Mal.«

»Etwas genauer bitte, Herr Timmann. An welchem Tag sind Sie zurückgekommen und an welchem Tag waren Sie in der Wohnung von Herrn Jessen?«

»Am Donnerstag war das … War das der dritte …, genau, der dritte Februar, und am sechsten war ich dann bei ihm.«

»Hat Herr Jessen sich an dem Tag ungewöhnlich verhalten? Fühlte er sich bedroht, oder ist Ihnen sonst noch etwas aufgefallen?«

»Ungewöhnliches, nein, der war wie immer. Wir haben zwei Bierchen gezischt; und dann bin ich auch schon weg.«

»Worüber haben Sie denn gesprochen, Herr Timmann? Für uns ist alles wichtig. Wir müssen uns ein Bild von Herrn Jessen machen.«

»Über nichts Besonderes, Gott und die Welt, die alten Zeiten, die letzte Fangreise und so 'n Zeugs.«

»Auch über die alten Zeiten im Tetenbüller Kirchspielkrug?«

»Nein, haben wir nicht! Warum fragen Sie das? Müssen Sie den uralten Kram aufwühlen?« Timmanns Augen flackern auf, er fährt sich mit der Zunge über die Zähne. Die Haut auf seiner Stirn glänzt unter seinen fettigen Haaren. »Meine Bewährungsstrafe ist abgelaufen, ich hab mir nie wieder was zuschulden kommen lassen.«

»Das wissen wir doch alles«, sagt Swensen ruhig, »aber wie ist die ganze Sache denn damals abgelaufen? Da gab es doch einige Ungereimtheiten, die nie endgültig geklärt wurden.«

»Zum Beispiel wer Sie damals ans Messer geliefert hat!«, bohrt Haman nach.

Timmann lächelt verlegen, rutscht ein Stück tiefer ins Sofa und richtet seine Augen hilfesuchend nach oben.

»Ich weiß nicht, was Sie von mir wollen.« Die Stimme klingt gepresst, als wolle sie sich von dem Druck der Worte befreien. »Das ist doch alles schon nicht mehr wahr, was hat das noch für eine Bedeutung?«

»Dann helfe ich Ihnen mal auf die Sprünge«, bellt Haman, dass Timmann zusammenzuckt. »Vielleicht war es ja Jessen, der damals die Polizei gerufen hat. Und Sie haben das die ganze Zeit gewusst. Vielleicht war es jetzt endlich soweit, diese offene Rechnung zu begleichen?«

»Das ist doch Unsinn! Wir waren immer befreundet, die Zeit vor dem Bruch und auch danach. Ich habe ihm den Platz auf dem Kutter meines Bruders verschafft, um ihm zu helfen, damals, als sie ihn im Krug entlassen haben. Es gibt keine alte Rechnung, sonst würde ich doch nicht mit ihm auf einem Schiff fahren!«

Der Hauptkommissar beobachtet, wie Timmann nervös hin und her rutscht, die Finger vor sich auf die Tischplatte presst.

Wir haben ihn in der Zange, glaubt Swensen. Der überlegt jetzt fieberhaft, wie er da herauskommen kann. Wir brauchen nur noch abzuwarten, bis er sich in Widersprüche verwickelt.

Doch der Hauptkommissar unterschätzt die Situation. Timmann hat sich innerlich ausgeklinkt. In seinem Kopf läuft in diesem Moment ein ganz anderer Film ab.

Die Art und Weise, wie der massige Körper des Kochs in der Haustür vor mir steht, breitbeinig, den Blick verlegen auf den Boden gerichtet, signalisiert, dass er etwas von mir will. Das kann nichts Gutes bedeuten. Ich bitte ihn herein, setze mich auf das abgewetzte Sofa. Er lässt sein Gewicht in den alten Sessel plumpsen, dass die Sprungfedern unter seinem breiten Hintern stöhnen.

»Du willst etwas, habe ich recht?«, sage ich ihm auf den Kopf zu.

Jessen kann mir nicht in die Augen blicken, dreht seinen Kopf verlegen zur Seite, wie ein Schüler, der etwas ausgefressen hat.

»Ich brauch Geld, Hauke. Ich brauch es in den nächsten zwei Wochen.«

»Und warum kommst du damit zu mir?«

»›Op de Hörn‹! Der alte Lammgasthof, den kennst du doch, oder?«

»Peter, warum bist du hier?«

»Der alte Pächter hat ihn dichtgemacht. Ich könnte ihn mieten, jetzt sofort. Ich muss nur unterschreiben, ihn wieder herzurichten.«

»Warum erzählst du mir das?«

»Ich könnte mein eigenes Restaurant auf…«

»Peter! Bist du völlig durchgedreht? Ich kann dir kein Geld geben!«

»Du kannst mit deinem Bruder reden. Ihr beiden könnt miteinander reden. Henning braucht nichts zu erfahren.«

»Denk gefälligst nach, bevor du hier rumplapperst. Was meinst du wohl, was dieser Frachter da draußen vor Amrum mit uns zu tun hat? Wir haben eine Abmachung, Peter. Du selbst hast ihr zugestimmt, hoch und heilig!«

»Das habe ich auch so gemeint, Hauke, wirklich! Aber, das ist eine einmalige Gelegenheit. Wenn ich das Geld nicht innerhalb von zwei Wochen bezahle, kriege ich den Pachtvertrag nicht.«

»Ich glaube langsam, du bist völlig durchgeknallt. Peter, erinnere dich, wir haben uns versprochen, sobald wir das Geld in den Händen haben, von hier zu verschwinden, möglichst weit weg, wo uns niemand kennt. Und du willst es auf Eiderstedt ausgeben! Willst du uns in Gefahr bringen? Schlag dir die Sache aus dem Kopf. Sonst sind wir das Geld schneller los, als wir es gefunden haben, mein Lieber!«

»Ich kann doch nicht bis in alle Ewigkeit auf eurem Fischkutter in der Kombüse stehen. Ich will mir eine eigene Existenz aufbauen.«

»Es ist der Kutter meines Bruders, nicht mein Kutter. Er ist der Kapitän. Wir alle waren einverstanden, dass er das Kommando in dieser Sache übernehmen soll. Er wird deinem Wunsch nicht zustimmen, Peter. Ich kenne ihn, das macht er nicht. Es kann auch keine Ausnahme geben, da bin ich mit ihm sogar einer Meinung. Wenn wir unvorsichtig werden, werden wir geschnappt. Dann haben wir alle nichts, verstehst du?«

»30.000 €, das wird niemand merken. Es ist eine einmalige Sache, Hauke. Danach lassen wir genügend Gras über die Sache wachsen.«

»Und wie willst du erklären, woher du die 30.000 € hast? Peter, denk doch mal nach. Mit deinem Gehalt als Schiffskoch, wie willst du da 30.000 € sparen?«

»Ich habe viele Jahre im Kirchspielkrug gearbeitet, das weißt du genau. Da kann ich mir etwas zurückgelegt haben. Zumindest könnte ich das behaupten.«

»Meinst du, die Polizei ist doof? Meinst du, die können nicht rechnen? Sie werden kommen und dir Fragen stellen. Ich weiß das aus eigener Erfahrung. Die lassen nicht locker. Und wenn du die Fragen nicht zu ihrer Zufriedenheit beantworten kannst, werden sie anfangen nachzuforschen. Schlag dir die Sache aus dem Kopf!«

»Du hältst dich auch nicht an unsere Abmachung!«

»Was redest du für einen Blödsinn! Was meinst du damit?«

»Jetzt spiel nicht den Unwissenden! Du weißt genau, wovon ich spreche!«

»Nein, weiß ich nicht! Wenn du mir etwas sagen willst, dann sag es!«

»Der Gegenstand aus Gold, den du dir heimlich eingesteckt hast. Ich habe das genau gesehen. Du redest mit deinem Bruder über das Geld, und ich behalte das mit dem Goldteil für mich. Ist das ein Angebot?«

»Goldteil? Wovon redest du?«

»Das du heimlich eingesteckt hast. Ich hab's geseh'n!«

»Bist du völlig durchgedreht? Ein Goldteil? Echtes Gold? Spökenkram ist das! Du hast gar nichts gesehen!«

»Du hast es bei dem Typen in der Jackentasche gefunden, hab ich recht? Du hast blitzschnell zugegriffen und hast kein Wort darüber verloren, auch später nicht.«

»Du bewegst dich auf dünnem Eis, mein Lieber! Sehr, sehr brüchigem Eis! Pass bloß auf, dass du nicht einbrichst. Du hast mich schon mal verpfiffen! Das warst doch du! Nochmal wird mir das nicht passieren, das verspreche ich dir!«

»Wann soll ich dich verpfiffen haben?«

»Bei dem Bruch im Kirchspielkrug. Wieso war die Polizei da, als ich rausgekommen bin?«

»Weil jemand dich gesehen hat, als du mit der Taschenlampe durch die Gaststube geschlichen bist.«

»Und dieser jemand warst nicht ausnahmsweise du? Die Polizei hat mir gesagt, es hätte einen anonymen Anruf gegeben. Ich kann auch eins und eins zusammenzählen, mein Freund. Es war dein Tipp, dass nach dem Mehlbüttelessen reichlich Geld in der Kasse sein wird. Stell dir vor, ich hätte das den Bullen gesteckt, sie hätten dich auch drangekriegt, vergiss das nicht. Aber ich habe meine Klappe gehalten, damals, obwohl ich nicht sicher war, ob du es nicht warst, der mich verpfiffen hat.«

»Wie kommst du nur darauf? Wir waren Kumpel. Der Besitzer vom Kirchspielkrug hat mich rausgeschmissen, ohne mir einen Grund zu sagen. Ich könnte genauso annehmen, du hättest der Polizei alles heimlich erzählt, damit du nur Bewährung kriegst.«

»Dann wären sie bei dir gewesen, mein Lieber!«

»Ich habe dich nicht verpfiffen! Ich bin dein Freund!«

»Lass uns mit dem alten Kram aufhören. Ich bin nicht nachtragend. Du hast vor Gericht ein gutes Wort für mich eingelegt. Ich habe dir den Job an Bord meines Bruders besorgt. Wir sind quitt, oder? Die Sache von damals hat nichts damit zu tun, dass du mich jetzt erpressen willst.«

»Das will ich doch gar nicht, Hauke! Ich brauche nur das Geld etwas eher!«

»Hör sofort damit auf, sonst kann es gefährlich für dich werden.«

»Für dich und deinen Bruder auch! Es gibt einen Zettel, auf dem ich alles aufgeschrieben habe, wie das mit dem Seesack abgelaufen ist. Wenn du und dein Bruder mich austricksen wollen, wird die Polizei den Zettel finden.«

»Du und aufschreiben? Dass ich nicht lache, dazu bist du gar nicht in der Lage! Wann willst du denn was aufgeschrieben haben?«

»Du wirst es ja sehen!«

Er hat geblufft, denke ich, er hat zu lange gezögert, bevor er geantwortet hat. Oder stimmt die Sache vielleicht doch? Nein, er muss geblufft haben, ganz bestimmt.

»Sie haben die alte Rechnung mit Peter Jessen beglichen!«, faucht Silvia Haman. »Geben Sie es zu. Sie waren am 16. Februar im Wattzentrum Multimar und haben Ihren Kumpel umgebracht!«

»Das ist Schwachsinn«, schreit Timmann, mit allen Leibeskräften wieder gegenwärtig.

Sein Kopf ist puterrot angelaufen. Er springt vom Sofa auf, geht zur Ladenscheibe und schaut in die einbrechende Dämmerung hinaus. »Sagen Sie mir einen Grund, nur einen, warum sollte ich Jessen was getan haben? Ich habe ihm geholfen, fragen Sie meinen Bruder.«

»Dann sagen Sie mir, was damals passiert ist. Und zwar die ganze Wahrheit.«

»Welche Wahrheit? Ich hatte Geldprobleme, damals, bin durchgedreht und habe einen Bruch gemacht. Ich habe das bereut und nicht wieder gemacht. Das ist die ganze Wahrheit.«

»Was waren das für Geldprobleme?«, fragt Swensen. »Und sehen Sie mich bitte an, wenn ich mit Ihnen rede!«

Timmann dreht sich langsam um, steht mit dem Rücken zur riesigen Ladenscheibe.

»Ich hatte mir Geld gepumpt … bei einem Kumpel. Das musste ich zurückzahlen.«

»Und bei wem haben Sie sich dieses Geld geliehen?«

»Bei irgendeinem Kumpel eben! Ich hatte damals unzählige Kumpel. Die Namen weiß ich doch heute nicht mehr. Das ist alles schon ewig lange her.«

»Bei Ihrem Kumpel Jessen wurde eingebrochen, Herr Timmann. Kurz vor oder kurz nach seinem Tod hat jemand seine Wohnung durchwühlt«, berichtet Swensen mit ruhiger Stimme.

Er hat Hauke Timmann fest im Blick, kann die Reaktion auf seine Worte aber nicht erkennen. Timmanns Schattengestalt steht noch immer vor dem diffusen Licht, das von außen durch die Scheibe fällt.

»Ich habe nicht bei ihm eingebrochen! Ich mache das nicht mehr, ich breche überhaupt nirgendwo mehr ein. Haben Sie das noch immer nicht begriffen?«

»Was könnte eine Person in Jessens Wohnung gesucht haben?«

»Woher soll ich das wissen?«

»Sie wissen ziemlich wenig, Herr Timmann.«

»Bin ich deshalb gleich verdächtig, nur weil ich nichts weiß?«

»Wo waren Sie am Nachmittag des 16. Februar, Herr Timmann, und zwar exakt um 16 Uhr?«

»Warum fragen Sie das? Sie wissen es doch schon längst! Ich war bei meinem Bruder auf dem Kutter. Die Maschine läuft nicht rund. Ich habe sie mir angesehen. Sie haben meinen Bruder doch schon gefragt, und er hat Ihnen bereits alles bestätigt.«

»Außer Ihrem Bruder gibt es aber keine weiteren Zeugen, oder?«

»Mein Bruder ist mein Zeuge!«

»Ihr Bruder könnte Ihnen einen Gefallen tun, indem er Ihnen ein Alibi verschafft. Er ist schließlich Ihr Bruder. Woher sollen wir wissen, ob seine Aussage auch stimmt?«

»Haben Sie einen Beweis, dass sie nicht stimmt?«

»Wenn sie nicht stimmt, bekommen wir das raus, Herr Timmann, das verspreche ich Ihnen. Sie können es also genauso gut gleich sagen. Wenn Sie mit dem Mord an Herrn Jessen etwas zu tun haben, werden wir Sie schnappen.« Der Hauptkommissar spricht mit betont freundlicher Stimme. Timmanns Reaktion kommt prompt.

»Ich sage nichts mehr!« Seine Stimme überschlägt sich fast. »Und kommen Sie erst wieder, wenn Sie einen Haftbefehl haben. Von mir erfahren Sie gar nichts mehr.«

Die Rückfahrt in die Inspektion verläuft schweigend. Swensen zweifelt, ob das Gespräch optimal gelaufen ist. Vielleicht hätte er lieber Silvia die Gesprächsführung überlassen sollen, denkt er. Es war ihm nicht gelungen, Timmann wirklich aus der Deckung zu holen. Vielleicht sind sie aber auch auf einer falschen Fährte. Nur weil es einige merkwürdige Zufälle gibt, muss er nicht automatisch der Täter sein.

»Was hältst du von Timmann?«, fragt er Silvia, als sie Husum erreicht haben. Doch während er die Frage stellt, merkt er schon, dass er nur eine Absolution von seiner Kollegin möchte.

»Der mauert«, antwortet Haman, nachdem sie eine Zeit lang nachgedacht hat.

»Das heißt, du vermutest auch, dass er in der Sache drinhängt?«

»Wir können es ihm nicht beweisen.«

Wenig später steuert Swensen den Dienstwagen auf den Hof hinter der Inspektion. Silvia verabschiedet sich und geht zu ihrem Wagen hinüber.

»Ich geh noch kurz rauf in mein Büro«, sagt er, hebt die Hand zum Abschied und marschiert los. Er trifft niemanden mehr im Treppenhaus und auf den Fluren, betritt seinen Raum im ersten Stock und setzt sich an den Schreibtisch, ohne die Lampe anzuknipsen. Seine Gedanken drehen sich im Kreis. Er weiß, er muss es beenden, sofort.

›Spüre deinen Mangel‹, sagt eine ferne Stimme. ›Glück erreichst du nicht, indem du bekommst, was du dir wünschst.‹

Er drückt den Schalter. Der Lichtstrahl fällt direkt auf die Husumer Rundschau, die Jacobsen am Morgen bei der Frühbesprechung liegengelassen und die er mit hierher genommen hatte. Die Schlagzeile: ›Der gestrandete russische Frachter Krusenstern liegt weiterhin vor der Nordseeinsel Amrum‹, sticht ihm ins Auge. Aus einer Laune heraus überfliegt er den Artikel, ohne dass er wirklich Interesse daran hat.

›Eine Verkettung von Fehlern und unglücklichen

Umständen hat nach Auffassung von Experten zur Havarie des Frachters geführt, bei dem mehrere Seeleute ums Leben kamen. Nach ersten Erkenntnissen ist das Unglück auf Fehler des Kapitäns, mangelhafte Ausrüstung und das vorherrschende schlechte Wetter zurückzuführen. Das Schiff droht auseinanderzubrechen. Auslaufendes Schweröl bedroht die einzigartige Wattlandschaft und ihre Tiere. Umweltschützer warnen bereits vor einer Umweltkatastrophe großen Ausmaßes.‹

Schon während der Hauptkommissar die Zeitung auf den Schreibtisch zurücklegt, ist das Gelesene aus seinem Sinn. Er ahnt nicht, dass dieses Schiff mit seinem aktuellen Mordfall im Zusammenhang steht; und er wird es auch nie erfahren.

17 TAGE ZUVOR ...

KRUSENSTERN

Ein Wolkenbruch peitscht in fast waagerechten Bindfäden aus der Dunkelheit der Nacht über den beleuchteten Hafendamm. Er trommelt metallisch auf das Wagendach des schwarzen Benz, der durch die springenden Tropfen in den Wasserlachen rollt und das Nass in Wellen zur Seite pflügt. Fast in der Mitte der Kaianlage, hinter dem lichtdurchfluteten Regenvorhang, liegt die gesuchte ›Krusenstern‹ vertäut im gelben Schein ihrer Bordbeleuchtung. Крузенштерн, die teilweise abgeplatzte rote Farbe der Buchstaben hebt sich am Bug, gerade noch sichtbar, von dem Dunkelgrün des Frachters ab. Er wurde vor elf Jahren in Griechenland gebaut, gehört mittlerweile einer malaiischen Investmentgesellschaft und ist seit fünf Jahren bei der russischen Frachtfirma ›Kawka‹ gechartert.

Der Benz wirkt neben der aufragenden Bordwand nicht größer als eine magere Schiffsratte. Der Westwind heult in den Masten und Antennen und pflügt durch die Wellen im Hafenbecken. Die 4.000 Tonnen des Riesen tänzeln im steten Auf und Ab, straffen die Stahlseile, die sich um die Poller spannen und dabei brackiges Meerwasser über die Kaimauer speien. Der Mann hinterm Steuer schaut sich nervös um. Doch der Regenguss, der wie ein Bach die Scheiben hinunterfließt, verzerrt alles gespenstisch, was außerhalb der Fahrerkabine sichtbar ist. Er kann in dem Unwetter keine Menschenseele ausmachen.

Welche verirrte Seele sollte auch hier sein, beruhigt sich der Mann, hier ist Niemandsland.

Seine Hand tastet zum Blinkerhebel und betätigt dreimal die Lichthupe. Danach starrt er angestrengt zu den verwischten Linien der Aufbauten hinauf. Im Scheinwerferlicht, das die Vorderseite des Steuerhauses und das Wetterdeck anstrahlt, tauchen die verschwommenen Umrisse einer Person auf, und wenig später blinkt ein greller Lichtkreis dreimal die Schiffswand hinunter. Der Mann drückt die Wagentür auf, stemmt sich mit zusammengekniffenen Augen gegen den Regen und ist schon klitschnass, als er den Kofferraum erreicht und ihn geöffnet hat. Im selben Moment, als er den prallen Seesack packt und herauszieht, nimmt er auch schon im Augenwinkel das weiße Seil wahr, das – vom Wind erfasst – sich wie ein Wurm über den grüngestrichenen Stahl herabschlängelt. Er schultert den Sack und geht ein kleines Stück an der Bordwand entlang, bis er das Ende des Seils mit den Händen erwischen kann. Mit einem Stopperstek befestigt er es am Tragegurt. Danach tritt er zur Seite und deutet mit einer Handbewegung an, dass das Seil raufgezogen werden kann. Er wartet solange, bis der Sack in breiten Pendelbewegungen den langen Weg nach oben gefunden hat. Erst als die Fracht sicher über die Reling verschwunden ist, geht er zum Wagen zurück, rutscht, bis auf die Haut durchnässt, auf den Fahrersitz und startet den Motor.

Goschka Stezenko zieht den Südwester tief ins Gesicht, nimmt noch einen hastigen letzten Zug und wirft die Zigarette dann im hohen Bogen in den Wind, wo sie von unsichtbaren Kräften mitgerissen wird. Er schaut auf das schwarze Spielzeugauto herab, das weit unten langsam anfährt, das Tempo erhöht und nach wenigen Hundert Metern im gräulichen Regenschleier verschwindet. Der Russe öffnet den

Seemannsknoten vom Tragegurt, klemmt den feuchten Seesack unter den Arm, packt das zusammengerollte Seil und schleift es über den Boden des Wetterdecks hinter sich her. Die Regentropfen hämmern auf sein Ölzeug. Das Rauschen der Windhutzen liegt in der Luft, und der Schiffsrumpf knarrt bedrohlich dazu.

Er muss jetzt so schnell wie möglich den Sack in dem ausgebauten Versteck in seiner Kammer deponieren, ohne dass ihm zufällig ein schlafloser Traumwandler über den Weg läuft. Aber mitten in der Nacht ist das eher unwahrscheinlich. Vor ihm leuchtet ein trüber Lichtschein. Er stapft auf die Umrisse eines der großen Freifallrettungsboote zu, das mit dem Bug nach unten in einem weißen Eisengestell hinter dem Deckshaus hängt. Er öffnet die Einstiegstür am Heck, schiebt mit einer Hand das Seil nach und nach in den Innenraum und schließt sie wieder. Direkt neben der Außenleiter befindet sich eine Eisentür, um zu den Mannschaftsräumen zu kommen. Über der Tür brennt eine schummrige Lampe.

Der Russe geht hinein, steigt eine Treppe hinauf, geht weiter nach hinten auf die Steuerbordseite und verschwindet im Inneren von Deck D, dem unteren Kajütendeck. Lautlos schleicht er über den Flur bis zu seiner Kammer. Ohne ein Geräusch drückt er die Tür nach innen auf und hinter sich wieder zu. Dann trägt Goschka Stezenko den Seesack ins Bad und stellt ihn neben dem Waschbecken ab. Mit geübten Handgriffen löst er die Schrauben vom Spiegelschrank. Nachdem er ihn von der Wand abgenommen hat, kann er eine Eisenplatte dahinter entfernen. Durch diese Öffnung bekommt er Zugang zu einem größeren Hohlraum und schiebt den Seesack dort hinein. Es ist noch genügend Platz für weitere Säcke vorhanden, aber das gesamte Versteck braucht er nur auf der Hintour nach Rotterdam.

In kürzester Zeit ist alles wieder befestigt und verschraubt. Er beeilt sich, wieder an Deck zu kommen und seinen Wachrundgang fortzusetzen. Sein Weg führt hinunter auf Deck B, vorbei an der Kombüse, dem Stromverteilerraum und den Toiletten. Hinter den zwei Messen, eine für die Crew und die andere für die Offiziere, trifft er auf Oleg, der mit ihm heute Wache schiebt. Goschka bemerkt sofort, dass sein Kumpel, dem das Regenwasser vom Ölzeug hinabrinnt, mächtig unter Strom steht.

»Pass bloß auf, dass dir der Alte nicht über den Weg läuft. Ist gerade barfuß und im Bademantel wütend zur Brücke rauf, mit solch einem Hals«, warnt der und zeigt mit seiner tätowierten Hand vor seinen Hals.

»Was ist denn los?«, fragt Goschka, und gleichzeitig fällt ihm ein Stein vom Herzen. Was hätte er sagen sollen, wenn er dem Käpt'n mit dem Seesack in die Hände gelaufen wäre?

»Beim Alten wurde Alarm ausgelöst.«

»Fuck! Was ist denn passiert?«

»Keine Ahnung, kann alles Mögliche sein. Irgendwas im Maschinenraum. Vielleicht hat nur einer der Schwachköpfe vergessen, den verdammten Totmannknopf zu drücken. Vielleicht pennt auch der Wachhabende seinen Rausch aus.«

»Und wo willst du jetzt hin?«

»Ich soll runter in den Maschinenraum, hat der Alte mir befohlen. Nachschauen, was los ist.«

»Ein Scheiß-Fehlalarm, sag ich dir! Gieß dem blöden Penner einen Eimer Wasser über den Kopf, dann weiß er, wie wir uns draußen fühlen!«, schimpft Goschka.

Oleg zuckt nur gelangweilt mit den Achseln. Einen Moment lang ist nur noch das Summen der Klimaanlage zu hören.

»Wahrscheinlich hast du recht. Was soll hier im Hafen schon großartig los sein? Ich geh runter und wecke den Kerl aus seinen Träumen«, stellt Oleg fest und presst ein müdes Lächeln heraus. Goschka grinst zurück, bufft den Kollegen auf den Oberarm und wartet, bis er verschwunden ist, um seinen Weg nach unten fortzusetzen.

Verdammte Scheiße! Das hätte ins Auge gehen können, wenn der Alte den Wagen gesehen hätte.

Für einen kurzen Moment wird Goschka richtig heiß, doch dann marschiert er die Außentreppe zum Wetterdeck hinunter, um möglichst schnell den Rest seiner Wachtour zu beenden. Der Regen benutzt die Eisenstufen als Xylofon, spielt darauf seinen feuchten Blues. Mitten in die Melodie ertönt der Beat seines Handys. Er stellt sich unter den nächsten Vorbau und fingert das Gerät aus der Jackentasche unter dem Ölzeug hervor. Ohne einen Namen zu nennen, meldet sich eine Stimme mit bedrohlichem Unterton: »Hast du keinen eigenen Kamm mit auf die Reise genommen, Goschka?«

»Wer ist da? Was faselst du mir für einen Mist ins Ohr?«

»Ich rede von unserem kleinen Kamm. Der war in der Fracht nach Rotterdam dabei. Ein teures Stück, lieber Goschka, nichts, was du dir mal eben auf deinem Georgischen Markt am Petrogradski-Prospekt kaufen kannst. Der Kamm ist feinster Goldschmuck der Skythen, fünftes Jahrhundert vor Christi. Hast du das verstanden, vooor Christi!«

»Was willst du von mir? Wer bist du?«

»Ushghoolij!«

»Ich kenne dich nicht!«

»Könnte sein, dass du mich bald kennenlernst, Seemann! Es gibt schlechte Nachrichten von unserem Kunden in Rotterdam. Und die schlechten Nachrichten haben was mit dir zu tun. Also, pass auf, Goschka, wenn du in Pieter von Bord gehst, möchte ich von dir diesen Kamm zurück. Außerdem sollte in dem Seesack, den du mitbringst, nichts fehlen. Wenn das der Fall ist, gehe ich mit dir höchstpersönlich zum Friseur und kämme dir dein Haar durch! Und noch eins, lieber Goschka, bei eurem Zwischenstopp in Göteborg bleibst du an Bord, verstanden? Wenn dein Fuß nur die Kaimauer berührt, bist du ein toter Mann!«

Das Gespräch bricht ab. Goschka starrt in den Regen. Ihm ist plötzlich wieder heiß, eigentlich noch heißer, als hätte er einen Anruf direkt aus der Hölle bekommen. Ushghoolij ist ein Name, den er bis jetzt nur hinter vorgehaltener Hand gehört hat. Das ›furchtlose Herz‹, das die schmutzige Arbeit für den Korosteljow-Clan erledigt! Goschka schluckt. Seine Gedanken werden von einer tiefen Angst durch seinen Kopf gejagt.

Was erzählt der mir von einem goldenen Kamm? Scheiße, Mann! Ich habe keinen blassen Schimmer, was der von mir will. Das hört sich verdammt übel an. Dieser Ushghoolij soll ein Killer sein, der ruft mich nicht an, wenn nichts los ist. Aber was ist los? Er hat gesagt, der Kamm war nicht in der Fracht, die ich abgeliefert habe. Das kann aber nicht sein! Der Anruf ist ein Scherz, oder? Nein, glaube ich nicht! Scheiße, Scheiße, Scheiße, was mach ich jetzt nur!

Er verstaut das Handy wieder, zündet sich eine Zigarette an und nimmt einige tiefe Züge hintereinander, um sich zu beruhigen. Sein Kopf ist leer wie die Wüste Gobi. Da ist nur noch Panik und Todesangst. Er geht wie in Trance versunken im Regen hin und her, ohne zu bemerken, dass seine Zigarette bereits erloschen ist.

Eine Stunde später, als er in seiner Kammer auf der Matratze liegt, weiß er nicht mehr, wo er den Rest seiner Wache überall gewesen ist. Er fühlt sich todmüde, hat aber gleichzeitig eine Heidenangst, die Augen zu schließen. Er fürchtet, diese Nacht nicht zu überstehen, nie wieder aus dem Schlaf zu erwachen.

Draußen peitscht der Wind den Regen monoton gegen das viereckige Schiffsfenster. Es ist schon länger undicht, durch einen schmalen Spalt rinnt Wasser in den Raum. Der Himmel ist schwarz. Ein Blitz flammt gespenstisch über die Kammerwand, und wenig später dröhnt aus der Ferne ein rollender Donner. Mit der warmen Luft der Klimaanlage kommt leichter Dieselgestank herein.

Seine Gedanken drehen sich immer noch im Kreis, kehren wieder und wieder zum Ausgangspunkt zurück: Wie konnte dieser Kamm aus einem der Seesäcke verschwinden?

Eines weiß er jetzt mit Bestimmtheit: Es muss alter Goldschmuck in den drei Säcken gewesen sein, die er in Pieter heimlich an Bord geschmuggelt hat. Verdammt teures Zeug, nimmt er an. Er will gar nicht wissen, wie viel Geld er in dem Sack zurücktransportiert.

Er tastet im Dunkeln nach Streichhölzern und Zigaretten. Die kleine Stichflamme taucht seine Hände sekundenlang in ein oranges Licht, dann glimmt nur noch die Kippe.

Es gibt nur eine Erklärung, jemand an Bord muss auf der Hinfahrt etwas beobachtet haben, muss sich heimlich in seine Kammer geschlichen haben. Das kann nur vor der Ankunft in Rotterdam passiert sein, bevor er die Säcke in der Nachtwache zum Benz runtergelassen hatte.

Er geht ins Bad, macht Licht und untersucht die Wand um den Spiegelschrank. Nichts ist zu entdecken.

Der Kerl hat keine Spuren hinterlassen.

Trotzdem muss er hier gewesen sein, sonst wäre dieser Kamm im Seesack gewesen.

Es durfte keiner von der Mannschaft auf Landgang, in Rotterdam. Ausgangssperre wegen der Ladearbeiten. Das heißt, dieser Scheißkamm müsste eigentlich noch an Bord sein. Er muss das rausfinden! Einer von den Arschlöchern an Bord muss ihn haben. Er weiß, er muss ihn sich zurückholen, bevor sie in Pieter festmachen, sonst ist er tot.

Am liebsten würde Goschka gleich losziehen, um sich jede beschissene Kammer einzeln vorzunehmen. Doch es hat keinen Sinn, einfach loszustürmen. Das Schiff ist zu groß, um überall zu suchen. Er muss erst rausfinden, wer verdächtig sein könnte. Ihm muss etwas einfallen, um das Schwein zu finden – und wenn er das ganze Schiff auseinanderschrauben müsste.

Goschka löscht das Licht, legt sich mit Kleidung und Schuhen auf die Matratze zurück und versucht, nicht weiter zu grübeln, was ihm aber nicht gelingt. Sein Blick verweilt an der Decke. Er spürt die leichten Bewegungen des Schiffs, bis er dann doch in den Schlaf fällt und sich unruhig hin und her wirft.

Ein greller Blitz zuckt. Er schlägt erschreckt die Augen auf. Vor seinem Bett steht eine große, hagere Gestalt. Der Anblick lässt ihm das Blut in den Adern gefrieren, als wäre der Tod gekommen, um ihn abzuholen. Der schwarze Mann trägt einen schweren Mantel aus Zobelpelz und hohe Lackstiefel. Unter der Biberfellmütze wallen lange Haare bis auf die Schultern. Ein wilder Bart umhüllt das längliche Gesicht. Die farblosen Augen haben einen magischen Blick, bei dem nicht nur die Pupille, sondern das ganze Auge zu schauen scheint. Jeder Russe kennt diesen diabolischen Menschen von unzähligen Fotos, Grigori Jefimowitsch Rasputin, genannt der Satan.

»Pjotr Korosteljow vermisst seinen Kamm aus Gold, verstehst du?«, sagt die Gestalt und lächelt, sodass seine kräftigen, weißen Zähne sichtbar werden.

»Ich besorge ihn, versprochen, ich bringe ihn zurück. Sagen Sie das um Gottes willen Herrn Korosteljow.« Goschkas Stimme versagt ihm fast.

Panik presst seine Muskeln zusammen. Er möchte aufspringen und fliehen, doch der Körper versagt seinen Dienst. Die Gestalt tritt näher an sein Bett, der mächtige Zobelpelz versperrt jede Sicht. Er spürt, wie sich zwei Finger auf seine Stirn drücken.

»Du bist gierig gewesen, verstehst du. Du hast etwas genommen, was dir nicht gehört. Erwarte jetzt deine Strafe: Alles, was du ab jetzt berührst, wird augenblicklich zu Gold werden.«

Der nächste Blitz ist noch greller als der vorige. Goschka ist geblendet, hört nur seine Kammertür auf- und zugehen. Oder hat er sich getäuscht? Als er wieder etwas erkennen kann, ist der schwarze Mann verschwunden. Oder war er gar nicht da? Ein Traum? Ist er denn jetzt wach? Er kneift sich in den Arm, setzt sich auf die Bettkante und stellt seine Füße auf den Boden. Ja, er ist wach. Er erhebt sich und geht zitternd auf den Gang hinaus. Draußen ist es menschenleer. Der Matrose steigt die Eisentreppen hinauf. In der leeren Mannschaftsmesse hämmert laute Rap-Musik aus dem blechernen Lautsprecher, begleitet von monotonem Singsang.

Der Russe setzt sich an einen der Tische mit zerschlissener blauer Plastikdecke. Kostik, der Koch kommt mit rotem Gesicht und blutunterlaufenen Augen aus der Kombüse. Seine Halbglatze glänzt von Schweiß und Küchendämpfen. Er schiebt Goschka einen angeschlagenen Teller vor die Nase, randvoll mit Rührei und knusprigen Speckscheiben heiß aus der Pfanne. Der zieht ihn heran, und als seine Finger ihn berühren, verwandelt sich das Porzellan mitsamt dem Essen augenblicklich in pures Gold. Fassungslos starrt er auf den außerirdischen Glanz. Er ist verflucht. Der Fluch ist Wirklichkeit geworden. Rasputins Fluch vom ewigen Hunger, der aus der Gier gespeist wird.

»Das ist nicht das Jüngste Gericht, Kamerad, das ist nur Ei mit Speck!«

Goschka schreckt aus dem Trugbild auf. Der Duft von goldgelbem Rührei steigt ihm in die Nase. Er sticht die Gabel hinein, schiebt hastig ein großes Stück in den Mund. Verhalten grinst er Kostik an, als könne der Smutje sich jeden Moment in die Spukgestalt aus seinem Alptraum verwandeln.

»Riecht verdammt gut hier!« Die tiefe Stimme von Viktor, dem Schmierer aus dem Maschinenraum, füllt den ganzen Raum. Nach und nach kommen weitere Männer der Crew. Es bildet sich eine kleine Schlange vor der Kombüse.

»Es ist genug für alle da«, beruhigt Kostik, der schon wieder am Herd steht.

Wer hat den Kamm?

Goschka quält nur dieser eine Gedanke. Schweigend kaut er den zähen Speck. Sein Blick schweift unauffällig über die rohen Gesichter, doch sie verraten ihm nichts. Ein polterndes Geräusch lässt seinen Kopf herumfahren. Sultan, dem Bootsmann, ist das Messer aus der Hand geglitten und zu Boden gefallen. Er stammt aus Tschetschenien, ist wegen seiner muslimischen Herkunft nicht sonderlich beliebt unter den anderen Russen.

»Hey, Sultan!«, ruft Goschka herausfordernd. »Mein Großväterchen sagte immer zu mir: Wenn ein Messer zu Boden fällt, ist jemand auf dem Weg zu dir!«

Er schaut dem Bootsmann in die Augen, sieht aber nur ungläubiges Erstaunen. Kein Anzeichen, dass ein schlechtes Gewissen in ihm aufkeimt.

Warum hat er nur von diesem Fluch geträumt? Er ist unschuldig! Der Fluch gehört zu den Auftraggebern. Sie sind es, die ihre Gier befriedigen, durch ihn befriedigen. Er macht es nicht, um reich zu werden, er will nur überleben, will zu diesem kargen Lohn dazuverdienen. Und jetzt? Jetzt trachten sie ihm nach dem Leben.

»Goschka, bringst du dem Alten eine Thermoskanne mit Kaffee auf die Brücke, wenn du mit dem Essen fertig bist?«, fragt Kostik, während er sein Halbglatzengesicht aus der Kombüse steckt. »Wir laufen in ’ner Viertelstunde aus!«

Ohne zu antworten, nur mit einer kurzen Handbewegung, steht er auf, nimmt sein Geschirr und legt es in eine Plastikschüssel, die auf einem Tisch neben dem Kühlschrank steht. Dann nimmt er die blaue Thermoskanne aus den Händen des Smutjes entgegen, greift nach einem Kaffeebecher mit dem Schriftzug der Reederei auf dem Geschirrtisch und verlässt die Messe. Angespannt steigt er die Treppen nach oben. Seit diesem Anruf fühlt er sich wie ein in die Enge getriebenes Tier. Im Treppenhaus des Decks gibt es drei Türen. Durch die eine kommt man mit der stählernen Außenleiter auf die Plattform an der Rückseite vom

Deckshaus, durch die zweite kommt man auf die Toilette, und die dritte führt auf die Kommandobrücke. Hinter jeder der Türen scheint jemand zu lauern.

»Klar bei Vorleine!«, bellt Kapitän Kirill Migulko in das Walkie-Talkie, das er vor seinen Mund hält, als Goschka die Brücke betritt.

»Vorleine ist klar!«, quäkt die Stimme des Matrosen Oleg im Lautsprecher.

Es ist stockfinster im Raum, nur die trüben Lämpchen der Steuergeräte blinken wie Sterne am Himmel.

»Vorleine ist los!«, folgt kurz darauf die Bestätigung von der Back.

Goschka schenkt Kaffee in den Becher und reicht ihn dem Alten, während der zur Steuerbordseite wandert und auf die schwach beleuchtete Nock und Kaianlage herunterblickt. Vor ihm auf dem Sims der Fensterfront steht ein einsames Wackel-Hula-Mädchen mit Spiralhüfte und schwingt sanft vor sich hin. Der sintflutartige Wolkenbruch ist einem kaum sichtbaren Nieselregen gewichen.

»Klar bei Achterleine!«, befiehlt Migulko.

»Achterleine ist klar!«

»Achterleine ist los!«

Der Bug der ›Krusenstern‹ driftet langsam von der Kaimauer weg. Der Kapitän legt den Maschinentelegrafen auf ›langsam Voraus‹ und erhält umgehend die Rückbestätigung aus der Maschine. Die Schiffsschraube bringt den 4.000-Tonnen-Stahlkoloss in Bewegung. Er nimmt Fahrt auf und gleitet an dem Gewirr der Krananlagen vorbei in Richtung Nordufer der Maasmündung. Am Europort mit den Öltanks und Raffinerien gibt der Kapitän den Befehl »Volle Fahrt voraus!« an den Maschinenraum. Als der Motor die höchste Drehzahl erreicht hat, schneidet der

Bug mit ungefähr zehn Knoten die Meereshaut auseinander. Der Kapitän meldet sich über UKW-Kanal 81 beim Harbour Coordination Center.

»IMO, Seven, Nine, Seven, Seven, Zero, Zero, Five, Krusenstern für Hafenstation«, spricht er langsam und deutlich die International-Maritime-Organization-Nummer der ›Krusenstern‹ ins Funkgerät.

»Hafenstation hört, over«, kommt die Meldung zurück.

»Laufen aus Richtung Göteborg, over!«

»Verstanden, Sie laufen aus Richtung Göteborg, over!«

Ein stürmischer Nordwest und gewaltige Wogen warten vor der Küste. Kirill Migulko lässt sich in den bequemen Kapitänsstuhl fallen, trinkt aus dem Kaffeebecher und schaut in die dunklen Wolken. Das Schiff bäumt sich gegen die weiße Gischt, der Bug stürzt hinab und die Wassermassen ergießen sich über das Vordeck. Der Frachter steigt und fällt, als Goschka die Treppe wieder hinuntermarschiert.

Du hast jetzt noch beschissene vier Tage, wenn's hoch kommt, fünf, dann solltest du wissen, wer dir den goldenen Kamm geklaut hat, denkt er und wird von der gewaltigen Fliehkraft auf die Eisenstufen gepresst.

RUNGHOLT

Es hat etwas Unheimliches. Der zeitlebens unscheinbare Peter Jessen hat eine allgegenwärtige Existenz angenommen. Der Auslöser dafür waren die Kommissare, die gestern in der Tür standen, um ihm die Todesnachricht vom Schiffskoch zu überbringen und Fragen zu stellen.

›Wann haben Sie Herrn Jessen das letzte Mal gesehen? Ist Ihnen in der letzten Zeit etwas Besonderes an ihm aufgefallen? Hat er einmal geäußert, dass er sich bedroht fühlt?‹

Seitdem ist Jessen für Henning Bischoff in fast jedem Augenblick immer um ihn herum. Es braucht nur einen Gedanken an ihn, schon steht er in einer Art körperlicher Anwesenheit neben ihm; ein unsichtbares Geistwesen, das er sogar fühlen kann. Manchmal geistert sein Bild durch die allabendlichen Fernsehfilme, taucht plötzlich in einer Szene auf und ist genauso plötzlich wieder verschwunden. Oder er schaut zwischen dem Essen auf seinem Teller hervor, wenn er mit Wiebke am Mittagstisch sitzt. Er macht diesen Wahnsinn natürlich nur mit sich ab, verliert kein Wort darüber, auch nicht gegenüber seiner Frau. Und dann gibt es auch Momente, da sieht er Jessens wirkliche Gestalt vor sich. Er sieht die kleinste Gesichtsregung, sein feines Lächeln, das er an dem Nachmittag nach dieser dramatischen Fangreise hatte. Sie waren gerade alle von Bord gegangen, standen noch eine Weile auf der Kaimauer zusammen, und dann hatte Jessen zum Abschied die Hand gehoben. Seine Augen hatten einen strahlenden, überirdischen Glanz, als leuchtete das Glück aus der Tiefe seines massigen Körpers in die Welt hinaus.

Heute ist Henning Bischoff der Meinung, dass Jessen genau dort auf der Kaimauer aus einer langen Leblosigkeit erwacht ist. An Bord der ›Rungholt‹ war er von allen immer nur auf seine alltäglichen Verrichtungen in der Kombüse reduziert worden. Er war der dicke Jessen, der schwammige Koch, der an seinem alltäglichen Trott mit stoischer, eher missmutiger Miene festhielt; der immer die Schmorpfanne in der Hand hatte und selbst bei hohem Seegang geschickt Fischstücke in heißes Fett legen und in einer kaum wahrnehmbaren Geschwindigkeit Zwiebelringe mit dem Messer schneiden konnte.

Bischoff beschleicht die finstere Ahnung, dass diese schon unwirklich anmutende Erinnerung an Jessens Glanz in den Augen ihn unmittelbar auf seinen eigenen Traum vom großen Glück zurückwerfen will. Und auf seine unterschwellige Angst, dass dieser Traum, der auf der letzten Fangreise plötzlich so real geworden war, womöglich giftig sein könnte wie Quecksilber, und dass das ganz große Glück so wackelig bleibt wie seine flüssigen Metallkügelchen an der Luft.

Wäre die Kriminalpolizei nicht gekommen, wäre sein Glückstraum auch jetzt noch in Ordnung. Doch seitdem die Beamten wieder gegangen sind, ist nichts mehr, wie es vorher war. Jetzt soll Jessen tot sein, das haben die Beamten behauptet, ohne dass er es mit eigenen Augen nachprüfen konnte. Er hat ihre Worte zwar gehört, aber sie einfach nicht zu sich genommen. Er wollte nur, dass Jessen weiterhin am Leben ist, in diesem gerade neu erwachten

Leben seinen Platz behält. Alle von der ›Rungholt‹ sollen am Leben sein, ohne Ausnahme, alle sollen lebendig auf der Kaimauer stehen, in einem ewigen Rausch des Glücks, jetzt und immerdar.

Der dicke Jessen ist tot; tot, tot, tot!

Ein furchtbarer Mensch hat dem Koch ein Messer ins Herz gerammt, haben die Beamten mitgeteilt. Er sei mitten unter Fremden gestorben, an einem befremdlichen Ort, vor dem Großraumaquarium des Wattzentrums Multimar. Sanitäter haben vergeblich um sein Leben gekämpft, vier Tage, nachdem er ihn das letzte Mal gesehen hat, mit Glanz in den Augen auf der Kaimauer. Nur vier Tage lang ist ihm dieses Glück geblieben, dieser Traum von einem besseren, sorgenfreien Leben. Und jetzt liegt er mit leeren, bleichen Händen irgendwo auf einer Bahre und ein Grab wartet auf ihn. Die wahnsinnige Hoffnung, die alle von der ›Rungholt‹ an diesem Nachmittag hatten, ist aus seinem Kopf gelöscht, und die anderen und er selbst bleiben mit einem Albtraum zurück. Das Gesicht eines Toten, das nicht gestorben ist; ein Gesicht mit Glanz in den Augen, das ihn aus dem Jenseits ansieht, als wolle es ihn warnen.

Ich schaffe das nicht, denkt Bischoff. Er fühlt nur eine Angst, die immer stärker wird, egal, wie sehr er sich zusammenreißt. Und diese Angst überfällt ihn mit quälenden Fragen, unentwegten Fragen, die sich wie ein grauer Schleier über den blanken Traum vom Glück legen.

Kann er seinen Sinnen wirklich noch trauen?

Kann er sich auf seine Augen und Ohren verlassen?

Und auf seine Gefühle?

Und wie soll er jetzt den anderen noch vertrauen?

Wer hat den Schiffskoch ermordet? Per, unser Käpt’n!

Der stille Mächtige! Nein, der würde sich niemals selbst die Finger schmutzig machen. Für die schmutzige Arbeit hat der doch seinen kleinen Bruder Hauke. Dem würde ich so etwas ohne Weiteres zutrauen, denkt Bischoff. Hauke gehört zu der Art Menschen, die etwas Gefährliches ausstrahlen, ein Mensch, dem man nie den Rücken zukehren sollte. Doch wenn Hauke es wirklich gewesen ist, wird sein Bruder auf alle Fälle etwas gewusst haben. So gefährlich ihr ›Mann für alles‹ auch ist, er ist nicht der selbstständige Typ, der eigenmächtig, ohne Rückendeckung handelt.

Außerdem hat der Kapitän von Anfang an die Führung in die Hand genommen und den Seesack, ohne dass jemand aufgemuckt hat, sofort unter seine Obhut genommen. Ohne seine Erlaubnis würde sein Bruder nichts unternehmen, geschweige denn einen Mord begehen.

Aber wenn der Alte wirklich damit einverstanden gewesen ist, was würde das letztendlich für ihn und seine Frau Wiebke bedeuten? Könnten sein und ihr Leben jetzt auch in Gefahr sein? Wollen die beiden Brüder etwa alles für sich allein behalten? Wer weiß! Nein, das kann nicht sein! Nicht der Käpt'n! Dem traut er das nicht zu.

Er weiß nicht mehr, was er noch glauben soll.

Er und der Käpt'n sind immer gut zurechtgekommen. Sie haben sich immer gegenseitig respektiert, solange sie sich kennen. Per kann doch keiner Fliege etwas zuleide tun. Und ein Mord? Er kann sich beim besten Willen nicht vorstellen, dass der das zulassen würde. Vielleicht ist sein ganzes Gegrübel ja auch nur ein Hirngespinst! Die Kriminalbeamten haben ihn völlig durcheinandergebracht.

Vielleicht war alles völlig anders, und Per und auch Hauke haben mit dem Mord an Jessen gar nichts zu tun. Vielleicht ist es jemand anderes gewesen, jemand, mit dem

Jessen eine alte Rechnung offen hatte. Was weiß er schon von Jessens Privatleben? Nicht das Geringste!

Mitten im inneren Dialog von Fragen und Zweifeln durchzuckt es Henning Bischoff plötzlich siedend heiß, er spürt ein brennendes Prickeln im Nacken. Da ist doch noch dieses merkwürdige Telefongespräch mit Jessen gewesen, denkt er. Vor zwei Tagen, als der hier völlig unerwartet angerufen hat. Er hatte den Anruf eigentlich nur als ein banales Gespräch abgetan und es schnell vergessen. Doch jetzt erhöht die Erinnerung daran seinen Herzschlag, den er in seinen Schläfen pochen fühlt. Alle Worte, die an dem Abend gesagt wurden, haben jetzt nach der Ermordung plötzlich eine ganz andere, bleischwere Bedeutung, die ihm unangenehm auf den Pelz rückt. Bischoff möchte das Gefühl am liebsten beiseite schieben, doch es will ihm nicht gelingen.

»Vertraust du den beiden Timmanns?«, hatte Jessen gefragt.

»Natürlich vertraue ich ihnen«, war seine Antwort gewesen. »Wir fahren seit drei Jahren gemeinsam auf dem Kutter. Das schweißt zusammen. Auf den Käpt'n kann man sich verlassen.«

»Den Käpt'n schon …«

»Du meinst Hauke?«

»Also …, wenn du schon … äh … ja, ich meine Hauke.«

»Aber Hauke hat dir den Job an Bord besorgt. Ich denke, ihr kennt euch gut?«

»Gerade weil ich ihn gut kenne, ist er mir manchmal unheimlich.«

»Was meinst du damit?«

»Der Käpt'n hat den Seesack und Hauke ist sein Bruder.

Wieso bist du so sicher, dass sie nicht auf dumme Gedanken kommen?«

»Du machst mich plötzlich ganz unsicher, Peter. So habe ich noch nicht darüber nachgedacht. Man müsste … vielleicht könnte man sich ja etwas ausdenken, durch das alle gezwungen werden, sich eindeutig an das gemeinsame Versprechen zu halten.«

»Etwas ausdenken? Was willst du dir denn ausdenken?«

»Weiß ich nicht. Ich habe nur laut gedacht. Wie wäre es damit, einfach alles aufzuschreiben, was auf der letzten Fahrt passiert ist? Und dann könnte man den beiden mitteilen, dass es dieses Papier gibt. Und wenn die Vereinbarung nicht eingehalten wird, könnte dieses Papier ja zufällig irgendwo gefunden werden.«

»Du willst sie erpressen?«

»Quatsch, das ist eine Gedankenspielerei. Ich glaube nicht, dass so etwas nötig wird. Der Käpt'n bescheißt uns schon nicht. Vergiss das Ganze einfach wieder! Und die Sache bleibt unter uns, versprichst du mir das!«

»Ich hau dich nicht in die Pfanne, Henning, versprochen!«

Henning Bischoff ist angespannt und fühlt sich gleichzeitig erschöpft. Der Decksmann muss an den Frachter denken, der in derselben Nacht, als sie im Sturm dort draußen gefischt hatten, ganz in der Nähe auf Grund gelaufen ist. Das kann doch kein Zufall gewesen sein, martern ihn seine Überlegungen. Er will, dass das ewige Gebrüte endlich aufhört. Doch er findet keine Ruhe und fragt sich, ob Jessen wirklich die Klappe gehalten hat. Ein Rest von Unsicherheit bleibt. Gleichzeitig wird ihm immer klarer, dass er diese Selbstmarter von Frage und Antwort bis in alle Ewigkeit weiterführen kann, ohne dass er ein befriedigendes Ergebnis bekommen wird.

Es gibt nur eine wirklich wichtige Überlegung in all dem Wirrwarr, zieht er ein Resümee, und das lautet: Kann der Mord an Jessen mir persönlich gefährlich werden? Und wenn ja, wie?

Kein Mensch kann einem anderen Menschen uneingeschränkt vertrauen. Wenn jemand das begriffen hat, dann ist er selbst das. Das Leben hat es ihn im Laufe der Zeit gelehrt: Der Mensch ist des Menschen Feind, auch wenn er sich gegenseitig noch so viele Versprechen gibt. Das gilt auch für das hochheilige Versprechen, das sich alle von der ›Rungholt‹ gegeben haben.

Er hatte zwar bei seinem eigenen Leben geschworen, niemandem von ihrem Geheimnis zu erzählen, war aber gleichwohl innerlich nicht bereit gewesen, seiner Frau Wiebke nichts davon zu sagen. Warum auch nicht? Er war schließlich genauso davon ausgegangen, Schwur hin oder her, dass der Käpt'n seiner Ehefrau die Sache nicht verschweigen würde.

Bei Geld hört jede Freundschaft auf, hatte ihm seine Mutter seit frühester Kindheit gepredigt. Ein einfacher Spruch, der sich aber als echte Lebensweisheit herausgestellt hatte. Erst viel später, als seine Mutter schon lange nicht mehr am Leben war, hatte er die grausame Bedeutsamkeit ihrer Worte am eigenen Leib zu spüren bekommen.

Es ist jetzt knapp fünf Jahre her, da hatten Wiebke und er mit drei anderen Ehepaaren in Tönning, sehr guten Freunden aus der Nachbarschaft, eine Tippgemeinschaft gegründet. Die Gruppe hatte vom Riesengewinn geträumt und sich ein Lotto-Vollsystem ausgedacht, einmal die Woche 6 aus 9 mit 84 Tippreihen. Das war allen 21 Euro die Woche wert gewesen. Für alle Beteiligten wurde die ganze Sache zum kleinen Nervenkitzel, zu einem lustvollen Augenblick, der das Ende der Woche mit einer prickelnden, spannenden Einlage bereicherte. Jeden Samstagabend trat dann Franziska Reichenbacher, die Lottofee mit ihrem angeklebten Lächeln, vor die Mattscheibe in ihre Wohnzimmer und ließ vor ihren Augen das Glück rollen. Und jedes Mal, wenn der Kick wieder vorbei war, die Unwahrscheinlichkeitsrechnung sich mal wieder bestätigt hatte, lief das Leben ohne den ersehnten Reichtum weiter, und die Hoffnung wurde um weitere sieben Tage vertagt.

Doch dann war der 26. Januar 2002 gekommen, und plötzlich hatte alles auf dem Kopf gestanden. Die Trommel drehte sich wie immer, wirbelte die Kugeln wie immer durcheinander, sammelte sie wie immer auf die Schienengabel, Umdrehung auf Umdrehung, und nacheinander fielen sie in die Glaszylinder, wie immer.

Am Ende standen die magischen Zahlen fest: 1, 11, 12, 26, 42, 47. Als Zusatzzahl wurde die 35 gezogen, als Superzahl die 0.

Die Tippgemeinschaft Tönning hatte sechs Richtige.

Im ersten Moment hatten Wiebke und er sich wie Sterntaler gefühlt, als würden ihnen die blanken Taler auf den Kopf regnen. Leider hatte ihr Tipp keine Superzahl, was den Jubel bereits leicht beeinträchtigt hatte. Es waren gegenseitige Telefonanrufe gefolgt, das mehrfache Durchrechnen, gemeinsam und allein, womit jeder am Ende vielleicht rechnen könnte. Dann war das Ergebnis endlich amtlich geworden, 482.736,40 Euro. Der Wahnsinn! Wirklich? Die Ernüchterung, es gab nur knappe 150.000 Euro und ein paar Zerquetschte für jedes der drei Pärchen.

»Zu wenig, um für den Rest des Lebens versorgt zu sein«,

hatte Wiebke abgeklärt festgestellt. »Mit 480.000 wäre das schon anders gewesen. Mit der Summe hätte man schon etwas anfangen können. Die wäre groß genug gewesen, um das alte Leben zum Guten zu verändern.«

Bald hatte sich herausgestellt, dass die anderen der Tippgemeinschaft ähnliche Überlegungen angestellt haben mussten. Besonders Albert Broders, auf dessen Namen der Tippschein ausgefüllt war, musste über den Gewinn besonders intensiv nachgegrübelt haben, denn er und Sabine, seine Frau, waren von einem Tag auf den anderen aus ihrer Wohnung verschwunden gewesen. Von den Nachbarn hatten sie nur die lapidare Auskunft bekommen, das Ehepaar Broders wäre kurzfristig in den Urlaub nach Mallorca gefahren. Aber Sabine und Albert kamen nicht wieder, nach drei Wochen nicht, nach sechs Wochen nicht. Nach acht Wochen hatte keiner aus der Tippgemeinschaft mehr daran geglaubt, dass die beiden wirklich nach Mallorca gereist waren. Bis heute hat keiner der betrogenen Lottoköniginnen und Könige herausbekommen, wohin die beiden sich abgesetzt haben. Sie bleiben wie vom Erdboden verschluckt und leben sicherlich in Saus und Braus.

Mögen sie in der Hölle schmoren, denkt Henning Bischoff.

Mit solch einer Erfahrung im Nacken hätte sich kein Mensch mehr den Glauben an das Gute im Menschen bewahrt, da ist er sich sicher. Bei ihm ist jedenfalls das Misstrauen in Fleisch und Blut übergegangen, hat sich selbst in der kleinsten Gehirnzelle festgekrallt. Trotz allem Argwohn war die Euphorie über den unverhofften Reichtum auch auf ihn übergesprungen; zu verlockend war es gewesen, mit den anderen zu jubeln. Aber jetzt, nach dem Mord an Jessen, war er wieder hart auf dem Boden der Realität aufgeschlagen. Und er musste sich etwas einfallen lassen. Sonst könnte er der Nächste sein.

Ein Geräusch lässt den Decksmann der ›Rungholt‹ aufhorchen. Im Schloss der Wohnungstür dreht sich der Schlüssel. Wiebke muss von der Arbeit aus dem Büro zurück sein, denkt er und hebt seinen Kopf, schaut durch die offene Wohnzimmertür in den Flur hinaus. Jessens vermeintliche Gestalt steht bereits dort. Seine Frau geht durch seine gespenstische Erscheinung hindurch, wirft mit lautem Getöse den Schlüsselbund auf die Flurkommode. Sie scheint nicht der besten Laune zu sein.

»Ist etwas?«, fragt er vorsichtig, als er ihr verkniffenes Gesicht sieht.

»Der Chef hatte heute wieder einen seiner speziellen Tage. Ich bin so was von geladen. Am liebsten würde ich keinen Fuß mehr über die Schwelle dieser elenden Kanzlei setzen. Ich hasse alle Steuerberater! Es ist echt zum Durchdrehen, kann ich dir sagen. Manchmal wünsche ich mir, wir hätten das Geld bereits in den Händen. Einfach aufteilen und fertig! Dann ist jeder selbst verantwortlich, was er mit seinem Anteil macht. Ich wüsste jedenfalls schon was! Ich würde zu diesem Kotzbrocken gehen, ihm meine Kündigung auf den Tisch knallen und ihm endlich meine Meinung geigen.«

»Der Tag wird kommen, Wiebke«, sagt Henning mit verhaltener Stimme. »Wir werden aber leider viel mehr Geduld aufbringen müssen, als wir bis jetzt gedacht haben. Gerade zu diesem Zeitpunkt, nachdem irgend so ein Irrer Jessen umgebracht hat, dürfen wir unsere Gewohnheiten nicht verändern. Solange die Polizei ermittelt, wäre das verdammt gefährlich.«

»Gerade dieser Irre macht mir richtig Angst, Henning! Genau darum würde ich lieber heute als morgen von hier verschwinden. Und dir ist die Sache doch auch nicht besonders geheuer, auch wenn du mir seit Tagen einreden willst, dass Per und Hauke bestimmt nichts damit zu tun haben. Ich sage nur: Wer's glaubt, wird selig! Wer in Gottes Namen sollte euren Koch denn sonst erstochen haben? Das Beste wäre, du gehst zu den beiden, lässt dir deinen Anteil auszahlen und wir hauen noch am selben Tag von hier ab.«

»Ich glaube, das ist keine gute Idee, jedenfalls nicht für den Moment.«

»Uns hat man schon einmal nach Strich und Faden beschissen, muss ich dich erst daran erinnern? Wer gibt uns die Garantie, dass das nicht wieder passiert?«

»Per hat seinen Fischkutter, der kann nicht hoppla hopp seine Zelte hinter sich abbrechen. Bevor der abhaut, muss er ihn erstmal verkaufen. Das bekommt er nicht heimlich hin, ohne dass ich das bemerke. Und außerdem, so leicht wird er den sowieso nicht los.«

»Alles Spekulation! Vielleicht pfeift er bei so viel Geld in der Hinterhand einfach auf die Kohle für den alten Kahn.«

»Würdest du darauf verzichten? Ich nicht! Aber selbst wenn ich jetzt zu ihm gehen und meinen Anteil verlangen würde, ich bekäme nichts, nicht jetzt. Ich kenne den Alten, der hatte schon immer seine Prinzipien.«

»Wach auf, Henning! Denk daran, was dem Koch zugestoßen ist. Vielleicht hocken die beiden Brüder schon längst einträchtig beieinander und hecken klammheimlich aus, wie sie alles für sich selbst behalten können.«

»Das werde ich nicht zulassen, das verspreche ich dir!«

»Und wie willst du das verhindern?«

»Indem ich einen doppelten Boden einziehe!«

»Einen doppelten Boden?«

»Ich hatte vor Kurzem so eine Idee, wie wir uns absichern könnten. Die ist aber noch nicht richtig spruchreif.«

»Nicht richtig spruchreif? Rede keinen Stuss! Ich will sofort wissen, was du vorhast!«

»Wie gesagt, es ist nur eine Idee. Ich schreibe einfach alles auf, was auf unserer letzten Fangreise passiert ist, haarklein. Und von dem Papier mache ich eine Kopie und schicke sie dem Käpt'n, damit er weiß, dass ich das Original in Händen habe. Spätestens dann wird sich keiner der beiden Brüder mehr trauen, etwas gegen uns zu unternehmen. Denn wenn sie das täten, müssten sie damit rechnen, dass die Polizei die Aufzeichnung findet. So würden wir sie ganz klassisch Schachmatt setzen!« Henning Bischoff schaut seine Frau erwartungsvoll an. »Was denkst du? Ist das eine gute Idee?«

Auf Wiebke Bischoffs Stirn bilden sich tiefe Falten. Sie presst die Lippen aufeinander und kneift die Augen zusammen.

»Na, nun sag schon! Was hältst du davon?«

»Es wäre ein Versuch wert«, antwortet sie mit leiser Stimme. »Könnte unter Umständen klappen. Zumindest bringen wir sie damit zum Nachdenken und könnten in aller Ruhe abwarten, wie sie darauf reagieren.«

EIDERLAND

Über der Halbinsel türmen sich die Wolken. Der kräftige Wind bläst aus Osten, treibt eine tiefhängende, schiefergraue Schleierschicht heran. Es dauert nicht lange, dann sind die letzten schmutzigblauen Flecken am Himmel darunter verschwunden. Jan Swensen hat einen steten Kopfdruck, sitzt in sich versunken auf dem Beifahrersitz und guckt durch die flache Landschaft hindurch in ein dahinterliegendes Nichts. Seine Gedanken sind genauso zähflüssig wie das brodelnde Gespinst aus Wasserdampf, das über dem Autodach steht. Nach langer Zeit ist er mal wieder mit Stephan Mielke auf Ermittlungstour unterwegs. Schon in der Frühe haben sie in Heide damit angefangen, die Personen, die sich zum Zeitpunkt des Mordes im Wattzentrum aufgehalten hatten, persönlich aufzusuchen und zu befragen. Sie waren in Wesselburen und Lunden gewesen, und jetzt steuert Mielke den Dienstwagen zurück über die Bundesstraße 5. Sie wollen noch über Friedrichstadt nach Tetenhusen, zu ihrem letzten Termin am heutigen Tag. Klinkenputzen ist eine ungeliebte Affenarbeit, sie erfordert viel Aufwand, und die Ergebnisse sind leider meistens nur mager bis dürftig.

Swensen ist mehr als erstaunt, dass der neue Fall nur so schleppend vorankommt. Keiner der Fischer von der ›Rungholt‹, die er sofort zu den Hauptverdächtigten eingestuft hatte, konnte bis jetzt mit dem Tatort und der Tatzeit in Zusammenhang gebracht werden. Auch aus dem engen Kreis der Besucher, die von den Beamten bereits damals vor Ort intensiv befragt worden waren, hat sich keine heiße

Spur ergeben. Über ihnen schwebt das Damoklesschwert der Aufklärungsstatistik, die besagt, dass die ersten drei Tage für jeden Ermittlungsfall entscheidend sind. Und diese allgemeingültige Deadline ist bereits abgelaufen. Auf der gestrigen Frühbesprechung war diese Tatsache unter den Kollegen der ›SOKO Multimar‹ besonders heiß diskutiert worden. Selbst Jean-Claude hatte am Ende das Eingeständnis gemacht, dass die ergebnislose Auswertung der Forensik und die Befragungen im unmittelbaren Umfeld des Opfers keine schnelle Lösung des Falls erahnen ließen.

Die Bahnschranke in Friedrichsstadt ist geschlossen. Sie reihen sich mit dem Dienstwagen in die kurze Schlange ein. In Swensen gärt eine schleichende Unzufriedenheit, die ihn wortkarg werden lässt und seine innere Verbohrtheit verstärkt. Er wälzt erneut, fast zwanghaft, die bereits bekannten Fakten im Kopf hin und her. Nichts kommt mehr von selbst, geht es ihm durch den Kopf, und das Zermürbendste an diesem ewigen Kampf ist sein ständiger Versuch, etwas festzuhalten, was er nicht festhalten kann. Die düster herabhängende Wolkendecke drückt zusätzlich aufs Gemüt, verstärkt den Blick auf eine Ausweglosigkeit, die eigentlich gar nicht vorhanden ist.

Dieses Wetter ist schlecht für die Seele, sagt er sich.

Der Zug aus Hamburg kreuzt, bereits im Bremsvorgang, die Straße, um wenig später an der kleinen Bahnhofsstation Friedrichsstadt zu stoppen. Das Öffnen der Halbschranke wird vom entfernten Glockengeläut der St. Leonhard-Kirche aus Koldenbüttel begleitet.

»Klingt nach einem bösen Omen«, bricht Mielke das lange Schweigen. »Als würde uns die Glocke von Rungholt bei unseren Ermittlungen heimläuten.«

»Du bist an einem Sonntag geboren?«, fragt Swensen trocken. »Die Glocke zu hören soll nur Sonntagskindern vorbehalten sein, soweit ich weiß.«

»Ich bin an einem Dienstag geboren«, sagt Mielke grinsend, »und ich höre sie läuten. Du etwa nicht? Außerdem hält sie sich nicht an ihre vorgegebene Zeit. Normalerweise dürfte sie nämlich nur alle sieben Jahre in der Johannisnacht läuten.«

»Dann besitzt du offensichtlich eine Gabe, die du in unseren Mordfall einsetzen solltest. Bestimmt wären wir dann schon wesentlich weiter.«

»Fürs Übersinnliche haben wir doch schon dich, dein sechster Sinn reicht allemal!«

»Aber du kannst die Glocke von Rungholt hören. Und in unserem Fall ist immerhin ein Kutter mit dem Namen ›Rungholt‹ aufgetaucht.«

»Bist du denn nach wie vor davon überzeugt, dass die Crew der ›Rungholt‹ etwas mit dem Mord an ihrem Schiffskoch zu tun hat?«

»Hast du eine bessere Idee?«

»Nein, aber für deine Idee gibt es leider nun mal keine Beweise.«

»Es gibt auch keine Beweise, dass es nicht stimmt. Das ist wie mit der sagenumwobenen Stadt Rungholt. Da existieren auch keine Beweise, dass es sie je gegeben hat.«

»Da bist du allerdings auf dem Holzweg. Natürlich gibt es Belege dafür.«

»Du willst mich hochnehmen, Stephan, oder? Rungholt ist nur eine alte Sage.«

»Es gibt auch die Sage von Rungholt, aber nichtsdestotrotz gibt es im Hamburger Stadtarchiv eine Testamentsurkunde, ich glaube aus dem Jahr 1345, und auf deren Rückseite werden handschriftlich die Namen Edomsharde und Rungholt erwähnt. Rungholt ist vermutlich der Hauptort in der Edomsharde gewesen, ein Landstrich, der bei dem ›Großen Ertrinken‹ 1362 untergegangen ist. Das ist genau dort, wo heute die Hallig Südfall liegt.«

»Ich merke schon, ich bin mal wieder mit unserem großen Heimatkundler unterwegs und komme vermutlich klüger nach Hause, als ich losgefahren bin. Aber mal ehrlich, wie kannst du dir nur diese ganzen Jahreszahlen merken, Stephan?«

»In Heimatkunde war ich zwar der Beste in der Schule, aber das mit der Urkunde über Rungholt hat mir Henning Bischoff erzählt.«

»Darüber ist aber kein Wort in der Frühbesprechung gefallen, als du von deinem Gespräch mit Bischoff berichtet hast. Glaubst du nicht, dass das irgendwie für unsere Ermittlung relevant sein könnte?«

»Unser Mord und eine uralte Urkunde über Rungholt? Sagt das jetzt dein sechster Sinn? Also, ich kann da keinen Zusammenhang sehen, beim besten Willen nicht. Das Gespräch darüber war nur so eine Art Nebenbeigeplänkel, rein privater Natur. Außerdem hat Bischoff diese Info sowieso von seinem Käpt'n. Der scheint offensichtlich ein Faible für Rungholt zu haben. Hat immerhin seinen Kutter danach benannt.«

»Mag sein, dass es nichts zu bedeuten hat. Wäre aber trotzdem gut, wenn auch solche Informationen nicht hintenüberfallen.«

»Ehrlich gesagt, ich finde das immer noch ziemlich unwichtig.«

»Daran zeigt sich einmal mehr, dass wir nicht immer einer Meinung sind, Stephan«, sagt der Hauptkommissar schroff. »Draußen erzählen wir jedermann, dass uns jedes noch so kleine Detail weiterhelfen könnte, und wir selbst halten uns nicht daran.«

Mielke zieht kurz die Mundwinkel nach unten, schluckt und sagt nichts mehr. Swensen bemerkt, dass er offensichtlich zu weit gegangen ist. Selbstkritisch stellt er fest, dass zwischen ihnen eine unausgesprochene Konkurrenz ist, die es früher nicht gab. Der Oberkommissar, so erscheint es ihm manchmal, rebelliert gegen eine Vaterfigur, die er verkörpert, und er selbst fühlt sich höchstwahrscheinlich öfter mal in seiner Autorität in Frage gestellt.

»Das mit der unterschiedlichen Meinung war von mir nicht abwertend gemeint, Stephan. Das ist vielleicht etwas blöd rausgekommen, Entschuldigung.«

»Wofür? Du hast ja recht, wir sind nicht immer gleicher Meinung.«

Die Situation bleibt angespannt. Mielke versucht den Dienstwagen möglichst lässig durch die kurvenreiche Strecke bei Erfde zu bringen. Swensen schaut abwesend in die lichtlose Flusslandschaft, die am Seitenfenster vorbeizieht. Hinterm Königsmoor, bei Hohn, biegen sie links in nördliche Richtung ab. Sie fahren schweigend durch teils sandige Geest und kleine Waldgebiete, überqueren auf einer kleinen Brücke die Sorge, bis endlich die Siedlungshäuser von Tetenhusen auftauchen. Die zweite Querstraße nennt sich Wickerhof, hier sind sie richtig. Mielke stoppt den Dienstwagen vor einem Doppelreihenhaus. Bevor die Beamten aussteigen, wird in der rechten Partie bereits die Haustür geöffnet. Ein hochgewachsener Mann in schwarzer Regenjacke tritt heraus und winkt ihnen. Seine aschblonden zurückgekämmten Haare heben sich von der dunklen

Ziegelwand hinter ihm ab, die ovale Brille passt nicht zu dem runden Gesicht. Swensen schätzt ihn auf Anfang 40.

»Herr Quedens?«, fragt der Hauptkommissar, als er mit Mielke auf dem Plattenweg zum Haus hinübergeht. »Sind Sie der Vereinsvorsitzende der Siedlergemeinschaft, mit dem ich telefoniert habe?«

»Richtig«, bestätigt der Mann und schüttelt den beiden Kriminalisten die Hand. »Dann sind Sie Hauptkommissar Swensen aus Husum.«

»Und mein Kollege, Oberkommissar Mielke«, ergänzt Swensen. »Sie waren mit Ihrer Siedlergemeinschaft am 16. Februar gegen 16 Uhr im Multimar in Tönning, haben Sie am Telefon gesagt, und dass mehrere Teilnehmer der Busreise innerhalb des Wattzentrums fotografiert hätten.«

»Richtig, und in der Zwischenzeit habe ich mit allen gesprochen, die dabei waren. Die Leute haben mir alle Bilder von unserem Ausflug kopiert. Sind alle auf meinem Computer, Herr Swensen. Wenn Sie wollen, können wir sie sofort ansehen.«

Die beiden Beamten folgen dem Mann durch den Flur in ein Wohnzimmer mit obligatorischer Schrankwand, Fernseher und Sofaecke. An der hinteren Wand des Raums steht ein rustikaler Schreibtisch mit einem Computer, der bereits hochgefahren ist.

»Ich habe mir erlaubt, alle Fotos auszusortieren, auf denen nur Fische und Getier in den Aquarien zu sehen sind. Sie hatten gesagt, dass nur die Personen sie interessieren, die zufällig mit auf die Fotos geraten sind«, erklärt Quedens und öffnet mit ein paar Mausklicks die Bilddatei. Über den Computerschirm ergießt sich eine Pixelflut von Privatheit, die von vier Kriminalistenaugen sorgfältig durchforstet wird. Doch das Ergebnis ist, wie den ganzen Tag über, eher enttäuschend. Swensen hat mittlerweile das Gefühl, als würde er bereits jedes Gesicht kennen, das sich am Mordtag durch das Wattzentrum bewegt hat, so viele Fotos hat er in den vergangenen Tagen in Augenschein genommen.

»Auf den ersten Blick kann ich unseren gesuchten Mann nicht entdecken«, stellt er hadernd fest, und Stephan Mielke nickt zustimmend. »Wir würden die Bilder gerne auf einen USB-Stick überspielen und alle Fotos noch einmal in Ruhe in der Husumer Inspektion auswerten.«

Der Hauptkommissar zieht einen blauen Stick aus der Jackentasche und reicht ihn dem Vereinsvorsitzenden, der mit wenigen Handbewegungen die Überspielung vornimmt.

»Eine schreckliche Angelegenheit, diese Sache«, sagt Quedens mit gequälter Stimme, während er Swensen seinen Stick zurückgibt. »Da wird in unserer unmittelbaren Nähe ein Verbrechen verübt und wir haben alle nichts bemerkt, wenn wir von der Polizei nicht am Ausgang nach unseren Adressen gefragt worden wären. Auf der Rückfahrt herrschte eine ziemlich gedrückte Stimmung. Dabei hat die Tour so ausgelassen begonnen. Wir haben sogar vom ganzen Verein auf dem Parkplatz ein Gruppenfoto gemacht, bevor wir reingegangen sind und einen so schö…«

»Das Gruppenfoto war aber nicht dabei, Herr Quedens«, unterbricht der Hauptkommissar.

»Richtig, das habe ich mit aussortiert. Da war nur unsere Reisegruppe drauf, sonst niemand«, stellt der Vereinsvorsitzende fest.

»Das würde ich mir sicherheitshalber auch gerne ansehen«, interveniert der Hauptkommissar.

»Da sind ganz bestimmt keine anderen Leute drauf, nur unsere Gruppe, das können Sie glauben«, erklärt der Vereinsvorsitzende überzeugt.

»Das glaube ich Ihnen ja auch«, bleibt Swensen hartnäckig, »trotzdem würde ich es gerne sehen.«

Quedens klickt sich durch einige Dateien, bis das gewünschte Foto auf dem Bildschirm erscheint. Swensen kann es im ersten Moment gar nicht fassen, als er begreift, dass sich seine Hartnäckigkeit vielleicht gelohnt haben könnte. Der Fotograf hat in amateurhafter Weise keinen exakten Ausschnitt gewählt und die Gruppe aus viel zu großer Entfernung mit einem Teil des Parkplatzes im Hintergrund abgelichtet. Dadurch ist auf dem Foto auch eine Reihe geparkter Fahrzeuge zu sehen. Die Nummernschilder, leider ziemlich klein, kann Swensen mit bloßem Auge nicht entziffern. Aber er ist überzeugt, dass dies für die Experten beim LKA kein Problem bedeuten wird.

»Das Foto bitte auch mit auf den Stick, Herr Quedens«, sagt er und reicht ihm erneut den Datenträger. Mielke schaut dem Vorgang unbeteiligt zu, kann aber ein kurzes Grinsen nicht unterdrücken. Es ist nur einen kaum wahrnehmbaren Moment lang, der dem Hauptkommissar aber nicht entgeht.

War das jetzt abfällig gemeint?

›Sind Körper und Geist nicht miteinander in Schwingung, fühlst du dich nur als ein Abklatsch deiner selbst. Wenn dir etwas Angst macht, ist es gut, sich mit dieser Angst zu befassen. Das geht allerdings nur, wenn du herausfindest, was Angst wirklich ist. Angst ist ein nervöser Zustand. Sie lässt dich befürchten, den alltäglichen Herausforderungen nicht gewachsen zu sein. Du solltest dir aber genau anschauen, wer du bist. Schau dir den ganzen unausgegorenen Mist genau an, den du mit dir herumschleppst. Sei ehrlich zu dir selbst.‹

Die Worte von Meister Rinpoche oszillieren durch Swensens Gedanken, während Mielke und er kurze Zeit später schweigend die Rückfahrt nach Husum antreten. Der Himmel hängt noch ein Stückchen tiefer, kratzt fast übers Autodach. Das Wolkengeschiebe über ihm ist wie ein stiller Aufruhr der Luft, welches ihm seine Handlungsunfähigkeit vor Augen führt. Die Dunkelheit presst das letzte Licht aus dem Tag. Die unausgesprochenen Worte wiegen bleischwer auf der Zunge.

Du bist gefordert, jetzt, flüstert ihm seine innere Stimme zu, sonst wird dieses Gefühl bald ein äußerst unangenehmer Zustand.

»Wir haben uns doch immer gut verstanden.« Er findet seine Worte etwas platt, zwingt sich aber weiterzusprechen. »Gibt es etwas, was zwischen uns steht, das wir besprechen sollten?«

Der Oberkommissar dreht den Kopf flüchtig zur Seite und wieder zurück. Das eben noch Selbstvergessene in seinem Gesicht ist einer Anspannung gewichen. Der linke Zeigefinger drückt eine Delle in die Unterlippe, während sein Blick sich stoisch auf die Straße heftet, als könnte ihm jemand den Asphalt unter den Reifen wegziehen.

»Es geht nicht darum, dass wir nicht immer einer Meinung sind, oder?«, hakt Swensen noch einmal nach.

»Das ist doch schon geklärt«, sagt Mielke mit gepresster Stimme.

»Was ist es dann?«

»Nun, versteh das bitte nicht falsch. Du weißt genau, dass wir beide gut zurechtkommen miteinander und ich eine Menge von dir gelernt habe. Aber ich bin mittlerweile irgendwie frustriert. Das hat nichts mit dir zu tun, es ist wirklich nichts Persönliches. Aber um es mal beim Namen zu nennen: Du bist, so lange ich dich kenne, Hauptkommissar, und ich wäre das eigentlich auch gerne. Seit sieben Jahren harre ich auf meiner A 11-Stelle aus, länger als ich bei euch in Husum bin, und eine Veränderung scheint nicht in Sicht. Es geht wirklich nicht um die 300 Euro mehr, es geht um das Prinzip, die Anerkennung. Ich mache meinen Dienst gut, das weiß ich genau, trotzdem trete ich auf der Stelle. In meiner dienstlichen Beurteilung habe ich nur sechs Punkte erreicht, brauche aber acht.«

»Ich finde auch, dass du eine gute Arbeit machst«, stellt Swensen fest, wobei seine Stimme gleich gelöster klingt. »Ich weiß aber nicht, wie ich dir dabei helfen könnte. Wegen der Verlängerung der Dienstzeit sieht die Beförderungssituation für jeden von uns ziemlich schlecht aus. Im Moment werden nur Kollegen befördert, wenn jemand in Ruhestand geht und eine Planstelle frei wird.«

»Ich weiß, ich habe mich natürlich auch informiert. Ich denke nur ... also, es wäre nicht schlecht, wenn du vielleicht mal mit Püchel reden könntest, wegen der Beurteilung, damit überhaupt irgendetwas in Gang kommt.«

»Das werde ich gerne machen, aber ich bin mir nicht sicher, ob meine Stimme großartig ins Gewicht fällt. Die Mühlen der Behörde mahlen langsam.«

»Ich finde es jedenfalls prima, dass du ein Wort für mich einlegen willst. Das ist mehr, als ich zu hoffen gewagt habe. Danke!«

Der Hauptkommissar holt tief Luft. Er kann kaum fassen, welch unerwarteten Verlauf diese Aussprache genommen hat, wie leicht es war. Selbst der Himmel scheint ihnen nicht mehr so dicht über den Köpfen zu hängen. Swensen schließt die Augen, atmet gleichmäßig und lässt sich entspannt im Sitz zurückfallen.

Das Herz zu öffnen ist die einzige Möglichkeit, wirklich zu entspannen.

PIETER

Es ist bitterkalt, bestimmt minus zehn Grad, schätzt Heinz Püchel, als er im Schlepptau von Boris Fishenski in aller Herrgottsfrühe aus der Metrostation kommt. Dem Husumer Polizeirat kriecht die Kälte bis ins Mark, legt sich wie Eisen auf sein Zwerchfell. Er zieht frierend den Mantelkragen hoch und folgt etwas lustlos seinem selbsternannten russischen Fremdenführer, der nach rechts davoneilt und an der nächsten Straße die Straßenbahnschienen überquert. Auf der anderen Seite, unter den kahlen Bäumen, die sich an den Gleisen der Elektritschka-Haltestelle Udelnaja reihen, herrscht bereits ein buntes Treiben, das einem orientalischen Basar nicht unähnlich ist. Obwohl es erst dämmert, strömen von überall her Menschen herbei. Händler schleppen in riesigen Taschen ihre Waren heran und breiten sie auf ausgelegten Plastikfolien aus. Alte Postkarten sind zu sehen, angebrochene Zahnpastatuben, Kinderkleider und museumsreife Radiogeräte, als wären alle Rumpelkammern Pieters mit einem Mal ausgeräumt worden.

»Den Udelnaja-Markt musst du unbedingt gesehen haben, glaub's mir«, hatte Boris auf seinen deutschen Gast nach dem Besuch der Gerichtsmedizin eingeredet, ihn solange gelöchert, bis er eingewilligt hatte, um jetzt zu solch unmenschlicher Zeit durch den Frost zu marschieren.

»In der Woche ist das hier ein ruhiger Park«, erklärt der Russe, »doch am Wochenende kommen sie, Hobby- und Profiverkäufer, und zwar durchgehend, ob Sommer oder Winter.«

Boris steuert zielstrebig auf einen fliegenden Händler zu, der sich etwas abseits vom Trubel hinter einen dicken Baum verzogen hat und dem Milizhauptmann nicht unbekannt zu sein scheint. Mit einem breiten Grinsen auf dem Gesicht und einer Flasche Wodka in der Hand kommt er zu Püchel zurück. Es gibt erst einmal einen kräftigen Schluck. Der Polizeirat spendiert seine deutschen Zigaretten, und danach ist seine Stimmung automatisch etwas besser. Innerlich durchgewärmt, in Tabakqualm gehüllt, schlendert er ohne Murren mit seinem Gastgeber an den skurrilen Auslagen entlang. Bei einem Händler gibt es finnischen Kaffee und Sonnenblumenöl zu kaufen, Ware, die nur über verschlungene Wege hierher gelangt sein kann. Ein anderer bietet Sicherungen, Transformatoren und Schalttafeln an. Drei Stände nebenan können original DDR-Trainingsanzüge der Marke ›Sporett‹ erstanden werden, einwandfreie Komsomol-Arbeitsuniformen aus den Siebzigerjahren oder Abendkleider, die bestimmt zu Breschnews Zeiten in Moskau der letzte Schrei gewesen sind.

»Das ist der Trend, besonders bei deutschen Touristen«, sagt Boris und drückt dem Polizeirat eine militärische Kopfbedeckung in die Hand, die einem Schiffchen gleicht. Er zwinkert ihm zu. »Für dich! Das ist eine ›Pilotkas‹, ein Andenken an Pieter.«

Als Fishenski den Händler bezahlen will, protestiert Püchel vehement und besteht darauf, selbst zu zahlen. Dem Russen gelingt es nicht, trotz Drohung, er würde beleidigt sein, seinen Gast davon abzubringen. Sichtlich angespannt geht es weiter, vorbei an unzähligen Kästen, überladen mit alten sowjetischen Orden. Der nächste Händler bietet russische Pelzmäntel an, gefolgt von einer Plastikplane, auf der Türme von gebrauchten Büchern gestapelt sind. Fishenski durchstöbert sie mit Kennermiene und wird in wenigen Minuten fündig. Er lässt sich das Büchlein einwickeln, geht freudestrahlend auf seinen Gast zu und drückt ihm das Päckchen in die Hand.

»Dieses kleine Souvenir musst du aber annehmen«, betont er mit Nachdruck. »Es ist nur ein kleines Büchlein, ›Die Reise nach Russland‹ von Stefan Zweig. Ich habe keine Ahnung, wie eine deutsche Ausgabe zu dem Händler gekommen ist. Schon erstaunlich, findest du nicht auch? Egal, jedenfalls gibt es darin eine tolle Beschreibung über unsere Ermitage. Ich habe es selbst gelesen, eine russische Ausgabe natürlich.«

Heinz Püchel ist sich darüber im Klaren, dass er dieses Präsent nicht wieder zurückweisen kann. Er lächelt verlegen, nimmt es ungeschickt entgegen und überlegt angestrengt, was er für Dankesworte sagen könnte. Doch bevor er den Mund aufmachen kann, klingelt das Handy des Hauptmanns. Das Gespräch verläuft sehr einseitig. Bis auf ein paar Bestätigungen kommt Fishenski kaum zu Wort. Als er geendet hat, sagt er knapp: »Jetzt gibt es endlich richtigen Anschauungsunterricht, Heinz. Einen dieser Schurkis hat's erwischt. Du kommst mit, ich regle das vor Ort.«

Eilig verlassen sie den Markt und gehen zügig zu der Straße zurück, aus der sie gekommen sind. Boris steuert auf einen bis zum Fenster verschlammten Schestjorka zu, der verloren am Bordstein steht.

»Wohin?«, knurrt der bärtige Mann hinterm Steuer.

»Alexander-Newski-Kloster!«, bellt Boris zurück, spuckt aus und zeigt seinen Miliz-Ausweis.

Hektisch versucht der Fahrer daraufhin das Taxi zu starten. Doch es gelingt erst nach einigem Zureden. Der Polizeirat hält den Atem an, als der Wagen in Fahrt kommt und mit bald 100 Stundenkilometern über die zum Teil vereisten Fahrbahnen prescht. Die Federung ist unbeschreiblich schlecht, im Innenraum schwankt es wie auf einem Wasserbett, wenn die Reifen durch die Schlaglöcher knallen. In der Mitte der Alexander-Newski-Brücke müssen sie stoppen. Die Zugbrücke ist hochgezogen. Boris trommelt nervös mit den Fingern auf die Rücklehne und pfeift dazu leise ein bekanntes russisches Volkslied. Der Fahrer beschwert sich darauf vehement bei dem Musikanten. Worte werden hin und her gebrüllt, bis wieder Ruhe einkehrt. Püchel fragt seinen Kollegen, warum der Fahrer sich denn so aufgeregt hat.

»Der ist übergeschnappt, der Kerl!«, antwortet Fishenski ungehalten. »Er meint, im Taxi wird nicht gepfiffen, das bringt Unglück!«

In der darauffolgenden Wartezeit versinken alle in Schweigen. Auch auf dem Rest der Fahrt ist das nicht anders. Als sie am Hotel ›Moskwa‹ vorbeikommen, steht eine kleine Dixieland Jazzband auf dem Parkplatz und spielt weithin hörbar ›Hello Dolly‹. Boris lässt den Wagen vor dem Tor des Alexander-Newski-Klosters anhalten, bezahlt den Fahrer und fordert stoisch das gesamte Wechselgeld zurück. Der Fahrer stößt noch einen Fluch aus, bevor er mit Vollgas davonjagt. Ein Milizsoldat hält neugierige Zuschauer auf Distanz. Püchel und Fishenski, der dem Mann seinen Ausweis zeigt, können passieren und gehen den gepflasterten Weg zwischen zwei Mauern entlang.

»Dahinter sind der Lazarus-Friedhof und der Tichwiner Friedhof. Da sind die Gräber von Korsakow, Mussorgski, Tschaikowski und Dostojewski«, erklärt Boris. Nebenbei zieht er seine Waffe und entsichert sie. Das terrakottafarbene Klostergebäude liegt an einem kleinen Flüsschen.

»Schau dir das an, Heinz«, jubelt der Hauptmann. »Ist das nicht ein Traum? Tatorte mit solch malerischem Ambiente kennt ihr bei euch mit Sicherheit nicht, oder?«

Auf der anderen Seite der schmalen Klosterbrücke tummeln sich Spurensicherer und Polizisten um einen roten Chevrolet Cruze. Ein junger Mann hebt den Arm, als er Fishenski kommen sieht. Der geht zu ihm hinüber und sie reden eine längere Zeit miteinander. Dann winkt Boris den Polizeirat zu sich.

»Das war Leutnant Starow, 59. Dienststelle«, sagt er. »Es hat einen dieser Schurkis erwischt. Ums Handgelenk ist eine Gebetskette gewickelt, spricht für einen Muslim. Fünf Schüsse, direkt ins Gesicht. Ein regelrechtes Hinrichtungsmassaker. Es soll ein zweiter Wagen hier gewesen sein, aus dem wurde geschossen. Sie haben einen Zeugen, der das Ganze mit angesehen hat. Einen Bomschi. Saß auf der Brücke, um sich ein paar Kopeken von den Leuten zu erbetteln, die auf dem Weg in die Kirche sind.«

»Ein Bomschi?«

»Amtssprache«, erklärt Boris, »so nennen wir unsere bösen Buben ohne Obdach. Ist eine Abkürzung für Personen ohne ständigen Wohnsitz. Gemeint sind die Straßenkinder. Wir haben hier in Pieter bis zu 10.000 davon.«

»Und das sind alles böse Buben?«

»Für meine Kollegen sind das alles Diebe, Dealer, oder sie schlagen sich auf dem Babystrich durch.«

»Aber deshalb sind sie doch nicht automatisch böse«, bleibt Püchel hartnäckig.

»Sie werden allgemein als kriminelles Strandgut betrachtet. ›Böse Buben‹ ist noch eine harmlose Bezeichnung, Heinz!«

Der Hauptmann dreht sich um und deutet auf einen Jungen mit struppigen Haaren, der mit ängstlichen Augen zwischen zwei Milizsoldaten steht. Püchel wirft einen flüchtigen Blick zu dem Jungen hinüber, der höchstens sieben Jahre alt ist, und beobachtet dann einen der Spurensicherer, der das offene Seitenfenster auf der Fahrerseite des Chevrolets untersucht. Ein zweiter Mann versucht festzulegen, aus welcher Entfernung auf den PKW geschossen wurde. Fishenski wartet, bis seine Kollegen damit fertig sind und gibt dann dem Polizeirat mit einer kurzen Kopfbewegung zu verstehen, ihm zum Fahrzeug zu folgen. Dort steckt er vorsichtig seinen Kopf durch das Autofenster. Als er ihn wieder zurückzieht, bittet er Püchel, ebenfalls einen Blick hineinzuwerfen. Der Tote liegt hingestreckt über beide Sitzflächen. Sein Gesicht ist durch mehrere Einschüsse nicht mehr zu identifizieren, es ist ein einziger Blutklumpen, der von den durchtränkten Polstern kaum zu unterscheiden ist. Auch die beiden Hände sind zerfetzt. Das Opfer scheint sie zum Schutz vor den tödlichen Schüssen vors Gesicht gehalten zu haben.

»Um Gottes willen«, stöhnt der Polizeirat, als er wieder zum Vorschein kommt. »Geht das bei euch immer so brutal zu? Der Mann ist ja förmlich abgeschlachtet worden. Ein einziges Massaker!«

»Nichts für Weicheier!«, antwortet der Hauptmann, als er das bleiche Gesicht von Püchel sieht. »Hier wird nur mit harten Bandagen gekämpft.«

Der Polizeirat steckt sich mit zittrigen Händen eine Zigarette an und nimmt einen gierigen Lungenzug. Boris ist in der Zwischenzeit zu dem Straßenjungen hinübergegangen und hat sich vor ihm in die Hocke gesetzt. Der trägt die zerrissene Köperjacke eines Busfahrers, die ihm viel zu groß ist. Darunter einen fleckigen Pullover mit einem roten Streifen. Der Schädel ist fast kahlgeschoren, nur kurze rothaarige Borsten sind zu sehen. Mit angespannter Körperhaltung und misstrauisch blickenden Augen lässt er die Fragen über sich ergehen. Wenn er nicht schnell genug antwortet, packt ihn einer der Milizsoldaten an der Schulter, schüttelt und brüllt ihn dabei hasserfüllt an.

Die übliche Drohung, ihn ins Heim zu stecken, denkt der Polizeirat, der die beklemmende Szene aus einiger Distanz verfolgt.

Boris weist den Milizsoldaten zurecht, zieht seine Zigarettenpackung heraus und hält sie dem Jungen entgegen. Der lässt sich nicht lange bitten, klopft das filterlose Mundstück fachmännisch auf seinen schmutzigen Turnschuh und steckt es in den Mund. Dann streckt er Fishenski seinen Kopf entgegen, damit der ihm Feuer gibt. Der Hauptmann spricht ruhig auf den Jungen ein. Das Gespräch zieht sich in die Länge. Püchel kann an der Gestik erkennen, wie der Junge den Täter nachahmt; in welcher Körperhaltung er in dem anderen Wagen gesessen, sich herausgelehnt und mit einer Kippe gewinkt hatte, als würde er Feuer haben wollen. Danach wechselt das Straßenkind die Rolle, spielt das Opfer, das wohl ebenfalls sein Fenster heruntergekurbelt und Streichhölzer herübergereicht hatte. Es wird daraufhin am Arm gepackt. Als es dem Mann gelingt, sich loszureißen, wird sofort auf ihn geschossen. Theatralisch stellt sich der Junge in Pose und ahmt lauthals die Schüsse nach: »Bam-Bam-Bam!«

Als Boris sich nach dem Verhör kurz von ihm abwendet, sprintet der Junge, so schnell er kann, über die Brücke und verschwindet zwischen den beiden Friedhofsmauern.

»Heißt Bobik Mitkin, hat er behauptet. Aber wer weiß,

alles kleine Lügner, diese Burschen«, sagt der Hauptmann zu Püchel.

»Lasst ihr ihn nicht nach Hause bringen?«, fragt der Polizeirat entsetzt.

»Er hat mir erzählt, sein Vater sei bei der Marine und auf Urlaub; und der Kerl wäre von der Sorte, dass er jeden Abend säuft und ihn dann schlägt. Und deshalb mache sich der Junge zu Hause solange rar, bis der Alte seinen Rausch ausgeschlafen hat. Dem Haarschnitt nach zu urteilen, ist er aber aus irgendeinem Heim getürmt. Ich denke nicht, dass die Story mit dem Vater stimmt.«

»Aber du kannst ihn doch nicht einfach auf die Straße zurückschicken, Boris!«

»Wenn du nur eines dieser Heime jemals von innen gesehen hättest, dann würdest du ihn auch laufen lassen. Glaub mir, Heinz, dort sollte nicht einmal ein Tier untergebracht werden. Ich frage mich nur, warum er überhaupt mit uns geredet hat und nicht rechtzeitig getürmt ist, bevor wir hier eingetrudelt sind.«

»Und, zu welchem Ergebnis kommst du?«

»Eine Mutprobe, würde ich sagen«, erklärt Boris spöttisch lächelnd, »er war nicht allein hier, seine Kumpel sind hier irgendwo in der Nähe. Er hat vor ihnen den großen Helden markiert, und sie haben ihn aus ihrem Versteck beobachtet.«

»Aber er ist trotzdem ein wichtiger Zeuge. In Deutschland würde es einen Riesenärger geben, wenn ein Polizist einen Zeugen laufen lässt, der keinen festen Wohnsitz hat. Den findet ihr doch nie wieder, wenn es noch Fragen gibt.«

»Ich habe alles im Griff, Heinz! Der Junge hat alles Wichtige ausgespuckt. Er hat uns sogar, ohne es zu wissen, ein Stück weitergeholfen.«

»Womit denn?«

»Er hat mir erzählt, dass der Täter den Toten durchsucht hat. Es muss etwas geben, was er von dem Kerl haben wollte. Und er hat es anscheinend nicht gefunden. Also haben wir die Chance, es noch zu finden. Ich werde die Kollegen sofort informieren, dass sie danach suchen sollen. Außerdem hat der Täter beim Wegfahren offenbar etwas aus dem Auto geworfen. Ungefähr zehn bis 20 Meter von dem Chevrolet entfernt, genau in diese Richtung.« Fishenski zeigt in Richtung Hauptstraße. »Irgendwo dort hinten müsste es liegen.«

Sein Jagdtrieb scheint erwacht. Er wirkt wie verwandelt, seine Augen haben einen auffälligen Schimmer und sein ganzer Körper steht unter Spannung. Mit ausholenden Schritten stürmt er auf den anvisierten Punkt zu, ohne darauf zu achten, ob der Polizeirat ihm folgen kann. Püchel ist ein wenig aus der Puste, als er zu seinem russischen Kollegen aufschließt, der bereits in gebeugter Haltung den Boden absucht und dann auf eine zerknüllte rote Zigarettenschachtel zusteuert.

»Ich bin mir sicher, die hat der Hurensohn weggeworfen. Nicht unser billiges Kraut, der Herr kann sich das Beste vom Besten leisten!«, murmelt er mit Abscheu im Gesicht, während er die Schachtel mit der Hand glattstreift. »Amerikanische Marke, Winston!«

»Und deswegen glaubst du, dass sie vom Täter stammt?«, bezweifelt Püchel.

»Eine einfache Schlussfolgerung, die Zeitpunkt und Örtlichkeit mit einbezieht, Heinz. Die Möglichkeit, dass diese Schachtel ausgerechnet von einem einfachen Kirchenbesucher weggeworfen wurde, liegt bei null. Touristen verirren sich zu so früher Stunde kaum hierher. Auch wenn du vor

Neid platzen solltest, an manche Ermittlungsergebnisse kommt man in diesem Land leichter heran als bei euch in Deutschland!«

»Mein Neid hält sich in Grenzen«, grinst Püchel und zieht seine Zigaretten heraus. »Wie wäre es heute ausnahmsweise einmal mit einer deutschen Roth-Händle?«

Hauptmann Fishenski zieht eine Zigarette aus der Packung und lässt sich Feuer geben. Der Polizeirat steckt seine Roth-Händle zurück, während sein Gastgeber auf die gefundene Schachtel Winston zeigt. »Fällt dir an unserem Beweisstück etwas auf?«

»Eigentlich nicht«, überlegt der Polizeirat, während er die Schachtel in der Hand dreht. »Nur, dass sie am Boden aufgemacht wurde. Aber was sollte uns das schon sagen?«

»Das könnte sagen, dass unser Mann ein ehemaliger Afghanistankämpfer ist.«

»Ein Elitesoldat? Und warum ist er kein Busfahrer oder Politiker?«, scherzt Püchel.

»Wegen dem geöffneten Schachtelboden! Eine Macke bei ehemaligen Afghanistankämpfern, hat mir mal ein alter Veteran erzählt, allerdings schon mit mehreren Wodka intus.«

»Eine Macke? Und weswegen haben die das gemacht?«

»Keine Ahnung! Hat mir der Mann nicht verraten. Hat nur gegrinst und gemeint, niemand hätte dort ein Mundstück mit den Fingern angefasst.«

»Macht für mich keinen Sinn«, stellt Püchel ungläubig fest. »Könnte es nicht eher sein, das der Typ dir da einen russischen Bären aufgebunden hat?«

»Warum hätte er das tun sollen?«

»Und weswegen bist du so versessen darauf, dass es ein Afghanistankämpfer sein könnte?«

»Weil viele von diesen ehemaligen Kämpfern bei der Mafia gelandet sind. Für mich würde es zumindest gut in das Täterprofil passen«, stellt Fishenski trocken fest. »Aber warum erschießt ein Schurki einen anderen Schurki? Es sieht zumindest nicht nach einem Bandenkrieg der Mafia aus. Da bringt man sich nur gegenseitig um und sucht nicht danach, was der andere bei sich haben könnte.«

Während er so laut vor sich hin grübelt, kommt der junge Leutnant vom Tatort herübergeeilt. Er hält eine kleine Glasflasche in der Hand und deutet auf den Wagen des Opfers. Fishenski zeigt dem Kollegen im Gegenzug die Zigarettenschachtel und bringt ihn an den Punkt, wo sie gelegen hat. Nachdem sich die beiden Männer wieder getrennt haben, berichtet er Püchel, was es für Neuigkeiten gibt.

»Es gibt einen Hinweis, dass der Tote der Mörder von Irina Kotschetowa sein könnte, unserer Oberkustodin aus der Ermitage. Sie haben mehrere Ampullen Kaliumchlorid in seinem Handschuhfach entdeckt. Das würde bedeuten, dein Kumpel Hollmann hätte wahrscheinlich recht und die Frau wurde wirklich umgebracht.«

In der Dunkelheit sieht er zwei ängstliche Augen, die ihn aus nächster Nähe unentwegt anstarren. Heinz Püchel schwitzt und spürt sein Herz rasen. Augen, die er aus ferner Vergangenheit kennt und die ihn zutiefst beunruhigen. Als er den Blick dieser Augen nicht mehr aushalten kann, tastet er an der Wand nach dem Schalter neben seinem Hotelbett und knipst das Licht an. In der Helligkeit verschwinden die Bilder des heutigen Tages, die mit Mächtigkeit wieder in ihm auferstanden sind. Der Polizeirat hat Schweißperlen auf der Stirn, Perlen der Angst. An Schlaf ist nicht zu denken, etwas sitzt ihm im Nacken und treibt ihn aus dem Bett. Er läuft im Zimmer hin und her, bis er etwas ruhiger geworden ist. Dann zieht er die Vorhänge auf und blickt auf die Lichter von Sankt Petersburg.

Bobik Mitkin, der Straßenjunge, lässt ihn an einen kleinen Jungen denken, den 13-jährigen Peter Heinrichs, mit dem er vor unvorstellbar langer Zeit zusammen im St. Josef-Kinderheim in Arnsberg war.

Wieder geistern die Bilder von damals durch seinen Kopf. Er fühlt unerträgliche Scham und Trauer. Einmal im Jahr schleppten die Nonnen alle Heimkinder zum Friedhof, um die tägliche Arbeit zu verrichten. Dort mussten sie Tannenzweige sammeln und damit die Gräber der verstorbenen Nonnen abdecken. Immer wieder bekamen sie die gleichen Ermahnungen: »Ein Junge, der am Tage stramm gearbeitet hat, der bekommt am Abend keine Neigung mehr auf dumme Streiche.«

Direkt neben dem Friedhof gingen Bahngeleise entlang. Schon von Weitem konnte man den Zug kommen hören. An einem Tag im Dezember 1959 warf Peter Heinrichs die Tannenzweige weg und rannte die Böschung hinauf. Dann war er nicht mehr zu sehen. Die Nonnen brachten alle Kinder sofort zurück ins Heim. Bis heute weiß er nicht, was aus Peter geworden ist. Niemand sprach mehr von ihm.

Heinz Püchel hört das Kreischen der Bremsen wie einen Nachhall der Sinne. Es ist ein Geräusch, das sich ihm in die Seele gefressen hat. Die Bilder, die sich dazu zeigen, möchte er nicht sehen. Doch die Erinnerung ist nicht mehr zu stoppen. Er geht ins Bad, hält seinen Kopf unter den Wasserhahn und schleppt sich zum Bett zurück. Er möchte den Schmerz ausschalten, diesen unerträglichen Schmerz. Und das Grübeln nimmt kein Ende.

Was kann er sonst noch tun, damit es aufhört? Er ist zur Polizei gegangen, ist Polizeirat geworden, damit sie alle ihre Strafe erhalten, diese Menschen, die anderen so etwas zufügen.

Schluss, schreit er sich innerlich an. Das muss sofort aufhören!

Er greift abrupt zu einem kleinen Buch auf seinem Nachttisch, als wäre es ein Strohhalm, mit dem er sich aus seiner Misere ziehen könnte. Es ist ›Die Reise nach Russland‹, das Buch, das Boris ihm am Morgen geschenkt hat. Püchel hält es wie einen Rettungsanker in der Hand, blättert sich durchs Inhaltsverzeichnis und schlägt dann kurz entschlossen das Kapitel ›Die Schatzkammer der Ermitage‹ auf:

›In einem ebenerdigen Saal, unscheinbar seitlich versteckt, eine schwer gepanzerte Tür. Sie ist versiegelt, wir müssen warten, bis einige Beamte zur Stelle sind als protokollierende Zeugen, dann erst löst man den magischen Verschluss. Geräuschlos dreht sich eine schwere Tresortür und verschließt sofort wieder den engen Raum. Ein Druck jetzt auf verborgene Schalter, grell schießt Licht in die Glühbirnen, und Gold funkelt einem in die Augen, Gold, pures, reines Gold, kunstvoll geschmiedete Wucht, jahrhundertealt, jahrtausendealt, aus mythischen Gräbern geholt, aus den Siedlungen der Griechen in der Krim, von Lagerstätten der Skythen gewonnen, eine Urkunst, deren Zeit und Ursprung man kaum ahnt, nirgends zu sehen als hier in gleicher Fülle und Vollendung. Skythen, Barbaren haben vor mehr als zweitausend Jahren diese Herrlichkeiten gefertigt, und mit leisem Misstrauen, plump Verzerrtes, ungelenk Barbarisches zu sehen, tritt man an die Schränke und erstaunt: denn hier sind Werke feinsten Filigrans, vielleicht mit glühenden Nadeln in jahrelanger Arbeit gebosselt, Jagddarstellungen von zauberischer dekorativer Kraft, magische Amulette und goldene Totenmasken, geformt über den Antlitzen verstorbener Könige, feinste Proportionen irdischer Gesichter, eine Barbarenkunst, aber nicht minder kunstreich, raffiniert und werktüchtig als die des frühen Mittelalters und nur noch mit den deutschen Goldschmieden, den italienischen Kleinskulpturen der Renaissance vergleichbar.‹

RUNGHOLT

Per Timmann zieht seine Stirn in Falten. Er sitzt am Küchentisch, umklammert nachdenklich den Henkel des Kaffeebechers und lässt ihn auch nicht los, als er den Becher nach dem Trinken auf der Holzplatte abstellt. Der Wind kommt von Westen, und laut Tidenkalender müsste das Wasser bereits ablaufen. In zwei Stunden ist Ebbe. Der Kapitän hebt den Kopf und schaut in den vom Winter gezeichneten Vorgarten hinaus. Doch sein Blick fixiert keine der verdorrten Pflanzen und Sträucher, sondern verliert sich in der zinngrauen Wolkendecke darüber. Ein feiner, kaum sichtbarer Nieselregen überzieht das Tageslicht mit einem diffusen Schleier. Nicht weit von hier, hinter dem gegenüberliegenden Nachbargrundstück, beginnt die Hafenmole. Dort liegt die ›Rungholt‹, von der er vor einigen Tagen als Letzter von Bord gegangen war, den ominösen Seesack auf seiner Schulter.

Eine Frauenstimme aus dem uralten Transistorradio reißt ihn kurz aus seinen Gedanken, die ihm immer wieder die letzte Fangfahrt vor Augen führen. Der Wetterbericht, den die übertrieben fröhliche Stimme verliest, dringt nicht zu ihm durch. Das Wetter ist ihm im Moment so was von scheißegal. Er grübelt, ob es den anderen Fischern im Hafen bereits aufgefallen ist, dass es keine Anzeichen dafür gibt, wann er wieder zum Fischen rausfahren wird.

Einer seiner Männer ist tot, das dürfte Grund genug sein, beruhigt er sich.

Aber Per Timmann wäre nicht Per Timmann, wenn er nicht darüber nachdenken würde. Sein Vater hat ihm Prinzipien mit auf den Weg gegeben. Alles, was man macht, muss auch für einen wildfremden Menschen noch Hand und Fuß haben. Jede Entscheidung muss jederzeit nachvollziehbar sein. Bloß nicht unangenehm auffallen. Danach hat sein Vater gelebt, danach lebt auch er. Kein schlechtes Lebensmodell, besonders in solch einer Situation, in der er sich im Moment befindet. Gerade jetzt ist es wichtig, dass der Anschein von Normalität gewahrt bleibt. Und deswegen denkt Per Timmann auch darüber nach, was die anderen da draußen als unnormal empfinden könnten.

Timmann trinkt einen Schluck Kaffee, der aber mittlerweile kalt und ungenießbar ist. Mühsam kommt er auf die Beine und schüttet den Rest in das Abwaschbecken. Etwas in ihm wünscht sich insgeheim, dem elenden Normalen, Biederen, Beschränkten dieser verdammten Kleinstadt den Rücken zu kehren. Jetzt ist die Möglichkeit zum Greifen nah, und gleichzeitig schon wieder unendlich weit entfernt.

Fluch oder Segen, wohin wird sich das Schicksal wenden?

Der Kapitän muss an den Donnerstagabend denken, an diesen Tag, an dem sich sein bisheriges Leben auf den Kopf gestellt hat.

Er sieht den Weg vor sich, fühlt das nasse, schwere Gepäckstück auf der Schulter, als er die 200 Meter vom Kutter bis zur Haustür marschiert. Im Flur, neben der alten Kommode mit dem Häkeldeckchen seiner Mutter unter dem Telefon, lässt er den olivfarbenen Leinensack einfach auf den Boden fallen. Die Erinnerung daran steht ihm immer noch deutlich vor Augen, erschreckend real, als hätte ihn eine Zeitmaschine soeben in die Vergangenheit befördert. Der Ton des Fernsehers ist zu hören, irgendwelche Stimmen diskutieren über die politische Lage im

Irak. Er sieht Mette vor sich, wie sie mit ihrer übersinnlichen Vorausahnung in der Wohnzimmertür auftaucht, sieht ihren erstaunten Blick, der sich an den Seesack heftet. Dann hebt sie abrupt den Kopf und schaut ihm fragend in die Augen. Er fühlt einen elektrischen Strom den Rücken hinaufrasen, weiß sofort, sie wird erst wieder wegschauen, bis er ihr eine plausible Erklärung gibt.

»Kein Wort an niemanden, verstanden! Das gilt auch für deine Frau, Henning, und meine!«

Mit seinen eigenen Worten im Kopf tritt er von einem Bein auf das andere, ringt verzweifelt nach passenden Worten für seine Frau.

»Es ist besser, wenn du nicht weißt, was drin ist.« In seiner Stimme schwingt deutliche Abwehr mit. Im nächsten Augenblick hätte er sich am liebsten auf die Zunge gebissen. Das war der dümmste Satz, den man in dieser Situation sagen konnte. Bei Mette bewirkt er dann auch das krasse Gegenteil.

»Für wen ist das besser?«

»Für uns beide! Glaub mir, es ist besser, wenn du so lange nichts davon weißt, bis sich rausstellt, dass alles gut läuft. Dann erfährst du es sofort, das verspreche ich.«

»Du redest mit mir wie mit einer Irren! Wach auf, Per, ich bin deine Ehefrau! Es gibt kein Geheimnis zwischen uns, das haben wir uns bei unserer Heirat hoch und heilig geschworen.«

»Das ist kein Geheimnis, Mette! Schau her, hier ist der Seesack!«

»Ich will sofort wissen, was da drin ist!«

»Ist ja gut … okay! Unter einer Bedingung, Mette. Ich erzähle dir vorher eine Geschichte, eine verrückte Geschichte, und du sagst mir ganz ehrlich, aber wirklich ehrlich, was du in solch einer Situation machen würdest. Einverstanden?«

»Eine verrückte Geschichte?«, fragt sie nachdenklich, und ihre Augen verengen sich zu Schlitzen. »In Ordnung, ich habe ein Faible für verrückte Geschichten.«

»In der Geschichte geht es um das siebente Gebot: Du sollst deines Nächsten Geld oder Gut nicht nehmen.«

»Mach es nicht so spannend«, verlangt sie und macht eine Kopfbewegung in Richtung Seesack. »Ist da etwa des Nächsten Geld und Gut drin?«

»Warte gefälligst ab, klar! Also, ich fange jetzt an: Der Schleusenwärter vom Eidersperrwerk geht nach dem Dienst über den Deich nach Hause. Es ist mitten in der Nacht. Da sieht er im Mondschein ein angetriebenes Ruderboot am Ufer liegen. Weit und breit ist kein Mensch zu sehen. Er geht zu dem herrenlosen Kahn, um ihn sich aus der Nähe anzuschauen. Unter einer Sitzbank entdeckt der Schleusenwärter einen Seesack, der bis zum Rand mit Geld gefüllt ist.«

»Wie viel Geld ist denn drin?«

»Sagen wir mal … na … so um die zweieinhalb Millionen Euro.«

»Zweieinhalb Millionen in einem Ruderboot? Das ist doch Quatsch!«

»Es ist eine Geschichte, Mette. Die habe ich mir ausgedacht.«

»Und warum erzählst du sie mir?«

»Ich will wissen, was du mit dem Geld machen würdest. Behältst du es einfach? Oder würdest du es bei der Polizei abliefern, um vielleicht einen mickrigen Finderlohn zu bekommen?«

»Das ist zu viel Geld, um es einfach zu behalten. Da muss es einen Haken geben. Welcher Mensch verliert schon zweieinhalb Millionen Euro? Und wenn doch, würde er so lange danach suchen, bis er es wiedergefunden hat.«

»In meiner Geschichte gibt es keinen Menschen, der den Finder mit dem Geld in Zusammenhang bringen kann. Du musst dir vorstellen, dass niemand weiß, dass du es hast.«

»Ich glaube, ich würde es trotzdem abliefern. Es einfach zu behalten, kann nicht gut gehen, früher oder später kommt es doch heraus. Spätestens dann, wenn wir uns einen teuren Sportwagen kaufen würden oder du dir einen neuen Kutter. Irgendjemand kommt immer dahinter.«

»Wir könnten von hier weggehen, irgendwohin, wo uns niemand kennt. Mit so viel Geld hält uns doch nichts mehr in diesem elenden Kuhkaff. Wie wär's, wenn wir nach Mailand gehen, ins Modezentrum? Wir verkaufen deine kleine Änderungsschneiderei und du machst dort eine Edelboutique auf und schneiderst Kleider nach deinen eigenen Entwürfen.«

Mette schüttelt den Kopf, als hätte sie das Frage- und Antwortspiel satt. Ihre Augen bekommen einen abwesenden Ausdruck, bis sie im nächsten Moment wieder hell funkeln und den Seesack wie elektrisiert anstarren.

»Da sind keine zweieinhalb Millionen Euro drin, oder? Das war nur ein Scherz, Per. Du hast es dir ausgedacht, um mich reinzulegen.«

Er packt den Sack, klickt den Verschlussbügel auf und zieht die Öffnung weit auseinander. Bis knapp unter den Rand ist er voll mit Geldbündeln.

Mette atmet tief durch, steht bewegungslos vor dem Leinenschlund voll mit bunten 100-, 200- und 500-Scheinen, erstarrt wie Lots Frau, die das Feuer von Sodom und Gomorra brennen sieht.

»Es sind mehr als zweieinhalb Millionen«, sagt Per und nimmt einen Packen 500er in die Hand, »es sind 2.800.000 Euro, echte Scheine.«

Mette wird bleich, ihre Beine beginnen zu zittern, ganz sachte, dann stark vibrierend, bis sie einen lauten Schrei ausstößt. Er lässt vor Schreck das Bündel Banknoten in den Seesack zurückfallen.

»Es ist alles gut«, sagt er beruhigend und legt ihr eine Hand auf die Schulter. »Halt dich an der Wand fest, Mette, ich hole dir ein Glas Wasser.«

Als er zurückkommt, hat sie wieder Farbe im Gesicht, stürzt das Glas in einem Zug herunter. Eine innere Stimme sagt ihm, dass es ein Fehler war, den Sack einfach mit ins Haus zu bringen. Er hätte ihn in der Garage verstecken und abwarten sollen, bis ein guter Zeitpunkt gekommen wäre, es ihr zu sagen.

»Das sind alles gebrauchte Scheine«, versucht er beruhigend auf sie einzureden. »Wenn man sich das Geld genau ansieht, erkennt man, dass es durch Tausende Hände gegangen ist. Es wurde nicht frisch von einer Bank abgehoben.«

»Warum sagst du mir das? Es sind über zweieinhalb Millionen! Die werden doch jemandem gehören. Der wird kommen, um sich sein Geld zurückzuholen!«

»Nein, es wird niemand kommen! Niemand weiß, dass das Geld hier ist. Und es ist unmöglich, dass es jemand herausbekommen kann.«

»Aber du hast es nicht in einem Ruderboot am Eidersperrwerk gefunden! Wo ist es her?«

»Das musst du wirklich nicht wissen, Mette! Das meine ich jetzt sehr ernst, verstanden! Du wirst dich erst einmal beruhigen. Irgendwann erzähle ich dir die Sache dann haarklein.«

»Du willst das Geld behalten?«

»Solch eine Gelegenheit bekommen wir nie wieder! Wir wären verrückt, wenn wir es nicht behalten, Mette. Mit dem Geld können wir ein neues Leben anfangen, ein besseres, als wir es uns je erträumt haben!«

Per Timmann kann jetzt noch das Crescendo in seiner Stimme hören, als er sich sagen hört: »Ein neues Leben anfangen.«

Er wollte schon immer sein Leben neu anfangen. Viele andere Fantasien hat er inzwischen vergessen. Aber diesen Traum nicht; den hat er schon in seiner frühsten Jugend geträumt, lange bevor er auf Druck des Alten das Kapitänspatent machen musste, um für sein Erbe gerüstet zu sein. Dabei war es der Alte selbst gewesen, der den Traum in ihm heraufbeschworen hatte, damals, als er als kleiner Junge das erste Mal auf seinem Fischkutter neben dem Alten an der Reling gestanden hatte und er extra für ihn über Rungholt gefahren war.

Danach wollte der kleine Junge unbedingt Grabungstechniker werden und archäologische Ausgrabungen leiten. Kurz zuvor hatte er das Buch ›Götter, Gräber und Gelehrte‹ verschlungen, wollte natürlich auch ein Pseudonym annehmen, wie das neue Vorbild Ceram, der in Wirklichkeit Marek hieß und seinen Namen nur andersherum geschrieben hatte. Sein größter Wunschtraum zu jener Zeit war: Rungholt ausgraben, die sagenumwobene, versunkene Stadt. Er wollte ebenfalls seinen Namen umdrehen, doch Timmann funktionierte nicht, bis er auf die Idee gekommen war, ein ›N‹ zu streichen. Nammit, das klang geheimnisvoll genug. Unter diesem Namen wollte er im Wattenmeer einen großen Damm um Rungholt bauen und die Schlickschichten abtragen lassen, bis die Gezeitenerde die Goldschätze der mittelalterlichen Sagenstadt freigeben würde. Und damit nicht genug. Seine Ausgrabung sollte so lange dauern, bis auch die sagenumwobene Glocke gehoben worden wäre. All denen, die ihn damals deswegen als Narren bezeichnet und ausgelacht hatten, erzählte er von Heinrich Schliemann, der mit 14 Jahren als Lehrling in einem Krämerladen in Fürstenberg angefangen und 35 Jahre später das legendäre Troja ausgegraben hatte, obwohl es auch nur eine Sage gewesen sein sollte.

Erst viel später hatte er erfahren, dass ein gewisser Andreas Busch, ein Müllersohn von der Halbinsel Nordstrand, schon 1898 mit 15 Jahren der Entdecker von Rungholt gewesen war. Und bereits 23 Jahre später wurde von ihm sogar die alte Schleuse von Rungholt gefunden, sieben hölzerne Pfähle, die aus dem Schlick ragten. Und in den Fünfzigerjahren, lange vor seiner Geburt, waren bereits Brunnenreste, Topfscherben, ein erhaltener rheinischer Krug und ein Menschenschädel geborgen worden. Als er davon erfuhr, war seine Enttäuschung riesengroß gewesen, und seine Vorstellung, ein zweiter Schliemann zu werden, versank mit dem neu erworbenen Wissen wie die Sagenstadt in einer Nacht im Schlick. Wenn er heute darüber nachdenkt, war mit dieser Ernüchterung auch das Feuer seiner Leidenschaft erloschen. Der zaghafte Versuch, dem Alten zu beichten, dass er später unbedingt Archäologie studieren wollte, war mit nicht viel Nachdruck auf der Strecke geblieben. »Solch Tüdelkram ist doch nur brotlose Kunst«, hatte der Alte lapidar festgestellt, und er hatte es ohne großen Widerstand einfach hingenommen.

Dann wurde sein kleiner Bruder bei einem Einbruch im Kirchspielkrug Tetenbüll erwischt und nach der anschließenden Gerichtsverhandlung von den Eltern zum Kain der Familie erklärt. Er selbst hatte von da an die Rolle des guten Abel übernommen, den Hirten gespielt, dessen Aufopferung für die Familie ihm von Gottes Gnaden auferlegt worden war.

Nach dem Tod der Eltern hatte er zwar Haus und Fischkutter geerbt, während sein Bruder nur einen Pflichtteil bekam. Aber das Haus sowie der Kutter waren in einem erbärmlichen Zustand gewesen. Bis heute hat das Meer nicht so viel Fisch ausgespuckt, dass er die Kosten für die Renovierung abbezahlen konnte. Er hatte Mette kennengelernt, sie vor sechs Jahren geheiratet – und eins, zwei, drei im Sauseschritt verging die Zeit.

Zu seinem Erbe gehörte irgendwie auch der erbärmliche Zustand von Hauke, seinem kleinen Bruder, um den er sich klammheimlich gekümmert, ihm ab und zu etwas von dem wenigen eigenen Geld zugesteckt hatte, damit er nicht vollends unter die Räder käme. Und weil er durch seine Eltern zum Abel geworden war, dem ewig Guten, und Kain das Mal des Verbrechers an seiner Stirn trug, des Vorbestraften, der keine Arbeit mehr bekam, hatte er ihn angeheuert und seinen ebenfalls arbeitslosen Kumpel aus dem Kirchspielkrug gleich mit dazu. Letztendlich waren es seine Entscheidungen, die dazu geführt hatten, dass genau diese Menschen nun mit in die Sache verstrickt sind. Wenn er heute darüber nachdenkt, fragt er sich manchmal, warum der biblische Abel eigentlich nicht seinen Bruder erschlagen hat. In der Situation, in die ihn sein Bruder gerade gebracht hat, wäre das doch viel einleuchtender als der umgekehrte Fall.

Und jetzt, jetzt hat er bereits viel zu lange gezögert, weil er das Geld nicht mehr hergeben, nicht mehr von seinem

Traum von einem neuen Leben lassen will. Jetzt gibt es für ihn keinen Weg mehr zurück. Jetzt ist der Kumpel von Hauke tot. Er hätte das alles im Voraus wissen können, es wissen müssen. Es ist genauso gekommen, wie es kommen musste. Haukes Kurzschluss ist vorprogrammiert gewesen. Sein kleiner Bruder hat einfach das Wesen von Kain in sich. Er hat das nicht sehen wollen, sich vor einer Entscheidung gedrückt, es in Kauf genommen, dass alles aus dem Ruder laufen konnte.

Und nun kann er machen, was er will, er steckt in einer Zwickmühle. Die Wahrheit sagen und seinen Traum aufgeben oder an dem Traum festhalten, abwarten und die Klappe halten. Jetzt könnte er selbst Mette nicht einfach mehr die Wahrheit sagen. Nachdem die Polizei auf dem Kutter war, um ihn über die Ermordung Jessens zu benachrichtigen, war Mette misstrauisch geworden. Mit Engelszungen hatte er versucht, sie zu überzeugen, dass es bestimmt keiner von der Mannschaft gewesen war. Sie bestand darauf, dass er ihr schwören sollte, dass er nichts mit dem Mord zu tun habe. Er hatte es geschworen, für sich geschworen. Und wenn er weiterhin den Mund hielte, würde auch die Polizei nie etwas erfahren.

Jetzt kommen ihm Zweifel. Wenn er jetzt nicht aussagt, wird auch er für diesen Mord seinen Kopf hinhalten. Aber ist es nicht längst zu spät? Hat er nicht bereits viel zu lange gezögert?

Er hat seinen Untergang vor Augen, macht aber nichts dafür, es zu verhindern. Ihm fällt der Reichtum von Rungholt ein und wie die Stadt mit Mann und Maus in einer Nacht im Meer versank, der Nacht der ›Groten Mandränke‹. Seine Gedanken legen sich wie eine Schraubzwinge um die Möglichkeit, seine Situation doch noch zu wenden, als ihn plötzlich die blanke Angst packt, die ihn überschwemmt mit den Versen des Rungholtgedichts:

Mitten im Ozean schläft bis zur Stunde
ein Ungeheuer, tief auf dem Grunde,
sein Haupt ruht dicht vor Englands Strand,
die Schwanzflosse spielt bei Brasiliens Sand,
es zieht, sechs Stunden, den Atem nach innen
und treibt ihn, sechs Stunden, wieder von hinnen.
Trutz, Blanke Hans.

EIDERLAND

Die Dünung rollt schwer herein. Das Geheul der gigantischen Brecher lässt den Grund der Küste erbeben. Eine schwarze Gestalt steht einsam auf der Deichkrone, stemmt sich gegen den Sturm und blickt stoisch auf die blitzweißen Gischtzähne, die nach der befestigten Grassohle schnappen, um sich davon ein Stück herauszureißen.

»Trotz nu, blanke Hans!«, schreit die machtvolle Stimme des dunklen Mannes in den furchterregenden Sturm, während fliegender Schaum seinen langen Pea Coat Mantel weiß befleckt. Eine kräftige Böe greift nach den maßlosen Worten, reißt sie mit sich landeinwärts. Der Strandhafer pfeift mit ihnen ein Lied, und Worte und Gesang werden über die fetten Marschwiesen zerstäubt.

Unbeeindruckt verharrt die Gestalt vor dem tosenden Meer, als würde sie keine Angst kennen. Das einst braune, leicht gelichtete Haar hat schon einen ergrauten Schimmer und klebt, von Wind und Feuchtigkeit zerzaust, an der Kopfhaut. Erneut ertönt sein markerschütternder Schrei: »Trotz nu, blanke Hans!«

Er will wissen, wer dieser Mann ist, eilt auf ihn zu, will, dass er seinen Kopf wendet. »Wer bist du?«, brüllt er in die Nacht. Der Mann dreht sich um, schaut ihm ins Angesicht. Ein Schauder jagt wie ein Stromstoß durch seinen Körper, lässt Mark und Bein vibrieren. Er kennt diesen Mann wie sein eigenes Spiegelbild. Er ist es selbst, Jan Swensen.

Der Schreck reißt ihm die Augen auf. Durch den violetten Stoff vor dem Schlafzimmerfenster dringt der trübe, graue Brei des Morgens. Es braucht einen Moment, bis er begreift, aus welcher Geschichte er gerade erwacht ist. Das Denken meldet sich zurück und beginnt mit seinem mahlenden Selbstmonolog: Du bist aus einer Sage erwacht, aus überlieferter Vergangenheit, in der steinreiche Leute, die einst in Rungholt auf Nordstrand wohnten, große Deiche bauten, und, wenn sie darauf standen, dem Meer hochmütig zuriefen: »Trotz nu, blanke Hans!«

Und während Swensen noch überlegt, warum er ausgerechnet von Rungholt geträumt hat, kehrt die Erinnerung an den gestrigen Abend zurück, an die zähe Diskussion mit Anna über die Gier der Menschen nach Reichtum und Macht.

Er schlägt die Bettdecke auf und muss verwundert feststellen, dass sie nicht wie gewohnt neben ihm liegt. Ein Blick auf die Uhr erhöht seine Verwunderung noch. Anna, die nur schwer aus den Federn kommt, für die 8.20 Uhr eigentlich noch tiefste Nacht bedeutet, war wiedermal so früh aufgestanden.

Gestern Abend war es, wie gewohnt, wenn die Husumer Inspektion mitten in einer Mordermittlung steckte, ziemlich spät geworden. Als er sich nach 13 Stunden ergebnisloser Haustürbefragung gerade auf den Heimweg machen wollte, war ihm ausgerechnet Staatsanwalt Dr. Rebinger über den Weg gelaufen und wollte eingehend über den Stand der Ermittlung informiert werden. Swensen blieb nichts anderes übrig, als seinen Unmut zu zügeln und ihm kurz über den schleppenden Verlauf des neuen Falls zu berichten. Dadurch war er erst gegen 21 Uhr in Witzwort angekommen. Anna hatte bereits gemütlich im Wohnzimmersessel gesessen und eine Doku im Fernsehen angesehen. Erschöpft hatte er sich ohne viele Worte dazugesetzt, nicht abgeneigt, sich einfach nur berieseln zu lassen. Doch dann war alles anders gekommen, die erhoffte Entspannung trat nicht ein. Auf dem Bildschirm flackerte der Kopf eines gut gekleideten, älteren Herrn mit lichtem Haar, breiter Nase und markanter Brille, der ein Statement abgab, das den Hauptkommissar augenblicklich wieder hatte hellwach werden lassen.

»Ich habe selbst hautnah miterlebt, wie Goldmann Sachs von einer konservativen Bank zu einem Ungeheuer wurde, das Riesenmärkte durch Spekulation und Risiko getrieben hat.«

Und dann war es Schlag auf Schlag über ihn hereingestürzt. Er wurde von wildfremden Menschen heimgesucht, die wie Geistwesen aus dem Äther über reale Dinge redeten, über hochspekulative Geschäfte, über Profitgier und eine Welt, die sich zunehmend in einen Selbstbedienungsladen verwandelt hatte. Und dann kam zu guter Letzt der Drahtzieher dieser Entwicklung auch noch höchst persönlich zu Wort, Präsident Lloyd Craig Blankfein, als wäre der hartherzige Scrooge noch skrupel- und gewissenloser wieder auferstanden.

»Als Macher am Markt kaufen und verkaufen wir tausendmal pro Minute. Wahrscheinlich würden Sie das mit einem Casino gleichsetzen. Aber es ist für die Gesellschaft ein sehr wichtiges Casino und ich verrichte darin die Arbeit Gottes!«

Swensen hatte mit dem Kopf geschüttelt und die eisige Kälte dieser Aussage gespürt. Mein Gott, bist du zynisch, war sein erster Gedanke gewesen. Wie kann es jemand wagen, in aller Öffentlichkeit solch eine armselige Meinung zu vertreten.

Er wollte einfach nicht glauben, dass die Geschäftspolitik einer einzelnen Bank es billigend in Kauf nahm, die ganze Welt in ein unabsehbares Chaos zu stürzen, nur um die sowieso schon grenzenlose Macht zu vergrößern. Während Anna sich auf dem Bildschirm weiterhin die weltweiten Verflechtungen von Goldman Sachs mit angesehen hatte, war der Hauptkommissar der buddhistischen Weisheit, dass alles mit allem verbunden ist, gefolgt und hatte sich gefragt, ob er eigentlich den richtigen Verbrechern hinterherjagte. Der Serienmörder war ihm eingefallen, der vor zwei Jahren auf Eiderstedt ermordete Frauen in Kirchen abgelegt hatte. Ein unscheinbarer Mensch, der nach außen mindestens so harmlos dahergekommen war wie der feine Mister Blankfein. Beide, so hatte Swensen sich eingestehen müssen, handelten mit klarem Verstand. Wo war also der Übergang von Gut zu Böse, oder gab es ihn gar nicht? So unglaublich es schien, aber Herr Blankfein und der Serientäter hatten eins gemeinsam, sie zogen die Konsequenzen nicht in ihre Handlungen mit ein; Denken und Handeln waren aus der Balance geraten.

Im selben Moment, in dem der Kriminalist diesen Gedanken gedacht hatte, war ihm die Idee gekommen, ob es im Mordfall Jessen vielleicht auch darum ging, dass ein Gleichgewicht verloren gegangen war. Er erinnerte sich an das Gespräch mit Mielke, an die Sage von Rungholt und den Fischkutter mit dem gleichlautenden Namen.

Nach dem Mord an dem Schiffkoch ist vielleicht auch die Balance zwischen den Männern der Rungholt nicht mehr vorhanden? Das wäre ein guter Ansatzpunkt für die Ermittlungen. Aber wie könnte das gehen?

»Ich finde, Herr Blankfein gehört aus dem Verkehr gezogen«, hatte Anna nach einer Weile geäußert.

»Ein frommer Wunsch«, war seine Antwort gewesen. »Dummerweise steckt die Gier doch in uns allen, oder?

Wie sagte Jesus Christus so schön: Wer ohne Sünde sei, werfe den ersten Stein.«

»Da gab es noch keine Banken, Schnüffelhase!«

»Aber schon genügend Pharisäer!«

»Die gibt es auf Eiderstedt auch: Kaffee, Rum und Schlagsahne!«, hatte Anna versucht, die Stimmung ein wenig aufzulockern.

»Apropos Eiderstedt, du hast nicht zufällig die Sage von Rungholt in deinem Bücherschatz?«

Swensen reckt den Hals. Auf dem Nachttisch liegt der alte Leinenband ›Schleswig-Holsteinische Stammeskunde‹, noch in altdeutschen Buchstaben geschrieben. Das Lesezeichen steckt sichtbar zwischen den vergilbten Seiten. Anna hatte ihm das Buch gleich nach dem Ende ihres Fernsehabends herausgesucht, und er hatte nicht an sich halten können und die Sagendichtung um den Reichtum und Hochmut der Stadt Rungholt noch vor dem Einschlafen gelesen.

Reichtum, Gier und Goldmann-Sachs im Nacken schlägt der Hauptkommissar die Decke zur Seite, richtet sich im Bett auf und stellt die Füße fest auf den Boden. Doch dann bleibt er nachsinnend auf der Bettkante sitzen, greift nach seiner Brille, setzt sie auf und nimmt das Buch erneut zur Hand. Die uralte Geschichte nimmt ihren Lauf:

›Der Reichtum der Rungholter verleitete sie zu allerlei Übermut. Am Weihnachtsabend des Jahres 1300 machten in einem Wirtshause die Bauern eine Sau betrunken, setzten ihr eine Schlafmütze auf und legten sie ins Bett. Darauf ließen sie den Prediger ersuchen, er möchte ihrem Kranken das Abendmahl reichen, und verschwuren sich dabei, dass, wenn er ihren Willen nicht erfüllen würde, sie ihn in den Graben stoßen wollten. Als der Prediger merkte, dass sie nichts Gutes mit ihm im Sinne hätten, machte er sich stillschweigends davon. Da haben ihn zwei gottlose Buben mit Gewalt ins Wirtshaus gezogen, wo sie gesessen, und die Büchse, darin das Sakrament gewesen, voll Biers gegossen und gotteslästerlich gesprochen, dass, so Gott darinnen sei, so müsse er auch mit ihnen saufen. Wie der Prediger auf sein freundliches Anhalten die Büchse wiederbekommen, ist er damit zur Kirche gegangen und hat Gott angerufen, dass er diese gottlosen Leute strafen möge. In der folgenden Nacht ward er gewarnet: ›Weichet sofort mit den Eurigen auf die Hügel, denn bald wird Rungholt untergehen.‹ Der Prediger stand auf und ging von dort fort. Und sogleich erhob sich ein ungestümer Wind und ein solches Wasser, dass es vier Ellen hoch über die Deiche stieg und das ganze Land Rungholt, der Flecken und sieben andere Kirchspiele dazu, unterging und niemand ist davongekommen als der Prediger, seine Magd und zwei Jungfrauen, die den Abend zuvor von Rungholt aus nach Bopschlut zur Kirchmeß gegangen waren.‹

Gestern war ihm beim Lesen irgendetwas aufgefallen, grübelt er. Es war nur so eine vage Ahnung gewesen. Aber was war das bloß?

In seiner Erinnerung gibt es ein schwarzes Loch. Er legt das Buch unbefriedigt zur Seite und macht sich auf den Weg ins Bad. Die Bestrafung der Rungholter hatte ihn irgendwie an die biblische Geschichte der Sintflut erinnert. Der strafende Gott, der die Bösen aus der Welt tilgt. Aber so sehr er sich auch martert, der Zusammenhang zum Mordfall will ihm nicht mehr einfallen. Dass der Fischkutter den Namen ›Rungholt‹ trägt, ist entweder Zufall oder bestenfalls ein sentimentales Heimatgefühl des Kapitäns.

Er dreht die Dusche auf. Das Wasser stürzt über seinen Kopf, sintflutartig, wie er findet, läuft in Strömen seinen Körper hinunter und dreht im Strudel durch den Abfluss davon. Einen kurzen Moment gibt es keinen Gedanken. Alles fließt im Hier und Jetzt, bis er das Wasser abdreht, und sein inneres Selbstgespräch ihn wieder beim Anziehen und auf dem Gang zur Küche begleitet. Anna ist gerade dabei, Kaffee zu kochen. Der Tisch ist gedeckt, zwei gekochte Eier mit Wärmehaube stehen parat, sodass sich Swensen nur noch zu setzen braucht.

»Bist du aus dem Bett gefallen?«, fragt Swensen.

»Guten Morgen, hast du gut geschlafen?«

»Ja … klar, guten Morgen, Schatz! Wenn mich die Sage von Rungholt nicht aus den Federn geschreckt hätte, würde ich bestimmt noch selig schlummern. Aber ich konnte mich nur vor dem Ertrinken retten, indem ich aufgewacht bin.«

»Und ich bin so früh auf – um deine Frage zu beantworten –, weil ich eine Klientin mit einem besonders frühen Termin hatte, da sie heute unbedingt noch auf eure Pressekonferenz muss.«

»Die Journalistin?«

»Frau T, mehr hat dich nicht zu interessieren. Aber mich wundert schon, wie eine simple Sage dir den Schlaf rauben kann?«

»Ehrlich gesagt, ich habe keine Ahnung! Im Grunde ist sie doch nur eine Neuauflage der Sintflut, nur dass Noah zum Priester umfunktioniert worden ist und eine Magd und zwei Jungfrauen vom Zorn Gottes verschont werden, weil sie inbrünstig beten. Und über allem schwebt der strafende Gott aus dem Alten Testament.«

»Das ist ziemlich platt interpretiert, Jan Swensen! Die wichtige Botschaft der Sintflut beginnt erst, nachdem der

Regenbogen am Himmel erscheint; Gottes Zeichen für seine Liebe zu den Menschen. In der Bibel steht: ›Ich will hinfort nicht mehr die Erde verfluchen um der Menschen willen‹. Das ist nicht die Aussage eines strafenden Gottes. Im Gegenteil, er verzichtet in Zukunft darauf, selbst wenn die Menschen sich von ihm abwenden wollen. Damit er seine Liebe in die Welt geben kann, muss er auch die Möglichkeit des Bösen zulassen.«

»Eine weise Entscheidung«, sagt Swensen mit unterschwelliger Ironie in der Stimme und schlägt das Ei an, »zumindest aus arbeitsplatzsichernder Sicht eines Kriminalbeamten. Apropos Arbeit: Ich sollte mich beeilen, denn sonst ist Frau T auf der Pressekonferenz, und ich bin hier.«

Keine zehn Minuten später, Anna hat sich bereits in ihre psychologische Praxis zurückgezogen, verlässt der Hauptkommissar das kleine Reetdachhaus in Witzwort und steigt in seinen VW-Polo. Der Himmel hängt nach Wochen dort oben, wo er hingehört. Dafür schleppen die Wolken schwarze Bäuche mit sich herum. Als Swensen Simonsberg erreicht und über die Deichkrone in den Finkhaushalligkoog hinunterfährt, brechen die Schleusen und der Regen schüttet herab. Die Scheibenwischer kommen kaum dagegen an. Der Trommelwirbel auf dem Autodach klingt wie die Ankündigung einer Attraktion im Zirkus. Manege frei für den großartigen Jan Swensen bei der Raubtierdressur des Verbrechens.

Sensationen hat es im neuen Mordfall bis jetzt allerdings noch nicht gegeben, denkt er, und versucht vor der Pressekonferenz ein Resümee zu ziehen. Zwar hat die ›Soko Multimar‹ in den ersten drei Tagen scheinbar alles über Peter Jessen herausbekommen, aber wirklich weitergebracht hat es die Ermittler nicht. Die Mutter und der Stiefvater des Opfers leben heute in der Eifel. Sie haben den Sohn seit über neun Jahren nicht mehr gesehen. Der Stiefbruder Andreas Lütke ist wohnhaft in St. Peter-Ording. Er hatte schon als Jugendlicher keine Beziehung mehr zu Jessen, das hat er jedenfalls Jacobsen gegenüber behauptet. Und er hat ein Alibi für die Tatzeit. Die geschiedene Frau von Jessen ist nicht auffindbar. Der hatte die letzten Jahre offensichtlich allein gelebt. Die Freundschaft zu Hauke Timmann war nicht besonders innig, hatte eine glaubwürdige Zeugin ausgesagt. In der Akte zu Hauke Timmanns Einbruch gibt es keinen Hinweis, der auf den aktuellen Fall hindeutet. Der Mann, der damals die Polizei anonym informiert hatte, konnte nie ausfindig gemacht werden. Was von den bisherigen Ermittlungen bleibt, sind Spekulationen. Der Fall, der im ersten Moment nach Totschlag im Affekt aussah, hat keinen Totschläger ans Tageslicht befördert, der eine offenkundige Rechnung mit Peter Jessen offen gehabt haben könnte.

Der Wolkenbruch hört genauso abrupt auf, wie er angefangen hat. Auf den Wiesen und Äckern haben sich größere Wasserlachen gebildet, die den düsteren Himmel widerspiegeln. Vor dem Kriminalisten tauchen die Silos und Windräder von Husum auf. Ein Regenbogen spannt sein spektralfarbenes Lichtband über den Schattenriss der Hafenkulisse. Gottes Zeichen für die Menschen nach der Sintflut.

Die Sage von Rungholt kennt keinen Regenbogen, überlegt Swensen. Kein Mensch war bei der Sintflut an der Nordseeküste davongekommen, nur ein Prediger, seine Magd und zwei Jungfrauen.

Swensen sieht, wie sich der bunte Fächer des Sonnenlichts langsam zusammenfaltet, die Farben im Weiß zusammenfinden.

Warum werden diese Frauen in der Sage überhaupt erwähnt?, fragt er sich und kommt zu dem Schluss: Der Kapitän und der Decksmann der Rungholt sind beide verheiratet. Vielleicht liegt da der Knackpunkt, der dich die ganze Zeit beschäftigt? Wenn es um den Fischkutter ›Rungholt‹ ein Geheimnis geben sollte, dann könnte es vielleicht gut sein, sich bei den Ermittlungen an die Frauen der Männer zu halten; ganz im Sinne von Rungholt.

Der Hauptkommissar spürt ein feines Kribbeln auf den Armen, als er den Wagen am Rathaus abstellt. Manchmal sind es gerade solche Quergedanken, die einen weiterbringen können, denkt er und steigt aus. Er wirft einen verwunderten Blick auf den leeren Parkplatz, auf dem sonst zumindest immer einige Pressefahrzeuge stehen. An der Eingangstür hängt ein Pappschild, auf dem mit schwarzem Filzer geschrieben steht: ›Die Pressekonferenz der Husumer Kriminalpolizei ist aus dem großen Saal in den Raum 355 verlegt worden.‹ Auf dem Weg über die Flure sieht er Staatsanwalt Rebinger und Stephan Mielke vor der offenen Tür zu dem Raum stehen. Rebinger schaut mit angespanntem Blick auf seine Armbanduhr, während der Kollege nervös auf das Brüstungsgeländer trommelt. Swensen grüßt knapp und sieht im Augenwinkel, dass die wenigen Stuhlreihen im Raum gähnend leer sind.

»Was ist denn hier los?«, fragt er Stephan.

»Wie du siehst, ist hier nichts los! Anscheinend interessiert sich kein Schwein für unseren Mordfall. Erscheint den Herren der Journaille wohl nicht spektakulär genug.«

»Den Herren vielleicht nicht! Aber die Teske von der Husumer Rundschau wird schon kommen.«

»Noch fünf Minuten, bevor es losgeht«, flüstert der Staatsanwalt angespannt vor sich hin, wobei er die Schultern hochzieht, sodass sein Doppelkinn noch eine Falte bildet.

Schritte hallen durch das hellhörige Gebäude. Die Augen der Kriminalisten versuchen, das Geräusch ausfindig zu machen, doch es ist nur eine Vorzimmerdame, die ein Stockwerk tiefer mit Akten unter dem Arm von einem Raum in den nächsten wechselt. Das Handy von Mielke klingelt, schallt schrill durch den Lichtschacht. Er entfernt sich ein Stück den Flur entlang, bevor er das Gespräch annimmt. Die Fragen des Kollegen sind trotzdem zu verstehen, doch die Aufmerksamkeit wird bereits auf Maria Teske gelenkt, die von der anderen Seite her über den Flur heraneilt. Etwas aus der Puste hastet sie, nachdem sie mit einer lautlosen Mundbewegung gegrüßt hat, an den Männern vorbei. Doch als sie bemerkt, dass der Raum völlig leer ist, macht sie auf der Stelle kehrt.

»Was ist das denn?«, fragt sie und sieht Swensen verwundert an. »Bin ich hier etwa die Einzige?«

»Es ist, wie es ist!«, bestätigt der. »Das heißt nicht, dass wir uns nicht darüber freuen, dass Sie da sind. Wir brauchen die Presse unbedingt für einen Aufruf an die Bevölkerung. Wir wüssten gerne dringend, wer vor Kurzem noch Kontakt mit unserem Mordopfer hatte. Das Übliche, was uns im Moment vielleicht weiterhelfen kann.«

»An mir soll es nicht liegen, Herr Swensen. Es gibt für mich aber noch etwas mehr Informationen, oder?«

»In Anbetracht der regen Beteiligung Ihrer Kollegen schlage ich vor, dass Sie das mit dem Staatsanwalt unter vier Augen besprechen. Da müssen wir, glaube ich, nicht unbedingt mit dabei sein.«

»Wie ich an meine Informationen komme, ist mir egal, auch wenn ich ungern auf Ihre Anwesenheit verzichte«, sagt sie übertrieben freundlich, lächelt verschmitzt und geht schnurstracks auf Staatsanwalt Rebinger zu. Nach kurzem Geplauder verschwinden die beiden in dem leeren Raum und schließen die Tür hinter sich, während Mielke gerade sein Telefongespräch beendet hat und mit geheimnisvollem Blick auf den Hauptkommissar zukommt.

»Was ist?«, fragt der. »Du siehst aus, als hättest du gerade das große Los gezogen.«

»Nicht nur ich, Kollege Swensen, nicht nur ich. Wir alle haben das große Los gezogen. Du erinnerst dich an die Fotos vom Parkplatz vor dem Wattzentrum? Nun rate mal, wessen Auto dort gestanden hat?«

»Komm, Stephan, du bist nicht Günther Jauch. Rück raus damit!«

»Auf dem Foto ist der Wagen von Hauke Timmann zu sehen. Elisabeth Karl, vom LKA Kiel, Abteilung Computertechnik, hat mich gerade angerufen. Sie konnte das Nummernschild einwandfrei identifizieren.«

»Elisabeth Karl, die Frau mit der rauen Stimme?«

»Du kennst sie?«

»Klar, die Karl! Das ist der Wahnsinn! Der Wagen von Hauke Timmann hat zur Tatzeit auf dem Parkplatz gestanden. Ich kann es noch gar nicht glauben. Ich denke, wir sollten bei dem Herrn einen Freund- und Helferbesuch abstatten, oder?«

»Da sind wir doch mal einer Meinung!«

KRUSENSTERN

Das Meer atmet aus, hebt den Rumpf der ›Krusenstern‹ hinauf auf den mächtigen Wellengipfel und lässt den Koloss mit der Spitze voran im freien Fall nach vorn in die weiße Gischt kippen. Der Faustschlag, der in dem Moment gegen den Stahl kracht, vibriert durch das ganze Schiff, lässt die Knochen der Menschen an Bord erzittern, hallt selbst in Goschkas Kopf wider. Der steht gerade mit zwei Matrosen auf Deck D vor der Tür zur Plattform. Der Sturm hält mit aller Kraft dagegen, sodass der Matrose sie nur mit Hilfe der Schulter aufstemmen kann. Schon durch einen kleinen Spalt trommelt den drei Männern der Regen entgegen. Draußen brausen tiefschwarze Wolken über den Frachter hinweg. Das Kielwasser schäumt wie überkochende Milch in der brodelnden Finsternis.

»Wot takaja chuinja! So eine …«, flucht Goschka und versucht gleichzeitig die schwere Eisentür zu bändigen. »Draußen tobt der Teufel!«

»Mach sie zu, diese verdammte Tür!«, schreit Oleg, während er mit der Hand die Augen gegen den Regen abschirmt. »Keiner unserer Klugscheißer schickt mich da heute raus! Die Signallampe reparieren! Wer soll die denn sehen, bei dem Wetter?«

»Wir sind alle verflucht!«, murmelt Sultan und hebt prophetisch die Hand. »Jeder von euch Gottlosen weiß längst, die ›Krusenstern‹ ist eine verrostete Blechbüchse, die irgendwann von selbst auseinanderbricht.«

»Was meinst du damit, Sultan?«, fragt Goschka scharf,

packt den Bootsmann am Ölzeug und durchbohrt ihn mit seinem Blick.

»Dieser marode Dampfer gehört in die Werft, müsste generalüberholt werden«, erwidert Sultan, macht einen Schritt zurück und stößt mit dem Rücken so gegen einen Feuerlöscher, dass er vor Schmerz sein Gesicht verzieht.

»Mir geht es nicht um diesen elenden Seelenverkäufer«, knurrt Goschka und sticht dem Steuermann seinen Zeigefinger in die Brust. »Was meintest du mit: Wir sind alle verflucht? Weißt du irgendwas, das wir alle wissen sollten?«

»Wovon redest du, Goschka?«, sagt Sultan mit verzweifeltem Blick. »Ich habe nur irgendwas dahergeredet, nur so, wie wir das alle machen.«

»Ich bin nicht verflucht, merk dir das!«

»Okay, okay, du bist nicht verflucht. War es das, was du wissen wolltest?«

Goschkas Augen funkeln drohend, aber er wendet sich ab und geht. Die beiden Männer schauen ihm kopfschüttelnd hinterher.

Das Frachtschiff bäumt sich gegen eine mächtige Welle und stürzt dann mit dem Bug wieder hinab. Die Welle bricht und die Gischt ergießt sich über das Wetterdeck. Goschka hält das Gleichgewicht, indem er seinen Körper mitschwingen lässt. Er stoppt an der Kajütentür vom Smutje, öffnet sie ohne anzuklopfen und betritt den Raum. Kostik sitzt halbnackt hinter einem Tisch auf dem Sofa und fährt erschrocken hoch. Er riecht nach saurem Schweiß und ist unrasiert. Argwöhnisch mustert er den ungebetenen Gast.

»Hey Kostik, ich könnte deine Hilfe gebrauchen. Aber du musst die Klappe halten. Kann ich dir vertrauen?«

Der Schiffskoch schaukelt einen Rosenkranz zwischen

zwei Fingern. »Warum solltest du mir vertrauen; und warum ich dir?«

»Weil es zu deinem Vorteil sein könnte, du alter Topfgucker.«

»Ein Vorteil? Was für ein Vorteil? Rede schon, wenn du was zu sagen hast!«

»Bei dir in der Messe wird immer so allerhand gequatscht. Wenn du für mich ein wenig die Ohren aufmachst, könnte etwas für dich rausspringen.«

»Wonach soll ich denn horchen?«, fragt Kostik und lässt die Kugeln des Rosenkranzes durch seine Finger gleiten.

»Nach den Worten ›Gold‹ oder ›Kamm‹! Wenn jemand über Gold oder über einen Kamm redet, auch nur andeutungsweise, würde ich das gerne wissen«, erklärt Goschka, greift unter sein Ölzeug, fummelt mit einiger Mühe einen 100-Euro-Schein zu Tage und legt ihn auf den Tisch. »Du bekommst vier mehr, wenn du etwas Brauchbares lieferst. Und die Sache bleibt unter uns, verstehst du?«

Die Hand des Kochs schnellt hervor und greift nach dem Schein. Er nickt Goschka zu, in seinen Augen schimmert bereits die Gier nach mehr. Der Matrose verlässt den Raum, tritt in die Innereien des Stahlgiganten zurück, der hin und her rollt. Die stete Bewegung verändert die menschliche Wahrnehmung, macht den Körper und das Denken lethargisch, hüllt beides in eine bleierne Leere. Der Herzschlag des Motors ist in den Wänden zu fühlen, der Widerhall von langsamen Schlägen auf einer Basstrommel. In einem engen, dunklen Gang auf der Steuerbordseite kommt ihm Oleg entgegen.

»Wohin des Weges, Matrose?«, fragt Goschka scherzend.

»Runter in den Frachtraum, Verlaschungen prüfen«, zischt Oleg zwischen den Lippen hervor, mit denen er eine glimmende Kippe hält. Er bleibt vor der Eisentür mit drei Haspen stehen. Das Glas der Lampe darüber ist gesprungen und dreckverschmiert. Das trübe Licht ist gelblich, verleiht seiner Haut die Farbe eines Chinesen.

Gute Gelegenheit, dem Typen auf den Zahn zu fühlen, geht es Goschka durch den Kopf, und er folgt seinem Kollegen kurz entschlossen: »Ich komme mit dir runter, Kamerad. Vier Augen sehen mehr. Hast du eine Zigarette?«

Oleg hält ihm sein Päckchen Kosmos-Zigaretten entgegen, Goschka zieht eine heraus und zündet sie an. Oleg hängt die Haspen aus. Mit einiger Kraftanstrengung wuchtet er die quietschende Tür auf. Dahinter lauert düstere Leere und klamme Kälte. Ihre Schritte scheppern über Metall. Eine Wendeltreppe führt in die Finsternis. Nur der Kreis der Taschenlampe zeigt, wohin es geht. Die beiden sind auf den unteren Stufen, da taucht der Frachter hinab, prallt auf eine mächtige Welle. Sie verlieren fast ihr Gleichgewicht, im letzten Moment können sie sich ans Geländer klammern. Oleg atmet durch die Nase ein und durch die Zähne wieder aus, wobei er einen Pfeifton erzeugt.

»Wer in einem großen Raum pfeift, verpfeift sein Geld. Das solltest du wissen!«, belehrt Goschka. Seine Stimme hallt von den Eisenwänden zurück.

»Behalt deine Sprüche für dich oder verschwinde einfach«, knurrt Oleg missmutig zurück.

Der Frachtraum ist ein voluminöser, dunkler, kalter und viereckiger Hohlraum, ebenso breit, tief und lang wie das gesamte Schiff. Die vier Ladeluken an der Decke sind so groß wie Handballplätze und hier unten in der Dunkelheit nicht sichtbar. Oleg geht leuchtend durch die Reihen der Fracht, prüft die Gurte, Ketten, Seile und Verkeilungen. Goschka bleibt seinem Kollegen auf den Fersen und überlegt, wie er ihn dazu bringen kann, unbedacht etwas auszuplaudern.

»Baba Jaga, kennst du die Hexe Baba Jaga?«, fragt er, während Oleg an einem Seil zerrt.

»Ist deine Koje voll Dope – oder weswegen laberst du nur wirre Sachen?«

»Du bist Russe«, stellt Goschka unbeirrt fest und fixiert die Augen seines Gegenübers im diffusen Lampenschein, »und du kennst nicht die Geschichte vom Hirschen mit dem goldenen Geweih. Pass auf! Die Hexe Baba Jaga hat zwei Kinder verhext. Die Mutter rettet dem Hirsch mit dem goldenen Geweih das Leben und bekommt dafür von dem Tier einen goldenen Ring, der den Fluch wieder aufhebt.«

Oleg starrt ihn ungläubig an, hat aber zugehört.

Entweder hat er mit dem goldenen Kamm nichts zu tun oder er hat seine Mimik perfekt unter Kontrolle, überlegt Goschka, zuckt grinsend mit den Achseln und sagt: »Jeder Russe kennt das Märchen! Wieso kennst du es nicht?«

»Du bist bescheuert, wirklich. Bist du mitgekommen, um mir Märchen zu erzählen?«

»Vergiss es einfach, Kamerad.«

Ohne ein weiteres Wort treten sie den Rückweg an. Der Motor schlägt seinen endlosen Takt zum wogenden Ballett auf der Nordsee. Das Schiff stöhnt dazu seine lang gezogenen Knarz- und Quietschlaute, die sich im Bauch des Frachters wie Töne aus dem Höllentanz von Strawinsky anhören.

54° N 7° O

Kapitän Kirill Migulko döst auf seinem gepolsterten Lederstuhl auf der Kommandobrücke, wiegt sich mit halbgeschlossenen Augen in den Bewegungen des Frachters, der vom Autopiloten gesteuert wird. Durch die salzverkrusteten Fenster linst er auf die dichte Wolkenwand und den hohen Wellengang. Das Wetter ist auf der gesamten Fahrt nicht einen Hauch besser geworden, nur der Regen hat sich gelegt. Die Uhr an der Wand zeigt 9.09 Uhr, als die Tür aufgeht und der Erste Steuermann Alexej Burow den Raum betritt.

»Guten Morgen, Käpt'n! Na, wie sieht's aus da draußen?«

»Morgen!«, knurrt Migulko und dreht den Stuhl in Richtung des Offiziers. »Schätze, wir kommen von einer in die nächste Unwetterfront.«

Burow flucht ein unverständliches Wort, geht zu den Navigationsgeräten hinüber und kontrolliert Kurs und Geschwindigkeit.

»Wäre es nicht besser, wenn wir uns dichter an der Küste halten?«

Der Kapitän wiegt den Kopf hin und her. Dann atmet er tief durch und sagt: »Okay, gehen wir auf 8° Ost.«

»Was zum …«, stöhnt der Steuermann auf. »Der Radarschirm ist schwarz wie die Nacht.«

Er klopft gegen den Monitor, seine Finger drücken hektisch auf Knöpfe. Der Kapitän ist aus seinem Drehstuhl gesprungen und zum Bootsmann hinübergeeilt. Der dreht den Beleuchtungshebel im Uhrzeigersinn, bis er am Anschlag ist. Ohne Wirkung. Kein grüner Leuchtschimmer, der sich Runde um Runde im Kreis dreht. Nur Burows Gesicht spiegelt sich auf der mit Fingerabdrücken übersäten schwarzen Glasscheibe.

»Teufel! Wie kann das sein?«, schreit der Kapitän. Er steht wie hypnotisiert vor dem Gerät, kaut auf den Lippen, packt mit Daumen und Zeigefinger seine Nasenflügel und lässt alle Möglichkeiten im Kopf Revue passieren. Abrupt richtet er seinen Blick auf das GPS-Gerät, das, einem Radiowecker gleich, mit roten Ziffern die genaue Position der ›Krusenstern‹ anzeigt. Mit einem Handgriff schaltet er den Autopiloten aus und lenkt das Schiff durch ein langes Wellental auf östlichen Kurs.

Unter Deck ist die Luft heiß und stickig, alles riecht penetrant nach Schmiermitteln. Trotz des brüllenden Lärms der zwei 700-PS-Generatoren hat Sascha Poliakow, der Leitungstechniker, seinen Ohrenschutz abgenommen. Er balanciert vorsichtig über den Gitterboden der Plattform, die sich in der Mitte um den Neunzylinder-Viertaktmotor spannt. Etwas scheint nicht in Ordnung zu sein mit dem kupferfarbenen Metallgiganten, der 270 Umdrehungen in der Minute macht und zwei Meter in die Höhe ragt. Einer der Zylinder hat das Geräusch verändert, kaum hörbar, aber Sascha Poliakow hat es in der Magengegend gespürt, im gleichen Moment, in dem er den Raum betreten hat. Er geht von einem Zylinder zum nächsten, verweilt kurz und horcht, doch aus nächster Nähe kann auch er keine Unterschiede hören. Er prüft Kühlwasser und das Spiel der Ventile, öffnet den Deckel über den Anzeigen der Messgeräte, liest den Verbrennungsdruck und die Abgastemperatur ab und schließt sie wieder. Am Ende kommt er zu dem Schluss, dass alles normal zu sein scheint. Trotzdem bleibt der Leitungstechniker besorgt. Seitdem auf Anordnung der Frachtfirma in den vier großen Tanks das bewährte Schweröl durch einen neuen Mix-Treibstoff ausgetauscht wurde, hat er hier unten stets ein ungutes Gefühl. Keiner weiß wirklich, ob dem Mix nicht irgendwelche illegalen Altöle und Substanzen beigemischt wurden. Das ist nicht ganz ungefährlich, selbst für solch eine unverwüstliche Maschine wie diese, die 17 Tonnen Öl am Tag verbrennt.

Sein Verantwortungsgebiet umschließt eigentlich alles, was mit Motoren und Brennstoffen zu tun hat. Doch sein Einwand gegen den Entscheid der Frachtfirma verhallte im Nichts der Untätigkeit.

Wenn es darum geht, nur einen Rubel mehr in der Tasche zu behalten, sind der Obrigkeit die Menschen an Bord so was von egal, denkt er, steigt die Leiter zum vibrierenden Gitterboden des Maschinenraums hinunter und stapft in Richtung Generatoren weiter. Auf der Backbordseite, hinter dem Hauptmotor, sieht er den Schmierer mit der Ölspritze vorbeitrotten, ohne dass der ihn bemerkt. Er hat Gehörschutz über den Ohren und ist nahezu taub. Victor kommt von den Schmierbehältern der Generatoren und schlendert ohne Eile auf die Steuerbordseite hinüber, wo er die Steuerkabine erreicht. Als er den weißen fensterlosen Kasten betritt, der nicht viel größer als eine Garage ist, wird es sofort still um ihn. Die Wände sind schallisoliert, sodass der Höllenlärm vor der Tür auf ein Rauschen reduziert wird. Er zieht den Hörschutz vom Kopf und sucht seinen Stuhl, der nicht an seinem Platz steht. Er dreht sich langsam um die eigene Achse, während seine Augen an den Messgeräten, Schaltern, Warnlampen, kleinen Monitoren und Datenschreibern des Steuerpults entlangschweben und auf der anderen Seite bei dem Mann hängenbleiben, der auf seinem Stuhl sitzt.

»Lob twoju matj! Fahr zur Hölle!«, flucht er lauthals und brüllt wütend: »Goschka, du verdammter Schwachkopf, wie kannst du mich so erschrecken?«

»Das wird sich erst noch zeigen, wer von uns beiden als Erster zur Hölle fährt!«

»Du hast hier nichts zu suchen. Verschwinde, bevor Poliakow wiederkommt und dich beim Alten auf der Brücke verpfeift.«

»Bleib ruhig, Victor. Ich bin gleich wieder weg. Ich wollte dir nur kurz das Märchen vom ›Hirsch mit dem goldenen Geweih‹ erzählen.«

»Deswegen bist du hier? Bist du verrückt geworden?«

»Es gibt noch was anderes; dein goldener Ring, den bewundere ich, obwohl er ein wenig zu protzig ist. Aber trotzdem dachte ich bei mir, dass Gold dich anscheinend interessiert. Und so bin ich gekommen, um dir das Märchen zu erzählen.«

Victors Augen schauen panisch auf den dicken Siegelring an seiner linken Hand und irren dann Hilfe suchend zur Tür.

»Du hast nicht zufällig einen Kamm bei dir?«, fragt Goschka mit süffisantem Unterton.

»Einen Kamm? Scheiße!« Victor wirkt entgeistert. Er grinst verlegen, kratzt sich an seinem struppigen Kopf. »Was soll ich mit einem verdammten Kamm hier unten?«

»Bleib locker, Victor«, lenkt Goschka ein. »Ich dachte, ich könnte dich ein wenig unterhalten. Scheint nicht der Fall zu sein.«

Der falsche Mann, denkt er und spürt gleichzeitig ein komisches Gefühl im Magen. Das ist jedes Mal so, wenn der Schwung des Rumpfs nach unten länger dauert und tiefer geht, als die vorherige Bewegung hinauf. Dann fühlt es sich jedes Mal für einen kurzen Moment so an, als falle das Schiff verlangsamt ins Bodenlose. Er atmet durch, lässt Victor ohne ein Wort in seinem einsamen Kabuff stehen und geht auf die Tür zu. Während er sie öffnet, wird er schon vom Höllenlärm der Generatoren verschluckt.

RUNGHOLT

Sie stellen ihren Wagen auf dem Parkplatz an der Außenallee ab, nur einen Katzensprung vom Spielkasino Travemünde entfernt, und gehen die letzten Hundert Meter über die Querstraße zu Fuß. Wiebke will mit ihrem alten, unansehnlichen Opel Astra nicht am Haupteingang vorfahren und vor dem schicken Jugendstilgebäude parken.

»Man kann ja nie wissen«, wendet sie zusätzlich ein, »nachher läuft uns dort noch jemand aus Tönning über den Weg.«

Beim Aussteigen muss er sich kurz vor ihr in Pose stellen. Sie zupft an seinem alten Hochzeitsanzug herum, bis alles zu ihrer Zufriedenheit ist. Bischoffs Frau hat, nachdem sie übereingekommen waren, das hier durchziehen zu wollen, wie selbstverständlich das Kommando übernommen.

Mehrere Abende lang hatten sie das System, der todsichere Tipp eines Kollegen aus Wiebkes Kanzlei, diskutiert und es dann mit ihrem kleinen Roulette-Gesellschaftsspiel ausprobiert. Bei jedem Spiel setzte einer von ihnen nur auf Rot, der andere nur auf Schwarz, mit imaginären 200 Euro Spielgeld pro Einsatz. Es lief wie am Schnürchen und am Ende hatten sie unterm Strich einen Gewinn von 200 Euro pro Spiel erzielt. Die Idee für ihren vermeintlichen Coup, den sie danach planten, war ganz simpel gewesen. Sie wollten ihre Altersversorgung von 40.000 Euro abheben und einfach verdoppeln, um ein wenig den bevorstehenden Luxus im Voraus zu genießen. Das Risiko war ihnen nicht allzu groß erschienen, das hatte ihre Roulette-Trockenübung eindeutig bewiesen. Und selbst wenn der unwahrscheinliche Fall eintreten und sie ihre gesamten Ersparnisse verlieren würden, hätten sie über kurz oder lang sowieso den Verlust wieder hereinbekommen.

Henning Bischoff fühlt sich etwas neben der Spur. Er bemerkt, dass sich kleine Schweißtropfen auf den Schläfen bilden, als sie beide die breite Treppe mit dem roten Teppich hinaufschreiten, die zum Saal im ersten Stock führt. Wiebke zeigt sich nach außen souverän, als würde sie in solchen Räumlichkeiten jeden Tag ein- und ausgehen. Mit wachen Augen blickt sie neugierig in die Runde, mustert die vielen Menschen, die sich am Mittag eines gewöhnlichen Werktags unter dem gedämpften Licht der alten Kronleuchter eingefunden haben. Im Saal stehen zwei Black-Jack-, vier Roulette- und zwei Pokertische. Mit Trennwänden sind kleine Nischen im Seitenflügelbereich abgeteilt worden, ruhige, abgeschiedene Sitzmöglichkeiten für Besucher, die gerade nicht spielen möchten. Die verspiegelte Bar, in die alles mündet, hat an drei Seiten große Fenster, die einen weiten Blick auf die nahe Ostsee freigeben.

Die Bischoffs suchen in der Nähe eines Roulettetisches Schutz. Sie hatten verabredet, nichts zu überstürzen, das Treiben erst in Ruhe auf sich wirken zu lassen, bevor sie beginnen, ihren Plan in die Tat umzusetzen.

Henning hockt in unbequemer Haltung auf einem der feuerroten Plüschsessel, als säße er auf glühenden Kohlen. Der Zufall gehört zu den Dingen, die er sein Leben lang am wenigsten begriffen hat. Der Decksmann ist nicht der Typ Mensch, der das eigene Schicksal einfach hinnehmen und dem Leben vertrauensvoll zusehen kann. Er hat immer nach Strukturen, Mustern und dem großen Plan dahinter gesucht, um sein Glück selbst in die Hand zu nehmen.

»Bitte das Spiel zu machen!«, schallt die Baritonstimme des weißhaarigen Croupiers zu ihm herüber. Eine Dame in einem glänzenden rosa Seidenkostüm schiebt einen kleinen Haufen rosa Jetons auf die rote Raute. Elegant und zielsicher hilft ihr der Croupier mit seinem ›Rateau‹. Rosa scheint ihre Lieblingsfarbe zu sein, denkt Henning amüsiert, denn selbst der Farbton ihres Nagellacks passt exakt zum Farbton ihrer 200-Euro-Plastikplättchen. Die geschmeidigen Finger des Croupiers drehen das Rad, werfen die Kugel gegen die Drehrichtung der Scheibe in den Kessel.

»Nichts geht mehr.«

Die blauen Augen mit dem rosa Make-up folgen fiebernd der Umlaufbahn des rollenden Elfenbeinplaneten, der plötzlich unruhig wird, wild auf und ab hüpft und in die Kerbe ›25‹ fällt. Rot. Die Dame hat 1.200 Euro gewonnen. Doch ihr aufwendig geschminktes Gesicht bleibt versteinert, keine Spur von Freude zeichnet sich ab. Henning bemerkt, wie Wiebke das Spiel der Frau ebenfalls verfolgt. Nicht lange und sie wendet ihre ganze Aufmerksamkeit dem schmächtigen Mann daneben zu; einem schlecht gekleideten Japaner mit äußerst merkwürdigem Verhalten. Er sitzt fast bewegungslos da, stiert wie hypnotisiert auf Kugel und Rad, ohne ein einziges Mal zu setzen. Dafür notiert er akribisch die Zahlenfolgen, die der Zufall im Laufe des Spiels aneinanderreiht.

»Was macht der Typ da?«, flüstert Wiebke und stößt ihren Mann vorsichtig gegen die Schulter.

»Nichts geht mehr!«

»Meinst du das Schlitzauge?«, flüstert der Decksmann zurück.

Sie nickt, während der Japaner die nächste Nummer unter die Zahlenreihen auf seinen Block kritzelt.

»Ein Kesselgucker«, erklärt er ihr mit unterdrückter Stimme. »Der versucht, Gewinnchancen zu errechnen, indem er über eine längere Zeit die Häufigkeit wiederkehrender Zahlen verfolgt. Den schickt uns Fortuna, Wiebke!«

»Ich weiß nicht, Henning! Der Typ ähnelt höchstens einer Glücksgöttin mit Gelbsucht.«

»Mir geht es nicht um Glück, sondern um Können. Wenn wir einen heimlichen Blick auf seine Notizen werfen, bekommen wir raus, ob Schwarz und Rot in letzter Zeit regelmäßig gewechselt haben. Das verringert unser Risiko. Warum sollten wir das Schicksal herausfordern, wenn sich uns eine andere Möglichkeit bietet?«

»Zumindest ist es einen Versuch wert«, flüstert Wiebke, erhebt sich anmutig aus ihrem Sessel, zieht eine Zigarette aus ihrer Handtasche und stolziert mit weichen Katzenschritten langsam wie um den heißen Brei.

»Haben Sie Feuer?«, hört er seine Frau fragen.

Der gelbe Mann schreckt aus seiner Trance, funkelt feindselig aus seinen Augenschlitzen. Wiebke bleibt stoisch neben ihm stehen, bis es ihm zu viel wird und er eine unhöfliche Handbewegung macht, dass sie sich entfernen soll. Dann wendet er sich wieder der rollenden Kugel zu, die erneut in der 25er Kerbe hängenbleibt. Wiebke nimmt den Misserfolg gelassen hin, geht weiter, als wäre nichts geschehen und verschwindet auf der Toilette. Wenige Minuten später kommt sie zurück, setzt sich mit bedeutungsvollem Blick wieder neben Henning in die Nische und zieht ein Blatt Toilettenpapier aus der Handtasche, das mit Zahlenreihen beschrieben ist.

»Ich habe fast alle seine Zahlen im Kopf behalten«, flüstert sie und lächelt.

Henning Bischoff zieht ihr die fragile Liste aus der Hand und sortiert im Gedächtnis die Reihenfolge von Rot und Schwarz. Dann grinst er erleichtert.

»Super!«, tönt er. »Das unterscheidet sich nur geringfügig von unseren Testdurchläufen.«

»Dann sollten wir auch allmählich loslegen. Ich kann die Spannung nicht mehr lange aushalten.«

»Okay, starten wir!« Henning Bischoff steht auf und schlendert zur Kasse hinüber. Hinter dem Glasfenster sitzt der Kassierer, schwarzes Sakko und Fliege. Er macht ein verkrampftes Pokergesicht, das den Eindruck erweckt, als stände auf seiner Stirn geschrieben: Sorry, aber ich bin verpflichtet, stets grimmig und schlecht gelaunt zu gucken!

Der Decksmann der ›Rungholt‹ greift in seine Lederumhängetasche, nimmt die 40.000 Euro in 500er-Scheinen heraus und schiebt sie Bündel für Bündel durch die Kassenöffnung.

»500-Euro-Jetons, bitte.«

Die Spielmarken klötern wie Legosteine, als er sie in seine Tasche füllt. Er setzt sich neben Wiebke in den Sessel, und sie teilen es auf.

»Vergiss einfach, dass wir um Geld spielen«, beschwört er sie mit Druck in der Stimme, »stell dir vor, es ist unser Werkzeug, nur die Rohrzange, mit der wir den Geldhahn aufdrehen.«

Wiebke Bischoffs Herz klopft. Sie kann den Worten ihres Mannes nicht mehr folgen, spürt eine vibrierende Energie.

Das sind 20.000 Euro und keine Rohrzange, hält der nüchterne Verstand dagegen. Hier geht es um alles oder nichts!

Das Ehepaar geht in Stellung. Sie drängen sich gegenüber dem Croupier an den grasgrünen Spielfeldrand, möglichst dicht an die rote Raute, dem Verkehrszeichen für Vortritt.

»Bitte das Spiel zu machen!«

Noch ein kurzer Blickkontakt von Wiebke mit ihrem Mann. Der nickt. Ihre Hand schnellt nach vorn und legt einen 500er-Jeton, leicht wie eine Feder, auf den Punkt der Entscheidung. Henning setzt dieselbe Summe auf Schwarz.

»Nichts geht mehr!«

In ihrem Körper kribbelt es. Die kleine weiße Kugel rollt, dreht sich mit einem feinen, surrenden Geräusch, als würde sie an ihrer Magenwand entlangkullern. Ein kurzer glücksverklärter Moment, der hält, was er verspricht.

»Fünf Rot.«

Sie gewinnt 500 Euro. Henning verliert dieselbe Summe und verdoppelt den Einsatz. Sie setzt erneut 500 Euro.

»25 Rot.«

Henning setzt 2.000 Euro.

»Zehn Schwarz.«

Henning gewinnt 2.000 Euro und setzt wieder 500 Euro. Sie verdoppelt ihren Einsatz.

»35 Schwarz.«

Sie verdoppelt.

»Acht Schwarz.«

Sie verdoppelt.

»24 Schwarz.« 4.000 Euro. »31 Schwarz.« 8.000 Euro. Schweißperlen bilden sich auf ihrer Stirn. »Zwei Schwarz.« 16.000 Euro. Die Perlen werden zu Tropfen, erliegen der Schwerkraft und rollen über die Wangen hinab. Dic Kugel rollt, surrt durch den Windkanal des Schicksals, beginnt zu hüpfen und dreht in der Kerbe. »15 Schwarz.«

Was nun? Es sind nur noch 4.000 Euro da.

Ihre Augen suchen Hennings Gesicht. Der steht mit fassungslosem Blick auf der anderen Seite des Tisches. Setzen? Nicht setzen? Was dann? Dann wäre das Geld weg! Das Glück drängelt gnadenlos, legt alles auf die hohe Kante, die Zeit, den Spielraum, die natürliche Hemmschwelle. Die weiße Kugel, nur ein vergrößertes Elektron, das der Geist über die Hirnsynapsen auf den gesunden Menschenverstand abfeuert. Nervenkitzel, nichts reizt mehr!

»Bitte das Spiel machen!«

Willenlos setzt sie die letzten 4.000 Euro auf Rot.

»35 Schwarz.«

Der schwarze Kreislauf ist geschlossen. Finsternis. Wiebke Bischoff wird es rot vor Augen. Das Flammenmeer der Unterwelt brennt auf der Regenbogenhaut. Der rote Hahn sitzt auf ihrem Kopf, ihr Haar lodert lichterloh. Nichts geht mehr.

Jetzt erwacht der Japaner aus seiner Zenmeditation, als hätte er von einem imaginären Meister einen Schlag mit dem Stab erhalten, und setzt 1.000 Euro auf das Spielfeld 25.

»Nichts geht mehr!«

Vom Schwindel betäubt schwingt sich Wiebkes Blick auf die Kanonenkugel, holpert über die Kerbe in der Scheibe und bleibt mit ihr in der roten 25 hängen. Sein Gewinn beträgt 38.000 Euro. Der Geldrechen des Croupiers schiebt ihm die Jetons direkt vor seine Finger. Er rafft das Plastikgeld zusammen und verlässt den Tisch. Sie schaut dem Bürstenschnitt seines Hinterkopfs hinterher. Während er im Jenseits verschwindet, berührt eine Hand aus dem Diesseits sanft Wiebkes Schulter. Es ist die Dame in dem rosa Seidenkostüm und dem rosa Nagellack.

»Es ist nur ein Spiel, Liebes«, sagt sie mit mitfühlender Stimme. »In einem Moment gewinnt man, im nächsten ist alles weg. Es kann immer noch schlimmer kommen, glauben Sie mir. Ich erinnere mich, es war … ja, es war am 18. August 1913, genau, ich bin mir sicher, da soll es eine unglaubliche Spielfolge im legendären Spielcasino von Monte Carlo gegeben haben. Die Roulette-Kugel landete 26 Mal hintereinander auf Schwarz. Nicht zu fassen, oder? Aber so ist das Leben, Liebes!«

Sie kann sich nicht mehr erinnern, wie sie und Henning aus dem Casino gekommen sind. Es hatte einen Tumult gegeben, Menschen hatten um sie herum gestanden und mit besänftigenden Worten auf sie eingeredet. Jemand hatte sie von der Frau weggerissen. Sie hat kein Bild mehr von dem Mann. War es Henning gewesen? Sie weiß es nicht mehr. Schweigend sitzt sie auf dem Beifahrersitz, hält die Augen geschlossen, sieht immer wieder ihre Finger vor sich, wie sie sich in den Stoff des Seidenkostüms krallten. Henning sagt kein Wort, steuert mit angespanntem Gesicht den Wagen über Autobahn, Landstraße, quer durch Schleswig-Holstein. Es ist später Nachmittag, als sie über Heide die Eiderbrücke erreichen. Tönnings Stadtsilhouette schimmert durch eine Nebelwand, die wenige Meter über dem schwarzen Flusslauf treibt.

»Was hast du dir nur dabei gedacht, diese Frau anzugreifen?«

»Ich hab's vermasselt.«

»Sie haben uns rausgeschmissen! Wir haben Hausverbot!«

»20.000 weg! Ich habe 20.000 verspielt!«

»Wir haben das verbockt. Das ist nicht mehr zu ändern.«

»Was machen wir denn jetzt?«

»Nichts, wir leben genauso weiter wie bisher. Es sind ja noch 20.000 da. Das war unser Risiko. Wir haben gewusst, was wir machen. Das Geld ist futsch. Aber wir werden bald so viel haben, da spielen die paar Kröten keine Rolle.«

»Du vergisst wohl, dass Peter Jessen ermordet wurde! Wenn der Plan nicht aufgeht und wir am Ende mit leeren Händen dastehen?«

»Der Plan geht auf, auf den Käpt'n ist Verlass, der würde mich nicht bescheißen.«

»Und wenn doch? Es wäre schließlich nicht das erste Mal.«

»Dann tritt Plan B in Kraft, davon habe ich dir doch schon erzählt. Ich verspreche dir, ich werde das für uns absichern.«

Die Abfahrt Tönning gleicht einer Fahrt durch die Kesselrundung des Roulettes. Der Opel Astra rollt durch die Kurve und das folgende Rondell an dem Gewerbegebiet mit den Discounter-Läden, um dann nach rechts, an den neuen Einfamilienhäusern entlang, in die Siedlung zu biegen.

»Ich bin einfach misstrauisch, dass euer Plan genauso dämlich ausgeht wie unsere Roulettescheiße«, nörgelt Wiebke weiter.

Henning hat die Linkskurve in der Mitte der Hugo-Busch-Straße erreicht und fährt den Wagen in die Auffahrt zu ihrem kleinen Häuschen. Er hat seiner Frau nicht geantwortet, ist total verblüfft, wie unumkehrbar das imaginäre Geld in Wiebkes realer Welt bereits existiert. Ihre Pleite wird das nur noch steigern. Seine Frau, das wird ihm jetzt klar, kennt keine moralischen Skrupel, sondern höchstens die Angst, erwischt zu werden und im Gefängnis zu landen. Im Grunde war sie schon immer durch und durch pragmatisch, an jeder Unlogik biss sie sich fest.

»Du weißt selbst ziemlich genau, dass dein einfacher Plan B keine wirkliche Option ist«, sagt sie mit leiser

Stimme und schürzt die Lippen, als hätte sie gerade eine neue Erkenntnis gewonnen. »Du kannst die Sache gar nicht in den Griff bekommen. Du spielst doch nur eine Rolle am Rande. Letztendlich hat Per das Ganze in der Hand, er diktiert dir die Spielregeln. Und wenn du aufmuckst, dann schickt er dir seinen ausgeflippten Bruder vorbei. Der Typ ist vorbestraft, der ist unberechenbar.«

»Lass uns drinnen weiterreden«, knurrt er. »Die Nachbarn brauchen nicht unbedingt mitzubekommen, dass wir uns streiten.«

»Ich streite mich doch gar nicht!« Ihre Stimme klingt schrill. »Ich will dir nur was klarmachen!«

Er wartet ab, bis sie im Hausflur sind und die Haustür hinter sich geschlossen haben.

»Wir alle wollen das Geld behalten, Wiebke«, antwortet er ärgerlich. »Das geht nur zusammen. Wenn jemand ausschert, fliegt alles auf. Das ist unser aller Sicherheit, gerade jetzt, nachdem Jessen tot … ermordet wurde.«

»Du weißt, was ich davon halte. Hauke Timmann ist nicht zu trauen.«

»Das haben wir schon tausendmal durchgekaut. Er hat Jessen nicht ermordet. Er würde nie das ganze Geld aufs Spiel setzen. So, und jetzt habe ich keine Lust, weiter darüber zu reden, verstanden?«

Während er das sagt, starrt Henning Bischoff vor sich hin und wendet sich dann mit grimmigem Blick seiner Frau zu. Die atmet tief ein und öffnet den Mund, um erneut ihren Unmut herauszulassen.

»Ich will nichts mehr hören, basta!«, kommt er ihr zuvor.

Mit beleidigter Miene wendet sie ihm den Rücken zu und knallt die Wohnzimmertür hinter sich ins Schloss. Dann hört er den Fernseher, in voller Lautstärke. Irgendeine Volksmusiksendung, die zum Schunkeln auffordert. Er beißt die Zähne zusammen, geht die Treppe in den ersten Stock hinauf und verschwindet in seinem winzigen Arbeitszimmer, dessen Einrichtung an das Ruderhaus eines Fischkutters erinnert. Links an der Schreibtischplatte hat er ein hölzernes Steuerrad montiert. An der Wand hängen ein ausgedientes Radargerät und ein Echograph. Er lässt sich in den Drehstuhl fallen, nimmt aus einer Schublade Papier und Kugelschreiber und beginnt entschlossen zu schreiben: Tönning, Mittwoch, der 2. Januar 2005. Dann verharrt die Hand, der Kopf kann ihr nicht weiterhelfen. Bischoff fühlt sich gerade nicht in bester Stimmung. Kein guter Zeitpunkt, um die vertrackten Fakten der letzten Fangfahrt zu einem leserlichen Protokoll zusammenzufassen.

Selbst wenn er es letztendlich nicht benutzen würde, kann er nur glaubhaft damit drohen, wenn das Schriftstück auch wirklich existiert. Man kann ja nie wissen, was in Zukunft noch alles passieren wird. Während er noch überlegt, keimen Zweifel auf. Bringt mich dieses Protokoll nicht gerade erst in Gefahr? Vielleicht gieße ich damit nur Öl ins Feuer? Henning Bischoff, du willst dich doch nur vor dem Schreiben drücken! Streng gefälligst deinen Grips an!

Der Decksmann ist nicht der Mann, der gerne Papierkram erledigt, hat sich nie einen Computer angeschafft. Wozu auch! Er starrt auf die Worte seiner ersten Zeile, die sich auf dem Weiß des Bogens verlieren. Die Zeile starrt zurück: Mittwoch, der 2. Januar. Wenn er durch die Buchstaben hindurch sieht, gelingt ihm ein Blick in die Vergangenheit, die noch gar nicht so lange zurückliegt.

Es weht ein frischer Wind aus südwestlicher Richtung. Die ›Rungholt‹ liegt vor dem alten Packhaus, auf der gegenüberliegenden Seite des Hafenpriels. Es ist auflaufende Flut. Das geplante Ziel des Kapitäns Per Timmann ist die Nordsee vor Amrum. Die vier Männer, die heute an Bord sein werden, wollen auf Dorschfang gehen. Sie kennen sich gut. In den drei zurückliegenden Jahren haben sie über 700 Tage zusammen Seite an Seite auf der Nord- und Ostsee verbracht, Netze ausgebracht, Netze eingeholt und den Fisch an Bord verarbeitet. Sie kennen alle Handgriffe im Schlaf, genauso wie alle Varianten einer rauen See. Der Wetterbericht hat Sturm gemeldet, es könnte am Abend dort draußen durchaus hoch hergehen. Der Alte sieht das anscheinend anders, glaubt, dass es schon nicht so schlimm kommen wird. Henning Bischoff ist innerlich auf Turbulenzen eingestellt, stapft gelassen zum Molenkopf hinauf. Peter Jessen schleppt gerade die letzte Kiste Proviant unter Deck, und der Kapitän steht im Ruderhaus. Sein Schatten ist hinter der schmutzigen Scheibe zu sehen. Der Volvo Penta Dieselmotor des Fischkutters hat 238 PS. Er hört das Zischen der Anlassluftflasche, die Hauke Timmann unter Deck gerade geöffnet haben muss, als er als Letzter am Kutter ankommt, die Taue von den Duckdalben löst und über den Steg an Bord geht. Die Maschine kommt langsam auf Touren, beginnt mit keuchenden Atemzügen zu arbeiten. Das Deck vibriert unruhig unter seinen Füßen. Eine Lachmöwe kreischt. Der Bug dreht sich von der Spundwand langsam ins Fahrwasser, tuckert durch die schmale Hafenausfahrt in die Eider. Jetzt stampft das Schiff schwer. Henning Bischoff öffnet die Tür zum Ruderhaus und grüßt stumm, indem er den rechten Arm hebt. Die GPS-Anzeige zeigt ihre Position: 54° 16' nördliche Breite und 8° 51,5' östliche Länge.

Während der gesamten Fahrt die Eider hinunter schieben sie das angekündigte schlechte Wetter vor sich her. Noch ist der Himmel über dem Kutter frei, doch im Nordwesten scheint ein feiner Schleier zu liegen. Dahinter wachsen bedrohlich schnell Haufenwolken in die Höhe. Steuerbord querab treibt die rote Tonne 56 im breiten Eiderstrom kurz vor der Nordsee. Sie ist die letzte Tonne vor dem Eidersperrwerk. Die riesige Sturmschutzanlage kommt in Sicht. Der Kapitän meldet sich per Funk beim Beamten im Kontrollturm. Der Autoverkehr ist gestoppt, die Wippbrücke fährt in die Höhe und die Kammerschleuse ist geöffnet. Sie kommen zügig, ohne lange Wartezeit, auf die andere Seite. Über der See wird es dunkel wie in einem Tunnel. Das aufgewühlte Wasser wechselt die Farbe zu einem öligen Schwarz, und aus einer mächtigen Ambosswolke, die über den Kutter hinwegzieht, hämmert von einem Augenblick auf den anderen ein Platzregen herab. Dann kommen Gewitterböen auf, denen krachende Donner folgen. Decksmann Henning Bischoff steht mit besorgter Miene an der Reling und schaut zum Himmel hinauf. Die Gischtspritzer fliegen ihm ins Gesicht. Der auffrischende Wind nimmt an Stärke zu, fegt jetzt aus Südwest heran. Die Wasseroberfläche ist voller Schaumstreifen, die Wellenhöhe beträgt aber keinen Meter. Hier im Bereich des Wattenfahrwassers ist der Seegang der Nordsee nicht direkt zu spüren. Die Wattbrandung auf den Sänden mit ihren Strudeln in den Prielen kann nur dann zur Gefahr werden, wenn das Boot festkommt und strandet. Aber der Alte ist mit den kleinen Landzungen, Fahrrinnen, Sandbänken und unsichtbaren Strömungen vertraut.

Henning Bischoff zieht sein Handy heraus und drückt mit dem Daumen die Nummer seiner Frau.

»Draußen braut sich was zusammen, Wiebke, es könnten kurzfristig acht bis neun Windstärken werden.«

»Warum fahrt ihr dann raus, Henning? Lasst den Unsinn!«

»Der Kapitän entscheidet, nicht ich!«

»Henning, das ist doch unvernünftig!«

Der Eiderpriel reicht weit in die Nordsee hinein. Der Kutter passiert die Tonne eins, ab jetzt beginnt die See. Im Ohr des Decksmanns hat sich der Satz seiner Frau festgesetzt. ›Das ist doch unvernünftig!‹ Die Stimme hat etwas Ängstliches, unterschwellig Bittendes, obwohl das Gespräch schon Minuten zurückliegt. Er zieht noch mal den Reißverschluss auf. Das Geräusch ratscht die mahnende Stimme hinweg. Er tastet in der Brusttasche unter dem Ölzeug nach seinem Handy und schaltet es aus, will nicht, dass sie ihn zurückrufen kann. Während er den Reißverschluss zuzieht, taucht im Dunst der Umriss eines Krabbenfängers in der bewegten See auf, der auf parallelem Kurs vorwärts stampft. Es ist die ›Trude‹ aus Husum, Bischoff erkennt sie an ihrem knallroten Rumpf. Doch es dauert nicht lange, bis er den Kutter wieder aus den Augen verliert. Der Decksmann stapft zum Ruderhaus hinüber. Als er die Tür öffnet, hört er den Kapitän im Gespräch mit seinem Kollegen vom anderen Schiff über Fangquoten und die bevorstehende Fahrt.

Das Schietwetter scheint ihm keine Silbe wert zu sein, denkt Henning Bischoff innerlich aufgebracht.

EIDERLAND

»Verdammt noch mal, Timmann, machen Sie auf! Wir lassen uns von Ihnen nicht auf der Nase rumtanzen!« Stephan Mielkes Stimme ist schroff und laut. Er unterstützt seinen Ärger, indem er wütend gegen die Haustür hämmert. Doch im Inneren rührt sich nichts, kein Geräusch deutet auf die Anwesenheit des Hausherrn hin. Der Oberkommissar lässt seinen Arm sinken und dreht den Kopf zu Swensen, der ungerührt hinter ihm steht.

»Ich wette mit dir, der sitzt dort drinnen mucksmäuschenstill in irgendeiner Ecke und lacht sich eins ins Fäustchen«, murrt der Oberkommissar. »Wir sind jetzt das dritte Mal hier, und jedes Mal ist der Kerl nicht zu Hause. Das glaube ich einfach nicht.«

»Was willst du denn machen? Selbst wenn er wirklich da ist, können wir nicht rein«, sagt der Hauptkommissar nüchtern.

»Willst du schon wieder die Segel streichen, Jan?«

»Ich fürchte, wir sind mit unserem Latein am Ende. Oder wüsstest du was?«

»Uns bleibt immer noch periculum in mora, Gefahr bei Verzögerung?«

»Red keinen Unsinn, Stephan. Hier gilt kein Gefahr im Verzug, auch nicht in Verzögerung. Wenn du vorhast, was ich denke, dann lass lieber die Finger davon.«

»Mich nervt dieses Scheißspielchen. Dieser Kleinganove führt uns mit dem Nasenring durch die Manege, und du willst dazu auch noch Beifall klatschen?«, schimpft Mielke aufgebracht und zieht einen Dietrich aus der Tasche.

»Ich denke, du bist scharf darauf, Hauptkommissar zu werden? Wenn Rebinger von so was Wind bekommt, kannst du bei deiner Beförderung garantiert mit Verzögerungen rechnen, mein Lieber!«

Mielkes Bewegung stockt kurz vor dem Türschloss. Er wendet sich um und grinst seinen Kollegen verlegen an. In einem abrupten Entschluss lässt er den Dietrich in der Jackentasche verschwinden.

»Und was nun, Herr Hauptkommissar?«, fragt er provozierend.

»Wie wäre es mit der altbewährten Methode aller einzigartigen Hauptkommissare Husums?«, scherzt Swensen mit einem gezielten Seitenhieb, ohne dabei sein Gesicht zu verziehen.

»Na, da bin ich aber gespannt.« Mielkes Stimme bleibt süffisant.

Swensen bleibt ihm eine Antwort schuldig, will gerade zum Dienstwagen hinübergehen und einsteigen, als in knapp hundert Meter Entfernung ein Traktor aus den Wiesen auf die Landstraße biegt. Die vier mächtigen Reifen werfen die fette Erde durch die Luft und verteilen sie über den Asphalt. Während das Fahrzeug näher kommt, macht Swensen einen Schritt auf die Fahrbahn und hebt beide Arme, um dem Fahrer ein Zeichen zum Stoppen zu geben. Das Gefährt bremst auf dem Seitenstreifen, und der Mann in der gläsernen Kabine zuckt fragend mit den Achseln.

»Kriminalpolizei Husum«, brüllt der Kriminalist gegen das rasselnde Motorengeräusch an. »Kennen Sie Hauke Timmann?«

Der Motor wird ausgestellt, in der Kabine wird ein Fenster aufgeklappt.

»Wat give dat?«, fragt der Fahrer.

»Kennen Sie Hauke Timmann?«

»Jo!«

»Haben Sie ihn heute schon gesehen?«

»Jo!«

»Wann denn?«

»Dat weer hüüt moorn, de Klock gung op ach. He wüll na Warmhörn ins Weertshuus, hett he seggt, de Warmsmaker heelmaken.«

»Danke!«, ruft Swensen, hebt den Arm und wendet sich grinsend an Mielke. »Die einfache Methode des Fragens bringt immer noch gute Ergebnisse, oder? Los, fahren wir!«

Der Oberkommissar schwingt sich lässig hinters Steuer, fährt bereits an, als Swensen noch die Beifahrertür zuzieht. Am Ortsausgang von Osterhever passieren sie das weiße Flachdachgebäude vom Autohaus Bienek. Davor stehen nagelneue Renaults und Dacias in Reih und Glied. Die Straße führt schnurgerade in die flache Landschaft. Auf der Hälfte der Strecke nach Sieversfleth steht eine ehemalige Schmiede. Der Schriftzug an der Wand ist schon verblasst. Keine zwei Minuten später erreichen sie Warmhörn. Der ehemalige Lammgasthof, der schon vor geraumer Zeit geschlossen wurde, steht genau an einer Weggabelung. Die weiße Farbe blättert bereits von den Wänden. Die salzhaltige Luft fordert ihren Tribut. Das alte Schild ›Op de Hörn – 100-jährige Speise- und Schankwirtschaft‹ hängt noch unbeschädigt an der Giebelseite. Swensen kann sich noch daran erinnern, dass es hier über 50 verschiedene Lammgerichte gab und die resolute, wortgewaltige Kellnerin einen hohen Unterhaltungswert besaß, der besonders die Touristen anzog.

Mielke steuert den Dienstwagen auf den Bürgersteig, dicht an eine niedrige Hecke. Swensen hat einige Schwierigkeiten beim Aussteigen, muss sich durch den engen Türspalt und über den schmalen Pfad zwischen Liguster und Auto quälen. Der Himmel über den roten Dachziegeln ist grau, grau und grau. Es nieselt. Die beiden Beamten steigen die kleine Treppe zur Eingangstür hinauf, die mit Holzpaneelen und schrägen Butzenscheiben an einen Westernsaloon erinnert. Swensen drückt die Klinke. Lautes Hämmern ist zu hören, als sie den Hausflur betreten; die Saaltür zum ehemaligen Restaurant steht sperrangelweit auf. Drinnen hat sich nichts verändert. Der Hauptkommissar entdeckt den Platz, an dem er noch vor einem Jahr mit Anna indischen Lammtopf mit Linsen gegessen hat, er hatte natürlich auf Seitan statt Fleisch bestanden. Auf der anderen Seite des Saales steht ein Mann in einer blauen Latzhose und haut mit einem Vorschlaghammer ein Loch in die Wand. Er bemerkt die Männer erst, als sie bereits unmittelbar neben ihm stehen. Erschrocken lässt er das Werkzeug sinken.

»Entschuldigung«, sagt Swensen. »Kriminalpolizei Husum. Wir haben gehört, dass ein gewisser Hauke Timmann bei Ihnen arbeiten soll?«

»Kriminalpolizei?«, fragt der Mann. »Sie wollen Hauke doch nicht etwa verhaften?«

»Kennen Sie einen Grund, warum wir das tun sollten?«

»Nein, natürlich nicht. Ich dachte nur, wegen dieser alten Sache von damals.«

»Nein, er ist nur ein wichtiger Zeuge«, wiegelt Swensen ab. »Arbeitet Herr Timmann jetzt hier oder nicht?«

»Er hat hier gearbeitet, wollte sich die Heizungsanlage ansehen. Ein Freundschaftsdienst, unter der Hand, keine offizielle Arbeit. Wir kennen uns schon etliche Jahre. Hauke hilft, wo er kann.«

»Wir sind nicht vom Steueramt, Herr …?«

»Frido Staaken, Herr Kommissar, mir gehören Haus und Grundstück.«

»Okay, Herr Staaken, Herr Timmann ist also nicht mehr hier?«

»Er wollte sich die Anlage heute nur kurz ansehen. Nächste Woche will er dann damit anfangen.«

»Sie wissen nicht zufällig, wo er hinwollte?«

»Doch, er sagte mir, er fährt nach Tönning.«

»Und wohin er da wollte, wissen Sie nicht?«

»Nein, keine Ahnung, aber sein Bruder hat dort einen Kutter.«

»Das wissen wir bereits. Dann machen wir uns mal wieder auf den Weg. Moin, Moin, Herr Staaken!«

»Haben Sie noch einen Moment Zeit, Herr Kommissar? Das trifft sich nämlich gut, dass Sie gerade hier sind.«

»Wir haben es ziemlich eilig, Herr Staaken.«

»Es geht um den Mordfall an dem Mann im Multimar.«

»Peter Jessen? Wissen Sie etwas darüber?«

»Nein, das gerade nicht«, sagt Staaken. »Aber in der heutigen Husumer Rundschau steht ein Artikel, in dem bittet die Kriminalpolizei doch um sachdienliche Hinweise.«

Er nimmt eine Zeitung vom Nebentisch und drückt sie dem Hauptkommissar in die Hand. ›Krusenstern‹ vor Amrum Leck geschlagen. Mehr als 5 000 Seevögel verenden durch auslaufendes Öl‹, steht auf der Titelseite. Swensen hält die Zeitung in der Hand, als wäre sie ebenfalls ölverschmiert, und hat einen Moment den Faden verloren. Er sucht angestrengt nach einer Frage.

»Ich habe einen Hinweis zu Peter Jessen«, kommt Staaken ihm zuvor. »Anfang Februar war der hier bei mir und wollte den Gasthof pachten.«

»Wirklich? Peter Jessen? Warum kommen Sie damit denn jetzt erst raus? Wussten Sie nicht, dass er ermordet worden ist?«

»Doch, das stand ja in der Zeitung. Aber ich habe keinen Zusammenhang gesehen. Den sehe ich übrigens immer noch nicht. Das ist doch höchstens ein Zufall.«

»Das ist verdammt wichtig, Herr Staaken. Nun erzählen Sie schon, Peter Jessen wollte also den Gasthof pachten?«

»Es ging um einen Pachtvertrag über 20 Jahre. Er wollte das Restaurant neu eröffnen.«

»Und was sollte das kosten?«

»30.000 Euro wollte ich dafür haben. Er hat mir gesagt, er bräuchte zwei Wochen, um an das Geld heranzukommen und würde sich melden. Hat er aber nicht getan. Und dann habe ich von dem Mord gehört. Da war die Sache für mich erledigt.«

»30.000 Euro? Woher wollte er sich so viel Geld besorgen?«

»Hat er nicht gesagt. Das ist auch schon alles, was ich weiß. Ich kannte den Mann ja nicht näher.«

»Wussten Sie, dass Hauke Timmann diesen Peter Jessen gekannt hat?«

»Hauke soll den gekannt haben? Nein, das höre ich heute zum ersten Mal. Aber Hauke macht auch nie viel Brimborium um seinen Privatkram.«

»Wenn er auch ziemlich spät gekommen ist, trotzdem vielen Dank für den Hinweis. Wir müssen jetzt weiter. Wenn wir noch Fragen haben, melden wir uns noch mal bei Ihnen.«

Swensen nimmt eine Erkenntnis mit in den Wagen: Wahrscheinlich hätte dieser Mann sich nie bei der Polizei gemeldet, wenn wir nicht vorbeigekommen wären. Kommissar

Zufall. Manchmal braucht es den, um an wichtige Informationen zu kommen.

Der Regen hat sich verstärkt. Der Scheibenwischer arbeitet mit kratzendem Geräusch. Der Wind kräuselt die Oberflächen der überfluteten Wiesen. Allein der Anblick durch die Scheibe lässt ihn frösteln.

»Ölpest ist eine moderne Form der Sintflut«, sagt er laut, während ihm das Zeitungsfoto mit der schwarztriefenden Möwe in den Sinn kommt, die ein Mann über den Strand trägt.

»Manchmal weiß ich nicht, was du mir sagen willst«, kommentiert Mielke. »Das ist jetzt keine deiner buddhistischen Weisheiten, oder?«

»Quatsch, ich dachte nur gerade an den Untergang von Rungholt. Die Ölpest, die dieser verdammte Frachter da draußen gerade anrichtet, ist nicht weit von der Stelle entfernt, an der auch Rungholt untergegangen ist.«

»Und was willst du mir damit sagen?«

»Nichts Konkretes. Nach unserem letzten Gespräch habe ich die Sage von Rungholt noch einmal gelesen.«

»Und?«

»Hat mich, wie du gerade mitbekommen hast, an die Sintflut erinnert. Vielleicht wird die Menschheit heute mit einer Ölpest gestraft. Mord und Totschlag haben in der Zwischenzeit schließlich nicht aufgehört.«

»Deine buddhistischen Weisheiten gefallen mir irgendwie besser. Es gibt übrigens noch andere Legenden um Rungholt.«

»Die sind hoffentlich nicht auch so moralinsauer wie das Original?«

»Hast du schon mal von dem englischen Soldaten gehört, der eine Flöte im Watt gefunden hat, die aus Rungholt stammen soll?«

»Nee! Ein englischer Soldat, wie ist der denn ins Watt gekommen?«

»Im Zweiten Weltkrieg, so ab 1941, nutzten die Alliierten die Flugroute zwischen Amrum und Eiderstedt, weil es dort keine Flak gab. Bei Luftkämpfen mit den in Husum und Wyk auf Föhr stationierten Jagdflugzeugen kam es hin und wieder zu Abstürzen. Der besagte englische Pilot soll an einem nebligen Abend vor der Hallig Südfall notgelandet sein. Er kannte sich mit den Gezeiten aus und wusste daher, dass er bei der nächsten Flut ertrinken würde. In dieser ausweglosen Situation entdeckte er im Schlick angeblich eine kleine, graue Tonflöte. In seiner Not versuchte er darauf zu spielen. Auf dem Eiland Südfall lebte zu der Zeit die Gräfin Diana von Reventlow-Criminil. Sie hörte die Melodie, die aus dem Nebel kam, ging den Tönen nach und rettete den Mann vor dem sicheren Tod.«

»Das hört sich aber überhaupt nicht nach einer Legende an, Stephan. Oder hast du die Geschichte gerade erfunden?«

»Nun, die Flöte existiert wirklich. Stammt aus dem 14. Jahrhundert und ist im Husumer Nissenhaus ausgestellt. Sie soll sich im Nachlass der Gräfin befunden haben, den sie dem Museum überlassen hat. Die Tonflöte könnte aber genauso im Nachlass von Andreas Busch, dem Rungholt-Forscher, gewesen sein. In dem Buch ›Rungholt – Ruinen unter der Friesenhallig‹ gibt es eine Fotografie dieser besagten Flöte. Dummerweise ist das Buch aber schon im Jahr 1927 erschienen. Schlussfolgerung: Der englischen Pilot ist höchstwahrscheinlich nur eine Legende.«

»Schade, die Geschichte vom musizierenden Soldaten gefällt mir besser«, stellt Swensen enttäuscht fest, während er in der Ferne den Kirchturm von Tönning auftauchen sieht.

Im Nieselregen, an einer Häuserschnur mit glänzenden Wänden vorbei, erreichen sie den Marktplatz mit den alten Treppengiebelgebäuden und fahren wenig später durch den Deichdurchbruch in den Hafen. Auf den ersten Blick wirkt er wie ausgestorben. Nur wenige Krabbenkutter liegen am Kai, darunter auch der Fischkutter ›Rungholt‹. Direkt daneben, mit der Motorhaube zum Hafenbecken, parkt der hellblaue Opel von Hauke Timmann. Mielke fährt den Dienstwagen quer vor das Heck und macht so das Fahrzeug manövrierunfähig. Noch etwas ungläubig, dass sie den Gesuchten so schnell aufgespürt haben, steigt Swensen aus, hält sich mit einer Hand am Duckdalben fest und setzt seinen Schuh auf die Reling des Schiffes, um mit einem Satz an Bord zu springen. Der Oberkommissar folgt ihm ohne Probleme. Im Ruderhaus ist niemand zu sehen, aber der Schiffsmotor läuft und das Deck zittert unter ihren Schritten. Der Hauptkommissar öffnet die abgeblätterte Holztür und ruft: »Hallo, ist hier jemand an Bord?« Er erhält aber keine Antwort. Eine schmale Holztreppe führt unter Deck. Mielkes Hand geht zum Holster unter der Jacke, doch Swensen winkt ab und steigt die knarrenden Stufen hinab. Ein ohrenbetäubender Lärm empfängt ihn. Fieberhaft schnellen die Kolben auf und ab und das pochende Tong-Tong-Tong hallt wütend durch den Schiffsrumpf. Es riecht stickig nach Diesel und heißem Schmieröl. In einer Ecke brennt eine einsame Glühbirne und wirft einen matten Lichtschein in die Dunkelheit. Swensen spürt Mielke dicht hinter sich, als er den Rücken einer Gestalt wahrnimmt, die er nur schemenhaft mit Hauke Timmann in Verbindung bringen kann. Sie trägt einen weißen Ohrenschutz und marschiert an dem kupferfarbenen Metallklotz entlang, prüft das Spiel der Ventile und schraubt eine Mutter fest. Swensen gibt Mielke ein Zeichen, dass er den Treppenbereich absichern soll, und hält dann auf die Gestalt zu. Doch selbst als er nur noch einen halben Meter entfernt ist, wird er nicht wahrgenommen. Immerhin ist er jetzt sicher, dass er Hauke Timmann vor sich hat. Er klopft ihm auf die Schulter. Timmann fährt vor Schreck zusammen. Der Hauptkommissar deutet auf seine Ohren und auf den Motor. Timmann macht eine Handbewegung, muss sich in dem engen Raum an Swensen vorbeidrängen und legt dann mehrere kleine Hebel am Dieselmotor um. Die Kolben verlieren ihre Umdrehungsgeschwindigkeit, werden leiser und stehen endlich still. Die plötzliche Ruhe ist eine Erlösung. Timmann nimmt den Ohrenschutz ab. Sein Gesichtsausdruck strahlt nicht gerade Freundlichkeit aus.

»Ihr seid wie die Kletten«, stellt er mürrisch fest. »Was wollen Sie schon wieder von mir? Ich habe Ihnen doch schon alles gesagt.«

»Das haben Sie eben nicht, Herr Timmann, sonst wären wir nicht hier«, sagt Swensen mit ruhiger Stimme. »Haben Sie Peter Jessen umgebracht?«

»Ich sage gar nichts mehr, verstanden?«

»Oh, doch! Ich möchte jetzt noch einmal hören, wo genau Sie am 16. Februar um 16 Uhr waren. Und wenn Sie darauf hier nicht antworten, werden Sie uns auf die Inspektion begleiten. Dann haben wir alle Zeit der Welt, um der Antwort auf die Spur zu kommen.«

»Das dürfen Sie doch gar nicht.«

»Und ob wir das dürfen, Herr Timmann. Wir haben einen schwerwiegenden Verdachtsmoment in Händen, damit dürfen wir Sie jederzeit mitnehmen.«

»Ich bin unschuldig. Sie bluffen, stimmt's? Sie können nichts gegen mich in der Hand haben.«

»Dann erzählen Sie uns bitte, was Ihr Fahrzeug am 16. Februar um 16 Uhr auf dem Parkplatz des Multimar-Wattzentrums zu suchen hatte. Sie waren dort, um Peter Jessen zu ermorden!«

»Was faseln Sie da? Ein Verdachtsmoment? Was soll das denn heißen?«

»Es existiert ein Foto. Eine Reisegruppe hat genau an dem Tag um 16 Uhr ein Gruppenfoto gemacht. Im Hintergrund ist Ihr hellblauer Opel zu sehen. Das LKA Kiel hat das Nummernschild identifiziert, und zwar hundertprozentig.«

»Okay, okay, ich gebe zu, dass ich auf dem Parkplatz gestanden habe. Aber ich war nicht im Multimar. Ich stelle meinen Wagen immer dort ab, wenn ich in Tönning bin. Von dort ist es zu Fuß nur ein Katzensprung bis zu meinem Bruder. Am 16. Februar habe ich meinen Bruder besucht; der hat Ihnen das doch schon lange bestätigt.«

»Und dass Sie damals auf dem Parkplatz gestanden haben, das fällt Ihnen erst jetzt ein? Warum haben Sie das nicht gleich gesagt?«

»Na, das ist wohl nicht verwunderlich, oder? Ich hatte einfach Angst, dass Sie mir mit meiner Vorstrafe nicht glauben würden.«

Hauke Timmann macht ein unbekümmertes Gesicht, als könne er über die Mimik seine Unschuld ausdrücken. Im selben Moment sind Schritte an Deck zu hören. Oben im Ruderhäuschen geht die Tür auf und eine Stimme, die Swensen als Per Timmann erkennt, ruft laut herab: »Bist du noch da unten?«

»Ja!«, ruft Hauke Timmann zurück. »Allerdings ist die Husumer Kripo auch mal wieder hier. Die wollen mir partout nicht glauben, dass ich am 16. mit dir hier auf dem Kutter war.«

Rasche Schritte kommen die Treppe hinab. Per Timmann trägt einen Overall, eine Daunenjacke und hat eine schwarze Mütze tief in die Stirn gezogen. Er ist unrasiert. Er steht mit seinem muskulösen Körper auf der untersten Treppenstufe und versperrt bewusst den Ausgang.

»Gibt es irgendein Problem?«, fragt er mit provozierender Stimme.

»Ihr Bruder hat zum Zeitpunkt des Mordes an Peter Jessen seinen Wagen auf dem Parkplatz am Multimar abgestellt. Bleiben Sie trotzdem bei Ihrem Alibi?«

Swensen glaubt zu bemerken, dass der Mann einen kurzen Moment die Fassung zu verlieren scheint, sich aber sofort wieder im Griff hat.

»Mein Bruder war hier mit mir auf dem Schiff. Seit unserer letzten Fahrt haben wir Probleme mit dem Diesel, an dem immer noch herumgedoktert wird.«

»Und mit der Uhrzeit sind Sie sich auch sicher? Ihr Bruder war genau um 16 Uhr hier? Oder ist er nicht vielleicht doch etwas später gekommen?«

»Mein Bruder war schon um 14 Uhr hier und ist erst um 18 Uhr wieder weg.«

»Sie betreten da ziemlich dünnes Eis, Herr Timmann. Wenn wir einen Zeugen finden, der Ihren Bruder zu dem Zeitpunkt im Multimar gesehen hat, dann kann die ganze Sache für Sie sehr unangenehm werden. Mit einer Falschaussage machen Sie sich strafbar, Minimum ein Jahr Haft, das ist Ihnen hoffentlich klar?«

»Ich bleibe bei meiner Aussage«, sagt Per Timmann mit Nachdruck in der Stimme.

Mielke murmelt leise eine Verwünschung zwischen den Zähnen hervor, die aber nicht zu verstehen ist. Swensen zieht die Augenbrauen zusammen; nach einer kurzen Pause sagt er: »Wie Sie wollen. Wir gehen jetzt. Ich bin mir sicher, wir werden uns sehr bald wiedersehen. Moin, Moin!«

Wir sind jederzeit gewillt, für uns selbst zu lügen, stellt er für sich fest, lügen aber normalerweise nicht für andere. Sagt Per Timmann vielleicht doch die Wahrheit? Es sei denn, die Lüge für seinen Bruder bringe ihm persönlich auch einen Vorteil.

Die Holzstufen seufzen gequält, als die beiden Beamten sie hinaufsteigen. Doch auf der Hälfte stoppt Swensen mitten im nächsten Schritt, dreht sich noch einmal um, beugt sich in den Raum zurück und sagt in gewohnter Columbo-Manier: »Ich hätte da noch eine Frage. Peter Jessen benötigte für ein Geschäft 30.000 Euro. Wir haben seine Bankverbindungen geprüft. Er hat in jüngster Zeit niemals über solch eine Summe verfügt. Hat er sie beide vielleicht um einen Kredit gebeten?«

»30.000 Euro?«, echot Per Timmann. »Warum sollte er denn ausgerechnet zu uns kommen? Woher sollten wir so viel Geld nehmen?«

Swensen kommt das Erstaunen sehr übertrieben vor, wie schlecht geschauspielert.

»Das frage ich Sie ja gerade«, sagt er scharf. »Hat er gefragt oder hat er nicht?«

»Hat er nicht!«, antwortet Per Timmann genauso scharf. »Ich bin Fischer, ich wüsste gar nicht, wie ich eine solche Summe lockermachen könnte. Hat er dich gefragt, Hauke?«

»Natürlich nicht«, knurrt der verärgert. »Wenn ich 30.000 Euro hätte, würde ich bestimmt nicht mehr in Osterhever rumhängen. Dann dürften Sie mich in der Karibik besuchen, wenn Sie noch weitere Fragen hätten.«

PIETER

›Wenn du nicht brav bist, kommst du ins Heim!‹ Er hört die alte Drohung seiner Stiefmutter; eine entfernte Stimme flüstert sie in sein Ohr, immer und immer wieder. Ein Wagen ist vorgefahren, der Motor läuft, während der Fahrer wartet. »Jetzt wird es wahr«, sagt er sich ängstlich, »deine Eltern haben dich verraten.«

Er sitzt auf der Rückbank, die winkende Hand seiner Mutter verschwindet an der nächsten Ecke. Nach einiger Zeit geht die Fahrt durch ein milchiges Nirgendwo, der Frühnebel verhüllt alles Stoffliche um ihn herum. Erst als der Wagen hält, sind die Umrisse eines düsteren Ziegelsteinbaus zu erkennen, der hinter hohen Mauern hervorragt. In der Ferne hört man leisen Kirchenchoral. Eine Nonne in schwarzer Ordenstracht führt den Jungen über eine der doppelflügeligen Aufgangstreppen vor die mächtige Eingangstür. Drinnen schickt sie ihn in einen kleinen Raum. An den Fenstern fehlen die Griffe, die Gitter lassen erkennen: Ab jetzt bist du gefangen.

Er wird in graue Heimkleidung gesteckt, bekommt eine Nummer, darf ab jetzt nur in Zweierreihen durch die langen, mit Linoleum belegten Anstaltsflure marschieren, die penetrant nach Bohnerwachs stinken. Um sechs Uhr aufstehen, Strammstehen zum Morgengebet. Dann waschen, hastig frühstücken und Antreten zur Arbeitseinteilung. Das Sprechen ist untersagt. Er arbeitet schweigend in der Holzwerkstatt. Es gibt einen Abholraum. Dorthin kommen die Kunden, für die Kisten, Holzpantoffeln und Forkenstiele angefertigt werden. Wer das Schweigen bricht, bekommt Prügel mit einem der selbstangefertigten Forkenstiele. Die Kunden bekommen die Kinder nicht zu Gesicht. Der Zutritt in den Abholraum ist ihnen streng verboten. Lohn und Taschengeld gibt es nicht, dafür aber läuternde Worte aus Nonnenmündern: »Arbeit geschieht in Gottes Auftrag, das sollte jedem von euch in Fleisch und Blut übergehen, und diese Arbeit soll nicht klingende irdische Münzen einbringen, sondern den ewigen göttlichen Lohn.«

An einem Abend wird Peter Heinrichs, der das Bett im großen Schlafsaal neben ihm hat, beim Summen von ›That's all right, Mama‹ von Schwester Edeltraut erwischt und zur Strafe in eine Badewanne mit kaltem Wasser gesteckt. Danach kommt er in Einzelhaft in die ›Klabause‹, einer Isolationskammer, nur mit Pritsche und Eimer. An dem Abend, bevor er auf die Bahngleise läuft, darf er wieder in den Schlafsaal zurück. Seine letzten Worte sind: »An dem, was geschehen wird, sind diese Pinguine schuld.«

Heinz Püchel friert, als er an das verzierte Eisengeländer gelehnt auf die Eisschollen starrt, die langsam durch den Gribojedow-Kanal vorbeitreiben. Er ist müde, spürt seine Gänsehaut. Der Albtraum der vergangenen Nacht kriecht durch seine Erinnerung, wie der Frost durch seine zu dünne Kleidung. Die Schuldgefühle von damals sind wieder in ihm präsent, paaren sich mit seinem alten Unverständnis: Warum konnte er Peter damals nicht davon abhalten?

Die Hängebrücke, auf der er steht, wird von vier sitzenden Greifen gesäumt. Die mächtigen Terrakottafiguren halten die Eisenseile der Brücke in ihren Mäulern. Peter Hollmann ist seit mindestens zehn Minuten damit beschäftigt, die Löwen mit den vergoldeten Flügeln zu fotografieren. Er hat dem Polizeirat, ohne dass der wirklich zuhören wollte, von dem Mythos erzählt, nach dem diese Fabelwesen in Indien Goldgruben bewachten, damit ein einäugiges Volk die Schätze nicht rauben konnte.

Solch ein Tier hätte ich im St. Josef-Kinderheim gebraucht, denkt Püchel wehleidig und auch jetzt. Ein gewaltiges Löwengebrüll, damit das fromme Nonnenpack, schreiend vor Angst, für immer aus meinem Gedächtnis verschwindet.

Noch heute kann er Stille oder Menschen, die schweigen, kaum aushalten. Deswegen hat er wahrscheinlich auch solche Schwierigkeiten mit dem Kollegen Swensen. Der ist immer die Ruhe selbst. Grauslich.

»Du musst die Flügel berühren, Heinz«, ruft die vertraute Stimme seines russischen Kollegen Fishenski von Weitem. »Das bringt Glück! Dann schaust du bestimmt etwas freundlicher in die Welt.«

Der Polizeirat verzieht kurz seinem Mund zu einem verkrampften Grinsen und schaut schon im nächsten Moment, übertrieben fröhlich, mit strahlender Miene auf die Uhr.

»16.29 Uhr«, scherzt er mit vorwurfsvollem Unterton. »Hattest du nicht am Telefon versprochen, du wärst Punkt 16.30 Uhr hier?«

Peter Hollmann, der direkt neben einer Bronzefigur steht, nimmt seine Kamera vom Auge, reckt seinen Körper in die Höhe und streicht sanft mit einer Hand über das Goldgefieder.

»Werde ich jetzt reich?«, fragt er laut.

»Reichtum ist nur etwas für Menschen, die er auch glücklich macht«, antwortet der Russe und grinst über das ganze Gesicht.

»Aber anscheinend glaubt das auch der größte Teil der Menschheit«, poltert Püchel dagegen. »Sonst wären wir schon lange arbeitslos.«

»Das werden wir beide nicht erleben, Heinz«, sagt der Russe salomonisch und begrüßt dann den Spurensicherer mit einem festen Handschlag. »Deine Vermutung hat sich tatsächlich bestätigt, Peter, aber davon hast du vermutlich schon gehört. Der erschossene Killer hat seinem Opfer wahrscheinlich wirklich Kaliumchlorid injiziert.«

»Heinz hat es mir erzählt. Ich freue mich, dass ich euch behilflich sein konnte.«

»Aber was du noch nicht weißt: Deine Entdeckung hat dazu geführt, dass unser Gerichtsmediziner jetzt richtig spurt. Es gab offensichtlich Druck von der Obrigkeit; jedenfalls arbeitet er seitdem deutlich schneller. Heute Mittag hatten wir schon das Obduktionsergebnis von unserem erschossenen Schurki. Die drei Schüsse sind aus einer Waffe mit dem Kaliber 0.45 abgegeben worden.«

»Ihr braucht also nur noch die Waffe und ihren Besitzer«, stellt Hollmann ironisch fest.

»Ich weiß, kein Grund zum Jubeln. Doch das größere Problem war bis heute auch, dass wir den tschetschenischen Killer nicht identifizieren konnten. Von Gesicht und Händen war nicht viel übrig, es reichte nicht für Fingerabdrücke. Die Papiere, Ausweis und Führerschein sind gefälscht. Das Foto sagte uns nur, wie er aussah.«

»Und jetzt ist es euch gelungen, den Kerl zu identifizieren?«, fragt Püchel neugierig.

»Genau! Dank des neuen Elans unseres Gerichtsmediziners.«

»Lass dir nicht alles aus der Nase ziehen, Boris, nun erzähl schon.«

»Der Mann hat der Leiche sozusagen auf den Zahn gefühlt. Es geht um eine Plombe, eine ziemlich grobe Plombe. Sie war unserem Medicus sofort aufgefallen. Diese Plombe besteht aus einer unbekannten Legierung, die in der gebräuchlichen Stomatologie nicht verwendet wird. Er hat dann, oh Wunder, tatsächlich selbstständig recherchiert, ohne Anweisung von oben und mit richtig gutem Ergebnis. Die Plombe wurde nicht im Ausland gemacht; in keinem anderen Land werden solch grobe Plomben verwendet. Außerdem war sie nicht mit einem Bohrer bearbeitet worden, sondern es wurde ein ganz gewöhnlicher Stechbeitel verwendet.«

»Und deshalb wisst ihr jetzt, wer der Tote ist?«, fragt Hollmann interessiert.

»Richtig! Ich habe nach diesen Ergebnissen rumtelefoniert und erfahren, dass solche Plomben üblicherweise in unseren Straflagern eingesetzt werden. Sind extrem billig. Mit einiger Mühe konnte ich auch den genauen Ort ausfindig machen, an dem solche viehischen Prozeduren mit dem Stechbeitel gang und gäbe sind. Das Lager Beregoij 16/2 an der Grenze zu Kasachstan. Ich habe ein paar Kontakte ins Innenministerium genutzt, und kurz bevor ich zu unserer Verabredung aufgebrochen bin, kam die Antwort. Unser toter Schurki hat dort tatsächlich vier Jahre abgesessen und heißt Baschir Došluka.«

»Hört sich nach guter Arbeit an!«, lobt Püchel und hebt demonstrativ den Daumen nach oben.

»Wir haben es höchstwahrscheinlich mit einem tschetschenischen Auftragskiller zu tun, den ein anderer Killer nach Erledigung seines Jobs umgelegt hat. Da haben die Auftraggeber einen doppelten Boden eingebaut, damit der Mann seine Tat nicht ausposaunen konnte.«

»Verzwickte Zustände herrschen bei euch«, stellt Hollmann fest, »dagegen ist das Ermittlungsumfeld in unserer Heimat die tiefste Provinz.«

»Tschetschenien ist auch nicht gerade der Nabel der Welt«, grinst Fishenski. »Das ist alles nur eine Sicht der Dinge.«

»Und nun? Was machen wir jetzt mit dem angebrochenen Nachmittag?«, fragt der Polizeirat.

»Ich kann euch leider nicht, wie versprochen, zu der Brücke über den Moikakanal führen. Schade, denn dort hat man Rasputin ermordet. Aber ich muss dringend in die Wohnung von diesem Baschir Došluka. Vielleicht finde ich dort, wonach sein Mörder in seinem Chevrolet gesucht hat.«

»Nimm nur keine Rücksicht auf uns. Ermittlungsarbeit geht selbstverständlich vor«, meint Püchel loyal. »Wir sind Kriminalisten, wir werden doch noch eine Brücke finden. Du sagtest doch, dass sie sich bei der Isaakskathedrale befindet, oder?«

»Stimmt, aber vergesst die Brücke einfach. Dort gibt es keine Spuren mehr. Der Mord an Rasputin ist aufgeklärt, seit 1916, und die Täter wurden nicht verurteilt. Also kommt lieber mit zu meiner Ermittlung. Ich biete russische Praxis aus nächster Nähe. Letzte Gelegenheit, soweit ich weiß, reist ihr doch morgen schon wieder ab.«

Wenig später stehen die drei Kriminalisten im Stop and Go auf der Troizki-Brücke in Richtung Petrogradskaya Storona.

»Pieter hat über 300 Brücken, da könnt ihr beruhigt eine auslassen«, sagt Fishenski, während der Polizeirat durch das Seitenfenster weit hinter der goldenen Nadelspitze der

Peter-Pauls-Kathedrale und den Fabrikschornsteinen bis aufs Meer hinausschauen kann.

»Ist dort etwa schon der Finnische Meerbusen?«, fragt er, und der Russe nickt.

Der Himmel hängt tief. Der rote Ball der Sonne berührt die Wasseroberfläche. Weiter rechts strömt das gewellte Spiegelbild des Winterpalais wie ausgelaufene grüne Tinte über die Newa. Der Verkehr beginnt wieder zu fließen. Hinter der Brücke, auf dem Kronwerkski-Prospekt, tauchen die letzten Strahlen das türkisfarbene Hauptportal einer Moschee in ein verzaubertes Leuchten. Die beiden Minarette sind mit eigenwilligen Jugendstilmotiven verziert.

»Das ist die Metschetmoschee«, erklärt Fishenski beiläufig. »Die letzten Überbleibsel einer religiösen Toleranz unter dem Zaren.«

Die Straße führt schnurgerade in nördliche Richtung. Hollmann lässt gebannt die Eindrücke an sich vorbeiziehen. Püchel hängt mittlerweile erschöpft auf dem Beifahrersitz. Der Russe biegt nach links ab, und die Fahrt geht an Wohnhäuserzeilen vorbei. Er hält vor einer vierstöckigen Hausfront mit klassizistischer Fassade, glattem Putz und verziertem Gesimse. Ein Torbogen führt offensichtlich in einen dunklen Hinterhof. Fishenski schreitet auf eine Eingangstür zu, Hollmann und Püchel folgen ihm und betreten neugierig den Hausflur. Eine nackte Glühbirne beleuchtet eine Holztreppe mit gusseisernem Geländer. Der Hauptmann klopft an die erstbeste Wohnungstür. Es dauert eine Weile, bis sich zaghaft ein Spalt öffnet und ein rundes, faltiges Frauengesicht mit grauen Haaren sichtbar wird.

»Baschir Došluka?«, hört Püchel den Russen fragen, und in kürzester Zeit entwickelt sich zwischen ihm und der Alten ein lebendiger Wortwechsel im vertrauten Tonfall, bei dem die Tür immer weiter aufgeht. Das dürre Mütterchen tritt aber nicht über die Schwelle, deutet nur das Treppenhaus hinauf. Als Fishenski sich von ihr abwendet und die beiden Deutschen zu sich heranwinkt, bleibt sie weiterhin stoisch im Türrahmen stehen.

»Zweiter Stock«, unterrichtet der Hauptmann Püchel und Hollmann und zieht seine Waffe aus dem Holster unter dem Mantel. Der Stahl glänzt bedrohlich im gelblichen Schein der Deckenfunzeln. »Bleibt aber auf Distanz. Es hat schon jemand nach unserem Mann gefragt, hat das Mütterchen gesagt, noch keine 20 Minuten her. Vielleicht ist er oben in der Wohnung, man kann nie wissen.«

Jetzt löscht die Zeitschaltung das Licht im Treppenhaus. Die Kriminalisten verharren einen Moment, bevor sie im Stockdunkel Stufe für Stufe nach oben mit dem Fuß ertasten. Aus dem Schlüsselloch der gesuchten Wohnungstür fällt ein feiner Lichtstrahl. Der Russe schleicht geräuschlos an die Tür heran und tritt dann mit voller Wucht gegen das Schloss. Mit einem lauten Knall fliegt die Tür auf und kracht innen gegen die Wand. Im selben Moment, in dem das Licht aus der Wohnung in den Flur fällt, bellen mehrere Schüsse.

»Ssuka!«, stöhnt der Russe auf, wirft sich blitzschnell zu Boden und erwidert sofort das Feuer. Hollmann und Püchel gehen instinktiv in Deckung, pressen sich dicht an die Treppenhauswand. Püchels Puls pocht in seinen Ohren, er sieht Fishenski bäuchlings durch den Türrahmen robben. Das Klirren einer Glasscheibe ist zu hören. Irgendwo draußen startet der röhrende Dieselmotor eines Lastwagens. Jedes Geräusch, das jetzt aus der Wohnung dringt, ist nach dem kurzen Kugelhagel doppelt so intensiv. Genauso unerwartet, wie der Lärm begonnen hat, kehrt jetzt eine gespenstische Stille ein. Die beiden Deutschen schauen sich mit fragenden Augen an, und Püchel zuckt als Antwort mit den Achseln. Im selben Moment erscheint Fishenski im Lichtschein der Wohnung in der offenen Tür und winkt die Kollegen herein. Vorsichtig folgen sie ihm durch einen schmalen Flur in ein geräumiges Wohnzimmer. Der Polizeirat schaut sich um. Die rechte Wandfläche füllt ein alter Wandbehang mit orientalischen Mustern. Davor ein kleiner Aluminiumschrank, auf dem ein nagelneuer japanischer Flachbildfernseher und ein Videorecorder stehen. Im Raum taubengrau gepolsterte Stühle um einen Rauchglastisch, auf dem mehrere glänzende Granatäpfel liegen. Der Holzboden ist glattpoliert. Die Schubladen im Schrank stehen offen, Schleifspuren im Staub belegen, dass überall Gegenstände verschoben wurden. Direkt an der Wand liegt ein Stapel zusammengebundener Zeitungen. Darauf liegt ein Schraubenzieher. An den Kanten eines Fußleistenbretts sind abgesplitterte Scharten im Holz zu erkennen. Jemand scheint bei dem Versuch, es mit Gewalt herauszulösen, gestört worden zu sein.

»Was ist hier abgegangen?«, fragt Püchel seinen russischen Kollegen, während er kopfschüttelnd auf die Einschusslöcher in der Wand starrt.

»Dort hat der Schurki gekniet«, empört sich Fishenski und deutet auf die Stelle. »Der hat sofort losgeballert, blind drauflos, gleich als ich die Tür aufgetreten habe. Bevor ich zur Besinnung kam, hörte ich ihn schon lossprinten. Ich konnte noch sehen, wie er das Fenster aufgerissen hat und rausgesprungen ist.«

»Hast du ihn erkannt?«

»Nein! Keiner unserer bekannten Schurkis. Er hat sich kurz umgedreht, bevor er gesprungen ist. Das Gesicht habe ich aber höchstens zwei Sekunden gesehen. Mir war aber so, als hätte er eine Narbe gehabt, so ein roter Strich, quer über die Nasenwurzel.«

»Und der ist aus dem zweiten Stock gesprungen?«, fragt Püchel ungläubig und geht vorsichtig über die verstreuten Scherben am Boden zum offenen Fensterrahmen, an dem die Scheibe zerbrochen ist.

»Das war ein echtes Husarenstück der Mafia«, stellt Fishenski aufgebracht fest. »Die haben nichts dem Zufall überlassen. Das war bis ins Detail durchorganisiert.«

Der Russe tritt ans Fenster und zeigt in den Hof hinaus.

»Direkt unter dem Fenster stand ein Lastwagen bereit. Auf der Ladefläche waren Matratzen gestapelt. Der Kerl ist weich gelandet, ich habe es noch gesehen, als der Wagen durch den Torbogen davon ist.«

»Meinst du, er hat das gefunden, wonach er gesucht hat?«

»Glaube ich nicht. Der ist Hals über Kopf geflüchtet und hatte nichts in der Hand!«, überlegt der Russe und blickt hoffnungsvoll zu Hollmann. »Du bist der Experte, Peter! Wenn der nichts gefunden hat, dann müsste das zu finden sein. Du bist doch Spurensicherer!«

»Da bringst du was durcheinander, Boris, Spurensicherer sind keine Spurenfahnder. Aber wir können uns ja mal umsehen.«

Hollmann steuert auf das Zeitungsbündel vor dem Aluminiumschrank zu, und Fishenski bleibt mit erwartungsvollem Blick an seiner Seite. Ohne ein Wort zieht der Spurensicherer ein Papiertaschentuch aus der Manteltasche, hockt sich neben die Zeitungen und packt den liegengelassenen Schraubenzieher an der Metallklinge. Dann beginnt er mit dem Holzgriff sorgfältig die Wand um die beschädigte Fußleiste abzuklopfen.

»Hört euch das an!«, ruft er gleich darauf, nachdem er ein leichtes Scheppern gehört hat. »Hinter dem Brett scheint ein Hohlraum zu sein.«

Er wickelt das Taschentuch um den Holzgriff des Werkzeugs, bohrt die Klinge hinter die Leiste und stemmt sie nach vorn. Fishenski und Püchel stehen gebannt an seiner Seite, als sich dahinter eine Höhlung zeigt und er daraus einen Plastikbeutel zu Tage fördert. Er schüttet den Inhalt auf den Boden; mehrere Pässe, einige Bündel Dollarscheine und ein Notizbuch fallen heraus.

»Das ist es! Das hat er gesucht!«, platzt es euphorisch aus Fishenski heraus, und er klopft Hollmann begeistert auf die Schulter.

Gierig greift der Russe nach einem der nagelneuen Pässe. Auf dem Umschlag prangt das goldene Wappen des russischen Doppeladlers. Mit dem Daumen klappt er ihn auf. Es ist das gleiche Foto mit demselben Gesicht, das auch in dem Pass des Toten vom Newski-Kloster zu sehen war.

»Das waren die verschiedenen Identitäten des Baschir Došluka, die braucht er als Leiche jetzt nicht mehr«, stellt Fishenski mit zynischem Unterton fest, nachdem er alle Pässe durchgesehen hat, und beginnt seelenruhig das Notizbuch durchzublättern.

»Gibt es Hinweise, weshalb er ermordet wurde?«, fragt Hollmann.

»Keine Ahnung. Scheint so etwas wie eine Inventarliste zu sein«, informiert der Russe den deutschen Kollegen. »Darauf sind reihenweise Kunstgegenstände aufgelistet, hauptsächlich Goldschmuck aus dem vierten bis fünften Jahrhundert vor Christi. Hier zum Beispiel, da steht: Goldener Kamm mit der Darstellung einer Kampfszene aus dem Dnjeprgebiet, nicht auffindbar. Das sind Aufzählungen von fehlenden Exponaten aus dem Archiv der Ermitage.«

»Und wessen Notizbuch ist das?«, fragt der Polizeirat.

»Ich kann mir vorstellen, dass es der ermordeten Oberkustodin gehört hat. Sie war anscheinend einem großangelegten Kunstdiebstahl auf der Spur. Das könnte die Auflösung um das Rätsel ihrer Ermordung sein. Wie es aussieht, hat die oberste Museumsleitung von den Vorgängen noch keinen blassen Schimmer.«

»Ein gefährliches Büchlein«, stellt Püchel fest. »Irgendjemand möchte anscheinend, dass der brisante Inhalt unter Verschluss bleibt.«

»Besonders, wenn weiterhin Kunstgegenstände gestohlen werden. Ich muss die Kollegen informieren«, sagt Fishenski und zieht sein Handy heraus. In den nächsten Minuten berichtet er über den Verlauf der letzten halben Stunde, was sich den beiden Deutschen anhand seiner dramatischen Gesten erschließt. Im Kauderwelsch der Fremdsprache lässt Püchel gelangweilt seinen Blick durch den Raum schweifen und stutzt, als er eine Zigarettenschachtel unter einem der taubengrauen Stühle liegen sieht. Als der Russe endlich sein Gespräch beendet hat, deutet Püchel mit dem Finger auf seine Entdeckung.

»Schau dir das an, Boris! Am Newski-Kloster lag doch genau solch eine Schachtel rum! Sie ist am Boden geöffnet. Das müsste doch bedeuten …«

»… dass der Schurki, der hier wild um sich geschossen hat, auch der Mörder von Baschir Došluka ist«, ergänzt der Russe, schlägt die rechte Faust in die hohle linke Hand und flucht einige unverständliche Worte. Danach klingt seine Stimme resigniert: »Der ist weg. Keine Chance, ihn jetzt noch zu schnappen. Lasst uns bloß von hier verschwinden, bevor ich noch ausflippe. Die Kollegen sind informiert, was hier zu tun bleibt.«

Als die drei Kriminalisten ins Treppenhaus kommen, fällt Püchel auf, dass es menschenleer ist. Kein ängstliches Gesicht schaut verstohlen hinter einem geöffneten Spalt der Wohnungstür hervor. Alle Bewohner scheinen sich verschanzt zu haben. Nur das graue Mütterchen im Erdgeschoss steht immer noch bewegungslos auf der Türschwelle, als hätte sie sich die ganze Zeit nicht um einen Millimeter bewegt. Ohne den Anschein von Besorgnis redet sie augenblicklich auf den Hauptmann ein. Der versucht ihre Fragen so gut es geht zu beantworten. Doch die graue Alte schimpft und zetert in einem fort, schaut zum Himmel, schlägt ein Kreuz, deutet mit dem Finger auf Püchel und Hollmann und schimpft und zetert weiter.

»Was wollte die Alte von dir? Die hat sich ja mächtig aufgeregt«, fragt der Polizeirat, als sie alle bereits im Wagen des russischen Kollegen sitzen und in Richtung Innenstadt unterwegs sind.

»Nichts! Ich wollte nur wissen, ob sie keine Angst hatte und warum sie nicht in ihre Wohnung gegangen ist«, erklärt Fishenski und versinkt wieder in Schweigen.

»Und?«, bohrt Püchel nach. »Warum ist sie nicht?«

»Ein zähes Mütterchen, diese Baba«, sinniert der Russe. »Sie sagte mir, sie hätte in ihrem Leben schon weitaus Schlimmeres erlebt. Zwei, drei Schüsse könnten sie nicht erschüttern, sie wäre eine Blokadnik.«

»Eine Blokadnik? Was ist das?«

»Uralte Geschichten, die interessieren heute niemanden

mehr«, laviert der Russe herum. Es ist spürbar, das er nicht gern darüber reden möchte.

»Nun komm! Alte Geschichten sind immer interessant«, drängelt Püchel.

»Wenn du's unbedingt hören willst, sie kann euch Deutsche nicht besonders gut leiden.«

»Den Eindruck hatte ich auch gleich. Und warum nicht? Was haben wir verbrochen? Nun erzähl doch endlich!«

»Das waren schlimme Zeiten damals, Heinz, und die Frau ist eine stolze Blokadnik. Für sie ist das heute noch ein Ehrentitel.« Die Stimme des Russen klingt gequält. »Sie gehört zu den wenigen Frauen, die die Blockade Leningrads im Zweiten Weltkrieg überlebt hat. Die Deutschen hatten die Stadt immerhin drei Jahre eingeschlossen; Millionen sind damals durch Granaten, Krankheiten und Hunger umgekommen. Danach war von der Stadt so gut wie nichts mehr übrig. Und jetzt sind die Deutschen schon wieder hier, hat sie geschimpft, schlendern ahnungslos durch ihre Heldenstadt und wollen nichts mehr von Leningrad hören.«

Der Rest der Fahrt verläuft in betretenem Schweigen. Heinz Püchel kaut auf den Lippen und schaut aus dem Seitenfenster, ohne nach etwas Bestimmtem Ausschau zu halten. In seinen Ohren keift noch die Stimme der Blokadnik; sein Blick wird von einer schneebedeckten Mauer blockiert, auf deren Krone alte Kanonen liegen, die sich wie fette, schwarze Larven in die Nacht fressen. Dann knickt die Mauer zur Seite weg. Der Lichterschein der Stadt breitet sich vor ihnen aus, fällt in das würgende Schweigen des Polizeirats. Die goldglänzenden Kuppeln der Erlöserkirche erscheinen wie ein Luftschloss der ewigen Schuld. Schüsse peitschen durch seinen Kopf. Es gibt keine Erlösung!

Der Polizeirat sieht das schmutzige Gesicht von Bobik Mitkin, dem Straßenkind, das verzweifelte Gesicht von Peter Heinrichs, der wie von Sinnen zum Bahndamm läuft das verzweifelte Gesicht von Peter Heinrichs, der wie von Sinnen zum Bahndamm läuft, das wütende Gesicht der grauen Alten.

Sie hat versucht, in den Trümmern von Leningrad zu überleben, denkt er beschämt, während Peter und ich im St. Josef-Kinderheim verprügelt wurden. Ich fürchte, die Gewalt, die Menschen einander antun, ist keine einzelne Verirrung. Niedertracht ist ein wesentlicher Teil dessen, was uns Menschen ausmacht.

RUNGHOLT

›Wer der Meinung ist, dass man für Geld alles haben kann, gerät leicht in den Verdacht, dass er für das Geld alles zu tun bereit ist.‹

Die Worte gehen Mette Timmann seit heute Morgen nicht mehr aus dem Kopf. Sie folgen ihr den ganzen Tag auf Schritt und Tritt, als hätte sie jemand wie ein hautschmeichelndes Seidentuch um ihren Hals gelegt, um ihr damit jeden Moment die Luft zum Atmen abschnüren zu können. In alter Gewohnheit hatte die Kapitänsfrau in der Frühe, als sie noch im Bademantel frisch geduscht in die Küche gekommen war, das alte Kalenderblatt abgerissen und die tägliche Weisheit auf der Rückseite gelesen. Heute war sie von Benjamin Franklin, dem Mann auf der US-Dollar-Note. Sie hatte sofort gespürt, wie viel Wahrheit in diesen einfachen Worten lag. Nur das unangenehme Gefühl, das diese Wahrheit seitdem in ihr hervorruft, kann sie mit ihrem Verstand nicht richtig fassen.

Der tiefhängende Himmel über Husum ist braungelb, durchzogen von schiefergrauen Wolkenstreifen, die an den filigranen Rändern wie von einem Aquarellpinsel hingetuscht scheinen. Mette Timmann steuert ihren Opel Astra über die Zugbrücke des Binnenhafens am Gelände des ehemaligen Güterbahnhofs vorbei. Immer wenn sie in die Stadt kommt, ist wieder etwas anders. Jetzt haben sie Parkplätze für die Touristen gebaut. Doch Mette hat keine Lust, auf den engen Stellplätzen zu parken. Sie mag nicht gern mit Pers Wagen rumrangieren, er war ihr von Anfang an eine Nummer zu groß gewesen. Aber ihr Mann hatte darauf bestanden, ein Fahrzeug mit großem Stauraum anzuschaffen. Besonders in den engen Straßen der Altstadt fühlt sie sich mit dem Kombi unsicher; das Finden einer passenden Parklücke bereitet ihr jedes Mal Unbehagen. Auf der Neustadt, kurz vor dem Husumer Kino Center, gibt es meistens gebührenfreie Plätze mit genügend Fläche zum Abstellen. Außerdem kann sie sich das Parkgeld sparen, und der Fußweg zu den Geschäften am Marktplatz ist nicht besonders weit. Beim Bummel die Straße hinunter in Richtung Innenstadt fällt ihr auf, dass seit ihrem letzten Besuch einige der kleinen Läden die Besitzer gewechselt haben. Der Döner-Laden heißt jetzt Baran Kebap Haus, aus dem Internetcafé ist die Kneipe ›Friesenhütte‹ geworden und welcher Laden sich vorher im Billigfriseur der C&M Company befunden hat, bei dem alles nur zehn Euro kostet, daran kann sich die Kapitänsfrau beim besten Willen nicht mehr erinnern.

Als sie das Modehaus CJ Schmidt betritt, stellt sie für sich fest, dass sie noch nie der Meinung war, dass man für Geld alles haben kann. Es irritiert sie, dass Benjamin Franklin sie nicht in Ruhe lassen will. Sie befürchtet, solange dieser verdammte Seesack im oberen Fach des Schlafzimmerschranks liegt, wird ihre Angst nicht verschwinden.

Das Geld gehört uns einfach nicht, grübelt sie, und am Ende könnte aus einem unvorhergesehenen Grund doch noch etwas schieflaufen. Über zwei Millionen Euro wird niemand einfach in den Wind schreiben. Der Mensch wird Himmel und Hölle in Bewegung setzen, um an sein Geld zu kommen.

Obwohl ihre innere Stimme sie fortwährend peinigt, greifen ihre Hände zu dem wunderschönen, lattefarbenen

Trenchcoat, der ihr aus dem Konfektionsständer ins Auge springt.

»Eine sehr gute Wahl.« Die einschmeichelnden Worte schweben mühelos über die fleischigen Lippen der Verkäuferin. Sie ist hochschwanger, hat einen runden Babybauch. »Ein klassisch stilvolles Modell von Gil Bret, bleibt immer modern, leicht tailliert geschnitten, Umlegekragen, Ärmelriegel, zwei Eingrifftaschen, wasserabweisendes Material. Probieren Sie ihn doch einfach einmal an.«

Mette Timmann flüchtet mit dem Kleidungsstück in die enge Umkleidekabine. Ihre Augen tasten vorsichtig nach dem Preisschild. Die Pupille schrumpft, 967 Euro. Trotzdem zieht sie den Trenchcoat über. Der Ganzkörperspiegel offenbart, dass dieses Kleidungsstück nur für sie gemacht worden ist. Sie wird von einem sehnsüchtigen Haben-Wollen erfasst. Doch das schlechte Gewissen ist mächtiger. Erschreckt über sich selbst, verwandelt ihr Verstand den Stoff der Begierde abrupt in etwas, das für ihr Leben nicht unbedingt nötig ist.

Das geht gar nicht! Ich lass mir doch nicht vom Geld vorschreiben, was ich alles damit tun könnte. Die wollen mich hier alle nur in Versuchung bringen, denkt sie ernüchtert und kehrt wie Eva in den Garten Eden zurück, in dem sie von der Schlange, die einen Geldsack verschlungen hat, schon erwartet wird.

»Er passt ausgezeichnet zu Ihrer Figur«, flüstert diese verführerisch, als hätte sie einen Apfel zwischen ihren Giftzähnen. »Er ist Ihnen förmlich auf den Leib geschneidert.«

Es gibt auch einen Baum der Vernunft, sonst stehst du plötzlich nackt vor der Erkenntnis.

Mette Timmann eilt zum Ausgang, dreht durch die gläserne Schwingtür. Die graue Stadt am Meer erwartet sie vor dem Paradies der bunten Kleiderständer. Hier draußen weht die bekannte frische Brise. Sie hat das Gefühl, dem Teufel persönlich widerstanden zu haben, schlendert gegen den Wind die Norderstraße hinauf, um hinter dem Stormcafé in dem Billigkaufhaus ›mister-lady‹ zu verschwinden. In der Ferne zieht eine Sirene hinter den Häusern entlang, übertönt mit ihrem schrillen Ton selbst die einlullende Hintergrundmusik über der aufgetürmten Ware.

Ein Signal für jemanden, hinter dem man her ist, denkt die Kapitänsfrau, legt sich einen Baumwollschal mit grauem Karomuster um den Hals und tritt vor einen Spiegel. 24.95 Euro. Ein Schnäppchen. Natürlich braucht sie nicht wirklich einen neuen Schal. Irgendetwas musst du doch kaufen, flüstert eine Stimme in ihr. Die Stimme der Schlange? Sie geht zur Kasse, damit das Haben-Wollen die Macht über sie verliert, diese hinterlistige Schlange, die Per ins Haus geschleppt hat und die jede Nacht erwacht; aus dem Geldsack gekrochen kommt, sich in ihren Träumen einnistet, um ihr das Leben mit viel Geld und ohne Sorgen zu zeigen.

»Ihr werdet mitnichten des Todes sterben!«, flüstert sie.

Einmal ist sie aus dem Schlaf geschreckt, hatte diesen Hauptkommissar aus Husum gesehen, der mit einem Hausdurchsuchungsbefehl vor ihrer Haustür gestanden hatte. Der Angstschweiß war ihr ausgebrochen. Per war aufgewacht und hatte gefragt, was mit ihr los sei. Und sie hatte ihm nichts gesagt, war in die Küche gegangen, um ein Glas Wasser zu holen. Als sie wieder im Bett war, musste er ihr allerdings erneut versprechen, dass niemand kommen würde; dass niemand wissen könne, dass sie das viele Geld besitzen.

Die Frau an der Kasse nimmt stumm ihren 50-Euro-Schein entgegen, gibt ihr das Wechselgeld heraus und verpackt den Schal in eine viel zu große Plastiktüte. Sie nimmt sie ohne Protest entgegen und verlässt das Geschäft genauso unbefriedigt, wie sie hineingegangen ist. Auf dem Bürgersteig stößt sie beinahe mit Wiebke Bischoff zusammen, die eine der eleganten Plastiktüten aus dem Modehaus CJ Schmidt in den Händen hält.

»Mette, meine Liebe! Was für ein Zufall!«, ruft sie übertrieben laut und mustert provozierend die Tütenaufschrift ›mister-lady‹, damit es Mette auch ja nicht entgeht. »Auch beim Einkauf, wie ich sehe?«

Wiebkes große grüne Augen tasten sie erwartungsvoll ab. Sie sind das einzig Lebendige in dem übertrieben geschminkten Gesicht. Die Frau muss in Parfüm gebadet haben, denkt Mette. Kein billiges Eau de Toilette, aber den herben Bergamotte-Geruch empfindet sie als aufdringlich und fast wie ein Betäubungsmittel. Das matte Tageslicht kommt von hinten, umrahmt das Gespinst von Wiebkes Föhnfrisur, als wäre sie eine gealterte Madonna.

»Nicht so richtig«, antwortet Mette Timmann betont lässig. »Ich bin nur kurz rein, um ein wenig die Zeit totzuschlagen. Mein Termin im Sonnenstudio ist erst in zehn Minuten.«

Es ist eine Halblüge. Sie spürt sofort den Hauch von Unmoral und fragt sich, ob das verbotene Geld im Haus sie schon sensibilisiert hat. Du sollst nicht begehren deines Nächsten Haus, Weib, Knecht, Magd, Vieh, noch alles, was sein ist.

»Du kaufst noch etwas in diesem Billigladen? Das hast du doch nicht mehr nötig, selbst zum Zeitvertreib nicht«, sagt Wiebke süffisant mit einem verschwörerischen Lächeln auf den Lippen. »Und eigentlich könntest du dir den Weg ins Sonnenstudio doch sparen und gleich direkt in die Sonne fliegen. Rede einfach ein paar freundliche Worte mit deinem Mann, schon kann es losgehen.«

»Das hat sie wirklich gesagt? Du sollst ein paar freundliche Worte mit mir reden?«, fragt Per Timmann eisig. Der Tonfall seiner Frage hat etwas Bedrohliches. Seine Augen haben einen seltsam abwesenden Ausdruck, als würde er durch seine Frau hindurchsehen.

»Wenn ich es dir sage, jedenfalls so ähnlich hat sie es gesagt«, sagt Mette angespannt.

»Henning muss es Wiebke erzählt haben«, murmelt er.

»Ich habe sie vor einem dieser Billiggeschäfte in Husum getroffen.« Es ist ihr anzuhören, dass sie sich zusammenreißen muss. »Sie stand wie aus dem Nichts vor mir und meinte, ich hätte es doch nicht mehr nötig, in solch einem Laden einzukaufen und warum ich nicht einfach Urlaub in der Sonne machen würde. Mitten auf der Straße hat sie das gesagt, während Leute an uns vorbeigingen.«

Er ballt seine Hände unwillkürlich zu Fäusten. »Und du? Was hast du gesagt?«

»Nichts, ich habe nichts dazu gesagt. Ich habe getan, als wenn ich nicht weiß, wovon sie redet, und bin weitergegangen.«

»Das war genau richtig, Mette.«

»Aber das nützt doch nichts. Sie ist nicht blöd. Sie hat bestimmt bemerkt, dass ich sie verstanden habe und genau weiß, wovon sie redet.«

»Na ja, ich hab's dir ja auch erzählt, Mette. Es war naiv anzunehmen, dass Henning es nicht auch tun würde.«

»Aber mir hast du gesagt, dass es eure Vereinbarung war. Henning hat sich nicht dran gehalten, oder?«

»Ich auch nicht.«

»Das konnte Henning nicht wissen.«

»Er hat es aber trotzdem gemacht. Und Wiebke wird geahnt haben, dass ich es auch machen würde.«

»Du bist von Plaudertaschen umgeben. Das ist ganz schön brenzlig. Früher oder später wird man herausbekommen, dass wir dieses Geld haben. Noch ist es Zeit, noch können wir es bei der Polizei abliefern.«

»Und was soll ich denen sagen? Sie werden fragen, seit wann ich es habe und warum ich es erst jetzt bringe.«

»Sie werden ein Auge zudrücken.«

»Ich will es aber gar nicht abliefern. Wir müssen jetzt nur die Nerven behalten, Mette. Alle wollen das Geld behalten. Keiner wird plaudern, denn sonst ist es weg. Es wird nicht herauskommen, dass wir das Geld haben. Niemand hat uns beobachtet. Warum sollten wir alle die Chance, ausgesorgt zu haben, einfach über Bord werfen? Jeder normale Mensch würde an unserer Stelle genau dasselbe tun.«

»Okay, aber ich will sofort, dass das Geld aus dem Haus kommt. Das ist leichtsinnig, es hier im Schrank aufzubewahren. Wenn die Polizei eines Tages mit einem Hausdurchsuchungsbefehl kommt, darf sie es nicht hier finden. Dann sind wir es, die dran sind und nicht Henning oder dein Bruder. Die könnten immer noch abstreiten, dass sie davon gewusst haben.«

»Findest du nicht, dass du übertreibst? Aus welchem Grund sollte die Polizei mit einem Hausdurchsuchungsbefehl kommen?«

»Du vergisst anscheinend, dass Peter Jessen ermordet wurde. Die Polizei hat bereits ein Auge auf deinen Bruder geworfen. Glaubst du etwa, sie werden dich nicht auch eines Tages unter die Lupe nehmen?«

»Aber … aber Hauke hat es doch gar nicht gemacht«,

stammelt Per Timmann. In seiner Stimme schwingt etwas Banges mit, sodass er einen kurzen Moment befürchtet, Mette könnte seine Lüge entlarven. Doch seine Frau ist viel zu aufgebracht.

»Was weißt du denn schon über deinen Bruder?«

»Er erzählt mir alles. Selbst wenn er wirklich solch eine Dummheit gemacht hätte, wäre er mit Sicherheit zu mir gekommen.«

»Du legst dafür deine Hand ins Feuer, Per? Dein Bruder war noch nie ein Unschuldslamm!«

»Mette, warum sollte er Peter etwas getan haben? Sie waren befreundet!«

»Wegen diesem verdammten Geld in unserem Schrank, weswegen denn sonst? Vielleicht wollte er es bloß nicht durch vier teilen.«

»Mette, du steigerst dich in etwas hinein!«

»Das Geld muss aus dem Haus!«

»Wo soll ich es denn hinbringen?«

»Vergraben, du musst es vergraben. Irgendwo draußen, weit weg von unserem Haus, wo niemand es durch Zufall finden kann.«

»Du hast anscheinend schon eine Idee?«

»Du hast mir damals die verrückte Geschichte von dem Ruderboot am Eidersperrwerk erzählt.«

»Das war doch nur ein Beispiel!«

»Egal! Nach dem Bau des Sperrwerks ist das Katinger Watt entstanden. Das ist jetzt ein Natur- und Vogelschutzgebiet. Dort im Wald wird niemand rumgraben.«

»Stimmt, da wäre das Geld hundertprozentig sicher.«

»Du musst nur eine markante Stelle finden, zum Beispiel … Es gibt da doch diese kleine Lichtung mit dem alten Lastkahn. Das ist eine Stelle, die man nie vergisst. Ich finde, genau dort solltest du das Geld vergraben. Du wickelst den Seesack nur in eine dicke Plastikplane, dann ist das Geld vor Feuchtigkeit geschützt. Und du darfst natürlich niemandem davon erzählen, auch Henning und besonders deinem Bruder nicht. Wenn sich der Wirbel um den Mord gelegt hat, können wir es jederzeit ausgraben.«

Timmann zwirbelt die Bartstoppeln an seinem Kinn, kaut nachdenklich auf den Lippen und sagt kein Wort.

»Was meinst du dazu?«, bohrt Mette nach.

»Keine schlechte Idee«, grübelt er und sagt dann abrupt: »Gut! Das mache ich!«

Er erhebt sich ohne ein weiteres Wort und verschwindet mit eiligen Schritten durch die Haustür in Richtung Garten. Der Rasen auf dem Weg zum Schuppen ist triefnass, die Schuhe versinken in den Grashalmen. Wenige Minuten später kommt er mit Gummistiefeln an den Füßen, Spaten, Plastikfolie und Taschenlampe in den Händen heraus. Mette hört, wie er alles in der Garage im Kofferraum des Wagens verstaut. Dann steht er wieder vor der Tür und sagt: »Kannst du bitte den Seesack holen? Ich will nicht mit den schmutzigen Stiefeln reinkommen.«

»Willst du es wirklich jetzt gleich machen?«

»Fix oder nichts! Es wird bald dunkel, dann treibt sich im Katinger Watt garantiert keine Menschenseele mehr herum. Jetzt ist die beste Gelegenheit.«

»Gut, das ist gut«, sagt Mette leise, dreht sich auf der Stelle um, eilt ins Schlafzimmer und zerrt den Seesack aus dem oberen Fach des Schranks. Sie schleift ihn am Trageriemen über den Parkettfußboden in den schmalen Flur und weiter bis zur Haustür. Per schultert ihn, sagt nur knapp »Es dauert nicht lange« und marschiert los. Sie hört, wie der Kofferraum zugeschlagen wird. Der Motor startet und der

Wagen fährt davon, bis sich das Fahrgeräusch in der Ferne verliert. Stille, Mette hört nur noch ihren Atem.

Per Timmann hat das Gefühl, als wäre er auf der Flucht vor seiner Frau. Er wird das Geld auch vor ihr verstecken, überlegt er. Er wird danach die einzige Person sein, die genau weiß, wo es liegt. Der Kapitän versucht das Karussell in seinem Kopf zu stoppen und seine Gedanken auf die bevorstehende Tätigkeit zu reduzieren. Doch das gelingt ihm nicht. Er ist sich nicht sicher, ob er Mette mit dieser Aktion auch in Zukunft beruhigen kann. Sie ahnt irgendetwas; doch wenn er ihr beichten würde, dass sein Bruder den Mord begangen hat und er ihn vor der Polizei in Schutz nimmt, würde der alte, gemeinsame Plan ein für alle Mal scheitern. Er kann machen, was er will, aber nur weil er den Plan weiter verfolgt, gewinnt er noch keinen Einfluss auf die Dinge, die ihre Situation immer unübersichtlicher werden lassen. Wenn ihn seine Überlegungen an diesen Punkt gebracht haben, wird ihm schwindelig, möchte er sein Hirn entleeren wie den Papierkorb seines Computers. Nur die Gedanken sind nicht gelöscht, sie kommen immer in gleicher Stärke zurück.

Er steuert den Wagen an den Wohnblocks der Badallee entlang stadtauswärts. Schon ein Vorzeichen? Die Badallee ist für ihn die Verliererstraße beim Monopoly. Und er scheint zu verlieren, gegen Mettes moralische Spielchen. Er muss stark bleiben, sonst werden sie alle gemeinsam verlieren.

Am Ortsende geht die Badallee in die Katinger Landstraße über. Die Marsch schläft bereits unter der feuchten Wolldecke der einbrechenden Nacht. Die Scheinwerfer fressen sich über den Asphalt durch die Wiesen und an geduckten Weiden vorbei. Beinahe fährt er an der Einfahrt zum Parkplatz vorbei, nimmt im letzten Moment die Kurve und kommt mit quietschenden Reifen zum Stehen. Hier gibt es weit und breit keine Straßenbeleuchtung. Er steigt in die Dunkelheit, umstellt von den Schattenrissen der Erlen, Rotpappeln, Eichen und Buchen, die er nur von sommerlichen Spaziergängen mit Mette kennt. Um diese Zeit erwachen die Spukgeschichten, der Erlkönig haust in den Ästen, folgt ihm bei seinem Marsch im Lichtkegel der Taschenlampe. Er hört nur seine Schritte, hat trotzdem das Gefühl, jemand sei ihm auf den Fersen. Aber wenn er sich umdreht, glotzt ihn nur das Schwarz der Nacht an. Endlich ertastet sein Lichtkegel die Umrisse eines Holzboots, von hohem Gras umwuchert. Daneben steht der Pfahl. Er leuchtet das Rundholz hinauf zu den Metallringen der Sturmflutmarkierungen, die höchste ist 5,21 Meter hoch, steht darauf geschrieben; sie ist von 1962.

Er legt die Plastikfolie ab, stellt den Seesack darauf, legt die Taschenlampe zwischen den Tragegurt, sodass das Licht den maroden Kahn erhellt, und beginnt ein Loch zu graben. Zuerst sticht er vorsichtig einzelne Grassoden heraus. Die legt er am Rand der geplanten Grube nebeneinander ab, um die Oberfläche später wieder möglichst unauffällig herrichten zu können. Er will drei Meter tief ausschachten, damit der Seesack auch nicht zufällig durch einen scharrenden Hund entdeckt wird. Es ist eine schweißtreibende Arbeit. Den Spaten in die fette Erde zu treiben, braucht richtig Kraft. Er muss öfter eine Pause einschieben und verpusten. Als er es bis auf eineinhalb Meter geschafft hat, wird er von einem Knacken im Unterholz aufgeschreckt. Das Geräusch kommt aus unmittelbarer Nähe und hört sich an, als wäre jemand auf einen trockenen Ast getreten.

Er geht in die Knie, sucht Deckung in der Grube, hält inne und horcht angestrengt. Es bleibt still.

»Ist da jemand?«, ruft er scharf in die Nacht.

Per Timmann spürt die Anwesenheit eines Lebewesens, ein Reh vielleicht. Aber mit einer Vermutung kann er sich in diesem Fall nicht zufriedengeben, dafür steht zu viel auf dem Spiel. Er muss der Sache auf den Grund gehen. Er robbt aus der Grube zum Seesack hinüber, greift nach der Taschenlampe und leuchtet das Waldstück ab, aus dem der Laut gedrungen ist. Das ist kein Tier. Etwas bewegt sich, verschwindet ruckartig hinter einem Baumstamm. Mit der anderen Hand packt er den Spaten dicht unterm Blatt, damit er einen Hieb wie mit einer Axt ausführen kann, und hält entschlossen auf den Buchenstamm zu. Innerlich spricht er ein Gebet, dass er sich getäuscht haben möge. Ihm ist bewusst, wenn ihn einer beobachtet haben sollte, kann er ihn nicht davonkommen lassen. Egal, was der gesehen hätte, er könnte sich etwas zusammenreimen. Es gibt nur einen Ausweg, er muss ohne zu zögern das Geld verteidigen. Die Taschenlampe leuchtet von der Wurzel langsam die Rinde hinauf. Ein Atemnebel kräuselt dahinter hervor.

»Komm raus!«, befiehlt er.

»Ich bin's nur, Hauke«, meldet sich eine Stimme. »Nimm den Spaten runter.«

»Hauke?« Aller Unglauben und alles Erstaunen modelliert dies eine Wort.

Sein Bruder tritt hinter dem Stamm hervor, lässt seine Hände lässig in die Hosentaschen gleiten und grinst verlegen über das ganze Gesicht.

»Ich wollte dich nicht erschrecken, Bruderherz. Aber als ich vor eurem Haus ankam, hast du gerade den Seesack in den Kofferraum gelegt und bist weggefahren. Da bin ich dir selbstverständlich gefolgt, musste doch wissen, was du damit vorhast.«

»Du spionierst mir also nach? Bist du vollkommen verrückt geworden?«

»Wer hier verrückt geworden ist, wird sich noch herausstellen. Was hast du mit dem Geld vor? Willst du uns alle übers Ohr hauen?«

»Quatsch, ich bringe es in Sicherheit. Du bist es doch, der uns die Polizei auf den Hals gehetzt hat. Stell dir bloß vor, die kommen, um mein Haus zu durchsuchen, dann fliegen wir alle auf. Die bringen dich lebenslänglich hinter Gitter. Deswegen mache ich das hier, du Idiot! Das Geld darf auf keinen Fall mit uns in Zusammenhang gebracht werden. So, und jetzt nimmst du gefälligst den Spaten und gräbst den Rest. Und danach behältst du alles für dich, verstanden? Und kein Wort zu Henning, klar!«

›Der westliche Schüler hat ein dauerhaftes Problem, das ist eine Erkenntnis, die ich erst in meinem Schweizer Exil gewonnen habe. Das Problem des westlichen Schülers besteht darin, dass es ihn zwar wenig Mühe kostet, sich der Intensität der Dunkelheit bewusst zu werden, im Gegenzug vergisst er aber, ein Auge auf die Brillanz des Lichts zu richten.‹

Swensen schließt einen kurzen Moment die Augen, lässt die Worte im Kopf nachklingen, sieht, wie Lama Rinpoche seine Lippen bewegt und die Worte ausspricht. Dann verblasst das Bild wieder, so schnell wie es gekommen war. Er öffnet die Fahrertür seines Wagens und steigt in die begrenzte Realität seiner Welt, den grauen Hinterhof der Husumer Polizeiinspektion. Manchmal, fast überfallartig, folgt ihm die kleine Gestalt in ihrer orangefarbenen Leinenrobe dabei in seinen Ermittlungsalltag, ist so präsent, als hätte er seinen Aufenthalt im Schweizer Tempel erst gestern beendet.

›Alle Gefühlszustände haben ihre eigene intuitive Betrachtungsweise, die über jede Form einer logischen Erklärung hinausgeht. Und es sind Furcht und Hoffnung, aus denen sich alle anderen Emotionen zusammensetzen. Furcht und Hoffnung verkörpern die anziehenden und abstoßenden Eigenschaften der Dualität. Alles, was wir fühlen, ist aus ihnen gemacht. Sich mit Furcht und Hoffnung in Verbindung zu bringen, verstärkt jede Situation von selbst oder klärt sie auf. Tibetisch heißt es ›rang sar shak‹, lass es an seinem eigenen Platz.‹

Während der Kriminalist die Treppe in den ersten Stock des Polizeigebäudes hochsteigt, versucht er seine Gefühle zum gestrigen Tag mit den Worten seines Meisters in Einklang zu bringen.

Wie ist dein Zustand, fragt er sich und gibt sich selbst eine Antwort: Es gibt einen Ärger, der ist in mir und hängt dort unterschwellig herum. Wenn ich die Worte des Meisters richtig verstehe, sagt er, ich sollte mich in Beziehung zu meinem Ärger setzen, selbst ganz zum Ärger werden. Erst wenn ich ihn wahrhaftig spüre, wird er richtungslos werden und müsste sich in Energie auflösen.

In seinem Büro angekommen, versucht er seine Gedanken in die Tat umzusetzen, muss aber ernüchtert feststellen, dass sein Groll sich nicht auflöst. Wie gewohnt driftet die Konzentration vom Ärger weg. Der altgewohnte Mechanismus beginnt. Gedanken hält es nicht lange an einem Ort, sie wollen weiter, nicht verharren. Und schon, ohne dass er es stoppen kann, ist er am gestrigen Nachmittag. Eintritt frei – das Gedankenkino läuft.

Er sieht sich mit Mielke die Treppe in den Keller des Polizeigebäudes hinuntersteigen, die Tür des zweiten Verhörraums öffnen. Hauke Timmann sitzt mit verschränkten Armen hinter dem Tisch. Sein Gesicht wirkt übertrieben teilnahmslos, seine Augen haben etwas von einem unterwürfigen Beagle; der treuselige Blick will signalisieren, dass er harmlos und frei von jeglichem dunklem Einfluss ist.

Mielke stellt Timmann ein Glas Wasser hin und nimmt vor dem Tisch Platz. Swensen bleibt an der Tür stehen. Niemand spricht ein Wort. Die drei Männer belauern sich gegenseitig, keiner will als Erster sprechen. Auf dem Tisch liegt ein einsamer Fotoabzug, der Timmanns Wagen auf dem Parkplatz des Wattzentrums zeigt. Mindestens fünf Minuten wirkt die Szenerie wie eingefroren, dann legt Mielke die Finger auf das Papierbild und schiebt es dem Mann direkt neben das Wasserglas.

»Sie haben jetzt lange genug Zeit gehabt, sich das Bild anzusehen. Sind Sie mittlerweile zu irgendwelchen neuen Erkenntnissen gekommen?«

»Ich habe keine Lust, mich ständig zu wiederholen, will das nicht in Ihren Dickschädel?«

»Nein, will es nicht! Ich habe nämlich keine Lust mehr auf Ihre ständigen Lügen, Herr Timmann!«

Mielke steht auf, zieht seinen Stuhl um den Tisch und setzt sich dicht neben den Mann. Er beugt sich vor, so nah an sein Gesicht, dass der seinen Kopf zurückziehen muss, damit er einen minimalen Abstand wahren kann.

»Was soll das! Was wollen Sie von mir?«

»Nun hören Sie mal gut zu, was ich Ihnen sagen werde. Meine Kollegen haben in den letzten beiden Tagen richtig hart gearbeitet. Die haben stapelweise Fotos durchgesehen, die Hunderte Besucher am Mordtag im Multimar aufgenommen haben. Und was glauben Sie, wen die dabei auf einem Foto entdeckt haben? Na, Herr Timmann, denken Sie mal nach, wer das sein könnte! Sie sollten gestehen, danach fühlen Sie sich viel besser, glauben Sie mir.«

»Sie bluffen«, bellt Timmann spitz, kneift die Augen zu Schlitzen zusammen und rückt demonstrativ mit seinem Stuhl zur Seite.

»Sie wissen genau, dass das nicht so ist!« Mielke bemerkt sofort, dass seiner Stimme die nötige Abgeklärtheit fehlt. Ihm ist bewusst, dass es einem ausgebufften Hund wie Timmann nicht entgangen sein wird.

»Dann zeigen Sie mir doch dieses ominöse Foto, jetzt sofort«, sagt er trocken und lehnt sich entspannt gegen die

Stuhllehne. »Sie haben keins, stimmt's? Kein Wunder, denn Sie können keins haben, weil ich nicht im Gebäude war. Ich habe den Wagen nur auf dem Parkplatz abgestellt. Sie müssen mir schon das Gegenteil beweisen, sonst sollten Sie mich endlich gehen lassen!«

Jetzt kann Swensen den Ärger wieder deutlich spüren. Er versucht erneut, sich damit zu verbinden, zum Ärger zu werden. Doch alte Bilder verhöhnen ihn: Hauke Timmann, wie er mit einem breiten Grinsen den Verhörraum verlässt, die Tür laut ins Schloss fallen lässt. Mielke in seiner Wut, der mit der flachen Hand auf den Tisch schlägt und sich dann die schmerzende Hand hält.

Lass alles an seinem eigenen Platz, denkt er missmutig, schaut auf die Uhr und steht auf, um vor der Frühbesprechung noch seine Kanne Tee zu kochen. Aus dem Büro des Chefs dringen laute Worte, als würde im Raum mit schlechtem Empfang telefoniert werden. Er bleibt verwundert stehen. Heinz soll doch in Russland sein, geht es ihm durch den Kopf. Swensen bemerkt, dass die Tür einen Spalt offen steht und überlegt neugierig, wer es wohl in Abwesenheit des Chefs wagen würde, sein Telefon zu benutzen. Er tritt näher, riecht schon den Zigarettenrauch, als seine Hand die Tür aufdrückt. Eine kleine Gestalt, in weißen Nebel gehüllt, läuft mit dem Telefonhörer am Ohr unruhig hin und her.

»Boris«, hört er eine Stimme in die Muschel rufen, als müsste sie Hunderte von Kilometern überbrücken, »danke, dass du angerufen hast. Wir bleiben in Kontakt, ich verspreche dir das. Also, ich melde mich. Und noch mal vielen Dank für deine Gastfreundschaft. Moin, Moin! Wie man bei uns in Norddeutschland sagt.«

»Heinz!«, ruft der Hauptkommissar erstaunt, als der Polizeirat den Hörer auf die Station zurückgelegt hat. »Ich denke, du bist in Sankt Petersburg?«

»Wie du unschwer feststellen kannst, bin ich zurück. Gestern mit dem Flieger in Hamburg gelandet. Trübes Mistwetter habt ihr hier!«

»Erzähl jetzt nicht, es war sommerlich warm.«

»Nein, beißend kalt, aber immerhin blauer Himmel mit Sonnenuntergang.«

»Und sonst? Wodka und Mafia nehme ich an.«

»Hast du jetzt auch noch hellseherische Fähigkeiten entwickelt?«

»Wie kommst du darauf?«

»Nur wegen der Mafia. Peter und ich sind tatsächlich zufällig mitten in einen Fall geraten, in dem die russische Mafia mitgemischt hat.«

»Was? Ich denke, ihr wart auf einer Fortbildung über internationale Verbrechensbekämpfung?«

»Das natürlich auch, aber das lief eher nebenbei, könnte man sagen. Ich habe einen Kumpel von der Petersburger Miliz wiedergetroffen, den ich vor zwei Jahren auf einem Seminar in Frankfurt kennengelernt habe. Der hat Hollmann und mich mit auf Ermittlungstour genommen. Wahnsinn, sage ich dir, wir waren hautnah bei zwei Mordfällen im Mafia-Milieu dabei; echt harter Tobak!«

»Und um was ging es dabei, oder ist das zu kompliziert?«

»Bis zu unserem Abflug wusste man noch nichts Genaues. Die oberste Kustodin aus der Ermitage ist mitten in diesem berühmten Pavillonsaal ermordet worden. Am nächsten Tag wurde ein Mafia-Gangster erschossen. Es wurde uns richtig was geboten; und in diesem Tohuwabohu Peter und ich immer mittenmang. Gerade eben hat mich Boris angerufen.

Boris Fishenski heißt der Mann, der uns überallhin mitgenommen hat, also, der hat gerade angerufen und mich auf den neusten Stand gebracht.«

»Und? Nun spann mich nicht auf die Folter, Heinz.«

»Die Kustodin war einem groß angelegten Diebstahl von wertvollen Ausstellungsexponaten auf die Spur gekommen. Sie hatte eine Liste des fehlenden Goldschmucks angefertigt, um den Direktor zu informieren. Ein einzigartiger Fall, hat mir Boris mitgeteilt, denn der Raubzug wurde innerhalb des Museums organisiert, mit Hilfe der Mitarbeiter. So konnte jahrelang Diebesgut beiseitegeschafft werden, weil die Taschen der Angestellten des Museums nicht kontrolliert wurden. In der Zwischenzeit sind sie aber identifiziert und verhaftet worden, zwei Männer und eine Frau, Vater, Sohn und Tochter.«

»Und der ermordete Mafia-Mensch? Was hat der damit zu tun?«

»Die Diebe hatten sich auf Mitglieder der Mafia eingelassen, die diese gestohlenen Gegenstände im Ausland auf dem illegalen Kunstmarkt verscherbelt haben. Die Ermittlungen haben ergeben, dass 221 Schmuckstücke im Wert von fast vier Millionen Euro fehlen. Um dieses lukrative Geschäft nicht zu gefährden, wurde offensichtlich ein Killer auf die Kustodin angesetzt, um ihre Liste verschwinden zu lassen.«

»Und die Mafia hat ihren eigenen Killer umbringen lassen?«

»Das scheint sich gerade bestätigt zu haben. Er hat diese Liste, die er der Kustodin abgenommen hat, nicht an seine Auftraggeber übergeben, sondern hat versucht, sie damit zu erpressen. Ein Bauernopfer im Bandenkrieg der Mafia.«

»Und das ist alles während eurer kurzen Stippvisite passiert? Willkommen im geruhsamen Husum.«

»Es gab auch Erfreuliches. Bei der russischen Polizei wird man als Raucher jedenfalls nicht schief angeguckt. Apropos geruhsam: Colditz hat mich über einen neuen Mordfall informiert und gleich vorgewarnt, dass die Ermittlungen ziemlich zäh angelaufen sind. Was ist denn hier los?«

»Ein Mann wurde im Multimar Wattzentrum mit dem Messer …«

»Das weiß ich alles. Ein Koch von einem Fischkutter. Und einer der Fischer von dem Kahn soll stark verdächtig sein. Was sagst du dazu, Jan? Ist das so?«

»Es gibt einige Ungereimtheiten, die darauf hinweisen. Vorbestrafter Kleinganove, war mit dem Opfer lange befreundet und entspricht dem Täterprofil. Sein Fahrzeug stand zur Tatzeit auf dem Parkplatz beim Multimar.«

»Und warum läuft der Kerl noch frei herum? Das dürfte doch genügen, um ihn in die Zange zu nehmen.«

»Alles schon passiert. Er behauptet, er habe den Wagen dort nur abgestellt, weil er seinen Bruder besuchen wollte, der ganz in der Nähe wohnt.«

»Fadenscheinig! Da fallt ihr doch nicht drauf rein?«

»Das Dumme ist, sein Bruder gibt ihm für die Zeit ein Alibi, und wir können ihm im Moment nicht das Gegenteil beweisen.«

»Du gehst davon aus, dass der Bruder mit drin hängt?«

»Meine Intuition sagt ja!«

»Nur auf deine Intuition hin stellt Rebinger keinen Haftbefehl aus. Schafft Beweise ran.«

»Wir sind dran. Gehst du mit in die Frühbesprechung? Da kannst du den genauen Stand erfahren.«

»Geht leider nicht. Nach der Reise muss ich erst den aufgelaufenen Papierkram erledigen. Halt mich auf dem Laufenden, verstanden?«

»Ay, ay Käpt'n! Darf ich von Bord gehen?«

»Lass den Unsinn!«, knurrt Püchel.

Es ist zu spät, um noch den Tee aufzubrühen. Der Kriminalist eilt zum Konferenzraum hinüber, in dem bereits alle versammelt sind. Colditz hat die Begrüßung gerade beendet, deutet mit einer Handbewegung an, dass er sich setzen möge.

»Wie weit sind wir mit der Fotoauswertung aus dem Multimar, Kollegen?«, fragt Colditz und schaut zu den Flensburger Beamten am rechten Rand des Tisches, die er damit beauftragt hatte.

Einen kurzen Moment herrscht ratloses Schweigen, dann gibt ein Kollege nach dem anderen seine Ergebnisse bekannt. Das Fazit ist weiterhin negativ, was sie bereits geahnt haben. Trotz einer Unzahl von Fotos, die von den Ermittlern zusammengetragen wurden, ist Hauke Timmann auf keinem abgelichtet worden.

»Vielleicht …«, Colditz stockt kurz, als müsse er sich durchringen, den folgenden Satz auszusprechen, »vielleicht waren wir uns unserer Sache zu sicher? Vielleicht ermitteln wir in die falsche Richtung? Was ist mit den 30.000 Euro, die Jessen investieren wollte, obwohl er nicht annähernd so viel Geld auf seinem Konto hatte.«

»Ich nehme an, dieses Geld war nur ein Hirngespinst«, vermutet Silvia Haman. »Vielleicht hat er dem Pächter etwas vorgemacht. Soweit wir wissen, hat er nur versprochen, das Geld zu bezahlen. Wir wissen nicht, ob er es auch wirklich hatte.«

»Aber er hat den Gasthof besichtigt, er war also wirklich interessiert«, entgegnet Mielke. »Wenn man nur von einer Sache träumt, treibt man doch nicht diesen Aufwand.«

»Ich gehe manchmal auch in ein Geschäft und probiere Klamotten an, die ich gar nicht kaufen will«, sagt Haman und grinst demonstrativ.

»In solchen Fällen handelt es sich um die besondere Spezies Frau, einem Mann dürfte solch eine Verhaltensweise völlig fremd sein«, wehrt Mielke ab.

»Ich kenne Männer, die gehen in ein Autohaus und machen eine Probefahrt mit einem Luxusschlitten, den sie nie bezahlen könnten.«

»Kollegen! Ich bitte doch!«, ruft Colditz beißend laut, senkt die Stimme aber abrupt ab, um in normaler Lautstärke fortzufahren. »Äh, Kollegin und Kollege, ihr driftet ab. Die Grundthematik dürfte bereits jeder verstanden haben. Außerdem dürfte es in unserem speziellen Fall keine Rolle spielen. Ich gehe davon aus, dass es sich um reales Geld gehandelt hat. Und das Geld war nicht zu finden. Vielleicht hatte Jessen die Summe in einem Sparstrumpf, und der Täter wusste davon. Oder es gab eine Person, von der er das Geld geliehen hat. Die wollte es wiederhaben, aber Jessen wollte es nicht herausrücken. Der Fall muss nichts mit den Leuten vom Fischkutter zu tun haben.«

»Möglich ist alles, was wir uns ausdenken«, meldet sich Swensen zu Wort.

»Dein siebenter Sinn, wenn ich mich nicht irre«, unterbricht Colditz. »Okay, was sagt der denn so?«

»Die Parkplatz-Ausrede nehme ich Hauke Timmann nicht ab. In Tönning findet man um diese Jahreszeit an jeder Ecke einen Parkplatz. Die beiden Brüder halten uns bewusst in einer Zwickmühle. Der eine gibt dem anderen ein Alibi. Es könnte daher sein, das beide sogar unter einer Decke stecken.«

»Es könnte aber auch sein, dass das Alibi einfach stimmt, Jan! Ohne einen handfesten Beweis können wir keinen von den beiden festnageln«, bleibt Colditz hartnäckig.

»Ich bleibe dabei, Hauke Timmann ist für mich besonders verdächtig. Wir werden die Beweise für seine Täterschaft schon finden. Grund genug, sich diese Option auch weiterhin offenzuhalten«, hadert Swensen und bemerkt, wie der Ärger in ihm neu aufkeimt.

»Dagegen ist ja auch nichts einzuwenden. Ich wollte nur darauf hinweisen, dass auch hinter dem Horizont ermittelt werden darf.«

Lass es an seinem eigenen Platz, denkt Swensen und ruft sich innerlich zu mehr Demut gegenüber einer anderen Meinung auf.

Stephan Mielkes Hände ruhen lässig in Zehn-vor-zwei-Stellung auf dem Lenkrad. Er drückt auf die Tube, fährt den Dienstwagen rasant über die A 5 in Richtung Tönning. Dabei nutzt er jede Gelegenheit zu einem Überholmanöver, versucht von Lücke zu Lücke an der Fahrzeugschlange vorbeizukommen.

»Bist du in Eile?«, fragt Swensen, nachdem er eine Weile das Fahrverhalten des Kollegen ruhig mit angesehen hat. »Oder hörst du wieder die Glocke von Rungholt läuten?«

»Ich mag nur nicht durch die Gegend schleichen.«

»Das ist dem Gegenverkehr egal.«

»Das musst du gerade sagen. Du steuerst selbst bei jeder Gelegenheit gegen den Strom«, grinst Mielke. »Colditz war zumindest ungehalten, dass du so auf die Crew der ›Rungholt‹ fixiert bist.«

»Anscheinend ist das ja auch deine Meinung, oder? Aber ich bin fest überzeugt, irgendetwas ist an Bord passiert. Ich spüre das förmlich. Die Lösung finden wir im Umfeld dieses Kutters.«

»Manchmal hast du schon sehr viel Ähnlichkeit mit einem nordfriesischen Sturkopf. Von denen gibt es eine Menge, die immer noch daran glauben, dass das versunkene Rungholt vor dem jüngsten Tage auferstehen und wie einst zum alten Reichtum kommen wird. Einige sagen sogar, der Ort wurde gar nicht weggespült, sondern steht noch mit allen Häusern auf dem Grund des Wassers.«

»Bis dahin bringen wir die Timmann Brüder aber vors Jüngste Gericht.«

»Und du glaubst anscheinend, dass wir über Mette Timmann an die beiden Bruder herankommen?«

Swensen zuckt mit den Achseln. »Einen Versuch ist es wert. Es müsste uns aber gelingen, die Frau ohne ihren Mann zu erwischen. Wenn wir es geschickt anfangen, verplappert sie sich vielleicht.«

»Und wie willst du das anstellen?«

»Wir warten solange in der Nähe, bis wir sie allein im Haus antreffen.«

»Und wo wollen wir den Wagen abstellen?«

»Auf dem Parkplatz am Multimar. Wir wissen doch mittlerweile von unserem Verdächtigen, das wir bequem zu Fuß von dort zum Haus seines Bruders kommen.«

Wenig später hat Swensen eine wichtige Information mehr, denn nachdem sie den Dienstwagen auf dem Parkplatz abgestellt haben, erweist sich der Fußmarsch mitnichten als ein Katzensprung. Auf das persönliche Abgehen der Strecke war bis jetzt noch keiner der Ermittler gekommen.

Das wirft erneute Zweifel an der Aussage von Hauke Timman auf, denkt der Kriminalist. Wenn er direkt am Hafen geparkt hätte, wäre er wesentlich näher und bequemer am Haus seines Bruders gewesen.

Die beiden Kriminalisten bleiben vor einer Kurve, die in die Siedlung führt, hinter einem dicken Baum in Deckung. Von da haben sie einen guten Blick auf das Kapitänshaus. Das Auto steht nicht in der Auffahrt. In einem Fenster schimmert Licht.

»Um diese Tageszeit dürfte es höchstwahrscheinlich die Frau sein, die im Haus ist«, stellt Mielke mit Überzeugung fest. »Was meinst du, wollen wir's auf gut Glück versuchen?«

»Mehr als danebengehen kann's nicht«, meint Swensen und stapft ohne lange Überlegungen drauflos. Mielke hält mit, ist sogar als Erster an der Haustür und drückt den Klingelknopf. Es dauert unendlich lange, bis zaghaft geöffnet wird. Ein schmales, knochiges Sommersprossengesicht schaut verwundert durch den Spalt auf die Husumer Kriminalbeamten, die ihre Ausweise hochhalten. Die Frau ist nicht gerade eine Schönheit, doch ihre graublauen Augen strahlen eine ungewöhnliche Intensität aus.

»Mein Mann ist momentan nicht im Haus«, sagt sie und wirkt dabei irgendwie abwesend. »Der ist in den Baumarkt gefahren. Ich weiß nicht, wann er zurück ist.«

»Wir wollten eigentlich gerne mit Ihnen sprechen. Dürfen wir kurz hereinkommen?«

Swensen registriert, dass die Kapitänsfrau es nicht will. Ihr scheint aber die resolute Haltung zu fehlen, um es auch wirklich zu verhindern. Beide folgen ihr in die Küche. Auf dem Tisch steht eine Schüssel mit Kartoffeln, der Schäler liegt daneben.

»Sie wissen von dem Mord an dem Kollegen Ihres Mannes?«, beginnt Swensen.

Die Frau nickt und steht wie elektrisiert mitten im Raum.

»Wissen Sie auch, dass es Verdachtsmomente gegen den Bruder Ihres Mannes gibt?«

Sie nickt wieder.

»Wann haben Sie Hauke Timmann zuletzt gesehen?«

Falten bilden sich auf ihrer Stirn. Sie schaut die Beamten mit großen Augen an, ohne sich zu rühren. Swensen hält Blickkontakt und wartet geduldig.

»Haben Sie den Bruder Ihres Mannes nach dem Mord an Herrn Jessen noch einmal gesehen?«

Die Frau schüttelt den Kopf.

»Ihr Mann hat seinem Bruder für die Mordzeit ein Alibi gegeben. Wissen Sie davon?«

Die Frau nickt.

»Bei einer Falschaussage kann man ins Gefängnis kommen!«

Die Frau schaut den Hauptkommissar irritiert an, bleibt aber stumm.

»Frau Timmann, jetzt sagen Sie doch endlich etwas dazu!«, fährt Mielke scharf dazwischen.

»Mein Mann macht keine Falschaussage. Wenn er etwas gesagt hat, dann ist es auch so gewesen.«

»Frau Timmann, wenn Sie uns etwas verschweigen, machen auch Sie sich strafbar. Also, denken Sie genau nach, bevor Sie uns etwas Falsches sagen«, hakt Mielke nach.

Die Frau bleibt stumm.

»Was ist Hauke Timmann für ein Mensch?«

»Ganz normal ist er«, sagt sie leise, ohne jegliche Betonung, »ein ganz normaler Mensch. Immer freundlich, bringt immer Blumen mit, wenn er auf Besuch kommt.«

»Hauke Timmann ist vorbestraft. Das ist nicht gerade normal, oder finden Sie nicht?«

»Das war eine Jugenddummheit. Er hat es doch eingesehen, dass es ein Fehler war.«

»Aber er war kein Jugendlicher mehr, als er die Tat begangen hat.«

»Aber er hat sich doch geändert, das hat er selbst gesagt. Und seitdem er auf dem Kutter mitfährt, ist er anders geworden, hat mein Mann gesagt, er ist ein anständiger Mensch.«

»Frau Timmann, der Fischkutter Ihres Mannes heißt ›Rungholt‹. Wissen Sie, warum er ausgerechnet so heißt?«, wechselt Swensen abrupt die Fragestellung.

»Wegen dieser versunkenen Stadt, direkt vor unserer Küste, nehme ich an.« Die Stimme von Mette Timmann klingt nicht mehr wie von ihr selbst, als wäre sie plötzlich irgendwie abwesend.

»Stört es Sie nicht, dass Ihr Mann sein Boot nach einer verdammten Stadt benannt hat, in der alle Einwohner Gott getrotzt haben?«

Die Frau steht vor ihm, als hätte sie ein Blitz getroffen. Ihre Augen schweifen hilfesuchend durch den Raum, können aber keinen Halt finden. Obwohl sie ihn anrührt, lässt Swensen nicht locker.

»Es wird gesagt, der grenzenlose Reichtum dieser Stadt habe ihre Bewohner verblendet und ihr lasterhaftes Leben, das respektlose Verhalten gegenüber der Kirche haben den Untergang der Stadt herbeigeführt.«

»Warum erzählen Sie mir das?«, fragt die Frau mit entsetzter Stimme und bekommt feuchte Augen. »Mein Mann und ich sind redliche Menschen, wir haben mit den Menschen von Rungholt doch nichts zu tun.«

»Deswegen frage ich Sie ja gerade, warum Ihr Mann seinem Boot diesen Namen gegeben hat.«

»Ich gehe jeden Sonntag in die Kirche«, sagt sie wie eine demütige Büßerin. »Ich habe mir in meinem Leben nie etwas zu Schulden kommen lassen. Und mein … mein Mann …, der hat … der hat das bestimmt auch nicht! Bitte gehen Sie jetzt, ich möchte nicht, dass mein Mann Sie hier vorfindet.«

KRUSENSTERN

Übers Vordeck fegt ein Salzsturm, ein gelblicher Schleiernebel, der im Licht der Scheinwerfer an einen Horrorroman von Stephen King erinnert. Kapitän Migulko packt die Armlehnen seines Lederstuhls, als der Frachter den Aufstieg auf den nächsten Wellengipfel beginnt. Die schwarze Wand türmt sich immer höher vor ihm auf und für einen kurzen Augenblick flaut der Wind ab. Doch im selben Moment, in dem der höchste Punkt erreicht ist, bricht der Sturm erneut los und bläst die salzgeschwängerte Luft gegen die Fenster der Kommandobrücke. Der Erste Steuermann, der drei Meter neben dem Kapitän durch die kristallverkrusteten Fenster späht, zuckt zusammen, als direkt vor seinem Gesicht etwas gegen die Scheibe geschleudert wird. Es klackt kurz, und ein gräulicher Brei klebt einen Atemzug lang in seinem Blickfeld, läuft von außen am Glas hinunter und ist schon wieder weggewaschen.

»Heilige Maria!«, stöhnt der Erste Steuermann. »Jetzt bewirft man uns schon mit Schalentieren!«

»Was ist passiert?«, fragt Migulko, der von der Fliehkraft in seinen Stuhl gepresst wird, während er das Gesicht Alexej Burow zuwendet.

»Eine Muschel! Da ist gerade eine Muschel gegen die Scheibe geknallt!«

Die Krusenstern neigt sich leicht zur Backbordseite, stürzt im freien Fall ins Wellental.

»Festhalten!«, schreit Migulko automatisch.

Der Stahl knirscht. Das Vordeck verschwindet unter der weißen Gischt. Der Erste Steuermann klammert sich am Maschinentelegrafen fest, während das Schiff langsam wieder unter den gewaltigen Wassermassen auftaucht.

»Der Sturm packt uns frontal! Wir sind mittendrin! Ich brauche eine kurze Wende über Backbord. Damit kommen wir aus dem unmittelbaren Einwirkungsbereich!«

Der Kapitän schaltet den Autopiloten aus und dreht das kleine Steuerrad im Uhrzeigersinn. Er lenkt das Schiff aus dem Wellental und stellt es schräg zum Wind. Das Meer brüllt aus der Dunkelheit, zersprengt die Brecher und peitscht sie an die Bordwand. Die Wasserhaut reißt auf, Schaumkämme sprudeln hervor, die von den nächsten Wellenbergen wieder untergepflügt werden. Die Sicht verschlechtert sich von Minute zu Minute.

Die Uhr an der Wand der Mannschaftsmesse zeigt auf 17.23 Uhr. Das Schiff prallt auf eine Welle. Der Smutje Kostik Kulikow hält sich in seiner Kombüse am Herdgitter fest, während Goschka mit beiden Händen den Türrahmen umklammert.

»Wie geht es meinem Geheimagenten auf seinem schwankenden Horchposten zwischen Töpfen und Pfannen?«, scherzt er übermütig.

Kostik öffnet den Kühlschrank, indem er seinen Körper geschickt in der Balance hält, holt Hackfleisch, Milch und Butter heraus und legt alles auf die Arbeitsplatte. Dann greift er sich eine Plastikschale mit Eiern und eine große Dose Tomatenmark.

»Ich muss jetzt mit dem Hackbraten anfangen«, sagt er und setzt den Dosenöffner an den Dosendeckel. »Die Wölfe heulen mit dem Sturm um die Wette!«

»Ist dir schon was zu Ohren gekommen?«

»Ich habe die Lauscher einer Fledermaus, sonst hättest du mich doch gar nicht erst gefragt«, stellt Kostik fest.

Der nächste Aufprall ist unerwartet heftig, dröhnt durch den Stahl wie der Nachhall eines Paukenschlags. Der Koch stoppt die trudelnden Zutaten mit beiden Händen.

»Gestern Abend haben sie gewürfelt, dort hinten am Tisch.«

»Wer hat gewürfelt?«

»Victor, Oleg, Sultan und Jefim, dieser Azubi. Sascha ist später dazugekommen. Es ging um keine großen Einsätze, aber bei Victor lief es nicht sehr gut. Er hat trotzdem einiges von der Heuer verspielt, schätze ich mal, nachdem, was ich mitbekommen habe.«

»Und warum erzählst du mir das?«

»Weil Oleg eine Bemerkung gemacht hat. Du hast mir selbst gesagt, ich solle dir alles mitteilen, wenn es sich um Gold dreht.«

»Spann mich nicht auf die Folter. Was hat der Kerl gesagt?«

»Er sagte, wenn das Unwetter vorbei wäre, könnte Victor den Käpt'n doch fragen, ob er nicht kurz einen Abstecher ans Ende des Regenbogens macht. Da würde immer ein Topf Gold bereitstehen. Dann hätte Victor die paar Kröten, die er verloren hat, wieder drin.«

»Und Oleg hat das gesagt? Ganz sicher?«

»Wenn ich dir das sage.«

»Okay, ich kümmere mich drum. Wenn da was für mich dran ist, bekommst du die versprochenen Scheine.«

»Kann ich nicht schon …« Die Frage des Schiffskochs erstickt im Dröhnen, das durch den Stahlrumpf schwingt. Es hört sich an, als würde das Schiff jeden Moment auseinanderbrechen. Goschka verliert den Halt, muss einige schnelle Schritte in die Mannschaftsmesse machen, um sich auf den Beinen zu halten. Das gelingt ihm aber nicht, am Ende stolpert er doch und schlägt mit dem Kopf an eine Tischplatte.

»Scheiße, was ist los?«, hört er die Stimme von Kostik aus der Kombüse.

Seine Hand greift zum Schmerz am Kopf. Blut rinnt aus dem Haaransatz. Die Fingerspitzen sind rot.

»Chuinja!«, presst er zwischen den Zähnen hervor, ein bewährter russischer Fluch, der für alles herhalten muss.

Mit dem Schiff ist etwas nicht so, wie es sein sollte. Er merkt es bis in die Knochen. Es kommt nicht zurück in die Waagerechte, scheint sich zu drehen und quer vor dem Wind zu treiben. Goschka legt seine Hände auf den Teppichboden, der jetzt ungefähr 30 Grad Schlagseite nach Steuerbord hat, und kann weder Vibration noch Schläge aus der Maschine spüren.

Der Motor ist aus, schießt es ihm durch den Kopf, wir fahren ohne Motor, was zum Teufel ist da unten los? Die Sirenen beginnen zu schrillen, als würde der Weltuntergang unmittelbar bevorstehen.

Draußen wird das Heulen des Signaltons vom Sturm in die Dunkelheit getrieben. Der Kapitän ruft in der Kabine des Maschinenraums an, es läutet unendlich lange, aber niemand nimmt ab.

»Egal, was passiert, du bleibst hier auf dem Posten!«, befiehlt er dem Ersten Steuermann. »Ich gehe runter. Jemand muss die Stromzufuhr unterbrechen, damit dieser Höllenlärm aufhört, und dafür sorgen, dass der Motor wieder angeworfen wird.«

Der Erste Steuermann schwingt sich auf den Stuhl des Kapitäns, schaut Migulko hinterher, der in Panik aus dem

Raum stürzt und sich mit rudernden Armen im Gleichgewicht hält. So schnell er kann, balanciert er die schräge Treppe hinunter. Auf halber Strecke verstummt der penetrante Alarm, der aber weiter in seinem Kopf nachhallt, bis die altgewohnten Geräusche wieder Oberhand gewinnen. Doch sie haben sich merklich verändert. Der Frachter knarrt in den Fugen. Im Frachtraum dröhnen die dumpfen Fausthiebe der gewaltigen Brecher, die gegen den Stahlrumpf hämmern. Leitungstechniker und Schmierer stehen auf dem Gerüst neben dem abkühlenden Hauptmotor, als Migulko den Maschinenraum erreicht.

»Verdammte Scheiße! Was ist passiert?«, brüllt er hinauf und fuchtelt verzweifelt mit den Händen durch die Luft.

»Kolbenfresser! Da geht nichts mehr!«, schreit der Leitungstechniker zurück. »Ich habe das kommen sehen! Ganz genau! Aber keiner wollte auf mich hören! Dieser verfluchte Mix-Scheiß, den wir in die Maschine kippen, ist unser aller Verderben!«

Das Schiff ist außer Kontrolle, hämmert es gegen den Verstand des Kapitäns wie die tosenden Brecher gegen die Bordwand. Wir sind auf Grund gelaufen.

Goschkas Kopf brummt noch immer vom Sturz in der Messe. Doch er fühlt sich nicht in seiner Denkfähigkeit beeinträchtigt. Er weiß instinktiv, was zu tun ist, um hier noch mit heiler Haut herauszukommen. Niemandem wird es gelingen, ihn davon abzuhalten, das ist sein fester Entschluss.

Du musst vor allen anderen auf dem Bootsdeck sein, möglichst noch, bevor vom Kapitän Seenotsignale abgesetzt werden und diese ganze Rettungsmaschinerie an Bord in Gang kommt. Wenn ich den anderen zuvorkomme, schaffe ich es allein an Land. Wir können nicht weit von der Küste sein.

Diese Gewissheit gewinnt er aus der Tatsache, dass er noch vor kurzer Zeit auf der Steuerbordseite einen Lichtschimmer gesehen hatte, der durch die dichte Wolkendecke gedrungen war. Da muss irgendwo ein Leuchtturm sein, ganz in unmittelbarer Nähe, denkt er, da halte ich einfach drauf zu.

Die Schräglage des Frachters erschwert das Vorankommen im Treppenhaus erheblich. Er muss immer wieder den Körper mit den Händen an der Wand abstützen, ihn verrenken und verbiegen, um endlich das Deck D zu erreichen und seine Kajütentür zu öffnen. Trotz Brummschädel kann er sich mit großer Anstrengung auf den Beinen halten, setzt mühevoll Schritt vor Schritt. Im Bad schraubt er hektisch den Spiegelschrank ab, muss öfter eine Pause machen, bevor er den Seesack aus dem Hohlraum herauszerren kann. Als er den Raum verlassen will, steht der schwarze Umriss einer kräftigen Person in der Türöffnung, versperrt breitbeinig den Ausgang aus seiner Kammer. Ein Riesenschreck lähmt für einen kurzen Moment seine Glieder, und er erstarrt mitten in der Bewegung. In der rechten Hand der dunklen Gestalt glänzt etwas Metallenes. Erst jetzt realisiert er, dass der Lauf einer Pistole auf ihn gerichtet ist. Das Mündungsauge der Waffe deutet unheilvoll auf seine Brust.

»Wohin so eilig, Kamerad?«, fragt der Schatten, dessen Stimme er sofort erkennt.

»Oleg? Was willst du?«

»Ich bin nur gekommen, um dir dein schweres Gepäck abzunehmen!«

»Mach den Weg frei, Idiot! Wir sind in Seenot! Wir müssen alle so schnell wie möglich von Bord!«

»Wie du willst! Dann trägst du eben selbst den Seesack für mich zum Bootsdeck. Aber da übernehme ich ihn«, stellt Oleg unmissverständlich fest und unterstützt seine Worte mit einer Schwenkbewegung der Pistole. Mit der freien Hand zieht er einen goldenen Steckkamm unter dem Ölzeug hervor. »Ist das vielleicht das Teil, das du vermisst? Unser Smutje hat es in seiner unersättlichen Gier ausgeplaudert, nachdem ich ihm einen Schein angeboten habe. Und dann dachte ich mir, bevor du zu mir kommst, komme ich doch lieber sicherheitshalber zu dir!«

»Gib ihn her, dann vergessen wir die ganze Sache!«

»Dieses nette, kleine Andenken. Nein, Freundchen, dafür gefällt mir das Schmuckstück zu gut. Du hast doch selbst genug davon gehabt. Ich hab's mit eigenen Augen gesehen, wie das Zeug von dir und deinen Leuten in Pieter an Bord geschafft wurde.«

»Bist du lebensmüde? Der Inhalt gehört mir doch gar nicht. Ich transportiere diese Seesäcke doch nur! Du legst dich da mit Leuten an, die dich gnadenlos zertreten werden!«

»Von deinen Leuten wird mich niemand zu Gesicht bekommen! Du hast es schließlich mit keinem Dummkopf zu tun. Sonst hätte ich mir nämlich nicht gedacht, wer Gold nach Holland schafft, schafft Euro wieder zurück nach Russland. Liege ich damit richtig? Ja, ich liege goldrichtig!«

»Was willst du denn machen? Mit dem Sack abhauen? Du bist vielleicht naiv! Sie erwischen dich, das verspreche ich dir!«

»Ich werde es erleben! Du vielleicht nicht! Und bis es soweit ist, trägst du mir jetzt erst mal den Sack rauf zu den Rettungsbooten!«, befiehlt Oleg und drückt Goschka die

Waffe in den Rücken. »Los, Abmarsch, Kamerad! Dawai, dawai!«

Mit Kopfschmerzen schultert Goschka den Seesack und trägt ihn aus seiner Kajüte. Oleg weicht nicht von seiner Seite, selbst wenn er sich langsam am Geländer vorwärtszieht und weiter über die schrägen Treppen durchs Deckshaus klettert. Die ganze Zeit spürt er die Mündung der Waffe durch die Kleidung. Goschka schiebt die Tür zum Bootsdeck auf. In diesen Moment lässt der Druck in seinem Rücken kurz nach.

Das ist die Gelegenheit, sagt er sich und dreht sich mit dem Mut der Verzweiflung blitzschnell um die eigene Achse. Ein Schuss geht los. Ein brennender Schmerz schneidet sich in seinen Unterleib. Er torkelt nach draußen an die Luft, zwei drei Schritte bis an die Reling. Oleg ist dicht hinter ihm.

»Stell den Sack hin, direkt vor meine Füße!«, befiehlt der.

Goschka setzt den Seesack langsam ab, sinkt daneben in die Knie. Er hält immer noch den Tragegurt fest in der Hand, weil der Schmerz seine Finger zu Krallen verformt hat. Oleg, der sich mit der freien Hand an der Reling festhält, löst seinen Griff, um den Seesack zu packen. Im selben Moment kippt das Schiff mit einem kräftigen Ruck noch weiter auf die Steuerbordseite. Oleg verliert das Gleichgewicht, fällt zur Seite und prallt mit der Stirn gegen einen Eisenpfosten. Die Pistole fällt ihm aus der Hand. Als er benommen danach greifen will, rutscht der goldene Kamm aus der Tasche des Ölzeugs und glitscht über das nasse Deck zu Goschka hinüber, der mit verzerrtem Gesicht an der Reling Halt gefunden hat. Intuitiv schnellt seine Hand vor und greift nach dem goldenen Glanz. Wieder spült ein mächtiger Brecher über die Bordwand. Wasser stürzt auf das Deck, reißt den noch immer bewegungsunfähigen Oleg mit sich fort. Der schlaffe Körper rutscht über den schrägen Decksboden auf die Reling zu. Oleg macht keine Anstalten sich festzuhalten, wird unter dem Geländer hindurch gespült und geht über Bord. Der Körper stürzt in ein schwarzes Vakuum, wirbelt ein letztes Mal im Kreis herum und verschwindet dann in eine stockdunkle, lautlose Leere.

Goschka hat die Szene ohne Regung mit angesehen, drückt eine Hand auf seine Wunde und schleppt sich, den Seesack über der Schulter, mit äußerster Mühe voran. Durch die Schräglage hängt das Rettungsboot am gebogenen Eisenarm des Davits bereits halb über die Bordwand. Er muss mit müden Beinen zwei Stufen auf eine Erhöhung steigen, schiebt den Seesack über den roten Gummiwulst des Hartbodenschlauchboots. Dann packt er das Tau, das die Luftkammern umspannt, und zieht sich an Bord. Die Wunde brennt ein heißes Feuer in seinen Bauch. Mit qualvollen Handgriffen löst er die Seilbremse des Schwerkraftkrans und fiert das Schlauchboot ohne Motorkraft an der Bordwand hinunter auf die tosende See.

RUNGHOLT

Es geht dem Seelachs entgegen, der eigentlich gar kein Lachs ist, sondern zu der Familie der Dorsche gehört. Seelachs ist eine Erfindung der Lebensmittelindustrie. Die ist der Meinung, der Name Lachs ließe sich besser verkaufen. Der Mannschaft der ›Rungholt‹ ist das schnuppe, sie ist hier draußen, um ihn zu jagen. Es ist wieder soweit, der Kapitän legt den Schalthebel um. Die Winde, auf die das Schleppnetz gewickelt ist, geht in Betrieb. Ein Klirren und Scheppern erfüllt die Luft. Das Geräusch gleicht den drehenden Ketten eines Leopardpanzers. Die drei Männer der Mannschaft sehen zu, wie sich das Meer die Netze holt, Meter für Meter, am Ende die beiden Scherbretter, tonnenschwere Metallschilde. Ein ohrenbetäubender Ton, laut wie ein Glockenschlag, lässt den Kutter erzittern, während sie aus der Verankerung springen, unter Wasser den Rachen des Netzes weit offen halten, ein riesiges Raubfischgeflecht, das sich den Magen vollschlägt.

»Leute, unser Revier ist 500.000 Quadratkilometer groß«, brüllt Hauke Timmann enthusiastisch dem Netz hinterher, »wollt ihr noch mehr Freiheit? Unter uns geht es 100 Meter in die Tiefe, gefüllt mit 15 Millionen Tonnen Fisch. Holen wir uns unseren Anteil!«

Alle ballen die Fäuste zum Himmel. Es ist noch früh am Morgen, gerade halb sechs und es beginnt zu dämmern. Die ›Rungholt‹ steigt auf die Berge aus Wasser und versinkt in den Tälern. Der Kutter stampft nach Norden. Durch die aufstehende Tür vom Ruderhaus tönt Pop-Rock-Musik bis an ihre Ohren, RSH Radio dudelt den Song »Perfekte Welle« der Musikgruppe Juli. Per Timmann dreht voll auf.

Der Alte hatte mit seiner Prognose recht behalten. Auf offener See hatte der Wind gedreht, der Sturm war abgeflaut.

Das besagt nichts, denkt Henning Bischoff. Früher hatten wir zwei Tage schlechtes Wetter und dann aber 14 Tage gutes. Heute ist es genau umgekehrt. Seiner Meinung nach ist die Erderwärmung daran schuld, der große Klimawandel, der auch dazu führt, dass immer mehr Schiffe in immer mehr Gebieten fischen. Doch die Fangmengen steigen trotzdem nicht. Die großen Dorschschwärme schwimmen heute wesentlich weiter im Norden als früher.

Nach vier Stunden kommt das Netz wieder rein. Der Steert erscheint an der Wasseroberfläche, der schlauchförmige Teil des Netzes, in dem sich eine halbe Tonne Dorsch gesammelt haben dürfte. Jessen löst den Steertknoten, und die Beute prasselt an Bord des Kutters.

»Egal, ob die Weiber nackig laufen, lass 'se laufen, heut Abend lass uns einen saufen«, dichtet Hauke Timmann lauthals, für niemanden zu überhören.

»Quatsch mich nicht von der Seite an, besonders, wenn ich dir gar nicht zuhöre«, brüllt Peter Jessen zurück, verzieht seinen Mund zu einem breiten Grinsen, während er mit schnellen Schnitten und kurzen Drehungen des Messers die Bäuche der Dorsche aufschlitzt und die Eingeweide entfernt, unaufhaltsam, einem nach dem anderen.

»Pass auf, was du sagst, Smutje, damit ich dich nicht mit einem Dorsch verwechsle«, feixt Hauke Timmann, greift einen Fisch am Kopf und zieht die Klinge seines Messers demonstrativ langsam an den Kiemen entlang durch die Kehle.

Als Bruder des Alten war er immer besonders gefordert gewesen. Hauke war grundsätzlich der Erste, der die dreckige Arbeit übernehmen musste, den der Käpt'n für die Nachtwache einteilte und den er die zerrissenen Netze flicken ließ. Hauke war auch für alles Technische da, die Pumpen bedienen, Filter wechseln, und wenn die Maschine streikte, musste er natürlich auch ran. Das Fischen wurde von ihm quasi nebenbei gelernt, Netze auswerfen und nach vier Stunden wieder reinholen.

Henning Bischoff ist für das Vereisen zuständig. Er steht unter Deck im Laderaum vor dem Trichter in der Luke, durch den der von Blut und Schlick gesäuberte Fisch gekippt wird. Eine Lage Fisch, eine Lage Eis, ein Knochenjob.

Schon bevor der Decksmann wieder an Bord klettert, bemerkt er am Schwanken, dass die Wetterlage sich erneut verschlechtert hat. Auf den Wellenkämmen sind weiße Kronen sichtbar. Ein deutliches Zeichen für eine Windstärke mit fünf Beauforts. Der Sturm bläst gegen die Strömung. Der Kutter tanzt, wird hoch auf die Wellenberge gehoben und stürzt im freien Fall in die Wellentäler. Er rollt und bockt, doch die Männer federn die Stöße routiniert ab, als hätten ihre Gummistiefel Saugnäpfe unter den Sohlen.

Man muss schon Salzwasser im Blut haben, denkt der Decksmann, etwas Archaisches in sich spüren, das einen an Bord treibt. Sonst macht man das hier nicht lange, mit einer Handvoll Männer losziehen, fernab der Küste Leib und Leben riskieren, damit die Menschheit weiterhin Nahrung im Überfluss hat.

Henning Bischoff starrt auf sein leeres Blatt Papier, auf das er nur ein paar Worte geschrieben hat. Der ganze Film der letzten Fangfahrt ist immer noch abrufbar, bis in die kleinsten Details. Aber diese Erinnerungen zu Papier zu bringen, ist wesentlich schwieriger, als er es sich gedacht hat. Er wartet krampfhaft auf eine Inspiration, kaut verzweifelt auf dem Kugelschreiber. Dann beginnt er zu schreiben. Der Sturm der Erinnerung treibt ihn in die Vergangenheit zurück. Er taucht ab in die Wellentäler der Nacht, steht an Bord der ›Rungholt‹, in deren trübem Licht die Untiefentonne ›Amrumbank-Süd‹ gespenstisch ihre rostigen Flanken zeigt.

Der Tag ist noch ganz in Ordnung gewesen. Doch zum Abend kündigt der Wetterbericht Windstärke neun und Schauerböen an. Per Timmann, der im Ruderhaus am Steuer steht, flucht laut. Mit einbrechender Dunkelheit haben Wind und Regen sich bereits zum heulenden Sturm entwickelt. Das Wasser kocht mit mörderischem Weiß. Die tosende Brandung peitscht in die Gesichter der Männer. Ans Schlafengehen ist nicht zu denken. Per Timmann steht allein auf der Brücke und scheint mit sich zu ringen, was er tun soll, um nicht in eine brenzlige Situation zu geraten. Die Nacht ist schwarz, nur das bläuliche Licht der Bildschirme fällt auf das Gesicht des Kapitäns. Es ist ein Uhr. Der Sturm heult inzwischen ziemlich heftig. Die Macht der See ist bis in die Eingeweide zu spüren.

»Wir müssen uns von hier absetzen, sofort!«, brüllt Timmann seinem Bruder zu. »Ich bringe den Kahn ins Fahrwasser vom Rütergat. Da halten sich die Brecher in Grenzen. Sag mir Bescheid, wenn du die Ansteuerungstonne 26 entdecken solltest.«

Er zündet sich eine Zigarette an und flucht grimmig zum Wettergott hinauf. Die ›Rungholt‹ knallt gegen eine auftürmende Welle. Der Aufprall kommt unerwartet, vibriert durch das Schiff, als würde die Erde beben. Die Nacht ist zu dunkel, um irgendwelche Tonnen zu entdecken. Die Instrumente müssen reichen. Bei GPS eigentlich kein Problem, aber nah an der Küste ist alles in steter Veränderung. Im Mündungsbereich des Rütergats stehen die Wellen kurz und steil, der Orkan wird langsam wieder berechenbar. Per Timmann kontrolliert den Kurs und korrigiert ihn um drei Grad in nördliche Richtung. Das Log zeigt, dass er die Geschwindigkeit auf vier Knoten gedrosselt hat. Der Dieselmotor tuckert im gewohnten Takt. Die ›Rungholt‹ legt sich geschmeidig in die Wellen.

»Backbord, 50 Meter voraus! Dort schwimmt was!«, brüllt Hauke, der vorn breitbeinig an der Reling steht, sich mit einer Hand an ein Tau klammert und mit dem anderen Arm wild durch die Luft fuchtelt. Der Kapitän drosselt den Motor noch weiter herunter, macht langsame Fahrt.

»Es ist ein Boot!«, brüllt Hauke erneut, und die Mannschaft sammelt sich auf dem Vorderschiff.

»Ein rotes Schlauchboot«, brüllt Jessen, indem er Hauke noch übertönt. »Wollen wir es an Bord nehmen?«

Das Boot schaukelt in den Wellen, kommt langsam näher. Hauke greift nach dem Bootshaken, der am Dach des Ruderhauses festgezurrt ist, und beginnt ihn loszumachen. Die Finger sind klamm von der Kälte, es dauert eine Weile, bis er den feuchten Knoten aufbekommt. Der Kapitän stellt den Motor aus, lässt den Kutter langsam nach Backbord treiben, bis das Schlauchboot seitwärts am Rumpf andockt. Wider Erwarten ist es nicht leer.

»Da liegt einer drin«, brüllt Jessen, während Hauke Timmann ihm den Bootshaken in die Hand drückt, damit er das Schlauchboot an der Bordwand fixieren kann. An einer Schlauchwand liegt ein Mann im knöchelhohen Wasser, den linken Arm mit einem Strick am Sitz des Bootes festgebunden. Er scheint ohnmächtig zu sein, sein bleicher Kopf liegt seitwärts auf einem Gummiwulst. Die Kleidung ist völlig durchnässt, neben ihm liegt ein Seesack, der ebenfalls mit einem Strick am Sitz befestigt ist.

»Was ist los?«, ruft der Kapitän aus dem Ruderhaus.

»Ein Mann, Käpt'n«, meldet Bischoff. »Im Schlauchboot liegt ein Mann. Sieht nicht gut aus.«

»Was heißt, sieht nicht gut aus?«

»Sieht irgendwie tot aus, der Kerl!«, stellt Bischoff fest.

»Scheiße!«, flucht Per Timmann. »Verdammte Scheiße, was machen wir jetzt mit dieser Scheiße?«

Bischoff zuckt mit den Achseln.

»Ich gehe nachsehen«, sagt Hauke Timmann, wirft die Strickleiter über die Reling und bindet sich ein Tau um den Bauch. Dann klettert er über Bord, vorsichtig die wackligen Holzsprossen hinab, bis sein Fuß auf dem Gummiwulst Tritt fasst. Mit einem Satz hechtet Hauke ins Schlauchboot, das sich mit dem Kutter zusammen in den hohen Wellen hebt und senkt. Er watet in seinen Gummistiefeln durchs knöcheltiefe Wasser im Bootsinneren, beugt sich über den Mann, fühlt den Puls und brüllt: »Tot! Der ist tot! Was machen wir jetzt?«

»Hat er Papiere bei sich?«, ruft sein Bruder zurück, der mittlerweile das Ruderhaus verlassen hat.

Hauke wühlt in den Taschen des Ölzeugs, zieht den Reißverschluss der Jacke auf und tastet den Mann darunter ab.

Henning Bischoff legt den Kugelschreiber aus der Hand. In seiner Erinnerung weiß er noch ganz genau, wo er zu diesem Zeitpunkt an der Reling der ›Rungholt‹ stand. Der dicke Peter Jessen und der Kapitän lehnten sich an der anderen Seite der Strickleiter über die Reling, wobei dieser allerdings mit seiner Aufmerksamkeit mehr zum Ruderhaus gewandt war. Dann war etwas Entscheidendes passiert, blitzschnell und schon wieder vorbei, fürs Auge kaum wahrnehmbar. Im trüben Lampenlicht des Kutters hatte in Haukes rechter Hand etwas Blankes, Goldenes geschimmert, nur den Bruchteil einer Sekunde lang, dann war der Gegenstand in der Tasche seines Ölzeugs verschwunden, als wäre er nie da gewesen. Er hatte sich wieder aufgerichtet und einen Moment unentschlossen im Gummiboot gestanden.

Henning sieht auf sein beschriebenes Stück Papier und hört dabei noch die Stimme von Hauke Timmann in seinem Ohr, so deutlich, als würde er in diesem Moment zu ihm sprechen.

»Nichts!«, meldet Hauke lauthals. »Der Kerl hat nichts bei sich!«

»Und der Seesack? Vielleicht sind da Papiere drin?«, brüllt sein Bruder, der nur kurz seinen Kopf zur schwarzen See wendet.

Hauke beugt sich herunter, hat einige Mühe, den Klemmhaken vom Verschlussbügel zu lösen. Plötzlich stößt er einen merkwürdigen Schrei aus, der fast etwas Schmerzhaftes an sich hat. Seine Hand greift durch die Öffnung, zerrt ein Bündel Geldscheine heraus und reckt es in die Luft.

»Schaut euch das an, Leute! Heiliger Klabautermann, Geld wie Sand am Meer! Der ganze Sack ist randvoll mit Geldscheinen, Euroscheinen!«

An Bord bleibt es stumm, die Männer starren ungläubig auf die Hand, die wie wild mit den Geldscheinen durch die Luft wirbelt.

»Der Kerl ist tot!«, brüllt Hauke. »Der wird sein Geld nicht vermissen, Leute. Das ist Strandgut, es gehört uns! Wir haben es gefunden!«

»Bleib ruhig, Hauke! Was soll dieses Gezeter?«, schreit der Kapitän seinen Bruder an. Er nimmt Jessen beiseite und befiehlt ihm: »Hol einen Tampen, Peter, und schmeiß ihn Hauke zu. Er soll den Sack daran anbinden. Dann ziehst du ihn an Bord und wir sehen weiter!«

Per Timmanns Augen verengen sich zu Schlitzen, dann wendet er sich ab und verschwindet wie ein aufgescheuchtes Reh im Ruderhaus, als hätte er mit der ganzen Sache nichts mehr zu tun. Die ›Rungholt‹ treibt in der Zwischenzeit im Windschatten der Insel Amrum, der Sturm hat an Einfluss verloren. Hauke kann auf Anhieb das Seil fangen, das ihm zugeworfen wird, bindet aber nicht den Seesack daran. Nachdem er das Geld zurückgestopft und den Bügel eingehängt hat, hängt er sich den Tragegurt über die Schulter, befestigt stattdessen das Schlauchboot am Seil und klettert an Bord zurück. Ohne ein Wort zu verlieren marschiert er damit ins Ruderhaus zu seinem Bruder. Jessen und Bischoff folgen ihm dicht auf den Fersen. Als die drei Männer sich in den Raum gezwängt haben und Jessen die Tür zugezogen hat, öffnet Hauke den Verschlussbügel und schüttet den Inhalt des Seesacks auf den Boden des Ruderhauses. Ein ganzer Haufen mit 100er-, 200er- und 500er-Scheinen liegt ihnen zu Füßen. Hauke kniet sich davor und beginnt zu zählen, bildet unter den gebannten Blicken der anderen 50.000er-Stapel. Geruch von Dieselöl sticht in ihre Nasen. Der Kutter stöhnt im Wellengang, schlägt den Zähltakt dazu. Die Zeit steht still, solange, bis am Ende 2.500.400 Euro auf der Habenseite angehäuft sind und das Sein eine andere Dimension angenommen hat.

»Können wir das wirklich behalten?«, fragt Peter Jessen mit unsicherer Stimme in die allgemeine Anspannung hinein.

»Mensch Dicker, hat jemals einer eine solch bekloppte Frage gestellt?«, tönt Hauke Timmann.

»Ich finde, die Frage ist schon berechtigt, oder was meinst du dazu, Per?«, wirft Henning Bischoff ein.

»Ich … ich weiß nicht! Wirklich nicht!«, sagt der Kapitän verhalten, während er versucht, mit langsamer Fahrt den Kutter in der Mitte der Fahrrinne zu halten. »So viel Geld schleppt doch kein Normalsterblicher einfach so mit sich herum. Das kann nicht dem Toten gehören. Vielleicht hat er es gestohlen und irgendjemand wird es vermissen. Und wenn das so ist, wird derjenige, dem er es gestohlen hat, versuchen, es wiederzubekommen. Oder es gibt noch einen anderen Haken dabei, von dem wir im Moment keine Ahnung haben.«

»Wir könnten doch einfach jeder eine Handvoll behalten, das merkt doch keiner«, kommt leise von Peter Jessen.

»Leute, ich will nur kurz einwerfen, dass das Diebstahl wäre«, protestiert Henning Bischoff. »Hauke kann sich das auf keinen Fall leisten, oder?«

»Bist du bescheuert? Willst du mich anpissen, eeh?«

»Quatsch, ich will nur darauf hinweisen, was es für Konsequenzen für uns alle haben könnte.«

»Entweder wir nehmen alles oder gar nichts«, knurrt Per Timmann. »Nehmen wir einmal an, wir liefern den Sack bei der Polizei ab und einer von uns wirft plötzlich mit Geld um sich, dann kann sich jeder denken, woher er das hat.«

»Stimmt«, unterstützt Hauke seinen Bruder. »Deswegen bin ich dafür, alles zu nehmen. Wenn wir alle die Klappe halten, kann das Geld meinetwegen Satan persönlich gehören. Niemand kann wissen, dass wir es gefunden haben.

Also, was soll uns schon passieren, wenn wir es untereinander aufteilen?«

»Und die Leiche, die dort draußen im Schlauchboot liegt?«, wirft Henning Bischoff ein. »Die löst sich nicht in Luft auf.«

»Wieso denn nicht?«, fragt Hauke Timmann verwundert. »Der Kerl ist tot. Wir kippen ihn über Bord, würde ich sagen. Mit der nächsten Ebbe geht er ab ins Meer und verschwindet auf Nimmerwiedersehen. Futter für die Fische. Das Schlauchboot lassen wir einfach treiben und schon bringt uns niemand damit in Verbindung.«

»Hauke hat recht«, bestätigt Peter Jessen. »Ich bin dafür, das Geld zu behalten!«

»Es könnte funktionieren«, mischt sich der Kapitän ein. »Aber nur, wenn wir uns wirklich alle einig sind, das Geld nicht sofort auszugeben. Wir müssten einige Zeit verstreichen lassen, erst einmal rumhorchen, was eigentlich passiert ist, von wo der Mann im Schlauchboot gekommen ist. Warum treibt er mit einem Sack voll Geld auf der Nordsee? In der Zwischenzeit müssen wir unser Leben genauso weiterleben wie bisher. Wir tun einfach so, als existiere das Geld überhaupt nicht. Schätze mal, mindestens ein halbes Jahr. Wenn bis dahin niemand auftaucht, um nach dem Geld zu suchen, teilen wir den Zaster auf. Was haltet ihr davon?«

»Und was passiert solange mit dem Geldsack?«, fragt Peter Jessen.

»Ich nehme ihn erst mal mit zu mir und verstecke ihn an einem sicheren Platz«, sagt der Kapitän bestimmend. »Ihr seid immer gut mit mir gefahren, habt euch immer auf mich verlassen können. In meinem Haus ist der Seesack sicher, bis ich den genauen Zahltag festlege.«

»Und wieso willst du den festlegen? Ich finde, wir sollten gemeinsam darüber abstimmen«, sagt Hauke Timmann mürrisch und beginnt, Geldstapel bedächtig wieder in den Seesack zu füllen.

»Ich bin die Respektsperson an Bord!«, faucht der Kapitän.

»Auf jedem Schiff, das dampft und segelt, gibt's einen, der die Sache regelt – oder wie soll ich das verstehen?« Die Stimme von Hauke Timmann hat einen sarkastischen Unterton.

»Genau! Mein Bruder ist ein schlaues Köpfchen!«, sagt der Kapitän, ohne auf den Seitenhieb seines Bruders einzugehen. »Ich bin der Kapitän und ich habe das Sagen an Bord. Seid ihr in den ganzen Jahren, in denen wir zum Fischen draußen waren, jemals schlecht damit gefahren? Ihr habt mir immer vertraut. Ist einer von euch da plötzlich anderer Meinung?«

Wie ein grauer Schleier steht die geladene Stimmung im Raum. Es ist deutlich zu spüren, wie jeder Einzelne seine persönliche Meinung aufrüstet, aber nicht wagt, sie auszusprechen. Eine hochexplosive Ladung, die sich besonders gegen den Kapitän richtet. Hauke Timmann sitzt zwischen den Stühlen. Seine Einstellung zu dem Geld ist überdeutlich. Offensichtlich traut er sich jedoch nicht, seinem Bruder die Autorität abzusprechen, sonst könnte der am Ende doch noch den Seesack bei der Polizei abliefern. Nur das Schwappen der Wellen an der Bordwand stört die Grabesstille.

»Was ist mit dem Toten?«, durchbricht Henning Bischoff das Schweigen. »Wenn du schon glaubst, das Sagen zu haben, Käpt'n, dann sag uns jetzt gefälligst, was du mit dem Toten zu tun gedenkst!«

»Mein Bruder hat es euch bereits gesagt! Niemand hat bis jetzt dagegen protestiert, oder?«

»Du willst ihn wirklich ins Meer werfen?«

»Er ist tot, Henning«, braust Hauke auf. »Er bekommt ein Seemannsgrab, was willst du mehr?«

»Hauke hat recht!«, springt Peter Jessen seinem Kumpel zur Seite. »Und … und der Käpt'n auch. Werfen wir ihn über Bord, dann ist er weg!«

»Ich mach diese Drecksarbeit aber nicht!«, bellt Henning Bischoff. »Damit mach ich mir die Finger nicht schmutzig.«

»Aber das Geld willst du schon anfassen, wenn du es bekommst, oder?«, stichelt Hauke Timmann.

»Das ist etwas ganz anderes!«

»Ist es nicht, mein Lieber! Reich werden und sich dabei nicht die Finger schmutzig machen wollen, geht nun mal nicht zusammen. Sonst schlachte doch weiterhin Fische! Dann hast du schmutzige Finger und bleibst weiter arm. Eine wirklich gute Alternative, finde ich.«

Hauke Timmann lässt den Zeigefinger in Stirnhöhe kreisen. Henning Bischoff spuckt ihm vor die Füße. Hauke Timmanns Halsadern schwellen an, er stürmt auf den Decksmann zu und packt ihn unsanft an den Schultern.

»Schluss damit!«, brüllt der Kapitän, lässt das Steuerrad los und drängt sich entschlossen zwischen seinen Bruder und Henning Bischoff. »Wenn ihr nicht sofort damit aufhört, wandert das gesamte Geld zur Polizei. Entweder wir gehen zivilisiert miteinander um oder wir können die Sache von vornherein vergessen, verstanden?«

»Henning hat offensichtlich noch nicht kapiert, welche Gnade ihm widerfahren ist«, faucht Hauke und öffnet die Tür vom Ruderhaus. Dann zögert er, dreht sich um und sagt mit ruhiger Stimme: »Nicht einmal seine Finger muss er sich schmutzig machen, denn ich geh jetzt da raus und versenke den toten Seemann in seinem Grab.«

Bevor Jessen und Bischoff hinter ihm her kommen können, hängt Hauke Timmann bereits wieder an der Strickleiter. Die Flut treibt in den Priel hinein, und die Wellen haben an Kraft verloren. Behände klimmt er ins Schlauchboot, zieht das Messer zum Fischeschlachten aus seinem Gürtel und schneidet das Seil, mit dem der Tote angebunden ist, mit einem Schnitt durch. Er packt das Ölzeug am Kragen und zerrt mit aller Kraft und in mehreren Versuchen den Mann über den Gummiwulst, bis der lautlos ins Wasser gleitet.

Das ist die Wahrheit und nichts als die Wahrheit, beendet Henning Bischoff die Beschreibung der Ereignisse auf See. Dann überlegt er, wie er den Brief an den Kapitän formulieren soll. Möglichst knapp, denkt er und beginnt einfach drauflos zu schreiben.

›Gerade ist uns diese verrückte Sache mit dem Seesack passiert, wir sind noch alle in Hochstimmung, und dann ist unser Kumpel Peter Jessen tot. Bei der zeitlichen Nähe kann ich kaum glauben, dass das nur ein Zufall ist. Genauso wenig will ich glauben, dass du oder dein Bruder etwas damit zu tun haben. Aber ausschließen kann ich es auch nicht. Wenn es wirklich so wäre, könnte ich der Nächste sein, dem etwas zustößt. Dieses Protokoll soll das verhindern, es soll mir die nötige Sicherheit geben, dass das nicht passieren wird. Und sollte es doch geschehen? Du und dein Bruder wissen jetzt Bescheid, dass ich einen Trumpf in der Hinterhand habe. Wer mich tot auffinden sollte, wird sich bestimmt zusammenreimen können, warum es passiert ist.‹

Der Decksmann ist innerlich aufgewühlt. Mit dem Kugelschreiber fährt er über die Zeilen des Geschriebenen, die zwar das gesamte Geschehen der Sturmnacht in nüchternen Worten festhalten, aber nicht das Lebendige seiner Erinnerung wiedergeben. Im Nachhinein fragt er sich jetzt auch, warum damals keiner ein Wort über den goldenen Gegenstand verloren hatte, der von Hauke Timmann klammheimlich eingesteckt worden war. Natürlich musste auch Peter Jessen den Vorgang beobachtet haben, da ist er sich hundertprozentig sicher. Und Peter Jessen muss ebenfalls gewusst haben, dass er die Sache auch mitbekommen hat. Warum hat er die Klappe gehalten? Oder hat er es etwa nicht getan und ist deshalb tot? Aber Hauke und er waren alte Kumpel.

Henning Bischoff überlegt, ob er den geklauten Gegenstand noch in seinem Brief erwähnen oder lieber für sich behalten sollte. Er grübelt über das Für und Wider und entschließt sich am Ende, es bleiben zu lassen. Denn eines ist ihm klar: Falls Hauke wirklich seinen Kumpel wegen des Goldstücks ermordet haben sollte, wäre es nicht sonderlich klug, das auch nur andeutungsweise zu erwähnen.

EIDERLAND

Hauptkommissar Swensen ist sichtlich konsterniert über den mittleren Ausnahmezustand am Ende der Frühbesprechung, als er die kleine Teeküche in der Husumer Polizeiinspektion betritt, um sich einen Tee für die liegen gebliebene Büroarbeit aufzubrühen. Er füllt, innerlich nicht richtig bei der Sache, Wasser in den Kocher und setzt ihn mit einem Fingerschnips in Gang. Auf der Sitzung hatte es eine unerwartete Neuentwicklung im Mordfall Peter Jessen gegeben. Das Unschöne daran war nur, dass diese nicht auf die eigenen Ermittlungen zurückzuführen war. Natürlich wurde das weitere Umfeld des Opfers aufs Gründlichste unter die Lupe genommen. Dabei hatten sich Silvia Haman und Rudolf Jacobsen in den ersten Tagen nach der Tat auch den Stiefbruder des Opfers vorgenommen, der das beliebte Feinschmeckerrestaurant ›Die Eiderente‹ im Stadtkern von St. Peter-Ording betreibt. Doch die eher routinemäßige Befragung hatte damals nichts Bemerkenswertes ans Tageslicht befördert. Silvia Haman konnte in einer der vielen morgendlichen Besprechungen nur von einem wasserdichten Alibi des Stiefbruders berichten, das sie und der Kollege Jacobsen natürlich gewissenhaft überprüft hatten. Daraufhin wurde die Ermittlung in Richtung Stiefbruder von der Soko *Multimar* nicht weiter verfolgt.

Das war der Grund, warum die heutige Ausgabe der Husumer Rundschau wie eine Bombe unter den Beamten eingeschlagen hatte. Im Regionalteil Husum gab es ein ausführliches Interview der Kriminalreporterin Maria Teske mit dem Stiefbruder Andreas Lütke zu lesen, das seine vermeintliche Unschuld noch einmal auf den Prüfstand beförderte.

Der Hauptkommissar gießt siedendes Wasser in den Siebeinsatz seiner Porzellankanne. Ein kleines Ritual, das er immer mit Achtsamkeit vollzieht. Das kleine Stück des speziellen Pu-Erh-Teeriegels kann bis zu 15 Mal aufgegossen werden. Nach dem vierten Mal braucht es nur noch wenige Sekunden Ziehzeit. Swensen richtet seinen Blick auf die Uhr neben dem Hängeschrank und sieht geduldig dem Sekundenzeiger hinterher, wie er um die Mitte stolpert, als wäre jede Sekunde so wertvoll wie die nächste. Zehn Sekunden – er hebt den Siebeinsatz heraus und hält ihn unschlüssig über den Abfluss. Während die Tropfen auf das Metall schlagen, verschafft er sich innerlich einen Überblick über den Stand der Ermittlungen. Es ist eine Tatsache, dass er in der Vergangenheit die treibende Kraft war, die Hauke Timmann nicht aus dem Visier lassen wollte. Er, und nur er, hatte ihn sehr schnell als den Hauptverdächtigen ausgeguckt. Und irgendetwas sträubt sich in ihm, das jetzt nicht mehr zu tun. Obwohl alle Kollegen anderer Meinung sind und Colditz die Soko sozusagen auf Start zurückschicken will.

Im nächsten Moment, als er den Siebeinsatz in einer leeren Tasse ablegt, tritt jemand hinter seinem Rücken in den Raum.

»Hallo, Jan!«, säuselt die Stimme von Susan Biehl.

Als Swensen sich umdreht, muss er bei ihrem Anblick automatisch lächeln. Es ist ehrliche Freude, denn es scheint ihm Wochen her zu sein, dass er die Kollegin zum letzten Mal gesehen hat. Als er sie jetzt leibhaftig vor sich sieht, erkennt er sofort den Grund. Sie ist braungebrannt und sieht total erholt aus.

»Hallo Susan! Du warst im Urlaub, stimmt's, irgendwo wo die Sonne scheint?«

»Genau, Sonne pur! Drei Wochen Nordindien. Wie im Märchen, sag ich dir, ein richtiger Traum! Na ja … nicht nur, auch immer wieder ein Alptraum. Irgendwie beides. In dem Land trifft man an jeder Ecke auf sehr viel Leid und Armut. Aber auch auf das krasse Gegenteil, atemberaubende Schönheit. Ich habe zum Beispiel diese riesengroße Buddhastatue in Bodhgaya gesehen. Ich musste öfter an dich denken, besonders am Mahabodhi-Baum, unter dem Buddha die Erleuchtung gehabt haben soll. Du solltest unbedingt einmal dorthin, du als Buddhist, für dich müsste das doch eine Pflichtreise sein.«

»Es freut mich natürlich, dass du selbst in deinem Urlaub an mich gedacht hast. Besonders, weil ich davon ausgehe, dass du nicht allein in Indien unterwegs warst.«

Susan Biehl bekommt leuchtende Augen, wird gleichzeitig rot und nickt aufgeregt.

»Der Puppenspieler?«

»In der Teeküche wird nicht ermittelt«, flötet die Sekretärin ausgelassen. »Trotzdem nicht schlecht kombiniert, Herr Kommissar. Und … na ja … da es jetzt schon heraus ist, habe ich eine große Bitte an dich.«

»Das klingt ja richtig geheimnisvoll.«

»Ist es auch noch! Aber ich müsste sowieso bald damit rausrücken.«

»Das hört sich ja an, als wenn du heiraten willst.«

»Wie hast du das jetzt schon wieder herausgefunden? Dein berüchtigter siebter Sinn, oder?«

»Wenn jemand so strahlt wie du, braucht es dafür keinen siebten Sinn. Schön, dass ihr euch entschlossen habt. Susan, ich wünsche euch viel Glück.«

»Ich dachte … äh … wir dachten … also, Marcus und ich meinten …« Es klingt, als suche die Sekretärin nach den richtigen Worten. Ihr Gesicht überzieht sich erneut mit sanfter Röte, und es gelingt ihr nicht, den Satz zu Ende zu bringen.

»Na? Raus damit, Susan, mir kannst du es doch sagen.«

»Würdest du einer unserer Trauzeugen sein?«

»Wirklich? Aber gerne, Susan, das mache ich sehr gerne; ist mir eine Ehre!«

»Oh ja, toll Jan, danke! Ist ja auch noch eine ganze Woche Zeit. Ich lege dir nachher eine Karte auf den Schreibtisch.«

»Okay, bestell Herrn Bender einen Gruß von mir«, sagt Swensen, verabschiedet sich und sitzt wenig später am Schreibtisch. Die Welt besteht doch nicht nur aus Mord und Totschlag, denkt er beschwingt, während der Computer hochfährt. Er klickt sich auf die Internetseite der heutigen Husumer Rundschau, macht den Kopf frei und liest konzentriert das Interview mit Jessens Stiefbruder.

›Ich habe manchmal ein echt schlechtes Gewissen‹, lautet die vielsagende Schlagzeile. Einige Fotos des Stiefbruders bei der Arbeit in der Küche rahmen den Artikel ein.

›HR: ›Herr Lütke, Sie haben einmal gesagt, dass ein Sternekoch drei Dinge in seinen Beruf mitbringen muss: Eine Top-Ausbildung, die Motivation und ein gutes Gespür für Geschmack. Ihr Stiefbruder Peter Jessen hat ebenfalls einmal ein Restaurant geführt und ist damit pleitegegangen. Haben ihm die drei Dinge gefehlt?‹

Andreas Lütke: ›Als wir beide ins Berufsleben gingen, wollten wir unabhängig voneinander etwas in der Gastronomie machen. Peter war am Anfang der ehrgeizigere Schüler als ich, das muss ich zugeben, aber ich hatte – glaube ich im Nachhinein – immer das bessere Gespür, wie man an gute Lebensmittel rankommt und was man damit richtig Gutes machen kann.‹

HR: ›Ihr Stiefbruder hat ein tragisches Ende genommen. Könnte es nicht sein, dass sein Leben vielleicht glücklicher verlaufen wäre, wenn er damals einen anderen Beruf gewählt und nicht die Konkurrenz mit Ihnen gesucht hätte?‹

Andreas Lütke: ›Das kann kein Mensch mit Gewissheit sagen. Ich weiß nicht wirklich, ob mein Stiefbruder unglücklich war. Zumindest hat sein sehnlichster Wunsch, ein eigenes Restaurant zu führen, ihm keinen Erfolg gebracht. Nach der Pleite musste er jahrelang nur arbeiten, um seine Schulden abzubezahlen. Das ist auch der Grund, warum er von seiner Frau verlassen wurde; das möchte ich an dieser Stelle einmal deutlich klarstellen.‹

HR: ›Aber es wird doch trotzdem ein ziemlicher Schock für Ihren Stiefbruder gewesen sein, dass Sie seine Frau geheiratet haben, als die damalige Enna Jessen erst vier Monate geschieden war.‹

Andreas Lütke: ›Das stimmt leider. Seitdem hatten wir überhaupt keinen Kontakt mehr. Er hat bis zu seinem Tod kein Wort mehr mit Enna und mir gesprochen, obwohl ich mehrmals versucht habe, ihm finanziell wieder auf die Beine zu helfen. Immer wenn er meine Stimme am Telefon gehört hat, hat er sofort aufgelegt. Ich habe manchmal ein echt schlechtes Gewissen, wenn ich an diese Zeit zurückdenke.‹

Swensen legt die Zeitung zur Seite und fragt sich ernsthaft, wieso dem Team etwas so Wichtiges entgangen war. Und sich selbst fragt er, warum seine Intuition sich nicht gemeldet hatte, als es um den Stiefbruder ging. Lag es daran, weil das Ganze schon so lange her war? Oder war es passiert, weil Jessens Frau nach der Pleite des Restaurants und ihrer Scheidung sofort den Wohnsitz in Lübeck verlassen hatte? Dass Enna Jessen nach der zweiten Heirat zu Enna Lütke geworden war, hatte niemand bemerkt. Die Ermittler hatten sie als nicht auffindbar abgehakt und nicht weiter auf der Liste gehabt. Egal! Warum auch immer die Panne passiert war, der Artikel machte deutlich, dass zwischen den Brüdern über lange Zeit ein deftiger Familienzwist geherrscht hatte. Ein mögliches Tatmotiv?

Jetzt besteht dringender Handlungsbedarf, was ja bereits in der Frühbesprechung deutlich geworden war. Warum das allerdings am Morgen nicht gleich in Angriff genommen wurde, ist Swensen ein Rätsel. Könnte es sein, dass Colditz die damalige Ermittlungsarbeit von Silvia und Rudolf nicht in aller Öffentlichkeit an den Pranger stellen wollte? Trotzdem erfordert die neue Erkenntnis, dass das vermeintliche Alibi von Andreas Lütke nochmals überprüft werden muss, und zwar lieber heute als morgen.

Swensen kommt nach einiger Abwägung zu dem Schluss, die Sache nicht weiter aufzuschieben und ein offenes Wort mit der Kollegin zu sprechen. Direkt heraus ist die allerbeste Methode, um bei Silvia zu punkten, das weiß er aus langjähriger Erfahrung. Der Gedanke ist noch nicht ganz zu Ende gedacht, als er bereits zielstrebig über den Flur marschiert und sich an die Bürotür der Hauptkommissarin klopfen hört.

»Herein, wenn's kein Schneider ist!«, tönt Hamans tiefe Stimme durch den Spalt der geöffneten Tür.

»Moin, Moin, Silvia!«, grüßt Swensen und kommentiert dann scherzhaft. »Seit wann muss der Schneider bei dir Geld eintreiben, Kollegin? Eine maßgeschneiderte Abendgarderobe? Das würde jedenfalls gut zu meinem Vorschlag passen. Ich wollte dir nämlich gerade einen Besuch in einem Gourmettempel vorschlagen.«

»Muss ich das verstehen?«

»Wäre nicht schlecht. Stichwort Andreas Lütke. Ich finde, wir sollten sein Alibi noch mal überprüfen.«

»Dafür wird dein siebter Sinn mit Sicherheit nicht mehr benötigt«, schmollt Haman. »Rudolf und ich haben unsere Arbeit damals nämlich einwandfrei erledigt. Da wird auch deine frischerwachte Tatkraft nichts Neues ans Tageslicht bringen, das kannst du mir glauben. Lütkes Alibi ist bombensicher. Zwei Mitarbeiter des Restaurants haben es damals unabhängig voneinander bestätigt. Was willst du mehr?«

»Ich will eure Arbeit nicht in Frage stellen. Aber bei der Sachlage könnte er damals möglicherweise Druck auf seine Mitarbeiter ausgeübt haben. Die sind schließlich von ihm abhängig, oder?«

»Manege frei! Hauptkommissar Swensens großer Auftritt und schon ist der Fall gelöst! Oder verstehe ich da etwas falsch?«

»Ich bin kein Zirkuspferd, ich bin nur ein Ackergaul!«

»Okay, dann sehe ich mir jetzt einmal aus der Nähe an, was dein gelobter Pferdeverstand so alles zu Wege bringt.«

Der Himmel hängt wie immer direkt über dem Autodach. Es nieselt, die Sicht ist schlecht. Die Lichtkegel der entgegenkommenden Autos fluten über den nassen Asphalt und blenden in den Augen. Silvia Haman knetet sich mit einer Hand die Stirn und jammert über Kopfschmerzen, während sie mit der anderen Hand das Lenkrad hält. Swensen dagegen fühlt sich richtig wohl in seiner Haut, behält das aber angesichts seiner Kollegin lieber für sich. Das Gespräch mit Susan Biehl hat ihn in einen fast euphorischen Zustand versetzt, dem selbst die bleischwere Luft nichts anhaben kann. Es ist die eigene Sicht der Dinge, die unsere Gemütslage bestimmt, denkt er.

›Um das Eins-Werden mit der Wirklichkeit zu empfinden, musst du die Hoffnung aufgeben, eins mit der Wirklichkeit zu werden.‹

Und urplötzlich erschließen sich ihm die rätselhaften Worte seines Meisters, die er bis dato nicht zu verstehen glaubte. Wenn ich nah an meinen Gefühlen bin, dann lebe ich nur in diesem Moment. Dann brauche ich nicht nach dem Eins-Werden Ausschau zu halten, dann bin ich eins.

»Ist dir Susan Biehl schon begegnet?«, fragt er Silvia Haman. »Die ist in ihrem Urlaub drei Wochen lang durch Nordindien gereist.«

»Indien?«, ruft Silvia in ihrer typischen Stentorstimme aus. »Um Gottes willen!«

»Was ist an Indien so furchtbar? Warst du schon mal dort?«

»Nein, kein Bedarf. Mir hat es gereicht, was ich von Ove gehört habe. Der hat seinen Urlaub in Indien nach einer Woche abgebrochen und ist nach Hause geflüchtet, weil er dieses Elend dort nicht ertragen konnte.«

»Ove Toksvig?«

»Wer sonst? Kennst du noch einen anderen Ove?«

»Nein! Aber ich dachte … äh … du hast gar nicht erzählt, dass du noch Kontakt zu unserem Vicepolitkommissær aus Dänemark hast. Unsere Ermittlungen in Nordjütland sind ja schon etwas länger abgeschlossen.«

»Für mich nicht. Aber das ist mein Privatkram, damit werde ich dir nicht auf den Geist gehen!«

»Tust du nicht im Geringsten, Kollegin. Neugier ist ein natürlicher Bestandteil unseres Berufs.«

»Wir sehen uns ab und zu. Deutsch-dänische Vergangenheitsbewältigung, könnte man so sagen.«

»Grüße ihn von mir, wenn du ihn wieder siehst.«

»Kommt nicht allzu häufig vor. Dieser ungeregelte Polizeidienst und die über 400 Kilometer sind ein großes Hindernis. Es ist allerdings im Gespräch, den Politigården in Thisted zu schließen, dann will Ove sich nach Kolding versetzen lassen. Das wäre nur noch ein Katzensprung.«

»Ich drücke dir die Daumen, dass das klappt«, wünscht Swensen.

Silvia verstummt, möchte anscheinend keine weiteren Details ihrer Beziehung ausplaudern, und Swensens Gedanken schweifen ab in das weit entfernte Indien. Er denkt an Susans Worte, an Bodhgaya, die Wiege des Buddhismus, wo er schon immer einmal hinwollte.

Ehe er sich versieht, sind sie mitten in St. Peter-Ording. Der Dienstwagen passiert das Strandhotel, folgt der Hauptstraße ›Im Bad‹ und fährt an den aufgereihten Touristenläden im Ortskern entlang. Keine Minute später steuern sie den Parkplatz des Restaurants ›Die Eiderente‹ an.

Das alte historische Gebäude ist weiß gestrichen, die blauen Kastenfenster strahlen eine gediegene Eleganz aus. Es ist noch geschlossen, ein Schild hängt in der Eingangstür. Silvia klingelt ohne Hemmung Sturm, bis eine Frau erscheint und missmutig durch das Glas der Eingangstür äugt. Sie ist rundlich und klein, mit einem glatten Gesicht und olivenfarbener Haut. Vielleicht Mitte 30, schätzt Swensen. Silvia drückt den Dienstausweis in Augenhöhe an die Scheibe. Die Frau bleibt reglos wie eine Katze in Lauerstellung.

»Würden Sie bitte aufmachen!«, sagt Haman mit scharfer Stimme.

Die Frau fährt mit der Hand unwillig über die kurzen rostbraunen Haare, dreht den Schlüssel im Schloss und öffnet. Die Farbe ihres Hosenanzugs stimmt perfekt mit der Haarfarbe überein.

»Sie sind von der Polizei?«, fragt sie mit übertriebenem Erstaunen. »Ist etwas passiert?«

»Noch nicht«, stellt Haman lakonisch fest. »Mit wem haben wir das Vergnügen?«

»Lütke«, sagt die Frau genauso kurz angebunden. Doch als sie bemerkt, dass die beiden darauf nicht reagieren, fügt sie hinzu. »Enna Lütke, mein Mann und ich führen das Restaurant.«

»Dann sind wir richtig«, reagiert Haman in übertriebener Lautstärke, »mit Ihnen und Ihrem Mann wollen wir reden. Kriminalpolizei Husum, ich bin Hauptkommissarin Haman und mein Kollege ist Hauptkommissar Swensen. Es handelt sich um den Mordfall Peter Jessen, Ihrem Exehemann.«

»Mit diesem Mann habe ich seit Jahren nichts mehr zu tun. Das ist alles, was ich dazu zu sagen habe.«

»Hat Ihr Mann Sie oder haben Sie Ihren Mann verlassen?«, fragt Swensen. Trotz des Inhalts hat seine Stimme eine gewisse Wärme und Freundlichkeit.

»Was geht Sie das an?«, fragt die Frau wütend zurück.

»Wir ermitteln in einem Mordfall, Frau Lütke, bitte beantworten Sie die Frage.«

»Ich habe ihn verlassen, selbstverständlich ich!«

»Gab es einen Grund für Ihre Entscheidung?«

»Selbstverständlich gab es einen Grund. Unsere Ehe war eine jahrelange Übung in Selbsttäuschung.«

»Das war der alleinige Grund?« Swensens Stimme klingt ungläubig. »Ich habe Nachforschungen über Sie angestellt,

Frau Lütke. Sie sind am 23. Februar 1975 geschieden worden und haben sich am 24. Februar, einen Tag später, in St. Peter-Ording beim Einwohnermeldeamt angemeldet. Kannten Sie Ihren jetzigen Mann da vielleicht schon näher?«

»Nein!«

»Sie haben aber schon vier Monate später geheiratet. Das ging ziemlich schnell.«

»Wo die Liebe hinfällt, Herr Kommissar!«

»Wo waren Sie am 16. Februar um 16 Uhr?«, fragt Silvia Haman dazwischen.

»Wie bitte? Was soll das?« Die Frau ist aus der Fassung geraten, ihre Stimme klingt geringschätzig. »Sind Sie übergeschnappt?«

»Ich stelle hier die Fragen.«

»Sind nur Sie persönlich immer so unangenehm, Frau Haman?«, fragt Enna Lütke ausdruckslos und wendet sich von der Hauptkommissarin ab und Swensen zu, »oder ist das der grundsätzliche Stil der Husumer Polizei?«

»Es könnte da einen klitzekleinen Grund geben, dass meine Kollegin etwas ungehalten ist«, antwortet Swensen ruhig. »Das ist vielleicht nicht ganz korrekt, aber menschlich zu verstehen.«

»Und der wäre?«, fragt Enna Lütke sichtlich verunsichert.

»Nun …«, antwortet Swensen und setzt eine gezielte Pause. »Meine Kollegin kommt hierher, befragt Ihren Mann zum Mord an seinem Stiefbruder. Der verschweigt ihr, und das bestimmt nicht aus Gedankenlosigkeit, dass er mit der ehemaligen Ehefrau des Mordopfers verheiratet ist. Das ist schon ein starkes Stück, finde ich! Dann gibt Ihr Mann einer Journalistin ein Interview, in dem er scheinheilig alles ausplaudert. Was ist das denn? Finden Sie nicht, dass meine Kollegin zu recht verärgert sein kann?«

»Mein Mann hat dieses Interview gegeben, nicht ich«, fegt die Frau die Vorwürfe beiseite. »Ihre Kollegin habe ich bis heute nicht einmal zu Gesicht bekommen, noch habe ich ein einziges Wort mit ihr gewechselt.«

»Frau Lütke, ich bitte Sie!«, entgegnet Swensen scharf. »Sie haben mit Sicherheit davon gehört, dass Ihr Exmann ermordet wurde, und dann melden Sie sich nicht freiwillig bei der Polizei? Das gibt zu denken, mir jedenfalls. Es wird höchste Zeit, die Frage, wo Sie am 16. Februar um 16 Uhr waren, zu beantworten, anstatt sich über die Art und Weise unserer Ermittlungen zu echauffieren.«

»Ich war zu Hause und habe ferngesehen«, antwortet Enna Lütke kleinlaut.

»Liege ich richtig? Zeugen haben Sie keine, und was Sie an dem Nachmittag gesehen haben, haben Sie vergessen?«

»Das mit den Zeugen ist richtig. Aber ich habe eine Kochshow gesehen. Nachmittags läuft immer eine Kochshow.«

»Den Namen der Kochshow wissen Sie auch?«

»Nein, es gibt so viele davon. Ich sehe mir die alle schon aus beruflichen Gründen an. Mein Mann führt schließlich eines der Top-Restaurants hier vor Ort.«

»Dann dürfen Sie uns jetzt bitte zu Ihrem Mann führen, der ist die nächste Person auf unserer Liste.«

»Das ist sehr ungünstig, heute Abend gibt es ein Galadinner für den Bürgermeister. Wir haben alle Hände voll zu tun.«

»Wir auch.«

»Mein Mann muss das Büffet zubereiten. Der ist nicht zu stören.«

»Er ist zu stören, Frau Lütke, glauben Sie mir, er ist zu stören!«

RUNGHOLT

Die Sonne ist gerade untergegangen. Die letzten orangenen Wolkenfetzen zerschellen am Rand der erwachten Nacht. Der Sog des Meeres zieht an den Ankerketten des Fischkutters. Es plätschert sanft und beruhigend an die Bordwand. Von der Schönheit der Schöpfung angezogen, verlässt Per Timmann das Ruderhaus. Er zündet sich eine Zigarette an, lehnt an der Reling und schaut durch die Haut des Wassers. Keine zwei Fuß unter der Oberfläche scheint es plötzlich zu leuchten, ein phosphoreszierendes Blau schimmert herauf. Ein Meeresleuchten, denkt er, berührt von der zauberhaften Erscheinung. Eines der seltenen Naturphänomene, das von garnelenartigen Krebsen und glockenartigen Kolonien von Manteltierchen erzeugt wird. Doch der Anblick, der ihn gerade noch fasziniert in den Bann zieht, nimmt im nächsten Moment etwas Bedrohliches an. Aus der Tiefe der Nordsee steigt etwas herauf, unaufhaltsam, erst diffus und lautlos, dann erscheinen Konturen, gepaart mit schrillem Stöhnen. Es sieht aus wie Türme mit goldenen Gockelhähnen; der Kapitän glaubt Dächer zu erkennen, als würde eine alte Stadt sich aus den Fluten erheben. Unter dem Seetang, von dem das Gemäuer überzogen ist, kriecht seltsam schwerfälliges Getier hervor. Die zackigen Giebel, eng aneinandergereiht, deuten wie Finger zur Oberfläche. Dazwischen kann er in die Enge der Gassen hinabschauen, wo Muschelwerk und Bernstein die Tore der Häuser in Besitz genommen haben und der nie rastende

Flut- und Ebbstrom mit den Schätzen versunkener Schiffe spielt. Mit einem sirenenhaften Schrei taucht ein Lebewesen neben der Bordwand auf, mit großen, hellblauen Augen und hüftlangem Haar in derselben Farbe. Die mädchenhaften Gesichtszüge der Undine erinnern Per Timmann verschwommen an Wiebke, die Frau seines Decksmanns. Mit schnellen Bewegungen des geschuppten Unterleibs und der Fischflosse schießt das Wesen auf den Fischkutter zu und kriecht mit bloßen Händen, einem Gecko gleich, an der steilen Bordwand hinauf.

»Wiebke? Bist du es, Wiebke?«, fragt Timmann mit hoffnungsvollem Unterton, dass er sich bitte täuschen möge.

»Seemann, gib ihn heraus! Sofort!«, tönt das Wesen in betörender Unnachgiebigkeit. Seine Lippen verziehen sich zu einem breiten Lächeln, und in dem geöffneten Mund werden spitze Zahnreihen sichtbar, messerscharf und grausam wie in einem Haikiefer.

»Gib ihn heraus!«, heult die Fischfrau durch die Nacht, schlägt mit einer blitzschnellen Kopfdrehung das Gebiss in die Holzplanken der Bordwand und reißt ein großes Stück davon heraus, als wäre sie weiches Fleisch.

»Was willst du?« Aus Timmanns Augen starrt das Entsetzen eines zu Tode Erschrockenen.

»Den Seesack. Gib mir den Seesack!«

»Verschwinde! Den bekommst du nicht! Der gehört mir!«

»Bist du sicher?«, fragt die bezaubernde Stimme.

»Ja! Und ich gebe ihn nicht heraus!«

»Der Seesack gehört dem Meer, wirf ihn über Bord«, droht die sphärische Frauenstimme.

»Nein!«

Das Geräusch von splitterndem Holz ist die Antwort.

Das Wesen zerfetzt die Bordwand, bis ein riesiges Loch darin klafft und Wasser gurgelnd in den Rumpf läuft.

»Du hast es so gewollt! Jetzt ist es zu spät!«

»Mein Kutter!«, brüllt Timmann verzweifelt. »Mit ihm bin ich über Rungholt gefahren! Ich habe den Schatz gehoben! Er gehört mir! Ich habe ihn mir verdient!«

Das Schiff neigt sich langsam zur Seite, der Bug taucht unter die Wasseroberfläche. Strudel bilden sich, drehen es im Kreis wie ein Karussell, erst langsam, dann immer schneller. Der sternenklare Himmel der Nacht dreht sich vor seinen Augen; er hört ein mächtiges Rauschen, einem Wasserfall gleich, als würde das Meer über den Rand der Welt in die Ewigkeit fließen.

Per Timmann reißt die Augen auf. Er ist schweißnass. In den Ohren tönt noch das Rauschen, das ihn hinab auf den Grund des Meeres sinken ließ. Dann erst ist er wach. Das Rauschen bleibt. Mette muss im Bad unter der Dusche stehen, schießt es ihm durch den Kopf. Er taucht aus der Nacht in die Wirklichkeit des Morgens zurück; Nacken und Rücken schmerzen beim Aufrichten, als Mette im Schlafanzug, züchtig bis zum Hals geschlossen, ins Schlafzimmer zurückkommt, ihre Kleidung aus dem Schrank nimmt und ohne ein Wort noch Blick den Raum wieder verlässt. Seitdem sie ihn dazu getrieben hat, den Seesack im Katinger Watt zu vergraben, haben sie beide nicht mehr über das Geld gesprochen. Es war aus dem Haus und damit für Mette anscheinend auch aus dem Sinn. Obwohl, nachdem die Polizei noch mal unangemeldet aufgetaucht war, um sie ins Kreuzverhör zu nehmen, hatte sie ihn ebenfalls wieder attackiert, ihm Vorwürfe gemacht, dass er ihr ganzes Leben auf den Kopf gestellt hätte und sie unglücklicher seien als zuvor. Danach war eine trügerische Alltäglichkeit in ihr Haus eingekehrt. Sie waren sich, soweit es ging, aus dem Weg gegangen. Schleichend, kaum wahrnehmbar, war aus seiner Frau ein körperloses Wesen geworden, das jeden Sonntag in die Kirche ging, als würde sie die Sünde allein auf ihren Schultern tragen. Sie glich einer der Jungfrauen, die er aus der Sage von Rungholt kannte, die im Gotteshaus mit dem Pfarrer zusammen vom Herrgott eine rasche Strafe der Schuldigen erflehten, um selbst verschont zu bleiben. Manchmal hatte er sich ernsthaft gefragt, ob sie das Geld überhaupt je hatte haben wollen. Manchmal glaubte er, auf ihrem Gesicht eine unheimliche Leere festzustellen, als läge auf diesem Geld ein Fluch, der sie immer weiter voneinander entfernt.

Auch wenn es ihm schwerfällt, es sich einzugestehen, ist er davon überzeugt, dass Mette ihm nicht mehr wirklich vertraut. Dennoch hält ihn etwas davon ab, es anzusprechen, als würde erst in dem Moment die ganze Brüchigkeit ihrer stillschweigenden Übereinkunft sichtbar werden.

Es gibt so viel, von dem wir nichts wissen, denkt er. Und die Gedanken sind frei, auch wenn man sie gar nicht denken möchte. Sie führten ihn schon auf abwegige Bahnen, spielten verwegene Spiele mit ihm, stellten sich vor, ob er ohne Mette nicht besser dran wäre, die Situation nicht einfacher würde. Und dann ist er sich mit einem Mal nicht mehr sicher, ob er das alles wirklich gedacht hat. Doch welcher Mensch würde schon freiwillig auf solch eine Menge Geld verzichten, wenn er nicht dazu gezwungen wäre?

Am besten ist, er hört sofort auf zu grübeln. Das Grübeln führt zu nichts anderem als neuem Grübeln. Das Ganze kommt sowieso nur von dem Brief, diesem Brief mit der Aufzeichnung aller Ereignisse während der letzten Fangfahrt, den Henning geschrieben hat und der gestern mit der Post gekommen ist. Zum Glück ist er es gewesen, der ihn im Briefkasten gefunden hat und nicht Mette. Ein glücklicher Zufall, weil sie gestern schon sehr früh auf den Wochenmarkt ging, der immer am Montag stattfindet, und er länger als gewohnt im Haus geblieben ist. Nach dem ersten Schrecken hat er den Brief und dieses unsägliche Protokoll den ganzen Tag über immer wieder gelesen und sich gefragt, warum in Gottes Namen Henning ihr Geheimnis einfach so aufgeschrieben hat, für jeden x-Beliebigen zugänglich, dem das Schreiben in die Finger fallen würde.

Per Timmann steht auf, öffnet die Schlafzimmertür und horcht in den Flur. Er hört das Geräusch der gurgelnden Kaffeemaschine. Mette werkelt am Herd, die Küchentür steht offen. Der Kapitän zieht Brief und Protokoll aus der Tasche seiner Hose, die auf dem Boden liegt, faltet die Papiere auseinander und liest sie noch einmal.

Henning hat beides mit der Hand geschrieben. Was er in den Händen hält, sind Kopien. Es existieren also zumindest noch die Originale. Er hat alles nur zu seiner Sicherheit aufgeschrieben, schreibt er. Welcher Sicherheit? Ahnt er etwa, dass Hauke hinter dem Mord an Peter steckt? Oder vermutet er das nur? Oder glaubt er sogar, dass er selbst davon weiß? Nein, das kann er gar nicht glauben! Es sei denn, sein Bruder hätte sich verplappert.

»Gehst du endlich duschen?«, ruft Mette über den Flur. »Das Frühstück ist gleich fertig!«

»Ich komme sofort!«, brüllt er zurück.

Das Wasser prasselt auf seinen Kopf, läuft in Strömen an ihm hinunter. Er folgt mit dem Blick ihrem Weg über die Landschaft seines Körpers, schaut auf seinen rechten Fuß, der direkt neben dem Abfluss steht und den Wasserwirbel behindert. Die Bilder aus dem Traum kehren zurück. In seiner Vorstellung wird sein großer Zeh zum Fischkutter, der dem Strudel standhält, sich nicht in die Tiefe reißen lässt. Er schließt die Augen, sieht Mette in der Kirche vor dem Altar knien und das Vaterunser sprechen.

»Und vergib uns unsere Schuld!«, hört er ihre ehrfürchtige Stimme. »Und führe uns nicht in Versuchung, sondern erlöse uns von dem Übel!«

Dem Übel?

»Ja, dem Übel, Amen!«

»Es könnte sein, dass das Ei zu hart geworden ist«, kündigt Mette an, als er sich an den Frühstückstisch setzt.

»Ich vergebe dir«, sagt er scherzhaft mit einem harten, ironischen Lächeln um den Mund.

Doch Mettes Miene bleibt ungerührt. Sie gießt Per wortlos einen Kaffee ein und schiebt ihm den Zucker hinüber. Er schlägt das Ei auf. Ein kurzer wütender Schlag, der die Schale zerspringen lässt. Die Butter ist zu hart, nicht rechtzeitig aus dem Kühlschrank geholt. Beim Schmieren zerbröselt das frische Schwarzbrot.

»Was machst du heute?«, fragt Mette ohne Betonung.

»Meine Decca, ich meine die alte Radaranlage, ist mittlerweile ziemlich unzuverlässig. Ich baue sie aus und bringe sie zur Generalüberholung. Denke sowieso daran, den Kutter auf Vordermann zu bringen, damit er einen guten Preis bringt, wenn ich ihn verkaufe.«

»Du willst deinen Kutter verkaufen?« Mettes Stimme klingt weiterhin abwesend.

»Natürlich verkaufe ich den Kutter! Wenn wir das Geld haben, werde ich nicht weiter Fische fangen.«

»Das Geld ist nicht mehr da!«

»Mette, wenn die Luft rein ist, hole ich es wieder.«

»Okay, dann verkaufst du also deinen Kutter. Und dann haben wir wieder Geld.«

»Dann haben wir das Geld wieder!«, sagt er, weiß allerdings nicht wirklich, ob seine Worte bei ihr ankommen, wie er sie meint. Er startet keinen zweiten Versuch und schweigt. Im Grunde sind nicht das Meer oder die lange Abwesenheit bei jeder Fangreise schuld daran, dass ihre Beziehung über die Jahre etwas Gleichgültiges bekommen hat, sondern ihre gemeinsame Sehnsucht nach Erlösung, frei und ohne Schuld durchs Leben gehen zu können.

Die Altarkerzen in der Kirche haben das Licht ihrer Liebe gelöscht, denkt er und löffelt gleichzeitig das Ei. Allein mit Moral und Anständigkeit kommt kein Mensch durchs Leben, hat selbst sein Vater immer gesagt. Noch einmal fällt einem das Glück nicht vor die Füße. Er hat es nur aufgehoben; und jetzt will er es auch behalten, unter allen Umständen.

Mette hat das alte Transistorradio seiner Eltern angeschaltet. Während der Wetterbericht ein rasch aufziehendes Tiefdruckgebiet aus Island prophezeit, verlässt Per Timmann das Haus und geht durch einen Schleichweg über das Grundstück der Nachbarn zum Hafen hinüber. Im Gehen telefoniert er mit seinem Bruder, den er aus dem Schlaf holt. Er erklärt ihm den Ernst der Lage und dass er gefälligst schleunigst seinen Arsch hochkriegen soll; er erwarte ihn in einer Dreiviertelstunde auf der ›Rungholt‹.

Das Islandtief trifft noch vor seinem Bruder ein. Der Himmel ist bereits in der letzten halben Stunde zugezogen, aber jetzt schüttet es aus Eimern. Per Timmann hat sich in eine Ecke des Ruderhauses verzogen. Er zieht seine Jacke über die Ohren und steckt sich ungeduldig eine Zigarette an. Der Regen läuft an der Scheibe hinunter. Endlich hält der alte Opel seines Bruders auf der Kaimauer direkt neben dem Kutter. Mit einigen weit hörbaren Flüchen turnt Hauke über den Holzsteg an Bord. Die schwarze Regenjacke glänzt vor Feuchtigkeit, als er das Ruderhaus betritt. Er zieht sie aus und hängt sie über den zweiten, leeren Stuhl. Der Kapitän hält ihm ein Handtuch entgegen, mit dem er sich notdürftig den Kopf abtrocknet.

»Du hast etwas vom Ernst der Lage gesagt?«, fragt Hauke, nachdem er sich gesetzt hat. »War die Polizei schon wieder hier?«

»Nein, Henning tanzt aus der Reihe«, stellt Per in den Raum und wartet auf eine Reaktion.

Hauke kratzt sich am Kopf und zuckt mit den Achseln. Der Kapitän sucht den Blickkontakt und schaut ihm eindringlich in die Augen.

»Wenn du meinst, ich wüsste etwas«, platzt es nach längerem Schweigen aus Hauke heraus, »ich habe keine Ahnung! Was ist los?«

»Henning hat mir ein Schreiben geschickt, in dem er unsere Sache mit dem Seesack beschrieben hat, handschriftlich. Er meint, diese Aufzeichnungen dienen nur zu seiner Sicherheit. Er hat offensichtlich das Original für sich behalten, ich habe nur eine Kopie bekommen. Er schreibt, das Aufgeschriebene bekommt niemand zu sehen, wenn ich mich an unsere gemeinsame Abmachung halte. Kannst du mir erklären, was er damit bezweckt?«

»Ich habe keine Ahnung, ehrlich nicht!«

»Erzähl mir nichts! Habt ihr das zusammen ausgekaspert? Du gehörst mit zur Mannschaft, ihr kennt euch gut. Sei ehrlich, Hauke! Warum versucht Henning plötzlich aus heiterem Himmel, Druck auf mich auszuüben?«

»Ich habe nichts damit zu tun, das weißt du genau!«

»Weiß ich nicht! So verhält Henning sich normalerweise nicht.«

»Der spinnt, wahrscheinlich wegen Jessen. Wenn wir nicht drauf reagieren, beruhigt er sich schon wieder.«

»Das ist dein Mist, der hier stinkt, Hauke! Dein Mist, den du mit Jessen verzapft hast.«

»Das habe ich auch in deinem Interesse gem…!«

»Du machst nur etwas in deinem eigenen Interesse, Hauke, das wollen wir mal festhalten. Wenn Henning deshalb durchdreht, fliegen wir alle auf. Dann ist das viele Geld futsch, und zwar für jeden von uns.«

Nachdem der Kapitän sich beruhigt hat, gibt er seinem Bruder den Brief, in dem das Protokoll mitgeschickt wurde. Hauke Timmann hält ihn wie eine heiße Kartoffel in der Hand und überfliegt eher unwillig die Zeilen.

›Gerade ist uns diese verrückte Sache mit dem Seesack passiert, wir sind noch alle in Hochstimmung, und dann ist unser Kumpel Peter Jessen tot. Bei der zeitlichen Nähe kann ich kaum glauben, dass das nur ein Zufall ist. Genauso wenig will ich glauben, dass du oder dein Bruder etwas damit zu tun haben. Aber ausschließen kann ich es auch nicht.‹

Hauke atmet ein paar Mal tief durch und legt seine Stirn in Falten.

›Wenn es wirklich so wäre, könnte ich der Nächste sein, dem etwas zustößt. Dieses Protokoll soll das verhindern, es soll mir die nötige Sicherheit geben, dass das nicht passieren wird. Und sollte es doch geschehen? Du und dein Bruder wisst jetzt Bescheid, dass ich einen Trumpf in der Hinterhand habe. Wer mich tot auffinden sollte, wird sich bestimmt zusammenreimen können, warum es passiert ist.‹

Am ausgestreckten Arm reicht Hauke den Brief seinem Bruder zurück, als wäre das Papier vergiftet. Im selben

Moment überfällt ihn ein Verdacht; siedend heiß steigt ihm die Erkenntnis zu Kopf. Damals, als Peter mit ihm über den Kredit gesprochen hat, hatte der doch ebenfalls mit solch einem Schreiben gedroht. Die Polizei könnte Aufzeichnungen finden, wenn ihm etwas zustoßen würde, hatte er gesagt. Nach seinem Tod war er deswegen in seiner Wohnung gewesen, hatte aber nichts dergleichen gefunden. Jetzt kommt Henning mit solch einem Schreiben. Vielleicht hatte Peter das damals ja von Henning aufgeschnappt. Er beschließt sofort, diese Vermutung für sich zu behalten.

Bloß kein Sterbenswörtchen zu meinem Bruder, denkt er.

»Du ahnst doch etwas!«, faucht Per Timmann, während er die Mimik seines Bruders beobachtet. »Ich sehe es dir an der Nasenspitze an! Mensch, Hauke! Raus damit! Wenn wir Brüder nicht mal zusammenhalten, dann können wir das Ganze auch gleich vergessen.«

»Ich weiß nichts! Wie oft soll ich das noch sagen!«, verteidigt sich Hauke. »Aber dieses Geschreibsel ist ein Verrat an unseren Abmachungen. Henning will uns erpressen, um vorzeitig an seinen Anteil zu kommen. Das können wir nicht einfach auf sich beruhen lassen. Wir sind gezwungen, etwas zu unternehmen.«

»Woran denkst du, Hauke? Vergiss das! Das können wir uns zu diesem Zeitpunkt nicht leisten. Ich finde, wir treffen uns alle gemeinsam und bereden das wie Männer.«

»Das ist typisch von dir, Per! Henning hat uns beiden den Krieg erklärt, und du willst es aus der Welt reden! Begreif es endlich, er will uns manipulieren! Darauf dürfen wir nicht hereinfallen.«

»Du hast eine Idee?«

»Nein, nicht wirklich. Aber es gibt nicht viele Möglichkeiten. Das Beste wäre doch, Wiebke und Henning hätten einen Unfall. Dann wären wir das Problem los.«

»Einen Unfall? Du willst sie umbringen?«

»Nein, ich nicht! Diesmal müsstest du es machen.«

»Ich? Du bist wahnsinnig, Hauke!«

»Ich würde es ja selbst machen, aber diesmal kann ich die schmutzige Arbeit nicht übernehmen«, sagt Hauke mit ruhiger Stimme und einem seltsamen Lächeln.

»Du musstest nie die schmutzige Arbeit für mich übernehmen. Ich habe nicht gesagt, dass du Jessen umbringen sollst«, faucht Per.

»Wer musste an Bord immer den größten Dreck erledigen, Bruderherz? Und wer hat den Druck gemacht, ich solle etwas unternehmen, um das Problem mit Jessen zu lösen?«

»Ich habe nicht gesagt, dass du ihn umbringen sollst! Das weißt du ganz genau!«

»Aber du hast auch nicht gesagt, wie ich das Problem lösen soll. Das Problem ist gelöst und jetzt haben wir ein neues Problem, das gelöst werden muss.«

»Wir müssen Wiebke und Henning nicht gleich umbringen, um das Problem zu lösen.«

»Und was dann? Vernünftig mit ihnen reden? Henning hat ein Schreiben verfasst, das in falsche Hände geraten kann. Was ist daran vernünftig? Wer so etwas macht, auf den können wir uns nie mehr verlassen.«

»Okay, okay, spielen wir die Sache einfach mal gedanklich durch, wirklich nur rein hypothetisch, versteht sich. Du hast von einem Unfall gesprochen. Das heißt, du hast da schon etwas im Kopf, oder?«

»Kein Mord! Nicht zu diesem Zeitpunkt! Sonst würde uns die Polizei nicht mehr aus den Augen lassen. Die würden wie die Schmeißfliegen an uns kleben, bis sich einer von uns verplappert. Wenn wir die beiden loswerden wollen, muss es also unbedingt nach einem Unfall aussehen. Man könnte zum Beispiel den Bremsschlauch an ihrem Wagen beschädigen. Dann schenkst du Henning zwei Karten für das Musical ›Tanz der Vampire‹ in Hamburg, und wir warten einfach ab, ob sie die Fahrt überleben.«

»Das ist viel zu unsicher«, protestiert Per und zieht nachdenklich die Augenbrauen zusammen. »Nehmen wir einmal an, rein hypothetisch, wir machen das mit dem Bremsschlauch und die beiden überleben den Unfall, dann könnten wir keinen zweiten Unfall mehr inszenieren. Das würde der Polizei sofort auffallen. Wir haben nur einen Versuch und der muss klappen, auf Anhieb.«

Der Regen prasselt gegen die Scheiben des Ruderhauses. Hauke kaut auf den Lippen und schaut durch den herabrinnenden Wasserstrom auf das Vorderschiff des Fischkutters, auf dessen Metallteilen die Tropfen in kronenförmige Ringe zerplatzen.

»Feuer?«, sagt Hauke grübelnd, als würde ein fremder Geist aus ihm sprechen. »Ein Kurzschluss, mitten in der Nacht, es gibt einen Brand und sie ersticken im Schlaf.«

»Nein, das geht nicht«, widerspricht Per mit der autoritären Stimme des Kapitäns.

»Wieso nicht?«

»Ein von uns verursachter Kurzschluss würde keiner kriminaltechnischen Untersuchung standhalten. Die stochern solange in Schutt und Asche, bis sie was gefunden haben. Dann wären wir am Ende wieder bei Mord und sie würden uns am Arsch kriegen.«

»Du sagst nur, was nicht geht«, knurrt Hauke ärgerlich.

»Lass dir gefälligst auch was einfallen, natürlich nur rein hypothetisch.«

»Wenn das so einfach wäre. Wir spielen hier schließlich nicht ›Mensch ärgere dich nicht‹, wir spielen hier das verdammt perverse Spiel, bei dem zwei Menschen auf der Strecke bleiben sollen.«

»Und du musst das Spiel zu Ende bringen, Bruderherz. Ich brauche für die Tatzeit ein hieb- und stichfestes Alibi. Ich darf nicht ein zweites Mal mit einem Todesfall in Zusammenhang gebracht werden, das kannst du dir ja wohl denken, oder?«

»Ich kann so etwas nicht machen, Hauke, ausgeschlossen!«

»Du musst es machen. Du musst mir den Rücken freihalten. Dich wird die Polizei nicht verdächtigen, aber mich haben sie bereits auf dem Kieker!«

»Wir haben nicht darüber gesprochen, dass wir es auch tatsächlich machen würden, Hauke. Ich kann das nicht! Wirklich, ich kann das nicht!«

»Und wie willst du, rein hypothetisch, das Problem mit Wiebke und Henning beseitigen? Rein hypothetisch wird das nicht passieren!«

EIDERLAND

Das ovale Gesicht der Standesbeamtin hat auffällig hohe Wangenknochen. Ihre helle Haut gleicht der Alabasterfigur der Glücksgöttin Fortuna, die schleierschwingend auf dem Kaminrelief über zwei Menschengruppen schwebt.

»Links sehen Sie die Unglücklichen; und rechts sehen Sie die vom Glück Begünstigten«, hatte die Standesbeamtin der kleinen Schar von Anwesenden die Abbildung auf dem Kaminsims erklärt. »Dieser bildschöne – man kann sagen – Prachtkamin wurde 1616 von der Herzogin Augusta beim Bildhauer Henni Heidtrider in Auftrag gegeben.«

Swensen war auf den letzten Drücker zum kleinen Festakt erschienen und hatte, nachdem die vor mitreißender Zuversicht strahlende Beamtin mit dem restlichen Inventar des Fortunasaals im Husumer Schloss durch war, vorn auf dem Stuhl neben der Braut Platz genommen. Erst danach konnte mit dem offiziellen Ritual der Eheschließung begonnen werden. Das lebende Pendant der Fortuna hatte mit freudiger Stimme zu einer wortverkrampften Begrüßungsrede an das Brautpaar angehoben:

»Ihr, die ihr euch heute traut, traut euch, weil ihr euch zutraut, einen neuen gemeinsamen Lebensabschnitt zu beginnen, in dem Sinne von ›sich mutig wagen‹. Ein Wagnis, das für viele nicht mehr selbstverständlich ist; denn die Ehe soll ein Bund fürs Leben sein. In unserer Rechtsgrundlage, dem BGB, steht es ganz nüchtern: Die Ehe wird auf Lebenszeit geschlossen.«

Die Worte erreichen den Hauptkommissar bereits nicht mehr. Seine Gedanken und Augen schweifen gelangweilt durch den Raum und bleiben an den zwei nackten Putten hängen, die mit ihren kleinen Ärmchen das Relief des großen Kamins stemmen. Er fragt sich ernsthaft, ob er das mit der Ehe jemals stemmen könnte. Die Ehe wird auf Lebenszeit geschlossen, klingt noch in seinem Kopf nach, als wäre es eine Warnung. Doch wovor eigentlich? Er muss unwillkürlich an Anna denken, ihren Herzenswunsch, von ihm geheiratet zu werden. Und plötzlich steht der Wunsch auch hier im Raum. Aus dem Augenwinkel linst Swensen zu Susan Biehl hinüber, die – aufwändig geschminkt – ihre sonst eher blasse, fast durchscheinende Gesichtsfarbe aufgefrischt hat. Eine blonde Madonna mit knallroten Lippen im schlichten weißen Kleid, die ohne Heiligenschein – nur kraft ihrer Haare – aus allen Poren strahlt. Der Hauptkommissar ist von der Kollegin irgendwie berührt, die überglücklich wie das blühende Leben aussieht.

Er muss an die vergangenen Jahre in der Inspektion denken, in der Susan nur sporadisch durch seinen Alltag geisterte. Daran, dass sie ihn nicht lange überreden musste, hier und jetzt den Trauzeugen zu machen. Einen Trauzeugen, der sich selbst nicht traut.

Der formale Tonfall der Standesbeamtin lässt Swensen wieder aufhorchen, ruft ihn zur Achtsamkeit zurück, um ja nicht seinen kleinen Beitrag zu dieser Amtshandlung zu verpassen. Das Brautpaar wird aufgefordert, sich von den Stühlen zu erheben. Der Bräutigam ist dem Hauptkommissar kein Unbekannter. Vor fast drei Jahren war er auf dem Puppenspielerfestival in der Stadt aufgetreten und wurde zu einem der Verdächtigen in einem Mordfall. Die hochgewachsene Gestalt mit den aschblonden Haaren hat in dem dunklen Anzug nichts mehr von der Jungenhaftigkeit von damals.

»Und so frage ich Sie, Marcus Bender, wollen Sie mit der hier anwesenden Susan Biehl die Ehe eingehen, so antworten Sie mit Ja.«

»Ja.«

»Frau Susan Biehl, wollen Sie mit dem hier anwesenden Marcus Bender die Ehe eingehen, so antworten Sie mit Ja.«

»Ja«, flötet Susan Bender.

Nach dem Tausch der Ringe, der Gratulation der Beamtin, dem Kuss und den Unterschriften der Frischvermählten, kommt Swensens Part und er bestätigt handschriftlich, unter dem Beifall der Anwesenden, Zeuge dieses Versprechens gewesen zu sein. Eine kleine Träne rollt ihm dabei unkontrolliert die Wange hinab, wird aber blitzschnell weggewischt.

Die Saaltür wird geöffnet. Davor stehen rechts und links Kollegen aus der Husumer Inspektion, die ein rot-weiß gestreiftes Absperrband gezogen haben, das der Bräutigam am Ende unter lautem Gejohle zerschneiden muss. Susan ist sichtlich bewegt, verbirgt ihre feuchten Augen hinter dem Brautstrauß. Der geworfene Reis prasselt auf ihre Köpfe, während sie sich, unzählige Hände schüttelnd, zum Schlosshof durchschlagen und in einen schneeweißen, blumengeschmückten Bentley steigen. Susan winkt wild aus dem Fenster. Leere Blechdosen poltern bei der Abfahrt über das Kopfsteinpflaster.

Als Trauzeuge ist der Hauptkommissar noch zum Krabbenbrot in die Schankwirtschaft Andresen in Katingsiel eingeladen. Extra für Susan hat Püchel ihm mitten in einer Ermittlung einen halben Tag frei gegeben. Er macht sich auf den Weg zu seinem alten Polo, der auf dem Hof der

Inspektion parkt. Nach langer Zeit sind am Himmel wieder einige blaue Flecken zu entdecken. Wenn Engel heiraten, denkt er beschwingt, und macht beim Gang über den Marktplatz noch einen gedanklichen Abstecher in die Küche der ›Eiderente‹.

Das kontinuierliche Zischeln von heißem Öl liegt in der Luft, als er in seiner Erinnerung mit Silvia Haman die Großküche betritt. Er sieht sich um und entdeckt in der Mitte des Raumes kugelrunde Brote über einer großen Feuerstelle backen. Er kann erneut den Geruch von Asche und Sauerteig riechen. Vier Köche werkeln mit mehreren Bratpfannen und Kochtöpfen vor sich hin. In einer Ecke kämpft ein blonder Hüne in weißer Kochjacke mit einem Treibriemen, der partout nicht an den Mixer will. Swensen erkennt das kantige Gesicht, das er in der Zeitung gesehen hatte, sofort wieder.

»Herr Lütke?«, ruft der Hauptkommissar mit lauter Stimme gegen das Geschepper an. »Kriminalpolizei Husum, wir möchten gerne mit Ihnen sprechen.«

»Das ist jetzt sehr ungünstig!«, ruft der Hüne sichtlich genervt zurück. »Ich bin sowieso schon im Verzug.«

»Wir auch«, entgegnet Swensen pampig, »und daran sind Sie nicht ganz unbeteiligt, Herr Lütke! Wir haben Fragen in einer Mordermittlung. Kommen Sie bitte vor die Tür, hier drinnen versteht man ja sein eigenes Wort nicht.«

»Geben Sie mir einen Moment, dann bin ich sofort bei Ihnen!«, beschwichtigt Lütke und beginnt mit ellenlangen Anweisungen für seine Angestellten.

Haman und Swensen verziehen sich vor die Küchentür. Während die Hauptkommissarin sofort nervös mit den Fingern an den Türrahmen trommelt, steckt Swensen die Hände in die Hosentaschen und wägt innerlich ab, ob das folgende Gespräch mit dem Chefkoch seinen Verdacht gegen Hauke Timmann wirklich erschüttern könnte. Er weiß, seine Intuition ist eigentlich sein wichtigstes Pfund, aber er ist natürlich nicht allwissend. Die Statistik spricht für ihn. 50 Prozent der Gewalttäter kommen aus dem sozialen Nahraum des Opfers; dessen Verwandte oder Bekannte gehören also dazu. Das trifft im Mordfall Jessen allerdings auf Andreas Lütke genauso zu wie auf Hauke Timmann.

»Ich bin überzeugt, dass zwischen uns alles ausreichend besprochen wurde, Frau Hauptkommissarin«, stellt Lütke ohne Umschweife fest, als er durch die Tür tritt.

»Falsch!«, antwortet Silvia Haman scharf. »Warum geben Sie einer dahergelaufenen Zeitungstussi mehr Informationen als der Polizei?«

»Informationen?«, echot Lütke mit aufgesetzter Unschuldsmiene. »Von welchen Informationen sprechen Sie da?«

Silvia Hamans Gesichtsausdruck nimmt steinharte Züge an. Sie sagt kein Wort, schaut dem Chefkoch nur verächtlich in die Augen, bis der genervt zur Seite blickt.

»Die hat mich bei meinem Gewissen gepackt – und da ist mir das halt so rausgerutscht. War ziemlich blöd von mir, schätze ich.«

»Das haben Sie gesagt«, entgegnet Haman mit süffisantem Unterton. »Uns zu verschweigen, die Ex Ihres Bruders geheiratet zu haben, das ist nicht nur blöd, Herr Lütke, das grenzt an eine Falschaussage.«

»Geltungssucht war noch nie eine Tugend«, mischt sich Swensen in das Gespräch, »aber manchmal bringt sie uns unverhofft auf eine Idee.«

»Welche Idee?«, fragt der Koch mit erstauntem Gesichtsausdruck.

»Ob dieses tolle, einwandfreie Alibi, das Sie meiner Kollegin gegeben haben, wirklich so toll und einwandfrei ist.«

»Mein Alibi ist nach wie vor korrekt. Die Frau Hauptkommissarin hat es seinerzeit doch persönlich überprüft.«

»Sie haben mir die Personen genannt, die mit Ihnen zur Tatzeit hier in der Küche gearbeitet haben sollen«, faucht Silvia Haman verärgert. »Ich denke, ich werde mit denselben Personen jetzt noch einmal – sagen wir mal – etwas härter sprechen. Mal sehen, wie lange ihr Alibi dem standhält!«

»Sie können uns allerdings auch diese viele Zeit sparen«, ergänzt der Hauptkommissar, »und gleich mit der Wahrheit herauskommen. Dann bleibt Ihnen vielleicht ein Verfahren der Zeugenbeeinflussung erspart. Na, wie steht es damit?«

Der Koch blinzelt, zieht die Stirn in Falten und versinkt in Schweigen. Haman und Swensen lassen ihn zappeln. Nach knapp einer Minute bilden sich Schweißperlen auf seiner Stirn. Er versucht ein paar Mal zum Sprechen anzusetzen, bleibt aber stumm.

»Das Angebot gilt nicht für unbegrenzte Zeit, Herr Lütke«, unterbricht Swensen die abwartende Haltung. »Ist Ihr Alibi korrekt, ja oder nein?«

»Vom Prinzip her ja«, sagt der Koch kleinlaut.

»Beim Alibi gibt es keine Prinzipien!«, bellt die Hauptkommissarin. »Ich werde verdammt stocksauer, wenn man mich so dämlich anlügt.«

»Ich war nicht Punkt 16 Uhr in der Küche, es kann vielleicht eine halbe Stunde später …, naja, auch eine Dreiviertelstunde später gewesen sein.«

»Und was haben Sie in der Dreiviertelstunde davor gemacht?«, fragt Haman, die dem Koch jetzt auch physisch auf die Pelle rückt.

»Auto gefahren. Ich war in der Frühe auf dem Großmarkt in Hamburg, um Ware einzukaufen. Dann auf dem Fischmarkt. Um 16 Uhr müsste ich kurz hinter Heide gewesen sein.«

»Ein richtig tolles Alibi, Herr Lütke!« Silvias Stentorstimme überschlägt sich fast. »So toll, dass Sie jetzt nach Ihrer eigenen Aussage zur Tatzeit in der unmittelbaren Nähe von Tönning waren.«

»Ich bin aber nicht über Tönning gefahren, Frau Hauptkommissarin. Ich bin über Wesselburen und das Eidersperrwerk gefahren.«

»Sie fahren ausgerechnet am Mordtag einen Umweg? Na ich bitte Sie, das wollen Sie uns weismachen? Außerdem öffnet der Hamburger Großmarkt – soweit ich weiß – bereits um fünf Uhr. Sie haben kein Alibi, Herr Lütke. Das können Sie drehen und wenden, wie Sie wollen.«

›Grundlegendes Gutsein ist deshalb gut, weil es grundlegend ist.‹

In Swensens Vorstellung kommentieren die Worte seines Meisters das unschuldige Gesicht des Chefkochs. Der Kriminalist biegt in den Hof der Inspektion, als er ohne sein Dazutun im Hier und Jetzt ankommt. Im Nachhinein kann er nur noch feststellen, dass der Marsch vom Schloss bis hierher nur mit einer geträumten Wirklichkeit zu vergleichen ist. Er war wach – und gleichzeitig auch wieder nicht.

›Gutsein ist deshalb gut, weil es grundsätzlich funktioniert. Es ist einfach nur gut. Es steht in keinem Gegensatz zu schlecht.‹

Swensen öffnet die Tür seines alten Polos, klemmt sich hinter das Steuer und startet den Motor. Er fährt vom Hof und fragt sich gleichzeitig, warum sein Hirn gerade diese

Gedanken aus dem Speicher abruft. Das muss etwas mit der Ermittlung bei Andreas Lütke zu tun haben. Er muss damit gemeint sein. Er ist die Person, die offensichtlich nicht im grundlegenden Gutsein gehandelt, wichtige Informationen hinterm Berg gehalten hat.

Swensen tritt aufs Gaspedal, bringt den Wagen auf Touren und entlässt die graue Marschlandschaft unter der dicken Wolkenkruste aus seiner Achtsamkeit. Er stellt fest, dass diese permanente Kopfarbeit ihm Unbehagen bereitet. Er sucht anscheinend nur nach einem Sündenbock da draußen und flüchtet sich dabei in eine moralinsaure Abgrenzung. Dabei weiß er doch von Meister Rinpoche, dass es dieses vermeintlich Getrennte eigentlich gar nicht gibt.

Warum wollen Gedanken nur ständig gedacht werden? Warum verabscheuen sie das Vakuum? Warum wollen sie jeden Moment dieses unangenehme Gefühl von Leere in uns füllen? Nur damit der Mensch sich immer wieder mit der Oberfläche seines Daseins beschäftigt?

Warum hat er Anna verschwiegen, Susans Trauzeuge zu sein? Und warum kein Wort zu ihr, dass Susan sie ebenfalls mit zu ihrer Feier einladen wollte, er es aber abgebogen hat?

Natürlich hatte er bei seiner Entscheidung berücksichtigt, dass Anna unterhalb der Woche und mitten am Tag sowieso in ihrer Praxis arbeitet. Er hatte ihr ihre Absage sozusagen nur abgenommen. Aber – wenn er ehrlich zu sich selbst ist – war ihm das mit der Hochzeit vor Anna eigentlich unangenehm. Er wollte nicht, dass dieses Thema sich zwischen sie stellt und ihn womöglich in Zugzwang bringen könnte. Was war das für ein merkwürdiger Zugzwang? Anna hatte doch ihr Wort gehalten, ihn auf ihren Heiratswunsch nicht wieder angesprochen. Doch ihr inneres Warten hatte er gespürt, keine Argumente gefunden, warum er seine Entscheidung so lange hinauszögert.

Ist es mein alter Vertrag, nie zu heiraten? Habe ich ihn innerlich gekündigt, oder ist er immer noch da? Ist mein Vorurteil, zu einem alten Ehepaar zu werden, nicht ein Relikt aus den Zeiten meiner Eltern, die sich nur in Monologen unterhielten, ohne sich wirklich aufeinander zu beziehen?

Swensen beschleicht eine unangenehme Ahnung. Sind sein Verschweigen und das Verschweigen von Andreas Lütke nicht ähnlich, nur seine moralische Bewertung ist eine andere?

Er steuert seinen Wagen eine Anhöhe hinauf, die in einer scharfen Linkskurve auf der Krone des Innendeichs endet. Die Sicht wird frei auf das weite Gebiet des Katinger Watts, ein Stück ehemaliges Wattenmeer, das nach dem Bau des Eidersperrwerks trockengefallen ist. Auf dem Meeresboden ist in der Zwischenzeit ein Waldgebiet gewachsen, in dem kleine Seen entstanden sind. Der schmale Asphaltweg über den Deich zur Schankwirtschaft ist nur für ein Fahrzeug geeignet. Kommt ein anderes entgegen, müssen beide über den Grünstreifen aneinander vorbei manövrieren. An dem alten Reetdachhaus, das geduckt hinter einer Deichschleife steht, führt ein Weg hinunter zu dem Parkplatz hinter dem Gasthof. Der Wirt Wilhelm Andresen ist ein Eiderstedter Original. Swensen hat ihn über die Jahre ziemlich gut kennengelernt. Wilhelm, wie ihn alle nennen, redet gern mit seinen Gästen, und alle werden grundsätzlich, ob jung oder alt und egal welcher Herkunft, mit Du begrüßt. In dem Moment, als der Hauptkommissar die Schankstube betritt, ist das typische Begrüßungsritual mit der kleinen Hochzeitsschar noch im vollen Gange.

»Weißt du eigentlich, warum ich gerade dich angesprochen habe?«, fragt Wilhelm den Bräutigam gerade in seiner typisch direkten Art.

»Nee, wie sollte ich«, entgegnet Bender mit großen Augen.

»Du warst mir von der Seite gleich sehr sympathisch«, versichert Wilhelm, und seine flinken Augen diagnostizieren ihn blitzschnell von unten bis oben. »Ich sehe meistens sofort, wer da vor mir steht. Dich schätze ich ein – wenn ich mir so deine Augen ansehe –, dass du dir deine Arbeit genau überlegst und durchdenkst. Ich würde sagen, irgendetwas Kreatives, stimmt's?«

»Richtig, ich bin Puppenspieler«, bestätigt Bender. »Das spricht für gute Menschenkenntnis. Woher haben Sie das?«

»Hier heißen alle Du! In diesen Verkaufsräumen gibt es kein Sie, verstanden? Das ist hier eine andere Verkaufspsychologie, erlernt bei Krupp. Das war die erste Schulung, die ich hatte, nachdem ich Fernfahrer gewesen bin, ab 1959, 23 Jahre lang. Diese Schulung dauerte drei Wochen, Verkaufspsychologie und Verkaufsthematik. Danach hat Krupp mich wegen meiner Sprachkenntnisse nach Griechenland, Bulgarien und in die unteren Karpaten geschickt. Schulden eintreiben auf humaner Basis. Nichts Inkasso, nichts Gerichtsvollzieher. Krupp verkaufte damals Eisen dorthin. Ich gehörte zur Abteilung Kruppstahlhandel. Die Menschen auf dem Balkan, und das waren hauptsächlich Zigeuner, die wollten von deutscher Bürokratie nichts wissen. Haben aber auch nicht immer pünktlich bezahlt. Das bedeutete: Schulden eintreiben und den Kunden behalten. In der Schulung habe ich gelernt, Gesichtserkundung zu betreiben. Du musst jemanden beobachten, den du nicht genau verstehst, die Gesichtsbewegungen, selbst wenn er die

Hand auf den Rücken legt. Schon könnte er etwas Schlechtes vorhaben. Dann braucht er Zeit zum Überlegen. Oder er kratzt sich am Hinterkopf. Ich als Einziger von 30 Schülern wurde jeden Morgen gefragt: Was ist das für ein Typ Mensch? Jeden Morgen. Wie würden Sie den ansprechen? Was erwarten Sie von dem? Wie könnte er reagieren? Diese Verkaufsleiter, Psychologen, das waren gewiefte Leute, die von Krupp. Ältere Lehrer mit weitem Horizont, die ganz viel kombinieren konnten.«

Jan Swensen sperrt seine Ohren auf, denn wenn der Schankwirt aus dem Nähkästchen plaudert, kann selbst ein Kriminalist noch einige zwischenmenschliche Feinheiten lernen. Er kommt sich dabei zeitweise so vor, als säße er in der Frühbesprechung und ginge mit den Kollegen eines der üblichen Täterprofile durch. Doch dann muss der Hausherr mittendrin abbrechen, denn die Krabben- und Schinkenbrote werden aufgedeckt und die Hochzeitsschar findet sich an den verteilten Tischen zusammen. Die Stimmung steigt, es wird gegessen, getrunken und geredet. Obwohl ihm die meisten Menschen fremd sind, ist Swensen sehr schnell Teil der ausgelassenen Gesellschaft. Er hat eine anregende Unterhaltung mit den Eltern von Marcus Bender, deren Sohn seinem angesehenen Beruf des Physikers, den eines Puppenspielers vorgezogen hat. Susan kommt zwischendrin völlig aufgekratzt zu ihm, gesteht ihm unter der Hand, dass heute der glücklichste Tag in ihrem Leben ist. Man braucht kein Kriminalist zu sein, stellt Swensen fest: Die Aussage entspricht der Wahrheit und nichts als der Wahrheit. Mutter und Vater Biehl finden es irritierend, dass ihre Tochter jetzt nicht mehr Susan Biehl heißt. Da kann selbst Swensen nur zustimmen. Der Höhepunkt der Hochzeit, nachdem die ersten Eiergrogs serviert worden sind, ist ein kleiner Aufritt von Marcus Bender. Er spielt eine kurze Szene aus seinem neuesten Stück ›Gott würfelt nicht‹. Dabei steht ihm eine Albert Einstein-Marionette zur Seite, die die Zunge herausstrecken kann. Zum Abschluss lässt der Puppenspieler den großen Physiker einen bemerkenswerten Satz sagen, der nicht sofort einleuchtet: »Du kannst dein Ich nicht verändern, du kannst es nur verlassen.«

»Dieser Satz eines großen Genies hat den Ausschlag gegeben, dass ich mein altes Leben verlassen habe«, sagt Bender, während die Puppe an ihren Fäden Beifall dazu klatscht. »Und wenn ich das nicht getan hätte, hätte ich niemals meine bezaubernde Braut getroffen. Lieber Albert, du hattest mit deinen Worten wie immer recht. Danke schön!«

Susan Bender und die Elternpaare sind zu Tränen gerührt. Ein freudiges Zuprosten lockert den sentimentalen Moment aber sofort wieder, und der fröhliche Trubel erfasst selbst den feierimmunen Swensen. Und dann, etwas später am Nachmittag, setzt sich Wilhelm zu ihm und fragt: »Was ist denn eigentlich aus dem Bilderbuch geworden, das du und dein Kollege sich hier bei mir ausgedacht haben?«

»Kaum zu glauben, aber das ist wirklich als Buch erschienen. Der Titel ist ›Spurensuche am Meer‹. Ich werde dir das nächste Mal, wenn ich vorbeikomme, ein Exemplar mitbringen, versprochen.«

»Siehste, ich habe es euch gesagt. Ein alter Verkaufspsychologe weiß eben, wovon er redet«, kommentiert Wilhelm mit seiner ihm eigenen Selbstverständlichkeit.

»Apropos Verkaufspsychologie«, greift Swensen auf. »Du sagtest vorhin, bei Krupp hättest du gelernt, alle deine Gäste mit Du anzureden? Wie ist das denn passiert?«

»Das will ich dir erzählen. Also, mitten im Unterricht, in dieser Schulung für Verkaufspsychologie, da wurde ich gefragt: Andresen, sind Sie Norddeutscher? – Ja! – Oh, ich höre die Norddeutschen so gerne. – Ich sagte: Das habe ich gemerkt, weil ich doch immer besonders häufig gefragt wurde. – Der Unterricht lief ganz normal weiter. Aber nach der Stunde hat der Ausbilder sich doch nicht bremsen können. Er fragte noch mal: Sind Sie ein echter Norddeutscher? – Da habe ich gesagt: Herr Sowieso, echter gibt's sie nicht. – Er fragt: Wieso nicht? – Ich sage: am Deich geboren, am Deich aufgewachsen und am Deich die höhere Schule besucht, drei Stufen hoch – wegen Hochwasser. Da hat er sich fast vor Lachen nicht mehr eingekriegt. Und dann ist er zu mir gekommen, als es kurz vor Feierabend war, und sagte: Andresen, dürfte ich Sie heut mal zum Gespräch einladen. – Ich denk, was will der denn von mir. Der wollte mich nicht nur reden hören. Der hat mich ausgefragt, als wolle er 'ner alten Kuh, die schon keine Kälber mehr kriegt, noch 'n Kalb abfragen. Und dann haben wir uns ganz lange unterhalten. Der hat mich ausgefragt, wo meine Mutter herkommt, was die hat, was ihre Eltern haben und alles, bis ins Tiefste rein. Und mit der alten Gaststätte hier, das alte 400-jährige Haus, das Ambiente. – Wir gingen spät ins Bett. Oh Gott, der nächste Morgen wieder Unterricht. Aber da kam das Allerletzte noch. Der Seminarleiter winkt und ruft: Andresen, Andresen, warten Sie mal. Und dann kam er zu mir hin, forschen Schrittes und sagte: Ich habe die ganze Nacht nicht geschlafen. – Nanu, sage ich. – Wissen Sie was, Andresen, ich habe mir Gedanken gemacht, wie Sie diese alte Wirtschaft wieder richtig auf Vordermann kriegen. Sie sprechen einen jeden Gast mit einem gleichmäßigen Du in der Tonarthöhe Dur an. – Und ich habe natürlich in meiner dusseligen Weise geantwortet: Das kann ich doch nicht machen. – Wer redet jetzt? Sie oder ich? Das alte Haus, das Ambiente und Sie inzwischen der alte Mann in Ihrer Gegend können sich sehr wohl erlauben, einen jeden Gast mit einem gleichmäßigen Du anzusprechen. – Und weißt du was, ich wurde dann ja nach Amerika geschickt, für drei Jahre, nach diesem Seminar. Und es schwebte mir immer vor, was der Mann gesagt hatte: Sie werden eines Tages spüren, dass sie ein Pferd von hinten aufgezäumt haben. – Ich habe gedacht, wie meint der das bloß. Den Gedanken wurde ich nie wieder los. Und als ich aus Amerika zurückkam, habe ich die Schankwirtschaft übernommen. Und für das Du, da habe ich dann gleich C-Dur genommen.«

PIETER

Boris Fishenski presst gebannt die Nase gegen die Scheibe des Abteilfensters. Der Ausblick hat etwas Trügerisches. Er glaubt einen Moment, er würde wie in einer fliegenden Untertasse über eine flache Landschaft schweben. Es könnte ein Traum sein, wenn nicht die Geräusche wären, die keinen Zweifel zulassen. »Tock, tock, tock.« Das dumpfe Pochen der Räder, die über die Bruchstellen der Geleise rumpeln, dieses kurze Hämmern von Metall auf Metall, vibriert durch seinen Körper. Es geht langsam eine Steigung hinauf, wie der Beginn einer Achterbahnfahrt; eben noch Gras und Boden, jetzt schon über den Sträuchern zu den Bäumen hinauf. Die Erde verschwindet aus dem Blick. Dann hängt er in der Luft, nur ein bisschen Zug um ihn herum. Es ist atemberaubend hoch, grauer Himmel und ein diffuser Horizont bis ans Ende der Welt.

Die Rendsburger Hochbrücke ist ein filigranes Bauwerk, hat er im Reiseführer gelesen. Hier oben wird dem Blick nicht die Sicht verstellt. Weit unten liegt das grüne Rechteck eines Sportplatzes, auf dem Gelbblaue gegen Weißschwarze spielen. Ein verwaister Spielplatz, ein buntes Klettergerüst, ein gelbes Postauto, Reihen von blitzsauberen Einfamilienhäusern, roter Klinker und weiße Wintergärten. Ein schnurgerader Fluss zerschneidet silbergrau glänzend das Gebiet in zwei Hälften.

Das muss dieser Nord-Ostsee-Kanal sein, überlegt er.

Es ist kein Schiff in Sicht. Doch seine Einbildung sieht einen Frachter, ein Phantomschiff, das er nur von einem

Foto kennt. Seine Gedanken sagen ihm, das ist die ›Krusenstern‹, die irgendwo hier im Norden an der Nordseeküste gestrandet ist; der Grund dafür, dass ein russischer Hauptmann der Petersburger Miliz nach Deutschland gekommen ist.

Vor vier Tagen war er in Hamburg-Fuhlsbüttel gelandet und mit dem Zug nach Kiel gefahren. Zwei Tage davor hatte seine Dienststelle einen Tipp vom LKA aus Schleswig-Holstein bekommen. Zuvor waren von den Mitarbeitern der Antiquariatsabteilung der städtischen Hauptverwaltung für innere Angelegenheiten Fotografien von allen verschwundenen Kunstgegenständen der Ermitage zur Fahndung ins Internet gestellt worden. Daraufhin hatte sich ein deutscher Antiquitätenhändler beim LKA in Kiel gemeldet, jemand habe ihm einen goldenen Steckkamm zum Kauf angeboten. Er hätte auf den ersten Blick erkannt, dass das Exponat aus einer Zeit vor Christi Geburt stammen könnte und sei deswegen nicht auf den Handel eingegangen. Wenig später hätte er eine Abbildung von genau diesem Gegenstand auf der russischen Fahndungsseite im Internet entdeckt und die Kieler Kriminalpolizei informiert. Die deutsche Behörde wiederum hatte die russische Hauptverwaltung für innere Angelegenheiten davon in Kenntnis gesetzt. Boris Fishenskis persönlicher Auftritt im Landeskriminalamt in Kiel war deshalb, anders als von ihm erwartet, ziemlich unkompliziert verlaufen. Seine guten Deutschkenntnisse, sein Ausweis als Hauptmann der Petersburger Miliz und seine genauen Informationen über die Aktivitäten der deutschen Kollegen in Sachen Internetseite des Diebesguts und die Aussage des Antiquitätenhändlers öffneten ihm sofort Tür und Tor. Mit einem deutschen Beamten an seiner Seite konnte er den Antiquitätenhändler zu dem goldenen Steckkamm befragen und bekam eine sehr genaue Beschreibung des Mannes, der die heiße Ware angeboten hatte. Allerdings nützte ihm diese nicht viel, weil es keinen Namen und keine Adresse dazu gab. Bei seiner Fahndung nach dem Matrosen Goschka Stezenko vom Unglücksfrachter ›Krusenstern‹ konnte man ihm im LKA nicht weiterhelfen. Stezenko gehörte zu den fünf Personen der Mannschaft, die nach der Strandung weiterhin als vermisst galten. Das Einzige, was der Russe herausbekommen hatte, war, dass ein Krabbenkutter zwei Tage nach der Strandung vor Süderoogsand ein leeres Schlauchboot des Frachters entdeckt und in den Husumer Hafen geschleppt hatte. Sofort war Boris Fishenski der Husumer Polizeirat eingefallen, und er hatte sich spontan entschlossen, seinem Kollegen Heinz Püchel ohne große Vorankündigung einen Besuch abzustatten.

Es dröhnt durch den Waggon. Der Zug hat Fahrt aufgenommen, er rattert durch eine leicht hügelige Endmoränenlandschaft. Nach dem kurzen Stopp im Schleswiger Bahnhof führt die Strecke über flaches, meist landwirtschaftliches Gebiet. Dazwischen kleine Ansammlungen steriler, geleckter Klinkerhäuser mit gepflasterten Auffahrten und Fahrzeugen, auf deren Lack sich Sekundenbruchteile der Himmel widerspiegelt. Der sichtbare Wohlstand, der nicht nur auf die Großstadtregion konzentriert ist, erschließt sich dem russischen Kriminalisten zum ersten Mal bei einem Deutschlandaufenthalt. Früher war das anders gewesen, zumindest im Osten des Landes. Seine Erinnerungen schweifen zurück in die Mitte der 80er-Jahre.

Es war eine deutlich andere Zeit gewesen, damals, als er als junger Offizier der sowjetischen Streitkräfte nach Thüringen gekommen war. Gleich zu Beginn wurde er Zeuge eines Vorfalls, der zu den normalen Alltagsbegebenheiten in der Armee zählte. Einer der Wehrpflichtigen hatte auf dem Truppenübungsplatz aus Versehen eine Granate auf den Kirchturm der Stadt Gossel abgefeuert und dabei die Spitze weggeschossen. Kein Einzelfall, wie Boris Fishenski während seiner Dienstzeit immer wieder feststellen musste. Schon wenige Tage später, nachdem er den herabwürdigenden Trott der Rekruten, die hier in der DDR ihren Wehrdienst ableisten mussten, hautnah kennengelernt hatte, lernte er gleichzeitig das ambivalente Verhalten des Oberkommandos kennen. Vor den DDR-Behörden wurden solche Vorfälle grundsätzlich nicht ernst genommen. Der einfache Sowjetsoldat aber wurde für sein Fehlverhalten hart bestraft, er war ein Mensch zweiter Klasse. Meistens hatte man diese Männer aus weit entfernten Gebieten des Sowjetreichs in die DDR gebracht, häufig sogar in Viehwaggons, die Wochen unterwegs waren. Dort erhielten sie im Durchschnitt nur einen Sold von einem Rubel pro Tag, so viel wie drei DDR-Mark, und monatlich 25 DDR-Mark zusätzlich. Die Versorgung war schlecht, es gab Brei, nur Brei, morgens, mittags, abends. Brutalität und Nötigung von Vorgesetzten waren an der Tagesordnung, bis hin zu Vergewaltigungen. Allerdings gehörten kriminelle Übergriffe dieser Rekruten außerhalb der Kasernen auch zur anderen Seite dieses Alltags dazu. Von der DDR-Justiz konnten die Straftaten nicht bis in die Kasernen verfolgt werden. Dem ostdeutschen Bruderland gestand man zwar die formale Entscheidungshoheit zu, doch inoffiziell war die Sowjetarmee Herr im Land. Nach dem Sieg über Hitlerdeutschland herrschte das archaische Recht, dass man über alles Vorhandene in der besetzten Zone frei verfügen könne. In den russischen Militärexklaven herrschte das Recht der Kommandeure, die fürstengleich ihre Befehlsgewalt über ihre Standorte hinaus ausübten.

Das war ein ausgezeichneter Nährboden für illegale Geschäfte, erinnert sich Boris Fishenski, während eine morastige Wiese am Zugfenster vorbeizieht. Doch sein Blick schaut durch diese Einöde hindurch in eine andere Einöde. Er sieht seinen damaligen Kommandeur vor sich, Wladimir Valentinowitsch, diesen bärbeißigen Mann mit dem massigen Körper.

»In einer Woche habe ich Geburtstag«, spricht die vertraute Stimme des Kommandeurs. »Du bist ein cleverer Bursche, Fishenski. Ich übertrage dir die Aufgabe, etwas Respektables für das Festmahl zu besorgen, verstanden?«

»Und wie soll das bewerkstelligt werden, Herr Kommandeur?«

»Lass dir was einfallen, Fishenski. Von einem sowjetischen Leutnant verlange ich, dass er Fantasie entwickelt und mich mit den Einzelheiten verschont.«

Und so war er zu einem der Genossenschaftsbauern gegangen und hatte ihm unter der Hand ein lukratives Tauschgeschäft vorgeschlagen. Ein größeres Kontingent Treibstoff gegen eine 80-Kilo-Sau aus seinem Stall. Mit Einbruch der Nacht war ein Armeetanklaster, den er persönlich an den bestochenen Wachen vorbeigelotst hatte, an der genossenschaftlichen Tankstelle vorgefahren und hatte dort 2.000 Liter Diesel einfließen lassen. Doch die Volkspolizei der DDR hatte Wind von der Sache bekommen und war zur Stelle. Natürlich hatte der Zwischenfall keinerlei Folgen gehabt. Die Akten wurden routinemäßig der sowjetischen Militärstaatsanwaltschaft übergeben. Dort verschwanden sie in der Ablage, und für Fishenski gab es eine Beförderung vom Kommandeur. Es herrschten Zustände wie im heutigen Russland.

Das zornige Resümee wühlt Boris Fishenski innerlich auf. Er zieht gewohnheitsmäßig seine Zigarettenschachtel aus der Jackentasche, als ihm einfällt, dass in deutschen Zugabteilen nicht geraucht werden darf. Unbegreiflich so etwas! Er schiebt die Schachtel kopfschüttelnd zurück und zieht gleichzeitig das Resümee, dass schon damals in der DDR der Boden für die heutige Korruption in seinem Land kultiviert worden war. Mittlerweile ist es offensichtlich, egal wo man hinschaut, die Geheimdienstler und hohen Militärs von damals sind heute die Oligarchen mit engen Mafiakontakten. Und die Bosse der Mafia lassen ihre schmutzige Arbeit von ehemaligen Rekruten aus Usbekistan, Kasachstan und Georgien erledigen. Und dieses System funktioniert selbst in Polizeikreisen. Ein Milizionär, der auch mal wegguckt, kann sein Gehalt beträchtlich aufbessern.

Du musst dich entscheiden, mahnt eine innere Stimme zum wiederholten Male. Er wischt seine Gedanken abrupt beiseite und schaut auf die Uhr. Es ist 9.57 Uhr. Der Polizeirat dürfte vermutlich jetzt an seinem Arbeitsplatz sitzen, grübelt er und ist sich immer noch nicht sicher, ob er Heinz wirklich anrufen kann, ohne ein Risiko einzugehen, oder ob er sich doch lieber auf eigene Faust durchschlagen sollte. Wenn er anruft, muss er damit rechnen, dass der deutsche Kollege ihn, genauso wie umgekehrt vor zwei Wochen in Petersburg, mit zu einer Ermittlungsarbeit nehmen möchte. Für solche Sperenzchen hat er eigentlich nicht die nötige Zeit. Andererseits weiß er nicht genau, wie er ohne fremde Hilfe an die Informationen kommen kann, die er für seine eigene Ermittlung braucht. Er wägt beides noch einmal ab, zieht dann sein Handy aus der Jackentasche und tippt entschlossen die Nummer von der Visitenkarte des Polizeirats ein. Es klingelt in der Leitung, und sofort meldet sich eine schrille, laute Stimme: »Polizeiinspektion Husum, Polizeirat Püchel!«

»Heinz, hallo! Hier ist Boris, Boris Fishenski aus Petersburg.«

»Boris!«, brüllt der Polizeirat freudig, dass es dem Russen im Ohr schmerzt. »Ich glaub's nicht! Ich hör dich sehr gut, als wenn du von nebenan anrufst.«

»Ich bin in Deutschland, Heinz. In einer halben …«

»In Deutschland! Was machst du in Deutschland?«, unterbricht Püchel, und seine Stimme überschlägt sich fast.

»Eine Dienstreise.«

»Eine Dienstreise? Warum hast du dich nicht früher gemeldet? Wir hätten uns doch treffen können.«

»In einer halben Stunde bin ich in Husum, Heinz. Ich komme mit der Bahn aus Kiel. Vielleicht kannst du mich abholen, wenn du Zeit hast. Ich würde gerne etwas mit dir besprechen.«

»In einer halben Stunde? Das ist ja verrückt! Ich bin da, auf alle Fälle! Bis gleich, Boris!«

Der Russe schaut erneut aus dem Abteilfenster, die überdrehte Stimme von Püchel noch im Ohr. Auf eingleisiger Bahnstrecke rumpelt die Marschbahn jetzt über flache Ebenen, durch dünn besiedelte Geestlandschaft. Oft versperren kahle Sträucher und Bäume die Sicht. In einem kleinen Städtchen mit dem merkwürdigen Namen Oster-Ohrstedt, das ohne Halt durchfahren wird, sind die alten Gleisanlagen bereits von Gras überwuchert. Auch der Ort Rosendahl huscht nur vorbei, bevor der Triebwagenzug wenig später im Bahnhof von Husum pünktlich zum Stehen kommt. Die Uhr zeigt 10.24 Uhr. Der Hauptmann sieht den überrumpelten Polizeirat schon auf dem Bahnsteig stehen. Es kommen ihm Bedenken, ob dies wirklich die richtige Vorgehensweise ist. Als er zaghaft aus der Tür tritt, hebt sein Gastgeber beide Hände über den Kopf und lenkt wild winkend alle Aufmerksamkeit der wenigen Fahrgäste auf sich. Es gibt kein Zurück mehr. Der Russe bewegt sich bedacht langsamer, zieht in übertriebener Ruhe den Haltegriff des Rollkoffers heraus und ist froh, dass sich die Menschen bereits verlaufen haben, als Heinz Püchel ihn an seine Brust zieht.

»Willkommen, Boris!«, ruft er und versucht, über Lautstärke Herzlichkeit auszudrücken. »Ich freue mich, dich zu sehen! Obwohl … ich bin ein wenig ärgerlich, dass du mich nicht eher informiert hast. Dann hätte ich mich doch besser auf dich vorbereiten können.«

Er schnappt den Rollkoffer des Russen und zieht ihn trotz Protest über den Bahnsteig zum Ausgang.

»Ich wollte dir keine Umstände machen«, beteuert Boris Fishenski vergeblich.

»Papperlapapp!«, knurrt Püchel, während er mit der flachen Hand vor seiner Stirn wedelt, um mit der Geste Boris' gesunden Menschenverstand in Frage zu stellen. »Weswegen bist du in Deutschland? Doch nicht wegen des Mordfalls in der Ermitage?«

»Nein, natürlich nicht«, sagt Fishenski mit einem breiten Lächeln. »Wir fahnden nach dem Verbleib eines Matrosen, einem gewissen Goschka Stezenko. Es geht um die ›Krusenstern‹, diesem verunglückten Schiff.«

»Das vor Amrum auf Grund gelaufen ist? Habe ich in der Zeitung gelesen. Ist immer noch groß in der Presse, wegen der Ölpest.«

»Genau das meine ich, Heinz. Beim LKA in Kiel hieß es, Goschka Stezenko sei nach dem Unglück vermisst und wahrscheinlich tot. Deswegen bin ich hier.«

»Da warst du beim LKA bereits goldrichtig. Wir in Husum haben damit nichts zu tun gehabt.«

»Ich bin nur hier, weil mir in Kiel gesagt wurde, dass ein leeres Schlauchboot der ›Krusenstern‹ von einem Kutter nach Husum geschleppt worden wäre. Weißt du etwas darüber?«

»Nicht wirklich. Ich erinnere mich vage, dass im Gebäude der Wasserschutzpolizei ein Schlauchboot liegen soll. Habe ich aber nur gehört, wir sind im Moment mit einem Mordfall voll ausgelastet.«

»Und dieses Schlauchboot ist noch in Husum?«, fragt Fishenski aufgeregt.

»Das nehme ich an, wo sollte es sonst hingekommen sein? Wenn du willst, können wir gleich einen kurzen Abstecher zum Hafen machen und nachschauen, bevor wir zu mir fahren. Du übernachtest natürlich heute in meinem Haus. Meine Frau freut sich schon. Für den Rest des Tages stehe ich ganz zu deiner Verfügung.«

Die Männer sind auf dem Parkplatz vor dem Bahnhofsgebäude angekommen. Heinz Püchel verstaut das Gepäck des Russen im Kofferraum seines Wagens. Er hält ihm die Tür auf, lässt ihn einsteigen und zwängt sich hinters Steuerrad. Nach 50 Metern Fahrt deutet er auf das weiße, vierstöckige Gebäude mit den Fensterreihen.

»Das ist unsere kleine Polizeistation«, erklärt er und fügt grinsend hinzu. »Wir haben hier keine goldenen Dächer, wie du es aus Sankt Petersburg gewohnt bist. Glanz und Gloria kann ich dir nicht bieten. Husum nennt man die graue Stadt am Meer, wegen diesem immergrauen Himmel, der gerade über uns hängt.«

Auf der kurzen Strecke über die Klappbrücke zum

Außenhafen fragt der Russe nach den großen, merkwürdigen Gebäuden auf der Kaianlage, und der Polizeirat erklärt ihm, dass es Silos seien und ein Teil der Husumer Wirtschaft aus Getreideexport und der Einfuhr von Düngemitteln und Viehfutter bestehe. Wenig später parkt Püchel seinen Wagen auf der Kaimauer neben dem Küstenwachboot ›Sylt‹. Das Klinkergebäude der Wasserschutzpolizei liegt gleich vis-à-vis. Ein Beamter führt sie, nachdem er den Grund ihres Kommens erfahren hat, in ein größeres Lager. Dort steht das Schlauchboot mitten im Raum auf ein paar Holzböcken.

»In diesem Zustand ist es aufgefunden worden«, sagt der Beamte der Wasserschutzpolizei. »Es trieb herrenlos vor Süderoogsand, als es von einem Krabbenkutter gesichtet und an den Haken genommen wurde.«

Boris Fishenski geht langsam einmal um den roten Gummiwulst herum. Die beiden Tauenden, die an einer Sitzbank befestigt sind, erregen seine Aufmerksamkeit. Sie sind eindeutig mit einem Messer gekappt worden, stellt er fest, verhält sich nach außen aber unauffällig neutral. In dem Boot war etwas angebunden, registriert er, und irgendjemand hat es abgeschnitten.

»Das Boot, das es hergebracht hat, ist aus dieser Stadt?«, fragt der Russe.

Der Mann von der Wasserschutzpolizei nickt.

»Kann man mit dem Kapitän sprechen?«

»Sicher. Es ist die ›Trude‹. Sie liegt momentan drüben im Innenhafen, glaube ich«, sagt der Beamte.

»Trude?«, fragt der Russe mit Unverständnis im Blick.

»So heißt der Kutter, Boris«, erklärt Püchel. »Der Kutter heißt ›Trude‹. Ich bringe dich hin. Wir können von hier zu Fuß rübergehen.«

Der verhangene Himmel spiegelt sich im glatten Wasser des Hafenbeckens, glänzt silbergrau auf der Oberfläche. Die alten Giebelhäuser dagegen sind alles andere als grau, aus der Ferne gleichen sie aufgereihten Jahrmarktsbuden. Mehrere ebenso farbige Kutter liegen hintereinander an der Kaimauer, rot, blau, grün gestrichen mit ockergelben Masten. Der rote Schiffsrumpf der ›Trude‹ hat ein hölzernes Ruderhaus, braun, mit vier unterteilten Fenstern. Ein hochgewachsener Mann ist hinter den verschmutzten Scheiben auszumachen.

»Es ist besser, wenn ich mit dem Mann rede, Boris«, teilt der Polizeirat seinem Gast mit. »Das sind echte Nordfriesen. Dieser Menschenschlag muss mit Fingerspitzengefühl behandelt werden, um ins Gespräch zu kommen. Das ist ein überaus eigenwilliges Völkchen.«

»Und wenn ich eine spezielle Frage habe?«

»Was willst du denn wissen? Sag's mir lieber gleich hier. Es ist besser, ich stelle hier die Fragen!«

»Ob sich irgendwelche anderen Schiffe in der Nähe des Schlauchboots aufgehalten haben?«, fragt Boris Fishenski.

»Und warum willst du das wissen?«

»Vielleicht war der vermisste Stezenko im Schlauchboot und ein anderes Boot hat ihn aufgenommen.«

»Aber dann hätte der Mann sich doch gemeldet, oder?«

»Vielleicht eben nicht!«, sagt der Russe und zwinkert mit einem Auge.

»Verstehe!« Püchel wiegt nachdenklich den Kopf hin und her.

Der Russe zuckt mit den Achseln und lächelt verlegen. Der Polizeirat dreht sich abrupt um und balanciert über den schmalen Holzsteg, während Fishenski am Rand der Kaimauer wartet.

»Husumer Kriminalpolizei«, ruft Püchel laut zum Ruderhaus hinüber. »Ist es erlaubt, an Bord zu kommen, Käpt'n?«

Die Tür zu dem kleinen Kabuff wird geöffnet und ein wettergegerbtes Gesicht schiebt sich zwischen Türrahmen und Türkante an die frische Luft. Der Mann hat dunkle Haare, in die sich silberne Fäden einweben, offene blaue Augen und einen Dreitagebart, der die schmalen Lippen umrandet. Vogellippen, kommt es dem Russen in den Sinn.

»Husumer Kriminale?«, wiederholt der Mann fragend und zieht eine Augenbraue hoch.

»Richtig!«, versichert Püchel. »Sie sind Hinnak Hansen, der Kapitän?«

»Jou!«, sagt der Mann.

»Sie haben ein Schlauchboot hergeschleppt, hat uns die Wasserschutzpolizei berichtet.«

»Jou!«

»Das Schlauchboot trieb herrenlos vor Süderoogsand!«

»Jou!«

»Das war vor gut einer Woche. Wann haben Sie es denn entdeckt?«

»Früh!«

»Das Schlauchboot ist von dem russischen Frachter vor Amrum. Der Kollege da drüben ist deswegen ganz aus Sankt Petersburg gekommen, um sich über den Untergang zu informieren. Ist Ihnen da draußen, als Sie auf das Schlauchboot gestoßen sind, irgendetwas Ungewöhnliches aufgefallen? Waren noch andere Boote draußen?«

»Nee, keene! An den Dag nich.«

»An dem Tag nicht? Heißt das, an einem anderen waren welche da?«

»Is veel Schietwetter west in de Dagen, dor weern nich veele buten. Wi mussen kieken, dat wi rechttidig wechkämen. Awers een Dag dorvor harn wi ’n kotten Funkkontakt mit de ›Rungholt‹ in düsse Orkannacht.«

»Die ›Rungholt‹ aus Tönning?«

»Jou!«

»Und sonst nichts?«

»Nö!«

»Na, dann danke, Käpt’n Hansen«, sagt Püchel.

Hinnak Hansen tippt sich mit zwei Fingern an die Stirn, dreht sich um und verschwindet wieder im Ruderhaus. Püchel bleibt konsterniert zurück, weiß aber auch, dass er im Moment aus diesem Menschen nicht mehr herausbekommen wird. Er balanciert auf dem Holzsteg zurück und wird von Fishenski sofort mit der Frage konfrontiert: »Hat der Mann irgendwelche Schiffe gesehen?«

»Nein, eigentlich nicht«, entgegnet Püchel.

»Was heißt, eigentlich nicht?«

»Nicht an dem Tag, als das Schlauchboot entdeckt wurde. Aber der Kapitän hatte wohl einen Tag vorher Funkkontakt mit einem Fischkutter.«

»Es war also ein Fischkutter in der Nähe?«, fragt der Russe aufgeregt.

»Ja, und ausgerechnet die ›Rungholt‹. Das ist jetzt schon ziemlich verrückt«, sinniert Püchel mehr mit sich selbst, doch als der Russe ihn verwundert anschaut, ergänzt er: »Wir haben nämlich gerade einen merkwürdigen Mordfall. Ein Fischer von diesem Fischkutter, mit dem der Kapitän Funkkontakt hatte, ist vor Kurzem ermordet worden.«

»Und dieser Fischkutter heißt ›Rungholt‹?«

»So ist es! Der war in der Nacht, in der die ›Krusenstern‹ aufgelaufen ist, auch dort draußen.«

»Das hört sich interessant an. Und euer Mordfall hat mit dem Kutter zu tun?«

Heinz Püchel ist plötzlich wieder ganz bei sich, er lächelt seinen Gast an und klopft ihm loyal auf die Schulter: »Das erzähle ich dir bei mir zu Hause, in aller Ruhe, wenn wir zusammen einen Wodka trinken, den ich aus Pieter mitgebracht habe.«

RUNGHOLT

Per Timmann schiebt den Einkaufswagen durch die Getränkeabteilung des Supermarkts. Die Augen huschen die Regale entlang, dann rauf und runter. Verdammt noch mal, wo stehen diese Scheiß-Minipacks! Direkt vor deiner Nase! Dort unten auf dem Boden, diese verdammt kleinen, roten Pappkartons. ›24 kleine Jäger‹ steht draufgedruckt, 24 Miniflaschen 0,02 Liter. Reicht ein Karton? Ich nehme zwei, das müsste reichen, auf jeden Fall.

Jeder seiner Gedanken hat etwas qualvolles, jeder reiht sich ein in einen unendlichen Stacheldraht, der sich langsam um seine Stirn dreht. Jede Kopfbewegung, selbst die kleinste, schmerzt. Tausend Nadeln morsen Hirngespinste: Es war ein Moment. Du hast die Finger nach dem Seesack ausgestreckt, und da hat der Teufel deine ganze Hand bekommen. Vergiss das nicht! Jede Entscheidung, die ein Mensch fällt, bezieht sich auf die vorige. Und jede Handlung, die daraus folgt, setzt etwas in Gang, das sich nicht mehr rückgängig machen lässt.

Nur um zwei kleine Kartons Jägermeister zu kaufen, ist er nach Kiel gefahren. Aus purer Angst, in Tönning, Friedrichsstadt oder Husum könnte sich vielleicht eine Verkäuferin an sein Gesicht erinnern, nachdem die Polizei mit ihren Nachforschungen erstmal begonnen hatte und auch vor Supermärkten nicht Halt machte.

Die Schlaftabletten hatte er bereits in drei verschiedenen Apotheken eingekauft, jeweils nur eine Packung pro Geschäft. In einer Stadt wie Kiel würde in drei Tagen niemand mehr wissen, wer was gekauft und wie er ausgesehen habe. Vorsicht ist die Mutter der Porzellankiste, denkt Per Timmann und erschrickt gleichzeitig über seine Überlegungen. In ihm hat sich etwas in Gang gesetzt, ist ein Schalter umgelegt worden, das sich jetzt seinen Weg bahnt, alles vorwärts treibt, als wäre es bereits passiert. Warum hat er sich nur darauf eingelassen? Um seinen Bruder aus der Schusslinie zu nehmen? Würde sein Beschützerinstinkt ihn ernsthaft dazu bringen, solch eine Tat durchzuführen? Er macht es, weil er den Reichtum nicht mehr loslassen kann. Weil seine Hand zu einer Kralle geworden ist, an der das gesamte Körpergewicht hängt, mitsamt seinem Gehirn und allem Denken.

»Fahrt ihr heute zum Fischen raus?«, hatte Mette am Morgen gefragt. Er wollte gerade aus dem Haus gehen, da war sie aus dem Bad gekommen, hatte mit angeklatschten nassen Haaren im weißen Bademantel im diffusen Flurlicht gestanden, fast körperlos gewirkt, wie ein Cherubim, der den Zugang zum Paradies bewacht.

»Wie kommst du darauf, Mette? Peter ist tot. Wir müssen erst einen Ersatz finden, bevor wir wieder rausfahren.«

»Und womit verdienst du den Lebensunterhalt?«

»Wir brauchen uns keine Sorgen mehr zu machen. Nur noch ein, zwei Monate, dann genießen wir das Leben.«

»Eher geht ein Kamel durch ein Nadelöhr, als dass ein Reicher in das Reich Gottes gelangt.« Mettes Stimme hatte befremdlich geklungen, hatte etwas Entrücktes, Mahnendes.

»Lass das, Mette! Warum sagst du mir solch ein dummes Zeug?«

»Das hat unser Herr Jesus Christus gesagt«, war ihre

Antwort gewesen. Sie hatte durch ihn hindurchgeblickt und war abwesend die Treppe in den ersten Stock hinaufgestiegen, als wäre dort oben das Himmelreich.

Per Timmann hebt nacheinander zwei Jägermeisterkartons auf das Band der Supermarktkasse. Ihm ist unwohl mit dem Bild von Mette, die gedankenverloren die Treppe hinauf entschwindet. Es ist unübersehbar geworden, dass seine Frau, seit er den ersten euphorischen Plan mit ihr geschmiedet hatte, sich gravierend verändert hat. Mit ihren Worten ist etwas anders geworden. Nicht offensichtlich, eher kaum spürbar, manchmal nur in der Aussprache der Silben. Es wirkt, als würde sie sich von dem, was sie ausdrücken will, distanzieren, als wolle sie dem vermeintlichen Reichtum aus dem Wege gehen.

Er nimmt eine Literflasche Cola aus den Kisten, legt sie aufs Band und sagt: »Zwei Kisten!«

»Piep! Piep! Piep! Piep!«

»29,48 €!«

Mette lacht nicht mehr richtig, denkt er. Sie spricht nicht mehr über ihre Arbeit. Ihre Schneiderei scheint sie nicht mehr zu interessieren. Vor zwei Tagen ist er an ihrem Laden vorbeigekommen. Er sah sie allein in der Ecke sitzen und an die Wand starren. Sie hatte gar nicht bemerkt, dass jemand an der Ladenscheibe stand. Und die Kirche? Neuerdings geht sie ständig dorthin. Was sucht sie da? Ihr Seelenheil? Sonst sind wir nur an besonderen Festtagen wie Weihnachten und Ostern zusammen in die Kirche gegangen.

Per Timmann schleppt eine schwere Last und die Getränke mit sich herum, runter in die Tiefgarage. Dort verstaut er den Einkauf im Kofferraum und schaut auf die Uhr, 9.48 Uhr. Er fährt hinauf zur Schranke. Der neue Tag streift sein graues Gewand vom Himmel, die Sonne zeigt ihm im Rückspiegel ihr wahres Gesicht. Seit Wochen treffen die ersten Lichtstrahlen auf die wenig entblößte Haut; er ist kurz geblendet und kneift die Augen zusammen.

Die ungeschminkte Wahrheit hat immer Ecken und Kanten, denkt er und fühlt sich plötzlich nicht mehr als Herr seiner selbst, als wäre es der beginnende Tag, der ihm sein Schicksal aus der Hand nehmen will. Noch entscheide ich, sagt er sich trotzig. Doch schon im nächsten Moment ist er sich nicht mehr sicher, ob das wirklich so ist.

Der Kapitän drückt aufs Gas, ist nach 20 Minuten auf der Bundesstraße 202 in Richtung Rendsburg.

Damals, als Jugendlicher, war er auch nicht mehr er selbst gewesen. Während er noch fest daran geglaubt hatte, einst Rungholt zu entdecken, hatte das Schicksal längst einen anderen Plan für ihn. Sein Vater hatte schon während seiner Schulzeit klammheimlich entschieden, dass er in seine Fußstapfen treten und seinen Fischkutter übernehmen sollte. Selbst Mette hatte seinerzeit Schicksal gespielt. Lange bevor er selbst auf die Idee gekommen war, hatte sie die Entscheidung bereits gefällt, er habe sie zu heiraten.

»Ja, ich will!«

Der Stärkere entscheidet, was gemacht wird. Das ist ein Naturgesetz. Er hatte schon frühzeitig die ungeschminkte Wahrheit begreifen müssen, auf Fangreisen an der Seite seines Vaters. Wie oft hatte er dort beim Aufschneiden noch lebende Heringe im Dorschmagen gefunden. Fressen oder gefressen werden.

Kain und Abel, die Erbsünde. So ist das Leben nun mal. Keiner hat die Nachtigall zu stören. Und deswegen ist es selbstverständlich, Mette aus dem, was heute passieren wird, grundsätzlich rauszuhalten.

Sie darf nie ein Sterbenswörtchen davon erfahren, das werde er Hauke vorher noch einbläuen, hält das Steuer mit einer Hand und fingert sein Handy aus der Brusttasche seiner Jacke. Die Straße ist leer. Der lang gestreckte Geestrücken von Norderstapel klebt an den Asphalträndern. Er fährt schneller als erlaubt, tippt in Blindfahrt die Nummer seines Bruders ein. Der meldet sich nach dem ersten Klingelton und bekommt in knappen Worten befohlen, in 20 Minuten auf der ›Rungholt‹ zu sein.

Dann lässt Per Timmann endlich locker. Als er in Tönning ankommt, ist die kurze Sonnenepisode bereits Vergangenheit. Über dem Hafen und der ›Rungholt‹ hängen düstere Wolken, so düster wie die näher rückende Tat, die in seinem Kopf immer mehr zur Tatsache heranreift. Hauke kommt verspätet. Er hört seine Schritte auf dem Holzsteg nicht. Erst als sein Bruder in die Kombüse tritt, in der er in dem alten Granitmörser von Peter Jessen zwei Folienstreifen Schlaftabletten zu Pulver zerstampft, hebt er den Kopf.

»Was meinst du«, fragt er seinen Bruder, als der regungslos dasteht, »reichen zehn Tabletten pro Person aus? Sie sollen schließlich möglichst schnell weg sein.«

»15 wären besser. Wir sollten auf Nummer sicher gehen«, korrigiert Hauke mit bestimmendem Tonfall.

»Aber das Zeug schmeckt man sicher irgendwann durch. Die sind doch bestimmt ziemlich bitter?«

»Wir verabreichen es ihnen nach und nach, immer in kleinen Dosen. Hauptsache, wir machen gute Stimmung und halten sie den Abend über bei Laune. Natürlich müssen wir uns zwischendurch auch mal ein Gläschen genehmigen, damit sie keinen Verdacht schöpfen, dann wird es schon klappen.«

Der Kapitän dreht die Jägermeisterverschlüsse vorsichtig auf und verteilt mit Hilfe eines kleinen Plastiktrichters das Pulver aus dem Mörser in die ersten acht Fläschchen. Hauke wirkt irgendwie abwesend.

»Du musst mir den Rücken freihalten, wenigstens für den Anfang«, sagt der Kapitän mit Nachdruck und denkt gleichzeitig ›Kain macht wieder auf Abel‹, als er die Unschuldsmiene seines Bruders wahrnimmt.

»Warum soll ich dir den Rücken freihalten?«, fragt der, als würde er wieder aus seinen Gedanken auftauchen.

»Unser Plan macht nur Sinn, wenn wir das Original in die Finger bekommen. Und falls es noch weitere Kopien gibt, die natürlich auch. Deswegen muss ich ungestört mit Henning reden können, ohne dass Wiebke mir dazwischenfunkt. Deine Aufgabe ist, sie mir vom Hals zu halten, kapiert? Ich kann Henning nur ins Vertrauen ziehen, wenn ich in aller Ruhe mit ihm reden kann.«

»Geht klar, Bruderherz! Ich bin doch nicht blöd. Aber denk dran, den Rest musst du allein hinkriegen. Ich brauche ein wasserdichtes Alibi, sonst nimmt die Polizei mich sofort in die Mangel. Dieser Swensen will mich unbedingt wieder hinter Gitter bringen.«

»Was hast du denn vor?«

»Der einzige Laden, der in dieser Gegend spät abends noch auf hat, ist die Rosenbar in Husum. Ich werde die Bardame vollquatschen, damit sie sich hundertpro an mein Gesicht erinnert. Und ich bleibe dort, bis sie dichtmachen, schätze mal, das wird zwischen drei und vier Uhr sein. Übrigens, ich bin ein wenig knapp bei Kasse. Kannst du mir ausnahmsweise 200 € von meinem Anteil vorschießen? Ich mache das schließlich nicht zu meinem Vergnügen.«

»Ja, ja, wo ist dein Bruder, Kain?«, murmelt Per Timmann bitter zwischen den Zähnen, zuckt dabei widerwillig sein Portemonnaie und zieht zwei Hunderter heraus.

»Du weißt doch, der Herr blickt freundlich auf Abel und sein Opfer«, ist die süffisante Antwort seines Bruders, der seine Worte schon mitbekommen hat.

Die Augen des Kapitäns blitzen kurz auf. Er kann sich aber beherrschen, nimmt wortlos den Rest der Jägermeisterfläschchen aus dem Karton, leert jeweils eine Hälfte in eine Thermoskanne und füllt sie mit Cola wieder auf.

»Merk dir genau diese Flaschen. Der Farbunterschied ist kaum zu erkennen. Die sind für uns, damit wir nüchtern bleiben«, stellt er fest, nachdem auch diese Arbeit erledigt ist. »Wir haben noch ein wenig Zeit, bevor wir starten. Und nie, unter keinen Umständen ein Wort zu Mette, ist das klar?«

»Ja, ja«, entgegnet sein Bruder düster.

Ohne großartige Verständigung haben sich beide zum gemeinsamen Warten entschlossen. Doch in dem engen, düsteren Raum entsteht bald eine beklemmende Atmosphäre, als würden sich die Brüder heimlich belauern. Keiner spricht ein Wort, jeder schaut bemüht am anderen vorbei. In Haukes Blickrichtung ist nur ein Teil des Hafenbeckens zu sehen, in dem sich das mächtige Packhaus auf der Wasseroberfläche spiegelt. Pers Blick fällt, entgegengesetzt, auf die Häuserreihen entlang der Hafenstraße, auf das Restaurant ›Zum goldenen Anker‹, das Restaurant ›Godewind‹, das Café ›Hafenblick‹.

Eigentlich wollte Per Timmann seinem Bruder noch, bevor sie die Sache hinter sich bringen, von dem Anruf erzählen, den er gestern spät abends erhalten hatte. Hinnak Hansen, der Kapitän der ›Trude‹, war am Apparat gewesen und hatte ihm vom Besuch eines Kriminalbeamten berichtet, der mit einem offensichtlichen Ausländer im Schlepptau bei ihm aufgekreuzt war, weil er doch ein herrenloses Schlauchboot vor Süderoogsand entdeckt und nach Husum geschleppt hatte. Die Fragen der beiden Beamten hätten sehr offiziell geklungen, hatte Hansen betont, und sie wären ziemlich neugierig gewesen. Hätten nach anderen Fischern gefragt, die in der fraglichen Zeit draußen gewesen seien. Deshalb rufe er eigentlich auch nur an, hatte Hansen gesagt. Er wolle ihn nur informieren, dass er den Polizeibeamten über ihren kleinen Funkverkehr berichtet habe. »Damit du Bescheid weißt, falls jemand von denen auch bei dir in Tönning auftauchen sollte«, hatte er am Ende des Gesprächs gesagt.

Das Telefonat hatte Per Timmann ziemlich aufgewühlt. Vielleicht war dieser Ausländer auf der Suche nach dem Seesack, war sein erster Gedanke gewesen. Und sofort hatte die Situation mit dem Brief von Henning Bischoff eine noch bedrohlichere Dimension angenommen. Er fühlte sich noch mehr gedrängt, bevor es endgültig zu spät sein könnte, die Lösung ihres Problems nicht mehr länger hinauszuzögern. Doch gerade jetzt, wo sie hier zusammensitzen und sich anscheinend nichts mehr zu sagen haben, hat er überhaupt keine Lust mehr, seinem Bruder von diesem Anruf zu erzählen.

Wer unüberlegte Tatsachen an ihn weitergibt, kann sie nicht mehr aus der Welt schaffen. Es gibt keine Sicherheit, dass Hauke mit dem Wissen so umgehen würde, wie er es von ihm erwartet. Dafür gibt es keine Garantie. Abel wurde auch hinterrücks von Kain erschlagen. Obwohl Gott sein Opfer angenommen hatte, hatte er ihn nicht vor seinem mörderischen Bruder beschützt.

Schweigen gewinnt schnell an Eigendynamik. Per Timmann spürt sein wachsendes Misstrauen. Er beobachtet seinen Bruder heimlich aus dem Augenwinkel, wartet, dass die Zeit vergeht, und sagt kein Wort.

Langsam fällt die letzte Helligkeit. Die Wolken, die vor der Dämmerung wie gefütterte Wintermäntel vorbeitreiben, nehmen das letzte Licht unter ihre Fittiche. In der Kleinstadt flammen die ersten scheuen Lampen auf. Jetzt schließen bald die kleinen Läden um den Marktplatz, langsam verschwinden die meisten Menschen in ihren Häusern. Per Timmann schaut auf die Uhr, das Adrenalin steigt.

»Wir fahren nur mit einem Wagen, mit deinem«, unterbricht der Kapitän die Stille. »Wenn du weg bist, nachdem alles gelaufen ist, gehe ich zu Fuß nach Hause. Wenn jemandem dein Wagen auffallen sollte, hast du ja ein Alibi.«

Hauke nickt knapp und streckt sich mit einem Stöhnen, bevor er aufsteht und sich die zwei Kisten Cola schnappt. Per Timmann folgt ihm mit den zwei Kartons der präparierten Jägermeisterfläschchen. Beide balancieren dicht hintereinander die Last über den Holzsteg an Land und verstauen sie im Kofferraum von Haukes hellblauem Opel.

Gegenüber von Henning Bischoffs Eckhaus in der Hugo-Buschmann-Straße steht eine einsame Bogenlampe. Hauke parkt den Opel im Halbdunkel, außerhalb des Lichtkegels. Um diese Zeit sitzt der Bürger vor dem Fernsehen, weit und breit ist niemand zu sehen. Die Brüder beobachten einen Moment die Nebenhäuser. Als sie sich sicher sind, dass in den Fenstern keine Gardinen bewegt werden, steigen sie aus und tragen die Getränke durch den Vorgarten bis vor die Haustür. Hauke drückt auf die Klingel. Ein lautes Ding-Dong hallt durch den Flur. Schritte kommen näher, die Tür öffnet sich einen Spalt, hängt in der Kette. Das verblüffte linke Auge des Decksmanns lugt durch die Ritze.

»Aufmachen, Seemann!«, befiehlt Per Timmann auf fröhlich getrimmt. »Wir wollen etwas zwischen uns aus der Welt schaffen. Und danach feiern wir, wie es bei uns auf der ›Rungholt‹ immer gang und gäbe war, mit ein paar Gläschen Jägermeister Cola!«

»Ihr seid wegen meinem Schreiben da, stimmt's?«, kommt es nüchtern zurück.

»Das ist zu klären. Und das schaffen wir. Danach wollen wir den genauen Zeitpunkt der Verteilung festlegen. Nun mach schon auf!«

Henning Bischoff hakt die Kette aus, zieht die Tür ganz auf und bleibt wie eine Absperrung im Türrahmen stehen. Hauke Timmann packt die beiden Kisten Cola und schiebt den Decksmann mit sanftem Druck beiseite. Der Kapitän folgt durch die Lücke mit den Kartons. Im Wohnzimmer sitzt Wiebke sichtlich entspannt mit Knabberzeug vor dem Fernseher, schielt kurz neugierig hinter sich und heftet sich dann wieder an die Fersen von Siegfried Rauch, der in adretter weißer Kapitänsuniform über das Traumschiffsdeck der unstillbaren Träume schlendert.

»Vergiss diese alberne Karikatur, hier kommen die echten Seemänner, schöne Frau!«, ruft Hauke ihr spöttisch zu und steuert mit den Kisten zu ihrem Sofa hinüber. Er stellt sie neben den rustikalen Wohnzimmertisch, setzt sich neben Hennings Frau und greift ungeniert zu den Salzstangen. »Der Klabautermann hat eine kleine Überraschung dabei«, schäkert er übermütig, »damit ein klein wenig Abwechslung in dein tristes Eheleben kommt.«

»Hauke! Was fällt dir ein?«, faucht Wiebke Bischoff mit feindseligem Unterton in der Stimme, als der mit der Fernbedienung den Fernseher ausschaltet. Im selben Moment trägt sein Bruder die Kartons in den Raum, gefolgt von Henning, der achselzuckend und mit erschöpfter Miene auf den fragenden Blick seiner Frau reagiert.

»Guck nicht so missmutig, Wiebke! Es gibt vielleicht leichte Unstimmigkeiten zwischen uns, aber die wollen wir, wie es sich für vernünftige Menschen gehört, mit euch ein für alle Mal bereinigen. Deswegen sind wir hier!« Per ist darum bemüht, einen entschlossenen Schwung in die Stimme zu legen, während er die Jägermeisterkartons nebenbei auf einer der Cola-Kisten ablädt. »Ich will einfach nicht glauben, auf was für abwegige Gedanken ihr beide gekommen seid. Mord? Ich und mein Bruder? Holla, ich bitte euch! Nach allem, was wir auf See gemeinsam erlebt haben, Henning, kannst du dir so was wirklich vorstellen? Ich kann keiner Fliege etwas zuleide tun. Und mein Bruder kann das auch nicht, dafür lege ich meine Hand ins Feuer.«

»Bleib bloß auf dem Teppich«, zischt Wiebke ärgerlich. »Ihr seid keine Unschuldsengel, sondern Fischer. Ihr bringt jahrelang Fische mit dem Messer um. Und da sagst du, du kannst …, das ist doch …, Peter ist auch mit einem Messer umgebracht worden.«

»Und warum hat man uns wohl noch nicht verhaftet? Denkt doch mal nach! Wir waren das nicht! Also, es besteht kein Grund durchzudrehen, dafür steht viel zu viel auf dem Spiel. Henning, du bringst mit diesen Aufzeichnungen nicht nur uns in Gefahr. Am Ende sind wir doch alle die Verlierer. Wir müssen einen klaren Kopf behalten, wir alle. Das ist doch alles nur ein dummes Missverständnis. Wenn wir in Ruhe reden, finden wir eine Lösung. Aber eins ist unumgänglich, dieses Protokoll muss verschwinden, Henning, und zwar sofort. Und alle weiteren Kopien, sollte es welche geben, auch.«

»Warum sollte ich meinen einzigen Trumpf aus der Hand geben, Käpt'n?«, fragt Bischoff unwillig. »Wer garantiert mir, am Ende nicht auch mausetot zu sein?«

»Ich! Ich garantiere das!«, ruft Per Timmann empört aus und sucht den Blickkontakt mit seinem Decksmann. »Schau mir in die Augen, Henning! Glaubst du wirklich, ich könnte dich umbringen?«

Henning Bischoff hält dem Augenspiel keine zehn Sekunden stand, dann gibt er klein bei, schaut mit hochrotem Kopf zur Seite und quetscht ein »Ich denke nicht« heraus, das sich wie das gequälte Quieken eines Schlachtschweins anhört.

»Und wer soll dann euren Kumpel Jessen umgebracht haben?«, springt Wiebke mit zorniger Stimme ihrem Mann zur Seite.

»Wir sind nicht die Polizei, Wiebke«, erwidert Hauke. »Wenn ich es gewesen wäre, säße ich jetzt hinter Schloss und Riegel, oder?«

Wiebke wirkt wie abgewürgt, findet kein Argument und verstummt.

»Habt ihr nicht gelesen, was in der Husumer Rundschau stand?«, nutzt der Kapitän die entstandene Pause. »Da war ein Bericht über Peters Bruder drin. Der hat Peters Exfrau geheiratet. Wahrscheinlich war der Mord die übliche Familienfehde.«

»In der Husumer Rundschau hat das gestanden?«, fragt Henning Bischoff, als greife er nach einem Strohhalm.

»Mann, wenn ich es dir sage! Vor ein paar Tagen, ehrlich. Komm, schmeißen wir euer Misstrauen über Bord und kippen ein paar Gläser hinterher.« Per Timmanns Stimme klingt geölt wie ein kreidefressender Wolf. Er greift ein Fläschchen Jägermeister und hält es anpreisend in die Höhe. »Wir trinken darauf, dass wir noch diese Woche das Geld unter uns aufteilen!«

»Das kommt jetzt aber plötzlich! Und es gibt keinen Haken?«, fragt Wiebke herausfordernd. »Ist Mette damit einverstanden?«

»Natürlich!« Per Timmanns Stimme strotzt vor Überzeugung. »Sie ist heute nur nicht mit, weil wir Alkohol dabeihaben. Der neue Pfarrer sieht das nicht gern.« Er zwinkert ihr zu. »Und meine Frau macht, im Gegensatz zu dir, halt das, was der Mann Gottes ihr einredet. Aber wir, wir kennen solche unsinnigen Gebote nicht, oder?«

Hauke hat die Zwischenzeit geschickt genutzt, hat vier große Saftgläser aus der Schrankvitrine geholt und sie mit Jägermeister und Cola aufgefüllt. »Einen feierlichen Trinkspruch, Bruderherz!«, ermuntert er Per und reicht ihm eines der Gläser.

»Et gah uns wohl op unse olen Dage! Keiner sucht das Geld, es ist unser!«, beschwört der Kapitän und hebt das dunkle Getränk in die Höhe. »Trinken wir auf unser Leben im Reichtum. Und tschüss!«

Er führt das Glas langsam zum Mund und trinkt es, ohne abzusetzen, leer. Die Worte haben den Bann gebrochen, alle Augen glänzen, alle Hände ergreifen ihre Gläser und stürzen den Inhalt hinunter. Sofort dreht Hauke neue Jägermeisterfläschchen auf, füllt sie in die leeren Gläser und schüttet Cola obendrauf.

»Auf einem Bein kann man nicht stehen«, verkündet er und trinkt sein Glas ex. »Na los, runter mit dem Muntermacher, Leute! Und das gilt natürlich auch für unsere Lady!«

»Das ist ein altes Ritual auf See«, grinst Per Timmann. »Davon hat dir dein Mann bestimmt noch nie was erzählt, oder? An dem Tag, wenn der Fang im Boot ist, stoßen wir auf Neptun mit Jägermeister mit Cola an, das war schon immer Tradition auf der ›Rungholt‹.«

»Ich habe keine Ahnung, was du deiner Frau alles erzählst«, erwidert Wiebke leicht beschwipst und fingert nach dem Glas, das Hauke bereits wieder aufgefüllt hat, »aber mein Mann verheimlicht mir nichts.«

»Du hast echt Haare auf den Zähnen, Wiebke, das gefällt mir, ehrlich!«, facht Hauke die ausgelassene Stimmung weiter an und stupst der Frau spielerisch mit der Faust gegen den Oberarm. »Darauf trinken wir jetzt alle noch einen. Auf die wunderschöne Frau des Decksmanns, Wiebke Bischoff! Möge sie bis in alle Ewigkeit im Reichtum schwelgen!«

Die schnellen Drinks hintereinander verfehlen ihre Wirkung nicht. Per Timmann muss insgeheim über seinen Bruder staunen. Seine ruppige Art mit Menschen umzugehen, die er eindeutig von ihrem Vater übernommen hat; diese Distanzlosigkeit, mit der er ganz nebenbei den Alkoholkonsum ankurbelt und ihm den Rücken freihält, ist ungemein geschickt. Er schmeichelt Wiebke mit peinlichen Übertreibungen, was sie sichtlich genießt, erzählt ihr kleine Anekdoten von dem Leben an Bord und achtet darauf, dass immer genug in den Gläsern ist. Ihr Plan scheint mühelos aufzugehen. Per beobachtet, wie Wiebke und Henning, da sie immer eine volle Ladung Jägermeister und Schlafmittel abbekommen, langsam betrunken und müde werden. Das Gesicht des Decksmanns nimmt eine tiefe Rötung an, seine Augen werden glasig und er bekommt einen starren Blick. Per Timmann kopiert seinen Bruder, klopft Bischoff loyal auf die Schulter und rückt ihm ganz dicht auf die Pelle.

»Nun mal ganz ehrlich, Henning, was ist mit diesem Protokoll? Gibt es davon Kopien? Jetzt kannst du es doch sagen!«

»Ay Ay … Käpt'n! Nein … gibt es nicht …, wirklich nicht. War nicht … war doch alles … nicht so gemeint, Käpt'n«, lallt der Decksmann mit schwerer Zunge. »Hab nicht … nicht richtig überl… nach… nachgedacht, ich mein … das mit dem Schreiben und so. Dachte 'nen Moment … wirklich …, ihr hättet Peter … verrückt nech?«

Bischoff grinst verlegen, nimmt das volle Glas, das wieder bereitsteht, und leert es ohne abzusetzen.

»Jetzt ist … ist alles gut, Käpt'n, oder?«

»Wenn du mir den Wisch gibst, ist alles gut, Henning!«

Bischoff schürzt die Lippen und presst ein gehorsames »Ay, ay, Käpt'n« heraus, steht schwerfällig auf und geht mit unsicheren Schritten aus dem Raum. Kaum ist er fort, verhaken Hauke und Wiebke etwas unbeholfen die Arme, stoßen mit den Gläsern auf Bruderschaft an, um sich dann gegenseitig einen Kuss aufzudrücken.

»Lass das nicht Henning sehen«, ruft Per Timmann zu ihnen hinüber.

Sie kichern wie die Kinder. Wiebke Bischoff lässt sich rückwärts in die Sofakissen fallen, schließt die Augen und atmet schwer. Hauke schüttelt sie am Arm, hebt zwei Finger zum Victory-Zeichen und verschwindet mit dem Hinweis »Ich geh pinkeln«. An der Tür trifft er Henning Bischoff, der schwankend mit den handgeschriebenen Zetteln in der Hand zurückkommt und sich auf seinen Stuhl fallen lässt.

»Jetzt sind wir wieder quitt«, sagt Per Timmann und nimmt seinem Decksmann die Papiere aus der Hand.

»Nicht ganz, Käpt'n«, lallt Bischoff. »Noch nicht ganz!«

»Jetzt ist doch alles gut, Henning!«

»Ich sage dir jetzt was, nur für deine Ohren.« Bischoffs Worte kommen nur mühsam und holprig, mit letzter Kraft herausgepresst. »Hauke hat … hat etwas Goldenes genommen …, von diesem Toten im Boot …, hat's eingesteckt …, einfach so eingesteckt. Ich hab's geseh'n …, genau geseh'n, ich … und Peter auch.«

»Was Goldenes?«

Bischoff zuckt mühsam mit den Achseln. »Na …, ein Ding … aus Gold eben. Beim Toten … in der Jacke.«

»Stimmt das, Henning, wirklich?«

»Wenn … wenn ich's doch sage«, lallt der und schließt die Augen.

Auch das Schlafmittel beginnt jetzt zu wirken, denkt Per Timmann und rüttelt Bischoff an der Schulter. Der Decksmann reißt die Augen auf, versucht zu sprechen, doch es gelingt ihm nicht mehr. Nur noch mit Mühe kann er seine Augen offen halten, immer wieder fallen sie zu. Wiebke schnarcht bereits lauthals, als Hauke von der Toilette zurückkommt. Er nimmt einen Stuhl, setzt sich neben seinen Bruder und sagt: »Warten wir noch fünf Minuten, danach kommen sie nicht mehr zu sich. Dann schaffen wir sie in die Garage, setzen sie in den Wagen und ich verschwinde.«

Der Kapitän nickt apathisch, faltet das Protokoll und den Brief des Decksmanns zusammen und schaut seinen Bruder eindringlich an.

»Niemand wird dahinterkommen?«

»Niemand, Per!«

Es gibt keinen Weg mehr zurück.

EIDERLAND

Dem Hauptkommissar springt die Veränderung sofort ins Auge. Das verträumte Geisha-Lächeln auf Susan Benders blassem Gesicht ist verschwunden, das erste Mal seit ihrer Hochzeit. Es scheint etwas passiert zu sein, denn ihre Mimik wirkt bemüht neutral. Eine schlechte Nachricht, ist sein erster Gedanke; dass es bereits Ärger in ihrer frischgeschlossenen Ehe gegeben haben könnte, schließt er aus.

»Ein Ehepaar in Tönning ist tot aufgefunden worden. Wahrscheinlich Suizid«, presst Susan Bender mit stockenden Worten heraus, und ihre unverkennbare Säuselstimme gerät dabei ins Schlingern. »Der Herr Polizeirat möchte, dass du dich sofort persönlich vor Ort umsiehst. Es handelt sich um Personen, die in den Mordfall Jessen involviert sind.«

»In den Mordfall Jessen?«, echot Swensen und spürt, wie ihm das Blut in den Kopf schießt. »Und wer sind die Personen, Susan? Die Namen, weißt du auch die Namen?«

»Der Decksmann von der ›Rungholt‹, Henning Bischoff, und seine Ehefrau. Der Chef meinte, du sollst dir das in aller Ruhe ansehen, ohne voreilige Schlüsse zu ziehen.«

»Das ist …«, murmelt Swensen. Der Rest seiner Worte bleibt unverständlich, als hätte sie jemand unter Wasser gezogen. »Hat der Chef gesagt, wie sie sich umgebracht haben?«

»Mit Autoabgasen«, erwidert Susan. »Und du möchtest Herrn Mielke mitnehmen, hat der Chef gesagt. Vier Augen sehen mehr als zwei, hat er gesagt.«

Swensen sieht zu Susan Bender hinüber, die wie ein Fremdkörper noch immer im Türrahmen steht, nickt ihr kurz zu und lässt seinen Blick durch sie hindurch in eine leere Weite verschwinden. Erst als er Susans klackernde Schritte auf dem Flur hört, schreckt er auf und realisiert, dass sie fortgegangen ist; schnell schickt er ihr ein lautes »Danke!« hinterher. Bevor er aufsteht, schaut er in den grauen Hinterhof. Feiner, kaum sichtbarer Nieselregen fällt. Er nimmt die Regenjacke vom Garderobenhaken und marschiert zu Mielkes Büro hinüber, das Susan Bender gerade wieder verlässt. Ohne ein Wort, mit verkniffener Miene, eilt sie an ihm vorbei. Mielke hat bereits seine Jacke übergestreift, als er in der Tür steht.

»Moin, Moin!«, grüßt der Oberkommissar, und ehe Swensen den Gruß erwidern kann, stürmt der Kollege an ihm vorbei den Flur hinunter.

»Kein Grund zur Eile, Stephan, wir können nicht mehr zu spät kommen«, ruft er Mielke nach, zieht seine Kapuze über den Kopf und hat den Kollegen erst auf der glitschigen Außentreppe der Inspektion wieder eingeholt.

»Ich will nicht pitschnass Autofahren«, murrt Mielke und legt noch einen Zahn zu.

Es ist schließlich kein Unwetter, denkt Swensen, folgt dem rasenden Oberkommissar und lässt sich angefeuchtet auf den Beifahrersitz fallen. »Das ist kein Selbstmord, das glaube ich einfach nicht«, stellt er in den Raum, während Mielke den Dienstwagen startet und mundfaul aus Husum hinausfährt. »Dann könnten auch gleich Ostern und Pfingsten auf einen Tag fallen.«

»Wovon willst du mich überzeugen, Jan?«, fragt Mielke bedächtig. »Hat nicht dein Buddha gesagt, man soll die Dinge klar erkennen, die Selbsttäuschung mit eingeschlossen?«

»Stephan, was ist jetzt passiert? Du zitierst Buddhas Lehre?«

»Die Dinge klar zu erkennen, darum geht es doch; das sind deine eigenen Worte, Jan.«

»Und du hast die Dinge jetzt erkannt? Oder weswegen reitest du so darauf herum?«

»Genau, das habe ich! Ich heirate nämlich in vier Tagen. Anscheinend hast du die Buschtrommel noch nicht gehört, sonst hättest du ja was gesagt, oder?«

»Du heiratest?« Swensen sieht seinen Kollegen mit großen Augen an. »Das … das ist … nein, ich hab noch nichts gehört.«

»Schön, dass ich es dir persönlich mitteilen konnte.«

»Meinen Glückwunsch, Stephan. Nun, ich tippe mal auf Leentje, die Stadtführerin aus Friedrichstadt?«

»Das war jetzt nicht wirklich schwer, denke ich.«

»Und warum bist du nicht eher damit rausgerückt?«

»Ich wollte nicht, dass die gesamte Inspektion und die Flensburger dazu vor der Kirche aufkreuzen. Wir möchten nur im engsten Familienkreis feiern.«

»Hast du nicht gerade über Selbsttäuschung gesprochen? Ich sage nur: Erkenne die Dinge klar, Stephan. Auch ohne Feier solltest du dich auf das Erscheinen deiner Kollegen vorbereiten.«

»Buddha, das war sein letztes Wort«, scherzt der Oberkommissar, drosselt den Motor und biegt von der Bundesstraße 5 nach Tönning ab. Die kurze Strecke bis zum Unglückshaus der Bischoffs schweigen die beiden, und Swensen sinniert über die Haltung des Buddhismus zum Selbstmord nach.

Ein Mensch, der aus Verzweiflung seinem Leben ein Ende setzt, hatte sein Meister einmal gesagt, macht es in der

Hoffnung, dass seine Verzweiflung dann aufhört. Nach dem Gesetz des Karmas von Ursache und Wirkung ist das aber nicht möglich. Verzweiflung hat immer irgendwo eine Ursache. Die Verzweiflung ist nur die Wirkung dieser Ursache. Bei einem Selbstmord wird das Leid deshalb noch größer.

Der Hauptkommissar lässt die Worte nachklingen, und schon ergrübelt er Widerworte.

In Überlieferungen heißt es aber, Buddha habe seinen Todeszeitpunkt selbst bestimmt, indem er seine Lebenskräfte entlassen habe. Der Tod erfolgte auf friedliche Weise, so heißt es, ohne sichtbaren Eingriff in die körperliche Unversehrtheit. Ist das kein Selbstmord? Und nun, nun bist du genauso klug wie vorher, Jan Swensen!

Trotz des Nieselregens steht eine Schar Menschen hinter dem Absperrband, das das Häuschen der Bischoffs weiträumig umspannt. Ein Streifenbeamter hat einige Mühe, den Dienstwagen durch das Gedränge zu manövrieren.

»Wer hat die Polizei informiert?«, fragt Swensen ihn, nachdem er ausgestiegen ist.

»Ein Bekannter der Toten«, antwortet der Streifenbeamte, »der Mann heißt Per Timmann, hat sich erst in der Nachbarschaft nach den Bischoffs erkundigt und dann mit Hilfe eines der Nachbarn die Garagentür aufgebrochen.«

»Wo ist der jetzt?«

»In einem Streifenwagen, das Protokoll aufnehmen.«

»Ich will mit dem Mann sprechen, sowie wir den Tatort gesehen haben. Behalten Sie ihn solange hier, bitte.«

»Okay«, bestätigt der Beamte und geht hinters Absperrband zurück. Mielke und Swensen ducken sich unter dem halb aufgeklappten Garagentor hindurch. Ein etwas älteres Modell eines Opel Astra G steht mitten im engen Raum. Die offene Fahrertür lässt an der Seite nur wenig Platz bis zur

Wand. Der dickleibige Mann, der auf der Fahrerseite seinen Oberkörper über den Leichnam beugt, ist Dr. Michael Lade, der bei Todesfällen von der Husumer Polizei häufig hinzugezogen wird. Swensen ist mit ihm befreundet, sie haben schon öfter gemeinsam gefeiert. Während Mielke den Raum inspiziert, kniet Swensen vor der Auspuffanlage, in der ein gelber Gartenschlauch steckt. Rohr und Schlauch sind mit schwarzem, hitzebeständigem Panzerband umwickelt worden. In einer großen Schleife führt der Schlauch durch die leicht geöffnete Heckklappe in den Fahrgastraum. Der gesamte Spalt ist von außen akribisch mit einfachem weißem Klebeband abgedichtet.

Da hat sich einer Mühe gegeben, ist auf Nummer sicher gegangen, denkt Swensen und bemerkt, wie Lade seinen Kopf langsam aus dem Wageninneren herauswindet. »Kannst du schon was zum Todeszeitpunkt sagen?«, fragt er den Arzt, während er die Hand zum Gruß hebt.

»Ausgeprägte Totenstarre, Jan«, schnauft Lade zurück und fährt sich mit dem Handrücken über die rötliche Stirn. »Mindestens zwölf Stunden her, wahrscheinlich aber länger. Könnten bis zu 24 Stunden sein, Genaues wird die Obduktion bringen.«

»Was meinst du, haben wir es mit Selbstmord zu tun?«, fragt Swensen, stellt sich neben den Doktor und schaut der Leiche von Henning Bischoff mitten ins Gesicht. Haut und Lippen haben eine markante kirschrote Färbung. Die Frau auf dem Beifahrersitz wirkt entspannt, ihr Körper ist seitlich gedreht, der Kopf lehnt an der Seitenscheibe. Ihre Haut hat dieselbe Rotfärbung.

»Ich kann auf den ersten Blick nichts Gegenteiliges feststellen«, antwortet Lade überzeugt. »Es hat keinen Todeskampf gegeben, bei beiden nicht. Null Anzeichen von äußerer Gewalt, keine Kratzer und Hämatome an den Handgelenken. Wirken wie friedlich eingeschlafen.«

»Ich habe irgendwo gelesen, mit geregeltem Katalysator werden keine tödlichen Abgaswerte mehr erreicht«, wendet der Hauptkommissar ein. »Wie kann so was denn noch angehen?«

»Die Autoindustrie verspricht vieles, wenn der Tag lang ist«, erwidert Lade emotionslos. »Eine Studie der Uni Gießen ist zu einem anderen Ergebnis gekommen. Die Einführung von Katalysatoren hat zu keinem eindeutigen Rückgang der Suizide durch Autoabgase geführt. Trotz eines G-Kat der Euronorm 1 kann es weiterhin zu einer Kohlenmonoxidvergiftung kommen, mit der typischen Hautverfärbung wie bei unseren beiden Kandidaten. Das Gas ist geschmack- und geruchlos, und bereits ab einer Konzentration von 400 ppm in der Luft tritt ein Hirnschaden oder der Tod ein.«

»Ein Mord lässt sich eben leichter beweisen als Selbstmord«, murmelt Swensen ungehalten in sich hinein. Dann lässt er seinen Blick durch die Fahrerkabine des Opels schweifen und entdeckt einen kleinen Zettel im Ablagefach der Mittelkonsole.

»Hast du Handschuhe dabei?«, ruft er seinem Kollegen zu. Mielke kramt eine Plastiktüte aus seiner Regenjacke und wirft sie ihm wortlos hinüber. Der Kriminalist zerrt an der dünnen Latexhaut einen Handschuh hervor, streift ihn über die rechte Hand und fasst das Papier geschickt mit zwei Fingern, um es vorsichtig am Unterkörper des Leichnams vorbei ins Freie zu befördern. Der kleine Zettel ist offensichtlich von einem größeren Blatt Papier abgerissen worden. Die Worte darauf sind sorgfältig, in ungewohnter Schönschrift, mit einem Kugelschreiber geschrieben.

Swensen liest den Text und schüttelt verwundert den Kopf. Michael Lade und Mielke haben die Szene neugierig beobachtet und schauen ihn mit erwartungsvollen Gesichtern an.

»Werdet ihr daraus schlau?«, fragt der und liest vor. »Wer mich tot auffinden sollte, wird sich bestimmt zusammenreimen können, warum es passiert ist.«

»Hat keinen Anfang und kein Ende«, analysiert der Doktor. »Etwas merkwürdig für die letzten Abschiedsworte.«

»Wenn der Finder sich etwas zusammenreimen soll, ist der Text an eine bestimmte Person gerichtet«, ergänzt Swensen. »Ich verstehe ihn jedenfalls nicht. Kein Anhaltspunkt auf irgendein Warum.«

»Warum spricht jemand im Angesicht seines Freitodes in Rätseln?«, wirft Mielke ein.

»Das wüsste ich auch gern. Mit etwas Fantasie könnte man den Text auch entgegengesetzt deuten. Der Schreiber ahnt, dass er ermordet wird.«

»Dann hätte der Mörder den Zettel verschwinden lassen«, wendet Mielke ein.

»Außerdem sieht das hier nach einem einwandfreien Suizid aus«, bleibt der Doktor hartnäckig. »Menschen, die sich umbringen, haben Probleme und können sich vielleicht nicht gerade so ausdrücken, wie es ein Husumer Kriminalbeamter von ihnen erwartet.«

»Der Text wirkt auf mich, als wäre er aus einem anderen Zusammenhang gerissen«, sagt Swensen aufgebracht. »Und er ist schließlich auch real aus einem anderen Zusammenhang gerissen; seht euch doch die Reißspuren an den Rändern an.« Die Formulierung ›Husumer Kriminalbeamter‹ hängt ihm noch hinterher und hat seine buddhistische Gelassenheit augenblicklich schockgefroren.

»Wenn du besser drauf wärst, Jan, würdest gerade du mir sagen, dass alle Deutungen dieses Textes reine Spekulationen sind«, sagt Lade, setzt ein komisches Lächeln auf und hebt sein Doppelkinn. »Ich kenne da eine Geschichte aus Sydney. Ein Mann hat in der Tiefkühltruhe von seiner Ex Selbstmord begangen und der schwer übergewichtigen Dame vorher einen Zettel an die Truhe geheftet, worauf stand: Stopf das doch auch noch in dich rein!«

Lade kichert, Mielke stimmt mit ein, während sich Swensens Gesicht unfreiwillig verzieht. »Manchmal sind deine Geschichten überhaupt nicht komisch, Michael«, sagt er bitter.

»Das ist keine Geschichte, Jan. Das ist bittere Realität«, sagt Lade, abrupt wieder stockernst.

»Dann führe ich jetzt meine reale Ermittlungsarbeit zu Ende und ziehe erst danach, wie Michael richtig eingeworfen hat, meine Schlüsse. Besonders interessant ist die Frage, warum gerade Per Timmann die Leiche seines Decksmanns gefunden hat. Die Todesfälle im Umfeld der ›Rungholt‹ scheinen allmählich aus dem Ruder zu laufen.«

»Jan! Stephan! Hallo! Seid ihr da drinnen?«, hört der Hauptkommissar den stakkatoartigen Tonfall des Polizeirats. Er kommt aus unmittelbarer Nähe, von außerhalb der Garage.

»Seit wann kommt der Chef zu einem Selbstmord?«, sagt er zu Mielke. Der antwortet mit einem Achselzucken. Swensen zwängt sich unter dem Garagentor hindurch nach draußen und steht direkt vor Heinz Püchel, der die obligatorische Roth-Händle im Mundwinkel hängen hat. Neben dem kleinen Polizeirat im transparenten Regencape steht ein großer, gutaussehender, blonder Mann mit akkurat geschnittenem Oberlippenbart. Er wirkt etwas steif unter dem bunten Regenschirm, trägt nagelneue Jeans, eine abgewetzte Lederjacke und raucht Püchels Marke. Eine kaum wahrnehmbare Barriere steht sofort zwischen Swensen und dem Mann an der Seite seines Chefs. Den mag ich nicht, denkt er, und genauso unsanft klingen seine Worte, die er an den Polizeirat richtet: »Was treibt dich denn her, Heinz? Es ist nur ein Selbstmord, meint wenigstens der Doc.«

»Und du? Bist du auch seiner Meinung?«, fragt Püchel und wippt unruhig mit einem Fuß. »Zwei Männer, die auf demselben Kutter fahren, sind tot. Da ist doch der erste Gedanke, das ist kein Zufall! Und was denkst du? Nun red schon, Jan!«

»Unsere Gedanken decken sich, Heinz. Das ändert aber rein gar nichts; an den Fakten kommen wir beide nicht vorbei.«

»Du bist hier, damit Klarheit in die Sache kommt«, knurrt der Chef ungehalten.

»Ich habe keinen Hinweis auf Mord entdeckt. Da muss die Spurensicherung ran.«

»Lassen wir das jetzt«, lenkt Püchel ein, dreht sich unvermittelt zur Seite und zeigt mit hektischer Geste auf den fremden Mann. »Das ist übrigens der Kollege aus Sankt Petersburg, von dem ich dir schon erzählt habe. Boris Fishenski, Hauptmann der Miliz.« Püchel schwingt sofort wieder zurück, stellt dem Russen den Hauptkommissar vor und gerät mit steter Hand- und Armbewegung in seinen üblichen Wortschwall ohne Punkt und Komma: »Der Kollege ist für ein paar Tage mein Gast; den kurzen Einblick in unsere praktische Arbeit mit eingeschlossen; als deutsch-russisches Joint Venture sozusagen; durfte in Russland schließlich auch bei einer Ermittlung dabei sein; das stört doch hoffentlich nicht? Eigentlich ist Boris ja dienstlich in Deutschland, um das Schiffsunglück vor Amrum zu untersuchen; aber das Schiff schwimmt ja nicht weg.«

Der Polizeirat endet genauso abrupt, wie er begonnen hat, steht plötzlich einen Moment bewegungslos und schaut Swensen fragend an. Der nickt nur knapp und drückt dann mit beiden Armen das Garagentor in die Höhe, sodass Püchel und der Russe bequem ins Innere treten können.

»Es gibt nicht viel zu sehen«, wendet sich der Hauptkommissar an seinen ausländischen Kollegen. »Wir haben einen Selbstmord mit Autogasen. Unspektakulärer Routinefall.« Gleichzeitig, während er das sagt, spürt er einen gewissen Widerwillen gegen diesen Milizionär aus Russland.

»Ein gut ausgeführter Selbstmord könnte auch immer ein gut ausgeführter Mord sein«, sagt der Russe emotionslos, »sagen wir bei uns in Pieter.«

»Pieter ist die Abkürzung für Sankt Petersburg«, belehrt Püchel Swensen und Mielke und Lade, die sich nacheinander neugierig dazugesellt haben.

»Sie sprechen hervorragend Deutsch«, mischt Mielke sich in das Gespräch. »Wo haben Sie das gelernt?«

»Bei meinem Militärdienst in der DDR. Vielen Dank, dass ich kurz zuschauen darf.«

»Das gehört zu unserem normalen Alltag: unklare Todesfälle, Einbruch, Drogen, Autodiebstahl. Mord und Totschlag sind hier eher die Ausnahme. Das dürfte in Sankt Petersburg anders sein, nehme ich an.«

»Handtaschenklau und Geldbörsendiebstahl ist selbstverständlich auch unser täglich Brot. Aber Sie haben recht, im letzten Jahr hatten wir weit über 700 Morde, darunter 60 Auftragsmorde. Der Blutzoll in Pieter ist hoch.«

»Bewerben Sie sich doch in Husum, gute connections haben Sie ja bereits«, sagt Swensen kühl und deutet auf den Polizeirat. »Und jetzt entschuldigen Sie mich bitte, die Pflicht ruft.«

»Freut mich, Sie kennengelernt zu haben«, schmeichelt Fishenski. Swensen spürt erneut ein Unbehagen, erwidert aber den kräftigen Händedruck. Er informiert Mielke und den Doktor, dass er jetzt vor dem Grundstück zu finden sein wird.

Timmann hat jetzt lange genug geschmort, denkt er, während er auf die Uhr schaut. Es nieselt noch. Er geht zügig die Auffahrt hinunter zur Straße. Die Streifenbeamten haben in der Zwischenzeit die Neugierigen zerstreut. Nur zwei, drei Hartnäckige wollen offensichtlich nicht weichen, auch wenn sie nur weit entfernt unter ihren Schirmen stehen.

»Der Zeuge, der die Toten gefunden hat«, ruft Swensen dem Streifenbeamten zu, der mit einer Plastiktüte über der Mütze vor der Pforte steht.

»Der sitzt noch im Streifenwagen«, ruft der Beamte und zeigt auf den VW-Bus, der gegenüber am Straßenrand parkt.

Swensen sprintet über den feuchten Asphalt. Kaum hat er das Fahrzeug erreicht, wird die Seitentür von innen geöffnet und ein Streifenbeamter steigt aus, um ihm den Platz freizumachen. Der Hauptkommissar klemmt sich hinter den kleinen Tisch, vis-à-vis von Per Timmann, der ihn mit ausdrucksloser Miene mustert.

»Weswegen waren Sie heute hier?«, kommt der Kriminalist sofort zur Sache und legt beide Hände flach auf die glänzende Tischplatte. »Gab es einen besonderen Grund, Herr Timmann?«

»Wir hatten eine Verabredung. Henning ist nicht gekommen. Das kenne ich von ihm nicht. Übrigens habe ich die Toten nicht allein entdeckt. Ein Nachbar, zwei Häuser weiter rechts, war mit dabei.«

»Dann erzählen Sie bitte den genauen Ablauf.«

»Wir waren früh um neun Uhr verabredet«, beginnt Per Timmann. Auf seinem Gesicht zeigt sich keine Regung. Seine Stimme klingt monoton, als würde er das Gesprochene irgendwo ablesen. »Wir wollten darüber sprechen, wie und wann wir demnächst wieder rausfahren … zum Fischen rausfahren. Um 9.30 Uhr bin ich ungeduldig geworden und bin hierhergefahren, um nachzusehen, wo er bleibt. Ich habe mehrfach geklingelt, aber niemand hat aufgemacht. Dann habe ich in der Nachbarschaft rumgefragt, ob jemand die Bischoffs heute schon gesehen hat. Ein Mann ist mitgekommen. Wir sind ums Haus, haben in die Fenster gesehen und niemanden entdeckt. Am Schluss haben wir die Garagentür angefasst und die war offen. Sie saßen im Auto. Der Nachbar hat die Polizei gerufen und ich habe hier gewartet. Das ist schon alles.«

Swensen lässt sein Gegenüber nicht aus den Augen, misst allerdings der vordergründigen Teilnahmslosigkeit keine große Bedeutung zu. Schon öfter hat er ähnliche Reaktionen, zum Beispiel beim Überbringen von Todesnachrichten erlebt, selbst bei nahen Angehörigen.

»Wann haben Sie Herrn Bischoff zuletzt lebend gesehen?«

»Weiß ich nicht. Ist schon länger her. Wir haben nur telefoniert in den letzten Wochen.«

»Hat Herr Bischoff sich merkwürdig angehört? Hatte das Ehepaar Probleme, von denen Sie wissen?«

»Nein, ich kann mir das überhaupt nicht erklären.« Per Timmann versinkt in sich, eine einsame Träne läuft ihm die Wange hinab. »Wir haben nie viel über Privates gesprochen, auch nicht an Bord. Ich bin schließlich der Kapitän und muss eine gewisse Distanz wahren.«

»Aber man plaudert doch mal!«

»Schon, ab und zu. Ach ja, er hat mal erzählt – aber vor langer Zeit –, da hat er von seiner Lottogemeinschaft erzählt; und dass er um viel Geld betrogen wurde. Das hat ihn sehr aufgebracht, damals. Er hat lange Zeit gehadert, mit niemanden mehr gesprochen, auch nicht mit den anderen von der Mannschaft. Das liegt aber, wie gesagt, schon einige Zeit zurück.«

»Wir haben einen Zettel im Auto gefunden, auf dem steht …« Swensen muss überlegen, bis er die genauen Worte im Kopf zusammen hat. »Wer mich tot auffinden sollte, wird sich bestimmt zusammenreimen können, warum es passiert ist.« Er lässt eine Pause, bevor er fragt: »Sagt Ihnen das etwas?«

»Abschiedsworte, würde ich mal sagen. Aber was die bedeuten … also, keine Ahnung. Ich kann mir jedenfalls nichts zusammenreimen.«

Erneut stößt der merkwürdige Satz dem Kriminalisten mächtig auf. Etwas sperrt sich innerlich, als würde die Armesünderglocke verstummen, die diesen Selbstmord nicht heimläuten möchte. Bis jetzt gibt es keinen Hinweis für Mord, denkt er, und falls die Spurensicherung doch noch Indizien dafür ans Tageslicht fördert, bleibt es fraglich, ob Per Timmann etwas damit zu tun hat. Der wäre doch nicht an den Tatort zurückgekehrt, um sein Mordopfer zu finden. Der hätte in Ruhe zu Hause abwarten können, bis jemand anders die Leichen entdeckt. Außerdem ist der Bruder des Kapitäns der viel bessere Kandidat für eine Mordtheorie.

›Ein Bodhisattva ist befreit von der zwanghaften Beunruhigung, die das Verstreichen der Zeit hervorruft. Er sitzt einfach geduldig an seinem Platz, ohne ein Gefühl des Wartens, dass etwas geschieht.‹

KRUSENSTERN

»Lebe wohl Deutschland – für immer.« Boris Fishenski summt leise die Melodie zu dem Text vor sich hin. Er kann sich genau an dieses Lied erinnern, 1994, damals nach dem Mauerfall, als er zusammen mit den Kameraden auf dem Heck eines Panzers saß und lauthals singend als letztes Fahrzeug die Grenze der DDR in Richtung Osten überquert hatte. Offiziell lautete der Text natürlich anders – ›Deutschland, wir reichen dir die Hand – und kehr'n zurück ins Vaterland.‹

Und nun bin ich zurückgekehrt, zurück in die andere Richtung. Aber nicht, um Händchen zu halten, denkt der Russe und muss innerlich über diesen unterschwelligen Sarkasmus lächeln. Er hält den geliehenen Regenschirm über den Kopf und marschiert durch eine schmale Gasse zum Binnenhafen von Husum. Die blaugrauen und rötlichen Pflastersteine der Kaimauer glänzen im feinen Regen. In dieser Gegend scheint es ununterbrochen zu regnen. Auf einem Duckdalben hockt zusammengekauert eine Silbermöwe und gibt klägliche Kreischlaute von sich. Boris Fishenskis Augen suchen die Reihe der bunten Kutter ab und entdecken die ›Trude‹, die das Schlauchboot geborgen und zu der ihn Heinz Püchel mitgenommen hatte. Wenn er nur an den mürrischen Kapitän denkt, ahnt er, dass es keine einfache Angelegenheit werden wird. Aber immerhin hat ihn dieser Mann schon einmal mit einer Amtsperson zusammen gesehen. Das könnte hilfreich sein. Bestimmt besser, als sich an irgendeinen der anderen Fischer zu wenden.

Der Russe bleibt vor dem Schaufenster eines Bekleidungsgeschäfts stehen und beobachtet das Treiben auf der ›Trude‹ in seinem Rücken in der Spiegelung der Scheibe. Direkt an der Kaimauer vor dem Kutter parkt ein rostiger Pick-up, eine feuchte Plane über die Ladefläche gezogen. Im Ruderhaus brennt eine nackte Glühbirne. Im Inneren steht ein Mann und telefoniert. Ein anderer werkelt an Bord herum, stapelt Plastikkisten aufeinander. Der Mann im Ruderhaus könnte der Kapitän sein, den der Polizeirat befragt hat. Doch das ist nur zu erahnen, die Scheiben des Holzhäuschens sind schmutzig und voller Wassertropfen. Im Kopf spielt Fishenski die Möglichkeiten durch, wie er die Männer am besten ansprechen könnte. Mit seinem Ergebnis nicht besonders zufrieden, beschließt er, alles auf eine Karte zu setzen, und trottet langsam zu dem Fischkutter hinüber.

»Moin, Moin!«, ruft er laut, als er neben der breiten Holzplanke steht, über die man an Bord gelangt. Den Gruß hat der Polizeirat in den letzten Tagen ausgiebig mit ihm geübt. »Wer hier in Nordfriesland nicht mit Moin, Moin grüßt, ist von vornherein unten durch.«

Die Tür vom Ruderhaus öffnet sich. Das bekannte Gesicht mit den Vogellippen kommt zum Vorschein, beäugt den Russen misstrauisch von oben bis unten. »Moin, Moin! Ik kenn se! Se sünd de Kerl ut Russland.«

Bis auf das Wort Russland, zeichnet sich in Fishenskis Mimik Ratlosigkeit ab; er hat nicht wirklich verstanden, was der Mann ihm sagen will. Der andere Mann an Bord hat das anscheinend beobachtet, kommt ihm kurzerhand zu Hilfe und übersetzt die Worte des Kapitäns ins Hochdeutsche.

»Der Käpt'n meint, dass er Sie kennt, dass Sie der Mann aus Russland sind.«

Das Gesicht des Russen klart auf. Die unverhoffte Unterstützung ermutigt ihn, ohne Umschweife zur Sache zu kommen: »Haben Sie Interesse an einem guten Geschäft?«

Der Kapitän spitzt die Vogellippen, als würde er gleich zu zwitschern anfangen, und mustert den Mann mit dem Regenschirm, als wäre er ein schmackhafter Regenwurm.

»Gode Geschäften sind jümmers willkomen.«

»Gute Geschäfte sind immer willkommen«, kommt die prompte Übersetzung.

»Ich müsste zum Wrack der Krusenstern.«

»Dat Schipp vör Amrum? Wat wullt du dor?«

»Das Schiff vor Amrum? Was wollen Sie da?«

»Ich muss an Bord und wichtige Papiere bergen.«

»Snack mit de Gendarmen!«

»Rede mit der Polizei.«

»1.000 € ohne Polizei und ohne ein Wort zu irgendjemand!«

»Un wie wullt du de Bordwand rop? Sünd minds veer Meter plattes Isen.«

»Und wie willst du die Bordwand hoch? Sind mindestens vier Meter flaches Eisen.«

»Wenn man mich an Bord bringt, erhöhe ich auf 1.500 €.«

»Wann schall dat losgahn?«

»Wann solls losgehen?«

»Möglichst gleich.«

»Kumm in twee Stünnen lang un bring dat Geld mit, platt op de Hand versteit sick.«

»Komm in zwei Stunden vorbei und bring das Geld mit, in bar versteht sich.«

»Okay, ich bin da!«, verspricht Fishenski, macht eine halbe Drehung um die eigene Achse und marschiert mit Gleichmut an der Kaimauer entlang zurück in Richtung

Innenstadt. Wenig später sitzt der Russe an einem Fensterplatz im Café Tine mit bestem Blick auf den Hafen, bestellt einen Kaffee und beobachtet möglichst unauffällig das Treiben auf dem Fischkutter mit einem Opernglas. Eine Sicherheitsmaßnahme, er kann nicht abschätzen, ob diesem Kapitän wirklich zu trauen ist. Wenn er sein Wort nicht hält und die hiesige Polizei anruft, werden die ihm unangenehme Fragen stellen; da hilft auch der Kontakt zum Polizeirat nicht mehr. Aber seine Sorgen scheinen unberechtigt, es gibt dafür keine Anzeichen an Bord. Im Gegenteil, ein zweites Fahrzeug ist beim Fischkutter vorgefahren, ein dritter Mann ist ausgestiegen und hat verschiedenes, nicht erkennbares Material an Bord geschafft.

Fishenski schiebt seinen letzten Rest Misstrauen beiseite, entwickelt ein fast euphorisches Zufriedenheitsgefühl und lässt seine Gedanken, davon beflügelt, zum heutigen Morgen zurückschweifen.

Heinz Püchel hatte ihn als seinen Gast zur täglichen Besprechung der Kriminalpolizei mitgenommen. Es war auf der Sitzung hauptsächlich um eine aktuelle Mordermittlung gegangen. Die Beamten waren sich uneinig darüber gewesen, ob der gestrige Selbstmord etwas mit ihrem alten Fall zu tun haben könnte. Er hatte dem Ganzen nur zuhörend beigewohnt, musste langatmige Ergebnisse aus der Hausdurchsuchung des Selbstmörderpärchens über sich ergehen lassen und hatte kaum begriffen, was die vielen Details bedeuteten. Der Hauptkommissar, den er gestern am Tatort kennengelernt hatte, hatte sogar sein Zitat benutzt: Ein gut ausgeführter Selbstmord könnte auch immer ein gut ausgeführter Mord sein. Anscheinend wollte er damit Zweifel an einem Suizid bei den Kollegen wecken, was aber auf keine Resonanz gestoßen war. Die

Anzeichen für eine Selbsttötung wären viel zu eindeutig, widersprachen die anderen.

Insgeheim hatte Fishenski sich mehr oder weniger gelangweilt, aber trotzdem, um seinen Gastgeber nicht zu kompromittieren, eine interessierte Miene aufgesetzt. Doch dann war dieser Zustand schlagartig anders geworden, als nämlich die Beamten den laufenden Mordfall behandelten und an einer Pinnwand die Fotos von verdächtigen Personen durchgegangen wurden. Der Russe war hellhörig geworden, hatte jedoch darauf geachtet, dass man ihm seine plötzliche Neugierde nicht ansehen konnte.

Der ermordete Mann, um den es den Rest der Sitzung ging, gehörte zu einer vierköpfigen Mannschaft von Fischern, genau wie der aufgefundene Selbstmörder. Erst jetzt hatte der Russe die Zweifel des Hauptkommissars überhaupt nachvollziehen können. Es gab einen Ermordeten und einen Selbstmörder, beide waren zusammen auf demselben Fischkutter gefahren, der ›Rungholt‹. Ein Name, den er sich heimlich notieren musste, weil er Angst hatte, ihn wieder zu vergessen. Während er noch elektrisiert über die Fakten nachgrübelte, wurden zudem die Porträts aller Männer des Kutters direkt vor seiner Nase an eine Pinnwand geheftet. Das Mordopfer Peter Jessen, der Selbstmörder Henning Bischoff, der Kapitän Per Timmann sowie der Bruder des Kapitäns Hauke Timmann, der sogar als einer der Verdächtigen im Mordfall gehandelt wurde. Gerade bei dem Gesicht von Hauke Timmann war ihm der Kieler Antiquitätenhändler und seine Beschreibung von der Person, die den goldenen Steckkamm angeboten hatte, wieder eingefallen.

Deshalb hatte er, nachdem die Besprechungsrunde aufgelöst worden war, sein Foto-Handy herausgezogen und

Heinz Püchel gebeten, sich vor die Pinnwand zu stellen. Er wolle unbedingt ein paar Fotos als Andenken für die Kollegen in Petersburg machen, hatte er dem Polizeirat versichert. Ohne dass dieser etwas bemerkt hatte, waren ihm zwei Großaufnahmen von den Fotos der beiden Brüder gelungen. Auf dem Weg durch die Stadt zum Hafen hatte er den Kieler Antiquitätenhändler angerufen und ihm das Foto von Hauke Timmann gesendet. Kurze Zeit später war die positive Bestätigung per Anruf gekommen.

Boris Fishenski ist der Meinung, er habe allen Grund, sich selbst auf die Schulter zu klopfen. Die aussichtslose Mission, auf die er geschickt wurde, wendet sich wider Erwarten ins Positive. Dass er mit seinen Nachforschungen so schnell an greifbare Ergebnisse kommen würde, hätte er vorher nicht zu träumen gewagt. Jetzt muss er nur noch an Bord der ›Krusenstern‹ und sich vergewissern, dass der Seesack sich nicht doch noch auf dem Frachter befindet, dann wären seine Aufgaben vor Ort erfüllt. Danach könnte er die letzten Schritte einleiten und ohne den geringsten Makel nach Pieter zurückkehren.

»Möchten Sie noch etwas?«, fragt die Bedienung schon zum zweiten Mal.

Er schüttelt den Kopf, lässt einen Fünf-Euro-Schein neben der leeren Tasse liegen und verlässt das Café. Unter dem aufgespannten Schirm stapft er über das feuchte Pflaster zum Fischkutter hinüber, wo er vom Kapitän und den beiden Männern im Ruderhaus bereits erwartet wird. Die misstrauischen Gesichter entspannen sich, als er die drei 500-Euro-Scheine locker auf die schmale Ablage vor dem Steuerrad blättert. Ehe der Russe sich versieht, sind die Leinen los und der Kutter tuckert träge auf die Klappbrücke zu, die mit den Stahlhebeln lautlos die Fahrbahn der Autos und Eisenbahn in die Höhe hebt. Die Fahrt geht weiter, an den grauen Silos vorbei und durch das geöffnete Sperrwerk den Heverstrom hinunter, wie ihm sein Übersetzer von vorhin erklärt. In dem engen Raum stinkt es nach Dieselöl. Die Dämpfe stechen in die Nase. Die Wärme im Ruderhaus treibt ihm den Schweiß auf die Stirn. Der Kapitän redet seit der Abfahrt kein Wort, nimmt nur kopfnickend eine seiner angebotenen Zigaretten und das Feuer entgegen und pafft nervös, ohne die Hände vom Steuerrad zu nehmen. Der kräftig gebaute Mann, der als Dritter an Bord gekommen war, werkelt unter Deck. Ab und zu dringen dumpfe Schläge nach oben. Durch die regennassen Scheiben kann Fishenski auf der rechten Seite rote Leuchttonnen vorbeitreiben sehen. Nur schemenhaft sind die weißen Zahlen darauf zu erkennen: 56, 50, 28. Das Boot schwankt sachte hin und her. Wie der mächtige Zeiger einer Uhr wird der Rumpf von einer Welle auf die nächste gehoben. Der jüngere Mann, sein Übersetzer, geistert jetzt auch im Ölzeug an Bord herum und scheint etwas zu reparieren. Die meiste Zeit ist er in dem regnerischen Grau nicht zu sehen. Knappe drei Stunden lang herrscht Stille, dann kommt er ins Ruderhaus zurück, schüttelt die Feuchtigkeit ab und deutet auf einen Lichtschein, der über die Wasseroberfläche tänzelt.

»Das ist die Südspitze von Süderoogsand«, erklärt er. »Das Leuchtfeuer, das vor uns zu sehen ist, ist eine Bake; so eine Art kleiner Leuchtturm.«

»Wie lange brauchen wir noch?«

Sein Übersetzer zuckt nur kurz mit den Achseln und verfällt danach gemeinsam mit seinem Kapitän in Schweigen. Das letzte Tageslicht versickert in der Dämmerung, die das Meer mit hinab in die Dunkelheit zieht. Fishenski spürt erst wieder, dass es noch nieselt, als er ins Freie tritt und sich über die Reling lehnt. Der junge Mann bringt ihm einen heißen Kaffee in einer Porzellantasse. Er ist stark und weckt die Lebensgeister. Der Russe sieht auf die Wellen neben der Bordwand, die sich wie blanker, violetter Schieferfelsen aus der Nacht heben. In seinem Kopf klingt die Musik von Mussorgski ›Eine Nacht auf dem kahlen Berge‹. Daaaa, daaaa, da, da, da, daaa. Ein leichter Wind säuselt aus östlicher Richtung einen flirrenden Grundton dazu. Er schaut erregt ins Nichts der Nacht und hört, wie der Bug die Melodie zerteilt. Gischt spült den fünftönigen Hexensabbat an der Bordwand entlang. Er hat sein Zeitgefühl verloren.

»Wi sünd an't Rütergat, Tünn soess!«, brüllt der Kapitän aus dem Ruderhaus. »Gävt vulles Licht ob den Mast!«

»Backbord, Tonne sechs!«, sagt der Übersetzer, deutet aufs Wasser hinaus und legt dann einen Schalter um. Ein Halogenstrahler im Mast taucht das Vorschiff in einen grellen, weißen Lichthof und wirft einen gleißenden Schein über die bewegte See. Am Lichthorizont der Nacht, in zirka 100 Metern Entfernung, ragt ein dunkler Klotz aus dem Meer. Fishenski beobachtet den Kapitän, dessen Gesicht höchste Konzentration verrät und der die ›Trude‹ vorsichtig dichter an die Schlagseite des Wracks heranmanövriert. Immer wieder scheint er einen Blick aufs Echolot zu werfen. Dann rasselt die Ankerkette. Der Kutter dreht sich langsam in den Strom und driftet sachte an den riesigen Haufen rostigen Eisens heran. Das zur Steuerbordseite geneigte Deckshaus schwebt wie der Turm von Pisa über den Stecknagelköpfen der Männer und dem nussschalengroßen Krabbenkutter. Jetzt ist die ›Krusenstern‹ in greifbarer Reichweite. Bis zur Reling über ihnen sind gute sechs bis sieben Meter zu überwinden. Der Dritte an Bord, der breitschultrige Kraftprotz, hat eine dreiarmige Enterdregge in der Hand, an der ein langes Seil befestigt ist. Der muskulöse rechte Arm wirbelt das Eisen mit aller Kraft durch die Luft in die Höhe der Reling. Von oben ist ein metallenes »Ratsch!« zu hören. In Spiderman-Manier zieht er das Seil straff, bindet sich ein zweites um die Hüfte und zieht sich mit beiden Händen in die Höhe, während er das Tau zwischen den beiden Oberschenkeln festklemmt. Stück für Stück geht es zügig bis zur Reling hinauf. Dort angekommen, klettert er an Bord. Dann zieht er mit dem dünnen Seil, das er um seine Hüfte geschlungen hatte, eine Strickleiter vom Kutter nach oben.

Fishenski hat sich in der Zwischenzeit für seine Expedition mit einer Stirnlampe ausgestattet. Als ein lauter Ruf von oben kommt, klettert er mit äußerster Kraftanstrengung auf den freischwebenden Sprossen, die an den Tauen in der Luft hin und her pendeln, nach oben. Die Schräglage des Frachters verkompliziert jeden Schritt an Deck ungemein. Fishenski lässt den Muskelmann an dem Klettergerät warten und macht sich auf den beschwerlichen Weg zum Deckshaus. Er hat sich den Grundriss des festungsähnlichen Stahlbaus vor seiner Abreise aus Russland akribisch eingeprägt.

Ganz oben befindet sich die Kommandobrücke, Deck G; dort hätte er einen Ausblick wie vom Balkon eines Hochhauses. Darunter, in der fünften Etage, ist das Kapitänsdeck, Deck F, mit den Kajüten für Kapitän und Maschinenmeister.

Aber so hoch muss er nicht hinauf. Die Kajüte von Goschka Stezenko soll auf Deck D sein, dritte Etage. Der Russe muss seinem Körper einiges abverlangen, ihn weit nach links verlagern und das ganze Gewicht beim Gehen mit dem rechten Fuß abstützen. So bleibt er einigermaßen im Lot, kommt aber nur langsam voran. Im Inneren des Gebäudes ist es stockdunkel, nur die Lampe an seiner Stirn wirft einen diffusen Lichtschein auf die geriffelten Eisenstufen. Er setzt jeden Schritt vorsichtig auf, stützt sich an den schrägen Wänden ab. Die See lässt den Stahl des Frachters knirschen, irgendwo quietscht das Scharnier einer schwingenden Tür. Langsam arbeitet er sich die Treppen nach oben, zählt im Kopf die Stockwerke, Deck B, Deck C, und ist auf Deck D angekommen, geht dann die einzelnen Kajütentüren auf dem Gang entlang, bis er die Klinke zu Goschka Stezenkos Unterkunft herunterdrückt. Die Havarie des Stahlriesen mit der Sandbank hat das Mobiliar durcheinandergewirbelt. Sofa, Tisch und Stühle sind umgestürzt, Scherben zerbrochener Gläser und Tassen liegen am Boden zerstreut. Vieles, wie Aschenbecher und Schnapsflaschen sind an die schräge, rechte Wand gerollt. Der Milizionär orientiert sich mit dem Lichtkegel der Stirnlampe, balanciert zum Bad hinüber. Der abgeschraubte Spiegelschrank ist gegen das Toilettenbecken gekippt und das Glas in tausend Splitter zersprungen. In der Wand klafft die Öffnung eines Hohlraums. Jetzt weiß der Russe, dass er die richtige Kajüte erwischt hat. Er leuchtet hinein, doch im Inneren ist nur gähnende Leere. Das wäre auch zu schön gewesen, denkt er ernüchtert. Aber eigentlich hatte er auch nichts anderes erwartet, auch wenn man in Petersburg über diese Nachricht nicht sonderlich begeistert sein wird. Fishenski arbeitet sich in einem Balanceakt durch den dunklen Tunnel von Deck D zurück zum Treppenschacht.

Wenn er den Fuß wieder an Land setzt, ist der saubere Teil seines Jobs beendet. Die Jagd nach dem verschwundenen Seesack muss jetzt ein anderer weiterführen, einer, der mit härteren Bandagen zuschlagen wird. Der Russe wird seinen Partner noch heute Nacht anrufen und alles, was er herausgefunden hat, an ihn weiterleiten.

RUNGHOLT

Die Glocke von St. Laurentius schlägt elf Uhr. Mette Timmann kann sich nicht wehren, sie muss jeden Schlag mitzählen, als hätte sie einem inneren Befehl Folge zu leisten. Die grausame Stille, die sich danach über die Kleinstadt legen wird, macht ihr jetzt schon Angst.

›Ut! All ut!‹, sprechen die Glocken zu ihr. ›Ut! All ut!‹

Der Ton kriecht unter die Kleidung und mahnt die armen Sünder, die wie sie durch Tönning gehen. Die Kapitänsfrau schlägt den Mantelkragen hoch, eine Gänsehaut kriecht ihr den Nacken hinauf. Sie friert und hat das Gefühl, ihre Körpertemperatur sinke jeden Tag um ein Zehntel Grad, als hätte ihr Mann damals mit diesem Seesack auch das Eiswasser der Nordsee mit ins Haus gebracht. Sie schleppt sich über den roten Bürgersteig am Rande des Marktplatzes, versucht das Abbild der fremden Frau, die sich in den Ladenscheiben widerspiegelt, zu ignorieren. Diese Frau muss ihr zwar unmittelbar auf den Fersen sein, aber zu sehen ist sie nicht, auch wenn sie vorsichtig über ihre Schultern lugt.

Nichts!

Wo kommt dieses Spiegelbild her?

Wer ist bloß diese Frau?

Ein Schraubstock presst den Saft aus ihren Gedanken. Ein dumpfer Druck liegt auf der Innenseite ihres Schädels. Irgendetwas scheint mit ihrem Kopf nicht in Ordnung zu sein. Sie hat das Gefühl, als laste die gesamte Atmosphäre auf ihren Schultern, ihr Puls beginnt zu rasen. Ein Schleier liegt vor ihren Augen und trübt ihren Blick. Einen Moment lang weiß sie nicht mehr, wo sie gerade ist, sieht sich, wie sie die neue Husumer Rundschau zusammengeknüllt im Abfalleimer unter der Spüle entdeckt.

Die ist doch gerade erst gebracht worden, tadelt sie eine Stimme. Hast du sie etwa weggeworfen?

Sie weiß es nicht mehr, weiß nur, dass sie sich schon öfter nicht daran erinnern konnte, was sie vor Kurzem gemacht hat. Sie sieht ihre Hand, wie sie die Zeitung wieder herausholt und das Papier sorgfältig mit dem Ellenbogen auf dem Küchentisch glättet. Ihr Mann soll nichts merken. Die großen Buchstaben der Schlagzeile lassen ihr Herz in der Brust erzittern: ›Zwei Tote in Tönning gefunden. Die Polizei ermittelt wegen zweier Leichen in einer Garage. Das Ehepaar, die 36-jährige Wiebke B. und der 38-jährige Henning B., starben offensichtlich an einer Kohlenmonoxidvergiftung. Beide saßen, ohne Spuren von Gewalteinwirkung, auf den Sitzen eines Autos. Laut Obduktionsbericht sind beide offensichtlich gleichzeitig ohnmächtig geworden.‹

Die Szene, wie sie die Zeitung zurück in den Abfalleimer stopft, wird schemenhaft, bis sie fast durchscheinend ist.

›Hast du dir das alles nur eingebildet?‹, fragt eine ferne Stimme. Durch die Transparenz sieht sie auf ihre Füße – sind es ihre Füße? –, die sich wie aufgezogen über den Marktplatz bewegen, ohne dass ihr Wille es veranlasst hat. Die Glocken sind verstummt, die Kirchturmspitze steckt wie ein Pfeil in der tiefhängenden, grauen Wolkenschicht. Gegenüber dem achteckigen Ziehbrunnen steht das Rathaus mit der Stadtgöttin im Giebel. Mette Timmanns Füße setzen ihre Schritte und steuern am Mauerwerk der Kirche entlang, in dem noch Kanonenkugeln aus dem Großen Nordischen Krieg stecken. Bei dem grauenhaften dänischen Bombardement, während der langen Belagerung der

Stadt, stürzte die Kirchturmspitze von den Dachhelmen herunter.

Im Krieg geht es ums Töten, denkt sie, als sie das Glasgebäude der Touristeninformation passiert. Die Reihen der Feinde werden gelichtet. Doch im Frieden wird auch getötet; nur gibt es keine Kriegserklärung. Ein Todesfall genügt, schon ist alles Friedliche zu Ende.

Die geduckten Häuser stehen für sie Spalier; ihre Füße lassen die Schritte hallen, Schüssen gleich, die durch die enge Gasse peitschen. Ausnahmezustand! Sie ist angekommen.

Änderungsschneiderei Mette Timmann, jenseits von Mailand und Edelboutique. An die Scheibe der Ladentür hat jemand ein Pappschild gehängt: ›Geschlossen.‹ Innen liegen unter dem Türschlitz verstreute Briefumschläge am Boden. Sie bleibt, den Ladenschlüssel in der Hand, an dem bizarren Muster hängen. Wie sich die weißen, rechteckigen Hüllen stapeln und überschneiden, Dreiecke, Sechsecke und Achtecke, ein Dschungel aus verschachtelten Worten, die gelesen werden müssen, die sie beantworten muss, die ihr sagen werden, was sie zu tun hat; eine überlegene Macht lauert in den Umschlägen.

›Ich kann da nicht reingehen‹, sagt eine Stimme in ihrem Kopf. Ich kann mich jetzt nicht darauf einstellen, auf diese Aufspaltung der Welt. Überall zerfällt alles zu Paaren. Nichts Einzelnes hat Bestand. Brief und Auge, Fisch und Netz, Frau und Mann, Geld und Unglück, Auto und Tod. Ich mache es morgen. Ich komme morgen wieder und dann werde ich die Briefe lesen. Heute kann ich es nicht. Heute habe ich keine Kraft dazu.

Abrupt wendet sich Mette Timmann von ihrem Geschäft ab, schleicht die leere Gasse zurück und lässt ihre Blicke von links nach rechts springen, ob aus irgendeiner Haustür eine Person heraustreten könnte, die ihre Flucht erkennt und versucht, die Verfolgung aufzunehmen.

Doch nur ein Mensch, der frei ist, kann auch wirklich fliehen. Sonst ist man, egal wo man hingeht, in einer abhängigen Unfreiheit gefangen, die einem jede Sekunde die eigene Sinnlosigkeit jeglichen Handelns vor Augen führt.

Feuchtigkeit sammelt sich auf ihren Augen. Verzweifelt will sie ihre Gedanken verstehen, einem Ursprung zuordnen, doch in ihr plappert nur der in Worte gepackte Schmerz vor sich hin, für das Verstehen finden sich kein Ort und keine Empfindung.

Sie bleibt im Schutz des Kirchengebäudes, geht den Weg in Richtung Marktplatz zurück. Die Backsteinfläche des Mauerwerks wirkt auf sie wie die ausgedörrte Haut einer Greisin, von Prügel geschunden, runzlig und nur noch von grauen, brüchigen Mörteladern zusammengehalten. Die Rosenbüsche haben ihre Blätter zu braunem Pergament zusammengerollt, ein paar alte Blüten verharren im Winter ihrer verstorbenen Schönheit. Vor dem gemauerten Spitzgiebelportal mit der blauen Kirchentür stehen zwei Steinlöwen, nicht größer als Schoßhündchen; Wächter ohne Biss. Die Kapitänsfrau erstarrt neben der linken Figur, blickt in Richtung Marktplatz. Konturlose Menschen hasten vorbei, als hätten sie alle ein Ziel. Sie hat kapituliert, kein Ziel mehr. Ihr fehlt jeglicher Impuls, um irgendwo anzukommen.

Auf keinen Fall kann sie jetzt schon nach Hause zurück. Der Laden ist bis 18 Uhr geöffnet; der Anschein muss gewahrt bleiben. Die Kirche hat keine Öffnungszeiten, Gottes Haus ist immer offen. Sie drückt sachte die Klinke hinab, und siehe da, die Holztür schwingt tatsächlich auf. Im Kirchenschiff ist es dunkel und kalt.

Mette Timmann kauert sich in die Ecke einer Holzbank, hockt frierend dort, bis sie in sich zusammensinkt und ehrfürchtig zum blauen Tonnengewölbe hinaufschaut, das ein bemaltes Himmelszelt mit Schäfchenwolken über den hohen Kirchenraum spannt. Direkt an der Wand neben ihr hängt ein goldverziertes Epigramm, das den auferstandenen Christus zeigt, schwebend über dem Grab; in der rechten Hand eine blutrote Fahne. Der Heiland, nicht der Erlöser, sondern ein wütender Revolutionär. Davor liegen gequälte menschliche Gestalten im Staub. Das Gemälde ist durch und durch beunruhigend, lässt ihre Angst auferstehen. Die Furcht hat plötzlich etwas Körperliches. Entsetzt schließt sie die Augen davor.

»Hütet euch vor der Habgier! Wer noch so viel Geld hat, das Leben kann er sich nicht kaufen«, spricht eine Stimme zu ihr. Es sind Gottes Worte, die aus dem Munde Pastor Armowitzers gekommen waren, letzten Sonntag in seiner Predigt. Die Geschichte eines reichen Gutsbesitzers in Eiderstedt, der voller Stolz über seinen Reichtum gesprochen hatte: »Meine Scheunen sind voll, es geht nichts mehr rein. Wo soll ich das viele Getreide nur unterbringen? Ich werde die alte Scheune abreißen müssen und eine noch viel größere bauen, damit Platz genug ist. Dann habe ich für lange Zeit ausgesorgt. Ich setze mich zur Ruhe und lasse es mir rundum gut gehen – essen, trinken und das Leben genießen.«

Pfarrer Armowitzer hatte eine lange Pause gemacht und dann die Stimme Gottes angenommen, die des zürnenden Gottes: »Du Narr! Noch in dieser Nacht wirst du sterben. Was bleibt von deinem Reichtum? Du wirst mit leeren Händen vor mir stehen.«

Mette Timmann sieht einen Stern, sieht den Stall von

Bethlehem. Drinnen, zwischen den Strohballen, steht ein alter Opel Astra. Aus einem Schlauch strömen Auspuffgase in den Fahrgastraum. Sie sieht das bleiche Gesicht von Wiebke Bischoff, der Körper in den Autositz gesunken; die verkrampften Hände umklammern zerknüllte Geldscheine.

Die Hände, an denen das ganze Körpergewicht hängt, denkt die Kapitänsfrau. Wie viel Geld können sie halten? Eine Million Euro sind einfach zu viel. Die kann niemand halten. Mit einer Million Euro werden Hände zu überdimensionalen Krallen, die festhalten und lieber untergehen, bevor sie endlich loslassen und zu schwimmen anfangen.

Ut! All ut!

Aus, alles aus! Die Glocke für alle Sünder schlägt über ihr zwölf Uhr. Oder ist es schon zwölf Uhr nachts? 24 Uhr? Dann, wenn die Nacht beginnt? Mette liegt bereits im Bett, und das Geräusch der Haustür hat sie geweckt. Das muss ihr Mann sein, der nach Haus gekommen ist. Sie ist in der Kirche gewesen, die wöchentliche Chorprobe mit Pastor Armowitzer. Sie war frühzeitig gegangen. Singet dem Herrn ein neues Lied. Irgendwann hat der Text der Bachkantate sie aggressiv gemacht. Herr Gott, wir loben dich, der Einsatz kommt nie im richtigen Moment. Die steten Unterbrechungen machen ihr Kopfschmerzen, höllische Kopfschmerzen. Verärgert ist sie, von den bösen Worten der anderen Chorfrauen begleitet, einfach gegangen.

Ihr Mann stolpert die Treppe hinauf, er sagt kein Wort, zeigt keine Regung. Entkleidet kriecht er neben sie und greift nach ihrer Haut. Er riecht nach Fusel, verliert schwitzend jede Beherrschung und zwängt seine groben Hände zwischen ihre Schenkel. Er liegt auf ihr, auf ihrem Körper; ein Rasender mit dem ganzen Gewicht der Welt. Er dringt in sie ein und quetscht ihr den inneren Stein aus der Seele wie aus einer ausgedörrten Pflaume. Sie schreit laut ihren Schmerz hinaus. Er stößt umso kräftiger, als wären seine Sinne betäubt, drückt sie wie einen Besitz an seine Brust und spritzt seine feuchte Macht über ihr vertrocknetes Herz. Sie fällt in einen tiefen Schlaf und träumt vom Meer, das ohne Gier durch Fenster und Türen in ihr Haus fließt.

»Mette?«, hört sie eine erstaunte Stimme tief in ihr.

Sie lauscht, ob dort wirklich jemand nach ihr fragt.

»Mette! Wach auf!«

Sie schreckt zusammen und schlägt die Lider auf. Das Deckengemälde fällt auf sie herunter, fällt in ihre Augen. Eine flache Illusion, der Wolkenhimmel über einer Empore, flach wie die Engel dahinter, die mit Pauken, Trompeten und Posaunen zum Jüngsten Gericht rufen. Doch sie sitzt hier nicht auf der Anklagebank, denn da gehört er hin, der Mann von dem Kutter.

»Mette, was machst du denn um diese Zeit in unserer Kirche?«

»Pastor Armowitzer … oh, ich … ich wollte nur einen Moment allein sein …, da bin wohl eingeschlafen.«

»Geht es dir gut, Mette?«, fragt der Pastor spröde.

»Doch … ja. Es geht mir blendend. Wie gesagt, ich wollte nur kurz mal abschalten.«

»Wenn ich dir helfen kann …«

»Nein! Es ist alles gut!«, beteuert Mette Timmann, springt auf, streicht flüchtig die Kleidung glatt und eilt mit einem »Bis Sonntag, Herr Pastor« zur Kirchentür. Draußen hängt das Himmelgewölbe, erhaben grau und schwarz, über der Stadt. Ein heftiger Schauer prasselt hernieder, lässt die Tropfen in einem feinen Schleier über die Pflastersteine tanzen. Sie schlägt den Kragen ihres Mantels hoch und wartet, bis die blitzenden, senkrechten Striche in der Luft verschwunden sind. Dann eilt sie unter dem bunten Regenbogen, der am Himmel eine Brücke quer über den Marktplatz schlägt, zum kleinen Café auf der anderen Seite.

»Wie immer einen Cappuccino, Frau Timmann?«, fragt die junge Bedienung.

Sie nickt stumm und spürt schmerzvoll, dass die schreckliche Nacht mit ihrem Mann kein Traum gewesen ist. Es war vor zwei Tagen, oder drei? Jedenfalls war es die Nacht, in der die Bischoffs sich das Leben genommen haben.

Oder war das der Traum? Nein, es stand doch heute in der Zeitung, in der Zeitung, die im Mülleimer lag.

Jetzt sind es ihre Hände, die die Richtung bestimmen, sie greifen nach der Tasse mit dem süßen Milchschaum und dem kunstvollen Schokomuster darauf. Die Hände erhalten dein Leben, fassen nach dem ersten Besten, das du brauchst. Sie halten hartnäckig an allem fest, an Nahrung, an Geld, an Lust. Aber lass nur einen Finger in die Macht des Teufels geraten. Er zieht dich fort, von dem Weg herunter, der in dein kleines Glück führt, der deinen inneren Frieden bewahrt.

Du hast die Wahl, sagt man. Hast du sie wirklich?

Sie sieht ihren Händen zu, wie sie den Kaffee bezahlen, wie sie vor der Eingangstür Halt suchen an dem Geländer der kleinen Treppe. Sie ist rutschig vom Regen. Die Kapitänsfrau tritt auf die Stufen, als hätte sie Schwimmhäute zwischen den Zehen, und vergleicht sich in Gedanken mit dem Schwan, der im Tönninger Stadtwappen auf einer Tonne balanciert. Ihre Füße lenken ihre Schritte in Richtung Zuhause. Die schlechten Erinnerungen versinken in ihrer Brust, ihr Herz ist genauso leer wie ihr Kopf, ihre Füße gehen automatisch langsamer. Doch auch gebremste Schritte kommen voran und bringen uns unentwegt dem

Ziel näher. Die bunten Häuser am Hafen haben ihre Farbe verloren. Die ›Rungholt‹ liegt friedlich an der Kaimauer. Es scheint keine Menschenseele an Bord zu sein, nur eine große Silbermöwe sitzt auf der Mastspitze und stößt unentwegt ihr gellendes Kiau in die Luft.

Sie kann die Schreie physisch spüren, sie schwingen durch ihren Körper, als würde jemand sie beschimpfen. Sie schließt ihre Augen, hört den Vogel und sein Wort: »Komplizin!«, schreit der Vogel. »Komplizin!«

Sie fühlt einen Stich in ihr leeres Herz, ihre Schritte werden schneller. Sie möchte zurück in ihre vertraute Umgebung, ihr Heim am Hafen. Die Abenddämmerung dringt durch das scheue Licht, das im Westen untergeht. Ihre Füße folgen den gelben Fenstern, die wie übergroße Eulenaugen ihre Flucht zurück in die Nacht der Angst verfolgen. Eulen sehen gut im Dunkeln, sie auch. Die Haustür steht einen Spalt offen. Ihr Mann stützt sich an der Garderobe ab, zieht gerade einen seiner Gummistiefel vom Fuß und wendet ihr angestrengt den Kopf zu. Mette starrt ihn nur teilnahmslos an. Sie hat ihn seit der besagten Nacht nicht mehr gesehen, hatte immer geschlafen, wenn er gekommen war und war erst erwacht, wenn er bereits das Haus wieder verlassen hatte.

»Du kommst früh«, sagt Per Timmann mit versteinertem Blick. »Mach die Tür hinter dir zu, ich muss dir etwas Schreckliches mitteilen.«

Sie schließt gehorsam die Tür, dann die Augen und fürchtet sich vor dem, was sie ohnehin schon weiß.

»Henning und Wiebke haben sich umgebracht«, bringt er mit Mühe heraus, »in ihrer Garage … mit Autoabgasen. Wie konnten sie das nur tun?«

»Du wolltest das Schiff doch sowieso verkaufen.«

Jan Swensen spürt einen inneren Widerstand. Er hat bereits über sich selbst lächeln müssen, aber es war ein eher bitteres Lächeln. Will er es auf den Punkt bringen, so verhält sich seine Sicht von Wirklichkeit im Moment völlig entgegengesetzt zu seiner vielgepriesenen Intuition. Aber auch das ist natürlich nur eine Sichtweise, muss er sich eingestehen, während er in der Küchenzeile die Schachtel mit dem gepressten Pu-Erh-Tee aus seinem Schrankfach holt. Er bricht ein Stück von dem Ziegel ab, hängt es im Teenetz in seine Kanne und drückt den Knopf vom Wasserkocher. Wenig später strömt das gleichmäßige Geräusch von aufheizendem Wasser in den Raum. Meister Rinpoche hätte passende Worte für seine von ihm selbst erzeugte Situation, davon ist Swensen überzeugt und sucht in seiner Erinnerung nach einer passenden Weisheit: ›Verwirrung und Leiden sind häufig Bestandteil einer besonders abgesicherten und lustvollen Beschäftigung.‹ Der nächste Schub Widerstand ist prompt aktiviert.

Natürlich verfolge ich mit einer gewissen Leidenschaft meinen Beruf; natürlich kommen meine Beurteilungen aus dem abgesicherten Bereich langjähriger Erfahrung, aber ein gesunder Zweifel ist keine Verwirrung! Außerdem bemerke ich meinen Widerstand und leide nicht darunter. Basta!

Der Kriminalist versetzt sich in die Situation, in der er in diesen Zustand geraten ist, sieht die schlanke, durchtrainierte Gestalt von Jean-Claude, hört seine Worte und registriert die Distanz, mit der er das forensische Gutachten zum Suizid des Ehepaars Bischoff verkündet.

»Bei der Obduktion der beiden Toten wurden im Leichnam von Henning Bischoff 2,6 Promille Alkohol im Blut festgestellt, im Leichnam von Wiebke Bischoff 3,1 Promille. Außerdem konnte bei beiden das Schlafmittel Flunitrazepam festgestellt werden. Es spricht einiges dafür, dass der Suizid über längere Zeit vorbereitet worden ist. Das Ehepaar hat nicht nur sorgfältig den Fahrgastraum abgedichtet, sondern hat dazu noch große Mengen Alkohol und Schlaftabletten genommen.«

»Wann war denn der genaue Todeszeitpunkt?«, fragt Silvia Haman.

»Der Tod ist zwischen dem zweiten und dritten März, 23.30 bis 24 Uhr eingetreten. Als sie gefunden wurden, waren sie also zirka 35 Stunden tot.«

»Eine Frage, Jean-Claude. Wie schätzt du persönlich den Fetzen Papier mit den Abschiedsworten ein, der ja angeblich von Bischoff stammen soll?« Swensen sieht den Chef der Soko herausfordernd an.

»Das Wort ›angeblich‹ kannst du in diesem Zusammenhang gleich streichen«, kommt ohne zu zögern die spröde Retourkutsche von Colditz. »Die geschriebenen Worte sind zweifelsfrei von Henning Bischoff selbst verfasst worden. Ein Schriftvergleich mit Notizen aus seinem Terminkalender belegt das.«

»Daran habe ich auch keinen Moment lang gezweifelt«, verhakt Swensen sich in seine Strategie, die Tatsache eines Selbstmords im Grunde zu erschüttern. »Mir geht es nur um diese merkwürdige Aussage dieser vermeintlichen Abschiedsworte, die weder Fisch noch Fleisch ergeben.«

»Widerspricht deine zweifelnde Beharrlichkeit nicht deinen vielgepriesenen, buddhistischen Ansichten?«, kontert Colditz. »Wie häufig hast du uns Unwissende darüber belehrt, das alles auch dann in einem Zusammenhang steht, wenn wir es nicht gleich auf Anhieb kapieren.«

Swensen verschlägt es einen Moment die Sprache. Was ist bloß mit den Kollegen los, fragt er sich perplex. In letzter Zeit bekomme ich von ihnen immer öfter meine eigenen Weisheiten um die Ohren gehauen. Ist das jetzt gut oder nicht?

»Dem ist auf Anhieb nicht zu widersprechen«, lenkt er mit reuigem Tonfall ein. »Aber trotzdem passt dieser Satz nicht eindeutig zu den letzten Worten eines Selbstmörders, er könnte auch zu beliebig anderen Situationen passen. Bei der Meinung bleibe ich, auch wenn es euch nervt. Bischoff schreibt: ›Wer mich tot auffinden sollte, wird sich bestimmt zusammenreimen können, warum es passiert ist.‹ Damit spricht er an erster Stelle eine ganz bestimmte Person an, deren Identität er aber nicht verrät. Ich frage mich natürlich auch, was will er dieser imaginären Person eigentlich damit sagen? Warum soll sie dieses Rätsel lösen? Für mich bleibt der Text ohne jede nachvollziehbare Logik, als wäre er aus einem anderen Zusammenhang gerissen worden. Und der Papierfetzen ist obendrein sogar tatsächlich aus einem größeren Bogen herausgerissen worden. Warum wohl?«

»Ich finde, einem Selbstmord kommt man per se mit keiner Logik bei. Warum sollte ein Selbstmörder deshalb ausgerechnet logische Sachen schreiben?«, stellt Silvia Haman trocken fest. »Apropos Logik! Unser lieber Kollege Mielke, der ja heute unbedingt die Unlogik seines Junggesellenlebens verlassen will, hat mir, kurz bevor er in die freien Tage gegangen ist, noch eine wichtige Information für unsere

Besprechung mit auf den Weg gegeben. Er hat nämlich gestern rein zufällig vor der Garage ein Gespräch zwischen unserem Kapitän und einem Streifenpolizisten mitangehört. Die Bischoffs, hat Timmann dem Beamten dabei erzählt, wären vor längerer Zeit um viel Geld betrogen worden. Ein Mitspieler ihrer Lottogemeinschaft wäre nach einem großen Gewinn mit der gesamten Summe durchgebrannt. Ich habe Stephans Zufallsermittlung gleich danach noch bei den Nachbarn in der Siedlung überprüft. Es stimmt. Die Sache muss allerdings mindestens drei Jahre oder länger zurückliegen.«

»Ich kann mir nicht vorstellen, dass eine so alte Geschichte noch etwas mit dem Selbstmord zu tun haben könnte«, zweifelt Colditz.

»Bei meiner Recherche bin ich aber noch auf eine andere Sache gestoßen. Unter der Hand hat mir einer der Nachbarn gesagt, dass Bischoff öfter mit einem todsicheren Roulette-System geprahlt hat, und damit, dass er mit dem Trick eines Tages groß abräumen würde.«

»Und?«, fragt Jacobsen aufgekratzt dazwischen. »Hat er dir die Masche verraten? Dann könnten wir vielleicht unsere Kaffeekasse aufbessern.«

»Wusste gar nicht, dass eine Spielernatur in dir steckt«, kontert Silvia Haman schnippisch. »Ich dachte, du setzt dein ganzes Geld nur auf diese Superman-Heftchen?«

»Könnten wir bitte ernsthaft bleiben«, knurrt Colditz. »Kommt da noch was zur Sache, Kollegin Haman?«

»Doch ja! Ich habe die Geschäftsführer aller Spielcasinos im Norden angerufen und im Zusammenhang mit Systemspielern nach dem Namen Bischoff gefragt. Im Casino Travemünde bin ich endlich fündig geworden. Dort hat man einer Wiebke Bischoff Hausverbot erteilt, weil sie einen

Gast bepöbelt haben soll, nachdem sie eine größere Summe verspielt hatte.«

»Und es ist sicher, dass es sich nicht zufällig um eine Namensgleichheit handelt?«, fragt Colditz misstrauisch.

»Das wollte ich natürlich gleich abchecken und habe denen mit meinem Fotohandy ein Bild vom Gesicht der Leiche gesendet. Die Bestätigung steht aus, weil die das Bild erst allen ihren Croupiers vorlegen müssen. Sie melden sich, wenn sie Näheres wissen.«

»Aufschlussreiche Recherche, Silvia. Danke«, lobt Colditz mit einem wohlwollenden Blick in Richtung Haman. »Wenn sich herausstellt, dass Wiebke Bischoff im Travemünder Casino eine Menge Geld verloren hat, hätten wir vielleicht einen Grund für die Selbstmorde. Und dieser mysteriöse Satz auf dem Zettel, der Jan solche Kopfschmerzen bereitet, würde in diesem Zusammenhang doch durchaus einen Sinn ergeben.«

Swensen ist mehr als verblüfft über sein hartnäckiges Unbehagen und dass es ihm nicht zu gelingen scheint, lange nachdem die Frühbesprechung beendet ist, die kleine Stichelei mit Colditz aus dem Kopf zu bekommen.

Was steckt nur hinter deinem heimlichen Trotz?, überlegt er, findet aber keine befriedigende Antwort. Vielleicht willst du ja doch nur immer recht behalten? Obwohl, eigentlich hast du dich während der Sitzung ziemlich zurückgehalten und deine Zweifel an dieser allzu glatten Version von einem Selbstmord nicht besonders vehement in Frage gestellt. Colditz scheint dir dennoch auf die Schliche gekommen zu sein, oder? Oder aber, er und die Kollegen möchten mit aller Macht verhindern, dass aus dem Selbstmord des Ehepaars doch noch Mord werden könnte.

Der Hauptkommissar pendelt zwischen Für und Wider seiner Grübelei und fragt sich, wie er mit seinem realen Bauchgefühl umgehen will, bis er bemerkt, dass die Brühzeit für den grünen Tee bereits überschritten ist. Wer sich im Detail verliert, verliert die Achtsamkeit für das, was er gerade macht, übernimmt er selbst den Part der Ermahnung seines Meisters und hebt das Teenetz aus der Kanne.

»Oh Jan, hallo! Gut, dass ich dich treffe«, säuselt Susan im Türrahmen der Teeküche. »Die Inspektion sammelt für ein Hochzeitsgeschenk. Du möchtest dich doch bestimmt auch beteiligen?«

»Klar doch! Was solls denn werden?«

»Wir dachten an einen besonders schönen Bildband von Friedrichstadt, weil Stephan seine Frau doch dort kennengelernt hat.«

Der Hauptkommissar zückt sein Portemonnaie und reicht Susan zwei Zehn-Euro-Scheine.

»Das ist viel zu viel!« Susan gibt Swensen einen Schein zurück. »Sonst reicht das gesamte Geld für eine ganze Bibliothek von Bildbänden.«

Sie lächelt kurz, und schon verhallen ihre Schritte auf dem Flur. Swensen geht mit seiner Kanne in die andere Richtung. Am Büro des Chefs zögert er, klopft dann aber entschlossen an die Tür.

»Herein!«, tönt Püchels laute Stimme nach außen.

Ein penetranter Tabakgeruch steht im Raum, Swensen rümpft die Nase.

»Russisches Kraut«, knurrt der Polizeirat mürrisch.

»Und wo ist der Petersburger Kollege, der das Zeug importiert hat?«, fragt Swensen, während er mit der Hand vor seinem Gesicht wedelt.

»Verschwunden!« Püchels Stimme klingt gleich mehrere Oktaven mürrischer. »Mitsamt dem Koffer und meinem Regenschirm! Vor zwei Tagen, ohne eine Zeile zu hinterlassen. Keine Ahnung, warum er weg ist und wohin. Das ist ziemlich daneben, wenn du mich fragst.«

»Meinst du nicht, er meldet sich wieder?«

»Macht nicht den Eindruck, scheint mir. Wenn ich sein Handy anrufe, kommt nur die Mailbox.«

»Warte ab, es wird eine Erklärung geben.«

»Was führt dich her, Jan?«, bringt der Polizeirat abrupt den Verlauf der Unterhaltung in eine andere Richtung.

»Es … es geht um Stephan«, druckst Swensen um den heißen Brei herum. »Der will doch in den Hafen der Ehe, mit Volldampf sozusagen. Was meinst du … äh, wie wäre es … mit einer kleinen Navigationshilfe deinerseits?«

»Von mir ist schon was in der Sammelkasse«, erklärt Püchel, lässt Rauch durch die Nase entweichen und merkt dann, dass Swensen anscheinend auf etwas anderes anspielt. »Oder was meinst du?«

»Ich meinte eigentlich, du solltest dem Kollegen, unabhängig von deinem bereits entrichteten Obolus, eine positive Beurteilung ausstellen. Das würde Stephans Chance auf Beförderung enorm erhöhen.«

»Es gibt so etwas wie einen Beförderungsstopp, Jan!«, wirft Püchel abwehrend ein und zieht an seiner Zigarette. »Zurzeit hat er, auch mit einem noch so tollen Schrieb von mir, kaum eine Chance.«

»Jetzt stellst du dein Licht aber unter den Scheffel!«, scherzt der Hauptkommissar. »Wo ein Wille ist, ist auch ein Weg!«

»Also gut, Jan, ich werde es in Betracht ziehen! Obwohl es ziemlich unfair ist, die Hochzeit des Kollegen für eine

Fürbitte auszunutzen. Aber erst wird der Mordfall Jessen gelöst, bevor ich meinen Bleistift spitze.«

»Das Wort gilt, Heinz!«, untermauert Swensen die Zusage und flüchtet aus der verqualmten Bude des Polizeirats. Vor seiner Bürotür schaut er auf die Armbanduhr. 11.17 Uhr. Um 16 Uhr beginnt in Husum die kirchliche Trauung, überlegt er und beginnt zu rechnen. Wenn ich sofort nach Osterhever fahre, habe ich gute dreieinhalb Stunden, bevor ich vor der Marienkirche sein muss. Die Zeit dürfte genügen. Also nicht lange nachdenken – wo ein Wille ist …

Eine Fahrt durch seine Westentasche, so vertraut ist die Strecke dem Hauptkommissar. Jahr für Jahr fährt er dieselben Straßen. An der B 5 kennt er jede Kurve, jeden Baum, jede Versammlung von Häusern. Aber wie oft er das wirklich schon gesehen hat, kann er trotz buddhistischer Achtsamkeit nicht einmal ansatzweise abschätzen. Auch an dem heruntergekommenen Ladengebäude in Osterhever, in dem sich Hauke Timmanns Wohnung befindet, ist Swensen schon unzählige Male vorbeigefahren. Heute stoppt er hier das zweite Mal. Als er vor der Tür mit dem Glaseinsatz steht, stellt er erstaunt fest, dass das Schloss zur Ladenwohnung mit Gewalt aufgebrochen wurde. Im Inneren sind Geräusche zu hören. Der Kriminalist drückt den Klingelknopf, schiebt die Tür am Stangengriff einen Spalt auf und ruft mit lauter Stimme: »Hallo, Herr Timmann! Sind Sie in der Wohnung?«

»Sieh mal einer an! So ist das mit den Freunden und Helfern!«, faucht Hauke Timmann spöttisch, als er den Hauptkommissar im Türrahmen stehen sieht. »Wenn man euch mal wirklich braucht, ist garantiert keiner zur Stelle!«

»Sie brauchen die Hilfe der Polizei?«, fragt Swensen unbeeindruckt und lässt seinen Blick durch das verwüstete Wohnzimmer schweifen. »Was ist passiert?«

Hauke Timmann zuckt mit den Achseln. Schuhe, Socken, Unterwäsche, offene Kartons, stapelweise bedrucktes Papier und zerbrochenes Glas liegen am Boden verstreut. Kommodenschubladen sind aufgezogen. Die Borde an der Wand sind allesamt leergefegt.

»Sehen Sie sich diese Sauerei an!«, schimpft Hauke Timmann empört. »Ich bin just nach Hause gekommen und finde das hier vor!«

»Wollen Sie eine Anzeige gegen unbekannt erstatten?«

»Gott bewahre! Wohin soll das denn führen?«

»Fehlt etwas?«

»Mein guter Wille, mit Ihnen zu reden!«

»Den sollten Sie sich möglichst wieder besorgen«, kontert Swensen. »Ich mache nicht den langen Weg hierher, um unverrichteter Dinge wieder zu gehen.«

»Ich habe keinen Verdacht, wer mich beraubt hat.«

»Das interessiert mich auch nicht! Ich bin wegen des Selbstmords Ihres Kollegen Bischoff und seiner Frau gekommen.«

»Ach das! Eine schreckliche Sache, wirklich. Und was wollen Sie von mir wissen?«

»Wo waren Sie am Mittwoch, in der Nacht vom zweiten auf den dritten März, zwischen 23.30 Uhr und 24 Uhr?«

»Und weswegen wollen Sie das wissen?«

»In der Zeitspanne ist das Ehepaar Bischoff gestorben.«

»Sie sagten doch, dass es Selbstmord war. Warum interessiert Sie dann, wo ich zu dem Zeitpunkt war?«

»Weil ich ein neugieriger Mensch bin!«, sagt der Hauptkommissar scharf.

»Das ist nicht mein Problem.«

»Kann es aber werden, wenn sich nämlich herausstellen sollte, dass der Selbstmord gar keiner war. Und gesetzt den Fall, dass wir es doch mit einem Mord zu tun haben, sagen Sie mir jetzt schon einmal prophylaktisch, wo Sie in der Zeit waren. Gibt es ein Alibi oder haben Sie im Bett gelegen, ohne einen Zeugen?«

»Am Mittwoch, den zweiten?«

»Genau, 23.30 Uhr bis kurz nach 24 Uhr!«

»Nun ja – wo war ich denn?«, sagt Hauke Timmann theatralisch und schlägt sich demonstrativ an die Stirn. »Da muss ich nicht lange nachdenken. Ich war mich amüsieren, in dieser grauen Zeit, und zwar in der Rosenbar in Husum.«

»Ich werde das natürlich vor Ort überprüfen.«

»Die Mühe können Sie sich sparen, es sei denn, Ihr tristes Polizeileben hängt Ihnen zum Hals hinaus«, grinst der Seemann. »Es gibt selbstverständlich eine Quittung, ordentlich mit Datum und Uhrzeit.«

Er greift in die Jackentasche, zieht sein Portemonnaie heraus, fingert nach einem zusammengefalteten Belegzettel und drückt ihn dem Hauptkommissar mit souveräner Geste in die Hand. Der nimmt ihn fast unwillig entgegen, weil er schon ahnt, dass sein Verdacht sich soeben im Nichts aufgelöst hat. 187 €, die Quittungssumme des Nachtclubs, ist der sichtbare Beweis, dass seine Intuition ihn auf den Holzweg geführt hat. Oder, dass Timmann nicht so einfach beizukommen ist, wie Swensen aufgebracht feststellen muss. So schnell, wie er sein Alibi aus der Westentasche gezaubert hat, macht ihn zumindest erst einmal misstrauisch. Er beschließt, gelegentlich in der Rosenbar vorbeizuschauen, um es sich persönlich bestätigen zu lassen. Sein Gefühl sagt ihm aber bereits jetzt, dass es vergeblich sein wird. Er fragt sich, warum er so verbissen an seiner Theorie festhält, selbst wenn alle Fakten dagegen sprechen? Warum kann es nicht einen parallelen Selbstmord während einer Mordermittlung geben, auch wenn die Menschen etwas miteinander zu tun hatten? Das Leben schafft jeden Moment solche abstruse Situationen.

Der Hauptkommissar spürt etwas Unversöhnliches in seinen Überlegungen, denn seine innere Stimme bleibt hartnäckig anderer Meinung. Die Rückfahrt führt ihn durch eine Landschaft, die sich seiner Wahrnehmung entzieht. Er sieht nicht die Gräben, die mit dem Lineal gezogen sind, sieht nicht den feuchten Pelz des Wolkenhimmels, den die Wasseroberfläche spiegelt. Swensens Stimmung ist gedrückt. Husums grauer Schattenriss ist nur eine Ahnung.

Nur jemand, der dauerhaft in Nordfriesland wohnt, kann das wirklich ermessen, sagt er sich. Dieses düstere Wetter, besonders in der schon ohnehin dunklen Jahreszeit, kann selbst einen eigentlich fröhlichen Mensch schwermütig machen.

Die Glocken der Marienkirche läuten bereits, als der Hauptkommissar in Höhe des alten Rathauses einen leeren Parkplatz ergattert. Während er aussteigt, werden bereits die Kirchentüren geöffnet, und zwei Blumenkinder streuen Blütenblätter auf die Treppenstufen. Schon wie vor Kurzem bei Susan haben sich auch hier die Kollegen mit einem Polizeiabsperrband vor dem Eingang versammelt und dem Paar den Weg blockiert. Die Braut im schneeweißen Kleid ist einfach bezaubernd, kann Swensen bereits beim Näherkommen feststellen. Leentje Mielke, schießt es ihm durch den Kopf, als er zu der Gruppe Kollegen aufschließt und die frisch Vermählte das erste Mal aus der Nähe in Augenschein nehmen kann. Der Himmel über ihr hängt voller

Geigen, das ist unübersehbar. Das Paar hat das Absperrband erreicht, und Stephan, der in seinem eleganten dunkelblauen Dreiteiler nach allem anderen, nur nicht nach einem Kriminalbeamten aussieht, strahlt, als hätte er das große Los gezogen. Reis wird über das Brautpaar geworfen, und bunte Luftballons werden zu ihren Ehren in den trüben Himmel entlassen. Dem Bräutigam wird eine Schere gereicht, mit der er sich den Weg freischneiden darf. Wenig später fährt er, mit Leentje an seiner Seite und unter dem Jubel der Gäste, in einem weißen BMW mit einem Bündel Blechdosen am Heck davon.

Swensen geht nachdenklich zum Dienstwagen zurück. Das unangenehme Gefühl ist wieder erwacht. Er hat es in der ganzen Zeit nicht fertig gebracht, Anna gegenüber die Hochzeit von Susan zu erwähnen. Ein paar Mal war er dicht davor gewesen, hatte es aber als gerade unpassend wieder verworfen. Jetzt liegt ihm bereits die zweite Hochzeit auf der Seele.

›Wenn wir nicht zu unseren Unzulänglichkeiten stehen, äußern sie sich eines Tages in Widerstand und Groll.‹

RUNGHOLT

Er fährt aus dem Schlaf und ist sofort hellwach. Schon in dem Moment, als er die Augen aufschlägt, spürt seine ganze physische Existenz, dass er sich in Lebensgefahr befindet. Das Geräusch, von dem er geweckt wurde, das dumpfe Brechen eines trockenen Astes irgendwo dort draußen vor seinem Schlafzimmerfenster, hat er gar nicht gehört. Er wurde aus dem Tiefschlaf gerissen, als hätten feine Sensoren in seinem Kopf einen Alarm ausgelöst. Und er war gut auf diesen Moment vorbereitet. Mit einem Satz, ohne nachzudenken, wirft er sich aus dem Bett flach auf den Boden, kriecht blitzschnell auf allen vieren aus dem Raum und lugt vorsichtig hinter dem Türrahmen hervor in das Dunkel, aus dem er gerade geflüchtet ist.

Auf sein Gespür einer drohenden Gefahr kann er sich verlassen. Diese Fähigkeit hat ihn das Leben am Rande der Gesellschaft gelehrt. In dem Milieu, in dem er verkehrte, brauchte man mehr als zwei Augen und Ohren, um nicht Opfer von Gewaltattacken zu werden.

Nicht bewegen, du darfst dich jetzt nicht bewegen, hämmert seine Angst auf den Knochen der Wirbelsäule. Der Morgen scheint bereits unter dem Horizont zu lauern. Im Schlafzimmerfenster schimmert ein blasses Licht. Hinter der Scheibe huscht ein Schatten vorbei, höchstens eine Zehntelsekunde, kaum wahrnehmbar. Nackte Furcht kriecht ihm den Nacken hinauf. Hauke Timmann kauert sich dicht an den Türrahmen und spielt innerlich seine Möglichkeiten durch.

Der Einbruch vor zwei Tagen hat bereits seine Wachsamkeit erhöht. Ihm war sofort klar gewesen, dass er es nicht mit einem normalen Wohnungsdieb zu tun hatte. Es war nichts gestohlen, nur alles durchwühlt worden. Der Einbrecher musste gezielt nach etwas gesucht haben. Seitdem schläft er nur noch in seinen Klamotten, hat nicht mal gewagt, seine Schuhe auszuziehen.

Wer könnte das getan haben?, ist die alles entscheidende Frage, die er sich trotz marternder Grübelei bis jetzt nicht beantworten kann. Wonach der Kerl gesucht hat, hat er sich schon lange beantwortet. Es gibt nur einen brisanten Gegenstand in seinem Besitz, und das ist dieser goldene Kamm, den er leichtsinnigerweise in Kiel verscherbeln wollte.

Der Kerl aus dem Laden! Es könnte der Kerl aus dem Laden sein! Aber der kennt mich doch gar nicht. Wie soll der ohne Anhaltspunkte herausgefunden haben, wo er mich finden kann? Wie soll er wissen, wo ich wohne? Wer schleicht also dort draußen ums Haus? Es gibt keine einwandfreie Antwort, hör auf damit.

Durch den Einbruch hatte der Kerl immerhin vorzeitig seine Existenz verraten. Wie gut, dass er danach in den Wald gefahren, sich einen robusten Knüppel besorgt und den griffbereit unter dem Bett deponiert hat. Zu dumm nur, dass er in der Hektik seiner Flucht ohne diese Waffe aus dem Schlafzimmer gekrochen ist.

Ich muss den Knüppel haben, denkt er und horcht angestrengt. Von draußen kommt kein verdächtiges Geräusch. Wenn wirklich einer ums Haus schleicht, bewegt er sich lautlos wie eine Katze.

Er kann nicht mehr ruhig an einem Fleck ausharren, er muss etwas tun. Das Adrenalin zwingt Hauke Timmann aus der Erstarrung, sein Puls rast, die Lunge pumpt sich voll Sauerstoff, seine Muskeln sind angespannt. Er kriecht wie ein Käfer ins Schlafzimmer zurück. Am Bett angekommen, sieht er im Augenwinkel einen Schatten im Fenster stehen, tastet gleichzeitig panisch nach dem Knüppel und spürt einen Kraftschub im Körper, als er das runde Holz in seiner Hand hält. Im selben Augenblick flammt ein Feuerblitz hinter dem Fenster auf. Noch bevor der Lichtschein ihm in den Rücken fällt und seinen fliegenden Schatten gespenstisch über die zerwühlte Bettdecke und an die Wand wirft, hat er bereits zu einem Sprung zur Seite angesetzt. Er hört den Schuss und das zersplitternde Glas, als sein Körper in das Dunkel des Raumes abtaucht und er mit einer Rolle vorwärts wieder auf den Beinen steht. Es braucht nur eine kurze Drehung; mit voller Wucht trifft er mit dem Knüppel den Schatten hinter der geborstenen Scheibe; die Reste der Glassplitter im Rahmen werden mit nach draußen geschleudert. Er hört ein kurzes Aufstöhnen, sieht noch, wie der Schatten seine Hände vors Gesicht reißt. Blindlings stürzt er aus dem Raum. Im Wohnzimmer knallt er mit der Schulter gegen die Kommode, steuert weiter auf die Eingangstür zu, durch deren Milchglas das Morgenlicht sickert. Der Schlüssel steckt. Hauke Timmann dreht ihn im Schloss, reißt die Tür auf und sprintet zu seinem Wagen. Dort geht er erst einmal hinter einer dicken Eiche in Deckung, hält den Knüppel schlagbereit über dem angewinkelten Arm und hält Ausschau. Niemand verfolgt ihn.

Ein kräftiger Schauer bricht los. Regen prasselt mit metallischem Trommeln aufs Dach seines Opels, als er sich an die Beifahrerseite vortastet, die Wagentür aufzieht und über den Sitz in den Wagen kriecht. Mit einigen Verrenkungen kann er seine Beine unter das Lenkrad schieben. Er steckt den

Schlüssel ins Zündschloss und startet den Motor. Aus den Büschen rechts am Gebäude blitzt das Mündungsfeuer einer Waffe. Er hört keinen Schuss, doch im gleichen Moment zerspringt dicht neben seinem Kopf die Seitenscheibe in tausend Stücke. Glassplitter fliegen ihm um die Ohren. Zeitgleich zerbirst auf der gegenüberliegenden Seite das hintere Seitenfenster. Hauke Timmann drückt das Gaspedal durch, der Wagen schießt aus dem Kies und schleudert auf die Straße. Ohne Licht rast er um die Kurve die Allee entlang in Richtung Osterhever. Jeder Meter bringt ihn weiter in Sicherheit. Nach einigen Kilometern lässt auch der Regen nach, trotzdem dringt die Feuchtigkeit durch die zerschossenen Seitenscheiben ins Wageninnere. Auf seinem Gesicht sammeln sich feine Sprühtropfen. Dazu verschmieren die alten Wischblätter den Dreck auf der Frontscheibe. Die Sicht ist miserabel. Trotzdem entschließt sich Hauke Timmann, die Hauptstraße zu verlassen, um auf den Nebenstrecken Tönning zu erreichen.

Gerade ist er einem Mordversuch entkommen! Aber dieser jemand, der ihn in seiner Wohnung am Arsch der Welt aufgespürt hat, wird ihn über kurz oder lang auch in Tönning finden. Wo soll ich sonst hin?, überlegt er fieberhaft, es fällt ihm kein sicherer Ort ein, wo er längere Zeit bleiben könnte.

Der Feldweg, den er gerade nimmt, ist vom Regen aufgeweicht. An einigen Stellen befürchtet er stecken zu bleiben. In Rothörn nimmt er daher wieder die Hauptstraße. Tetenbüll und Katharinenheerd sind noch wie ausgestorben, als er mit 90 km/h durch die Ortschaften rast. Auf dem Rest der Strecke erhöht er nochmals das Tempo, ist keine zehn Minuten später auf dem Marktplatz in Tönning und parkt den Wagen gegenüber dem Gebäude mit dem Chinarestaurant und dem Supermarkt im Erdgeschoss. Gerade werden von mehreren Männern aus einem Lastwagen palettenweise Lebensmittel ausgeladen. Menschen, davon ist er überzeugt, geben ihm jetzt die Sicherheit, dass niemand auf ihn schießen wird. Hier sind überall Augen, selbst wenn sie hinter den Gardinen nicht sofort sichtbar sind.

Das dürfte reichen, um selbst einen professionellen Killer abzuschrecken, redet er sich ein, atmet noch einmal tief durch, bevor er aussteigt, um mit Klebeband und großen Einkaufsplastiktüten aus dem Kofferraum die beiden fehlenden Seitenscheiben provisorisch abzudichten. Die Anlieferer vom Lastwagen beobachten ihn dabei, lassen sich aber davon nicht in ihrer Arbeit stören. Er verschließt den Wagen, auch wenn es sinnlos ist, und geht wenig später durch einen der Stöpen im Deich zum Hafengelände weiter. Seine Kleidung ist vom Regen durchweicht. Die ›Rungholt‹ liegt verwaist zwischen zwei Krabbenkuttern, dümpelt sachte wankend vor sich hin. Lichter der Hafenbeleuchtung tanzen auf dem schmutzig trüben Wasser. Hauke Timmann balanciert über die Holzbohle an Bord und zieht den Übergang hinter sich an Deck. Der Schlüssel für das Ruderhaus liegt unter einem zusammengerollten Tampen. Die Tür klemmt, er muss mit der Schulter nachhelfen. Er nimmt die Petroleumlampe vom Haken, entzündet den Docht und steigt die schmale Treppe hinab zum Maschinenraum. Kurz davor gibt es zwei schmale Pritschen. Er tastet unter der schmutzigen Matratze und fingert den dort versteckten goldenen Steckkamm hervor, den er dann unter sein Kopfkissen schiebt. Er zieht seine Schuhe aus, liegt wenig später angezogen unter einer Wolldecke und versucht die Augen zu schließen. Doch egal, wie er sich dreht, die Decke bleibt etwas zu kurz. Am

Ende lässt er die nackten Füße genervt hervorschauen. Er bemerkt zwar, dass sie immer kälter werden, bleibt aber trotzdem regungslos liegen. Die Regentropfen trommeln auf das Deck des Kutters. Er findet keinen Schlaf. Ein Gedanke stellt sich quer, lärmt durch seinen Kopf, hält ihn hellwach und zieht ihn am Nasenring durch die Manege aller Überlegungen.

Was ist das für ein skrupelloser Killer, der ihn aus dem Weg räumen will? Es kann nur mit dem Scheiß Stück Gold zu tun haben, das er dieser Leiche abgenommen hat, martert ihn seine innere Stimme. Er muss das Ding loswerden. Wegschmeißen? Nein! Das ist pures Gold! Vielleicht sollte er es einschmelzen und dann verkaufen. Scheiße, Scheiße, Scheiße, das ist jetzt verdammt unwichtig, Hauke! Wer will ihn umbringen? Dieser Antiquitätenhändler ist es nicht. Es muss einer sein, den er unmöglich kennen kann. Ein Überlebender von der Krusenstern? Nein, unmöglich. Wie sollte ein Mensch davon wissen, dass er den Kamm in Kiel verhökern wollte?

Die Logik, die in seinem Resümee steckt, fasziniert ihn genauso, wie sie ein jämmerliches Gefühl von Ausweglosigkeit zurücklässt. Er ist in einer Zwickmühle, aus der es kein Entrinnen zu geben scheint. Der Kerl wird hier auftauchen, irgendwann. Es gibt nur eine Möglichkeit, er muss den Spieß umdrehen. Er darf sich nicht länger auf eine aussichtslose Flucht einlassen. Der Jäger muss zum Gejagten gemacht werden. Er muss seinem Verfolger auf die Pelle rücken, ihm solange auflauern, bis er den Kerl definitiv vor sich hat.

Und dann? Dann macht er kurzen Prozess!

Ein pechschwarzer Wolkenturm zieht wie der mächtige Rumpf eines Schlachtschiffs heran, schlägt einen Keil in das

Morgengrau und pflügt das feine Licht in die Dunkelheit zurück. Hauke Timmann sinkt in einen unruhigen Schlaf.

Währenddessen steigt sein großer Bruder die Treppenstufen ins Erdgeschoss hinunter. Auf dem Flur taucht er in das Geräusch von Regen ein. Die Tropfen rauschen wie unruhige Geister gegen die Haustür, und in der Luftfeuchtigkeit kann er seinen Atem sehen. Mette ist nicht zu hören. Seitdem sie vor ein paar Tagen aus dem gemeinsamen Schlafzimmer ausgezogen ist und in dem kleinen ungenutzten Abstellraum daneben schläft, steht auch kein Frühstück mehr für ihn bereit. Der Kapitän öffnet die Türen des Küchenschranks. In einem Fach ist nur noch ein kleiner Rest Schwarzbrot zu finden. Die Butterdose im Kühlschrank ist auch fast alle. Immerhin liegt noch eine halbe Mettwurst in einem Bord.

Seit Neuem scheint Mette sich auch nicht mehr um den Einkauf zu kümmern, stellt er fest, legt ein Holzbrett auf den Tisch und positioniert Butter, Brot und Mettwurst darum herum. Dann füllt er Kaffee und Wasser in die Kaffeemaschine und stellt sie an. Milch ist nirgendwo zu finden. Die Situation in diesem Haushalt ist unerträglich geworden, die Kommunikation mit seiner Frau so gut wie zusammengebrochen. Seit dem Tod der Bischoffs schweigt Mette die meiste Zeit beharrlich. Selbst wenn er versucht sie anzusprechen, blicken ihre Augen leer durch ihn hindurch zu einem fernen Ort. Manchmal hat er den Eindruck, gerade wenn sie beide abends stumm vor dem Fernseher irgendeinen Krimi sehen, dass sie ihre stete Abwesenheit nur vortäuscht. Dann verspürt er den Impuls, abrupt den Kopf in ihre Richtung zu drehen, um sie dabei zu ertappen, wie sie ihn heimlich aus den Augenwinkeln beobachtet. Doch wenn er es wirklich einmal gemacht hatte, war es ihm nie gelungen. Mette sitzt immer völlig apathisch in ihrem Sessel und schaut ungerührt in Richtung Bildschirm, als würde sie gebannt den Film verfolgen. Früher hatte sie bei einer gruseligen Szene schon mal einen ängstlichen Laut ausgestoßen, doch in jüngster Zeit scheint es keinerlei Erschrecken mehr bei ihr zu geben. Es kommt ihm so vor, als wäre ihre Körperhaltung die personifizierte Anklage, als wolle sie mit ihrem versteinerten Dasein Schuldgefühle in ihm erzeugen. Selbst wenn er am Ende den Fernseher ausstellte, veränderte sich an diesem Zustand rein gar nichts. Mette schaute weiter wie ein seelenloses Geistwesen in Richtung toter Bildschirm, als wäre sie vom Wahn einer Lady Macbeth erfasst und ihr Bewusstsein von Reue vernebelt.

Als wenn die fixe Idee in ihrem Kopf Oberhand gewonnen hat, mich eines Mordes für fähig zu halten, denkt Per Timmann, auch wenn sie diesen Verdacht noch nie ausgesprochen hat. Wie kommt sie nur darauf? Wissen kann sie es nicht, ausgeschlossen! Die Bischoffs haben Selbstmord begangen, das wird selbst in der Zeitung berichtet. Und ich?, ich bin wie immer. Wenn sich jemand verändert hat, dann ist sie das!

Ärger steigt in ihm hoch. Er beißt wütend ein Stück vom Mettwurstbrot ab, kaut es kurz und würgt den Bissen fast hinunter, ohne den geringsten Sinn für Geschmack.

Seit das Geld in unserer Hand ist, hat es bei uns nicht einen richtig entspannten, glücklichen Moment gegeben. Wie kann das angehen, bei solch einem unwahrscheinlichen Glück, das wir gehabt haben? Wem wird der Reichtum schon direkt vor die Füße gespült? Wir können bald alles machen, wovon wir jemals geträumt haben. Darüber muss man sich doch freuen können! Ich brauche nur noch eine kluge Idee, wie die Sache gefahrlos zu Ende gebracht werden kann, und dann besitzen wir eine Riesensumme, unvorstellbare zweieinhalb Millionen Euro. Über eine Million für meinen Bruder und für mich. Die Situation hat sich für uns zum Besseren verändert.

Per Timmann hält mitten in den Gedanken inne. Er spürt, dass etwas nicht stimmt – so nicht mehr stimmt.

Das Geld müsste auf Grund der neuen Situation jetzt eigentlich durch drei geteilt werden. Es ist mehr als gerecht, dass mir und meiner Frau die größere Summe zusteht. Hauke muss das zur Kenntnis nehmen. Auch Mette hat ihren Anteil daran, dass wir das Geld immer noch besitzen. Es wird durch drei geteilt, ich werde das Geld durch drei teilen! Basta! Wer reales Geld in die Hände bekommt, wird keinen Psychostress mehr anzetteln.

Die Gedankentiraden haben ihn in Rage gebracht. Er fühlt sich körperlich wie durch den Fleischwolf gedreht und psychisch blutleer, ist gleichzeitig erschöpft und unendlich erleichtert; hofft, endlich Licht am Ende des Tunnels zu sehen.

Zügig räumt er den Tisch ab, zieht im Flur sein Regenzeug an und macht sich auf den Weg. Es sind keine 400 Meter bis zu seinem Kutter. Die Regentropfen trommeln auf die Ölhaut. Auf den Pflastersteinen der Hafenstraße liegt ein feuchter Film, es ist schmierig glatt. Bis auf einen Mann, der auf dem Parkplatz gegenüber der ›Rungholt‹ einsam in seinem Wagen sitzt und trotz Regen bei heruntergekurbeltem Seitenfenster raucht, ist das Hafengelände verwaist. Aus dem Augenwinkel linst er unauffällig zu dem stiernackigen Kerl hinüber, dessen kahlgeschorener Schädel einem Kraken ähnelt und der überhaupt nicht zu dem Aussehen der Touristen passt, die sich sonst hier aufhalten.

Ostblock, stellt er ohne jeglichen Anhaltspunkt fest.

Der Fremde realisiert, dass er beobachtet wird, und dreht sein Gesicht zur Seite.

Hält wohl Ausschau, was es zu klauen gibt, schürt der Kapitän seine Aversion und spuckt aus. Überall hängt dieses Pack rum, nirgendwo ist man mehr sicher.

Mit seinem Unmut im Nacken stößt er auf eine weitere Irritation. Die Holzplanke, über die man aufs Schiff kommt, ist nicht an ihrem Platz. Er entdeckt sie an Bord neben dem Ruderhaus und kommt zu dem Schluss, dass jemand an Bord sein muss. Mit Blick auf den Mann gegenüber, der gerade sein Seitenfenster hochfährt, kommt ihm nur ein Gedanke: Hauke, das kann nur Hauke sein. Warum ist er an Bord?

Wie eine plötzliche Eingebung kommen ihm Bischoffs letzte Worte in den Sinn: ›Hauke hat dem Toten etwas Goldenes abgenommen und eingesteckt!‹

Was hat es mit diesem Goldenen auf sich?, denkt er und überlegt gleichzeitig, wie er jetzt an Bord kommen kann. Er beugt sich etwas über die Kaimauer, stützt sich mit einer Hand an einen schrägen Duckdalben und stellt einen Fuß auf die Eisenstange der Reling. Mit seinem anderen Fuß stößt er sich vom Boden ab. Ein gezielter Sprung und er steht auf der ›Rungholt‹. Der Schlüssel vom Ruderhaus ist nicht an seinem Platz und die Tür von innen verschlossen. Er schlägt mit der Faust gegen die Holztür.

»Hauke! Bis du da unten?«

Es dauert längere Zeit, bis Schritte auf der Treppe zu hören sind und das schlaftrunkene Gesicht seines Bruders aus dem Rumpf des Kutters auftaucht. Der gähnt mit aufgerissenem Mund, dass man bis tief in den Hals sehen kann. Es sieht aus wie ein stummer Schrei. Dicke Schatten liegen unter den verquollenen Augen.

»Schließ auf!«, knurrt der Kapitän, »und koch dir einen Kaffee, damit du wieder wie ein Mensch aussiehst.«

Hauke dreht den Schlüssel im Schloss und sucht dann verkniffen lächelnd in den Schubladen nach Kaffee.

»Was machst du an Bord?«, fragt der Kapitän und rollt mit den Augen.

»Ich musste notgedrungen hier übernachten.«

»Was ist los? Gibt es neuen Ärger?«

»Keine Ahnung. Vor ein paar Tagen wurde in meine Wohnung eingebrochen. Und heute Nacht ist jemand ums Haus geschlichen. Da bin ich lieber getürmt, um eine Zeitlang von der Bildfläche zu verschwinden.«

»Verdammt, was läuft jetzt schon wieder für eine Scheiße? Du ziehst den Ärger förmlich an. Wer war der Kerl, hast du ihn gesehen und ist sonst noch was passiert?«

»Nein, es war zu dunkel. Aber reg dich ab, es ist alles gut. War vielleicht nur ein Betrunkener.«

»Ich merke, wenn du lügst, Hauke! Was ist los? Ist dir jemand auf den Fersen?«

»Quatsch! Wer sollte mir schon auf den Fersen sein?«

»Jemand, der etwas zurückhaben will. Etwas Goldenes vielleicht? Von dem Toten aus dem Schlauchboot.«

»Woher weißt du das?«

»Ich hab's gesehen.«

»Du warst im Ruderhaus, du kannst es nicht gesehen haben.«

»Aber Henning hat es gesehen! Er hat's gesagt, kurz bevor er Selbstmord begangen hat.«

»Henning hat keinen Selbstmord begangen!«

»Hat er doch! Außerdem tut das nichts zur Sache, Hauke! Kapiert! Du hast der Leiche heimlich irgendwas Wertvolles abgenommen. Eines deiner kleinen Nebengeschäfte, wie immer. Du bekommst den Hals einfach nicht voll, Bruderherz.« Der Kapitän schäumt vor Wut. »Und so dämlich wie du bist, hast du das goldene Teil verkauft und so eine Fährte zu uns und dem Geld gelegt.«

»Ich habe es nicht verkauft«, schreit Hauke zurück, stürzt die Treppe hinunter und kommt mit dem goldenen Steckkamm in der Hand wieder nach oben.

»Es ist noch da! Es ist nicht verkauft!«

»Du lügst trotzdem, Hauke, ich sehe das!«, schreit sein Bruder zurück. »Das Ding will er haben, der Kerl, der hinter dir her ist! Du bist ein Vollidiot! Wenn es richtig Scheiße läuft, ist der auch schon hinter unserem Geld her. Raus mit der Wahrheit, Hauke, mit der ganzen Wahrheit! Hast du versucht, dieses Goldteil zu verkaufen?«

»Nur einmal!« Hauke stehen Schweißperlen auf der Stirn. »Ich war bei einem Trödler in Kiel. Der wollte das Stück nicht haben.«

»Hauke, Hauke! Ich fass es nicht! Du raffst alles zusammen, jede müde Mark. Du kannst dich nicht mal beherrschen, selbst wenn du schon reich bist!«

»Das wusste ich doch noch gar nicht, als ich den Kamm eingesteckt habe!«

»Wir haben über zwei Millionen! Und du setzt alles aufs Spiel!«

»Scheiße noch mal, ja! Tut mir echt leid! Und was soll ich deiner Meinung nach jetzt machen?« Hauke starrt gequält in die Luft.

»Den Kamm wegschmeißen!«

»Der ist aus purem Gold! Der ist scheißviel wert!«

»Und? Dann vergrab das Ding tief unter der Erde und hol es verdammt noch mal erst wieder raus, wenn es nicht mehr mit mir in Zusammenhang gebracht werden kann.«

»Ich kann es doch einschmelzen.«

»Mach, was du willst, aber erst, wenn wir getrennte Wege gehen.«

»Und du, was willst du jetzt machen?«

»Ich verkaufe den Kutter. Dann teilen wir die Kohle unter uns auf und sollten dann aus Deutschland verschwinden.«

»Und jetzt? Wenn du den Kutter verkaufen willst, wollen wir dann die Probefahrt überhaupt noch durchziehen?«

»Klar doch! Die Maschine muss in einem Topzustand sein, bevor ich den Kahn einem Käufer anbieten kann. Hoffentlich hast du wenigstens deine Arbeit hier an Bord anständig erledigt?«

»Was denkst du denn? Du kennst mich doch, Per! Die Maschine läuft wieder wie geschmiert, das kannst du mir glauben. Ich habe mir die Kurbelwellenkröpfung und Seeventile vorgenommen, ein neues Kugellager eingebaut und …«

»Ist gut, ist ja gut!«, unterbricht der Kapitän seinen Bruder ungehalten. »Wir starten gleich, dann wird es sich ja zeigen!«

Der Kaffee brodelt in der Zwischenzeit in der Kaffeemaschine vor sich hin. Hauke Timmann schenkt zwei Tassen ein, stellt eine seinem Bruder hin, nimmt die andere und steigt zum Maschinenraum hinunter. Die frische grüne Farbe des Volvo Penta Dieselmotors glänzt im warmen Licht der Glühbirnen. Hauke öffnet die Seeventile und geht auf die rechte Seite hinüber, um den Füllstand im Tagestank zu kontrollieren. Für das Vorschmieren der Lager bewegt er einen Hebel hin und her und dreht dann die Anlassluftflasche auf. Die Handgriffe sind ihm in Fleisch und Blut übergegangen. Spülen, Schließen der Indikatorhähne, nochmals die Lager schmieren und zuletzt mit einem zweiten

Hebel starten. Der Motor fährt langsam hoch, dröhnt in den Ohren und füllt den Raum mit einem rhythmischen Geschepper, das den Schiffsrumpf in ein stetes Vibrieren versetzt.

Der Kapitän steuert derweil die ›Rungholt‹ bei niedriger Drehzahl durch die enge Ausfahrt in die Eider. Die Sicht ist schlecht, der Wind böig. Dichte Wolken lassen den Tag nicht zum Tag werden. Der Regen rinnt in geschwungenen Linien an den Scheiben des Ruderhauses hinunter. Hauke poltert die Treppe herauf, schwitzt und riecht nach Diesel.

»Alles paletti, der Motor läuft wie geschmiert, wie ich gesagt habe!«, verkündet er triumphierend.

Sein Bruder nickt nur stumm und blickt abweisend stur geradeaus. Hauke schenkt sich noch einen Kaffee ein und geht mit dem Becher vor die Tür. Hoffentlich kriegt der sich bald wieder ein, denkt er genervt und schaut auf die schwarzen Wellen. Sie tuckern hinunter bis zum Außenhafen von Tönning. Dann dreht der Kapitän bei, erhöht die Geschwindigkeit und holt noch einmal alles aus dem Motor heraus. Es geht ein Stück die Eider hinauf und dann wieder zurück, Kurs Tönninger Alter Hafen. Als die ›Rungholt‹ einläuft, hat der Regen nachgelassen. Es nieselt nunmehr, kaum noch auf der Haut spürbar.

Hauke hat sich mit dem Tau in der Hand am Bug bereitgestellt und wartet, dass sein Bruder den Kutter nach dem Beidrehen an die richtige Stelle der Kaimauer manövriert. Die Bordwand treibt langsam auf einen der schrägen Holzpfähle zu. Als die Lücke gerade mal einen halben Meter beträgt, steigt Hauke Timmann auf die Eisenstange der Reling und wirft mit Schwung die Schlinge des Tampens über das obere Ende des Duckdalbens. Gleichzeitig sieht er gegenüber einen Mann aus seinem Fahrzeug steigen und zielstrebig auf ihn zueilen. Hauke zuckt entsetzt zusammen. Unverkennbar, dieser Mann hält eine Schusswaffe in der Hand. Der kurze Moment der Unachtsamkeit bringt ihn aus dem Gleichgewicht. Er rutscht von der nassen Eisenstange ab und kann sich nur in letzter Sekunde mit beiden Händen an dem Tau festhalten. Sein Gewicht lässt ihn gegen den Duckdalben schwingen. Er hängt eine halbe Körperlänge über der Wasseroberfläche in der Luft. Sekundenbruchteile ist Hauke vor Schreck wie erstarrt, umklammert mit aller Kraft die groben Hanffasern. Es braucht etwas zu lange, bevor er seine brenzlige Lage realisiert.

Der Kapitän hat den Hergang nicht mitbekommen. Als er wieder zu seinem Bruder hinüberschaut, kann er den Anblick kaum fassen. Hauke hängt wie ein nasser Mehlsack am Duckdalben. Es ist ein solch absurdes Bild, dass er einen Moment breit grinsen muss. Doch die Schadenfreude verfliegt sofort wieder. Sein Gesicht wird zu Stein.

Eine Vorsehung, das ist eine Vorsehung, schießt es ihm brennend heiß durch den Kopf, das wurde für mich inszeniert.

Die Zeit kennt kein Halten mehr, komprimiert das folgende Geschehen auf wenige Sekunden. Der Kutter driftet im Leerlauf in Richtung Kaimauer, die Lücke zwischen Bordwand und Duckdalben verengt sich stetig, keilt den Körper seines Bruders ein. Per ist bis in die Haarwurzeln elektrisiert, alles Menschliche entweicht und lässt ihn als eine mechanische Hülle ohne Blut und Verstand zurück.

Jetzt kannst du ihn dir vom Hals schaffen, fordert ein dumpfes Gefühl im Magen, das dem gehässigen Brutzeln der Hölle gleicht.

Er gehorcht dem Befehl, handelt so blitzschnell, dass kein bewusster Gedanke seinen Händen folgen kann. Ruder scharf Steuerbord. In den Fingerspitzen scheint es zu knistern. Sie schieben den Gashebel nach vorn. Der Motor heult im Vollgas.

»Neeiiiin!«, gellt ein Schrei, der in einem gurgelnden Laut erstickt.

Der Rumpf donnert mit einem harten Ruck gegen den runden Holzpfahl. Der Bruder ist eingeklemmt. Nur sein Kopf lugt mit aufgerissenem Mund noch über die Bordwand. Ein Blutschwall ist herausgequollen, die Augen treten hervor, bleiben weit offen.

Er ist tot! Das hat er nicht überlebt! Ich habe es wirklich getan!

Vollgas rückwärts!

Er agiert rein intuitiv.

Ich bin ihn los! Mein Gott, ich bin ihn endlich los!, vibriert es in ihm.

Der Kutter driftet ins Hafenbecken zurück. Der Körper seines Bruders bleibt wider Erwarten an der Bordwand hängen. Er stürzt hinaus. Des Rätsels Lösung, die Jacke seines Ölzeugs hat sich an einer vorstehenden Schraube an der Reling verhakt. Haukes Körper hängt mit schlaffen Gliedern an der Bordwand, der Kopf ist zur Seite gekippt. Seine gebrochenen Augen blicken in eine von ihm befreite Wirklichkeit. Sein Mörder bleibt zurück, leer von ungefühlter Schuld und Angst, und schaut dem Toten in das verzerrte Antlitz. Unter den Lidern ist fast nur noch Weißes zu sehen, wie erstarrtes Eis und kalt wie ein anklagender Blick aus dem Jenseits.

Das Kreischen einer einzelnen Möwe hallt weit über den Tönninger Hafen. Mit doppelgewinkelten Schwingen schwebt der Vogel heran und streicht mit kurzen Schlägen so nah über das Deck, dass der Kapitän das knöcherne Geräusch der Schwungfedern hören kann.

EIDERLAND

Jan Swensen setzt seine Lesebrille auf und fischt sich einen der Fotoabzüge, die über den Schreibtisch verteilt liegen, heraus. Er hat die Aufnahmen der Spurensicherung unter der Hand von Hollmann ausgeliehen. Seine Augen wandern langsam über jedes Detail der Abbildung, er kaut gedankenverloren auf der Unterlippe, hält das Bild dabei immer wieder dicht an die Brillengläser. Doch darauf ist nichts abgebildet, das er nicht selbst vor Ort in Augenschein genommen hatte. Jäh legt er das Foto zurück zu den anderen und schiebt dann alle unschlüssig auf seiner Tischplatte hin und her. Er hatte sich etwas mehr erwartet. Mit seinem unterdrückten Ärger manövriert er sich selbst in eine emotionale Sackgasse. Was soll das bringen?, verspotten ihn seine eigenen Gedanken. Du kannst es drehen und wenden, wie du willst, darauf ist nichts Relevantes verborgen.

Seine private Bilderschau hat eh nichts mit der offiziellen Mordermittlung im Fall Jessen zu tun. In der Soko gibt es unter den Kollegen erste Resignationserscheinungen, auch wenn das wohlweislich noch von niemandem thematisiert wurde. Noch ist reichlich Routinearbeit zu erledigen, die Befragungen der Besucher des Multimar Wattforums sind noch immer nicht abgeschlossen. Andreas Lütke, Jessens Stiefbruder, ist nach aufwändiger Recherche in Hamburg ungewollt entlastet worden. Der Koch und Restaurantbesitzer war zum Tatzeitpunkt nicht, wie er selbst behauptet hatte, mit dem Wagen in Eiderstedt unterwegs. Der Flensburger Kriminalist hatte bei der Ermittlung einen Tipp auf dem Fischmarkt bekommen. Die darauf stattgefundene Vernehmung einer Prostituierten am Hans-Albers-Platz ergab, dass Lütke sich zur Tatzeit mit ihr in der Hansestadt amüsiert hatte und nur verhindern wollte, dass seine Frau etwas davon erfuhr. Das Ergebnis hatte die Ehe der Lütkes zwar in mächtige Turbulenzen gestürzt, aber die Husumer Kripo war um keinen Schritt weitergekommen.

Verrückt, denkt Swensen. Aus nackter Angst, auf ein Alibi zu verzichten und sich einem Mordverdacht auszusetzen; es gibt einfach nichts, was es nicht gibt!

Den Sinn seiner Tätigkeit bezweifelnd, schiebt er das Puzzle der Fotos, die im Wohnzimmer, Flur und in der Garage des Ehepaars Bischoff gemacht wurden, auf einen Haufen zusammen. Aus Sicht der Kollegen ist das, was er hier gerade macht, mehr als fraglich. Doch in ihm gibt es eine Disziplin, die jeder Intuition viel Raum gibt, auch wenn sie noch so unwahrscheinlich erscheint. Das macht sein Verständnis von kriminalistischer Arbeit aus, hartnäckig dranbleiben, sich nicht verunsichern lassen, alle Möglichkeiten immer noch einmal durchgehen. So geht er den Bericht von Hollmanns Team zum zigsten Mal in Gedanken durch. In der Wohnung wurden nach dem Selbstmord zwei Gläser und einige leere Jägermeisterfläschchen sichergestellt, in denen Spuren eines Schlafmittels festgestellt werden konnten. Dieses Schlafmittel war auch in den Körpern der Eheleute gefunden worden.

Für Swensen bleibt es weiterhin verdächtig, dass keine Fingerabdrücke an Gläsern und Flaschen waren. Diese Tatsache wirft die Frage auf: Wer spült vor dem Selbstmord seine Gläser ab und putzt die Flaschen blank?

Außerdem waren im Mülleimer, in Papierkörben und in der Abfalltonne keine leeren Tablettenstreifen entdeckt worden. Hollmann war zwar immer noch der Meinung, die Bischoffs hätten ihr Schlaftablettengebräu Tage im Voraus angesetzt, eine Erklärung, die Swensen jedoch partout nicht glauben will.

Es gibt zwei Tote, beide gehören zur Mannschaft desselben Fischkutters, beide sterben kurze Zeit hintereinander, fasst er noch mal für sich zusammen. Der eine wird unter den blinden Augen von unzähligen Besuchern mit dem Messer erstochen. Einer der ungewöhnlichsten Tatorte, die er in seiner Laufbahn erlebt hat. Der andere begeht mit seiner Ehefrau Selbstmord und hinterlässt wirre Abschiedsworte ohne Sinn und Verstand. Beiden Fällen haftet etwas Verrücktes an. Ist das Zufall? Ober gehört das zusammen?

Während er seine Gedanken wie den Stapel Fotos im Kopf hin und her schiebt und über ein logisches Verbindungsstück sinniert, greift er unbedarft ein beliebiges Foto auf dem Schreibtisch heraus. Eigentlich weiß er nicht warum, ein kaum sichtbares Detail darauf hat ihn irgendwie angezogen. Vielleicht weil der Abzug einen abnormen Ausschnitt zeigt, nämlich die angeschnittene Kühlerhaube des Selbstmordwagens; im Hintergrund die offene Durchgangstür, die vom Wohnhaus in die Garage führt. Warum der Fotograf das Bild geschossen hat, ist Swensen auf den ersten Blick nicht ersichtlich. Das Detail, was seine Aufmerksamkeit erregt hat, ist ein kleiner schwarzer Fleck. Er versucht, ihn mit dem Daumen wegzuwischen, doch er lässt sich nicht entfernen. Er schaut sich die Stelle aus unmittelbarer Nähe an.

Das ist kein Fleck, sondern eher ein Strich. Genau, am Türrahmen ist ein schwarzer Strich erkennbar. Sieht aus, als hätte jemand dort etwas entlanggeschleift, das abgefärbt hat; ungefähr in Kniehöhe. Was könnte das sein? Schwarzes Gummi? Schwarzes Leder? Schuhe?

Swensen bläht seine Nasenflügel, sein Herzschlag erhöht sich. Die Idee, die ihm in diesem Moment durch den Kopf schießt, erscheint ganz einfach und simpel. Vor seinem inneren Auge sieht er eine Person, die den bewusstlosen Bischoff trägt, mit dessen Schuh am Türrahmen entlangstreift und so einen Strich hinterlässt.

Nein, verwirft er das Gesehene, eine einzelne Person kann solch einen schweren Körper höchstens unter den Achseln packen und am Boden entlangschleifen. Wenn die Eheleute wirklich getragen wurden, müssen mindestens zwei Personen beteiligt gewesen sein. Das ist es! Das erklärt den schwarzen Strich!

Der Hauptkommissar atmet flach, seine Schlussfolgerung versetzt ihn in Spannung; gleichzeitig verknoten sich seine Gedanken. Der Besuch in der Rosenbar kommt ihm in den Sinn, wo er der Bardame Elena das Foto mit dem Konterfei von Hauke Timmann vorgelegt hatte. Der war ihr als ›ein charmanter, überaus großzügiger Mann‹ im Gedächtnis geblieben, mit einer hohen Zeche von fast 200 Euro. Hauke Timmann wäre kurz vor Mitternacht im Etablissement erschienen, hatte Elena ihm versichert, kurz vor dem Zeitpunkt, als das Ehepaar Bischoff durch Autoabgase gestorben war.

Die Fahrt von Tönning nach Husum kann zu der späten Stunde und bei hohem Tempo in 20 Minuten geschafft werden, rekonstruiert der Kriminalist. Hauke Timmann könnte also – rein theoretisch – noch kurz zuvor bei den Bischoffs gewesen sein und das Ehepaar mit seinem Bruder zusammen in die Garage getragen haben, um sofort danach das Haus zu verlassen. Dann hätte der andere Timmann nur eine gute halbe Stunde zu warten brauchen, bevor er den Motor anstellt. Und schon hat mein Hauptverdächtiger ein erstklassiges Alibi. Holt man den Bruder mit ins Boot, bekommt der Selbstmord plötzlich eine neue Sichtweise.

Swensen steht auf, tritt ans Fenster und verharrt einen Moment vor seinem Spiegelbild. Er wartet auf ein eigenes Widerwort, doch diesmal meldet sich keins!

Deine Rekonstruktion ist gut, denkt er, die ist sogar sehr gut.

Der Kriminalist fühlt keine Euphorie, nur ein Vakuum der Gefühle, sehnt sich nach einer handfesten Bestätigung von außen. Er dreht sich zum Telefon, nimmt es von der Station und wählt die Nummer seines Kumpels Peter Hollmann. Es klingelt unendlich lange. Er trommelt nervös auf die Tischplatte, und das Gedankenkarussell dreht sich bereits weiter.

»Hallo, Jan!«, meldet sich Hollmann. »Was gibt es?«

»Ja, oh, ich wollte …«, stutzt Swensen, irritiert, dass er neuerdings an seiner Nummer auf dem Display erkannt wird. »Also, ich bin gerade auf ein Foto aus Bischoffs Garage gestoßen, darauf ist eine Art Strich am Türrahmen zu sehen. Vielleicht ein Schuhabrieb. Ist der zufällig erkennungsdienstlich überprüft worden?«

»So was kannst du auf einem Foto entdecken? Alle Achtung!« In Hollmanns Stimme schwingt eine leichte Ironie mit. »Ist das dein berüchtigter sechster Sinn?«

»Ich will ja nicht behaupten, dass es stimmt. Es ist nur eine Ahnung. Deswegen rufe ich vorsichtshalber an, ob du dich an den Strich erinnern kannst?«

»Ehrlich gesagt, nein! Und selbst wenn dein Strich auf dem Foto ein Schuhabrieb wäre, was willst du damit beweisen?«

»Dass jemand die Bischoffs zum Wagen getragen haben könnte.«

»Du zweifelst also immer noch an dem Selbstmord. Nimm bitte endlich zur Kenntnis, wir haben keine Anzeichen von Gewalteinwirkung festgestellt. Selbst irgendwelche Flecken an einer Tür werden das nicht widerlegen.«

»Und das Fehlen der Fingerabdrücke an den Gläsern und den Jägermeisterfläschchen? Hast du dafür ebenfalls eine Erklärung?«

»Sie haben sie abgespült, damit danach alles sauber ist.«

»Das gilt aber nicht für die Jägermeisterfläschchen im Mülleimer.«

»Was wissen wir, was Menschen in einem solchen Zustand alles einfällt.«

»Machst du dir das nicht ein wenig zu einfach?«

»Denk mal an den verrückten Barschel-Selbstmord. Ich erinnere dich nur an diese ominöse Flasche Beaujolais Le Chat-Botté. Barschel hatte den Wein auf sein Hotelzimmer geordert, sie im Beisein des Kellners geöffnet, und dann war sie nach seinem Selbstmord unauffindbar gewesen.«

»Aber auf dem Glas wurden zumindest die Fingerabdrücke von Barschel sichergestellt, Peter.«

»Dafür war das Whiskyfläschchen, das in der Minibar des Hotelzimmers fehlte, ausgespült worden. Hast du dafür eine Erklärung? Die Lage seiner Schuhe war auch ungewöhnlich. Einer lag gebunden im Flur des Hotelzimmers, der andere nass und geöffnet vor der berühmten Badewanne. Es gibt manchmal einfach Dinge, die im Nachhinein keinen Sinn ergeben. Unter Einfluss von Schlafmitteln kann es zu unkontrollierten und unkoordinierten Handlungen kommen.«

»Ich gebe mich mit simplen Antworten nicht zufrieden. Das ist mein Job«, sagt Swensen ernüchtert und schaut durch sein Spiegelbild auf die Garagen im Hinterhof. Die

Konturen sind verschwommen. Er nimmt seine Lesebrille ab.

»Man kann den Bock nicht zum Gärtner machen«, wirft Hollmann ein. »Diesmal liegst du falsch, es ist kein Mord.«

»Okay, da sind wir unterschiedlicher Ansicht! Trotzdem danke, bis dann«, knurrt Swensen und legt auf.

Ohne die Brille auf der Nase sind die Fotos auf dem Schreibtisch unscharf. Schlechte Aussichten, ein Fall, der keiner sein will, denkt der Kriminalist und schiebt alle Abzüge in die Mappe zurück. Frustriert fallen ihm Worte von Meister Rinpoche ein. Damals, als er sie sagte, war er von dem ewigen Meditieren genervt gewesen, war zu der Auffassung gekommen, dass es ihn überhaupt nicht weiterbrächte.

›In manchen Situationen fühlst du dich vom Leben gelangweilt. Dann könntest du denken, jetzt steckst du irgendwo fest. Aber das ständig sich Wiederholende ist keine Wiederholung. Das Leben setzt sich aus immerwährenden Ereignissen zusammen, aus stets neuen Situationen, die sich unentwegt entfalten. Bleibe einfach auf deinem Weg. Wenn du Meditation so ansiehst, bleibt dein Weg neutral. So bist du auch nicht auf die eine oder andere Weise voreingenommen.‹

Das Wort ›voreingenommen‹ mobilisiert in Swensen merklichen Widerstand. Enttäuscht von sich selbst beschließt er, sich auf den profanen Weg in die Teeküche zu begeben, um sich einen genauso profanen Pu-Erh aufzubrühen. Als er auf den Flur hinaustritt, öffnet sich zeitgleich die Bürotür des Chefs. Erst quillt Rauch heraus, dann lugt der Kopf mit Zigarette im Mund aus dem Dunst.

»Hauke Timmann ist tot«, stellt Heinz Püchel völlig nüchtern fest, nachdem er in aller Ruhe die Zigarette aus dem Mund genommen hat. »Scheint so, als hätte er im Tönninger Hafen einen tragischen Unfall gehabt. Ist mir soeben gemeldet worden. Schaut mal nach, was da los ist. Jean-Claude ist schon informiert. Er meinte, du solltest das machen.«

»Tot? Ein Unfall?«, platzt es aus Swensen heraus.

»Ein Unfall! Hundertpro«, bestätigt Püchel im Brustton der Überzeugung, während sein Kopf im Rauch verblasst. »Es ist definitiv kein Mord, Jan, das kannst du mir glauben. Der Mann wurde zwischen der Bordwand des Kutters und der Kaimauer zerquetscht.«

»Und wer sagt dir, dass das ohne Absicht passiert ist?« Swensen ist aufgebracht, er will keine Wirklichkeit, die ihm nicht gefällt.

»Es gibt genügend Zeugen, die den Unfall gesehen haben«, erstickt Püchel jeden Zweifel im Keim.

»Das möchte ich mit eigenen Augen sehen, bevor ich das glaube.« Swensens Stimme klingt plötzlich matt. Er fährt sich mit der flachen Hand über die Stirn, als wolle er resignative Gedanken abstreifen.

»In meinem Sinne«, sagt der Polizeirat. »Ich möchte nicht, dass später einer kommt und behauptet, wir hätten in der Sache geschlampt.«

Swensens Stimmung erreicht den Nullpunkt. Manchmal geht ihm die Angst des Chefs, es könne schlechte Presse über die Husumer Inspektion geben, ziemlich auf die Nerven. Doch bevor er sich zu Widerworten verleiten lässt, schaut er auf den Menschen Heinz Püchel, der so ist, wie wir alle sind; nicht besser und nicht schlechter.

»Sag mal, was macht eigentlich dein Petersburger Gast?«,

fragt er daher noch schnell, obwohl er bereits auf heißen Kohlen sitzt. »Ist der wieder aufgetaucht?«

»Nein«, antwortet der Polizeirat und zieht verärgert an seiner Zigarette. »Der ist wie vom Erdboden verschluckt, ohne ein Wort verschwunden. Na ja, andere Länder, andere Sitten, wie es so schön heißt.«

»Warum rufst du ihn nicht an?«

»Und was soll ich ihm denn sagen?«

»Na einfach fragen, wo er geblieben ist.«

»Nee … ich weiß nicht. Das kann ich nicht.«

»Mach es einfach, Heinz! Dann weißt du, woran du bist.«

Der Polizeirat murmelt etwas Unverständliches, dreht sich auf der Stelle um und verschwindet in seinem Zimmer. Die Tür fällt ins Schloss, nur sein Rauch kreiselt durch die Luft. Swensen ist schon auf einem anderen Weg als auf dem vorher geplanten, einem, der ihn in den Tönninger Hafen führen wird.

14.23 Uhr zeigt die Kirchturmuhr, als der Hauptkommissar mit seinem Polo vom Marktplatz aus in Richtung Hafen unterwegs ist. Ein Rettungswagen prescht durch die Betonstöpe auf ihn zu. Er steuert den Wagen an die Seite. Das Blaulicht ist ausgeschaltet.

Die ziehen unverrichteter Dinge ab, denkt Swensen, das spricht für eine weitere Leiche.

Eine Ansammlung von Menschen versperrt die Sicht auf die Fischerboote. Er lässt die Seitenscheibe runter, zeigt einem Streifenbeamten seinen Dienstausweis und wird von ihm durch die Schar der Gaffer gelotst. Trotz des verhangenen Himmels ist es trocken, dafür weht eine steife Brise. Beim Aussteigen zieht Swensen den Reißverschluss seiner Regenjacke zu. Wieder sind die beiden schwarzgekleideten

Beerdigungsunternehmer mit dem merkwürdigen Glasfasersarg vor Ort, diesem schrill gelben Sarkophag. Ihr Transporter glänzt in derselben Farbe, ganz wie ein Postauto. Gerade wird das Designermodell in den Laderaum geschoben. Swensen verschafft sich einen ersten Überblick. Nicht weit entfernt steht ein Polizei-Bus. Die Schiebetür ist aufgezogen. Im Inneren hockt Kapitän Timmann hinter ein Holztischchen gezwängt, die Schultern hängen herunter, die Augen sind geschlossen. Ihm gegenüber sitzt ein Mann im dunklen Anzug.

Seelsorger oder Psychologe, tippt der Kriminalist, nachdem er Mimik und Gestik eingeordnet hat. Zehn Meter dahinter macht ein Fotograf Aufnahmen von der ›Rungholt‹. Mehrmals flammen Blitze auf. Der Mann ist ihm unbekannt, das ist keiner von den Tatortfotografen. Erst als er Maria Teske an seiner Seite entdeckt, wird ihm bewusst, was dort gerade abläuft. Auch die Journalistin hat ihn bereits bemerkt und marschiert ganz offensiv auf ihn zu.

»Polizei und Presse scheinen etwas Verbindendes zu haben. Sie tauchen verlässlich dort auf, wo ich auch bin«, ruft sie scherzend herüber, als sie bis auf zwei Meter herangekommen ist.

»Oder ich muss immer dorthin, wo Sie auch gerne sein wollen«, spielt der Hauptkommissar den Ball zurück.

»Aber heute gibt es keinen Grund, sich über mich zu beschweren, ich habe Herrn Timmann persönlich um Erlaubnis gebeten, über den Unfall berichten zu dürfen.«

»Solange die Arbeit der Polizei nicht behindert wird, machen Sie einfach, was Sie nicht lassen können.«

»Und sind Sie auch willens, der Presse ein Statement zu geben?«

»Erst die Arbeit und dann ... dann weiß ich, ob ich Fragen der Presse beantworte oder nicht.«

»Das ist erstmal keine klare Abfuhr, wenn ich Sie richtig interpretiere?«

»Rufen Sie mich morgen an, dann wissen Sie es«, sagt Swensen und sein Unterton signalisiert, dass er nichts mehr sagen wird.

Die Journalistin bezieht ihren alten Posten. An ihren Handbewegungen kann der Kriminalist die Regieanweisungen für den Fotografen ablesen. Er stapft zum Rand der Kaimauer, an der die ›Rungholt‹ vertäut ist. Neben der Holzbohle, die an Bord führt, steht breitbeinig Paul Richter, ein Husumer Streifenpolizist. Er grüßt den Hauptkommissar, indem er mit dem Zeigerfinger an seine Mütze tippt.

»Haben Sie schon Details von dem gehört, was hier passiert ist?«, fragt Swensen.

»Das Unfallopfer ist zwischen Kaimauer und Bootswand geraten. Der Kapitän versuchte noch den Kutter beizudrehen, konnte das Unglück aber nicht mehr abwenden. Sein toter Bruder ist dabei nicht ins Wasser gefallen, sondern irgendwie am Kutter hängengeblieben. Einige Männer von den anderen Kuttern sind zu Hilfe gekommen, haben den Mann dann an Bord gezogen, konnten ihn aber nicht mehr wiederbeleben.«

»Ich will mir das mal aus der Nähe ansehen«, sagt Swensen, balanciert an Bord und bleibt auf der Backbordseite vor der verschmierten Blutlache stehen, die noch feucht auf den Holzplanken am Bug glänzt. Es gibt Fußabdrücke im Blut und blutige Fußspuren, die davon wegführen. Die wenigen Eindrücke machen deutlich, dass es nahezu unmöglich sein wird, Kapitän Timmann irgendeine Absicht nachzuweisen.

Ein Unglücksfall, muss Swensen nüchtern feststellen, obwohl ein schales Gefühl sich in der Brust festgesetzt hat. Mord, Selbstmord und Unfall, in solch kurzer Abfolge. Die Toten sind alle auf diesem Kutter gefahren. Ich habe keine Ahnung, was eine Wahrscheinlichkeitsrechnung ergeben würde, aber für meinen Geschmack wird diese Reihung von Mal zu Mal unwahrscheinlicher.

Nachdenklich geht Swensen an der Reling entlang zum Heck und öffnet die Tür zum Ruderhaus. Er tritt in den kleinen rechteckigen Raum, zieht, ohne zu wissen, wonach er sucht, Schubladen auf und wühlt in den herumliegenden Papieren. Auf der Ablageplatte vor dem Steuerrad liegt eine Taschenlampe. Er nimmt sie in die Hand, schiebt den Schalter nach vorn, die Lampe brennt. Im runden Lichtschein steigt er die Treppe hinunter in den Rumpf, inspiziert die engen Kojen und schaut unter den Matratzen nach. Im Maschinenraum trifft sein Lichtstrahl in einer Ecke auf eine Kiste Cola mit vollen Flaschen. Daneben zwei Kartons Jägermeister mit vollen, leeren und ein Großteil fehlender Fläschchen.

0,02-Liter-Fläschchen, denkt Swensen, die gleichen, die wir in der Wohnung der Bischoffs gefunden haben. Sagt das jetzt was oder höre ich überall die Flöhe husten? Soll ich die Spurensicherung kommen lassen?

Swensen malt sich das Gesicht von Staatsanwalt Rebinger aus, wenn der auf bloßen Verdacht hin einen Durchsuchungsbeschluss unterschreiben soll, und verwirft den Gedanken wieder. Und es ist natürlich auch mehr als richtig, dass die Intuition eines Hauptkommissars nicht ausreicht, um die Strafverfolgung eines vermeintlich Verdächtigen einzuleiten, gesteht er sich ein. Er gleicht das Schaukeln im Rumpf mit den Beinen aus, steigt wieder nach oben und legt die Taschenlampe zurück an ihren Platz.

Wenig später steht er wieder auf der Kaimauer. Paul Richter, Maria Teske und ihr Fotograf sind verschwunden. Der Kapitän und der Mann im Anzug haben den VW-Bus verlassen, stehen am Heck des Fahrzeugs und sprechen auffallend locker miteinander, als würden sie nur Small Talk betreiben. Swensen überlegt, ob jetzt ein günstiger Zeitpunkt ist, um mit dem Kapitän zu reden. Er macht auf ihn einen erstaunlich stabilen Eindruck, wenn er sich seine Niedergeschlagenheit vor nur knapp 20 Minuten vor Augen führt. Sein momentanes Erscheinungsbild gleicht fast einer Sinnestäuschung. Der Kapitän hat zwar dunkle Ringe um seine Augen, aber einen durchaus wachsamen Blick. Trotzdem verharrt Swensen in einiger Entfernung und wartet auf einen Impuls für den richtigen Augenblick.

»Die Wege des Herrn sind unergründlich«, tröstet der Mann im Anzug, der ihm den Rücken zukehrt. »Alles was auf Erden geschieht, ist Gottes Wille. Sie dürfen sich keine Schuld geben, es war ein Unfall und Sie haben alles Menschenmögliche versucht, es zu verhindern.«

»Ich danke Ihnen für Ihre Worte, Herr Pfarrer«, sagt der Kapitän demütig.

»Trotzdem wäre es besser gewesen, wenn Sie mit ins Krankenhaus gefahren wären, nur zur Beobachtung, wie der Sanitäter gesagt hat. Ein Schock kann durchaus lebensbedrohlich sein.«

»Ich bin schon okay!«, beteuert der Kapitän, klingt plötzlich fast hysterisch und wirft nervöse Blicke in Richtung Swensen. »Ich komme zurecht, wirklich! Ich brauche nur ein Bett zum Schlafen, und morgen bin ich wieder auf den Beinen.«

»Egal, wie Sie entscheiden, die Liebe Gottes ist bei Ihnen.«

Swensen gelingt es nicht, sich zwischen den Pfarrer und Kapitän Timmann zu drängen; er spürt plötzlich Gewissensbisse, einen Menschen, der gerade seinen Bruder verloren hat, mit der banalen Frage nach Getränkeflaschen in seinem Maschinenraum zu löchern.

Das hat doch Zeit, sagt er sich. Ich kann das genauso gut im Laufe des morgigen Tages erledigen.

Er macht abrupt auf dem Absatz kehrt und geht ohne ein Wort zurück zu seinem Polo. Ein Blick auf die Uhr im Cockpit zeigt an, dass es schon 18.37 Uhr ist.

Grund, sich zu beeilen, damit er ausnahmsweise mal rechtzeitig zum Freitagabendessen mit Anna im ›Dante‹ erscheinen kann.

Hätte er im Voraus gewusst, welche dramatischen Ereignisse sich in den nächsten Stunden abspielen würden, hätte er mit Sicherheit eine andere Entscheidung getroffen.

PIETER

Nach der Kurve sagt das Navi: links abbiegen. Der silberne Mercedes SL rollt im Schritttempo an Reihenhäuschen entlang, in deren Fenstern der bläuliche Schein von Fernsehern flackert. Die Zeit der Abendnachrichten in Deutschland. Im Dunkel des Wagenfonds sitzt ein gedrungener Mann mit kahlem Kopf und Dreitagebart, die Zigarette im rechten Mundwinkel. Über die Nasenwurzel zieht sich eine schmale rote Narbe, und knapp über der rechten Augenbraue hat er eine frisch verheilte Schnittwunde. Seine graugrünen Pupillen verraten weder Gleichmut noch Erregung. Mit zwei Fingern der linken Hand steuert er lässig das Lenkrad, in der anderen Hand hält er einen ›iPod photo‹. Auf dem Display ist die Fassade eines Einfamilienhauses zu sehen, die denen ähnelt, die gerade an seinem Blickfeld vorbeiziehen. Die Straße ist menschenleer, die Bogenlampen setzen pointierte Lichtkegel auf den nassen Asphalt. Die feinen Regenstreifen sind nur im Gegenlicht auszumachen. Nach gut 30 Metern mündet die Straße in eine Kehre. Eine Sackgasse, er ist richtig. Die Augen des Glatzkopfs verengen sich zu schmalen Schlitzen. Er presst die Zähne zusammen, tritt auf die Bremse, lässt die regenverwirbelte Seitenscheibe herab und vergleicht das Abbild mit der Wirklichkeit hinter der hohen Hecke. An der Pforte hängt ein kleines viereckiges Schild, eine verschnörkelte weiße Zahl auf blauem Emaille-Blech. Sie stimmt mit der überein, die der Schatten ihm zugesendet hat. Sein Daumen bedient geübt das Click Wheel und überprüft zum letzten Mal die gesamten Daten, die für diesen Auftrag zur Verfügung stehen, insbesondere das Aussehen der Zielpersonen. Er lässt sich Zeit, prägt sich die typischen Merkmale der Gesichter noch einmal genau ein, bevor er das Gerät ausschaltet, weglegt und zu seinem Handy greift. Mit dem Daumen tippt er die vereinbarte Nummer ein. Am anderen Ende ertönt das Klingelzeichen. Er wartet auf die bekannte Stimme mit dem Kennwort.

»Krusenstern!«, meldet sich Boris, der Schatten.

»Ushghoolij!«, sagt er. »Ich gehe jetzt rein!«

»Gut, ich erwarte deinen Bericht!«

Der Georgier steckt das Gerät in die Jackentasche zurück, steigt aus, verriegelt die Türen, wirft die leere Zigarettenpackung an den Straßenrand und seine glühende Kippe hinterher. Eine Böe bläst ihm die Feuchtigkeit in den Nacken. Er schlägt stoisch den Jackenkragen hoch, was nicht viel Schutz gegen den Regen bietet. Als er die andere Straßenseite erreicht, rinnen die Tropfen an der tätowierten Windrose am Hinterkopf hinunter. Er zieht automatisch die Schultern zusammen. Dieses regnerische Wetter, das er jetzt schon seit Tagen ertragen muss, ist ihm äußerst zuwider.

Er denkt an seine Heimat, an sein Dorf, in dem er geboren wurde, das abgelegen auf 2.100 Metern Höhe am oberen Ende der Enguri-Schlucht steht. Bis zu sechs Monate im Jahr liegt dort Schnee, die Luft ist trocken, der Himmel blank wie ein Porzellanteller. Dort hat er seine Kindheit verbracht und kann sich noch gut an die vielen Wehrtürme erinnern, in denen sie als Kinder gespielt haben. Eine schöne Erinnerung, die hohen kastellartigen Steinmauern, die wie drohende Zeigefinger neben den Gehöften emporragen. Der Volksstamm der dort lebenden Swanen hat mit seinem Glauben seine Lebenshaltung geprägt. Für sie ist der Tod lediglich durch eine dünne Wand vom Leben getrennt.

Spätestens bei seinem Einsatz als Rekrut im Afghanistankrieg hatte er begriffen, wie hauchdünn diese Wand für jeden Menschen ist.

Obwohl sein aktueller Auftrag ihm nicht sonderlich gefährlich erscheint, versucht er, möglichst nicht an dieser Wand zum Reich der Toten zu kratzen. Seine Antennen sind in alle Richtungen ausgerichtet, auch auf das gefasst, was er noch gar nicht ahnen kann. Er schleicht geduckt die Auffahrt zur Garage hinauf, an deren Aluminiumtür der Regen trommelt. Es macht ihn stutzig, dass in keinem Fenster an der Vorderseite Licht brennt. Wenn niemand im Haus sein sollte, würde es seine Arbeit erleichtern. Er bräuchte nur hineinzugehen und im Dunkeln zu warten, bis seine Zielpersonen einträfen. Die Bedingungen sind gut. Der Garten hinter dem Haus ist von den beiden Nachbargrundstücken aus nicht einzusehen. Er leuchtet kurz mit dem blauen Licht seiner winzigen LED-Taschenlampe zum Giebel hinauf, es gibt anscheinend auch keine Alarmanlage. Der Georgier sucht nach einem Baum, der etwas Schutz vor dem Regen bietet und von dem aus er abgeschirmt die Terrasse mit der breiten Fensterfront beobachten kann.

Diesmal wird er die Sache ernst nehmen, verspricht er sich. Kein Flüchtigkeitsfehler wie bei der letzten Zielperson. Er war ziemlich naiv in die Wohnung eingedrungen und musste dann, trotz systematischer Suche, ohne das Objekt wieder abbrechen. Kein Wunder bei der ekelhaft versifften Bruchbude. Wo sollte man da auch etwas finden? Danach war ihm dieser Schweinehund entwischt – mit unverschämtem Glück, war von keinem seiner Schüsse getroffen worden. Und zu guter Letzt nimmt ihm Gevatter Tod, gerade als er die Ratte mit seiner Makarow ins Visier nimmt, die Arbeit ab und zerquetscht den Kerl wie eine

Mücke. Ärgerlich, das wird seinen Auftraggebern sicher nicht gefallen.

Glück und Unglück tragen einander huckepack. Die alte russische Redensart geistert durch seinen Kopf, entlockt ihm ein bitteres Lächeln, während gleichzeitig seine innere Stimme warnt: Und dort drüben im Haus stimmt auch irgendetwas nicht!

Kurz zuvor hatte er in dem stockdunklen Raum, nur für den Bruchteil einer Sekunde, eine winzige Bewegung wahrgenommen, eine Art heller Reflex, der von einer glatten Fläche gespiegelt sein könnte. Er starrt durch die große Panoramascheibe, es ist jedoch nichts zu erkennen. Selbst wenn er sich getäuscht haben sollte, ist seine geplante Vorgehensweise, über die Terrassentür in das Haus einzudringen, erst einmal Rauch und Asche. Ein zu großes Risiko, schreit es aus jeder Pore seiner Haut, und er stellt fest, dass sich die Haare auf seinen Händen aufgerichtet haben.

Du hast eine Bewegung gesehen, sicher! Da ist ein Mensch im Haus! Aber warum sitzt der die ganze Zeit im Dunkeln? Was macht er da? Wartet der etwa auf mich?

Adrenalin schießt ins Blut, das Herz erhöht seine Frequenz. Obwohl er den aufgeputschten Zustand seines Körpers spürt, bleibt er unbeweglich in seinem Versteck. Der Schreck ist ihm in die Glieder gefahren, er geht die neue Lage Schritt für Schritt gedanklich durch. Am Ende beschließt er, den direkten Weg durch die Haustür zu nehmen. Dafür kann er die spezielle Grundform eines Schlüssels benutzen, ›Sputnik‹ genannt, der seit Jahren zu seinem Standardequipment gehört. Er passt in jedes Sicherheitsschloss und öffnet es schnell und lautlos. Während er seinen Entschluss fasst, wirkt das Haus weiterhin wie ausgestorben. Kurz bevor er seinen Posten verlässt, zieht er seine Neun-Millimeter-

Makarow PB aus dem Brustholster, holt den Schalldämpfer aus einer der Hosentaschen seiner olivgrünen Militärhose und schraubt ihn vor die Mündung der Waffe. Er hat sie 1989, beim fluchtartigen Rückzug aus Afghanistan, mitgehen lassen. Ein sentimentales Erinnerungsstück, von dem er sich bis heute nicht trennen mag. Dabei ist die Makarow keine besonders genaue Handfeuerwaffe, aber in der Schalldämpfer-Version absolut lautlos, wie das ›PB = pistolet bes'schumnyj‹ verspricht. Sie hat einen Feder-Masse-Verschluss, und man kann besondere Patronen verwenden, komplett aus Stahl gefräst.

Er steckt die handliche Waffe liebevoll in den Hosenbund, schleicht an der Garage entlang in den Vorgarten und tastet sich im Dunkeln bis zur Haustür vor. Dort zieht er seine Taschenlampe aus der Jackentasche, nimmt sie eingeschaltet zwischen die Zähne und richtet den Lichtstrahl aufs Schloss. Den Sputnik einführen und die speziellen Drähte ausfahren dauert keine Minute. Mit einer kurzen Drehung öffnet sich die Tür ohne den geringsten Widerstand. Der Georgier horcht in den Flur hinein. Lautlos verstaut er Sputnik und Taschenlampe wieder in den Taschen, verharrt einen Moment, vereint Daumen, Zeigefinger und Mittelfinger und murmelt »Gott, der Vater, der Sohn und der Heilige Geist«, während er sich bekreuzigt. Darauf zieht er die Pistole und tritt konzentriert und entschlossen ins Haus.

In gefährlichen Situationen gleicht sein Spürbewusstsein dem Tastsinn einer Katze, seine Füße werden zu Samtpfoten, die bedächtig aufsetzen und sich, ohne irgendwo anzuecken, in unbekannten dunklen Räumen vorwärtsbewegen können. Er orientiert sich an dem immer vorhandenen Restlicht. Es ist ein intuitives Erspüren von schemenhaften Gegenständen, eine Fähigkeit, die er als Soldat immer wieder trainieren musste, um im Krieg zu überleben. Wenn ein Eskimo wirklich 17 verschiedene Weißtöne erkennen kann, dann erkennt er genauso viele Abstufungen für Schwarz.

Das Wohnzimmer muss geradeaus am Ende des Flurs liegen, denkt er und zählt die Schritte, die er sich beim Gang um das Haus gemerkt hat. Als er bei zwölf angekommen ist, spürt er deutlich einen weiten Raum vor sich und glaubt, genau zwischen den Türrahmen zu stehen. Seine Augen haben sich an das Dunkel gewöhnt. Das diffuse Licht, das aus dem Garten durch die Panoramascheibe fällt, reicht aus, um eine Person wahrzunehmen, die von ihm abgewandt in einem Sessel sitzt. Er hält den Atem an, streckt den rechten Arm mit der Pistole langsam in die Waagerechte und geht Schritt für Schritt näher heran. Vorsichtig schaut er über die Rückenlehne.

Eine Frau! Das muss die Frau der Zielperson sein!

Er drückt ihr den Schalldämpfer an die Schläfe. Die Frau hebt den Kopf, lächelt unbeteiligt in die Luft und bleibt regungslos sitzen. Die unerwartete Reaktion völliger Furchtlosigkeit versetzt dem Georgier einen Stich ins Herz, er gerät aus der Fassung, bemerkt eine unbändige Aggression in sich aufsteigen. Er schlägt hart zu, trifft mit der flachen Hand das Gesicht, spürt Fleisch und Knochen. Der Knall hallt von den Wänden wider, während die Frau aus dem Sessel rutscht. Ihre Augen sind weit aufgerissen, schauen ins Nichts. Blut läuft aus ihrer Nase. Sie liegt lethargisch am Boden wie ein Boxer, der nach dem Knockout auf das Auszählen wartet. Er packt ihren rechten Arm und schleift sie wie eine Puppe über das glatte Parkett zu einem Stuhl, legt die Pistole in Griffweite auf dem Esstisch ab und hievt die benommene Frau auf die Sitzfläche. Während er sie am Hals packt, fingert er aus einer der Seitentaschen seiner Hose eine Klebebandrolle heraus. Blitzschnell fasst er ihre Handgelenke, zieht sie um die Rückenlehne und wickelt sie mit dem silbernen Panzertape zusammen. Danach fixiert er ihre Fußgelenke an den Stuhlbeinen.

»Wo sein das Gold?«, tönt seine scharfe Bassstimme.

Die Frau verströmt einen süßlichen Geruch, während sich ihre Brust beim Atmen hebt und senkt. Das Blut tropft ihr vom Kinn. Sie hat eine schmale Taille, kleine Brüste und breite Schultern wie ein Mann, schaut ihm in die Augen und lächelt verloren. Der Georgier zieht sein ›iPod‹ heraus, lädt die Abbildung des goldenen Steckkamms aufs Display und hält es der Frau vor die Nase.

»Wo Gold sein!«, fragt er im Befehlston, nimmt die Waffe vom Tisch und drückt ihr die Mündung des Schalldämpfers an die Stirn. »Sag es, dawai, sonst du tot!«

Der Bildschirm schwebt wie ein heller Lichtpunkt vor ihren Augen in der Luft. Sie starrt gebannt auf den Griffteil des Kamms mit den goldenen Schwertkämpfern, lächelt abwesend und flüstert mit verklärter Stimme, als ob sie zu sich selbst spricht: »Aus ihrem Silber und Gold machen sie Götzen, damit sie ja bald ausgerottet werden!«

»Bullshit!« Der Georgier brüllt unkontrolliert. »Du machen Ohren auf, verstanden! Wo sein das Geld? Where are the fucking money!«

Bei dem Wort ›Geld‹ erscheint ein merkwürdiger Glanz in den Augen der Frau, ihr Gesichtsausdruck hat etwas unschuldiges, mädchenhaftes, und ihr Blick scheint in eine weit entfernte irreale Welt zu schauen.

»Ein Sack voll Geld ist in dem Ruderboot!«

»Ruderboot? Wo sein das Boot? Hafen? Es im Hafen sein?«

»Hafen? Nein! Ist nur ein kleines Boot; schwimmt auf dem Meer; dicht am Ufer. Dort, wo das Meer gesperrt ist.«

»Gesperrt!«, brüllt der Georgier. »Sage mich, was gesperrt ist!«

»Eidersperre, die große Eidersperre.«

Der kurze Moment, in dem der Georgier glaubt, er wäre nah dran, kehrt sich in Verwirrtheit. Er spürt den Impuls, der Frau abermals einen Hieb ins Gesicht zu geben, um sie endlich zur Vernunft zu bringen. Doch seine Muskeln und Sehnen gehorchen nicht, er kann den Schlag nicht ausführen. Die Naivität, die in ihren Worten steckt, lässt ihn an dem Sinn weiterer Gewalt zweifeln. Bei der anrührenden Art und Weise, mit der sie ihn ansieht, fühlt er sich plötzlich wie ein Christenverfolger, der nach der Begegnung mit dem Herrn bekehrt und zu einem anderen Menschen geworden war. Er spürt das Herz in seiner Brust, spürt sein tätowiertes Kreuz, das vom Brustbein bis über den Nabel reicht und sich quer von Brustwarze zu Brustwarze spannt.

Sie hat die Unschuld einer Madonna, sagt er sich, sie erträgt klaglos den Schmerz, den ich ihr zufüge. Ein normaler Mensch hätte sich schon längst vor Angst in die Hose geschissen.

Sein Gewissen hat er bei seinen Aufträgen noch nie wahrgenommen. Es spürt ein kurzes inneres Erschrecken darüber. Seine Finger pressen sich um den Bakelitgriff seiner Waffe. Doch die Magie der Macht, die seine Makarow stets auf ihn übertragen hat, wird von seiner Ratlosigkeit überlagert, was jetzt zu machen ist. Einige Minuten starrt er durch das große Fenster in den dunklen Garten, hört auf den Regen und ruft sich in Erinnerung, weshalb er hier ist und was seine Auftraggeber erwarten. Danach ist es in seiner Brust kalt, die Zeit schlägt wieder ohne sein Herz. Er beschließt zu warten, bis der Kapitän eintreffen wird. Nach der Information, die der Schatten gesendet hat, ist er die zweite Zielperson, die etwas mit dem Geld der ›Krusenstern‹ und dem Goldkamm zu tun haben könnte.

Wenn er jetzt nicht sofort jede sentimentale Anwandlung im Keim erstickt, kann es für ihn selbst gefährlich werden. Sollten seine Auftraggeber herausbekommen, dass er weich wird, ist er so gut wie tot. Diese Frau ist nur eine Spielfigur in einem Spiel, das er am Ende gewinnen muss.

Er geht zu ihr hinüber, dreht den Stuhl, an dem sie festgebunden ist, einmal um die eigene Achse, sodass ihr Gesicht in Richtung Zimmertür zeigt. In dieser Position sitzt sie genau im Blickfeld ihres Mannes, wenn der beim Hereinkommen im Flur das Licht anknipsen wird. Zufrieden zieht sich der Georgier ins hintere Wohnzimmer zurück, in die dunkelste Ecke. Er nimmt auf dem genoppten Sofa Platz, lehnt seinen Rücken an den dunkelblauen Mokettbezug und legt die Beine auf den Beistelltisch. Während der Regen unwirsch gegen die Scheibe trommelt, liegt die Hand mit der Waffe auf dem Ärmel seiner klammen Jacke. Die Frau gibt ab und zu einen tiefen Seufzer von sich. Der Georgier holt eine volle Zigarettenpackung aus einer der Hosentaschen, tastet nach dem Packungsboden, reißt die Pappe auf und zieht eine Zigarette an der Tabakseite heraus. Er führt sie in einem engen Bogen durch die Luft und steckt sich den Filter zwischen seine Lippen. Eine alte Marotte von ihm, seine Zigarette so aus der Packung zu holen, die ihm in Fleisch und Blut übergegangen ist; ein hartnäckiges Überbleibsel aus dem Afghanistankrieg. Er nimmt einen tiefen Zug und bläst den Rauch in die Dunkelheit des Raumes. Der starke Tabakgeruch weckt Erinnerungen.

Er sitzt hinter dem Steuer eines Militärlastwagens und fährt durch eine braune Wolke. Es ist das Jahr 1988. Der Konvoi steuert immer geradeaus in Richtung Kandahar, 40 Kilometer Staubpiste, gesäumt von einem rostbraunen Erdwall, der kaum zu erkennen ist. Jedem Fahrer ist bewusst, die Strecke ist zu lang, um sie gegen irgendwelche Partisanenangriffe zu schützen. Ausgebrannte Wracks reihen sich dicht an dicht im Dunst, Panzer, Lastwagen, Truppentransporter. Tausende Fahrzeuge, einfach zur Seite gewälzt, die jedoch wenigstens noch Deckung bieten. Die Duchi, wie die Mudschahidin von den russischen Soldaten genannt werden, bleiben bis zum letzten Moment unsichtbar. Die Piste wird fester, der Blick wird frei. Endlich kommt in der Ferne das Ziel in Sicht, ein Vorposten an einem Getreidespeicher. Er steuert seinen Ural 4320 auf den Sandplatz vor dem Feldlager. Im selben Moment bricht aus dem Nirgendwo das Inferno los, Maschinengewehre, Granatwerfer, Raketen. Ein Geräusch ist unverkennbar, eine russische Katjuscha, sie werden von der berüchtigten Stalin-Orgel beschossen. Die Geschosse schlagen mit pfeifendem Geräusch unbarmherzig in die Zelte ein.

Wie sich später herausstellen sollte, hatten afghanische Verbündete sie an die Duchi verscherbelt. Dem Tod ist es egal, ob beim Sterben die eigenen Waffen nachhelfen, sein Geschäft läuft ohne Bargeld.

Er hat plötzlich alle Hände voll zu tun, um sein Fahrzeug noch rechtzeitig zu stoppen. Doch es ist schon zu spät, er fährt mitten in den Feuerhagel hinein. Beim Zischen der Luftdruckbremse schlagen Kugeln ein, Explosionen wirbeln Erde in die Luft und zersplittern das Glas seiner Frontscheibe. Er spürt einen stechenden Schmerz im Unterbauch. Ihm wird schwindlig, weiße Punkte tanzen vor seinen Augen. Blitzschnell lässt er sich aus der Fahrertür fallen, tastet mit der Hand den Unterkörper ab. Doch er ist nicht verwundet, es ist nur ein krampfartiger Druck im Darm. Auf allen vieren kriecht er hinter einen der Reifen, öffnet Gürtel und Kampfanzug und zieht Hose und Unterhose über die Stiefel. Mit einem Schwall brauner Brühe entlädt sich sein Darm. Bakterien und Viren sind genauso unbarmherzig wie die Gotteskrieger, die keine Feuerpause fürs Scheißen einlegen. Die Hälfte der Kameraden leidet tagtäglich unter Dauerdurchfall mit Fieber und Erbrechen. Kein Wunder, die sowjetische Truppe lebt seit sieben Jahren unter katastrophalen Kampfbedingungen und mit miserabler Wasserversorgung.

Eine unendliche Zeit vergeht, bis aus dem Lager zurückgeschossen wird. Er hat trotzdem Glück im Unglück. Mit Schweißperlen auf der Stirn, ohrenbetäubenden Einschlägen in seiner Nähe und mit nacktem Arsch übersteht er den Angriff unverletzt; wie immer ohne Papier zum Abwischen. Er kratzt mit der Hand den ockerfarbenen Staub der Steppe zusammen und säubert sich damit. Als er mit der verschmierten Hand unter dem Lastwagen hervorkriecht, kommt ein Oberleutnant auf ihn zu. Er bleibt vor ihm stehen, grinst übers ganze Gesicht und sagt, während er eine Zigarettenschachtel aus der Brusttasche zieht, »Willkommen unter den Lebendigen, Kamerad« und hält ihm die Schachtel hin, die am Boden aufgerissen ist.

»Hier, nimm! So wird's gemacht, damit man nicht mit der Scheißhand den Filter anfassen muss.«

Im Dunkeln leuchtet der rote Punkt der Zigarettenspitze. Der Georgier nimmt den letzten Zug, drückt die Kippe dann auf der Tischplatte aus und verscheucht die Bilder aus der Vergangenheit mit dem Rauch, den er in die Luft bläst. Er kann mit einem Mal nicht glauben, dass er gerade in einer winzigen Stadt in Deutschland einen Auftrag erledigen muss und dabei eine völlig wahnsinnige Frau an einen Stuhl gebunden hat, die leise irgendein Kirchenlied vor sich her summt.

»O Maria Gnadenvolle, schönste Zier der Himmelsau'n.«

Sein Daumen streicht langsam über die am Boden geöffnete Zigarettenschachtel, und ihm klingen dabei die Abschiedsworte des Oberleutnants im Kopf: »Man sollte nicht gegen sie kämpfen. Es wäre viel einfacher sie zu kaufen!«

EIDERLAND

Anna Dietes Klientin hatte ihre letzte Stunde kurzfristig abgesagt und versprochen, sich wieder bei ihrer Psychologin zu melden. Vor zwei Tagen war Maria dann auf dem Anrufbeantworter gewesen und hatte um einen möglichst schnellen Termin gebeten, den Anna Diete der Journalistin wiederum auf deren Anrufbeantworter vorgeschlagen und den sie erneut auf ihrem Anrufbeantworter bestätigt bekommen hatte.

Ein Second-Hand-Termin, ohne einen persönlichen Kontakt. Die moderne Kommunikationsgesellschaft macht auch das möglich. Die Psychologin schaut aus dem Fenster. Düstere Wolken hängen wie verbeultes Zink über der Kirchturmnadel von Witzwort. Sie wendet ihren Blick ab, zündet eine weiße Kerze auf einem Beistelltisch an und dimmt die Deckenbeleuchtung herunter, als es pünktlich an der Haustür klingelt. Sie öffnet und ihre Klientin stürmt, ein knappes »Hallo« zur Begrüßung, mit geballten Fäusten an ihr vorbei den Flur hinauf zum Praxisraum.

»Meine Schwester heiratet!«, platzt es aus Maria Teske heraus, bevor sie überhaupt in ihrem Sitz Platz genommen hat. »Und jetzt rate mal, was für einen Typen sie sich ausgesucht hat!«

Anna Diete steht einen Augenblick leicht konsterniert in der Tür, geht dann ruhig zu ihrem Sessel und setzt sich.

»Wir machen keine Rätselstunde, Maria. Ich denke, du setzt dich erst einmal und dann lüftest du das Geheimnis.«

Die Journalistin wirft sich mit demonstrativ missmutiger Miene ins Polster, schlägt mit Schwung die Beine übereinander, dass die Kerze auf dem Beistelltisch vom Windzug flackert, und zieht geräuschvoll den Reißverschluss ihrer roten Lederjacke auf. Dann verstummt sie offensichtlich eingeschnappt, und Anna wartet geduldig. Am Gesichtsausdruck der Klientin ist zu erkennen, dass sie ihrem inneren Druck nicht allzu lange standhalten kann.

»Ein Investmentbanker, sie heiratet einen dieser kriminellen Investmentbanker! Ich fasse es einfach nicht! Unsereiner kämpft jahrelang gegen die Machenschaften dieser feinen Herren im Nadelstreifen, schreibt Artikel darüber wie Kunden, selbst in einer so kleinen Bankfiliale wie in Buxtehude, um über 8,4 Millionen Euro betrogen worden sind, und mein kleines Schwesterlein plant ohne Rücksicht auf Verluste die totale Prunkhochzeit; verschwendet nicht den geringsten Gedanken daran, welche arme Socke für ihren Geldsegen bluten musste. Naja, Augen zu und durch! Es lebe der real existierende Materialismus! Und meine Mutter? Meine Mutter, das kannst du dir nicht vorstellen, die ist völlig aus dem Häuschen. Ihre Tochter avanciert in die Upper-Class. Ich denke, sie träumt bereits verklärt von den Bahamas oder den Bermudas, auf die sie demnächst eingeladen wird. Wenn sie da man nicht falsch liegt. Meine kleine Schwester hat ja noch nie durch Großzügigkeit auf sich aufmerksam gemacht.«

Anna Diete lässt ihre Klientin alles aussprechen, was ausgesprochen werden muss. Nachdem Marias Redefluss langsam abgeebbt ist, ihr Blick dem eines angriffslustigen Bullterriers mit ersten Erschöpfungstendenzen gleicht, blickt die Psychologin ihr in die Augen.

»Was macht dich so wütend daran, Maria?«

Sie zuckt mit den Achseln und holt geräuschvoll Luft.

»Keine Ahnung. Eigentlich könnte es mir egal sein. Dieser bürgerliche Spießerkram hat mich noch nie sonderlich tangiert. Bei mir stand sehr früh fest: Ich heirate nicht. Vielleicht liegt es daran, dass meine kleine Schwester mich an meinen Geburtstagen unentwegt gepiesackt hat: Ich heirate als Erste, ich heirate als Erste; als wenn Abhängigkeit und Unterdrückung das erstrebenswerte Ziel eines Mädchens sind.«

»Wie alt war deine Schwester da?«

»Sieben, acht, denke ich. Aber so genau weiß ich das nicht mehr.«

»Ziemlich lange her, oder?«

»Trotzdem! Sie hat ihre Haltung schließlich jetzt durchgesetzt. Mein Vater und meine Mutter sind begeistert. Der Wahnsinn! Wenn ich nur an meine Mutter denke, wie sie immer auf der Hut war, es ihrem Mann recht zu machen, weil sie sonst cholerische Wutausbrüche befürchten musste. Ich habe das nie verstanden. Es sollte doch einen anderen Grund geben um zu heiraten, weil man, weil …«

Marias Tonfall hat an Kraft eingebüßt. Anna kann spüren, dass ein anderes Gefühl unter ihrer Wut auftaucht. Maria ist den Tränen nah.

»Ich … ich weiß auch nicht. Es macht mich traurig. In hasse diese Hochzeit. Ich hasse dieses bescheuerte Thema. Ich finde, ich sollte wichtigere Dinge mit dir besprechen.«

»Und die wären?«

»Dass heiraten etwas Wundervolles ist zum Beispiel, oder nicht?«

»Da bin ich deiner Meinung, Maria«, bestätigt Anna, lächelt ihre Klientin an und lässt sich, ungeachtet ihrer Professionalität, von einem unbeugsamen Gedanken fortreißen.

Wie lange ist jetzt eigentlich das Gespräch mit Jan schon her? Dieses schwierig verstockte Gespräch, in dem ich mich endlich getraut hatte, ihm zu sagen, dass ich von ihm geheiratet werden möchte.

»Jetzt bin ich so was von durcheinander«, nimmt Maria ihren Faden wieder auf, »warum entsteht eigentlich jedes Mal so ein Wirrwarr, wenn ich mit dir rede? Eigentlich bin ich total wütend. Ich will mit der ganzen Hochzeit nicht das Geringste zu tun haben; habe nicht den geringsten Bock dort physisch zu erscheinen, nur um mir anzuhören, wie meine Mutter mein kleines Schwesterlein über den grünen Klee lobt: Wie gut sie ihr Leben hinkriegt und ich ja nur arbeite und arbeite. Und dann … dann …«

Maria rollen Tränen die Wangen hinab. Sie greift nach einem Kleenex in einer grauen Pappbox.

»Alles wegen einer blöden Hochzeit«, stammelt die Journalistin zwischen den einzelnen Schluchzern.

Annas Gedanken sind wieder da: Jan hat mich nie wieder darauf angesprochen. Mir war zwar schon klar, dass er damit mächtig zu kämpfen haben würde, aber das er überh…

Energisch holt sie sich in die Gegenwart zurück und verbietet sich jeden weiteren Gedanken daran.

»Ganz abgesehen von einer neurotischen Angst, unsichtbare Mütter und Väter könnten hinter dem Hochzeitsschleier lauern, hat auch der normale junge Mann guten Grund, über das Hochzeitsritual besorgt zu sein.«

Anna Diete bricht ab und legt das Buch aus der Hand. In der kurzen Bewegung schwingt eine sprachlose Melancholie mit, eine Ahnung um die Angst der Männer vor Nähe. Der Text ist von Joseph Lewis Henderson, einem Jungianer.

Die gestrige Therapiestunde mit Maria Teske drängt sich ihr wieder auf, die Wut auf die Hochzeit ihrer Schwester. Der Wind weht ums Haus. Es ist still im Raum. Irgendwo tickt eine Uhr. Die davonrinnende Zeit lässt sie dort zurück, wo sie nicht sein möchte. Das leidige Thema und Jans Dauerschweigen waren bei der Arbeit mit den Klienten am heutigen Tag irgendwie immer präsent geblieben. Nachdem alle gegangen waren und sie sich ihre Notizen zu den einzelnen Fällen gemacht hatte, war ihr der gute alte Jung in den Sinn gekommen. Sie hatte das Buch ›Der Mensch und seine Symbole‹ aus dem Regal gezogen und war auf den Abschnitt ›Der Archetyp der Initiation‹ gestoßen.

›Hochzeit ist im Wesentlichen ein weiblicher Initiationsritus, in dem der Mann sich nicht gerade als Held fühlen kann. Kein Wunder, dass es in Stammesgemeinschaften solche Riten wie die Entführung der Braut gibt; diese ermöglichen dem Mann ein Festhalten an den Resten seiner Heldenrolle in dem Augenblick, da er sich seiner Braut unterwerfen und die Verantwortung der Ehe auf sich nehmen muss.‹

Na ja, na ja, denkt sie verzagt. Es ist über 100 Jahre her, dass der liebe Henderson in San Francisco das Licht der Welt erblickte. Außerdem war er nun mal männlich.

Etwas will heraus. Anna zieht die Schublade vom Praxisschrank auf. Dort liegt das rote Buch, ihr Tagebuch. Sie setzt sich in die hintere Ecke des Raumes, nimmt einen Kugelschreiber und sortiert ihre Gedanken, schreibt einen nach dem anderen nieder. Wie ist das mit dem Heiraten? Hier und heute? Sie lässt den Stift über die Unterlippe gleiten, lässt Gedanken und Gefühle kommen, schwebt in einem Zustand, den ihre Klientin ausgelöst hat. Vertauschte Therapie.

›Solange hat es gedauert‹, schreibt sie auf das leere Blatt, ›bis ich mir meinen Wunsch nach einem offiziellen Ja eingestehen konnte. Ich hatte eigentlich schon lange Ja gesagt zu Jan, empfinde ihn als meinen Mann. Früher habe ich mich verhalten wie meine Klientin, war eher im Widerstand, habe nur die Oberfläche gesehen, all das, was nicht gut läuft in so vielen Ehen. Und das hat gar nichts mit meinem tiefen Bedürfnis zu tun, ganz offiziell Ja zu sagen zu diesem Mann und vor der Welt. Wie es sich dann entwickeln wird mit uns, wird sich zeigen. Das wird nicht einfach werden mit Jan und dem Thema, aber wenn ich es wirklich will, muss ich es erneut auf den Tisch bringen und für mich einstehen.‹

Sie klappt das rote Buch zu. Wenn Anna geahnt hätte, wie schnell das Thema am heutigen Abend wieder auf den Tisch kommen würde, wäre ihre Vorfreude auf den gemeinsamen Freitagabend mit Jan bei ihrem Lieblingsitaliener getrübter gewesen. So aber schweift Annas Erinnerung zurück ins Jahr 1992, als sie an der Hamburger Uni bei einem Gastvortrag über posttraumatische Belastungsstörungen auf einen hochgewachsenen, schlanken Mann mit blaugrünen Augen getroffen war, der sie hinterher auf ein Glas Wein eingeladen und ihr im Gespräch eingestanden hatte, dass er genau an den Symptomen dieser Krankheit leide. Außerdem erfuhr sie von seiner Arbeit bei der Hamburger Mordkommission, von dem schrecklichen Mord an zwei Kindern und den Bildern, die ihn bis in den Schlaf verfolgten. Sie war überrascht gewesen, wie offen der Mann mit ihr über seinen Zustand gesprochen hatte. Sie hatten ihre Telefonnummern ausgetauscht, und sie war spät in der Nacht mit Schmetterlingen im Bauch in ihr Bett in Witzwort gefallen.

Es sind Stunden vergangen, als Anna im neuen Rock, mit passendem Oberteil und schickem Strickcardigan, ihren hellblauen Clio auf dem Parkplatz unterhalb der Süderstraße abstellt. Jegliche Gedanken an Heirat haben sich in irgendwelche Hirnwindungen verkrochen. Beschwingt tackern die roten Pumps über das Kopfsteinpflaster. Die Psychologin geht auf die unspektakuläre Außenfassade des ›Dante‹ zu, über dessen Eingangstür nur ein Schild mit den Farben der italienischen Flagge prangt. Im selben Moment, in dem sie die zwei Steintreppen hinaufsteigen will, wird die hellblaue Holztür geöffnet und ein unauffälliger Mann, gefolgt von einer zierlichen Frau, verlassen das Restaurant. Es ist Susan Biehl, eine Arbeitskollegin von Jan, die sie auf dem Puppenspieler Festival kennengelernt hatte. Susan strahlt sie mit einem breiten Lächeln an, als auch sie Anna erkennt.

»Guten Abend, Frau Diete, freut mich, Sie zu sehen! Schade, dass Sie damals nicht kommen konnten.«

»Guten Abend, Frau Biehl!«, grüßt Anna und nimmt wahr, wie das Lächeln der jungen Frau langsam erlischt.

»Äh … das ist … also, ich heiße jetzt Bender, Frau Diete. Darf ich vorstellen, mein Mann Marcus Bender. Marcus, das ist Frau Diete.«

»Ich freue mich, Frau Diete. Ich kenne Ihren Mann von einer Ermittlung und habe schon viel von Ihnen gehört.«

»Oh, ja …! Ich freue mich … äh … ich meine …«, kommt es verwirrt über ihre Lippen, weil sie über die Bezeichnung ›Ihren Mann‹ stolpert.

»Wir müssen dann. Schön, dass wir uns gesehen haben«, drängelt Frau Bender kurz angebunden. Die Peinlichkeit der Situation ist allgemein spürbar, die unfreiwilligen Protagonisten suchen ihr Heil in der Flucht.

»Hat mich sehr gefreut«, presst Anna heraus und sieht dem Paar hinterher, das tuschelnd in Richtung Süderstraße entschwindet. Konfus betritt sie das Restaurant. Ein feiner Geruch von Amaretto liegt in der Luft, als Bruno, der Chef vom ›Dante‹, in gewohnter Quirligkeit mit »Buona Sera, Signora Diete« auf sie zustürmt und sie an einen freien Zweiertisch begleitet. Die reale Welt um Anna Diete herum ist plötzlich weit entfernt, als hätte sich eine mächtige Glasglocke über ihr Haupt gestülpt.

Wieso schade, dass ich nicht kommen konnte?, denkt sie und versteht überhaupt nichts. Was hat Susan Bender damit gemeint? Ich konnte nicht kommen? Das hört sich ja an … äh … und irgendwie hörte sich das auch so an, als müsste ich wissen, dass sie verheiratet ist. Jedenfalls ging Susan Biehl … äh … Bender davon aus, ich wüsste Bescheid. Wirkte ziemlich irritiert. Ich jetzt auch. Warum hat Jan nichts von der Hochzeit gesagt? Und warum konnte ich nicht kommen? War er vielleicht da und ich nicht? Nein, das glaube ich jetzt nicht. Das kann nicht sein.

Spekulation türmt sich auf Spekulation, schwarzgefärbt wie die Eiderstedter Wolken, die seit Wochen am Himmel hängen. Anna Diete friert etwas und sitzt abwesend am Tisch. Sie fühlt sich ein wenig wie Lots Frau, die Frau aus der Bibel, deren Name niemand kennt; und sie ist fest entschlossen, einen verbotenen Blick auf Sodom und Gomorra zu werfen. Aus der Ferne wehen Brunos Worte herüber, dringen unter ihre Glasglocke.

»Scusi, Commissario Swensen!«

Und dann steht er da. Hauptkommissar Jan Swensen. Ein verschmitztes Lächeln auf seinem Gesicht und die übliche dienstbedingte Entschuldigung für sein Zuspätkommen.

»Tut mir leid, es gab einen Einsatz!«

Schweigen.

»Ich habe gerade Frau Bender getroffen, als sie aus dem ›Dante‹ kam!«

»Bender?«

»Genau, Frau Bender, ehemals Susan Biehl, falls du dich noch an deine Kollegin erinnern solltest!«

»Ja … na ja … da müsste ich vielleicht … also, ich sollte … da bin ich dir wohl eine Erklärung schuldig, denke ich.«

»Da stimme ich dir zu, mein Lieber. Frau Bender war jedenfalls sehr irritiert, dass ich ihren neuen Namen nicht kannte. Und außerdem hat sie mir gesagt, es wäre schade, dass ich nicht kommen konnte. Das könntest du ebenfalls gleich erklären.«

Jan Swensen sitzt wie ein ertappter Sünder auf dem Stuhl, schickt Hilfe suchende Blicke in Richtung Restaurantdecke und atmet flach und hektisch, als Bruno mit der Speisekarte erscheint. Der bemerkt ohne Mühe die angespannte Atmosphäre und macht sich ohne die übliche Konversation aus dem Staub.

»Du wolltest mir etwas erklären«, nimmt Anna mit scharfer Stimme den Faden wieder auf.

»Ja, das … also … das Ganze ist mitten … also, damals … mitten in der Ermittlung passiert. Und ich habe es sowieso als Letzter erfahren … äh … ich habe Susan nur ganz kurz in der Teeküche getroffen … und dann … dann hat sie mir das gesagt …«

»Wie? Dass sie heiratet?«

»Na ja … ja! Gleich in den nächsten Tagen … und …«

»Und hat sie dich eingeladen?«

»Sie hat uns eigentlich beide eingeladen …«

»Das ist jetzt nicht dein Ernst, Jan Swensen?«

»Das … ich mein … das … das war sowieso am Vormittag. Und du kannst deinen Klienten doch nicht absagen … Es wäre doch sowieso nicht gegangen.«

»Das hast du dir also so gedacht. Na, danke! Du verfügst

über meine Termine und erzählst mir noch nicht einmal, dass deine Kollegin heiratet.«

»Ist mir irgendwie abhandengekommen, das Ganze.«

Anna lacht laut auf, während ihr Gegenüber sich immer mehr in einen kleinen Jungen zurück entwickelt.

»Es haben ja auch gerade so viele geheiratet. Erst Susan und dann Stephan auch noch hinterher. Da … na, ja … da … ich weiß auch nicht!«

»Bleibt die Frage, warum erzählst du mir das nicht. Sonst erzählst du jeden kleinen Ermittlungsschritt, dass ich bald selbst die Verbrecher festnehmen könnte, aber so etwas Wichtiges verheimlichst du. Könnte deine plötzliche Vergesslichkeit vielleicht etwas mit diesem von dir wenig benutzten Wort ›heiraten‹ zu tun haben?«

Schweigen.

»Jan Swensen, bist du noch da?«

»Ich fühl mich irgendwie total miserabel; habe anscheinend ziemlichen Bockmist verzapft. Ehrlich, ich wollte es dir sagen. Und dann habe ich es immer vor mir hergeschoben. Und dann war es plötzlich zu spät. Und dann dachte ich, wenn ich das jetzt erst sage, sehe ich ganz schön blöde aus. Dann habe ich es eben verschwiegen. Und dann hat auch noch Stephan geheiratet. Das konnte ich dir dann erst recht nicht mehr sagen … und … Mist!«

»Klingt fast nach den gewöhnlichen Ausreden deiner kleinen Ganoven, denen du immer vorwirfst, dass sie bestimmte Dinge an ihren Taten nicht wahrhaben wollen und plötzlich völlig verwundert sind, wenn sie mittendrin im Dreck stecken.«

RUNGHOLT

Per Timmann lässt das halb volle Glas Bier auf dem Tisch der Hafenkneipe stehen, erhebt sich mit zittrigen Beinen vom Stuhl und marschiert zum Tresen, um seine Zeche zu bezahlen. Als er wenig später aus dem rauchgeschwängerten Raum vor die Tür tritt, ist der Dauerregen des Tages verebbt. Das Licht der Straßenlampen flutet über die Pfützen und Pflastersteine und verbreitet einen trügerischen Frieden. Der Kapitän wischt sich mit der Hand über das Gesicht. Die Haut unter den Augen und über den Wangenknochen ist aufgedunsen und rot unterlaufen. Es weht eine kühle Brise. Er zieht die frische Luft tief in die Lungen, bevor er losgeht. Die Luftfeuchtigkeit kriecht über den Kragen den verschwitzten Rücken hinab. Der Kopf ist vom Rausch vernebelt. Seine Schritte sind verlangsamt, sein Gang unsicher. Mit letzter Disziplin versucht er sich unaufhaltsam zu beruhigen, verspricht sich immer wieder selbst, dass er das Schlimmste jetzt hinter sich hat.

Es kann nichts mehr passieren. Mette wird nichts sagen, und außer ihnen beiden weiß niemand mehr von der Sache. Nur noch ein paar Wochen, dann hat der Alptraum ein Ende; dann beginnt das Leben neu.

Gleichzeitig bleibt eine vage Vorahnung, die Situation könne jeden Moment erneut eskalieren. Er könnte die Kontrolle vollends verlieren und alles Nachfolgende würde über ihm zusammenschlagen. Bis jetzt haben die Ereignisse ihn besinnungslos immer weiter in den Schlamassel getrieben, haben ihn verführt, unbedingt noch diesen einen letzten

Schritt zu tun, haben seine dunkelsten Triebe aktiviert, ihn unglaubliche Dinge tun lassen, von denen er nie geglaubt hätte, das er sie überhaupt jemals tun könnte. Und dann ist sie plötzlich da, die Stimme, vor der er sich schon den ganzen Abend gefürchtet hat: ›Was hast du getan, Abel?‹

Die Stimme schlägt in ihm. Er hört sein Herz sprechen. ›Sag es! Sag es! Sag es!‹

›Was hätte ich denn machen sollen?‹, antwortet er stumm.

›Wahr…heit! Wahr…heit! Wahr…heit!‹, fordert das Herz.

Es ist nicht meine Schuld gewesen, dass immer mehr aus dem Ruder gelaufen ist. Mein Bruder, das weiß doch jeder, ist zeit seines Lebens ein kleiner Ganove gewesen. Wenn ich nicht gehandelt hätte, wäre alles vielleicht noch kurz vorm Ende aufgeflogen. Er war es, der den toten Seemann gefleddert hat, heimlich, ohne mir ein Wort zu sagen. Mit Sicherheit der wahre Grund, warum er unseren Koch gekillt hat. Der wollte ihn erpressen, hat er mir erzählt, das würde unser aller Geld gefährden. Und ich habe ihm das geglaubt, ihm gesagt, er solle dafür sorgen, dass Jessen die Klappe hält. Da wusste ich aber nichts von seinem Alleingang. Letztendlich haben mich alle hintergangen, haben im Angesicht des vielen Geldes den Kopf verloren. Jessen, Bischoff, seine Frau und selbst mein Bruder. Deswegen musste alles so kommen. Ich konnte da gar nichts verhindern.

›Lü…ge! Lü…ge! Lü…ge!‹

Sein Herz pocht. Er fasst sich an die Brust, spürt das massive Stück Metall in der Innentasche seiner Jacke.

›Und … du? Und … du?‹

Er hatte seinen Bruder gefleddert, den Goldkamm mitgenommen, obwohl er es gar nicht wollte. Es war einfach passiert, wie alle Dinge sonst auch. Nachdem er seinen verunglückten Bruder mit den anderen Fischern an Bord gezogen hatte und der Rettungswagen mit den Sanitätern kam, war er ins Ruderhaus gegangen, um den Kamm über Bord zu werfen. Aber dann hatte er das Gewicht in seiner Hand gespürt, pures Gold. Er hatte den Kamm in die Jackentasche gesteckt und sich gesagt, das könne er schließlich immer noch tun. Es hätte sowieso nichts geändert, redet er sich ein und balanciert seinen Körper in Richtung Zuhause. Wenn ich eines Tages diesen wunderschönen Kamm meiner Mette schenke, überlegt er sich, werden wir weit weg von hier sein. Wir werden dann ein neues, besseres Leben führen. Mette wird wieder ganz bei sich sein und akzeptiert haben, dass das alles nicht anders zu haben war.

Der Hafen liegt unter der diffusen Lichtglocke der Straßenbeleuchtung. Die Gasthäuser haben schon lange geschlossen. Auf den ersten Blick scheint alles menschenleer, doch der Kapitän entdeckt einen älteren Mann und eine Frau mit einem schwarzen Mischling an der Leine. Sie stehen an der Stelle der Kaimauer, an der vor ein paar Stunden das Unglück passiert ist. Der hagere Mann gestikuliert mit den Händen, versucht der Frau detailliert zu demonstrieren, wie sein Bruder an der Kaimauer eingequetscht wurde. Als sie sich auf den Rückweg machen und dabei auf ihn zukommen, scheinen sie ihn wiederzuerkennen. Sie schauen verlegen zur Seite, tuscheln aber leise hinter seinem Rücken weiter. Er bleibt stehen, schaut zur ›Rungholt‹ hinüber, spuckt aus und geht zügig weiter. Er nimmt den Schleichweg über die Grundstücke am Ende der Hafenmole. In seinem Haus sind alle Fenster stockdunkel.

Gott sei Dank, denkt er erleichtert, Mette wird bereits im Bett sein.

Er fühlt eine zentnerschwere Last auf seiner Schulter,

mag sich gar nicht ausmalen, wie er ihr von dem grauenvollen Unfall berichten muss, während sie im Wohnzimmer eine Talkshow im Fernsehen anschaute. Mit dickem Kopf schleppt er sich vor die Haustür, will nur noch hinein, sich in eine ruhige Ecke zurückziehen und einfach ganz schnell vergessen, dass er jemals einen Bruder gehabt hat. Und morgen früh wird er sich unter der Dusche den ganzen Dreck und Schweiß seiner Schuld von der Seele spülen und darüber nachdenken, wie sorglos seine Zukunft als Millionär sein wird.

Seine Hand hebt sich mühsam, tastet den Schlüssel umständlich ins Schloss, als müsse er das allerletzte Hindernis überwinden, um endlich am Ziel seiner Träume zu sein.

Klick.

»Und jetzt, Sesam öffne dich!«, sagt er in einem Anflug von Übermut.

Seine Hand greift nach rechts zum Schalter.

Klick.

Mit Lichtgeschwindigkeit reißt der grelle Schein der Deckenleuchte eine Schneise in die Finsternis, schießt über den schmalen Flur, durch die Öffnung des Türrahmens bis ins Wohnzimmer hinein. In dieser plötzlichen Helligkeit hockt eine unbewegliche Gestalt auf einem Stuhl, als würde sie, bereits gestorben, auf das Jüngste Gericht warten. Angst senkt sich wie flüssiges Blei in Per Timmanns Glieder, blockiert seine Lungen, sodass er kaum noch Luft bekommt. Er hat Mette erkannt, aber noch nicht begriffen, dass ihr jammervoller Anblick nichts mit ihrem depressiven Zustand zu tun hat.

Sie ist gefesselt, entdeckt er jetzt und starrt hilflos auf ihr brutal zugerichtetes Gesicht, das grau wie Asche ist. Die Wange ist geschwollen. Sie hat aus der Nase geblutet.

»Per«, hört er ihre schwache Stimme wimmern. »Hilf mir, Per.«

Die Worte rühren ihn an, klingen in seinen Ohren wie die Rufe dieser sagenumwobenen Sirenen, die Seeleute von ihrer sicheren Route abbringen wollen. Er spürt die Gefahr, die dahinter lauert, doch der verzweifelte Blick seiner Frau ringt die Warnung nieder. Er eilt mit wankenden Schritten auf sie zu. Als er durch den Türrahmen ins Wohnzimmer tritt, drückt sich ein harter, runder Gegenstand an seine Schläfe. Jemand hält ihm das Display eines Geräts vor die Nase, auf dem er sein Gesicht erkennt.

»Ich kennen dich!«, sagt eine Stimme dicht neben seinem Ohr. »Wenn du Unsinn machen, seid ihr tot, beide, verstanden?«

»Was willst du?«, fragt der Kapitän mit bebender Stimme.

»Maul halten, verstanden? Ich fragen hier!«

Per Timmanns Blick ist vom Alkohol getrübt, das Denken verlangsamt, er begreift nicht, wie der Kerl ins Haus gekommen sein kann. Als er im Augenwinkel wahrnimmt, dass ein Schatten auf ihn zuschnellt, trifft eine Faust schon seine Magengrube. Ein bohrender Schmerz jagt durch seinen Körper. Er ist so heftig, dass er aufkeucht und ihm schwindlig wird. Seine Knie versagen, er stürzt nach vorn und knallt mit der rechten Schulter auf den harten Boden. Ohne ein weiteres Wort tritt ihn der Mann mehrmals mit dem Fuß in den Unterleib. Er stöhnt bei jedem Tritt auf, kauert sich zusammen und bleibt bewegungslos liegen, in der Hoffnung, dass es dann aufhören wird.

Der Polizist aus Russland, der nach dem Schlauchboot gefragt hat, formt sich ein Gedanke, als der Schmerz langsam abebbt. Nein, das kann kein Polizist sein. Ein Polizist würde nicht einfach um sich schlagen.

Er hört, wie der Mann sich breitbeinig über seinen Oberkörper stellt, spürt, wie er seine Schulter packt und ihn mit Schwung auf den Rücken dreht. Der Kapitän presst den Mund zusammen, weil er den nächsten Hieb erwartet. Doch der Mann schlägt nicht noch einmal zu. Er fühlt nur eine Hand über seine Kleidung tasten. An der Brusttasche hält sie abrupt inne, dringt unter den Stoff seiner Jacke und zieht den Goldkamm seines Bruders heraus.

»Da sein das, was ich suchen! Du haben das gestohlen!«, brüllt der Mann und versetzt dem Kapitän erneut einen Hieb mit der Faust.

Per Timmann hebt benommen die schweren Lider, sieht von unten zu der Hand hinauf, die ihm das goldglänzende Schmuckstück vor sein Gesicht hält. Er zuckt zusammen, als er dem Mann ins Gesicht schaut. Der eiskalte Blick jagt ihm einen Schauer über den Rücken.

»Ich habe es gefunden, wusste nicht, wem es gehört!«

»Du das gestohlen! Du auf großes Schiff gewesen?«

»Nein, es hat in einem Rettungsboot gelegen, in der Nacht, als das große Schiff auf die Sandbank gelaufen ist.«

»Du lügen! Du waren an Bord von Schiff! Du das von Schiff gestohlen!«

Der Fußtritt ist gezielt, trifft seine Niere. Er spürt einen höllischen Schmerz, der ihm die Luft nimmt. Tränen schießen ihm in die Augen. Er krümmt sich am Boden und stöhnt laut.

»Wenn du weiter lügen, du noch viele Schmerzen haben, verstanden? Du waren an Bord und du haben Geld gestohlen. Wo sein das Geld?«

»Geld? Ich habe kein Geld!«

Ohne ein Vorzeichen in seiner Mimik tritt der andere zu. Ein ziehender Schmerz bohrt sich in seinen Unterkörper.

Per Timmann stößt einen gequälten Schrei aus und wälzt sich am Boden, während seine Hände die Leisten halten.

»Ich nur noch fragen einmal! Wo sein das Geld vom großen Schiff? Ich jetzt zählen! Eins – zwei …«

»Es ist vergraben«, hört der Kapitän die Stimme seiner Frau flüstern.

Der Schläger wendet sich von ihm ab, geht zu seiner Frau. Er packt ihr blondes Haar, das im Lichtschein der Flurbeleuchtung schimmert.

»Was du gesagt haben? Wo das Geld sein?«

»Vergraben!«, sagt sie kaum hörbar. »Es ist vergraben!«

»Wo?«, schreit der Mann und schlägt ihr ins Gesicht. »Wo sein das Geld vergraben?«

»Am Boot im Wald!«

»Kleines Boot im Wald, verstanden! Du mich verarschen wollen ganze Zeit! Jetzt genug sein! Pisda! Bljad!«, schreit der Georgier sie an, hält ihr die Pistole vors Gesicht. Dann, mit einer fast zärtlichen Bewegung drückt er ihr den Schalldämpfer auf die Stirn und schaut ihr in die Augen.

»Nein, nicht! Sie sagt die Wahrheit! Es ist vergraben!«, ruft der Kapitän, der, noch immer am Boden liegend, schmerzverzerrt versucht sich aufzurichten.

Nachdem seine Worte im Raum verhallt sind, herrscht mehrere Atemzüge lang absolute Totenstille. Dann schwingt ein kaum hörbares Plopp unheilvoll durch die Luft. Der Kopf der Frau wird von einer unsichtbaren Kraft nach hinten katapultiert. Ein Blutschwall, Gehirnmasse und Hautfetzen spritzen aus einem geborstenen Wundloch am Hinterkopf, zerstäuben und wirbeln in winzigen Partikeln ins Dunkel. Der Kopf kippt nach vorn zurück und bleibt zur Seite geneigt hängen. Der Killer betrachtet das blutverschmierte Haar, das in dunkelroten Strähnen die tödliche

Verletzung verdeckt, als könne er durch die dünne Wand ins Jenseits blicken.

Mette ist tot. Stille wogt wie eine lautlose Welle durch Timmanns Kopf, sein Körper verharrt in der verflogenen Eruption von Gewalt. Der Killer schaut den Kapitän triumphierend an. Sein Gesichtsausdruck ist die pure Demonstration von Macht. Beim Anblick seiner Frau strömt eine dumpfe Taubheit in die Gedanken des Kapitäns. Er fühlt eine unerwartete Einsamkeit in sich aufsteigen, die tief in seinem weichen Fleisch und warmen Blut steckt. Die Schmerzen verflüchtigen sich wie Wolken, die durch fremde Gebeine ziehen und sein Herz in Watte hüllen. Darin ist ein Funken Kraft, der noch brennt, der das Feuer in seinen Augen lebendig hält. Solange er ertragen kann, was um ihn herum passiert, bleibt er ein Überlebender. Und er will das Leben nicht aufgeben.

Er drückt sich vom Boden ab. Nur mit eisernem Willen kommt er auf die Beine. Der Killer sieht das und stellt sich ihm mit seiner Übermacht in den Weg.

»Das Geld sein vergraben? Du es ausgraben!«

Er hält dem Kapitän das blutverschmierte Loch der Mündung seines Schalldämpfers nur wenige Zentimeter vor sein linkes Auge.

»Du das haben verstanden?«, brüllt er, als Timmann nicht antwortet.

»Warum sollte ich das tun«, sagt der Kapitän trotzig. »Du wirst mich so oder so erschießen.«

»Du tun, was ich sagen. Du Geld ausgraben, ich dich lassen laufe, verstanden?«

Nein, das habe ich nicht verstanden. Seine Wut reißt ihn in einen Strudel, einen Gedankenschwindel, bis er sich im Zentrum seiner Todesangst befindet. Der Kerl entscheidet nicht über mein Leben und meinen Tod! Ich will da sein, solange ich kann. Ich will das hier überleben. Ich will überleben! Ich will überleben!

Der Mann steht jetzt ungefähr in zwei Metern Entfernung, hält die Pistole in Hüfthöhe und richtet die Mündung auf seine Brust.

»Gehen! Dawai! Du dein Auto nehmen! Wir fahren Geld ausgraben!«

»Eine Schaufel, ich brauche eine Schaufel!«, sagt der Kapitän mit fordernder Stimme. Er ist bis in den kleinen Finger angespannt, wie eine entsicherte Waffe, versucht aber nach außen Ruhe auszustrahlen. Es ist sein Todesurteil, das spürt er bis in die Poren, wenn er den entscheidenden Augenblick verpasst, den Augenblick, der sich immer unverhofft bietet. Sein Kopf ist durchgepustet wie nach einem Sturm, der Alkohol scheint verflogen.

Er darf nichts bemerken, weiß er. Er muss annehmen, dass ich mich meinem Schicksal beuge. So kann ich Zeit gewinnen.

»Die Schaufel liegt in der Garage.«

»Zu Garage, geh!«

Timmann stapft entschlossen voran, der Killer hängt ihm im Nacken. Er geht durch die Durchgangstür im Flur zur Garage, nimmt den Spaten vom Nagel an der Wand, öffnet die Heckklappe seines Wagens und legt ihn hinein. Wenig später knirschen die Reifen auf dem Kies der Auffahrt. Der Killer gleicht einem dunklen Dämon, der frei von jeglichen Gefühlen neben ihm auf dem Beifahrersitz sitzt und die Waffe auf seinen Unterleib richtet. Er beobachtet ihn im Augenwinkel, steuert den Wagen durch die menschenleere Stadt, über die Friedrichstädter Chaussee bis zum Kreisverkehr beim Einkaufszentrum. Dort nimmt er die Auffahrt auf die Bundesstraße 202 in Richtung Garding. Am späten Abend ist kaum ein Auto unterwegs, und er sieht seine Chancen schwinden, dass er unerwartete Hilfe bekommen könnte. Es macht auch keinen Sinn ein entgegenkommendes Fahrzeug mit der Lichthupe anzublinken. Solch einen plumpen Versuch würde der Dämon nicht nur sofort unterbinden, auch kein Fahrer würde sein Lichtzeichen als Hilferuf einstufen.

Ein kleiner schwarzer Schatten flattert vor ihm im Tiefflug über die Straße. Auch andere Jäger sind jetzt unterwegs. Es ist die Zeit, in der Katzen und Eulen ihre Beutezüge beginnen. Sie sehen gut in der Dunkelheit. Timmann sieht eher schlecht. Er hat eine leichte Nachtblindheit, ohne die Reflektoren der Leitpfosten würde er den Straßenrand nur erahnen können. Zum Glück scheint der Dauerregen der letzten Tage vorbei zu sein. Allerdings türmen sich über der Eiderniederung immer noch dunkle Wolken. Der Vollmond hat sich dahinter verschanzt, kann nur vereinzelt einen mystischen Lichthof über die ausgefransten Ränder werfen.

Er ist jetzt kurz vor Tating, steuert in die entgegengesetzte Richtung, in die er eigentlich nicht müsste, fühlt sich wie auf einer endlosen Fahrt in eine Sackgasse. Doch dieses Täuschungsmanöver wird er nicht mehr lange aufrechterhalten können. Sein Gegenüber wird Verdacht schöpfen. Er ändert die bisherige Strecke, biegt an der nächsten Gelegenheit links ab, hinüber zur unteren Querverbindung der Halbinsel, um dort heimlich zurückzufahren.

»Du mich fahren im Kreis!«, bellt der Killer plötzlich in sein Ohr und drückt ihm das kalte Metall an die Schläfe. »Du wohl meinen, ich nichts merken! Wenn du leben willst, du aufhören mit diese Scheiß, verstanden?«

»Ich wollte nur auf die Hauptstraße, damit es schneller geht«, versichert er.

»Du noch haben 20 Minuten, dann wir sein dort oder du sein tot!«

Timmann nickt ergeben, spürt eine dumpfe Panik, die ihm den Nacken nach vorn drückt und das Gaspedal durchtreten lässt. Er rast auf der Eiderdammstraße zurück in Richtung Eidersperrwerk. Der Asphalt durchschneidet die schwarzen Marschwiesen, die rechts und links vorbeifliegen und wie faltenlose Leichentücher über das flache Land gespannt sind. Das bleiche Mondlicht quillt hervor, leckt über das kleine Dorf Welt, das etwas abseits von der Straße im Dunkeln steht. Nur der Kirchturm ist angestrahlt, reckt seinen mahnenden Finger bis an die Wolken. Die Glocke schlägt gerade die volle Stunde.

»Schad um de Jung 'n! Schad um de Jung 'n!«

Sein Wagen saust unter den hellen Tönen hindurch, zieht mit rasanter Geschwindigkeit an der langgestreckten Biegung vis-à vis der teerüberzogenen Deichkrone entlang. Von links treibt das Katinger Watt ins Blickfeld. Der Mond spiegelt sich in den Seen vor der schwarzen Wand des Mischwaldes. Der Rhythmus der Mittelstreifen zählt stumm den Takt der Zeit, der den Fahrer gnadenlos näher an den Ort bringt, an dem es keinen Ausweg mehr geben wird. Die grellen Lichtstreifen der Reflektoren starren ihm wie Raubkatzenaugen entgegen. Seine Gedanken kreisen um sich selbst.

Die niedrigste Form des Überlebens ist es, den anderen zu töten!

Wenn ich am Ende übrig bleibe, bin ich der Bessere!

Es geht schnurgerade auf das beleuchtete Eidersperrwerk zu, das in der Ferne wie ein geducktes Bollwerk in der flachen Ebene steht. Aus der Öffnung des Fahrbahntunnels springen zwei Scheinwerferlichter heraus, überfluten die Rückstrahler der Leitpfosten. Der gleißende Schein schmerzt Timmann auf der Netzhaut, lässt ihn unwillkürlich seine Augen zu Schlitzen verengen. Einer der Scheinwerfer scheint defekt zu sein, stellt er fest, und sucht nach neuer Orientierung, findet die Positionslampen über der Führerkabine, die in bizarren Bögen über die Frontscheibe reflektieren. Der vierkantige Schattenriss der mächtigen Zugmaschine rollt schwerfällig wie eine prähistorische Echse auf der Gegenspur heran, wächst zu einer fünfachsigen schwarzen Wand eines Sattelzuges. Das Monstrum schiebt das Dröhnen des Motors vor sich her.

Von diesem Moment an spielt sich alles in Bruchteilen von Sekunden ab. Aus einem wahnwitzigen Impuls heraus reißt Timmann das Lenkrad herum. Der Opel Astra schert aus der Spur, schießt quer über den Mittelstreifen der Fahrbahn hinaus. Die Bremsen des Sattelzugs zischen laut auf, dem Atem eines Drachens gleich. Die Vorderräder blockieren. Die Hitze reibt die Feuchtigkeit zu Wasserdampf und druckt schwarze Gummispuren auf den Asphalt.

In dem verheerenden Manöver sieht der Kapitän eine letzte Möglichkeit für sein Überleben. Seine Reaktion ist mit Logik nicht zu erfassen. Es ist der Mut der Verzweiflung, der den Opel mit der Beifahrerseite vor den Laster lenkt, getrieben von der irrealen Idee: Die Wucht des Aufpralls möge das Auto von der Straße zur Seite schieben und den Fahrer unversehrt davonkommen lassen. Doch die gewaltigen Kräfte, die in der Realität eines solchen Aufpralls wirken, übersteigen bei Weitem seine naive Hoffnung, dieses Chaos zu überleben. In einem einzigen Augenblick werden das schrille Geräusch von berstendem Stahlblech, der sprühende Funkenflug aneinander reibenden Metalls und die Fliehkraft aufeinanderprallender Körper in einem nicht wahrnehmbaren Ablauf von Zerstörung zusammengepresst.

Timmann spürt keinen Schmerz mehr, selbst als Glassplitter sich wie Überschallgeschosse durch die Haut seines Körpers fräsen. Das Fahrzeug hebt vom Boden ab. Seine letzte Wahrnehmung ist, dass sein Gesicht auf den harten Airbag prallt, er sich kopfüber in der Luft befindet und mit einer Drehung wieder auf den Asphalt zustürzt. Seine Sinne schwinden; der Lebensfilm rast an seinem inneren Auge vorbei. Kurz vor dem Ende, nachdem die Seele alle im Hirn gespeicherten Erinnerungen seines Seins berührt hat, er seine unnütze Gier nach Geld längst hinter sich gelassen hat, sieht er sein Selbst in die Ferne rücken, als würde sein Spiegelbild sich angewidert von ihm abkehren.

Die Szene, in der er mit seinem Bruder Räuber und Gendarm spielt, wirkt bereits weit weg. Hauke, der immer nur Gendarm sein wollte und nie der Räuber. Dann schaut er sich selbst in die Augen, erkennt Abel, den Guten, genau in dem grausamen Moment, in dem in seinen Pupillen der Entschluss zündet, die ›Rungholt‹ gegen die Kaimauer zu steuern.

›Heute bin ich über Rungholt gefahren‹, singt lauthals eine quäkende Kinderstimme dazu, seine Kinderstimme.

Dann schmettert der Bug wie ein wuchtiger Rammbock gegen die Kaimauer. Die Rippen im Körper seines Bruders zerbrechen wie Streichhölzer. Ein mächtiger Schlag vibriert durch das Schiff, dann erfassen die ›Rungholt‹ konzentrische Kreise, wirbeln Beseeltes und Unbeseeltes um und um in einem einzigen schwindelnden Strudel und nehmen alles, was zu dem einsamen Schiff gehört, bis zum winzigsten Span mit sich hinab in die Tiefe. Der Film reißt ab.

Vollkommene Dunkelheit. Er tastet mit den Händen durch einen Tunnel.

Ushghoolij, der Georgier, ist schon 20 Sekunden vor ihm durch die dünne Wand ins Jenseits gegangen.

EIDERLAND

Swensen spürt Nadelstiche im Kopf. Dazu einen unangenehmen Druck, den er am liebsten abschütteln würde. Mit hängenden Schultern sitzt er hinter dem Lenkrad seines Polos, während die Reflektoren der Leitpfosten ihm alle 50 Meter ins Auge fliegen. Die Schattenrisse der Bäume werden von seinen Scheinwerfern einen Moment lang in grelle Eiseskälte getaucht, bevor sie an den Seitenfenstern vorbei in die Dunkelheit zurückfliehen. Das Gespräch mit Anna sitzt ihm noch in den Knochen. Ein Gefühl von Scham krallt sich in seinen Nacken. Seine Haut prickelt. Ihm ist heiß, er schwitzt und sein sehnlichster Wunsch ist, dass er sich umgehend auflösen und mitsamt seinem Wagen im Erdboden versinken möge. Doch er bleibt mit allen vier Reifen auf dem Boden, steuert die Rüxbüller Straße zur Küste hinunter. In der Ferne duckt sich der Waldsaum des Katinger Watts wie feine Spitzenbordüre an den bläulichen Schimmer, der unter dem himmlischen Schwarz der Wolken hervorlugt.

Als der Kriminalist die Kreuzung an der Eiderdammstraße erreicht, sieht er hinter dem Außendeich ein Szenario aus Blaulichtern, das selbst über die flache Wiesenlandschaft mit den Seen hinwegflimmert. Rot-weiße Plastikabsperrungen mit blinkenden gelben Lampen verhindern die Weiterfahrt. Er parkt seinen Polo neben einem Streifenwagen und hält dem Beamten, der davorsteht, seinen Dienstausweis entgegen.

»Hauptkommissar Swensen!«, ruft er. »Wie sieht es aus? Kommt man mit dem Wagen durch?«

»Da vorne ist die Hölle los! Fahren Sie vorsichtig weiter«, ruft der Streifenpolizist mit düsterer Miene und schiebt eine Plastikabsperrung mit kratzendem Geräusch zur Seite, sodass Swensen hindurchfahren kann. Zirka 200 Meter hinter dem hölzernen Beobachtungsturm für die Wasservögel muss er erneut anhalten und wird von dem nächsten Beamten mit einer Warnkelle zur Seite gewunken und hinter einen Pulk von Fahrzeugen gelotst, die am Straßenrand abgestellt sind.

»Sie müssen zu Fuß weiter!«, ruft ihm der Beamte zu. »Passen Sie auf, es herrscht reger Betrieb. Die Rettungsfahrzeuge können jeden Moment zurückkommen.«

»Danke, ich halte die Augen offen«, kündigt Swensen beim Aussteigen an und tippt kurz mit Mittel- und Zeigefinger an die Stirn.

Nach kurzem Fußmarsch kommt hinter der Biegung des Deichs ein Fahrzeug des Technischen Hilfswerks in Sicht, und mehrere Männer sind gerade dabei, zwei zusätzliche Scheinwerfer aufzustellen. Als er fast auf gleicher Höhe angekommen ist, flammen die Lichter auf und machen das nahe Umfeld schlagartig taghell. Auch die riesige schwarze Silhouette des Sattelschleppers, die er schon hinter dem THW-Fahrzeug gesehen hat, wird von dem grellen Schein erfasst. Die linke Front unter der Führerkabine ist zerfetzt, die Seitenverkleidung muss beim frontalen Aufprall des PKWs abgerissen worden sein, sodass der blanke Vorderreifen unter der Karosserie sichtbar ist. Lachen von Benzin und Öl schillern in Regenbogenfarben. Glassplitter bedecken die Straße. Swensen wirft im Vorbeigehen einen erschreckten Blick auf die Zerstörung, die nichts Gutes für die Insassen des anderen Fahrzeugs erahnen lässt. Er schätzt den Sattelschlepper auf mindestens 14 Meter Länge. Auf der weißen

Plane des Anhängers prangt in roten Buchstaben die Aufschrift ›Klaas Puul‹. Der Spediteur dürfte Holländer sein, denkt Swensen, während er auf einen blinkenden Rettungswagen mit offener Hecktür zugeht. Er sieht Silvia Haman im wirbelnden Blaulicht neben der Trage stehen, auf der halb aufgerichtet ein Mann mit verwirrtem Blick sitzt, dem der Schweiß über die Stirn rinnt. Er wird am Kopfende von zwei Rettungssanitätern in roter Leuchtkleidung flankiert.

»Urplötzlich! Das ging urplötzlich! Ich … ich konnte wirklich nichts machen. Der kommt quer über die Straße geschossen, ohne einen Grund«, hört Swensen ihn mühsam mit zittriger Stimme berichten. »Ist einfach ausgeschert, dieser Wahnsinnige, keine Ahnung warum.«

»Beruhigen Sie sich. Keiner gibt Ihnen die Schuld«, redet Haman mit sanfter Stimme auf den Mann ein. »Die Herren fahren Sie jetzt zur Untersuchung ins Krankenhaus. Und wenn Sie erst wieder obenauf sind, kommen wir bei Ihnen vorbei, um alles mit Ihnen zu besprechen.«

»Mir fehlt nichts!«, protestiert der Mann. »Ich muss nicht ins Krankenhaus, wirklich nicht!«

»Das ist eine reine Vorsichtsmaßnahme, guter Mann«, springt ein Sanitäter Haman zur Seite. »Wir müssen nur ausschließen, dass sie keinen psychogenen Schock haben. Wenn alles okay ist, sind Sie morgen schon wieder draußen.«

»Mein Lastwagen, ich … ich kann doch nicht … der kann hier doch nicht stehen bleiben.«

»Doch kann er«, sagt Silvia Haman. »Wir kümmern uns um alles.«

Ehe der Mann etwas dagegen sagen kann, stülpt einer der Sanitäter ihm eine Sauerstoffmaske über Nase und Mund und schiebt die Liege ins Wageninnere. Swensen hat den Moment abgewartet, nimmt seine Kollegin beiseite.

»Kannst du mir sagen, warum man uns zu einem Unfall gerufen hat?«

»Ja, kann ich«, antwortet Haman mit geheimnisvollem Tonfall. »Die Streifenbeamten haben auf der Straße, zirka 20 Meter hinter dem Lastwagen, eine Waffe mit Schalldämpfer sichergestellt. Ist wahrscheinlich aus dem anderen Unfallfahrzeug geflogen.«

»Eine Waffe mit Schalldämpfer?«

»Eine russische Militärpistole, soweit ich Colditz richtig verstanden habe. Eine Makarow neun Millimeter.«

»Der andere Wagen ist ein russisches Fahrzeug?«

»Nein. Deswegen sind wir ja hier. Das ist der Wagen von Per Timmann.«

»Unser Per Timmann?«

»Genau!«

»Das kann doch nicht sein! Das glaube ich jetzt nicht!«

»Ist aber so.«

»Und was ist hier passiert?«

»Keinen blassen Schimmer. Timmanns Wagen ist in den Laster geknallt. Der Fahrer sagt, ohne ersichtlichen Grund, aber das hast du ja mitbekommen. Der Wagen hat sich mehrfach überschlagen, hat die Holzpfähle von dem Zaun abrasiert und ist dort hinten auf dem Dach in der Wiese gelandet. Nur noch ein Blechknäuel, wie du sehen kannst. Zwei Männer sind drin.«

»Timmann?«

»Kann ich dir nicht sagen. Die Feuerwehr versucht gerade sie da rauszuschneiden.«

»Okay, ich schau mir das mal aus der Nähe an«, sagt der Kriminalist. »Ist Colditz dort in der Nähe?«

Silvia Haman nickt. Swensen marschiert weiter, kommt an der auf dem Asphalt liegenden Waffe vorbei, die ein Streifenbeamter bewacht, und hält mit ausladenden Schritten auf eines der Feuerwehrfahrzeuge zu, das mit den blauen Lichtstreifen immer wieder über das Geschehen in der Wiese streift. Das Unfallfahrzeug ist etwa 30 Meter ins Feld geschleudert worden und hat dabei mehrere Schafe gerammt, deren Leiber wie rote Wattetupfer im Umkreis herumliegen. Selbst im Lampenlicht kann Swensen den Trümmerhaufen keinem Fahrzeugtypen mehr zuordnen. Kühlerhaube, Stoßdämpfer und Motor sind abgerissen. Die Kotflügelteile liegen im Gras verstreut.

So wie das aussieht, dürfte niemand den Crash überlebt haben, denkt er und entdeckt Colditz in der Nähe des Wracks.

Eine hydraulische Blechschere frisst sich gerade auf der Fahrerseite durch die Karosserie, als wäre sie aus dünnem Papier. Auf der Beifahrerseite setzt ein Feuerwehrmann einen Rettungsspreizer an, um die zerdrückte Wagentür aufzustemmen. Die knirschenden Geräusche gehen dem Hauptkommissar durch Mark und Bein.

»Gut, dass du da bist, Jan«, ruft Colditz ihm entgegen. »Das ist Timmanns Wagen oder vielmehr das, was davon übrig ist!«

»Ich weiß Bescheid, Silvia hat mich informiert.«

»Okay, die Personen im Fahrzeug sind noch nicht identifiziert. Es ist nicht klar, ob eine davon Timmann ist. Hast du auch schon von der Waffe gehört?«

»Ja, habe ich. Ziemlich mysteriös das Ganze, finde ich.«

»Stimmt, bis jetzt gibt es keine Erklärung dafür, was sich hier zugetragen hat.«

Colditz und Swensen verstummen, stehen nebeneinander und verfolgen aus einigem Abstand die hektischen Rettungsmaßnahmen. Als sie sehen, dass der Fahrer endlich befreit aus den Trümmern gezogen wird, treten beide gleichzeitig nah heran. Trotz des blutverschmierten Gesichts kann Swensen Per Timmann identifizieren. Auch Colditz nimmt es stumm zur Kenntnis.

»Er atmet nicht mehr«, ruft einer der Feuerwehrmänner, als sie den Körper behutsam im Gras ablegen. Ein herbeigeeilter Sanitäter beginnt augenblicklich mit der Untersuchung. Nach einer Weile sagt er emotionslos: »Da ist nichts mehr zu machen. Der ist tot.«

»Das war der letzte Verdächtige in unserem Mordfall«, stellt Swensen nüchtern fest und schaut Colditz ins Gesicht.

»Kannst du die Frau benachrichtigen, Jan?«, bittet der mit leiser Stimme.

»Einer muss es ja machen!«, murmelt Swensen und trottet unwillig davon. Auf dem Rückweg trifft er auf Peter Hollmann und seine Männer von der Spurensicherung, die gerade aus ihren abgestellten Fahrzeugen klettern.

»Hier soll irgendwo eine Waffe rumliegen?«, fragt Hollmann ihn.

Swensen erklärt, dass sie bis zu dem Streifenbeamten hinter dem Lastwagen gehen müssen. Danach berichtet er Silvia, die im selben Moment auftaucht, dass Timmann tot aus dem Unfallwagen geborgen wurde und dass er auf dem Weg zu dessen Frau wäre, um ihr die Nachricht zu überbringen.

»Ich komme mit«, sagt Silvia kurz entschlossen. »Das ist ein Scheißjob, den sollte keiner allein erledigen.«

»Danke«, quetscht Swensen heraus und fühlt, wie ihm ein Mühlstein vom Herzen fällt.

»Wir nehmen beide unsere Wagen«, schlägt die Hauptkommissarin vor und schaut auf ihre Armbanduhr. »Es ist gleich vier Uhr. Danach ist eh Feierabend, und keiner muss mit dem anderen hierher zurück.«

Swensen nickt nur und geht weiter zu seinem Polo. Er ist noch gar nicht eingestiegen, da prescht Silvias kleiner roter Mini Cooper schon an ihm vorbei. An der Sperre hat er sie eingeholt, die müde aussehenden Streifenbeamten müssen erst eine Öffnung schaffen. Swensen folgt den roten Rücklichtern, die ihn in einigem Abstand durch die Nacht schleusen. Bald lugt in der Ferne der angeleuchtete Kirchturm von Tönning über die dunklen Dächer der Stadt. Der Mini vorweg, sausen sie am Spalier der Reihenhäuschen vorbei die enge Neustadt hinunter, biegen mit quietschenden Reifen links in die Fischerstraße und gleich wieder rechts in die Eiderstedter Straße. Swensen drosselt sein Tempo, obwohl alles wie ausgestorben wirkt. Als er in den Hans-Carstens-Weg abbiegt, steht der Mini bereits in der Straßenkehre der Sackgasse. Er lässt seinen Wagen mitten auf der Fahrbahn stehen. Anschließend gehen beide zum Einfamilienhaus der Timmanns hinüber. Durch das gelbe Rippelglas der Eingangstür fällt ein Lichtschein. Haman schaut demonstrativ auf die Armbanduhr.

»4.17 Uhr, und die Frau ist noch auf den Beinen?«, fragt sie verwundert.

»Vielleicht ist sie nur beim Fernsehen eingeschlafen. Für Spekulationen habe ich jetzt keinen Nerv«, erwidert Swensen müde und drückt besonders lange auf den Klingelknopf. Auch nach angemessener Wartezeit rührt sich nichts. Er läutet erneut, noch länger; das gleiche Ergebnis.

»Scheint nicht im Haus zu sein. Aber wir sollten es überprüfen«, sagt er dann und marschiert durch den Vorgarten zur offenen Garage.

Haman folgt dem Rücken von Swensen, steht wie ein Schatten hinter ihm, als der sich in das Dunkel tastet. Er bekommt die Klinke einer Tür in die Finger und stellt fest, dass sie nicht verschlossen ist. Kaum hat er sie einen Spalt geöffnet, gibt ihm ein Lichtschein die Sicht zurück.

Eine Zwischentür, denkt er, nachdem er sich im Flur des Hauses wiederfindet. Er wendet seinen Kopf in Richtung Helligkeit und verharrt, vom Anblick geschockt, mitten in der Bewegung. Auch Haman stoppt abrupt, spürt einen Adrenalinstoß und tritt dann, auf alles vorbereitet, an seiner Seite in den Flur. Doch der Anblick, der sie dort erwartet, ist noch grauenvoller als erahnt. Durch die offene Wohnzimmertür sieht sie eine Frau auf einem Stuhl sitzen. Die grelle Deckenbeleuchtung legt jedes Detail offen. Hände und Fußknöchel der Frau sind mit Klebeband gefesselt, auf der Stirn ihres geneigten Kopfes prangt eine verkrustete Stanzwunde, die einem dritten Auge gleicht. Das zerzauste Haar am Hinterkopf ist blutverschmiert, und Möbel und Wände im Umkreis sind mit Blutspritzern besprenkelt.

»Scheißdreck, verdammter Scheißdreck!«, flucht sie lauthals. »Muss ausgerechnet ich wieder in solch einen Scheißdreck geraten. Scheißnacht verfluchte!«

Swensen macht ein paar schnelle Schritte auf das Szenario zu, stoppt dann mitten in der Bewegung und flüstert entgeistert: »Was willst du da, Swensen? Die Frau ist mausetot, da kommt jede Hilfe zu spät.«

›Der Tod ist die gewaltigste Erfahrung, die wir erleben werden‹, hört er die bekannte Stimme. ›Wir hören auf zu existieren. Das normale, alltägliche Leben hört auf zu funktionieren. Es ist die Diskontinuität von all dem, was wir gerade noch zu tun gedenken.‹

Silvia Haman hängt an ihrem Handy. Aus ihren Worten wird klar, dass sie mit der Inspektion spricht und Jacobsen, der heute Bereitschaft hat, den Sachverhalt mitteilt.

»Wir brauchen Hollmanns Spurenteam hier, die sind mit Colditz wahrscheinlich noch am Eidersperrwerk. Der Unfall und diese Scheiße hier haben bestimmt etwas miteinander zu tun. Und den Chef, wecke Püchel auf! So wie ich ihn kenne, will der so was unbedingt sofort wissen.«

Swensen sieht ihre Mundbewegungen, doch der Ton verhallt im Unverständnis. Erst als Silvia ihn mit der Faust gegen den Oberarm boxt, kehrt er ins Hier und Jetzt zurück.

»Heeh, Jan! Mach jetzt nicht schlapp! Sieh es einfach von der anderen Seite. Wir brauchen der Frau nicht mehr die Scheiß-Todesnachricht von ihrem Mann zu überbringen.«

»Ach, Scheiße, Silvia! Manchmal redest du nur Mist!«

»Das war ein Scherz, Mann! Wer verstummt, wird depressiv! Lass uns hier verschwinden, die Spurensicherung und Colditz sind bestimmt schon im Anmarsch. Die sollen das hier übernehmen. Ich mach dann ’ne Fliege und hau mich aufs Ohr.«

»Ich bleibe hier.«

»Wie du willst, du alter Masochist. Dann kann ich ja jetzt schon los.«

Die Siedlung liegt friedlich im Licht der Bogenlampen, als Swensen sich vor dem Wendebogen am Ende der Sackgasse positioniert. Ab und zu kommt der Vollmond hinter den Wolkenmauern hervor und verschwindet wieder. In weiter Ferne sind schon Sirenen zu hören. Silvia steigt in ihren Mini, winkt aus dem herabgelassenen Seitenfenster und prescht davon. Swensen schaut zum schwarzen Himmel hinauf und überlegt, was der Rest der Nacht wohl noch alles bringen mag.

›Auch wenn etwas Schreckliches mit dir passiert, es gibt immer etwas Größeres.‹

Swensen fröstelt, ihm ist, als herrsche Aufruhr in der Luft. Es ist eine grobe Hatz, die dort oben die Wolkenberge versetzt, getrieben vom Wind und beleuchtet vom reflektierten Licht der Sonne auf dem Spiegelrund des Mondes. Mittendrin, in einem Trugbild, sieht er das zerstörte Gesicht von Mette Timmann, die noch rechtzeitig vor ihrem Witwendasein zu existieren aufgehört und Ermittlern nur die Kontinuität des alltäglichen Lebens hinterlassen hat.

Er senkt seinen Blick zurück zur Erde und wird vom Silberglanz eines Fahrzeugs am Ende der kleinen Gasse angezogen, das hinter einer Bogenlampe im Schatten abgestellt worden ist. Beim Ankommen ist ihm dieser Mercedes SL gar nicht aufgefallen, doch jetzt erregt er seine Aufmerksamkeit. Alle Häuser in solchen Siedlungen besitzen normalerweise eine Garage, und die Anwohner stellen in der Regel ihre Wagen nicht auf der Straße ab. Neugierig marschiert der Kriminalist zu dem nagelneuen Luxusschlitten hinüber, um ihn sich aus der Nähe anzuschauen.

Kieler Nummer, registriert Swensen, während er langsam um das Fahrzeug schreitet und in das Innere späht. So eine Kiste kostet bestimmt an die 80.000 Euro. Eine Preisklasse, die nicht unbedingt in diese Gegend passt.

Er zieht sein Handy aus der Jackentasche, wählt die Nummer der Inspektion und wartet.

»Polizeiinspektion Husum, Oberkommissar Jacobsen!«

»Swensen hier, ich stehe auf der Straße vor dem Mordhaus und habe einen silbergrauen Mercedes SL Sportwagen mit einer Kieler Nummer entdeckt. Kannst du bitte den Besitzer ausfindig machen?«, fragt er und buchstabiert die Autonummer. »Und ruf mich bitte sofort an, wenn du was erreicht hast.«

»Geht klar. Die gesamte Truppe ist übrigens informiert, sind sicherlich schon auf dem Weg.«

Swensen bedankt sich und steckt sein Handy zurück, wobei er eine rote Zigarettenpackung der Marke Winston auf dem Asphalt neben der Fahrertür erblickt. Als er in die Knie geht und sie genauer untersucht, stellt er fest, dass die Schachtel an der Bodenseite geöffnet ist und der Deckel mit Cellophanfolie völlig unversehrt ist. Er beschließt, sie vorsichthalber zu sichern, holt ein Papiertaschentuch und einen PP-Beutel aus der Jackentasche, packt die Schachtel mit dem Taschentuch und lässt sie in den Klarsichtbeutel gleiten. Kaum hat er alles wieder verstaut, biegt das erste Fahrzeug in die Straße. Wenig später ist der Einsatz in vollem Gange. Das rege Treiben auf der Straße und das viele Licht der nach und nach eintreffenden Fahrzeuge holt einige Anwohner aus dem Bett. Bald wird die Arbeit der Beamten argwöhnisch von Frauen und Männern hinter Hecken und Gartenzäunen verfolgt, die von den Streifenbeamten aufgefordert werden, dort zu bleiben, wo sie sind.

Peter Hollmann und sein Spurenteam erreichen den Tatort, kurz nachdem der Fotograf eingetroffen ist. Der steht neben Swensen und erwartet von den Männern die Erlaubnis, wann er mit seiner Arbeit beginnen kann. Hollmann entscheidet, dass er mit einem Teamkollegen an seiner Seite ins Haus darf. Wenig später flammt der grelle Lichtflash seiner Kamera immer wieder durch die offen stehende Haustür nach draußen. Als der Chef der Spurensicherung, seinen ›Dakty-Koffer‹ fest im Griff, mit einem kurzen Nicken an Swensen vorbeieilen will, stellt der sich ihm in den Weg und hält ihm den Klarsichtbeutel mit der Zigarettenschachtel vor die Nase.

»Siehst du den Mercedes Sportwagen dort drüben?«, fragt Swensen und deutet zu dem Fahrzeug hinüber. »Dort habe ich das gefunden. Ich denke, das gehört untersucht.«

Hollmann nimmt ihm das Fundstück aus der Hand, wirft einen flüchtigen Blick drauf und will es schon einstecken, als er stutzt.

»Das hast du hier in der Straße gefunden?«

»Ja, ist mir aufgefallen, weil die Packung so merkwürdig geöffnet wurde.«

»Deswegen frage ich.«

»Ich kann dir nicht folgen.«

»Der Mord hier hat höchstwahrscheinlich etwas mit dem Unfall am Eidersperrwerk zu tun.«

»Das liegt doch auf der Hand. Timmann stirbt bei einem Autounfall, und seine Frau ist anscheinend vorher erschossen worden. Das ist kein Zufall. Aber was hat die Zigarettenpackung damit zu tun?«

»Der zweite Tote im Unfallwagen ist eindeutig Russe. Sein Handydisplay ist in kyrillischer Schrift, und auf einem ›iPod‹ befinden sich Fotos von den Timmann-Brüdern. Die russische Militärpistole passt natürlich ebenso dazu.«

»Und Russen öffnen ihre Zigarettenpackung am Boden?«, fragt Swensen ungläubig.

»Nein, das sicher nicht. Aber als ich mit Heinz auf diesem Kongress in Petersburg war, da hat uns ein russischer Kollege mit auf eine Ermittlung genommen, bei der auch eine Zigarettenschachtel auftauchte, die am Boden geöffnet worden war. In dem erwähnten Fall handelte es sich um einen Mafiakiller, der diese Marotte hatte. Ich will ja nicht unken, aber ich fürchte, wir haben es hier mit einem Auftragskiller der russischen Mafia zu tun.«

»Hauptkommissar Swensen! Wo finde ich Hauptkommissar Swensen?«, ertönt unverwechselbar der hektische Tonfall des Polizeirats in unmittelbarer Nähe.

Swensen dreht sich um die eigene Achse, streckt den Arm in die Luft und ruft lauthals: »Hallo Heinz, hierher! Gut, dass du kommst!«

Der Polizeirat löst sich aus einer Wolke Zigarettenrauch, die um seinen Kopf schwebt. Dann stürmt er heran wie die Mythengestalt eines Leviathans, um erneut Rauch auszustoßen.

»Ich begreife es nicht, wirklich nicht!«, platzt es aus ihm heraus. Er macht eine Gedankenpause und presst tief aus der Brust einen lauten Stoßseufzer hervor. »Die Husumer Kriminalpolizei bezahlt dich dafür, Mordfälle aufzuklären, Jan! Aber doch nicht, um neue Mordopfer zu finden. Ich kann mich nicht des Gefühls erwehren, dass wir dich in Zukunft nirgendwo mehr hinschicken sollten.«

»Eines kannst du mir glauben, Heinz, ich reiße mich wirklich nicht darum, Todesnachrichten zu überbringen.«

»Nimm es nicht gleich bierernst, Jan. Nichtsdestotrotz gibt es bei dir momentan eine gewisse Häufung im Auffinden von Toten, findest du nicht?«

»Das ist kein Thema, um Scherze zu machen, Heinz!«, entgegnet Swensen trocken, dem der halbernste Unterton nicht entgangen ist.

»Mord, Selbstmord, zwei Unfälle und noch ein Mord, da kann man sich schon mal in der Wortwahl vergreifen, besonders wenn ihr in der Ermittlung keinen Sturz vorankommt.«

»Okay, okay, Heinz!«, fährt Hollmann seinem Chef in die Parade. »Mir scheint, du fühlst dich nur wohl, wenn du unsereins antreiben kannst. Schau dir lieber einmal an, was Jan gefunden hat. Ich sage nur Petersburg und russische Mafia!«

Der Spurensicher hält dem Polizeirat den Klarsichtbeutel mit der Zigarettenschachtel vor die Augen. Püchel hebt die Augenbrauen und bekommt rote Flecken auf der Stirn. Hektisch reißt er Hollmann das Beweisstück aus der Hand und starrt entgeistert auf das Päckchen Winston.

»Wo ist das her?« Seine Stimme nimmt hysterische Züge an. Er dreht sich zu Swensen, dann zu Hollmann und erneut zu Swensen. »Nun sagt schon endlich, wo ihr das herhabt?«

»Lag neben dem geparkten Mercedes hier in der Straße«, sagt Swensen.

»Das … das gibt es doch gar nicht! Eine Packung Winston …, am Boden aufgemacht«, stammelt Püchel. »Wie in … man könnte meinen, dieser Mafia-Killer aus Petersburg wäre hier gewesen!«

»Genau dasselbe habe ich auch sofort gedacht«, bestätigt Hollmann.

»Das kann aber doch nicht sein, oder?«, zweifelt Püchel.

»Alles kann sein«, sagt Swensen. »Außerdem hattest du gerade Besuch aus Petersburg. Vielleicht passt da ja was zusammen.«

»Boris Fishenski? Hallo! Das ist ein Kollege von uns! Der gehört zu den Guten.«

»Und warum ist der Gute klammheimlich und ohne ein Wort wieder verschwunden?«

»Halt, stopp, jetzt zimmerst du dir etwas im Kopf zusammen, was nicht zusammen gehört.« Püchels Stimme klingt empört. »Boris Fishenski ist Hauptmann der Petersburger

Miliz. Wir haben ihn an seinem Arbeitsplatz besucht. Der Mann ist über jeden Verdacht erhaben. Was sollte der mit unseren Mordfällen zu tun haben?«

»Reg dich wieder ab, Heinz«, versucht Swensen den Chef zu beruhigen. »Es spricht alles dafür, dass irgendwelche Russen in die Ereignisse um die Crew der ›Rungholt‹ involviert sind. Im Auto von Timmann scheint immerhin ein russischer Auftragskiller gesessen zu haben.«

»Das sind erst einmal nur Hirngespinste. Warten wir die Ermittlungen ab«, protestiert Püchel, während das Handy von Swensen die Melodie ›Üb immer Treu und Redlichkeit‹ ertönen lässt. Der Kriminalist fingert das Gerät hervor und nimmt das Gespräch entgegen.

»Jacobsen!«, meldet sich eine Stimme am anderen Ende. »Ich habe mich um den Mercedes aus Kiel gekümmert. Es gibt keinen Besitzer. Der Wagen gehört der Europcar Autovermietung und ist zurzeit für drei Wochen an einen gewissen Migulkos Oporos aus Moskau ausgeliehen worden. Sie haben seinen Ausweis kopiert und mir zugefaxt.«

»Ist ein Passbild dabei?«, fragt Swensen.

»Schon, aber die Qualität ist nicht gerade berauschend.«

»Egal, kannst du mir das Foto auf mein Handy senden?«

»Geht in Ordnung, kommt gleich. Moin, Moin!«

Die Blicke von Hollmann und Püchel haben sich an Swensen festgeheftet. Der steht mit seinem Handy in der Hand, den Körper angespannt in der Erwartung des Fotos.

»In wenigen Sekunden wissen wir, wie der Besitzer unserer Zigarettenschachtel leibhaftig aussieht.«

Der Polizeirat zieht gierig an seiner Zigarette, bläst nervös Rauchschwaden in die Nacht, während sich das Passfoto des Russen auf dem Display von Swensens Handy materialisiert.

»Bitte schön! Migulkos Oporos aus Moskau! Kennt ihr diesen Mann?«, fragt Swensen und hält den beiden das Foto auf dem Display entgegen.

»Das ist der Tote aus dem Unfallwagen«, bestätigt Hollmann. »Da bin ich mir hundertprozentig sicher.«

»Aber er ist nicht euer Mafia-Killer aus Petersburg?«, hakt Swensen nach.

»Keine Ahnung«, sagt Püchel kleinlaut, »den haben wir nie zu Gesicht bekommen.«

EPILOG

An Ort und Stelle von Glück und Reichtum

Swensen erwacht aus einem langen, traumlosen Schlaf. Die Sonne strahlt übermütig hinter dem Vorhang und taucht das Zimmer in ein rosarotes Licht. Der Kriminalist hat das Gefühl, dass ihn die Nacht in eine tiefe Entspannung geführt hat. Anna schläft, er hört ihren ruhigen Atem neben sich und spürt plötzlich ein Glücksgefühl. Die Augen linsen zum Wecker hinüber. Es ist schon 8.30 Uhr. Ungewöhnlich spät für seine Verhältnisse.

Was soll's, denkt er, schließlich steht ihm ein dienstfreies Wochenende ins Haus und er kann ohne schlechtes Gewissen in den Tag hineintreiben. Mit der gestrigen Entscheidung scheint die Last der letzten Wochen von ihm gewichen zu sein.

Aber ist das auch wirklich so?

Swensen horcht in sich hinein. Einen Tag zuvor, am Freitagnachmittag des 13. Mai 2005, hat sich die ›Soko Multimar‹ offiziell aufgelöst. Jean-Claude Colditz und seine Beamten von der K1 haben ihre Schreibtische in Husum geräumt und sind an ihre Arbeitsplätze in Flensburg zurückgekehrt. Der Mordfall Peter Jessen gilt zwar weiterhin als unaufgeklärt, wurde aber trotzdem zu den Akten gelegt.

Seit Wochen hatten die Beamten däumchendrehend in den Räumen der Inspektion gesessen und nur noch darauf gewartet, dass ihnen Kommissar Zufall einen erfolgversprechenden neuen Hinweis in die Hände spielte. Aus eigener Kraft war alles versucht worden. Es gab keine noch so winzigen Spuren mehr, denen sie nicht schon nachgegangen waren.

Fest steht, die Selbstmorde des Ehepaars Bischoff gelten als erwiesen. Es konnte kein Zusammenhang mit dem Mordfall Jessen hergestellt werden. Bis auf einige kleine Ungereimtheiten sind im Haus keine Spuren und Hinweise entdeckt worden, die auf einen Mord hindeuten könnten.

Der Unfalltod von Hauke Timmann, an dem sein Bruder beteiligt war, und dessen merkwürdiger Autounfall in derselben Nacht, war von den Beamten als eine nahezu unglaubliche Verstrickung von Zufällen eingestuft worden, wobei die Anwesenheit eines russischen Staatsbürgers, der ebenfalls in dem Fahrzeugwrack vor dem Eidersperrwerk ums Leben gekommen war, weiterhin Rätsel aufwarf.

Sehr schnell konnte ermittelt werden, dass der Russe, der unter dem Namen Migulkos Oporos in einem Autoverleih in Kiel einen Mercedes geordert hatte, der Mörder von Mette Timmann war. Die forensische Untersuchung der Patronen und die Fingerabdrücke auf der bei dem Unfall sichergestellten Waffe mit Schalldämpfer bestätigten diesen Verdacht einwandfrei. Nachdem sich herausgestellt hatte, dass der goldene Steckkamm, den der Mörder bei sich hatte, zu den vermissten Kunstgegenständen des Petersburger Ermitage-Raubes gehört, hatte sich das Landeskriminalamt Kiel in den Mordfall eingeschaltet und die weiteren Ermittlungen an sich gerissen.

In unendlicher Kleinarbeit und nur mit größter Mühe gelang es den Ermittlern vom LKA, die russischen Behörden zu einer Amtshilfe zu bewegen. Allerdings war die Zusammenarbeit am Anfang zäh und zögerlich gewesen. Das hatte sich erst geändert, als ein gewisser Major Viktor Schorochow von der Sankt Petersburger Miliz eingeschaltet worden war. Danach stellte sich der entscheidende Fahndungserfolg ein und die wahre Identität von Migulkos Oporos konnte gelüftet werden. Der Killer, der mit falschen Papieren per Flugzeug in Deutschland eingereist war, hieß mit richtigem Namen Bidsina Nikoladze und gehörte dem Volksstamm der Swanen an, die in einer Bergregion Georgiens zu Hause sind.

Im kriminellen Umfeld von Sankt Petersburg wurde Bidsina Nikoladze nur Ushghoolij, ›furchtloses Herz‹, genannt. Er gehörte nachgewiesenermaßen zu der mafiösen Organisation des Korosteljow-Clans und erledigte für diese Familie unter anderem auch Erpressungen und Auftragsmorde. Welcher Auftrag den Killer allerdings in den Norden Schleswig-Holsteins geführt hatte, konnte oder wollte die russische Seite nicht beantworten.

Auf die eindringliche Bitte des LKA-Chefs hin, persönlich mit Hauptmann Boris Fishenski von der Petersburger Miliz sprechen zu dürfen, der im Kieler Landeskriminalamt vorstellig geworden war und nach dem Diebesgut des Ermitage-Raubes gefahndet hatte, bestritt Major Viktor Schorochow vehement, dass der Hauptmann jemals offiziell einen solchen Auftrag erhalten habe. Vielmehr wäre der fragliche Milizionär gerade verhaftet und unehrenhaft aus dem Petersburger Milizdienst entlassen worden. Fishenski war überführt worden, über 100.000 Rubel Bestechungsgelder im Monat vom Korosteljow-Clan entgegengenommen zu haben. Wahrscheinlich, das konnten die LKA-Beamten allerdings nur vermuten, war er bei seinen Ermittlungen zu den Diebstählen in der Ermitage dem Mafia-Clan zu nahe gekommen, sodass die Familie ihn mit gewissen Androhungen eingekauft und mundtot gemacht hatte.

Als das LKA an Polizeirat Püchel wenig später ihre Informationen weitergab, hatte der sich völlig fassungslos in sein Büro zurückgezogen und war bis zur Auflösung der ›Soko Multimar‹ und dem Abzug der Flensburger Kollegen nicht mehr bei den Besprechungen und auf dem Flur zu sehen gewesen.

Das flirrende Gefühl, das das kurze In-sich-hinein-Horchen bei Swensen hinterlässt, macht ihm deutlich, dass sein Gefühl von Entspanntheit doch noch ziemlich fragil zu sein scheint. Gelassenheit ade? Schon treiben die Gedanken wieder wie ein Jahrhunderthochwasser heran und trüben seine eben noch glückliche Hochstimmung.

Aufgepasst, warnt eine innere Stimme.

Die Gesamtheit der Ermittlungsergebnisse ist selbst mit gutem Willen nicht als befriedigend einzustufen, kommentiert eine andere.

Der Kriminalist schlägt die Bettdecke zur Seite und tappt mit abfallender Energie über den Flur ins Bad. Aber auch unter dem Wasserstrahl der Dusche lassen sich Gedanken, die unbedingt gedacht werden wollen, nicht einfach wegspülen.

Natürlich hat er seine eigene Interpretation zu den vorhandenen Fakten, doch die unterscheiden sich deutlich von den Auslegungen seiner Kollegen. Für ihn ergibt sich aus den Ereignissen nur ein nachvollziehbarer Sinn, wenn er Mord, Selbstmord und Unfall in Zusammenhang mit den Brüdern Timmann sieht. Sie hatten zu allem einen direkten Bezug.

Swensens gedanklicher Reigen berücksichtigt folgende Möglichkeiten: Hauke Timmann ermordet mit dem Wissen seines Bruders den Schiffskoch Peter Jessen. Beide ermorden das Ehepaar Bischoff und täuschen einen Selbstmord vor. Per Timmann ist an dem Unfall seines Bruders aktiv beteiligt. Doch ab diesem Zeitpunkt laufen auch seine Erklärungsversuche ins Leere und Fragen bleiben unbeantwortet.

Welche Rolle spielte der Russe am Ende dieses konstruierten Ablaufs? Warum hat er Mette Timmann erschossen? Warum wurde ein Projektil aus seiner Waffe in der Wand von Hauke Timmanns Wohnung gefunden? Hatte der Killer Jagd auf die Timmann Brüder gemacht? Aber warum? Waren die Brüder im Besitz des goldenen Kamms? Oder hatte der Russe den Kunstgegenstand schon vorher in seinem Besitz? Warum war er mit Per Timmann in Richtung Eidersperrwerk unterwegs?

Jacobsen hatte während der letzten Sitzung, in seiner altbewährten Art gegen alles Fremdartige, die russische Mafia für das gesamte Geschehen verantwortlich gemacht. Die Mannschaft der ›Rungholt‹, hatte er vertreten, musste aus Versehen etwas in ihren Besitz gebracht haben, was der Mafia-Killer unbedingt zurückholen sollte. Der gestohlene Kunstgegenstand, der schließlich aus purem Gold ist, würde für solch eine Einschätzung sprechen, hatte er gemeint. Vielleicht war auch noch mehr Diebesgut im Besitz der Seeleute gewesen. Die Männer wollten das Zeug nicht herausrücken und so wurde einer nach dem anderen umgelegt.

Silvia Haman und Stephan Mielke, der sich nach seiner kurzen Hochzeitsreise in die Soko zurückgemeldet hatte, waren ungewöhnlicherweise einmal derselben Meinung gewesen. Sie wollten sich beide nicht an den unnötigen Spekulationen beteiligen. Wozu sich noch den Kopf zerbrechen, wenn die Soko eh aufgelöst wird, war ihre einhellige Meinung.

Colditz und die Beamten vom K1 favorisierten den Ansatz, dass die Morde an Peter Jessen und Mette Timmann nichts miteinander zu tun hätten; dass der Mord an der Kapitänsfrau aufgeklärt sei und der Mörder nicht mehr belangt werden könne. Als mögliche Täter von Jessen gab es sogar zwei Varianten im Flensburger Team. Einerseits traute eine Gruppe Hauke Timmann die Tat durchaus zu, die anderen aber meinten, auch Bischoff könne, gerade wegen seines Selbstmords, als möglicher Täter nicht ausgeschlossen werden. Vielleicht hatte er seine Schuld einfach nicht ausgehalten, wurde besonders von Colditz spekuliert, und er hatte seine Frau kurzerhand mit in den Tod genommen. Am Selbstmord jedenfalls wurde nicht gerüttelt; die Unfälle von Hauke Timmann und Per Timmann waren dagegen nur eine unglückliche Verstrickung von Zufällen und eine faktische Aufklärung solange unmöglich, wie die russischen Behörden wichtige Informationen über ihren Staatsbürger hinter dem Berg hielten.

Swensen dreht das Wasser ab, rubbelt sich mit dem Handtuch ab und geht ins Schlafzimmer zurück. Anna schläft unverändert auf dem Bauch mit dem Gesicht zur Wand. Er nimmt vorsichtig seine Kleidungsstücke aus dem Schrank, steigt leise die Treppe hinunter und zieht sich im Wohnzimmer an. Der Garten liegt im Sonnenschein, die frischen Blätter der Birken strahlen in durchleuchtendem Grün. Es lockt ihn zur Meditation ins Freie, schon allein aus dem drängenden Wunsch, die lästigen Gedanken aus seinem Kopf zu verbannen. Er öffnet die Tür zur Terrasse, tritt hinaus und spürt sofort die Wärme auf der Haut. Es herrscht absolute Windstille. Ein seltener Zustand auf Eiderstedt. Mit dem Gesicht zur Sonne setzt er sich im Lotussitz neben einem

Beet ins Gras, in dem eine Jakobsleiter ihre kleinen blauen Blüten zum Himmel emporreckt, schließt die Augen und richtet seine Aufmerksamkeit auf den Atem. Das Konzert der Vögel begrüßt den neuen Tag. Die Natur vibriert unter der Kraft der Schöpfung.

›Du solltest dich darauf konzentrieren, dass du zur Gegenwart unterwegs bist. Deine Praxis taugt nur so viel, wie sie dir das Hier und Jetzt erschließt. Weg und Ziel ist dort, wo du dich gerade befindest. Das, was du brauchst, ist die Nähe zu allem, was du bist: Wut und Trauer – Angst und Mut – Demut und Macht – Verzweiflung und Glück – Liebe und Hass.‹

Einatmen.
Ausatmen.
Einatmen.
Ausatmen.

Etwas kribbelt auf der Haut. Eine Ameise ist in der Gegenwart unterwegs, hat über den Rand des T-Shirts die nackte Haut erreicht, krabbelt mit feinen, quirligen Trippelschritten den Hals hinauf, über das Kinn zum Mund, erklimmt die Nase, saust über die Augenbrauen die Stirn entlang und schlägt in einem großen Bogen den Weg zurück zur Erde ein. Swensen verharrt in der Bewegungslosigkeit, verfolgt gelassen das Hier und Jetzt auf seiner Haut und unterdrückt den Impuls, das winzige Insekt mit dem Handrücken vom Gesicht zu streifen. Er fühlt sich plötzlich tief verbunden mit sich und der Natur, spürt die Ameisenfüßchen wie winzige Schritte von Menschen, die sich unentwegt über die Erdoberfläche bewegen. Fast fühlt er sich, als sei er selbst der Körper der Erde, Mutter Gaia, wie es Lovelock, dieser Biochemiker, in den 60ern beschrieben und behauptet hatte: Die Erde sei ein Lebewesen, weil sie wie alle Lebewesen die Fähigkeit zur Selbstorganisation besitze.

Ein wenig in seinem Selbstgefühl durcheinandergekommen, stellt er sich wieder auf die Beine und setzt jeden Schritt auf dem Weg ins Haus besonders achtsam. Als er das Wohnzimmer betritt, hört er Klappern von Geschirr aus der Küche. Anna ist aufgestanden, bereits angezogen und hat den Küchentisch mit geröstetem Toast, Butter, einem gekochten Ei und frischem Kaffee eingedeckt. Er braucht sich nur noch hinzusetzen.

»Na mein Lieber, wie ist es für dich, dass die Ermittlungen eingestellt wurden?«, fragt Anna, während sie ihm einschenkt.

»Weißt du was, Anna? Wenn ich ganz ehrlich bin, habe ich jetzt überhaupt keine Lust darüber zu sprechen«, sagt er und deutet mit einer Handbewegung zum Fenster hinaus. »Schau raus! Ich habe frei. Die Sonne scheint; die Bäume schlagen aus; der Mai ist gekommen. Wir sollten in Ruhe frühstücken und danach nichts wie weg, spazieren gehen im Katinger Watt.«

Knapp eine Stunde später sitzt Swensen mit Anna auf dem Beifahrersitz in seinem alten Polo und befindet sich auf der Strecke zum Eidersperrweg, es ist dieselbe, die er damals in der Unglücksnacht genommen hatte. Sie sprechen kaum ein Wort, genießen nur die erwachte Frühlingslandschaft. Auf der schnurgeraden Straße hinter Oldenswort kommen sie am Herrenhaus Hoyerswort vorbei, kreuzen bei Kotzenbüll die B 202, um dann eine Nebenstrecke durch die Marschlandschaft in Richtung Tating zu nehmen. Eine

Herde Schafe steht dichtgedrängt auf einer höher gelegenen Grasinsel. Dahinter flattert ein Schwarm Krähen in einer lang gezogen Flügelschnur über deren Rücken hinweg. An den frisch aufgeworfenen Maulwurfshaufen rundherum ist zu erkennen, dass wieder Leben unter die Erde gekommen ist. Die Fahrt geht die Dorfstraße durch das verschlafene Tating entlang. Dann rollen die Reifen eine Innendeichkrone hinauf. Der Blick öffnet sich in eine flache Niederung mit ausgedehnten Wiesen, an deren Horizont sich der Waldrand des Katinger Watts entlangstreckt. Der Wagen überquert eine Holzbrücke, unter der ein müder Bach hindurchfließt. Kurz danach stoppt Swensen auf einem Parkplatz, der hinter Schlehen- und Weißdorngestrüpp verborgen ist. Sie steigen aus. Die Sonne taucht die Blätter der Bäume, die den schmalen Wanderpfad säumen, in ein sanftes Licht. Sie schlendern in das flirrende Smaragdgrün hinein, das über ihren Köpfen rauscht, folgen den Windungen des Waldwegs, der in einigen Kuhlen noch schlammige Fallen bereithält. Eine Unachtsamkeit – und schon ist es passiert, Swensen versackt mit seinem Schuh bis zum Knöchel.

Weg und Ziel ist gerade dort, wo du dich befindest, denkt er verärgert, muss aber im nächsten Moment über Annas Kommentar, »Du musst wohl überall unter der Oberfläche rumstochern«, schon wieder herzhaft lachen. Nach der nächsten Biegung gibt es eine kleine Lichtung im Wald. Mittendrin, auf hohen Graswellen, liegt ein ausgedienter, schwarzgeteerter Lastkahn, dem der Wind durch die löchrige Bordwand bläst und dem Gras zwischen seinen Spanten im Rumpf wächst. Swensen steuert zielsicher darauf zu, zieht seinen Morast verschmierten Schuh und den Socken vom Fuß und legt beides zum Trocknen neben einen Tampen auf die kleine dreieckige Plattform im Bug. Dann schwingt er seinen Hintern auf das Dollbord der hüfthohen Schute und lässt den nackten und den beschuhten Fuß lässig in der Luft baumeln, während Anna zu einem Pfahl hinübergeht, der nur wenige Meter entfernt in den Boden gerammt wurde. Über das Rundholz sind blaue Ringe gestülpt worden, auf denen die Hochwasserstände aller großen Sturmfluten eingraviert sind.

»Wir stehen hier auf ehemaligem Meeresboden«, ruft Anna und lehnt sich mit dem Rücken gegen den Pfahl. »Und die Schute, auf der du gerade sitzt, ist einmal bei einer Flut hier gestrandet und nach dem Bau des Eidersperrwerks einfach auf dem Trockenen liegen geblieben.«

»Steht dort auf dem Hinweisschild, ich weiß«, kräht Swensen übermütig zurück. »Da steht aber auch, dass der vermoderte Originalkahn in der Zwischenzeit gegen diesen auch nicht mehr ganz neuen ausgetauscht wurde.«

»Und schau mal hier hoch«, erwidert Anna und zeigt mit dem Finger auf die unterste Markierung an dem Pfahl. »Die niedrigste Flut, die erste Mandränke von 1362, war immerhin fast doppelt so hoch wie ich!«

»Da kann ich ja froh sein, dass du dich jetzt – und nicht 1362 – an den Pfahl lehnst. Wenn das Wasser kommen sollte, kannst du hinaufklettern, und ich hole dich mit diesem prachtvollen Schiff ab.« Swensen strahlt über das ganze Gesicht.

»Manchmal bist du einfach wundervoll, Jan Swensen«, platzt es aus Anna heraus. Sie stürmt mit Riesenschritten zu der schwarzen Schute hinüber, zieht den Hauptkommissar übermütig am nackten Fuß vom Dollbord herunter und küsst ihn innig. Es wird ein unendlicher Kuss. Danach stehen sie eine lange Zeit weiter umschlungen in der Sonne und schauen sich tief in die Augen.

»Ich finde, wir sollten heiraten«, flüstert Swensen.

Anna guckt ihn mit erstaunten Augen an, holt tief Luft und sagt dann bestimmt: »Und ich … ich finde wir sollten überhaupt nichts.«

»Stopp, Anna, stopp«, beschwört er sie. »Schließ die Augen … mach es … bitte!«

Anna schließt die Augen.

»Anna Diete, ich liebe dich und ich möchte dich heiraten! Und jetzt … jetzt möchte ich, dass du mir deine Hand gibst.«

Anna Diete streckt ihren rechten Arm von sich, und Jan Swensen greift nach ihrer Hand.

»Jetzt stellen wir uns nebeneinander und spüren das Glück, das nun für immer von diesem Ort ausgehen wird«, prophezeit er und dreht Anna und sich mit dem Gesicht zur Sonne.

Dum, Dum, Dum, Dum. Die Glockentöne der Katinger Kirche wehen aus der Ferne herüber. Zwölf wiederkehrende Herzschläge. In Sonnenwärme getaucht warten sie mit geschlossenen Augen, bis sie verstummt sind und nur noch die Vögel um sie herum tirilieren.

»Ich möchte dir etwas versprechen, Anna«, sagt Swensen mit leiser Stimme. »Falls ich jemals an meiner Liebe zu dir zweifeln sollte, werde ich zu dieser Stelle zurückkommen und mich an diesen Augenblick erinnern.«

DANKSAGUNG

Ich bedanke mich herzlich bei meiner Ehefrau Brigitte Tiegs, besonders für ihre Mitgestaltung an der Therapiestunde von Maria Teske.

Ein weiterer Dank geht an Dagmar Pischel, die erste neutrale Leserin des Manuskripts, für ihre Verbesserungsvorschläge.

Außerdem bedanke ich mich bei

Scott Smith für die Inspiration, einen Sack voller Geld zu finden

Stephan Zweig

Joseph Lewis Henderson

Herman Melville, den ich ganz besonders verehre und der mir ein großes Vorbild ist. Für den Untergang des Fischkutters ›Rungholt‹ habe ich mir erlaubt, das Fragment eines Satzes aus Moby Dick für meine Geschichte umzugestalten.

Einen besonderen Dank möchte ich Claudia Senghaas aussprechen, die all meine Bücher betreut und ihnen gemeinsam mit dem Lektorat-Team den letzten Feinschliff gegeben hat.

Weitere Krimis finden Sie auf den folgenden Seiten und im Internet:

WWW.GMEINER-SPANNUNG.DE

WIMMER WILKENLOH
Donnergrollen

978-3-8392-1319-3 (Paperback)
978-3-8392-3959-9 (pdf)
978-3-8392-3958-2 (epub)

»Ein atmosphärisch dichter Nordfriesland-Krimi um einen ungewöhnlichen Mordfall.«

Eine Gewitternacht in Nordfriesland. Mit einer Harpune wird vor dem Herrenhaus Hoyerswort auf einen Mann geschossen. Der ungewöhnliche Mordfall führt das Team um Kommissar Jan Swensen in die internationale Surferszene, nach Dänemark und weit zurück in die Vergangenheit. Bei den Ermittlungen treffen die Kriminalisten auf Verdächtige aus drei Generationen. Wurde eine alte Rechnung beglichen? Oder spielten Eifersucht und Konkurrenz unter Surfern eine Rolle?

WIMMER WILKENLOH
Eidernebel

978-3-8392-1115-1 (Paperback)
978-3-8392-3599-7 (pdf)
978-3-8392-3598-0 (epub)

»Wilkenloh verknüpft die spannende Jagd nach einem Mörder mit einem faszinierenden Thema: dem menschlichen Zellgedächtnis.«

In der Kirche des kleinen Dorfes Witzwort bei Husum liegt eine grausam zugerichtete weibliche Leiche. Kommissar Jan Swensen gerät schon bald unter Druck: Im Laufe der Ermittlungen werden in verschiedenen Kirchen der Region weitere ermordete Frauen aufgefunden – mehrere von ihnen waren Mitarbeiterinnen eines großen Lebensmittel-Discounters.

Das Werk eines Serienmörders? Und welche Verbindung gibt es zu der Frau, die seit einer Herztransplantation von seltsamen Träumen geplagt wird?

Das Neueste aus der Gmeiner-Bibliothek

Unsere Lesermagazine

Bestellen Sie das kostenlose KrimiJournal in Ihrer Buchhandlung oder unter www.gmeiner-verlag.de

Informieren Sie sich ...

www ... auf unserer Homepage:
www.gmeiner-verlag.de

@ ... über unseren Newsletter:
Melden Sie sich für unseren Newsletter an unter www.gmeiner-verlag.de/newsletter

f ... werden Sie Fan auf Facebook:
www.facebook.com/gmeiner.verlag

Mitmachen und gewinnen!

Schicken Sie uns Ihre Meinung zu unseren Büchern per Mail an gewinnspiel@gmeiner-verlag.de und nehmen Sie automatisch an unserem Jahresgewinnspiel mit »mörderisch guten« Preisen teil!

GMEINER SPANNUNG

WWW.GMEINER-VERLAG.D
Wir machen's spannen